I0655242

Die goue vlinder

Ramiro de Gouveia, trotse miljoenêr-hertog, is vasbeslote om die wilde Janet Hartman te tem. Maar dié goue vlinder is allermins van plan om haar te laat vang en toespin in 'n kokon van adellike Portugese tradisies. Op die tropiese Mosambiekse paradys Espiño raak hartstog egter 'n vlam wat 'n vlinder se vlerkies kan skroei . . .

Son op die horison

Sy lippe eis hare op in 'n soen wat haar hoog op die wolke deur die lug laat sweef. Verena gee haar volkome oor aan die oomblik. Maar die wete dat sy nooit weer sy stem sal hoor nie, ruk soos 'n tornado aan haar hart. As sy tog maar net weer kan sien . . . Want 'n man kan die stem van 'n engel hê en nogtans 'n duiwel wees. Hoe kan sy die hooghartige, ongeduldige, onweerstaanbare Duarte, hertog van San di Rago, peil of vertrou terwyl sy in 'n stikduister doolhof rondtas?

Haar naam was Marina Neser

"Ons Portugese se liefde is net so fel en onblusbaar soos ons haat." Aan Ricardo Mendoca se waarskuwing, reeds met hul eerste ontmoeting, steur Marina Neser haar min. Want dié blonde vlinder glo geen man kan haar vlerkies kneus nie. Maar dit was voordat sy Ricardo se neef, die aantreklike marquês De Conna, ontmoet het — 'n streng aristokraat wat nog nooit die lokstem van die liefde gehoor het nie.

Susanna M Lingua

GUNSTELINGE 1

Die goue vlinder
Son op die horison
Haar naam was Marina Neser

Melodie

Eerste uitgawe van:
Die goue vlinder, 1971
Son op die horison, 1977
Haar naam was Marina Neser, 1961

Melodie
is 'n druknaam van
NB-Uitgewers
Heerengracht 40, Kaapstad
Kopiereg © Die skrywer 2012
Alle regte voorbehou

Geen gedeelte van hierdie boek mag sonder die skriftelike verlof van die
uitgewer gereproduseer of in enige vorm of deur enige elektroniese of
meganiese middel weergegee word nie, hetsy deur fotokopiëring, skyf-
of bandopname, of deur enige ander stelsel vir inligtingsbewaring of
ontsluiting.

Omslagfoto: Gallo Images
Geset in 11 op 13 pt Sabon
Gedruk in Suid-Afrika deur
Interpak Books, Pietermaritzburg

Eerste uitgawe 2012

ISBN: 978-0-624-05475-7
Epub: 978-0-624-05476-4

Inhoud

Die goue vlinder

1

Met haar arms om haar knieë gevou, tuur die drie en twintig-jarige Janet Hartman met dromerige blou oë na die witgekruin-de, aanstuwende golwe, hier waar sy in die geselskap van haar ouer suster, Ester, lui-lui op die wit seesand ontspan – albei in baaipakke geklee.

Die koesterende wintersonnetjie toor blink liggies uit Janet se glansende, goudblonde krulhare. Dit lyk kompleet of elke haartjie 'n ragfyn goue draadjie is. Haar sagte, wit vel het al 'n rosige tint, maar Janet kom dit nie eens agter nie. Hierdie toneel van deinende golwe laat haar altyd ver en diep dink en nou dink sy hoe gelukkig hierdie enigste suster van haar is om die doodgoeie en sagmoedige Pieter de Waal as lewensmaat te hê. Selfs hul driejarige dogtertjie, Lidia, is 'n pragtige kind op wie elke ma trots kan wees. Dit laat Janet heimlik wonder of sy ooit eendag die geluk van vrou- en ma-wees sal ken. Of sal haar kieskeurigheid nog maak dat sy 'n oujongnooi word?

Nadat die Hartman-ouerpaar twee jaar gelede in 'n lugramp omgekom het, het Victor en Janet skatryk geërf. Maar vir Victor en Janet, wat nog ongetroud is, was daar geen ouerhuis meer nie. Aangesien Victor die oudste van die drie Hartman-kinders is, het hy vir hom en Janet 'n gerieflike woonstel in een van Pretoria se aantreklike voorstede gehuur.

Na hul ouers se afsterwe het Pieter en Ester haar feitlik gesoe-bat om haar intrek by hulle te neem, maar daarvan wou Janet nie hoor nie. Sy is baie lief vir Ester, maar ook baie geheg aan haar ouboet, die twee en dertigjarige Victor. Daarom het sy dit as haar plig beskou om hul ma se plek in haar ouboet se lewe te vul . . . en dan was daar ook nog haar werk as kunsonderwyse-res aan een van Pretoria se hoërskole, wat sy nie wou prysgee om in Durban te gaan woon nie. Gevolglik sorg sy nog steeds vir Victor soos 'n sorgsame moedertjie.

Victor Hartman is 'n besonder knap ingenieur en om daardie rede druk die firma gewoonlik op sy nommer wanneer daar 'n groot en ingewikkelde onderneming aangepak moet word. Hulle weet al uit ondervinding dat, waar Victor Hartman die ingenieur is, dinge nooit skeefloop nie. Hy is 'n eerlike, konsensieuse man met 'n besondere verantwoordelikheidsgevoel.

Vic, soos sy familie en vriende hom noem, geniet sowel sy werk as die buitelewe wat daarmee gepaardgaan. Dit kwel hom net wanneer hy 'n groot onderneming, soos 'n besproeiingsdam, moet aanpak en Janet dan maande lank alleen in Pretoria moet agterbly. Hy, op sy beurt, voel weer dit is sy plig om na sy jongste sussie om te sien totdat sy eendag veilig getroud is. Aan 'n vrou en eie gesin dink hy nie meer nie. Nadat sy verlowing ses jaar gelede op die rotse geloop het, steur hy hom weinig aan die skoner geslag. Hy lewe net vir sy werk en vir Janet. Solank dit met albei goed gaan, is hy doodtevrede en gelukkig.

Toe die skole drie weke gelede vir die Julievakansie gesluit het, het Vic groot moeite gehad om Janet oor te haal om die vakansie by Ester-hulle te verwyl, waar sy behoorlik kan rus en die seelug geniet. Aanvanklik het sy soos 'n steeks donkie geweier om hom alleen in Pretoria agter te laat, maar met Job se geduld en Salomo se wysheid het hy haar eindelik oorgehaal om by Ester te gaan kuier.

Victor het haar ook al dikwels probeer oorhaal om uit haar pos as kunsonderwyseres te bedank en saam met hom te reis na die afgeleë plekke waarheen sy werk hom so dikwels neem. Dit sal haar in elk geval meer tyd bied om haar eie skilderye te voltooi, het hy gemeen. Maar vir so 'n rondswerwery, meestal in die veld, het hierdie vrolike, lewenslustige stadsnooi nie kans gesien nie, nog minder vir 'n onbepaalde verblyf in 'n tent of 'n woonwa.

Janet is lief vir die stad en sy vermaaklikheid . . . en die kêrels is lief vir haar, maar nie een kon nog ooit daarin slaag om haar hart te verower nie. Sy is soos 'n aanloklike goue vlinder wat voortdurend sorgeloos van die een blom na die ander dartel. Tog het dit haar nog nooit getref dat sy al menige hart op hierdie wyse gebreek het nie. Vir haar is die lewe bloot 'n spel – 'n spel wat kuis en kommerloos gespeel moet word, 'n aangename spel vol pret en plesier.

Dit is selde dat 'n mens Janet se fynbesnede gesiggie ernstig en sonder haar gewone stralende glimlaggie sien. Slegs wanneer sy voor die esel staan met penseel en palet in die hand, of wanneer sy diep dink of konsentreer, is daar 'n trek van intense erns op haar gelaat . . . en dan ook wanneer sy nie in 'n goeie stemming is nie. Andersins is sy soos 'n sonstraaltjie wat almal lok om hulle te koester in die warmte wat sy so mildelik uitstraal. Sy is 'n betowerende, aanloklike skepseltjie, en vir die teenoorgestelde geslag absoluut onweerstaanbaar.

Maar hier waar sy met 'n veraf blik oor die rustelose golwe tuur, is daar nie 'n beduidenis van 'n glimlaggie op haar mooi gelaat nie. Haar gedagtes dwaal na haar ouboet. Sy wonder of daardie gewese verloofde van hom veroorsaak het dat hy nou 'n ewige hekel aan die vroulike geslag het? Hy is so 'n mooi man met sy steil blonde hare, sagte blou oë en forse gestalte . . .

"Ek vrees ons sal nou huis se kant toe moet staan, Janet," hoor sy Ester meteens sê. "Lidia en die kinderoppasser is seker ook al terug van hul wandeling."

Janet kyk haar suster aan en glimlag stil.

"Ja, dié juffroutjie sal ook wonder wat van ons twee geword het. Terloops, ek het belowe om haar vanmiddag vir 'n motorrit te neem, dus het ek nog 'n belofte om na te kom."

Geselsend kuier die twee susters terug na die sierlike De Waal-woning met sy weelderige agtergrond van piesang- en papajabome.

Janet het net klaar gebad en is nog besig om, onderwyl sy saggies neurie, haar aan te trek, toe Ester aan haar kamerdeur klop. Dit onderbreek terstond die deuntjie wat sy neurie.

"Binne!" roep sy.

"Hier is 'n poskaart vir jou van Vic, Janet," sê Ester.

Janet se ongeërgdheid neem dadelik die wyk. Met net een skoen aan, hink sy vlugtig na Ester en neem die welkome poskaart. Nou straal haar gesig van blydskap, want sy verlang juis vandag uitermate baie na haar dierbare ouboet. Met 'n breë glimlag gly haar blik vlugtig oor die geskrewe reëls. Die volgende oomblik verstar haar glimlaggie asof 'n onsigbare hand dit weggevee het.

Asof sy haar eie oë nie glo nie, lees sy die paar reëls weer 'n keer.

My liewe ou sussie, lui Vic se kort boodskap, *net 'n paar reëls om vir jou tot siens te sê. Vertrek môreoggend na Mosambiek, na 'n dorpie ongeveer 'n honderd en negentig kilometer noord van Beira. Moet opmetings gaan doen vir bou van private besproeiingsdam. Weet nie hoe lank ek daar sal vertoef nie. Is aangestel as ingenieur vir bou van genoemde dam. Alle heil en seën. Sal later van my laat hoor.*
Liefde, Vic.

"So," kom dit merkbaar teleurgesteld van Janet, "dan is my liewe ou Vic al weer op die trekpad, die wye vlaktes in. Weet jy, Ester, ek sal my nog dood verlang na en dood bekommer oor hom."

"Ja," sug Ester, "jy en Vic was maar van altyd af baie geheg aan mekaar. Dit het my nog altyd verbaas dat jy hom nie op sy swerftogte vergesel nie. As jy die salaris van die Departement van Onderwys nodig gehad het, kon ek dit nog verstaan het. Maar ons al drie het ryk geërf na Pappie en Mammie se afsterwe. Selfs Mammie se juwele, wat ook aan jou bemaak is, is 'n fortuin werd. Jy wat so lief is vir skilder, behoort sulke vreemde tonele en landskappe baie interessant te vind. En dan nog: Vic se werk is nooit honderde kilometers van 'n dorp af geleë nie. Jy kan jou in 'n hotel tuismaak en nog soos 'n hen oor ons ouboet waak."

"Maar waarom moet hy nou juis na daardie uithoek van Mosambiek gestuur word?" kla Janet met 'n opsigtelik ongelukkige trekkie om haar mooi, sagte mond. "Het die vervlakste Mosambiekers dan nie self ingenieurs nie?"

"O, hulle het, maar blykbaar nie so 'n knap ingenieur soos ons ouboet nie," kom dit met groot wysheid van Ester. "Vic sê dis 'n private besproeiingsdam, dus moet dit bepaald 'n skatryk Mosambieker wees as hy dit kan bekostig om 'n ingenieur in te voer om vir hom die dam te bou."

"Ja, skatryk, uitgeëet en spekvet," vaar Janet nou onthuts uit teen die onbekende man, kompleet asof hy spesifiek om haar ouboet se diens gevra het en haar sodoende opsetlik van haar liewe ou Vic beroof het.

"Ek ken sy soort," gaan sy uitgesproke voort. "Trouens, ek

het al 'n paar van sy soort hier in ons eie land teëgekom. Hulle is gewoonlik spekvet, met 'n ewe vet vrou en 'n hele string kinders by die huis. En dit is nou dié tipe vir wie my dierbare ouboet moet gaan werk. Hy het natuurlik ook 'n paar vet wange wat byna op sy bors hang en 'n paar hande soos hamme. Sy asem sal ook na niks anders as knoffel ruik nie."

"Jy het vergeet om sy maag te beskryf, my hartjie," herinner Ester haar met 'n onmiskenbare lagvonkie in haar grys oë.

"O, dié kan jy verseker wees sal soos 'n ballon oor sy broek hang," laat Janet nog steeds ontstoke hoor. "Ek sê vir jou, die paar skatryk Portugese wat ek al gesien het, lyk almal soos vetgemaakte slaggoed. Hulle eet gans te veel ryk kos, dis hul moeilikheid."

"Haai, wag 'n bietjie," keer Ester met 'n geamuseerde glimlaggie. "Ons was onlangs in Maputo, en ek het nogal netjiese en ordentlike mans daar gesien –"

"Ja, toe maar, ek was ook al daar," knip sy Ester se betoog terstond kort, "maar daardie mense is nie skatryk nie. Die mans van wie jy nou praat, werk almal hard vir 'n lewe; gevolglik boer hulle nie om die vleispotte van Egipte nie. Nee, jong, jy kan sê net wat jy wil, maar ek voel glad nie gelukkig oor Vic wat hom daar in die vreemde tussen vreemde mense bevind nie. Ek dink ek moet liewer my bedanking indien en self vir ons ouboet gaan sorg. En laat daardie kort, vet Portugees met sy ballonmaag net sy neus in Vic se sake steek, dan sal ek sy verlede, hede en toekoms vir hom padlangs vertel."

Na hierdie onverbiddelike dreigement draai Janet om en gaan soek haar ander skoen wat vroeër onder die bed ingeskuif het. Sy is nou in so 'n wrewelrige luim dat sy hopeloos vergeet van die vrolike deuntjie wat sy flussies besig was om te neurie. Sy is nou ook sommer haastig om terug te keer na Pretoria sodat sy die sake in verband met haar bedanking kan afhandel. As sy dadelik 'n plaasvervanger kan vind, vertrek sy nog oor 'n maand na Mosambiek. Sy hou inderdaad niks daarvan dat haar dierbare ouboet daar in die vreemde moet swaarkry nie, want wat weet daardie mense van hom en sy gewoontes af?

Nadat Janet klaar aangetrek het, neem sy Lidia vir die be-

13

loofde motorrit. Maar ten spyte van die babbelende meisietjie se geselskap, dwaal Janet se gedagtes telkens weg. In die gees is sy by haar ouboet, sien sy hoe hy die vreemde disse waaraan hy nie gewoond is nie, moet afwurg om aan die lewe te bly. Hierdie gedagtes maak haar hart week van verlange na Vic, wat die afgelope twee jaar vir haar soos 'n eie pa geword het.

Sy ry al met die kuspad langs tot by Illovo-strand. Daar drink hulle elk 'n koeldrank voordat hulle na Durban terugkeer. Die buitebande van haar geel Alfa Romeo-sportmotor sing gesellig op die teerpad, maar in haar wese voel Janet glad nie gelukkig nie.

Aan tafel daardie aand kondig sy ook sommer uit die bloute aan dat sy die volgende môre teruggaan na Pretoria. Die skole open in elk geval weer oor drie dae en sy het nog heelwat sakies om af te handel voor dan.

Vroeg die volgende oggend vertrek sy dus uit Durban en hou om eenuur voor haar en Vic se woonstel stil. Met die intrapslag tref dit haar dadelik hoe 'n presiese man haar ouboet is. Daar lê jou waarlik nie 'n enkele kledingstuk of boek rond nie. Ja, nie eens 'n sigaretassie nie. Sowaar, dink sy, as sy ooit eendag so 'n netjiese en presiese man soos haar ouboet ontmoet, trou sy net die volgende dag met hom. Dis waar, niemand kan by die dierbare ou Vic kers vashou nie. Daar is nie nog 'n man soos hy nie. Die vrou wat eendag met hom trou, is inderdaad gelukkig, want sy soort is yl gesaai.

Onderwyl Janet se gedagtes knaend om haar ouboet kring, maak sy vir haar 'n koppie koffie. Daarna skryf sy haar bedanking uit en begin haar tasse uitpak. Die res van die middag sien sy haar klere na – was wat gewas en stryk wat gestryk moet word.

Eers toe sy daardie aand in die bed is, lê sy in die donker oor 'n plaasvervanger en peins. Sy kan aan baie mense dink wat bekwaam sal wees om haar pos by die skool te vul, maar die vraag is wie sy eerste in dié verband moet nader.

Na 'n lang ruk besluit sy om môreoggend met Herman Vosloo in aanraking te kom. Hy is nie net uiters bekwaam nie, maar ook 'n baie goeie vriend. Na hierdie besluit raak sy eindelik aan die slaap.

14

Dit skyn inderdaad of die geluk Janet behoorlik tegemoetkom, want al haar reëlings verloop na wense. Sy sal net 'n maand nog werk, daarna sal sy haar onverwyld by Vic kan aansluit. Intussen sal sy haar ander sakies in orde bring, want ook haar paspoort sal hernu moet word. Ja, eers dan sal sy gereed wees vir die lang ent pad daar na die uithoek van die aarde waar die arme Vic hom op die oomblik bevind.

Twee weke later ontvang Janet 'n brief van haar ouboet.

My liewe ou sussie, oorbodig om te sê dat dit met die gesond- heid nog voor die wind gaan. Jy weet mos darem al dat ek nooit siek word nie, dus sal ek jou liewer die dinge vertel wat jy nie weet nie. Terloops, hierdie kusdorpie waar ek gevestig is, heet Espiño. Dit klink baie na spinasie, nè? Nou wonder jy natuurlik weer of hierdie klomp Mosambiekers darem ook spinasie eet. Ja, hulle eet ook spinasie, jong, met gebraaide knoffel gegeur. Smaak nogal nie sleg nie; 'n mens moet net daaraan gewoond raak. Maar ek moet sê, my mond water behoorlik vir 'n bord lekker boerekos.

In elk geval, ek is baie gerieflik hier op Espiño in 'n gemeubi- leerde huis gevestig, met kok en al. Die dam word vier en twin- tig kilometer wes van die dorp af gebou, gevolglik is dit nie vir my nodig om saam met my werkmense in die gewone veldkamp te bly nie. Die mense hier op Espiño is nogal besonder gasvry, vriendelik en aangenaam. Maar jy kan gerus uit jou werk be- dank en hierdie kok kom leer hoe om boerekos voor te berei; ek begin nou al moeg word vir sy uitlandse geregte.

Maar wat ek jou eintlik wil vertel, is dat hierdie plek soos die Bybelse Paradys lyk. Jong, jy het nog nooit so 'n groot verskei- denheid tropiese plante, struike, bome en blomme bymekaar gesien nie. Dis 'n gesig waaroor digters en skrywers liries sal raak. Die dorpie is ook glad nie agterlik nie, hoor! Jy sal hier al die geriewe vind waaraan jy gewoond is. Hier is selfs 'n bio- skoop en 'n hotel vir toeriste. Glo my, die mense is nie agterlik nie, jong. Die paar meisies met wie ek reeds kennis gemaak het, is nogal mooi en op 'n besadigde wyse modieus.

Nee, ou sussie, jy moet oppak en hierheen kom. Jy weet ek het nog nooit daarvan gehou dat jy alleen in Pretoria agterbly

*tydens my afwesigheid nie. Die mense hier op Espiño dink dit
is skokkend en onbetaamlik dat ek jou alleen daar agtergelaat
het. Hulle sê dit is absoluut ongehoord en ek moet jou sonder
versuim hierheen laat kom.*

*Nou ja, ek hoop van harte dat jy jou gou by my sal kom aan-
sluit. Moet net nie te veel harte hier kom breek nie. Onthou al-
tyd, 'n Portugees laat nie mooiweer met sy hart speel nie; hulle
is 'n warmbloedige nasie en duld geen onsin nie.*

*Ek voel trots op jou, ou kleintjie. Almal wat jou foto op my
lessenaar sien, sê ek het 'n beeldskone sussie – asof ek dit nie self
weet nie. Ek waarsku jou dus weer: laat die kêrels se harte tog
heel bly. 'n Man is 'n weerlose kreatuur sodra hy voor 'n mooi
meisie te staan kom en daardie oulike gesiggie van jou is genoeg
om die jagtersinstink in die dooierigste man aan te wakker.*

*In elk geval, ek hou nogal besonder baie van Espiño se ge-
meenskap en ek is seker jy sal ook van hulle hou. Ons kom ver-
basend goed oor die weg. Die meeste van hulle verstaan darem
die Engelse taal, dus het ek geen probleme wat dit betref nie . . .
O ja, byna vergeet ek om vir jou te sê. Hier is selfs 'n klein hos-
pitaal ook, wat natuurlik vir my 'n groot seën is, want met so
'n dambouery is ongelukke en beserings onvermydelik, al tref
'n mens ook die noukeurigste voorsorgmaatreëls. Tussen so 'n
klomp werksmense is daar maar altyd 'n paar onverskilliges wat
meen reëls en regulasies is net gemaak om oortree te word.*

*Man, ek was byna oorweldig die dag toe ek hier aangekom
het en hoor dat Espiño en die hele distrik, kilometers aaneen,
die eiendom van die man is vir wie ek die dam moet bou. Die
kêrel is glo dubbel en dwars 'n miljoenêr en boonop 'n werklike
hertog. Sy eintlike verblyfplek, of liewer sy setel, is glo in Lissa-
bon, Portugal, waar hy 'n fabelagtige kasteel besit. Ek hoor hy
het nog twee sulke kolossale plase soos hierdie – een in Brasilië
en een in Portugal. Hy besit selfs 'n plaas in ons eie Laeveld
ook. Maar in hierdie soort nuus stel jy seker nie belang nie,
dus sal ek maar herhaal: pak jou persoonlike besittings in en
kom skilder hier na hartelus. Jy sal nooit spyt wees nie, ounooi,
dit verseker ek jou. Hierdie plek is 'n lushof vir 'n kunsskilder.
Stuur maar net 'n telegram wanneer ek jou moet verwag.*

16

Nou luister, ek sluit vir jou 'n padkaart in sodat jy darem kan weet hoe jy van Beira af moet ry om by Espiño te kom. Dis 'n grondpad, maar heeltemal gangbaar. Van Maputo af kan jy per boot reis tot by Beira en van daar af die reis per motor voortsit. Ek sien uit na jou koms, ounooi. Onthou, hierdie keer het jy geen verskoning nie. Ek is in 'n gerieflike huis gevestig, dus is daar niks wat jou kan verhoed om hierheen te kom nie.

Nee, kyk, my brief is reeds te lank. Ek verwen jou te gruwelik vir woorde. Bedank nou, kleinding, en kom sluit jou hier by my aan.

Liefdegroete, jou ouboet.

Ns. Telegrafeer liewer in Engels, ingeval die kêrel hier in die poskantoor dalk 'n fout met die Afrikaanse spelling begaan.

Dié ouboet van my darem, dink Janet met 'n gelukkige glimlaggie, hy dink ook aan alles. Dit sal bepaald vir hom 'n verrassing wees wanneer hy van my hoor. Ek dink ek moet maar dadelik vir hom 'n telegram stuur en hom uit sy kommer verlos . . . Ja, sommer so 'n lange. Sy brief was mos darem redelik lank vir iemand wat nie lief is vir briewe skryf nie.

Na hierdie besluit plaas Janet Vic se brief terug in die koevert en neem agter haar lessenaar plaas. Met 'n breë glimlag van genoegdoening formuleer sy die bewoording van die telegram. Sy laat weet Vic dat sy reeds bedank het en die eerste September wil vertrek, maar met haar eie motor en nie per boot soos hy voorgestel het nie.

Die wind is snerpend koud toe Janet in haar motor klim en na die poskantoor ry om die telegram in te gee. Sy dink aan die lekker tropiese klimaat wat Vic geniet terwyl haar eie hande en voete half verys is van die koue. Sy is bly dat sy oor twee weke vertrek.

Pretoria word nou elke winter net 'n bietjie kouer. Later sal g'n beskaafde mens hier kan lewe as dit so aangaan nie . . .

Die klerk agter die toonbank is ietwat verbaas toe sy die lang telegram sien. Sy verkeer stellig onder die indruk dat die liewe ou Vic my kêrel is, dink Janet met 'n geamuseerde trek om haar mond en blou oë wat vonkel van pret. Wel, laat sy tog maar dink wat sy wil. Ek het my nog nooit in my lewe gesteur aan

17

wat ander mense van my dink nie. Waarom sal ek my nou steur aan wat sy dink?

Janet vereffen die bedrag wat die klerk noem en met hande diep in haar jas se sakke verlaat sy die poskantoor en vat die pad terug na haar woonstel. Vic sal vanaand nog sy verrassing ontvang, dink sy met 'n gelukkige hart. Sy is net spyt dat sy nie sy gesig kan sien wanneer hy haar telegram lees nie. Net twee weke nog, my liewe ouboet, sing haar hart saam met die motor se buitebande op die teerstraat, net twee kort wekies nog!

Janet voel momenteel diep gelukkig en tevrede. Met haar tuiskoms skakel sy die radio aan, krul haarself in 'n stoel op voor die verwarmer en lees Vic se brief nog 'n keer deur.

Met haar blik afgetrokke op die gloeiende verwarmer, bepeins sy die inhoud van Vic se brief. Ester was dus reg, praat sy in haar gedagtes met haarself; die man vir wie Vic die dam moet bou, is inderdaad skatryk. En as hy so ryk is, kan hy niks anders as 'n lelike ou vet slobber wees met 'n robynring aan elke vet pinkie nie. Ja, hy is stellig ook net so lank as wat hy breed is . . .

'n Hertog met 'n fabelagtige kasteel en drie yslike plase! Sy maak 'n minagtende geluid deur haar fynbesnede neusie. Sy skatte beïndruk my glad nie. Ons Hartmans is nou wel nie miljoenêrs nie, maar ons is ook nie arm nie. Die hertog met sy vet wange moet net nie maak of my liewe ou Vic sy hierjy is nie, want dan gaan hy met my te doen kry en ek laat nie met my speel nie . . .

'n Hele stroom wrewelrige gedagtes teenoor die hertog storm deur Janet se gedagtes. Sy weet dat sy die regte beeld van hom in haar gedagtes dra – spekvet en grootdoenerig; hy is mos 'n miljoenêr-edelman. Natuurlik daarom dat die knapste ingenieur in die suidelike halfrond sy ellendige dam vir hom moet bou. Pure grootdoenerigheid en niks anders nie. Ja, edelman ofte nie, hy is maar soos elke ander vermetele man. Almal moet weet en sien dat hy 'n groot kokkedoor is met fabelagtige skatte. Hy moet net sorg dat hy Vic se werk waardeer en nie maak of haar ouboet sy voetvel is nie, want dan verdrink sy hom nog in sy eie dam.

18

Maar wag maar, stu haar gedagtes voort, oor twee weke is ek self op Espiño. Ek sal sy houding teenoor my ouboet fyn dophou en bewaar sy siel as hy die werk van 'n knap ingenieur soos Vic nie waardeer nie. Ek sal hom baie gou laat verstaan dat my ouboet huis en haard moes verlaat het om sy ellendige dam te gaan bou en dat hy geëerd behoort te voel om 'n man soos Vic daar aan die spits van sake te hê . . .

Janet hoor hoe die wind iewers aan 'n venster ruk. Dan val dit haar meteens by dat die badkamer se venster oop is. Sy stoot haar welgevormde bene van die stoel af en draf haastig na die badkamer om die venster toe te maak.

Hierdie onplesierige wind, dink sy onderwyl sy 'n rukkie deur die venster na buite tuur, is sowaar genoeg om enige mens mistroostig te stem. Sy luister hoe die wind deur die kaalgestroopte jakarandas op die sypaadjie loei. Dit klink byna soos iemand wat droewig huil. Miskien ween die wind werklik oor die winterverlatenheid wat so somber oor die stad hang, dink sy. Die altyd kleurryke omgewing lyk vaal en verlate. Selfs die grasperke lyk asof dit nooit weer 'n groenigheidjie sal kan voortbring nie.

Sy sien hoe die wind in sy vaart klein stofwolkies in die straat opjaag, net om dit elders neer te werp. Stil draai sy van die venster af weg en gaan maak haar weer voor die verwarmer tuis. Sy voel meteens bitter eensaam en alleen, kompleet asof daar ook 'n winterverlatenheid in haar hart lê.

Etlike minute koester Janet haar in die hitte van die verwarmer, dan besluit sy dat sy maar die snerpende wind daar buite sal moet aandurf. Sy sal beslis 'n draai by die biblioteek moet maak, want sonder 'n boek sal sy nooit vanaand aan die slaap raak nie – nie soos sy op hierdie oomblik voel nie. 'n Boeiende verhaal sal net die regte medisyne wees om haar mistroostige gedagtes in 'n ander kanaal te lei, weg van haar verlange na Vic en die droewige geweeklaag van die wind met sy hartseerlied.

2

Twee dae voor Janet se vertrek na Mosambiek ontvang sy 'n brief van Vic. Dis duidelik dat die brief êrens vertraag was, daarom dat sy dit nou eers ontvang.

My liewe balhorige sussie, lui die brief, *dankie vir die telegram wat so 'n aangename opskudding hier in Espiño verwek het. Ek het lus en draai jou pragtige nekkie om.*

In elk geval, ek het kwalik jou telegram klaar gelees, toe verskyn die señor duque – dis nou die hertog, almal spreek hom so aan – hier in my studeerkamer met 'n gesig wat na 'n treffende weergawe van 'n onweerswolk lyk. Nou ja, die señor duque is nie 'n man wat jakkalsdraaie gooi wanneer dinge nie na sy sin verloop nie en hy wil ook sommer dadelik van my weet of ek so 'n ongehoorde ding gaan toelaat, naamlik dat jy alleen per motor van Pretoria af hierheen reis.

Hoe hy dit te hore gekom het, weet die vet alleen. Ek vermoed maar dat die klerk in die poskantoor hom ingelig het. Ek sê jou, hier kan niks op Espiño gebeur nie of hy weet daarvan. Dis kompleet of die man oor 'n buitengewone sintuig beskik – inderdaad 'n nare gewoonte.

In elk geval, ek het beleef aan hom verduidelik dat jy drie en twintig is en, volgens ons landswette, twee jaar gelede al mondig en jou eie baas. Ek kan jou dus nie belet as jy die hele ent pad per motor wil reis nie, aangesien ek geen gesag oor jou het nie, al is ek jou ouboet.

Jong, jy moes die man se gesig gesien het nadat ek hom al hierdie dinge vertel het. Hy was behoorlik bleek van skok en, wel, dit het vir my gelyk na verontwaardiging ook. Daarna het hy – baie beleef, verstaan jy? – 'n hele hoop waarhede kwytgeraak waaraan ek natuurlik niks kan doen nie, want die feit bly staan, jy is mondig en jou eie baas. Maar, in vredesnaam, reis tog asseblief per boot tot by Beira. Ek sien eerlikwaar nie daarna uit om weer so 'n onderhoud met die señor duque te hê nie. Trouens, ek het ook nie nou tyd om my met sulke buitebelange te bemoei nie. Ek weet jy was nog altyd opgewasse om vir jouself te sorg, maar dink jy die man wil dit verstaan!

Nadat hy vertrek het, het ek gedink dat ek nou die laaste van die saak gehoor het. Maar moenie glo nie. Die volgende dag het sy ma, die ou duquesa, my oor die einste ding kom spreek. Hy en sy ou ma is sowaar 'n pyniging des vlees en 'n vermoeienis des gees. Tog het hulle volkome gelyk: dit is nogal gevaarlik vir 'n jong meisie om so 'n lang reis alleen per motor aan te durf. Ek sien hul kant van die saak volkome in, maar aan die ander kant wonder ek weer wie nou eintlik vir wie die grootste gevaar inhou – die rondlopers vir jou, of jy vir die rondlopers?

So reis tog maar per boot tot by Beira, anders gaan ek nooit die einde van jou ongehoorde optrede hoor nie, en ek het nie tyd om telkens na die señor duque en sy ma se talle besware te luister nie. Terloops, ek is baie bly dat jy eindelik besluit het om uit jou werk te bedank. Dit sal beslis aangenaam wees om jou hier by my te hê, aangesien ek nog baie maande hier sal moet vertoef. Ek hoop egter van harte dat jy geen potjies sal loop met die señor duque en sy ma nie. Jy sal ook jou uitgesproke tong in toom moet hou, ou sussie, of anders in Pretoria bly. Die señor duque is nie 'n man wat met hom laat speel nie. Hy is pynlik nougeset en verdra geen onsin van enigiemand nie, nie eens van sy eie mense nie. Almal koester 'n heilige ontsag vir hom, maar terselfdertyd respek en agting.

In elk geval, jy sal wel self sien wat ek bedoel wanneer jy hier is. Dus, trap maar in jou spoor en loop lig vir die duque. Hy het darem nog nooit voorheen met my gelol nie. Ek sal eerder sê hy koester agting en respek vir my, want hy soek my geselskap nogal dikwels op wanneer ek saans tuis is. Hy probeer ook alles in sy vermoë doen om die lewe vir my hier in sy koninkryk so aangenaam moontlik te maak. Hy het selfs besluit dat ons nog 'n huishulp nodig sal hê sodra jy hier is en toe aangebied om vir ons 'n betroubare een van sy quinta, sy plaashuis, af te stuur.

Maar wag, ek het nie nou tyd om vir jou 'n ellelange brief te skryf nie, jong. Ons sal gesels wanneer jy hier op Espiño is. Onthou asseblief net dit: jy reis óf per boot tot by Beira, óf jy bly in Pretoria.

Liefde, jou ouboet.

"So 'n ou vet slobber van 'n rykaard!" roep Janet saggies

maar diep verontwaardig uit, al is daar niemand by teenoor wie sy haar gevoelens kan lug nie.

Wat verbeel hy hom om vir Vic en vir my te wil voorskryf hoe en waarmee ek moet reis! Hy en sy ou ma kan met 'n enkelkaartjie maan toe vlieg vir al wat ek omgee. Ek sal maak wat ek wil, met of sonder sy adellike toestemming. Vic is gans te sag van geaardheid om die vent kort te vat. Maar ek sal hom op sy plek gaan sit en hom daar hou, daarvan kan hy seker wees!

In elk geval, ek sal Vic nou dadelik moet telegrafeer, besluit sy, nog steeds hoog die herrie in. Daar is nie nou tyd om navraag te doen in verband met 'n boot nie. Ek vertrek oormôre en basta met die señor duque en sy ma se lawwe besware. Ek is gewoond daaraan om alleen te ry waar ek wil wees en Vic weet dit.

Nog steeds bitter omgekrap, neem Janet haar pen en skryf haar boodskap neer. Sy laat weet Vic in geen onsekere taal nie dat sy sy brief te laat ontvang het en dat sy haar deur niemand laat voorsê nie. Sy vertrek oormôre per motor via Maputo en hy sal haar sien wanneer hy haar sien.

Haastig trek sy haar jas aan en begeef haar onverwyld na die poskantoor om die telegram aan Vic te gaan stuur.

So, dink sy ingenome toe sy die poskantoor verlaat en in haar motor klim, nou kan die hertog en sy ma na hul peetjie gaan. Dis ongeveer ses ure se ry na die grens, so as ek vieruur oormôreoggend hiervandaan vertrek, behoort ek teen tienuur daar te wees. As die Mosambiekse beamptes my net nie te lank by hul doeanekantoor besig hou nie, sal ek nog 'n lang skof kan aflê voordat die donkerte my inhaal.

So kring Janet se gedagtes om haar voorgenome reis totdat sy eindelik voor die woonstelgebou stilhou.

Die res van die dag en ook die volgende dag is sy druk besig met inkopies doen en daarna die groot inpak. Ja, hierdie keer pak sy nie net twee tasse vir 'n maand lange vakansie nie. Volgens Vic se brief gaan hulle baie maande daar in die vreemde vertoef. Al haar verfgereedskap moet dus saam; daarom het sy spesiaal 'n bagasierak op die dak van haar sportmotor laat aanbring.

Dis die oggend voor Janet se vertrek. Haar hangkas en laaie is eindelik leeg, maar haar bed lyk kompleet soos 'n berg. Sy stoot 'n goudkleurige krul van haar voorkop af weg en plaas die eerste tas op 'n stoel langs die bed.

So onder die inpakkery fluit sy al wat 'n deuntjie is – van "Cara mia" tot "Aandlied van die voëls". Maar toe sy merk dat die bed byna leeg is, val sy lustig weg met "Kom dans 'n tango met my". Toe die laaste noot wegsterf, knip sy ook die laaste tas toe. Die groot inpak is afgehandel, maar ook die dag is besig om sy laaste stuiptrekkings te gee.

Met 'n rug wat voel asof dit op drie plekke geknak is, stap sy na die badkamer waar sy lank in 'n warm bad ontspan, hopend dat sy darem weer in een stuk gaan voel na so 'n ontspanninkie.

Sy het dit ook nie mis nie. Na die warm bad voel sy weer piekfyn en heeltemal gereed vir die lang pad wat sy môre moet aandurf. Sy skakel die kombuislig aan en besluit dat aandete vanaand net uit toebroodjies en 'n glas melk sal bestaan. Sy het werklik nie na al die gewerskaf nog lus om 'n maaltyd voor te berei nie. En buitendien wil sy vanaand vroeg gaan slaap sodat sy vieruur môre in die pad kan val. Ja, sy gaan nie 'n minuut later as vieruur vertrek nie en die geel Alfa Romeo sal môre sy draf moet ken oor daardie bulte en berge.

Na haar ligte aandete begeef Janet haar onverwyld na haar bed – haar laaste nag in Pretoria vir 'n onbepaalde tyd.

Toe die wekker drie-uur die volgende môre aankondig dat dit tyd is vir haar om op te staan, was sy net oorgehaal om die raserige ding teen die oorkantste muur te slinger omdat dit haar so ontydig gewek het. Maar toe dring dit skielik tot haar slaapbenewelde verstand deur dat sy vanoggend mos na Espiño moet vertrek en dat sy die wekker gisteraand self gestel het.

Ewe gedwee plaas sy haar jare lange ou vriend terug op die bedkassie en stoot haar bene rats van die bed af. Alle tekens van slaap het uit haar gewyk. Sy draf in haar slaapklere na die kombuis en skakel die elektriese ketel aan. Daarna neem sy 'n haastige stort en is ook net klaar toe die ketel se deksel begin ronddans.

Met haar kamerjas aan, wat sy so inderhaas skeef vasge-knoop het en waaroor sy telkens struikel, het sy oplaas 'n kop-pie koffie gedrink en die groot warmfles vir die pad gevul. Dit plaas sy in die mandjie wat sy gister al ingepak het.

Hierna ruim sy gou weer die kombuis op, daarna haar slaap-kamer, en toe is sy self ook geklee vir die reis.

Sy gaan klop haar buurman op, met wie sy die vorige dag al gereël het om haar tasse vir haar na die motor te neem, en vieruur trek die geel vuurwa ewe besadig en ordentlik voor die woonstelgebou weg.

Maar dit hou nie vir lank so aan nie. Toe sy die stadsgrens oorsteek, trap sy die lepel diep weg en die geel gevaarte vlieg oor die verlate pad in die rigting van Bronkhorstspruit.

Die buitebande sing gesellig oor die teerpad, die helder ligte werp 'n lang, wigvormige baan oor die pad en Janet voel in haar element. Sy hou van snelheid en dit lyk ook of sy die enig-ste motorryer op die pad is.

Teen agtuur trek sy al ver in die Laeveld en besluit dat sy teen nege-uur êrens sal stilhou om ontbyt te nuttig. Die pad kronkel met gevaarlike skerp draaie oor die berge, gevolglik voel sy ook nie lus om in hierdie bergwêreld stil te hou nie.

Die sonnetjie begin nou lekker warm skyn. Janet het dit er-ger verwag, daarom dat sy vanoggend 'n lang wolbroek onder haar rok aangetrek het. 'n Kilometer of wat duskant Hector-spruit hou sy stil. Na al die pragtige berge en mooi natuur-skoon waarlangs sy gery het, lyk hierdie stukkie vlakte maar droog en verlate. Nadat sy ontbyt geëet het, trek sy haar jas en langbroek uit, knap haar grimering op en lyk weer soos die mo-derne stadsmeisie wat sy is. Niemand sal ooit kan droom dat sy al so 'n lang reis agter die rug het nie. Daar is nie 'n beduidenis van vermoeienis op haar gelaat nie.

Dis reeds na tienuur toe sy die hekke by die grens nader. Sy is bly dat sy al die nodige vorms tuis ingevul het. As die doeane-beamptes net nie die vorige aand 'n wilde partytjie bygewoon het nie en nugter wakker is, behoort sy gou met hulle klaar te wees. Sy hoop net die beamptes neem nie dalk haar pistool-tjie in bewaring nie, want daarsonder sal dit inderdaad gewaag wees om alleen te reis. Espiño lê nog ver, en dit is 'n vreemde wêreld waardeur sy moet reis.

Nou eers dink Janet daaraan dat die Portugese taal vir haar absoluut onbekend is. Wat gaan sy tydens haar reis in verband met maaltye aanvang? Die mense sal haar nie verstaan nie en sy vir hulle ewe min. In Maputo en Beira is die Engelse taal darem nie vreemd nie, maar wat van die dorpies? Sy moet tog eet en ook brandstof vir haar motor hê! Waarom kan die mensdom nie maar een taal praat soos voor die sondvloed nie?

Janet besef skielik dat sy haar in 'n yslike penarie bevind, maar sy besluit om 'n bietjie inligting by die beamptes in te win. Hulle is nogal 'n vriendelike en behulpsame klomp daar aan die ander kant.

Die hekwag maak die hek vir haar oop. Stadig ry sy deur en hou langs 'n luukse, swart sportmotor stil. Die swart voertuig trek dadelik haar aandag weens die vreemde, goudkleurige wapen wat swierig teen die twee deure pryk. Die eienaar moet beslis 'n vername persoon wees.

Etlike sekondes verkyk Janet haar aan die indrukwekkende wapen, dan skuif haar blik op en kyk sy vas in die donkerste bruin oë wat sy nog ooit gesien het. 'n Vuurwarm blos sprei terstond oor haar wange. Haastig draai sy haar gesig weg en klim uit.

Sy voel lus om haarself te skop omdat sy die man se motor soos 'n nuuskierige agie aangestaar het. Hemel, wat moet hy van haar dink?

Janet stap die Suid-Afrikaanse grenspos binne, en is opvallend ingedagte toe sy die vorm aan die beampte voorlê. Hier word sy gelukkig nie lank opgehou nie en na 'n paar minute begeef sy haar na die ander kant van die gebou waar die Mosambiekse doeanekantore geleë is, onbewus daarvan dat die lang man wat in die netjiese, wit somerspak geklee is, nie meer in sy indrukwekkende swart motor sit nie.

Sy kyk doelbewus nie in die rigting van die swart motor nie, uit vrees dat dit straks die indruk wek dat sy opsetlik die man se aandag wil trek. As hy 'n onaantreklike man was, sou sy haar glad nie eens aan hom gesteur het nie. Maar nou is die kêrel

25

gevaarlik aantreklik en vir sulke aantreklike mans loop sy gewoonlik lig. Hulle is gans te geneig om te dink dat jong meisies ewig daarop uit is om hul aandag te trek.

Met haar kop trots in die lug, stap Janet die Mosambiekse doeanekantoor binne. Tot haar groot verleentheid tref sy die eienaar van die swart motor daar aan, druk in gesprek met die beamptes. Sy stap na die toonbank, neem 'n paar treë van hom af stelling in en maak asof sy nie van sy teenwoordigheid bewus is nie.

Janet hou haar oënskynlik besig met die lees van die vorms in haar hand, maar toe hoor sy een van die beamptes op Engels sê: "Kan ek help?"

"Dankie," sê sy bedaard, ook op Engels, onderwyl sy al die nodige vorms, haar paspoort en rybewys voor hom neerlê.

Die beampte lees alles vlugtig deur, stempel die vorms en paspoort en stuur haar na 'n aangrensende kantoor.

Ook hierdie man lees alles vlugtig en vra meteens: "Mag ek die pistooltjie sien, asseblief?"

Janet haal die vuurwapen uit haar handsak en hou dit na die beampte uit, wat die loop 'n oomblik noukeurig bekyk en dit aan haar teruggee.

"Wat is die doel van die vuurwapen, señorita?" vra hy met 'n breë glimlag, asof hy 'n geheime grappie geniet.

Janet vervies haar innerlik vir die man se simpel vraag. Die vorms toon tog duidelik dat sy alleen per motor na Espiño reis! Sy tel tot tien en kyk die kêrel reguit aan.

"Die doel van die vuurwapen, señor," antwoord sy nadruklik, "is om mense mee dood te skiet wat my onderweg na Espiño probeer molesteer. Soos jy wel in die vorms sal opmerk, reis ek alleen per motor."

"O, maar ek het pas berig ontvang dat jy slegs tot Maputo per motor reis, señorita," kom dit vriendelik van die beampte. "Ek sal dus die wapen vir jou in bewaring hou totdat jy na Suid-Afrika terugkeer."

"Ek vrees jy het 'n verkeerde berig ontvang, señor," weerspreek sy hom baie ernstig. "Ek herhaal: ek reis alleen in my motor na Espiño. Terloops, ek gaan vanaand nog op een van die talle kusdorpies, êrens naby Beira, oornag."

Janet het glad nie meer lus om hom te nader in verband met brandstof en maaltye nie. Sy sal die nodige inligting wel in Maputo bekom.

Maar dan hoor sy die onmoontlike man weer sê: "Señorita Hartman, laat my toe om die señor duque, sy geëerde excellencia Ramiro Velasco de Gouveia, aan jou voor te stel."

Janet se onthutste oë volg die beampte se blik. Sy draai effens om en dan kyk sy weer eens vas in die lang, aantreklike man se swartbruin oë. Dis sowaar dieselfde man wat met haar aankoms in sy luukse, swart motor gesit het – daardie motor met die indrukwekkende wapen teen die deure.

"Aangename kennis, señorita," hoor sy die duque op foutlose Engels sê met 'n sjarmante buiginkie so reg uit die sewentiende eeu – 'n gebaar wat Janet heimlik amuseer.

O gits, dink sy, nog 'n hertog, en nogal 'n uiters aantreklike en imponerende een daarby. Ja, glad nie so 'n ou vet slobber soos die een vir wie Vic die dam moet bou nie!

Maar hardop, en ook op Engels, sê sy: "Aangename kennis, señor duque!"

Daar is 'n ondersoekende, deurdringende blik in die man se swartbruin oë toe hy met 'n mooi diep en bedaarde stem vra: "Gaan jy nie die vuurwapentjie aan die beampte oorhandig nie, señorita?"

"Nee, ek gaan nie, señor duque," antwoord sy met besliste finaliteit in haar stem. "Ek kan die pistooltjie tydens my reis nodig kry. Espiño lê nog ver . . ."

"Jy het gelyk, señorita, Espiño lê nog baie ver," val hy haar sag in die rede. "Maar jy gaan nie verder alleen reis nie; jy gaan per vliegtuig saam met my reis."

Janet kyk die man met 'n frons aan asof hy een van sy bont varkies verloor het en nog totaal onbewus daarvan is. Sou hy wraggies dink sy is so onnosel en eenvoudig om saam met hom, 'n wildvreemde man, per vliegtuig te gaan reis? Nee, sowaar, die man is nie by sy volle verstand nie.

Janet wil hom net vertel dat sy ordentlik opgevoed is, dat haar ouers haar geleer het om nooit saam met 'n vreemde man in 'n voertuig te klim nie, al is hy ook die koning van watter

27

land. Maar die man gee haar nie die geleentheid om hom al hierdie dinge te vertel nie. Die frons op haar mooi gesiggie het hom reeds alles vertel wat sy nog nie in woorde gesê het nie. Miskien is dit ook maar beter, want Janet kon nog nooit haar tong in toom hou nie.

Sy hoor die edelman bedaard sê, onderwyl hy 'n brief uit sy sak haal en dit na haar uithou: "Moontlik sal jy beter begryp wat ek bedoel nadat jy die brief van die goeie señor Hartman gelees het, señorita."

Sy kyk die kêrel skepties aan, maar neem nietemin die brief. Nog steeds fronsend, kyk sy na die koevert en herken dadelik Vic se handskrif. Die frons wyk en nou is daar 'n trek van verwarring in haar mooi, helder blou oë wat die edelman skerp aankyk.

"Van waar af ken jy my broer, señor duque?" vra sy, steeds ietwat skepties. Haar oorlede ma het haar geleer om geen vreemde man te vertrou nie. Daar was juis so 'n snaakse, ingenome lig in sy oë toe hulle mekaar vroeër vanuit hul onderskeie motors aangekyk het. Ja, sy onthou daardie ingenome blik van hom baie goed. Die man is sowaar 'n wolf.

"Jou broer, señorita," hoor sy die edelman bedaard sê, "is die ingenieur wat besig is met voorbereidings om vir my 'n besproeiingsdam te bou. Ek vrees dit was ietwat ongeleë vir die goeie señor Hartman om jou hier te ontmoet, daarom het ek gekom om jou na Espiño te vergesel. Maar sal dit nie beter wees as jy eers die brief lees nie, señorita? Moontlik sal jy dan beter verstaan wat jou broer van jou verwag."

Janet val byna op haar rug van skok en verbasing toe sy hoor dat hierdie aantreklike man die hertog is vir wie haar broer die dam moet bou. Die beeld van die man wat sy nog altyd in haar gedagtes omgedra het, verskil hemelsbreed van die een wat hier voor haar staan. Sy weet nie of sy moet lag of flou word nie. Hierdie lang man met sy smal heupe en breë skouers, swart, reguit hare wat netjies agteroor gekam is en lang, goed versorgde hande met net 'n enkele ring aan een vinger – 'n ring met 'n sierlike wapen daarop gemonteer – het haar momenteel totaal van stryk. Sy is nie eens daarvan bewus dat sy hom met openlike verbasing van kop tot tone beskou nie.

"Maar ek het dan gedink dáárdie señor duque is . . ." begin sy verward. Sy besef gelukkig betyds dat sy byna haar mond verbygepraat het en vervolg sag: "As jy my sal verskoon, sal ek eers my broer se brief lees."

"Wat van dáárdie señor duque, señorita?" hoor sy die edelman met 'n gemoedelike stem vra. Sy kan sweer dat sy 'n vlietende oomblik 'n glimlag in sy deurdringende swartbruin oë gesien het, al kyk hulle haar nou weer ernstig en bedaard aan.

Janet is nou opvallend verleë.

"Nee, sommer niks," antwoord sy met 'n pragtige blos op haar wange. "Dit was nie belangrik nie."

"Ek sal nogtans graag wil weet wat jy van dáárdie señor duque wou sê, señorita," hou die man knaend vol.

Dit kom meteens by Janet op dat hierdie man die tipe skyn te wees wat nooit sy stem verhef nie, al is hy ook hoe woedend. Maar dan val dit haar by dat die ellendige man 'n antwoord op sy vraag verlang en dat hy stellig daarop sal aandring totdat hy die waarheid uit haar getrek het. Ja, sy moet hom liewer die waarheid vertel en klaarkry.

"Wel," begin sy, en nou bloos sy sommer vuurwarm, "om die een of ander rede het ek onder die indruk verkeer dat die señor duque van Espiño 'n lelike, kort, vet mannetjie moet wees met pofferhande en 'n yslike robynring aan elke pinkie. Hy sou ook 'n ewe vet vrou en 'n string kinders hê."

"Jy kan dus nie glo dat ek dáárdie señor duque is, omdat ek toe nie aan die beeld voldoen wat jy vir jouself geskep het nie?" kom dit sag van die edelman. Maar nou klink dit vir Janet al of hy met haar spot, en dit verdra sy nie – van niemand nie.

"Wel," sê sy met 'n tikkie ergernis in haar stem, "ek is nog glad nie oortuig dat jy wel daardie señor duque is nie. My broer het my nog nooit vertel wat daardie duque se naam en van is nie. Jy kan dit ook maar net sowel nou weet, señor, dat ek nooit saam met 'n vreemde man in 'n voertuig klim nie. Watter versekering het ek dat jy wel die duque is vir wie my broer die dam moet bou?"

"Op die oomblik het jy geen versekering nie, señorita," hoor sy hom bedaard sê. "Ek het nou wel nie 'n vet vrou en 'n string kinders nie, maar ek kan jou verseker dat ek selfs daarsonder 'n eerbare en betroubare man is. Terloops, hierdie doeanebeamptes ken my almal. Ek gaan gereeld een of twee keer per jaar hier verby wanneer ek 'n besoek aan my sitrusplaas naby Nelspruit bring."

Hy haal 'n leerportefeulje uit sy baadjie se binnesak, neem sy paspoort en hou dit na Janet uit. "Jy sal my adres daarin vind, señorita," sê hy.

"Dit spyt my, maar ek kan nie jou taal lees of praat nie, señor," help sy die man bedaard reg. Sy voel in 'n mate oortuig dat hy wel Vic se hertog is, want haar ouboet het in een van sy briewe gesê dat die man 'n plaas in die Laeveld besit. Maar dit gaan sy nie vir hom sê nie. Dalk dink hy Vic bespreek hom en sy . . . e . . . maer vrou in sy briewe. Ja, as sy vrou nie vet is nie, moet sy bepaald slank en beeldskoon wees, meen Janet.

Maar die hertog Ramiro Velasco de Gouveia is nie 'n man wat 'n onafgehandelde saak sommerso in die lug laat hang nie. Hy kom ongevraagd langs Janet staan. Sy merk dat hy heelwat langer is as sy. Ewe bedaard hou hy sy paspoort voor haar en dui met 'n slanke wysvinger aan.

"Ek veronderstel jy sal die adres ken wanneer jy dit sien," hoor sy hom weer sê. "Jy het reeds twee telegramme na dieselfde adres versend en in die laaste telegram het jy ons almal gestuur om doppies te gaan blaas."

Janet voel asof sy in die aarde kan wegsink van verleentheid, maar die hertog se mooi, bedaarde stem gaan onverstoord voort: "Hierdie foto op die paspoort is tog 'n foto van my, nie waar nie?"

"Ja, ek sien hierdie paspoort behoort aan jou, señor," sê sy sag. "Ek glo nou dat jy die man is vir wie my broer die dam moet bou. Maar dit beteken nog nie dat ek bereid is om jou per vliegtuig na Espiño te vergesel nie. Ek het tot hier met my motor gekom en hoop om môremiddag per motor op Espiño aan te kom –"

"Onmoontlik, señorita," val hy haar ernstig in die rede. "Van Mambone tot by Muda is die pad so hopeloos dat jy dit nooit met jou motor sal maak nie. Die middelmannetjies sal jou motor se brandstoftenk ernstig beskadig."

"Snaaks, die middelmannetjies het nie jou motor se brandstoftenk beskadig nie, señor duque," kap Janet ewe ernstig terug, "en jou motor se brandstoftenk is maar net so laag. Hoe verklaar jy dit?"

"Verskoon my, ek het nie per motor hierheen gereis nie, señorita. Ek het jou met my vliegtuig kom haal."

"O," sê Janet, "ek het gedink dit is jou motor hier buite."

"Dit is," antwoord die hertog, "maar hierdie motor bly gewoonlik in die motorhuis van my villa hier in Maputo –"

"Maar ek gaan nie my motor hier agterlaat nie, señor!" val sy die man vinnig in die rede. "As ek sonder 'n motor vir 'n onbepaalde tyd in Espiño moet woon, kan ek maar net sowel nou na Pretoria terugkeer."

Sy kyk op haar fyn, goue polshorlosie. "As ek nou vertrek, sal ek laat vanmiddag weer in Pretoria wees." Haar blik verskuif na die hertog, dan vervolg sy half verontskuldigend: "Ek is jammer dat jy al die moeite gedoen het deur hierheen te vlieg om my te kom haal. Vic, dis nou my broer, moes jou gesê het dat ek nooit op Espiño, of enige ander plek wat dit betref, sonder 'n eie voertuig sal woon nie."

Voordat die edelman weer iets kan sê, neem Janet haar paspoort en vorms, plaas dit op die toonbank voor die beampte en vervolg sag: "Ek vertrek nou dadelik terug na Pretoria toe, señor –"

"Señorita," val die edelman haar bedaard in die rede, "jy het nog nie jou broer se brief gelees nie. Ek sal jou aanraai om die brief te lees voordat jy haastige besluite neem."

Onderwyl hy Janet aanspreek, neem hy die vorms en haar paspoort van die toonbank op en steek dit sonder meer in sy baadjie se sak.

Met 'n ergerlike frons skeur sy die koevert oop en begin lees:

My liewe, eiewyse en uitgesproke ou sussie, as daar een persoon op hierdie aarde is wat nog jou pragtige nekkie gaan omdraai, dan is dit beslis ek. Wat het jou besiel om per telegram te sê ons moet almal gaan doppies blaas? Ek gaan jou doppie nog vir jou klink, as jy dit miskien nie weet nie, jou uitgesproke klein rissie!

31

In elk geval, die señor duque, Ramiro Velasco de Gouveia, sal by die doeanekantore wees om hierdie brief aan jou te oorhandig. En jy gaan nou maak soos ek vir jou sê, of die duiwel haal jou. Ek het nou heeltemal genoeg gehad van die hertog en sy ma se besware en teregwysings in verband met jou veiligheid, welsyn en ek weet nie wat nog alles nie – dis gans te veel om op te noem.

Na jou telegram van eergister het die duque vriendelik en hulpvaardig aangebied om jou met sy privaat vliegtuig te gaan haal. Hy het ook aangebied om reëlings te tref dat jou motor per boot na Beira aangestuur word. Ek weet nie waarom die man so baie moeite en koste om jou ontwil aangaan nie. Dis seker maar sy adellike opvoeding en agtergrond wat hom dwing om mense te help wat in nood verkeer, en jy sal baie beslis in nood verkeer indien jy volhou met jou koppigheid om per motor te wil reis. Die pad van Mambone tot by Muda is glo onbegaanbaar met 'n nuwe motor soos joune.

Nou ja, geen telegramme meer nie, gehoor? Alles is klaar gereël. Jy reis saam met die duque per vliegtuig en jou motor word per boot aangestuur.

Liefde, jou ouboet.

Die frons lê nog diep op Janet se voorkop toe sy die hertog aankyk en rooi van ergernis sê: "Vic is hopeloos van sy wysie af. Dit kan 'n week of twee duur voordat my motor in Beira aankom – wat gaan ek al daardie tyd sonder 'n voertuig met myself aanvang? Regtig, as jy nie al hierdie moeite en koste aangegaan het om my te kom haal nie, sou ek sonder versuim teruggegaan het na my tuiste in Pretoria. Maar noudat jy wel al die moeite gedoen het, het ek seker geen ander keuse as om jou te vergesel nie, señor. Maar ek weet eerlikwaar nie hoe ek my bagasie gaan verdeel om net die nodigste met my saam te neem nie."

"Daar is geen nodigheid hoegenaamd om jou bagasie te verdeel nie, señorita," stel hy haar dadelik gerus. "Ons neem al jou bagasie per vliegtuig saam. Net jou motor sal per boot aangestuur word. En moet asseblief nie bekommerd wees oor jou eie voertuig op Espiño nie. Ek sal persoonlik toesien dat daar 'n motor tot jou beskikking is."

32

Hy kyk op sy polshorlosie en vervolg dan saaklik: "Ek vrees ons sal nou moet gaan, señorita. Jy kan solank in my villa rus onderwyl ek die sakie in verband met jou motor afhandel. Ons sal eers na die middagete na Espiño kan vertrek."

Hierna groet hy die doeanebeampte met 'n vriendelike: "Bon dia, amigo – tot siens, my vriend," neem Janet se arm en lei haar ewe galant na haar motor. Hy maak die motordeur vir haar oop en sê: "Ek glo nie jy weet waar my villa geleë is nie, dus sal ek voor ry."

Hy maak die motordeur versigtig toe, stap na sy eie voertuig wat steeds langs hare staan en klim in. Oomblikke later is hulle onderweg na Maputo.

Hier waar Janet agter die edelman ry, is die kraag van sy netjiese wit baadjie en die agterkant van sy raafswart kop duidelik sigbaar. Die windjie wat by die venster inwaai, speel liggies met haar goudkleurige hare wat in 'n massa krulle oor haar skouers hang. Dis asof die frisheid van die windjie haar nou eers tot verhaal bring.

Met 'n glimlaggie dink sy aan die kontras tussen die man wat hier voor haar ry en die beeld wat sy van hom geskep het . . . Hy is inderdaad die aantreklikste man wat sy nog ooit gesien het. Maar daardie skerp, deurdringende blik in sy swartbruin oë lewer duidelik bewys dat hy ook 'n duiwel kan wees as hy kwaad word. Hy het jou wrintiewaar nog nie een keer geglimlag nie. Ek wonder wat dink sy vrou daarvan dat hy al die moeite en koste aangegaan het om my te kom haal? Sy het blykbaar g'n sê in enigiets nie . . . leef natuurlik in sy en sy ma se skaduwee. Hy lyk nogal na die tipe wat sy vrou knaend onder die duim sal hou, die wette neerlê en net een keer praat.

Die glimlaggie wyk meteens van Janet se gelaat en nou vlam haar pragtige oë soos gepoleerde saffiere. Wel, hy kan die groot diktator oor sy vrou en kinders speel, solank hy net sy adellike neus uit my sake hou, dink sy opstandig. Ek aanvaar geen bevele van enigiemand nie, nie eens van Vic nie. Hy sal baie mooi moet verstaan dat ek my eie baas is en met my lewe sal maak wat ek wil, en dat ek geen inmenging van enigiemand sal duld nie.

Janet is so verstrik in haar opstandige gedagtes dat hulle Maputo bereik voordat sy weet waar sy is. Hulle ry met die Avenida de Julho af tot by die Avenida da Duquesa de Connaught. Hier draai hulle links en hou in die volgende blok voor 'n rooi teëldakhuis stil. Aan die voorkant is drie uitgeboude vensters met groen houthortjies.

Janet kry egter nie die geleentheid om die huis langer te besigtig nie, want die hertog is reeds besig om die motordeur vir haar oop te maak. Terselfdertyd gaan die voorhekkie oop en 'n man in 'n wit hemp en kortbroek kom na haar motor aangestap. Hy groet die edelman met 'n beleefde buiging, daarna spreek die hertog hom op Portugees aan en die volgende oomblik begin hy die bagasie aflaai.

Janet neem haar handsak en klim uit. Maar die hertog se arendsoog val dadelik op haar kameelhaarjas en lang wolbroek wat nog oor die rugleuning van die sitplek hang. Hy strek sy hand uit en neem albei kledingstukke uit die motor.

By die aanskoue van die lang wolbroek verskyn daar 'n harde trek om die man se mooi, karaktervolle mond. Maar hy lewer geen kommentaar nie. Hy besef dat Janet van 'n koue wêreld af kom en dan ken hy ook die modes en gebruike van die Suid-Afrikaanse vroue – modes en gebruike wat hom dwars in die krop steek en wat hy nooit onder sy eie mense sal duld nie.

Met die jas en die wolbroek oor sy arm, wonder hy heimlik in hoe 'n mate Janet die Suid-Afrikaanse modes nastreef. Hy weet dat sommige jong vroue van haar land hulle glad nie aan die nuwerwetse modes steur nie, terwyl ander weer liewer dood wil wees as uit die mode.

Hy neem die sleutels van Janet se motor uit haar hand, plaas sy hand bedagsaam onder haar elmboog en lei haar die huis binne na 'n sitkamer vol eeue oue meubels. Beleef nooi hy haar om te sit, dan druk hy 'n elektriese skakelaar en na 'n rukkie verskyn 'n in swart geklede, middeljarige vrou wat blykbaar die huishoudster van sy villa is.

"Koffie of tee, señor duque –"

"Jy kan my gerus Ramiro noem, señorita Janetta," val hy die huishoudster in die rede. Dan draai hy na haar, hou Janet se jas en langbroek na haar uit en vervolg op Portugees: "Ons sal koffie neem, dankie, en jy kan sommer die juffrou se jas en ander bagasie na een van die vrykamers neem, Rosita. Laat Vaco jou help."

Met 'n beleefde, eerbiedige "Si, señor duque" verlaat die bejaarde Rosita die vertrek om haar adellike werkgewer se bevele uit te voer.

Janet het op die een punt van die rusbank gaan sit en die skilderye met waardering bekyk onderwyl die hertog met Rosita gepraat het. Noudat sy die vertrek verlaat het, neem die edelman op die ander punt van die rusbank plaas. Hy kruis sy bene gemaklik, haal 'n goue sigaretkoker uit sy sak en bied Janet 'n sigaret aan – wat sy beleef van die hand wys – en steek dan vir homself een aan.

Ewe tydsaam plaas hy die sigaretkoker terug in sy sak. Dan blaas hy 'n rookkringetjie in die lug en draai weer na sy skone gas.

"Sodra ons koffie geniet het, sal jy my moet verskoon sodat ek kan gaan reël vir die vervoer van jou motor," gesels hy nou informeel met sy mooi, bedaarde stem. "Maar ek sal jou eers na 'n slaapkamer neem waar jy tydens my afwesigheid kan rus. Jy het reeds 'n lang reis agter die rug en daar lê nog 'n reis van byna vier uur voor."

Janet gee een van daardie seldsame glimlaggies van haar wat geen kunstenaar ooit op 'n doek sal kan verewig nie en geen man nog ooit kon weerstaan nie.

"Ek voel darem nie so moeg dat ek op 'n bed moet gaan rus nie, señor ... e ... Ramiro," sê sy vriendelik. "Ek sal bly wees as ek net my hande en my gesig kan was voordat ons die reis voortsit. Ek lyk dalk wel klein en tingerig, maar ek verseker jou dat my gestel sterk en gesond is, met 'n verbasende uithouvermoë."

"Jou gestel is dalk sterk en gesond, señorita Janetta, maar ek verkies nogtans dat jy jou nie onnodig ooreis nie," verklaar die hertog, steeds kalm en bedaard, ofskoon daar 'n besorgde trek in sy oë is. "As my ma teenwoordig was om vir jou as 'n duenna te dien, sou ek beslis daarop aangedring het dat ons die reis eers môre voortsit."

"'n Duenna?" Sy kyk hom met groot, vraende oë aan. "Wat is 'n duenna, señor Ramiro?"

"'n Beskermvrou of oppasster."

"Maar ek het niemand nodig om my te beskerm nie, señor!" voeg sy die hertog geamuseer toe. "Ek is oud en groot genoeg om myself te beskerm, en buitendien is jy ook hier."

"Juis omdat ek hier is, durf ons nie sonder my ma se teenwoordigheid in die villa oornag nie," help hy haar reg. "So iets is absoluut ongehoord. Dit word net nie gedoen nie."

"O, ek verstaan nou wat jy bedoel, señor," glimlag sy met pret in haar oë. "Jy bedoel 'n duenna is eintlik iets soos 'n chaperone wat 'n meisie se naam en eer moet beskerm?"

"Presies," kom dit sag van die edelman. "Nie dat ek jou oneer sal aandoen nie, señorita, maar dit is 'n streng gebruik in my land wat deur geen respektabele mens verontagsaam sal word nie. Terloops, geen respektabele jong dame word ooit toegelaat om sonder 'n duenna op straat te gaan nie."

Janet kyk die man met openlike verbasing aan. Sy wonder of sy hom reg verstaan het. Indien wel, het hy sweerlik 'n skroef êrens in sy boonste verdieping los, want waar op aarde het jy daarvan gehoor dat 'n meisie helder oordag 'n chaperone moet saampiekel as sy êrens heen wil gaan!

O, verdriet, dink sy effens gesteurd, hy moenie met sy duenna-storie by my aangesit kom nie. Ek sal hom sommer padlangs vertel waar Dawid die wortels gegrawe het. Ek is nie 'n Portugese meisie nie en ek stel ook nie in hul konserwatiewe gebruike belang nie. Hierdie man sal dit baie mooi moet begryp.

Rosita tree die sitkamer binne en bedien Janet en die hertog pynlik beleef met koffie en beskuitjies. Maar sy kan haar nie daarvan weerhou om die skone señorita onderlangs te beskou nie. Die señorita se deftige rokkie is nou wel veels te kort vir 'n respektabele jong dame, maar sy is nietemin 'n uitsonderlik mooi meisie met haar fyn gelaatstrekke, sagte mond en spits kennetjie. Ja, selfs haar hande is mooi, sag en fyntjies en haar skoene lyk net so duur en deftig soos die skepping wat sy aanhet.

Met 'n eerbiedige buiging verlaat Rosita die vertrek. Die hertog roer sy koffie half ingedagte. Dan kyk hy op na Janet.

36

"Jou broer het my vertel dat jy 'n skilderes is," begin hy gemoedelik gesels. "Op Espiño sal jy baie mooi tonele vind om te skilder. Selfs na 'n tropiese storm sal jy Espiño nog steeds mooi vind."

"Maar waarom laat jy 'n besproeiingsdam bou, señor?" vra Janet met onverbloemde nuuskierigheid. "Daardie deel van Afrika kry mos heelwat reën."

"Nie meer so mildelik soos vroeër nie, señorita. Vroeër was dit 'n streek met 'n hoë reënval, maar elke jaar neem dit meer en meer af en my proefryslande ly daaronder. Met 'n besproeiingsdam sal my rys hopelik floreer."

"Ek het ongelukkig geen kennis van boerdery nie, señor Ramiro," laat Janet verontskuldigend hoor. "Maar wat verbou jy nog behalwe rys?"

"Koffie en grondboontjies," antwoord hy. "Ek hou ook heelwat bees en skaap aan, maar daarmee word nie op groot skaal geboer nie. Ek hou dit uitsluitlik aan om die dorp van vleis te voorsien . . ."

Rustig, geselsend geniet hulle die koffie en beskuitjies. Daarna kom die edelman orent. Hy bied aan om Janet 'n slaapkamer aan te wys waar sy kan rus terwyl hy vir die vervoer van haar motor reël.

Hy neem haar na 'n kamer, stoot die deur vir haar oop, maar bly op die drumpel staan, kompleet asof dit vir hom heiligskennis is om 'n slaapkamer saam met 'n jong vrou te betree.

"Jy moet my asseblief verskoon, señorita," hoor sy hom van die deur af sê. "Ek sal nou dadelik moet gaan. Indien jy enigiets verlang, kan jy maar net vir Rosita vra. Dit sal my in elk geval nie langer as 'n uur neem om alles af te handel nie. Ek sal jou dus aanraai om daardie uur nuttig te gebruik deur te rus. Terloops, die badkamer is langsaan geleë – die deur aan die linkerkant."

Janet kyk hom met 'n meerderwaardige blik aan. Sy is nie gewoond aan bevele van ander nie. Sy sien die streng lyne om sy aantreklike mond, die onpeilbare uitdrukking in sy swartbruin oë. Dit laat haar meteens wonder of hierdie hertog al ooit in sy lewe geglimlag het. Hy lyk so streng en ongenaakbaar, so asof 'n glimlag benede sy waardigheid is.

Maar hierdie gedagte hou sy vir haarself en sê slegs: "Moet jou asseblief nie oor my bekommer nie, señor. Ek is gewoond daaraan om na myself te kyk, en ek het nog altyd die mas redelik goed opgekom."

Die man vereer haar met 'n ligte buiging van sy hoof, draai om en stap weg – lank, trots en waardig.

Janet wag net totdat hy uit haar gesigsveld verdwyn, toe gaan sy badkamer toe om haar hande en gesig te was. Sy kam haar hare, knap haar grimering op en dan stap sy na die voorstoep waar sy in 'n gemaklike leunstoel ontspan totdat die hertog pas voor middagete terugkeer.

Hy merk haar dadelik op daar waar sy heerlik ontspanne op die rottangstoel sit en kom reg voor haar staan. Hy kyk haar met 'n onpeilbare blik aan, 'n blik wat Janet met die beste wil ter wêreld nie kan plaas nie en wat haar ietwat verward laat voel.

"Ek sien jy het nie my raad gevolg nie, señorita," hoor sy hom bedaard sê. "Dis jammer, want die lang reis na Espiño gaan jou ontsettend vermoei." Hy hou albei sy hande na haar uit en vervolg: "Laat my toe om jou op te help. Ons sal nou dadelik moet gaan aansit vir ete sodat ons teen twee-uur kan vertrek."

Janet lê haar fyn handjies in sy lang slankes en laat hom toe om haar uit die stoel te help. Die aanraking van sy hande is verbasend sag, maar sy weet ook dat daar groot krag in daardie lang vingers skuil. Sy hele liggaam van bykans twee meter lyk sterk en gespierd.

"Jou motor sal oor ses dae in Beira aankom," lig hy haar in onderwyl hulle na binne stap.

"Dankie, señor Ramiro," antwoord sy beleef. "Dit is baie vriendelik van jou om soveel moeite om my ontwil te doen. Jy is inderdaad 'n merkwaardige man om so baie van jou tyd aan 'n vreemdeling af te staan. Ek hoop jy sal my toelaat om jou aan die einde van die reis vir al jou moeite en koste te vergoed."

"Jy kan my vergoed deur in die vervolg gehoorsaamheid aan die dag te lê, señorita Janetta," hoor sy hom sag sê, en nou eers kom sy agter dat hy nog steeds haar een hand in syne vashou, presies asof dit iets is wat hy verloor het en nou weer gevind het.

Met 'n verleë blos op haar wange kyk sy anderpad en trek haar hand saggies uit syne. Sy merk nie op hoe sy swart wenkbroue effens oplig nie, nog minder hoe 'n sweem van 'n glimlaggie 'n oomblik lank aan die een hoek van sy mond raak.

Hy verwys bepaald na my ongehoorsaamheid deur op die stoep te sit in plaas van te gaan rus soos hy beveel het, meen Janet. Maar hy sal hom wat verbeel. Ek is nie 'n kind wat hy bed toe kan stuur wanneer dit hom pas nie. As ek wil gaan rus, sal ek dit doen sonder dat hy dit aanbeveel.

Maar sy sê dit nie, antwoord net ongeërg: "As kind was ek baie gehoorsaam aan my ouers, señor. Maar sedert ek mondig geword het, twee jaar gelede, is ek aanspreeklik vir my eie dade en besluit ek self wat goed is vir my."

Die volgende oomblik tree hulle die sitkamer binne, gevolglik verswyg die hertog die bestraffende woorde wat hy haar wou toevoeg. Hy ontbied Rosita en stel haar in kennis dat hulle gereed is om aan te sit vir ete.

Tydens die ete gesels die hertog, soos dit vir Janet lyk, ietwat gedwonge. Met rukke lyk hy duidelik afgetrokke. Dit laat haar heimlik wonder of hy haar gewone, alledaagse geselskap benede sy waardigheid ag, of sou hy dalk verveeld voel in haar eenvoudige teenwoordigheid?

O wel, besluit sy effens afgehaal, ek het hom nie gevra om my te kom haal nie. As hy my geselskap dus benede sy edele waardigheid ag, is dit net sy eie skuld en kan hy, vir al wat ek omgee, met my komplimente na sy peetjie gaan. Ek gaan my ook glad nie meer moeg maak om met hom te gesels nie. En hierdie vreemde gespannenheid wanneer hy my aankyk met daardie onpeilbare swartbruin oë wat 'n mens laat voel asof hy dwarsdeur jou kyk, gaan ek ook totaal ignoreer. Dis sommer bog dat 'n enkele blik van hom my so vreemd ontsenu. Al is hy uit die adelstand, is hy net 'n mens soos ek. Ek gaan my beslis nie meer aan die ellendige mansmens steur nie . . .

Onbewus van hierdie onstuimige gedagtes in Janet, nuttig die onversteurbare hertog sy maaltyd asof niks op aarde hom ooit kan ontwrig nie, asof hy geen kommer en sorge in die ganse wêreld ken nie en ook nie sal toelaat dat so iets hom ooit kwel nie.

Dis waar. Soos die onversteurbare, onberispelike man daar aan die hoof van die tafel sit, sal geen vreemdeling ooit kan raai watter groot verantwoordelikhede daar op sy breë skouers rus nie. Net iemand wat met die eeue oue tradisie van die Portugese edelliede vertroud is, sal weet dat hierdie waardige, bedaarde dog streng man die hoof is van sy hele familie tot aan die kleinste vertakking daarvan. Vir elkeen se probleme moet hy 'n oplossing vind. Elke lid se toekomstige lewensmaat moet hy eers goedkeur voordat die verlowing amptelik aangekondig mag word. Hul toekomstige loopbane moet met hom bespreek en deur hom goedgekeur word. Hy moet ook vir almal as voorbeeld dien, want almal sien na hom op vir raad en leiding. Geen lid van sy adellike familie sal dit ooit waag om hom teen te gaan of selfs te weerspreek nie. As hoof van die familie koester elke lid vir hom die grootste respek, agting en eerbied. Sy woord is wet en word onvoorwaardelik deur almal eerbiedig.

Benewens die verantwoordelikheid vir sy groot familie rus ook die verantwoordelikheid vir sy talle werknemers en hul gesinne op sy breë skouers . . . en hulle is nie min nie, want benewens sy drie yslike quintas en fabelagtige kasteel in Lissabon, is hy ook die eienaar van etlike villas en sakeondernemings – dis nou afgesien van sy plaas naby Nelspruit.

Maar van al hierdie dinge is Janet nog salig onbewus. Vir haar is die hertog bloot 'n aantreklike, koel komkommer wat stellig nie eens deur 'n hewige aardskudding van balans geruk kan word nie. Dat die man op hierdie oomblik diep bekommerd voel oor die lang reis wat sy vandag nog moet aflê nadat sy die hele ent pad van Pretoria af bestuur het, sal Janet natuurlik nooit kan raai nie.

Na die ete is die hertog opvallend haastig om te vertrek. Janet weet nie hoe alles so vinnig gebeur het nie, maar vyf minute nadat hulle van die tafel af opgestaan het, kondig die edelman aan dat alles gereed is vir hul vertrek na die lughawe.

Dis waar, Janet sal nog moet leer dat wanneer die drie en

dertigjarige hertog Ramiro Velasco de Gouveia bevele uitdeel, sy wense sonder versuim uitgevoer word. Hy is 'n billike man en verwag nooit die onmoontlike nie. Maar die paadjie wat hy bewandel en ook verwag ander moet bewandel, is eng, bitter nougeset en konsensieus.

Gelukkig is Janet nog onbewus hiervan en stel sy momenteel net belang in die dinge wat haar omring – dinge wat die hertog glad nie insluit nie.

Met 'n beleefde "Adeus, Rosita – tot siens!" neem hy Janet se arm en lei haar na die voordeur. Sy kry darem ook 'n vriendelike "Adeus" in voordat hulle uit die sitkamer en uit Rosita se gesigsveld verdwyn.

3

By die lughawe aangekom, is die loods reeds besig om die enjin van die hertog se vliegtuig op te warm. Rosita se man, wat die hertog se motor na die villa moet terugneem, plaas Janet se bagasie in die vliegtuig en na etlike minute styg die vliegtuig die wye bloutes in. Die vliegtuig sirkel een keer om die lughawe soos 'n by wat nie weet watter kant toe nie, dan koers dit in 'n noordelike rigting.

Toe hulle die verlangde hoogte bereik, maak die hertog sy veiligheidsgordel los en ook dié van Janet wat ewe rustig en ontspanne hier langs hom sit. Hy vra haar toestemming om te rook en steek dan vir homself 'n sigaret aan.

Na 'n rukkie vra hy haar uiters diplomaties uit na haar lewe in Pretoria. Sy vertel hom dat sy haar werk as kunsonderwyseres bedank het om vir Vic te kom sorg en sluit af met: "Ek hoop net dit neem my broer nie 'n ewigheid om daardie dam te voltooi nie, want ek is geensins van plan om my vir donkiejare aan die einde van nêrens te begrawe nie. My tuiste is in Pretoria."

"Jou geliefde blykbaar ook," konstateer die man met onversteurbare kalmte asof hy heeltemal begryp waarom sy nie lank van Pretoria afwesig wil wees nie.

Janet kyk hom tersluiks aan en merk die smeulende uitdrukking in sy oë wat deur die venstertjie die ruimte in staar.

"O, ek het 'n paar vriende," antwoord sy ongeërg. "Ek het ook so 'n vae voorgevoel dat ek hulle nog baie gaan mis indien Vic lank neem met sy dambouery."

"'n Paar?" Die hertog kyk haar aan asof hy haar die eerste keer werklik in oënskou neem en glad nie hou van wat hy sien nie. "Jy moet 'n verbasende ruim hart hê, señorita, om 'n páár mans lief te hê." Hy lê klem op die "páár" asof dit die kranksinnigste ding is waarvan hy nog ooit gehoor het.

Maar Janet steur haar nie veel aan die konserwatiewe man se vreemde houding nie en sê slegs: "Die Bybel sê 'n mens moet jou naaste liefhê soos jouself, señor, en ek doen my bes om daardie gebod getrou na te kom. Ek het al my vriende lief, want elkeen is op sy eie manier gaaf en interessant. Gert het 'n besonder mooi stem, Herman is weer die galantheid self, Karel is 'n genie op 'n dansvloer en Brian, 'n Engelsman, se klavierspel is wonderlik. Dan is daar nog Adolf, die Duitser, 'n wonderbaarlike kunsskilder . . ."

"Dit verbaas my dat die goeie señor Hartman dit goedkeur dat jy so baie mansvriende aanhou, señorita," val hy haar ernstig in die rede, die skok duidelik op sy gelaat te lees.

"My doen en late het hoegenaamd niks met Vic te doen nie, señor," kap sy half verontwaardig terug. "My vriende gaan hom ook nie aan nie. Ek is oud en volwasse genoeg om my eie vriende te kies."

"Maar so baie mans . . ." begin die hertog met openlike afkeer in sy stem. Dog Janet gee hom nie die geleentheid om meer te sê nie.

"Wat is daarmee verkeerd, señor?" wil sy onomwonde weet terwyl sy hom met nougetrekte oë aankyk, 'n duidelike teken dat sy op die oorlogspad is, en wee die een wat dit waag om met haar swaarde te kruis. Sy mag klein en fyn wees, maar dit sê niks nie. Dis 'n mens se skerpsinnigheid, jou wil en deursettingsvermoë wat tel, en oor hierdie eienskappe beskik sy in oorvloed.

Maar die hertog ken die Afrikaanse meisie nog sleg, derhalwe merk hy nie die gevaartekens in haar oë nie en antwoord met sy gewone bedaardheid: "Ek vrees dit is absoluut ongehoord en onbetaamlik vir 'n jong dame om so baie . . . e . . . mans in haar lewe te hê. As ek die goeie señor Hartman was, sou ek terstond 'n einde daaraan gemaak het. Jy kan in elk geval net met een man in die huwelik tree, weet jy?"

"Ek weet dit baie goed, señor. Jy hoef my dit nie te vertel nie," kom dit effens onthuts. "Maar vir jou inligting: ek koester geen planne hoegenaamd om met een van my huidige mans-vriende in die huwelik te tree nie."

"Señorita Hartman!" Die hertog verloor byna sy asem van skok. Sy swart oë boor in hare toe hy afgemete vervolg: "Jy is dus 'n wispelturige vlinder wat van die een blom na die ander vlieg, altyd op soek na 'n kleurryker, meer eksotiese blom! Wees versigtig dat iemand nie straks jou goue vlerkies knip nie, seño-rita, want dan gaan jy bepaald hard en seer val."

"Ag, kom, señor," lag sy hom met openlike ongeduld uit, "ek is seker dat jy ook nie met die eerste nooientjie op wie jy verlief was, getrou het nie. Ek het trouens nog nooit van iemand ge-hoor wat met sy eerste liefde getrou het nie."

"Wat my betref, kan ek ongelukkig nie met jou saamstem nie, señorita," hoor sy die man met groot erns sê. "Ek was nog nooit verlief of getroud nie, dus sal ek bepaald met my eerste liefde in die huwelik tree."

Nou is dit weer Janet wat byna haar asem kwyt is. Al die tyd verkeer sy onder die indruk dat hierdie aantreklike, imponeren-de aristokraat getroud is, en hier vertel hy haar ewe doodluiters dat hy nog nooit 'n meisie liefgehad het nie en ook nie getroud is nie. Die man is sowaar uniek. Sy kyk hom aan en begin sag-gies lag.

"Señor Ramiro," voeg sy hom met groot wysheid toe, "neem gerus my raad en moenie sommer met die eerste meisie wat jy liefkry, trou nie. 'n Mens se eerste liefde is soms 'n onsekere saak. Ek het my al dikwels verbeel dat ek verlief is, net om later te besef dat dit verliefdheid was en nie liefde nie. Daarna het ek besluit om die teenoorgestelde geslag eers baie noukeurig deur te kyk en ook baie seker te maak dat dit wel liefde is wat ek vir die kêrel voel, voordat ek hom as 'n lewensmaat kies. En dit is presies wat ek vandag nog doen, daarom dat ek so baie mansvriende op sleeptou het. Die regte een sal wel eendag sy verskyning op my horison maak."

"En as die regte een sy verskyning maak, señorita, wat gaan jy met Gert, Herman, Karel, Brian en Adolf maak?"

Hierdie hertog het inderdaad 'n wonderlike geheue om al die name van Janet se talle kêrels so in volgorde te onthou. Ja-nee, hy is beslis 'n intelligente man. Nou wonder sy ook nie meer waarom geen meisie dit nog kon regkry om hom in te palm nie. Hy is stellig te uitgeslape om in 'n Eva se strik te trap. Maar dan val dit haar by dat hy haar 'n vraag gestel het en steeds op 'n antwoord wag.

"O," sê sy met 'n ligte skouerophaling asof hierdie dinge haar nie juis diep raak nie, "ek gee hulle maar net die trekpas. Hoe dan anders? Jy het tog self gesê dat ek net met een man kan trou en nie met almal nie!"

"Maar 'n mens speel nie so los en vas met ander se gevoelens nie," wys hy haar ernstig tereg. "Ek herhaal, señorita: dit is nie betaamlik vir 'n respektabele jong dame om 'n string mansvriende aan te hou nie. So iets word nie op Espiño geduld nie."

"Toe maar, señor," stel sy hom haastig gerus, "ek sal sorg dat my vriende my nie op Espiño besoek nie. Ek sal hulle vroegtydig waarsku dat Espiño jou eiendom is en dat hulle my liewer in Beira moet besoek. My broer sal in elk geval nie doodgaan as hy af en toe vir 'n naweek of wat sonder my sorg moet klaarkom nie."

"Bedoel jy dat jy jou vriende alléén in Beira gaan onthaal?" vra die man sag, dog met iets soos skok in sy stem onderwyl sy oë vol afkeer op haar rus.

"Ja, waarom nie, señor Ramiro?" vra sy ietwat verbaas. "Hulle is immers vriende wat ek baie lankal ken en nie vreemde mans wat my leed sal aandoen nie!"

"Dit sê niks nie, señorita," kap hy sag dog onverbiddelik terug. "Dit sal nogtans onverantwoordelik wees om so iets te waag . . . onverantwoordelik en absoluut ongehoord. Jy sal nie sien dat 'n Portugese dame so iets doen nie."

44

"O, maar ek is nie 'n Portugese dame nie, señor," troef sy hom met die salige gevoel van 'n oorwinnaar. "Ek is gewoond daaraan om my gang te gaan en vir myself te sorg. In my land piekel ons nie duennas met ons saam nie. Ons word van kleins af geleer om selfstandig te wees sodat ons later, wanneer ons volwasse is, vir onsself kan besluit en in staat kan wees om eie diskresie te gebruik."

"Ek is volkome vertroud met jul gebruike in Suid-Afrika, señorita. Glo my, ek wil nie onbeleef wees nie, maar ek hou niks daarvan nie. Julle jong meisies voer 'n gans te vrye en ongebonde lewe. Ek hou ook nie van jul pynlike selfstandigheid nie. In Portugal word 'n jong meisie as iets kosbaars beskou; daarom word sy ten alle tye deur 'n duenna vergesel. Maar ek sal persoonlik toesien dat jy tydens jou verblyf in Espiño beskerm word soos dit hoort."

"Verskoon my, maar as jy dink dat ek 'n duenna oral met my gaan saampiekel, señor, begaan jy beslis 'n fout," help sy die man met 'n ergerlike blos op haar wange reg. "Ek weier volstrek om my lewe en my vryheid aan bande te laat lê en jou gebruike en konvensies gaan my ook nie aan nie. Solank ek net nie die wette van jou land oortree nie, handel ek heeltemal binne my regte."

"Solank jy jou op Espiño bevind, señorita, sal jy nie net die land se wette gehoorsaam nie, maar ook ons gebruike en konvensies," kom dit onverstoord van die edelman, ofskoon daar 'n besliste, gedetermineerde trek om sy mond is wat duidelik te kenne gee dat hy geen teenkanting van enigiemand sal duld nie – allermins van Janet Hartman.

Hierop sê sy niks nie, maar haar bewolkte gelaat en vlammende oë spreek boekdele. Die hertog is bewus van haar wrewel teenoor hom, tog laat hy dit nie deur woord of gebaar blyk nie. Wat hom betref, sal sy gou leer om haar by die gemeenskap van Espiño aan te pas. Almal koester respek en agting vir haar goedgemanierde en besadigde broer, derhalwe sal hy graag wil sien dat sy dieselfde respek en agting by sy mense afdwing . . . Ja, net dan sal sy moontlik tuis en gelukkig op Espiño voel.

Na 'n rukkie draai die hertog sy gesig effens na Janet se kant toe. Uit die hoek van sy oog merk hy op dat haar oë gesluit is. Sy is doodmoeg en uitgeput, flits dit deur sy gedagtes, nogtans is sy óf te trots óf te eiesinnig om dit te erken. Sy blik versag meteens en dan draai hy sy kop weg.

'n Rukkie later is Janet vas aan die slaap. Stadig, baie stadig begin haar kop al nader en nader aan die hertog se breë skouer skuif. Met tevredenheid merk die edelman op dat sy in 'n salige droomland verkeer. Saggies, asof hy 'n baba aanraak, trek hy haar in die kring van sy een arm en laat haar kop gemaklik teen sy skouer rus.

Etlike sekondes rus sy blik stil, onpeilbaar op haar mooi, rustige gelaat. Toe draai hy sy gesig skielik weg, kompleet asof die onskuldige, betowerende gesiggie van die slapende Janet ongewenste emosies in hom losruk, emosies wat hy verseg om in hom toe te laat.

Janet slaap diep en vas, maar haar drome is glad nie so rustig en aangenaam nie. Gedurende die dag was daar gans te veel dinge wat steurend op haar gemoed ingewerk het. Sy het haar nog nooit deur 'n man laat voorskryf oor wat sy mag en nie mag doen nie, en hierdie edelman moet hom nie haantjie kom hou met haar nie. Hy ken Janet Hartman nog glad nie en sal sy fout baie gou agterkom indien hy met sy baasspelerigheid teenoor haar volhou. Sy laat haar deur niemand hiet en gebied nie.

Maar hierdie aristokraat is nie onnosel nie. Inteendeel, hy is 'n skerpsinnige en noulettende man met onbeperkte mensekennis. Daardie vlammende blik wat Janet hom vroeër toegewerp het, het hom nie ontgaan nie. Trouens, dit het hom duidelik laat besef dat hierdie meisie oor 'n vurige temperament beskik en ook 'n wil van haar eie het. Hy besef terdeë dat Janet probleme gaan skep, probleme waarmee hy alleen te kampe sal hê.

Dis waar, Janet is nie 'n swakkeling wat haar deur elke windjie laat meevoer nie. Tog is sy 'n vriendelike, mensliewende en innemende meisie wat nie eens 'n vlieg sal leed aandoen nie. 'n Mens moet net nie op haar fyn toontjies trap en haar die herrie in maak nie, want dan verander sy in 'n kits in 'n klein rissie wat soos vuur brand.

Die dreuning van die vliegtuig gaan eentonig voort terwyl dit die slapende Janet verder en verder van haar tuiste af wegvoer na 'n vreemde uithoek van Afrika waar Vic met blydskap en spanning op haar koms wag – blydskap omdat hy baie na sy sussie verlang, en spanning omdat hy vrees vir die dinge wat sy moontlik op hierdie dorpie met sy konserwatiewe gemeenskap gaan aanvang . . . Sal sy hierdie mense met hul nougesette leefwyse ooit verstaan?

Dis al lank na vieruur toe Janet eindelik wakker word. Sy voel hopeloos verward en kan nie begryp waar sy haar op die oomblik bevind nie. Sy luister met 'n slaapbenewelde verstand na die dreuning van die vliegtuig, dan val die hele legkaart voor haar inmekaar en besef sy dat sy onverhoeds aan die slaap geraak het. Nou is sy meteens ook bewus van 'n harde, gespierde arm om haar skouers en dat sy doodluiters teen iemand aanleun.

Hierdie wete laat Janet, nog half deur die slaap, se oë oopvlieg. Die eerste wat sy raaksien, is die goue ring met die vreemde embleem daarop aan die lang, slanke hand wat sag en vertroulik op haar arm rus. Sy herken die ring dadelik en skuif blosend en verward van die hertog af weg. Innerlik onthuts, wonder sy of die ellendige man haar in haar slaap in die kring van sy arm getrek het, of was dit sy self wat in haar slaap teen hom gaan aanleun het? Sy glo in elk geval nie dat sy so iets gedoen het nie, dus moet dit die hertog wees.

Janet se gesig brand nog van verontwaardiging, toe hoor sy die man ewe bedaard hier langs haar sê asof niks op aarde gebeur het nie: "Ek vertrou dat jy 'n aangename rus geniet het en heeltemal verkwik voel, señorita."

Wel, besluit sy, nog ietwat verontwaardig, as hy hom onskuldig wil hou, laat hom dan. Ek sal ook maar maak asof niks gebeur het nie – al is dit nie my gewoonte om in mans se arms te slaap nie.

Hardop sê sy, sonder om hom aan te kyk: "Dankie, ek het lekker geslaap, señor."

Janet wil die man nog beleefdheidshalwe bedank vir die gerief van sy skouer tydens haar middagslapie, maar dan val dit haar by van sy dreigende woorde dat sy haar streng by hul konserwatiewe gebruike sal moet bepaal tydens haar verblyf op Espiño, en sy besluit net daar dat hy kan gaan doppies blaas; sy sal hom nie bedank nie. Trouens, sy is nou bly dat sy hom die ongerief aangedoen het. Sy hoop van harte dat sy skouer 'n paar dae lank lam en seer sal wees. Dit sal hom leer om in die vervolg nie weer bevele aan haar uit te deel nie.

Onderwyl Janet haar wrewel met hierdie gedagtes afkoel, nader hulle Beira se lughawe, waar die vlieënier na 'n rukkie neerstryk om brandstof in te neem.

Vriendelik, asof hulle nog nooit oor enigiets 'n meningsverskil gehad het nie, nooi die hertog Janet na die lughawe se restaurant vir 'n koppie koffie terwyl hulle moet wag.

Hieroor voel Janet bly. Sy het lankal lus vir 'n koppie koffie, maar sy sal eerder sterf as om dit aan hierdie eiegeregtige man te laat blyk. Derhalwe sê sy net: "Ek sal graag die lughawe se restaurant wil besigtig, señor."

Hierdie hertog Ramiro Velasco de Gouveia is 'n waardige aristokraat wat sy maniere ken. Maar dit het Janet reeds in Maputo agtergekom. Tog amuseer dit haar opnuut toe hy die stoel onder die tafeltjie uittrek en haar met 'n buiginkie nooi om te sit, kompleet asof hy 'n ridder uit die veertiende eeu is.

Janet bedank die man met 'n sedige gesig en neem plaas. Hulle het ook net gesit, toe kom neem die kelner hul bestelling. Die Afrikaanse meisie verkyk haar behoorlik aan die kelner wat telkens so beleef voor die aristokraat buig. Die kêrel lyk bepaald gekonfyt in so 'n buigery, want hy het jou werklikwaar nie 'n druppel koffie in een van die pierings gestort nie. Sy wonder of almal veronderstel is om voor hierdie man te buig, want ook die doeanebeamptes in Maputo het dit ewe nederig gedoen toe hy vir hulle tot siens gesê het. Hy moet beslis 'n bekende en belangrike figuur wees dat almal so eerbiedig voor hom buig. Hy moet net nie verwag dat ene Janet Hartman dit ook sal doen nie – letterlik sowel as figuurlik – want dan gaan hy beslis baie lank wag.

Janet het net haar koppie neergesit toe sy skielik 'n opgewekte manstem agter haar hoor: "Boa tarde, Ramiro!"

Die hertog kom waardig orent en die volgende oomblik staan

48

'n jong man van middelmatige lengte, ongeveer ses en twintig jaar oud, langs hul tafeltjie.

"Boa tarde, Jacomo," sê die edelman bedaard goeiemiddag onderwyl hy die aangesprokene met 'n berekende blik betrag. Maar Jacomo se aandag is baie beslis nie meer by Ramiro nie, want sy lewendige grys oë is reeds besig om die oulike Janet stuksgewys te beskou – van haar goudkleurige kroontjie tot by haar geskoeide voetjies. Daar is openlike bewondering in die jong Jacomo se blik.

"Laat my toe om die goeie señor Hartman se suster aan jou voor te stel, Jacomo," hoor Janet die edelman nou weer op Engels sê. "Señorita Janetta Hartman . . . My neef, Jacomo de Chaves, ons goeie jong dokter wat in bevel van Espiño se hospitaal is, señorita."

'n Wedersydse aangename kennismaking volg onderwyl die jong man 'n galante buiginkie voor Janet maak. Sy wag geamuseerd dat hy sy hakke soos 'n opgeleide soldaat teen mekaar moet klap en op aandag moet staan. Maar die hertog vestig dadelik die jong man se aandag op hom.

"My goeie Jacomo," spreek hy die jonger man weer op Engels aan, "mag ek vra wat jou vandag so dringend na Beira gebring het? Jy het tog seker nie al die moeite gedoen om my welkom te heet nie?"

"O nee, so lief is ek nie om deur jou gekritiseer te word nie, Ramiro," antwoord Jacomo ernstig. "Ek het maar net die voorraad medisyne kom haal wat vanoggend per vliegtuig van Lissabon af aangekom het. Jou vliegtuig het ek maar toevallig raakgesien en ek het geweet dat ek jou hier in die restaurant sal vind."

"Wel, dit spyt my dat ek jou nie eens 'n koppie koffie kan aanbied nie, my vriend. Soos jy sien, moet ons al weer vertrek. Maar ek twyfel nie vir 'n oomblik daaraan dat jy jou uitstappie sonder ons teenwoordigheid ewe goed sal geniet nie." Die edelman neem Janet se arm en help haar galant orent. Daarna draai hy weer na Jacomo en groet bedaard: "Adeus, Jacomo!"

"Adeus, Ramiro . . . señorita Janetta!" Hy kyk Janet met 'n warm glimlag aan en vervolg vriendelik: "Ek sien jou weer môre, señorita . . . Adeus, pequena – tot siens, kleintjie!"

49

"Met graagte, dokter," glimlag Janet terug en verlaat die restaurant saam met die hertog.

Janet kyk die edelman tersluiks aan en merk die donker frons tussen sy wenkbroue. Sy wonder of sy al weer iets verkeerds gesê of gedoen het, of is sy gramskap moontlik teen sy neef gemik?

Dis waar, sy sal hierdie man nooit verstaan nie. Sy ken hom al byna 'n dag, maar nog nie een keer het sy 'n glimlag op sy gelaat bespeur nie. Sy wonder of die man ooit kan glimlag. Tog is hy ook nie suur of nors nie, bloot pynlik bedaard en ietwat teruggetrokke.

Sy werp die man weer 'n vlugtige blik toe, maar nou is daar nie meer 'n teken van 'n frons op sy gelaat nie. Hy is weer die kalm en bedaarde hertog wat sy vanoggend in die doeanekantoor ontmoet het. Nee, sowaar, sy kan hierdie man glad nie peil nie.

Janet steek haar ken trots na vore uit. Sy het klaar besluit dat sy haar nie langer gaan moeg maak om sy deurmekaar innerlike te probeer peil nie. Hy is, wat haar betref, onpeilbaar en ietwat onvoorspelbaar. Van sy tipe kan 'n mens enigiets verwag. Nee, sy sal liewer haar gedagtes by die opgewekte jong dokter bepaal.

Maar sulke gedagtes word Janet nie dadelik gegun nie, want die vliegtuig staan gereed om te vertrek toe hulle die aanloopbaan bereik. Toe die vliegtuig egter eindelik weer koers kry na die noorde, laat die hertog ewe bedaard van hom hoor, nadat hy al die tyd stil en afgetrokke was sedert hulle vir Jacomo tot siens gesê het.

Met 'n blik na Janet waaruit sy niks wys word nie, begin hy met sy gewone, sagte stem praat: "Jy moenie toelaat dat Jacomo jou lastig val nie, señorita. Die goeie señor Hartman het my vertel dat jy hierheen kom met die doel om te skilder. Ek sal Jacomo dus onder vier oë spreek sodat hy nie 'n las van homself maak nie."

"Ek het nie hierheen gekom net om te skilder nie, señor," kap sy vinnig terug. "Ek kom my uitsluitlik op Espiño vestig om vir my broer te sorg. Dis ook nie nodig om dokter De Chaves onder vier oë te spreek nie. Ek en my broer sal 'n besoek van hom verwelkom."

50

Die eerste keer sedert Janet hom ontmoet het, verskyn daar 'n glimlag om die hertog se mond terwyl sy oë haar met 'n suggestie van spot dophou. Sy is byna haar asem kwyt van skone verbasing. Maggies, dat die man só kan glimlag! Sy het nog altyd gedink hy is gevaarlik aantreklik sonder 'n glimlag. Maar daardie glimlag . . .! O wêreld, nee, sy moenie toelaat dat hy haar so beïndruk nie.

Aanstons raak sy verlief op die man en wat dan? Hy is beslis nie die tipe man wat sy vir haarself as lewensmaat sal kies nie. Hul uitkyk op die lewe verskil so ver soos die twee pole van mekaar, en dit sal nooit deug nie . . . Nee, sy moenie lol om op hom verlief te raak nie.

Janet is nog half onder die bekoring van die man se glimlag, toe hoor sy hom ietwat spottend sê: "Die goue vlinder wil dus nou haar pragtige vlerkies na die jong Jacomo uitstrek. Ek sal jou nie aanraai om met die jong mans van Espiño se gevoelens te speel nie, señorita. Ek waarsku jou vroegtydig: jy gaan dit nie 'n maklike taak vind om hulle die trekpas te gee nie. Espiño se mans aanvaar nie maklik nee vir 'n antwoord nie, weet jy?"

Janet vervies haar ineens bloedig vir die man. Omdat sy 'n paar goeie vriende in Pretoria het, neem hy dit as vanselfsprekend aan dat sy 'n opperste flerrie is.

Sy kyk die edelman met 'n koue blik aan en sê effens skerp: "Ek is nie geïnteresseerd in Espiño se jong mans nie, señor duque, en ek is ook nie 'n flerrie nie, as dit is wat jy bedoel. Maar jy hoef nie te vrees nie. Ek koester geen planne hoegenaamd om bande van vriendskap op Espiño te sluit nie. Vir die dorp se gemeenskap is ek 'n volslae vreemdeling en ek hoop om dit steeds te wees die dag wanneer ek en my broer na ons tuiste in Pretoria vertrek."

"Jy vertolk my woorde verkeerd, señorita," maak die man dadelik beswaar. "Ek het nog nooit beweer dat jy 'n flerrie is nie, en ek –"

"Dis waar," val Janet hom met 'n onpersoonlike stem in die rede, "jy het dit nie beweer nie, bloot geïnsinueer, señor. Ek verkies dus dat ons liewer niks meer sê nie."

"Jy is kwaad, señorita, en ek het dit nie so bedoel nie. Ek

verkies dat ons hierdie misverstand uit die weg ruim voordat ons oor 'n paar minute op Espiño land."

"Ek verkies dat ons dinge laat soos dit is, señor, en liewer niks verder sê nie."

"Dit kan ek nie toelaat nie," hou die hertog ernstig vol. "Dit kan jou verblyf op Espiño ongelukkig maak en dit is beslis nie wat ek vir jou begeer nie. Ek het nog altyd daarna gestreef om die inwoners van Espiño gelukkig te maak, daarom sal ek graag wil sien dat jy ook gelukkig voel."

"O, ek sal gelukkig genoeg wees," kom dit koud van Janet onderwyl sy afgetrokke na die boomreuse kyk wat soos 'n groen skaduwee onder hulle verbyskuif. "Dit is baie makliker om mense te vermy as om hulle toe te laat om jou ongelukkig te maak. En buitendien sal my verblyf op Espiño van korte duur wees."

"Ek glo nie dit sal so maklik wees om iemand op Espiño te vermy nie," help die hertog haar bedaard reg. "Die sosiale lewe het soms 'n gewoonte om 'n mens teen jou sin met ander in aanraking te bring."

"O, ek kan werklik aan baie aangenamer dinge dink waarmee ek my tyd kan verwyl as om aan Espiño se sosiale lewe deel te neem . . ." begin Janet, maar dan waarsku die vlieënier hulle dat hulle aanstons op Espiño se aanloopbaan gaan neerstryk en dat hulle solank hul sitplekgordels moet vasmaak.

"Ons sal weer later gesels, señorita," hoor sy die edelman sê onderwyl hulle albei hul gordels vasgespe. "Ek hoop egter dat jy baie gelukkig hier op Espiño gaan wees. Dit sal in elk geval van jouself afhang of jy gelukkig gaan wees of nie."

Hierop antwoord Janet nie, omdat die vliegtuig reeds begin neerstryk. Sy kan egter aan 'n paar gepaste antwoorde dink wat sy hom kan toevoeg. Maar sy het reeds tot die slotsom gekom dat sy en hierdie waardige, effens hooghartige man allergies is vir mekaar. Ja, daardie oënskynlike bedaardheid van hom is niks anders as hooghartigheid nie. Sy wonder of hy al ooit in sy lewe sy stem verhef het. Sy glo nie. Sulke trotse, hooghartige mense ag dit gewoonlik benede hul waardigheid om hul stemme te verhef en hy is 'n toonbeeld van trotsheid en hooghartigheid.

Janet is nog bitter die joos in vir die man, toe voel sy hoe hy haar arm neem, haar orent help en na die deur van die vliegtuig lei asof sy 'n volslae invalide is.

4

Vir Janet is dit 'n aangename verrassing toe sy uit die vliegtuig klim en haar dierbare ou Vic na hulle aangestap sien kom. Sy bevry haar arm uit die hertog se hand en storm met 'n vreugde- volle uitroep op haar ouboet af, onbewus van die onvergenoeg- de trek om die edelman se mond oor hierdie spontane optrede van haar. So 'n stormloop is beslis nie sy idee van verfyndheid nie. Die señorita tree vir hom alte veel soos 'n wilde tiender- jarige op wat nog getem moet word.

Heimlik besluit hy egter dat, kom wat wil, hy Janet nog gaan tem totdat sy so mak soos 'n huiskat is. Ja, hy sal haar nog leer om van al haar wilde, ongewenste maniertjies ontslae te raak. En wanneer hy met haar klaar is, sal sy die allerliefste, mees besadigde en verfynde jong dame op die hele Espiño wees.

Al hierdie dinge neem die edelman hom voor om spoedig ten uitvoer te bring . . . Maar hy het twee dinge buite rekening ge- laat – Janet se lewenslustigheid en haar vurige temperament.

Janet, salig onbewus van die heerser van Espiño se nare ge- dagtes, gooi haar arms om Vic se nek en soen hom soos 'n uit- gelate skoolmeisie wat 'n lang begeerde geskenk ontvang het.

"O, Vic," lag sy met 'n klokhelder stem, "dis wonderlik om jou weer te sien. Ek het my byna doodverlang na jou. Gaan dit goed?"

Vic hou haar 'n entjie van hom af weg, beskou haar glimlag- gend van kop tot tone en verklaar met duidelike ingenomen- heid: "Met my gaan dit voor die wind, kleintjie. Ek sal nie eens vra hoe dit met jou gaan nie. Jy sien daar baie goed uit. Het julle darem goed gereis?"

"Wat? Goed gereis?" Sy kyk Vic nou met 'n verwytende blik aan. "Waarom het jy daardie ellendige man agter my aange- stuur? Weet jy, ek voel sommer lus en verongeluk julle albei. Jy ken die man, jy weet hoe hy is, maar ten spyte daarvan stuur jy hom agter my aan . . ."

"Wag 'n bietjie, jong," keer Vic met 'n geamuseerde glimlaggie en 'n vonkeling van pret in sy oë, "ek sou nooit gedroom het om die man agter jou aan te stuur nie. Hy is in elk geval ook nie 'n man wat hom deur enigiemand laat stuur nie. Hy handel gewoonlik op eie besluit . . . sonder om gestuur te word. Maar kom, laat ek eers vir die kêrel gaan dag sê. Ons kan later gesels." Met sy arm beskermend om Janet se tenger skouertjies, beweeg broer en suster in 'n vrolike luim na waar die edelman 'n paar treë van die vliegtuig af staan.

Die son begin net agter die gesigseinder verdwyn. In die weste span 'n gloeiende reënboog van karmosyn, oranje en geel wat Janet se kunstenaarsiel aangryp en haar haar asem diep laat intrek.

Sy is nog hopeloos betower deur die pragtige sonsondergang, toe hoor sy die edelman met sy diep, bedaarde stem sê: "Boa tarde, my goeie vriend."

"Goeiemiddag, señor Ramiro," antwoord Vic beleef. "Ek vertrou jy het voorspoedig gereis. Terloops, ek het jou eers later tuis verwag. In elk geval, ek is baie dankbaar vir al die moeite wat jy gedoen het om my suster te gaan haal. Ons albei is jou baie dank verskuldig, señor . . ."

"Dit was 'n plesier om jou uit 'n moeilike situasie te help, my vriend," glimlag die hertog – die tweede keer daardie dag. "Noudat die jong señorita veilig onder jou eie dak is, soos dit hoort, vertrou ek dat almal gelukkig en tevrede sal voel."

Van sy en Janet se argument vroeër rep hy nie 'n woord nie. Sy wonder of hy al daarvan vergeet het, of sou hy dit opsetlik verswyg? In elk geval, sy sal Vic self in dié verband inlig. Sy sal hom ook baie duidelik laat verstaan dat sy met hierdie ou klomp van Espiño absoluut niks te doen wil hê nie. As hulle ellendige hertog sommer so goedsmoeds sy eie afleidings en gevolgtrekkings in verband met 'n mens se karakter kan maak, is hulle stellig niks beter nie . . . Nee, sy wil met die hele ou spul niks te doen hê nie.

Janet is so diep in haar eie gedagtes versonke dat sy nie eens

54

hoor waaroor haar broer en die edelman gesels nie. So met 'n halwe oor hoor sy die hertog groet: "Dan sien ek julle weer môre. Adeus, señorita . . . my goeie vriend!"

"Tot siens, señor Ramiro!" hoor sy Vic beleef sê.

Met haar ken parmantig in die lug, kyk sy die hertog kil aan en sê met 'n onpersoonlike stem: "Baie dankie vir al jou moeite . . . tot siens, señor duque!"

Die hertog beskou Janet 'n kort oomblik met 'n onpeilbare blik. Dan verskyn daar 'n sweem van 'n glimlaggie om sy mond.

"Até à vista, señorita – tot ons mekaar weer sien," sê hy asof hulle nog nooit in hul lewe 'n argument gehad het nie. Daarna draai hy na die vlieënier wat reeds Janet se bagasie in die kattebak van Vic se motor gelaai het, en spreek die man vriendelik op Portugees aan.

Met sy arm nog steeds om haar skouers, stap Vic en Janet geselsend na waar Vic se motor onder 'n reusagtige ou boom staan.

Onderwyl hulle in die rigting van Espiño ry, is daar 'n glimlag van diepe tevredenheid om Vic se lippe. Hy is nou bly dat die hertog en sy ma so knaend daarop aangedring het dat Janet uit haar pos bedank en haar by hom aansluit – nie soseer om die ontwil van sy maag wat nie gewoond is aan hierdie vreemde Portugese disse nie, maar wel om haar vrolike en opbeurende geselskap.

Vic was aanvanklik nie gretig dat Janet haar hier op Espiño moet kom vestig nie. Hy ken hierdie jongste sussie van hom veels te goed om die vrede te vertrou met haar in hierdie konserwatiewe gemeenskap. Maar nadat die hertog en sy ma tot vervelens toe aan hom getorring het oor Janet se veiligheid so alleen daar in Pretoria, het hy besluit dat sy haar dan maar hier op Espiño moet kom vestig en dat die hertog en sy ma die gevolge van hul onsinnige neulery sal moet dra. Hy wil geen klagtes van hulle hoor nie. As Janet 'n opskudding onder die ou tannies van Espiño verwek, moet hulle nie met klagtes by hom aangesit kom nie, want hy weier om hom met sy suster se sake in te meng.

Hulle sal haar dus óf moet aanvaar soos sy is, óf hul griewe en klagtes met Janet self uitspook. Dit sal natuurlik geen maklike taak wees nie, aangesien Janet haar eie uitkyk op die lewe het. Boonop het sy nog 'n koppige en eiesinnige streep waarvan nie die hertog en sy hele geslag haar sal kan genees nie.

"Jy lyk besonder geamuseer, my ouboet. Mag ek weet waarom jy so sit en glimlag?" kan Janet nie help om te vra nie. Sy hou hom al 'n hele rukkie dop sonder dat hy dit eens agterkom.

"Ag, ek het sommer aan jou gesit en dink," sê hy en glimlag sommer openlik en breed.

"Aan my? Maar daar is mos niks snaaks aan my nie, ou Vic! Sover ek weet, is my hare netjies en my gesig skoon."

"Ek het nie aan jou mooi uiterlike gedink nie, ounooi, ek het aan die konsternasie gedink wat jy hier op Espiño gaan verwek."

"Man, moenie laf wees nie," bestraf sy hom met 'n goedige glimlaggie. "Jy praat in raaisels en ek kan geen kop of stert daarvan uitmaak nie. Wees asseblief 'n bietjie duideliker en sê vir my van watter konsternasie jy nou eintlik praat!"

Hulle ry die dorp binne. Nogal 'n groot dorp en baie duidelik vooruitstrewend, daarvan getuig sy teerstrate en sakeondernemings. Langs die strate pryk weelderige vlambome en selfs 'n paar palmbome. Die huise is oudmodies met breë, koel stoepe en al wat venster en stoep is, is met gaasdraad bedek.

Sy hoor hoe Vic saggies langs haar lag en met onverbloemde pret in sy stem sê: "Jy sal nog sien van watter konsternasie ek praat, kleinding. Jy moet weet, hierdie mense het totaal ander gebruike as ons daar in die suide. En as jy jou nie aan hul konserwatiewe gebruike steur nie, gaan dit 'n lollery afgee."

"Bedoel jy nou die hertog en sy adellike familie?"

"Ek bedoel die hertog en die hele gemeenskap van Espiño, Janet. Almal het dieselfde gebruike en is ewe nougeset. Hulle glo nog aan die ou gewoontes van Portugal, iets wat nooit by die adellike families uitsterf nie."

"Maar jy weet danig baie van hierdie mense af, ou Vic," terg sy goedig. "Het die señoritas jou so mooi touwys gemaak?"

"Nee, nie die señoritas nie, jong; my eie flaters het my touwys gemaak. Jy kan maar sê ek het uit eie ondervinding geleer."

"Ag, vergeet hul preutsheid," lag sy Vic se woorde lighartig weg. "Jy dink tog seker nie dat ek my aan die hertog en hierdie dorp se gemeenskap gaan steur nie! Nee, ek het niks met hulle uit te waai nie. Hulle moet ook nie hul neuse in my sake steek nie, want dan soek hulle doelbewus moeilikheid. Ek is heeltemal bereid om hul landswette te gehoorsaam, maar vervlaks of ek my aan hul lawwe gebruike gaan steur."

Vic bars hardop uit van die lag.

"Ek het so iets verwag," sê hy nadat sy lagbui bedaar het.

"Is dit die konsternasie waarvan jy gepraat het?"

"Wel, dit is die enigste konsternasie wat jy hier kan verwek, my ou sussie, deur hul konserwatiewe gebruike te ignoreer. Ek vrees die hertog sal dit nie duld nie. Jy moet jou ook glad nie met sy kalm en bedaarde stem vergis nie, jong. Ek sê jou, daardie man is 'n duiwel as hy kwaad word. Ek verkies veel eerder om sy vriend te wees as sy vyand."

"Ag, nee wat, ek verkies weer om hom liewer nie as vriend te hê nie. Ek sal trouens sonder sy vriendskap baie lekker klaarkom, ouboet. Om eerlik te wees, ek vind die man uiters irriterend en baasspelerig. Maar as hy dink ek gaan hom toelaat om oor my baas te speel, begaan hy inderdaad 'n fout. Ek laat niemand toe om oor my baas te speel nie. Maar vertel my 'n bietjie meer van sy agtergrond. Het hy broers en susters? En wat maak sy ma met so 'n heerssugtige seun? Waarom sit sy hom nie op sy plek nie?"

'n Heerlike lagbui oorval Vic weer.

"Ramiro het net een suster," vertel hy. "Sy is getroud en vyf jaar jonger as hy. Haar naam is Inés en sy en haar man, Julio de Sera, woon in Lissabon. Maar om jou tweede vraag te beantwoord . . ." Hy glimlag geamuseer. "Sy ma is baie lief vir en trots op haar seun. Maar soos al die ander, besef sy dat Ramiro die hoof is van hul adellike familie en dat sy wense eerbiedig moet word. Tog dink ek dat sy die enigste mens in hul hele familie is wat dit sal waag om hom teë te gaan. Volgens die ou Portugese tradisie van edelliede moet sy hele familie hom glo gehoorsaam en onderdanig wees."

"H'm, 'n uiters onsinnige tradisie," kan Janet nie help om

snipperig te sê nie. "Maar gaan voort, ouboet. Vertel my meer van hierdie mense se eienaardige gebruike. Die hertog het my reeds vertel dat 'n jong meisie nie op straat mag verskyn of êrens heen mag gaan sonder 'n duenna nie. Dit verbaas my eerlikwaar dat 'n jong meisie darem toegelaat word om met haar geliefde in die huwelik te tree en nie soos 'n Dresdenpop in 'n glaskas opgesluit word nie."

"O, maar 'n meisie uit die adelstand trou nooit met 'n man van haar eie keuse nie," help hy haar reg. "Sy is maar net baie gelukkig as sy toevallig van die man hou wat vir haar as lewensmaat gekies is."

"En wat presies bedoel jy daarmee, Vic? Moenie vir my sê hulle kies nog steeds lewensmaats vir hul seuns en dogters soos ons dierbare voorouers eeue gelede gedoen het nie, want dan weet ek nie mooi of ek jou gaan glo nie. Ons leef mos darem nou in 'n verligte eeu!"

"Jy kan my gerus glo, kleinding, want dit is presies wat die Portugese edelliede nog altyd doen. Die ouers kies 'n lewensmaat vir hul dogter en die hoof van die familie – soos ons geëerde duque, byvoorbeeld – moet eers sy goedkeuring aan hul keuse heg voordat die verlowing aangekondig kan word. Selfs die seuns se loopbane moet eers met die hoof van die familie bespreek word alvorens daar 'n finale besluit in dié verband geneem kan word."

"Maar die duque is nie 'n godheid nie. Hoe kan hy oor ander mense se lewe en toekoms besluit?" roep Janet geskok en verontwaardig uit.

"Dis hul tradisie, ounooi," paai Vic laggend. "Ons voorouers het dieselfde tradisie gevolg. Die verskil is net dit: ons het daardie tradisie afgesterf, terwyl die Portugese adelstand dit deur die jare behou het."

"Wel, ek dank die Vader dat ek ten minste nie uit die Portugese adelstand spruit nie, want ek sou die duque kortpad na sy peetjie gestuur het indien hy dit sou gewaag het om vir my 'n lewensmaat te kies."

"A, hier is ons nou tuis," verklaar Vic opgewek toe hulle deur die groot hek ry en voor 'n netjiese wit huis stilhou.

58

Dit is reeds skemer, gevolglik kan Janet nie die tuine en die omgewing besigtig nie. Maar die diep dreuning van die see kan sy baie duidelik hoor.

"So," sê sy onderwyl sy die voorkant van die huis beskou, "dan is dit nou my tydelike tuiste. Nogal nie sleg nie. Kom, laat ek sien hoe dit binne lyk. Ek hoop jou kok het vir ons iets voorberei vir ete. Ek is nou so honger dat ek selfs sy knoffelgegeurde spinasie sal eet."

"O, jy sal beslis vanaand iets eet wat met knoffel gegeur is," glimlag Vic. "Hierdie mense maak nogal mildelik gebruik van knoffel. Ek begin al daaraan gewoond raak."

"Toe maar, van môre af sal ek die stoof en kospotte oorneem, Vic," belowe Janet plegtig. "Jou kok kan hom maar in die tuin besig hou."

Hulle klim uit en bestyg die treetjies na die voorstoep. Vir Vic voel dit amper weer asof hy tuis is noudat Janet hier by hom is. Hy hoop net dat sy gelukkig gaan wees hier op Espiño en in haar nuwe tuiste.

"Kom, dan gaan wys ek jou eers waar jou kamer is," bied Vic aan toe hulle die huis binnetree. "Ek sal aanstons vir Lepe – dis nou die kok – sê om jou bagasie na jou kamer te bring. Terloops, die duque het gister vir ons nog 'n huishulp gestuur, ene Sofia, wat glo die huishouding moet waarneem."

"So, en wat moet ons met 'n kok én 'n huishoudster maak?" vra Janet met 'n ligte frons tussen haar mooi, geboogde wenkbroue. "Is die man laf, Vic, of dink hy ek is te sleg om vir ons twee te kook en huis te hou?"

"Nee, ek glo nie hy dink jy is te sleg nie, ounooi." Vic kyk haar met 'n geamuseerde glimlaggie aan. "Ek sal eerder sê dat die man jou nie graag in die rol van kok en huishoudster wil sien nie."

"As ek mag vra, wat skort daarmee?"

"Nee, niks," antwoord Vic. "Dis maar net dat al ons gegoede bure 'n huishoudster en 'n kok het. Ramiro wou stellig die lewe vir jou vergemaklik, daarom die huishoudster. Maar hier is jou kamer, kleinding, en daardie deur lei na jou badkamer. Hierdie slaapkamer het gelukkig sy eie badkamer, wat vir my natuurlik 'n seën is."

"Jy bedoel ons hoef nie meer lootjies te trek vir die eerste gebruik van die badkamer nie," glimlag sy met pret in haar oë.

"Ja, gelukkig is dít nou iets van die verlede. Maar kom, laat ek jou eers die res van die huis wys voordat Sofia die klokkie lui vir ete."

Dit neem Vic nie lank om haar deur die huis te neem wat bestaan uit drie slaapkamers, studeerkamer, sitkamer, eetkamer, twee badkamers, spens en kombuis nie. In die kombuis word sy aan die twee huishulpe voorgestel wat haar baie beleef en op Engels verwelkom, aangesien dit die enigste taal is wat hulle op 'n gebroke wyse kan praat, behalwe Portugees en hul eie taal.

Nadat Vic die kok aangesê het om Janet se bagasie na haar kamer te neem, stap hulle terug na die sitkamer waar Sofia hulle 'n paar minute later met koffie bedien.

Janet, wat gewoond is aan moderne meubels, vind die swaar, donker meubels ietwat neerdrukkend. Dit is duidelik dat elke meubelstuk in die huis baie oud is. Selfs die skilderye aan die mure het 'n oorheersende kleur van donkerbruin . . . Nee, alles is gans te donker en somber na haar sin.

Sy plaas haar leë koppie langs haar op 'n geleentheidstafeltjie, sit dan gemaklik agteroor op die oudmodiese rusbank en kyk haar broer ernstig aan.

"Vic," vra sy belangstellend, "aan wie behoort hierdie huis nou eintlik?"

"Man, sover ek weet, behoort alles aan die hertog. Hy het my hierdie huis aangebied twee dae na my aankoms hier op Espiño."

"Ja, maar wie het in hierdie huis gewoon voordat jy jou intrek hier geneem het?"

"Nee, gits, dit sal ek nie weet nie, ounooi. Seker maar die een of ander bejaarde familielid van die hertog. Dit is nie juis 'n huis vir jong mense nie, nè?"

"Dis waar, die plek is baie donker en somber," stem Janet saam. "Ek hoop net hier loop nie 'n paar verdwaalde spoke rond nie. So 'n somber huis laat my altyd grillerig voel, weet jy?"

"Ag, nee wat," lag Vic haar saggies uit en steek vir hom 'n

sigaret aan. "Jy het niks te vrees nie. As dit 'n spookhuis was, sou ek dit lankal geweet het. Nee, hier is geen spoke en dinge nie, jong. Jy kan met 'n geruste gemoed hier slaap."

"Dankie, dit klink bemoedigend," glimlag sy. "Maar sê vir my, wat gaan ek met die kok en die huishoudster aanvang?"

"Wel, jy sal hulle maar in die werk moet steek, kleinding. Wat anders kan jy met hulle maak? As jy hulle terugstuur na Ramiro se quinta, gaan hy en sy ma gelyktydig ontplof. Nee, hou hulle maar liewer, Janet. Ek voel regtig nie lus om weer 'n lang en pynlike redenasie met die hertog en sy ma te voer nie. Jy moet weet, in hierdie land word 'n vrou soos 'n baba opgepas en beskerm."

"Nee, wag," keer Janet haastig, "ek het vandag al heeltemal genoeg van duennas en dinge gehoor. Jy moet tog nie ook daarmee begin nie. Ek sê jou, ek voel al tot sterwens toe keelvol van die hertog en sy preutsheid. En as sy ma soos hy is, wil ek liewer nie met haar kennis maak nie. Trouens, ek is glad nie gretig om met hierdie dorp se gemeenskap kennis te maak nie, en het dit vir die hertog gesê ook."

"Janet, jou klein rissiepit," kry hy dit tussen lagbuie uit. "Moenie vir my vertel jy en Ramiro het reeds 'n potjie geloop nie, jong!"

"Jy stel dit sag, ouboet," antwoord sy met 'n baie bekende lig in haar mooi blou oë, 'n lig wat net sy verskyning maak wanneer sy bitter verontwaardig is. "Ek het my vandag bloedig vir die man vererg en ek het ook geen geheim daarvan gemaak nie. Maar wag, daar lui Sofia die klokkie. Laat ons liewer gaan eet voordat ek my weer opnuut vir die hertog vererg. Onthou asseblief net een ding: ek wil niks met die hertog en sy mense te doen hê nie."

"Maar, Janet, wat dink jy gaan Ramiro daarvan sê? Hoe op aarde gaan ek dit aan hom verduidelik dat jy –?"

"Jy hoef niks aan hom te verduidelik nie, Vic," val Janet hom sag in die rede. "Hy weet dit reeds; ek het hom vandag al in dié verband ingelig . . . Kom nou, vergeet van die ellendige hertog, ek is honger."

Met hierdie woorde kom Janet orent. Daar is 'n ongelukkige

trekkie om haar mond toe sy en Vic aansit vir aandete. Haar broer merk dit op, maar laat wyslik niks blyk nie. Hy voel innig jammer vir Janet wat haar so onverhoeds teen die hertog se koue onverbiddelikheid vasgeloop het. Hy ken die man reeds langer as 'n maand en het al gesien hoe hard en onverbiddelik hy kan wees wanneer iemand dreig om van die eng paadjie van hul adellike gebruike af te wyk. Nogtans kan hy Ramiro nie blameer of veroordeel nie. Die man is streng opgevoed volgens hul adellike tradisie en boonop is elke man tog baas in sy eie koninkryk!

Nee, Janet sal haar maar net by hierdie mense moet probeer aanpas, besluit Vic in sy enigheid. Dit sal haar absoluut niks baat om daardie mooi koppie telkens teen dieselfde granietmuur te stamp nie. Hy het dit reggekry om hom by hul gebruike en konvensies aan te pas, dus sal sy ook kan as sy net probeer.

Terwyl hulle aandete nuttig, vra Vic haar uit na haar verblyf in Durban. Nou gesels broer en suster weer gesellig en gou is die hertog en al wat Portugees is op die agtergrond geskuif.

Dis byna elfuur toe Janet in die bed klim en die lig uitdoof. Die aanhoudende geruis van die branders klink baie nader as vroeër, gevolglik raai sy dat haar nuwe tuiste baie naby die strand geleë moet wees. Hierdie wete is vir haar inderdaad 'n vertroosting, aangesien sy 'n besondere liefde vir die natuur en die see koester.

Die ruising van die branders is vir Janet soos 'n sterk narkose en dan sink sy in 'n droomlose slaap weg.

Met die vrolike gesing van voëls hier voor haar kamervenster ontwaak sy die volgende môre. Die wysers van haar wekker toon dat dit nou eers sesuur is. Sy rek haar behaaglik uit en besluit dat sy maar net sowel kan opstaan; sy sal tog nie weer kan slaap nie, veral noudat die voëls ook wakker is.

Janet het ook net haar kamerjas aangetrek, toe bring Sofia vir haar 'n koppie stomende koffie. Sy is duidelik verbaas om die jong meisie so vroeg uit die bed te sien. Sy is nie daaraan gewoond dat die vroue van die quinta so vroeg opstaan nie. Maar dan val dit haar by dat Janet nie een van die quinta se adellike vroue is nie, maar 'n jong meisie daar uit die verre suide van

Afrika. Tog is sy vir Sofia baie mooier as al die jong vroue hier op Espiño, al kom sy van 'n ander land af.

So 'n mooi, rosige, wit vel sien 'n mens nie hier op Espiño nie, meen Sofia, en ook nie sulke blou oë wat soos die see lyk nie. Ja, haar hare lyk ook net soos geelkoper wat blink gevryf is . . .

Sofia se gedagtes neem skoon die loop met haar. Maar dan ruk sy haar reg en sê ewe beleef: "Juffrou moet tog onthou om altyd 'n sambreel te neem wanneer u na buite gaan. Hierdie wêreld se son sal u sommer velaf brand en dit sal 'n groot jammerte wees."

'n Sagte laggie ontglip Janet se lippe.

"Los gerus die formele 'u'! Ek het weer gedink ek behoort my dikwels in die son te laat braai, Sofia. 'n Bietjie sonbrand is nogal gesond, weet jy? 'n Mens moet dit net nie oordoen nie."

"Nee, juffrou moet dit liewer nie doen nie," raai Sofia haar af. "Hierdie son van Espiño speel nie met so 'n sagte, wit vel nie. Jy moet maar liewer 'n sambreel gebruik."

Na hierdie wyse raad verlaat Sofia die kamer om te gaan kyk of Lepe al vir Vic koffie geneem het.

Nadat Janet gebad en haar aangetrek het, stap sy na buite om die wêreld te gaan besigtig. Sy merk dat die huis voor met twee gewels versier is. Die tuin is welig oortrek met kleurryke tropiese blomme, struike en bome wat die lug met 'n eksotiese geur deurdrenk. 'n Paar meter van die voorstoep af is 'n ronde vywer waarvan die water byna oortrek is met blou waterlelies. By nadere ondersoek merk Janet eers die talle kleurryke vissies op wat tussen die lelies se stamme en wortels baljaar.

Vic was reg, dink sy, hierdie plek is inderdaad 'n paradys. Dis net jammer dat daar in elke paradys 'n slang moet wees. Maar as die ellendige hertog dink ek gaan my aan sy lawwe gebruike steur, slaan hy die bal ver mis!

Diep ingedagte beweeg Janet na die voorhekkie. Nou eers tref dit haar dat haar nuwe tuiste slegs 'n hanetreetjie van die strand af geleë is, niks meer as tweehonderd meter nie. Sy kyk na haar polshorlosie en bemerk dat dit maar kwart voor sewe is; tyd genoeg vir 'n kort wandeling langs die strand voordat Sofia ontbyt voorsit.

Janet stap met die straat af en beskou die huise en tuine aan albei kante van die straat met belangstelling. Meteens bly sy verbaas staan. In vervoering tuur sy na die indrukwekkende wit drieverdiepinggebou wat soos 'n wag van ouds op 'n rotsagtige koppie langs die strand pryk.

Die gebou is waarlik indrukwekkend met sy talle skerp torinkies, kruisraamvensters en geboogde ingange. Dit lyk vir Janet byna soos 'n kasteel, net in 'n kleiner formaat.

Later begin sy weer aanstryk en toe sy oplaas langs die strand staan, dink sy daaraan dat sy haar swemklere moes aangetrek het. Die water lyk onweerstaanbaar aanloklik so vroeg in die môre. Tog is daar nie 'n enkele baaier te sien nie. Die dorpenaars is blykbaar nie lief vir swem nie, meen sy.

Sy stap net 'n kort entjie met die strand op en keer dan huiswaarts, onbewus van die talle oë wat haar deur vensters en van voorstoepe af met belangstelling dophou. Almal weet dat hul geliefde señor duque gister die jong señor Hartman se suster in Maputo gaan haal het. Trouens, hulle weet reeds alles in verband met Janet, want in so 'n gemeenskappie versprei nuus gewoonlik soos 'n veldbrand.

Janet tref Vic op die voorstoep aan, waar hy haar met 'n effens bekommerde blik inwag.

"Môre, laatslaper!" voeg sy hom met 'n breë glimlag toe.

"Ja, môre, rondloper!" antwoord hy duidelik verlig. "Waar het jy so vroeg gaan rondloop, Janet?"

"Ek het 'n entjie langs die strand gaan stap, ouboet, en myself hartlik verwens omdat ek nie my swemklere aangetrek het nie."

"Wag 'n bietjie, jong," keer Vic met 'n ligte handgebaar voordat sy meer kan sê. "Ek hoop nie jy koester die gedagte om hier onder te gaan swem nie, ou sussie, want dan kan ek jou sommer nou sê om daarvan te vergeet."

"Is hier haaie in die see?" vra sy ewe onskuldig en sidder by die gedagte dat sy reeds 'n maaltyd vir die haaie kon gewees het indien sy vroeër daaraan gedink het om haar swemklere aan te trek.

Maar dan hoor sy haar liewe ouboet met groot erns sê: "Nee, dit sal ek nie weet nie, jong. Wat ek jou wel kan sê, is dat jy met

64

Ramiro te doen gaan kry indien jy dit ooit waag om hier onder in die see te gaan swem. Gemengde swemmery word glo nie hier toegelaat nie en ek verstaan dis ongeoorloof vir 'n vrou om in die openbaar te swem."

"Nou waar swem hulle, ouboet? Of swem hulle glad nie?"

"O nee, hulle swem ook," verduidelik Vic geduldig. "Maar die meeste van die mense hier het hul eie swembaddens. Jy sal maar by een van hulle moet gaan swem."

"Nee, dankie," knip sy hom vinnig kort, "ek het jou gister-aand gesê dat ek niks met hierdie mense te doen wil hê nie en ek het dit bedoel, Vic. Vergeet van hul swembaddens. Ek sal eerder wag totdat jou dam 'n lekseltjie water kan hou en daarin gaan swem."

Vic klap met sy duim en middelvinger, dan glimlag hy breed.

"Ek het nou skielik 'n blink idee gekry, ounooi," verklaar hy ingenome. "Jy kan in die rivier gaan swem. Dis twintig kilome-ter van die dorp af en Ramiro behoort nie daaroor te kla nie. Daar is ook geen mense in die nabyheid nie, behalwe ons wat aan die dam werk."

"Is dit naby jou werk, ouboet?"

"Man, dis by my werk," glimlag hy. "Dis eintlik die rivier wat die dam van water moet voorsien."

"Maar hoe ry ek om daar te kom?" wil sy belangstellend weet.

"Dis baie maklik. Jy ry slegs met hierdie straat op tot bo-op die bult. Daar draai jy op die grondpad af en hou daarmee aan totdat jy op my motor afkom. Maar kom, die klokkie het al vir ontbyt gelui en ek moet werk toe gaan, as jy dit miskien nie weet nie."

Met 'n stralende gesiggie haak Janet by Vic in en dan stap hulle na die eetkamer.

Na ontbyt bied Sofia aan om Janet se tasse uit te pak en haar klere te versorg. Hieroor voel die jong meisie bly, want sy is glad nie lief vir 'n in- en uitpakkery nie. Solank Sofia haar tasse uitpak, sal sy haar skildergereedskap uitpak en versorg.

'n Paar minute later is Janet druk besig in Vic se studeer-kamer om haar verfgereedskap uit te pak. Terwyl sy elke buisie verf liefdevol hanteer, sing sy haar geliefkoosde liedjie, "Aand-lied van die voëls", met 'n pragtige, suiwer stem.

Sy het net by "My skat . . . slaap maar sag . . . slaap maar soet . . . teer en sag . . ." gekom, toe gaan die deur agter haar oop en die hertog staan lewensgroot in die deur wat Sofia vir hom oophou.

"Bon dia, señorita Janetta!" groet hy haar met 'n galante buiginkie.

"Goeiemôre, señor duque," antwoord sy met 'n formele stem. "Sal jy asseblief binnekom en sit, of verkies jy om in die sitkamer te sit?"

"Dankie, maar ek is ongelukkig vanoggend 'n bietjie haas-tig, dus sal ek nie sit nie, señorita." Hy tree die vertrek binne en kom reg voor Janet staan. Met sy duime in sy baadjiesakke gehaak, beskou hy Janet met 'n ondersoekende blik en vra dan met 'n vreemde sagtheid in sy stem: "Is jy nog kwaad vir my, señorita?"

"Maak dit saak, señor?" antwoord sy hom kortaf met 'n weervraag.

"Baie beslis," antwoord hy bedaard. "Ek wil graag vir jou 'n vriend wees, señorita, nie 'n vyand nie."

Janet kyk die netjiese, witgeklede man met 'n stormagtige blik aan toe sy sê: "In daardie geval moet jy nie weer so haastig wees om my handelswyse te veroordeel nie, señor. My vriend-skap met Gert, Herman, Karel, Brian en Adolf is bloot plato-nies, as jy dit miskien nie weet nie."

"Ek kan nog steeds nie so baie mansvriende goedkeur nie, se-ñorita, maar ek vra nederig om verskoning as ek jou gevoelens gister seergemaak het."

"Nou goed, ons sal dit in die doodboek skryf en daarvan ver-geet, señor duque," kom dit ietwat meer tegemoetkomend van Janet. "En nou vra ek jou weer: wil jy nie sit nie?"

'n Skewe glimlaggie raak aan die edelman se trotse lippe; ook in sy oë blink 'n glimlag toe hy antwoord: "Dit spyt my, maar ek moet weer eens jou vriendelike uitnodiging van die hand wys, señorita. Ek het trouens net die motor gebring wat ek jou gister belowe het."

Hy neem 'n sleutelhouer met twee sleutels uit sy sak en plaas dit op die lessenaar. "Die ratte van die motor is presies dieselfde as dié van jou motor, jy sal dus geen moeilikheid daarmee ondervind nie."

Met 'n buisie verf in haar hand oorweeg Janet dit of sy hierdie guns van die hertog moet aanneem. Sy wil graag vanoggend gaan kyk hoe die dambouery vorder, maar aan die ander kant sal sy weer voel asof sy die man iets verskuldig is indien sy van sy motor gebruik maak. En omdat hulle twee so allergies vir mekaar is, sal sy hom liewer nie iets verskuldig wil wees nie.

Die edelman se arendsoë het reeds die huiwering in Janet se houding bemerk. "Ek hoop nie gister se . . . e . . . misverstand gaan jou beweeg om die gebruik van my motor van die hand te wys nie, señorita!"

"Wel . . . nee, dis nie dit nie, señor –"

"Dan is dit jou pynlike selfstandigheid en onafhanklikheid wat daarvoor verantwoordelik is," val hy haar met 'n effense kil stem in die rede.

Janet kyk vlugtig op na die man, vas in sy donker oë wat haar opsommend aanstaar. Sy bemerk die harde trek om sy mooi, sterk mond. Dan weet sy intuïtief dat sy nou 'n duiwel in hom wakker gemaak het. Hierdie man hou volstrek nie daarvan dat iemand sy besluite dwarsboom nie en nog minder hou hy van koppigheid en wederstrewigheid.

Janet draai haar blik stadig weg, plaas die buisie verf versigtig op die lessenaar en verklaar sag: "Ek wil graag my broer vanoggend by die werk besoek, dus sal ek die motor vir ses dae by jou huur, señor."

"My motor is nie te huur nie, señorita," hoor sy die man nou weer met sy gewone bedaarde stem sê. "Ek is egter bereid om dit vir jou te leen tot tyd en wyl jou eie voertuig aangekom het."

Janet skrik haar yskoud toe die hertog skielik haar gesig tussen twee slanke hande neem en haar só dwing om hom in die oë te kyk. Sy wonder waarom haar hart so wild klop? Sy is tog nie bang vir die man nie!

"Laat jou pynlike selfstandigheid asseblief vaar, meisie, en neem die motor op my voorwaarde," hoor sy hom nou met iets soos teerheid in sy stem sê. Ook sy oë kyk haar met 'n vreemde sagtheid aan – 'n sagtheid wat iets teers binne-in haar roer.

"Maar ek kan mos nie sommer 'n motor neem sonder om vir die gebruik daarvan te vergoed nie!"

"Jy kan, as dit my motor is. Moet ook nie bang wees dat jy my daardeur ongerief sal aandoen nie, want ek besit meer as een motor hier op Espiño en sal die Lancia nie eens mis nie."

Hy los haar gesig en prop sy hande ewe vroom in sy broeksakke. "Laat my toe om jou te gaan wys waar die motor geparkeer staan, señorita . . . Janetta."

Na soveel oorreding voel Janet dat sy kwalik die hertog se aanbod van die hand kan wys sonder om ondankbaar of kinderagtig voor te kom.

"Dankie, ek . . . ek sal mooi na jou motor kyk, señor," voeg sy hom half onseker toe.

Onderwyl hulle na buite stap, sê die hertog ewe hulpvaardig: "Aangesien ek self aanstons na die dam moet gaan, kan jy net sowel saam met my ry."

Sy kyk hom aan en antwoord so 'n klein bietjie vriendeliker: "Dankie, dit is baie gaaf van jou. Ek het juis gewonder of ek die dam sal vind. Vic het nou wel so 'n vae beskrywing van die pad gegee, maar ek dink tog dit sal beter wees as ek liewer vanoggend saam met jou ry."

Hulle stap by die rooi sportmotor met die swart dak verby, dan sien Janet die silwergrys, vaartbelynde Lancia onder 'n boom staan. Sy herken die motor dadelik aan die goudkleurige wapen op sy deure.

Daar is onverbloemde bewondering in die meisie se blik wat stadig oor die silwergrys voertuig gaan. Sy streel liggies met haar hand oor die wapen op die deur en vra belangstellend: "Mag ek vra watse wapen dit is wat op al jou motors se deure pryk, señor?"

"Seker!" antwoord hy trots. "Dit is my familiewapen, señorita. As jy nie omgee nie, kan ons nou maar gaan. Jy sal net eers vir jou 'n sonhoed moet gaan haal. Intussen sal ek vir jou by die rooi motor wag."

Hierna haas Janet haar na binne, bly dat sy Vic tog vanoggend sal kan besoek . . . al is dit dan nou ook saam met die trotse hertog.

5

Janet het haar vroeg vanoggend al in 'n oulike, geblomde sonrokkie geklee. Sy vind dit dus nie nodig om vir die rit saam met die hertog te verklee nie. Sy gee ook nie om wat hy van haar en haar kleredrag dink nie; sy is nie 'n Portugese meisie nie.

Sy neem haar modieuse sonhoed – wat meer na 'n Spaanse sombrero lyk, afgesien van die swierige fraiings – en begeef haar onverwyld na die hertog en sy rooi sportmotor. Aan Sofia sê sy bloot dat sy na die dam gaan kyk.

Die hertog mag nou wel trots en – soos dit vir haar lyk – hooghartig wees, maar die man ken sy maniere, want hy is dadelik by om vir haar die motordeur oop te maak. Was dit nou die liewe ou Vic, sou sy self die deur moes oopmaak en inklim. Sy wonder of die hertog teenoor sy eie suster ook so galant is.

Hulle ry 'n rukkie in stilte voordat die hertog ineens vra: "Wat dink jy van Espiño, señorita?"

"Ek het nog nie veel van die dorp gesien nie, señor," kom dit beleef. "Ek het trouens nog net een indrukwekkende gebou gesien, daardie kolossale wit gebou bo-op die koppie langs die strand."

"Daardie gebou is my quinta," hoor sy die man sê, "en dit sal vir my 'n plesier wees om jou die plek van binne te laat besigtig. Terloops, my ma het jou vanoggend langs die strand sien wandel."

"So!" 'n Honderd tergduiweltjies dans in Janet se oë terwyl sy die edelman tersluiks aankyk. "Ek veronderstel dit het jou ma geskok om my daar op die strand sonder 'n duenna te sien, nè, señor duque?"

"My ma is heeltemal vertroud met jou land se gebruike, señorita. Ek sal eerder sê my ma voel bekommerd oor jou veiligheid wanneer jy so alleen gaan wandel."

Daar is 'n tikkie ergernis in Janet se stem toe sy die hertog toevoeg: "Die hertogin ontstel haar verniet. Daar is hoegenaamd niks om oor bekommerd te voel nie. Ek is heeltemal in staat om vir myself te sorg, ek doen dit trouens jare lank al."

Die hertog besef dat die ongebonde lewe waaraan Janet gewoond is, inderdaad 'n baie teer saak by haar is. Hy besef ook dat hy sagkens met haar sal moet werk indien hy haar tot ander insigte wil oorhaal. Sy herinner hom bepaald baie aan 'n jong perd wat nie getem wil wees nie.

'n Sweem van 'n glimlaggie speel om die hertog se mond terwyl hy die pragtige, opstandige Janet onopsigtelik dophou. Een oomblik is haar oë vol tergduiweltjies en die volgende oomblik smeul hulle weer van opstand en ergernis – voorwaar 'n meisie met vele fasette in haar samestelling.

Nadat Janet die man duidelik laat verstaan het dat sy heeltemal opgewasse is om vir haarself te sorg, voel sy dat sy hom goed genoeg op sy plek gesit het en dat hy die onderwerp stellig nie weer sal aanroer nie.

Maar wat Janet nie weet nie, is dat Ramiro 'n man uit een stuk is en hom nie deur 'n vroumens laat koudsit nie. Nee, die man is geen swakkeling nie, al klink sy stem deurentyd sag en bedaard. As Janet hom meer intens beskou het, sou sy lankal gemerk het dat sy swart oë buitengewoon intelligent en opmerksaam is. Daardie streng lyne om sy mond lewer duidelik bewys dat hy nie met hom laat speel nie en beslis 'n duiwel kan wees as hy werklik kwaad word.

Dis waar, Janet ken die man nog sleg; daarom dat sy op hierdie oomblik so tevrede met haarself voel, asof sy 'n finale oorwinning oor hom behaal het.

Dit is meteens stil in die motor. Elkeen is besig met sy eie gedagtes – gedagtes wat hulle nie met mekaar kan deel nie. Intussen nader die rooi sportmotor die terrein waar Vic druk besig is met die aanvoor van die dam.

Langs Vic se motor, in die skaduwee van 'n boom, hou die hertog eindelik stil en help Janet uit die motor. Sy bemerk dat hulle by die punt van 'n berg stilgehou het en dat die berg 'n entjie verder oor nog 'n punt beskik, heelwat korter as die een waar hulle staan.

'n Span werkers is by die kort punt van die berg besig om gate in die massiewe rots te boor, terwyl Vic eenkant met die assistent-ingenieur staan en gesels, sy rug na die aankomelinge gekeer.

In stilte stap Janet en die edelman na Vic en sy assistent. Dis die eerste keer dat Janet sien hoe die bou van 'n besproeiings-dam aangevoor word. Sy verstom haar aan die bedrywigheid en sou haar knieë velaf geval het as dit nie vir die bedagsame hertog was wat haar arm geneem en haar versigtig om klippe en gate gelei het nie.

Vic is duidelik verras toe sy suster en die hertog langs hom verskyn. Hy groet die edelman beleef en stel Gerrit Vosloo, die assistent-ingenieur, aan Janet voor. Janet gesels 'n rukkie met Gerrit, dan dwaal haar blik weer na die berg en die bedrywig-heid van die werkmense. Die dreuning van die bore skeur so oorverdowend deur die lug dat sy nie eens hoor waaroor Vic en die hertog gesels nie.

'n Lang ruk beskou Janet die boordery aandagtig, dan dwaal haar blik weg na die punt van die berg waar hulle staan, on-geveer veertig meter van die tweede punt af waar die bore raas en skree. 'n Entjie van 'n oorhangende rots af merk sy 'n lappie berglelies op wat sy nog nooit voorheen gesien het nie en besluit om nader ondersoek in te stel.

Die bore raak meteens stil en Janet voel hoe 'n vreedsaam-heid oor die berg en vallei neerdaal. In 'n toestand van ekstase kuier sy tussen die welige berglelies rond, pluk 'n bossie daar-van en beweeg dan nader aan die punt van die berg, op soek na varings.

Na 'n rukkie hoor sy dat Vic na haar roep. Sy kyk om en beduie met haar hand dat sy eers 'n paar varings wil gaan soek. Haar ruiker is nie volledig sonder varings nie.

Vic roep weer na haar, maar sy kan nie mooi hoor wat hy sê nie, derhalwe neem sy maar aan dat hy haar in kennis stel dat die hertog haastig is om te vertrek. Maar daaraan steur sy haar glad nie. As die hertog wil vertrek, laat hom gerus gaan. Vic gaan in elk geval vir middagete huis toe, dus kan sy saam met hom ry.

71

Sonder die vaagste benul van wat om haar aangaan, kuier Janet langs die bergpunt rond, op soek na die verlangde varings. Van die feit dat die ander punt van die berg, hier agter haar, aanstons met dinamiet weggeskiet gaan word en dat sy haar op die oomblik in die gevaargebied bevind, is sy salig onbewus.

Vic en die hertog is albei bleek van ontsteltenis. Tydens die gewerskaf met die dinamiet en lonte het albei tydelik van Janet se afwesigheid vergeet. Almal het reeds die gevaarterrein ontruim toe dit eindelik tot die hertog deurdring dat Janet nog nie teruggekeer het soos Vic haar flussies beveel het nie.

Asof hulle telepaties met mekaar in verbinding is, kyk Vic en die edelman gelyktydig na Janet wat haar nog doodluiters in die gevaargebied bevind. Vic maak sy mond oop om vir iemand te skree om 'n rukkie te wag met die aansteek van die lonte. Maar hy is reeds te laat; die lonte brand al.

Die hertog besef dat daar nie 'n sekonde te verspil is indien hulle Janet na veiligheid wil bring nie. Hy wag dus nie op Vic om te besluit nie. Soos blits hardloop hy na Janet, wat 'n paar meter van 'n oorhangende rots af gebukkend staan en varings pluk.

Hy bereik haar veilig, maar daar is nie tyd vir verduidelikings nie. Met gespierde arms raap hy haar op en tree vlugtig in die rigting van die oorhangende krans.

Janet kyk die hertog geskok aan toe hy haar so sonder seremonie in sy arms optel asof sy 'n kind is. Sy vervies haar ook dadelik vir sy pynlike aanmatiging en eiegeregtigheid. Maar voordat sy haar mond kan oopmaak om hom presies te vertel wat sy van hom en sy gedrag dink, bereik hulle die krans en laat die man haar versigtig uit sy arms gly.

"Señor duque . . ." begin sy, rooi van ergernis. Maar verder as dit kom sy nie, want die volgende oomblik klink dit of die berg met bomme bestook word.

"Dis . . . dis iemand wat ons aanval," vervolg sy ontsteld. Haar gelaat is wasbleek en haar ergernis jeens die hertog momenteel totaal vergete. "Waar is Vic, señor?" vra sy benoud.

"Jou broer en sy werksmense is veilig, señorita," stel hy haar dadelik gerus, bevrees dat sy dalk gaan flou word. Tog kan hy ook nie 'n glimlaggie bedwing nie toe hy vervolg: "Dis nie iemand wat ons aanval nie, dis dinamietskote wat jy hoor."

"Nou waarom het jy nie lankal so gesê nie, señor?" vra sy met openlike ergernis in haar stem. Die vermetelheid van die man om stil te bly en haar so die skrik op die lyf te jaag, is vir Janet verregaande.

"Ek is jammer, señorita, maar daar was ongelukkig nie tyd om te verduidelik nie. My eerste plig was om jou sonder versuim na 'n veilige plek te neem, aangesien jy jou nie aan die goeie señor Hartman se bevele gesteur het nie."

"Bevele?" Janet kyk die man aan asof hy in 'n sielsieke-inrigting tuishoort en baie beslis nie hier saam met haar onder die krans nie. Sy wonder heimlik of hy nie dalk 'n skroef êrens los het nie, want Vic het geen bevele aan haar gegee nie!

Maar die hertog gee haar nie die geleentheid om langer te wonder nie. Sy stem is opvallend streng toe hy weer praat. "Ja, bevele, señorita; bevele wat jy doelbewus verontagsaam het. Maar blykbaar hinder die wete jou nie dat ons albei dood kon gewees het nie, en dit alles te wyte aan jou ongehoorsaamheid en hardkoppigheid."

Janet se glansende kop ruk trots orent. Sy kyk die edelman uit die hoogte aan en verklaar diep gekrenk: "Ek glo nie Vic het jou gevra om my na 'n veilige plek te neem nie, señor duque, en ek het jou ook nie gevra nie. Maar dankie in elk geval dat jy jou eie lewe in gevaar gestel het om my ontwil. Onthou asseblief net dit: ek sal dit waardeer as jy dit in die vervolg liewer nie weer doen nie. Ook vir jou inligting: ek weet van geen bevele wat Vic aan my gegee het nie."

Hierna draai Janet haar rug op die hertog en wil net onder die krans uitstap, toe sy die man se vingers ferm om haar arm voel sluit.

"Nie so haastig nie, señorita," hoor sy hom sê. "Niemand mag sy skuiling verlaat voordat die fluit die teken gee dat die gevaar verby is nie. Op die oomblik is jou veiligheid my verantwoordelikheid, dus gaan ek jou nie toelaat om nou al hierdie skuiling te verlaat nie."

Janet vervies haar weer bloedig vir die man se aanmatiging,

maar dan probeer sy die ou resep deur stadig tot tien te tel. Dit het haar nog altyd van 'n haastige woord gered en ook hierdie keer help dit haar om haar tong in bedwang te hou.

"Jy kan gerus my arm los, señor," sê sy sag. "Ek is nie 'n onverantwoordelike kind wat my blindweg in gevaar sal begeef nie. Ek het niks geweet van dinamiet waarmee hier geskiet word nie. As iemand my vroegtydig daarvan vertel het, sou ek by Vic gebly het."

"Maar jy het tog die bore gehoor en gesien!" kom dit met groot verdraagsaamheid van die hertog.

"Ek glo nie ek is blind of doof nie, señor. Maar wat my betref, kon daardie bore enigiets verrig het. Ek het al in die stad gesien dat betonblokke met sulke bore gebreek word, dus kon ek nie raai dat hierdie bore iets met dinamiet te doen het nie."

"Maar jy het wel gehoor toe die goeie señor Hartman na jou geroep het."

"Heeltemal reg. Ek het Vic hoor skree," gee sy toe, "maar ek kon nie mooi hoor wat hy sê nie. Ek het dus tot die gevolgtrekking gekom dat jy haastig is om te vertrek."

"En daaraan sou jy jou ewe min gesteur het, al was ek ook haastig om te vertrek?"

Janet trek haar skouers ongeërg op, kompleet asof sy daarmee te kenne gee dat die hertog en sy bewegings haar geensins raak nie.

"O, Vic sou wel voorgestel het dat jy sonder my vertrek indien jy haastig was om te gaan," sê sy.

Voordat die hertog hierop iets kan sê, hoor hulle die skril geluid van 'n fluit en dadelik weet hulle dat die gevaar van rotsstortings en vlieënde voorwerpe verby is.

"Ons kan nou maar gaan, señorita," hoor sy die man sê. "Die gevaar is gelukkig verby." Hy kyk op sy polshorlosie en vervolg saaklik: "Ek wil net gaan hoor of daar dalk ongevalle is, daarna kan ons maar gaan."

"As jy haastig is, kan jy gerus maar gaan, señor. Ek het besluit om saam met Vic te ry," stel sy hom onomwonde in kennis.

Dit is nou tipies van Janet. By haar is daar geen jakkalsdraaie of pretensies nie. 'n Ding is óf wit óf swart. Sy maak ook nie 'n moordkuil van haar hart nie. Vic het haar al dikwels vermaan oor haar uitgesprokenheid, maar daaraan steur sy haar min. 'n Mens is wat jy is, was nog altyd haar leuse, en daarmee is dit uit en gedaan.

Hulle stap onder die krans uit en beweeg versigtig om die paar rotse en bosse. As Janet die edelman se gedagtes op hierdie oomblik kon lees, sou sy diep verbaas gewees het oor die verterende kommer in sy hart. Hy besef dat hy Janet nie kan dwing om saam met hom terug te keer na Espiño nie en aan die ander kant voel hy diep bekommerd om haar hier agter te laat. Vic is nou wel haar broer, maar hierdie voorval het hom baie duidelik gewys dat Vic – op sy pos – allereers 'n ingenieur is; dat wanneer hy verdiep is in sy werk, alle ander verantwoordelikhede tweede plek in sy lewe inneem. Hy koester hoë respek en agting vir die Suid-Afrikaanse ingenieur, maar hy hou absoluut niks van die manier waarop Vic sy verantwoordelikheid teenoor sy suster verontagsaam nie. Met die dinamiet-episode moes hy eers na haar veiligheid omgesien het voordat hy opdrag gegee het dat die lonte aangesteek mag word.

Dis waar, hierdie hertog kan die Suid-Afrikaners se gewoontes maar nie kleinkry nie. Hulle word, na sy mening, gans te selfstandig opgevoed en dit het tot gevolg dat elkeen later sy eie koers kies sonder om hulle diep oor mekaar se wel en wee te bekommer . . . Nee, hy sal hom nooit met die Suid-Afrikaanse gebruike kan vereenselwig nie. En solank die twee Hartmans hulle hier op Espiño bevind, sal hy maar self 'n wakende oog oor Janet se veiligheid hou.

Hulle loop Vic halfpad na die skietterrein raak waar hy hulle geduldig inwag. Voordat die hertog nog iets kan sê, draai Vic na Janet en kyk haar met 'n kwaai blik aan.

"O, ek sien jy lewe nog," voeg hy haar kortaf, effens ongeduldig toe. "Nou luister mooi na my, meisiekind. As jy jou hier by my werkplek wil tuismaak, moet jy my bevele stiptelik gehoorsaam of anders by die huis bly. Jy het vandag nie net jou eie lewe in gevaar gestel nie, maar ook die hertog s'n, en dit gaan ek nie toelaat nie, Janet. Ek verbied jou dus om my werkterrein te besoek solank ons hier met dinamiet –"

"Ag, moenie vir jou laf hou nie, ou Vic," val sy hom met 'n goedige glimlaggie op Afrikaans in die rede. "Spaar jou asem, jong. Jou vriend die hertog het my al klaar gekapittel en ek is nie lus vir nog 'n predikasie nie. Julle twee moet seker dink ek is onnosel."

"Wel, jy het vroeër gehandel asof jy onnosel is," herinner Vic haar ietwat streng.

"Onsin met jou, man," kap sy ongeërg terug. "Ek sou self skuiling gaan soek het nadat die eerste dinamietskoot afgegaan het."

Sy kyk Vic aan en begin meteens saggies lag. "Haai, weet jy, ek het eers gedink dis 'n vyand wat ons aanval," vertel sy prettig. "Maar jou vriend die hertog het my reggehelp en my vertel dat dit dinamietskote is."

"H'm, dan is jy nog doof ook," kom dit omgekrap van Vic.

"Gaan blaas doppies, man," lag Janet hom heerlik uit. "Jy is al net so 'n ou suurknol soos hierdie adellike vriend van jou. Vergeet die hele affêre, ou Vic, ek is nog lank nie dood nie."

Sy meet hom meteens met 'n berekende blik en vervolg ernstig: "Ouboet, moet nou nie vir my vertel jy gaan nog dae en weke op hierdie voorval hamer nie, want dan praat ek sowaar nie 'n woord met jou nie. Dan kan jy ook maar jou kok se knoffelkos eet totdat jy self soos 'n knoffelland lyk . . ."

Vic se hartlike lagbui maak terstond 'n einde aan Janet se relaas.

"Jy is die onmoontlikste mens wat ek ken, ounooi," sê hy met 'n breë glimlag. "Maar jou dreigemente laat my heeltemal koud. Ek wil ook nie snaaks wees nie, ou sussie, maar ek het elke woord bedoel wat ek gesê het."

Hierna draai Vic na die hertog en spreek sy dank uit omdat hy hom oor Janet ontferm het. Maar Janet het nie lus om na hierdie beleefde relaas van Vic te luister nie, dus kry sy weer dadelik koers na die lelies en varings wat sy onder die oorhangende rots laat lê het.

Janet is later so besig om nog meer blomme te versamel dat sy nie eens bewus is van die hertog se vertrek nie. Dis eers toe sy

Vic na haar hoor roep dat die besef tot haar deurdring dat dit al haas tyd moet wees vir middagete. Sy stoot die breërandhoed van haar warm, beswete voorkop af weg en baan haar weg tussen die rotse en bosse deur.

'n Entjie laer af staan Vic geduldig op haar en wag. Maar hy het nie nodig om lank te wag nie, want Janet is so rats en vlug soos 'n wildsbokkie.

"Waar is jou vriend die hertog?" vra sy terwyl hulle in die rigting van Vic se motor stap.

"Hy het lankal vertrek, ounooi," kondig Vic aan en vervolg tergend: "Hy het natuurlik genoeg van jou gehad vir een dag en toe besluit om jou maar liewer hier te los."

"Jy sit mos nou met my opgeskeep, jong," lag sy. "Ek het vir jou vriend gesê dat ek saam met jou huis toe gaan en dat hy nie vir my hoef te wag nie."

"Maar hoe het dit gekom dat jy vanoggend saam het hom hierheen gekom het? Die man is sowaar nes Duitse masels, slaan ewig op die mees ongeleë tyd by 'n mens uit."

Janet skater soos sy lag. Toe haar lagbui eindelik bedaar, vertel sy Vic van die hertog se besoek en die motor wat hy vir haar gebring het.

"H'm, die kêrel is nogal besonder begaan oor jou veiligheid en gerief," konstateer Vic met 'n diep, peinsende blik in sy oë. "Dit lyk mos vir my al of die man verlief is op jou, ounooi!"

"Wat, hý?" Sy kyk Vic aan asof sy die gesondheid van sy verstand ernstig in twyfel trek. Dan skud sy haar kop en vervolg ernstig: "Ek glo nie die hertog is in staat tot liefde nie, ouboet. Ek twyfel of hy ooit weet wat die woord beteken. Sulke koue en hooghartige mense kan mos nie liefhê nie! Altans, ek glo nie hulle laat so 'n emosie in hulle toe nie."

"Ramiro is nie hooghartig nie, ou sussie," weerspreek Vic haar goedig. "Hy is ook nie koud nie, bloot uitermate trots . . . Nee, die man is beslis nie koud en hooghartig nie. Ek sal eerder sê hy is trots en waardig en, glo my, ek weet waarvan ek praat. Ramiro het dikwels saans by my kom sit en gesels en nog nooit het hy by my die indruk gewek dat hy koud en hooghartig is nie. Om die waarheid te sê, ek hou nogal baie van sy geselskap."

"O, wel, jy kan maar van sy geselskap hou, ouboet. Ek sê jou net, ek en daardie man sal nooit langs een vuur sit nie. Ek dink hy is pynlik aanmatigend . . . Nee, ek wil liewer niks met hom te doen hê nie; ons het regtig niks gemeen nie."

"Ag, kom," lag hy hartlik. "Ramiro is glo die gewildste hertog wat hulle nog ooit hier op Espiño gehad het. Sy mense het die grootste agting en respek vir hom en die vroue aanbid hom. Hier word hy byna as 'n godheid beskou."

"Geen wonder dat hy so pynlik aanmatigend is nie," sê Janet. "Onthou net, ek is nie so laf soos die vroue van Espiño nie, en hulle moet ook nie sulke stuitigheid van my verwag nie."

"Maar jy kan nie stry nie, ounooi, Ramiro is 'n besonder aantreklike man," lok Vic haar met 'n bedekte glimlaggie uit.

"Dis waar, oor sy uiterlike aantreklikheid sal ek nie stry nie, ouboet. Die man is beslis gevaarlik aantreklik," gee Janet toe. "Maar uiterlike aantreklikheid is nie die enigste hoedanigheid wat van belang is nie. Myns insiens moet 'n man oor meer eienskappe beskik as net dit."

Hulle bereik Vic se motor.

"Klim in, kleinding," sê hy glimlaggend onderwyl hy self inklim. "Sodra jy Ramiro beter ken, sal ons weer oor sy hoedanighede gesels. Jy ken die man nog te swak om nou al 'n mening oor hom te lug. Maar ek wil jou net waarsku dat dit futiel sal wees om op Ramiro verlief te raak. Hy is nie 'n gewone man wat met 'n gewone meisie sal trou nie. Hy sal stellig vir hom 'n vrou uit die adelstand van Portugal neem. Vir al wat ons weet, het hy dalk al 'n adellike nooi op sleeptou."

"Dit sal vir hom in elk geval beter wees om met een van sy aanbidders te trou, iemand wat gewillig haar bene sal breek om sy wense uit te voer," meen Janet sonder veel belangstelling terwyl haar oë daar in die verte dwaal waar die koffiebome ry op ry staan.

Van môre af, besluit sy, gaan sy die wêreld hierlangs verken en elke interessante toneel skilder. Voor sy vertrek, sal sy net eers die kok onder vier oë spreek en hom mooi laat verstaan hoe sy die maaltye in die vervolg voorberei wil hê – geen knoffel nie en minder olie.

Hulle ry die dorp binne en dadelik val Janet se blik weer op die indrukwekkende quinta. Om te dink dat daar net twee mense in daardie kolos van 'n gebou woon! Die lewe moet vir die hertog en sy ma seker baie eensaam wees, daar so alleen in die grote quinta . . . Nee, sy wat Janet is, sal nie van so 'n lewe hou nie. Sy hou van ruimte om haar, maar darem ook nie so vreeslik baie nie.

Janet sien die hertog se rooi motor voor die quinta staan en dan dink sy weer aan die duur, silwergrys motor wat hy vanoggend vir haar gebruik gebring het.

Vic is sommer laf, dink sy. Die hertog is glad nie so danig begaan oor my gerief nie. Hy het my bloot 'n motor te leen aangebied omdat ek verseg het om sonder 'n voertuig op Espiño te woon. Hy het dit uit skone radeloosheid gedoen en om geen ander rede nie. Vic wou maar net weer my siel versondig met sy onmoontlike insinuasies van verliefdheid . . .

Met hul tuiskoms is Vic haastig om sy maaltyd te nuttig sodat hy onverwyld na sy werk kan teruggaan. Daarom word daar nie onnodig lank gedraai nie. Janet het net haar hande gewas, toe gaan sit hulle aan vir ete.

Sedert hul tuiskoms is Vic opvallend stil. Dit was nie eens vir hom nodig om na Janet se geleende motor te gaan kyk nie. Een blik na die bekende, silwergrys voertuig was vir hom heeltemal genoeg om te weet dat Ramiro sy nuwe, duur motor vir Janet geleen het.

Hier waar Vic aan tafel sit, voel hy nog steeds dronkgeslaan oor die silwergrys Lancia, die hertog se geliefkoosde motor wat hy nie eens vir sy ma wou leen toe haar motor verlede week buite aksie was nie . . . Maar hy leen dit vir Janet wat vir hom nog 'n vreemdeling is.

Sy blik gly stadig oor sy suster se tenger gestaltetjie en rus 'n oomblik lank op haar engelagtige gesiggie met die groot, sielvolle blou oë, en dis meteens of daar vir hom 'n lig opgaan.

Ramiro is inderdaad verlief op Janet, flits dit deur sy gedagtes. Ja, hy moes bepaald reeds op haar fotobeeld verlief geraak het, daarom dat hy so ernstig daarop aangedring het dat sy haar hier op Espiño moet kom vestig . . . Ja, nou verstaan ek sommer ook waarom hy met sy vliegtuig afgesit het om haar te gaan ontmoet. Niks mag Janet se veiligheid in gevaar stel nie. Selfs vandag het hy openlik getoon dat hy sy eie lewe op die spel sal plaas vir haar veiligheid. Vir hom is dit altyd net Janet se veiligheid wat van belang is.

Die hertog se vreemde optrede is vir Vic nou sommer duidelik. Maar wat hy nie kan verstaan nie, is dat Janet nog nie die man se gevoel vir haar agtergekom het nie. Sy wat sedert haar hoërskooldae al met bewonderaars deurmekaar is, is sowaar te blind om te sien dat die man smoorverlief is op haar. Hy wonder of hy haar daaroor moet inlig?

Vic kyk weer vlugtig na Janet. Dan besluit hy om maar liewer niks te sê nie. Laat Ramiro maar sy eie hartsake uitwerk. Hy wat Vic is, kan dit nie vir hom doen nie. Elke mens moet sy eie heil uitwerk. As Janet vir hom bestem is, sal hy haar wel kry sonder enigiemand se hulp.

"Wat gaan jy vanmiddag doen, ounooi?" vra Vic na 'n rukkie.

"O, moenie vrees nie, ek gaan nie jou en die hertog se siele vandag verder versondig nie, Vic. Ek gaan my verfgereedskap uitpak en daarna ons kok so 'n bietjie touwys maak – alles baie vreedsaam en stigtelik."

"Moet net nie vergeet om Ramiro se motor in die motorhuis te besorg nie," herinner Vic haar. "As jy 'n skrapie aan daardie motor laat kom, slag hy jou lewend af."

"My vel sal beslis nie sleg lyk vir 'n matjie voor sy bed nie," terg sy met 'n ondeunde vonkeling in haar oë.

"Nee, wat, laat ek liewer gaan," kom dit gemaak verontwaardig van Vic. "As jy eers begin terg wanneer ek ernstig is, het ek geen geduld met jou nie. Ek sê jou net een ding: jy kyk mooi na daardie motor van Ramiro, of die duiwel haal jou. En nou moet jy my asseblief verskoon. Ek is hier om 'n dam te bou, nie om met jou te sit en ginnegaap nie."

Hy stap om die tafel en soen haar vlugtig op die kroontjie. "Moet asseblief nie die dorp in my afwesigheid op horings neem nie . . . Tot siens, kleinding."

"Tot siens, ou suurknol!" glimlag sy prettig. "Sien jou van-middag, hopelik in 'n beter luim . . . Mooi loop, ouboet!"

6

Nadat Janet al haar takies vir die dag afgehandel het, begeef sy haar na die voorstoep waarop 'n rusbank, etlike rottangstoele en 'n tafeltjie staan. Die kok weet nou wat van sy kookkuns verlang word, dus kan Janet die res van die middag ontspan.

Die stille rustigheid van die tropiese tuin en die diep dreuning van die see laat haar gedagtes sommer wye vlugte neem.

Sy is so diep in haar eie gedagtes versonke dat sy half skrik toe 'n roomkleurige sportmotor voor die deur stilhou. Sy het nie eens gesien toe die voertuig by die hek indraai nie en kan om die dood nie dink wie die besoeker kan wees nie. Op die oom-blik ken sy nog niemand hier op Espiño nie. Van agter af lyk dit na 'n man, maar die enigste man wat sy hier ken, is Ramiro, en dis baie beslis nie hy nie.

Janet wonder nog wie die besoeker kan wees, toe klim die man uit sy motor en sy herken dadelik dokter Jacomo de Chaves, wat sy in Beira ontmoet het.

Met fyn grasie staan Janet van die bank af op en loop die jong dokter by die gaasdeur tegemoet.

"Jou gedienstige slaaf, señorita," groet die man met 'n breë glimlag en 'n sjarmante buiginkie.

"Goeiemiddag, dokter," groet sy vriendelik, geamuseerd te-rug. "Kom asseblief binne. Ek soek nie 'n slaaf nie, maar jou geselskap is welkom."

Sy nooi hom om hom sommer daar op die stoep tuis te maak en neem self weer op die rusbank plaas. Jacomo bied haar 'n sigaret aan, wat sy van die hand wys, vra haar toestemming om te rook en steek dan self 'n sigaret aan.

Daar is onverbloemde bewondering in die jong man se oë toe hy Janet met 'n warm blik beskou en doodernstig vra: "Was jy al ooit verlief, señorita?"

"O, baie dikwels," antwoord sy met 'n ondeunde glimlaggie. "Te veel kere om op te noem, dokter. Ek was sommer nog in graad twee toe ek met my eerste liefde kennis gemaak het. Hy was 'n sproetgesig-klasmaat van my. Maar jy was seker ook al dikwels verlief, dokter?"

Hy skud sy kop. "Nie dikwels nie, señorita, net een keer . . . Toe ek jou gistermiddag die eerste keer in my lewe daar in die lughawe se restaurant gesien het."

'n Sagte, geamuseerde laggie borrel oor Janet se lippe. Sy weet dat sy nog nooit 'n man soos Jacomo ontmoet het wat na só 'n kort kennismaking nie skroom om prontuit sy gevoel te erken nie. Die man is uniek.

"Moenie bekommerd wees nie. Jy sal dit oorleef, dokter," sê sy en kyk hom met 'n alwyse glimlaggie aan. "Die liefde is soos 'n somersbui. Dit sak vinnig uit en klaar net so vinnig op ook. Dit gebeur maar met almal, dokter."

"In my geval is dit onwaarskynlik," sê hy sag. "Ons Portugese se liefde is fel, onblusbaar en standhoudend. Die liefde is 'n baie teer saak in ons lewens, señorita, iets wat nie ligtelik opgeneem word nie."

"Wel, ek het nog nie met so 'n liefde kennis gemaak nie, dokter De Chaves, en ek is ook nie van plan om my nou al in 'n ernstige verhouding te begeef nie. Ek geniet die lewe en ek hou van 'n lewe sonder bande wat knel."

Jacomo wil haar net vertel dat hy haar nog tot ander insigte gaan bring wat 'n einde aan haar jongmeisiebestaan sal maak, toe hou die hertog onverwags voor die deur stil.

In sy hart verwens Jacomo sy adellike neef se ontydige besoek. Daar is nog so baie dinge wat hy aan die bekoorlike Janet wou sê, dinge wat net vir haar ore bedoel is, maar nou sal hy nie verder oor sy hartsake kan gesels nie.

Die jong dokter voel innerlik gebelg, maar sê nietemin met 'n geslaagde glimlaggie: "Jy is inderdaad gewild, señorita, om so baie besoekers op een dag te ontvang. Dis net jammer dat my neef se besoek saam met myne moes val."

"O, die hertog was vanoggend ook al hier. Hy kom stel natuurlik ondersoek in of ek my by jul gebruike hou of nie," spot sy liggies. Dan merk sy dat die hertog nie alleen is nie, maar in die geselskap van 'n ouerige vrou verkeer. "Ek veronderstel dit is sy ma wat by hom in die motor is," sê-vra Janet.

"Ja," sê Jacomo, "en jy is geëerd om so gou 'n besoek van haar te ontvang."

Janet kry nie die geleentheid om hierop te antwoord nie, want die hertog is reeds besig om die gaasdeur vir sy ma oop te maak. Dus staan sy haastig op om hulle binne te nooi.

Ramiro kyk haar en Jacomo met 'n arendsoog aan, maar groet haar met 'n bedaarde: "Boa tarde, señorita Janetta." Daarna stel hy sy ma aan haar voor.

Toe vlam sy oë meteens op Jacomo wat intussen ook uit sy stoel opgestaan het. "Boa tarde, Jacomo," groet hy sy neef met 'n kil stem wat die jonger man se oor nie ontgaan nie en hom heimlik laat wonder.

Jacomo groet die lang, dinamiese man met 'n effens verslae glimlaggie. Hy groet ook sy tante en verneem belangstellend na haar gesondheid.

"Met my gesondheid gaan dit baie goed, Jacomo," glimlag sy tante Francesca vriendelik. "My hart het lank laas moeilikheid gegee."

Voordat Jacomo weer iets kan sê, draai die hertog na sy jong neef en vra ewe koel: "En wat maak jy hier, my vriend? Moet jy dan nie by die hospitaal wees nie, of word die mense van Espiño nie meer siek nie?"

"Ek het 'n pasiënt hier naby besoek en toe besluit om hier aan te doen –" begin Jacomo.

"Nou ja, ek is seker jou pasiënt wag al op jou. Ons sal jou dus verskoon," val die hertog hom in die rede.

Met 'n ligte skouerophaling kom Jacomo orent. Hy buig hoflik en groet almal vriendelik. Daarna vertrek hy sonder versuim, want as die hoof van die familie gespreek het, moet almal hom gehoorsaam.

Jacomo se motor het pas deur die hek verdwyn, toe dwaal die hertog se blik na Janet daar waar sy langs sy ma op die rusbank sit. Dit is vir die jong meisie al of sy oë met haar spot, haar heimlik uitlag.

"Dis nou jammer dat ek 'n einde aan jou en Jacomo se vertroulike gesprekkie moes maak, señorita," hoor sy Ramiro sê. "Maar ek glo die kêrel het vergeet dat hy 'n spreekkamer het om na terug te keer –"

"Toe maar, señor, dis onnodig om 'n verskoning te veins," onderbreek sy hom met oë wat skerp na hom blits. Sy weet eerlikwaar nie hoe hy vanmôre iets teers in haar kon roer nie. Hy is bemoeisiek en absoluut onuitstaanbaar.

Maar sy gaan onthuts voort: "Ek begryp jou optrede heeltemal. Trouens, dis vir my baie duidelik dat jy bekommerd is dat een van jou vername familielede moontlik 'n verhouding met my, wat 'n familielid van jou nie waardig is nie, sal aanknoop. Maar jy het nie nodig om te vrees nie. Die jong mans van Espiño is heeltemal veilig in my geselskap. Indien ek wel eendag trou, wat moontlik in die verre toekoms kan gebeur, sal dit met 'n man uit my eie volk wees. Want so min as wat jy kans sien om met 'n vrou uit my volk te trou, net so min sien ek kans om met 'n man uit joune te trou. Ek hoop dus ons verstaan mekaar nou, señor duque."

"Ek vrees jy is heeltemal verkeerd, señorita," hoor sy die man met groot erns sê. "Ek het nog nooit te kenne gegee dat jy 'n familielid van my nie waardig is nie. Waarteen ek jou wel gister gewaarsku het, is dat jy versigtig moet wees en nie moet mooiweer speel met die gevoelens van Espiño se jong mans nie. Ek het jou ook gesê dat 'n Portugees nie maklik nee vir 'n antwoord aanvaar nie. Dit is nie 'n wilde storie nie, maar 'n klinkklare feit."

"Ek weet weliswaar nie waarom jy so begaan is oor Espiño se jong mans nie, señor," verklaar sy met 'n onverskillige houding. "Jy praat asof elke jong man hier gevaar loop om op my verlief te raak. Ek dink dit is absoluut onsinnig!"

"Inteendeel, dit is heeltemal moontlik," weerspreek hy haar met sy senutergende onversteurbaarheid. Sy wens hy wil 'n slag sy humeur verloor sodat sy hom goed die waarheid kan vertel. Maar nou bly hy knaend kalm en onversteurbaar en dit laat haar deurentyd voel asof hy die hef in die hand het . . . Nee, die man is onmoontlik en pynlik frustrerend.

84

"Nou goed, señor duque," antwoord sy met ingehoue wrewel, "ek sal my in die vervolg net by my eie mense bepaal. Op dié manier sal die gevoelens van Espiño se jong mans nie in die gedrang kom nie. Ek hoop jy is tevrede."

Die ou hertogin luister geamuseer na Janet en Ramiro se woordewisseling. Dis vir haar baie duidelik dat Janet haar vir Ramiro vererg het. Tydens hul argument het sy gemerk dat Janet se oë Ramiro soos swaarde deurboor, maar nou lyk dit vir haar of Janet haar heeltemal van Ramiro en sy geselskap onttrek het.

Die ouer vrou is nie verkeerd nie, want Janet draai sonder meer na die hertogin asof die hertog glad nie bestaan nie en sy vir goed met hom klaar is. Sy glimlag vir die ou dame en sê vriendelik: "Espiño is so 'n stil dorpie, vind u dit nie baie eensaam in die quinta nie, señora duquesa?"

"Vir 'n ou mens is die lewe nooit stil en eensaam nie, señorita," glimlag die ouer vrou vriendelik. "Die herinneringe aan die verlede vul al die leë oomblikke. Ons onthaal natuurlik dikwels in die quinta en ontvang ook dikwels besoekers uit Portugal. My getroude dogter en haar skoonsuster sal juis môreoggend in Beira aankom, waar Ramiro hulle by die lughawe sal gaan ontmoet. En soos ek Inés ken, sal sy niks minder as 'n maand by my kuier voordat sy na Portugal terugkeer nie. Ek vrees net jý gaan die lewe hier op Espiño moontlik stil en eensaam vind, señorita. Maar ek en Ramiro sal ons bes doen om jou hier tuis en gelukkig te laat voel. Onthou, jy is te alle tye welkom in die quinta. En as jy raad of hulp verlang, is ek en Ramiro altyd beskikbaar."

Janet bedank die hertogin paslik vir haar vriendelikheid en vervolg met 'n stil glimlaggie: "Ek glo nie ek sal veel tyd vind om eensaam te voel nie, señora. My broer het u seker al vertel dat ek graag skilder . . ."

Janet en die hertogin gesels lekker en rustig oor allerhande onderwerpe. Na 'n rukkie bedien Sofia hulle met koffie en tuisgebakte koek. Dis byna vyfuur toe die adellike besoekers eindelik groet en vertrek.

85

Met Vic se tuiskoms daardie middag het Janet heelwat om hom te vertel onderwyl hulle op die voorstoep koffie drink. Sy ver-erg haar sommer opnuut toe sy hom van haar en die hertog se woordewisseling vertel en sluit af met: "Ek dink die man is van lotjie getik, weet jy?"

"Glad nie," lag Vic geamuseerd. "Dit is Ramiro se manier om jou met 'n duenna op te saal. Hy weet dat die kêrels jou nie met rus sal laat nie en dat 'n Portugese duenna die enigste is wat 'n voorbarige, voortvarende kêrel op sy plek sal kan sit."

"So," sê sy met 'n peinsende uitdrukking in haar oë, "dan is dít waarom hy ewig so op die jong mans van Espiño se ge-voelens hamer! Wel, hy kan, vir al wat ek omgee, na sy peetjie gaan met sy duenna en al. Ek is groot en oud genoeg om hierdie jong Portugese op hul plek te sit en daar te hou. Ek het nie 'n duenna se hulp nodig nie en ek is ook nie van plan om 'n stertjie oral met my saam te piekel nie. Maar kom, daar lui Sofia al die klokkie vir aandete. Ons kan gerus na die ete gaan kyk wat Es-piño se bioskoop oplewer, of voel jy te moeg vir so 'n uitstappie, ouboet?"

"Nie moeg nie, maar daar is werk wat ek vanaand moet af-handel, ounooi. Maar dis nie te sê dat jý ook tuis moet bly nie. Gerrit Vosloo kan saam met jou gaan. Trouens, hy sal maar te bly wees om jou bioskoop toe te neem. Hy het reeds vanoggend gevra of hy ons vanaand mag besoek."

Hierdie voorstel van Vic geval Janet uitstekend. Die hertog mag wel die septer swaai hier in sy koninkryk, maar hy het geen gesag oor haar en Gerrit nie. Hy kan ook nie met sy ge-voelstorie by haar aangesit kom nie, want Gerrit is gelukkig nie 'n Portugese jong man van Espiño nie. Sy gevoelens gaan die hertog dus nie aan nie.

"Nou goed," sê sy na 'n rukkie, "ek sal saam met Gerrit gaan fliek. Op die oog af lyk hy nie te onaardig nie, dus sal hy gang-baar wees vir 'n aand se pret en plesier op hierdie uithoek van die aarde aan die punt van nêrens."

"Hierdie uithoek van die aarde gaan nog lank jou tuiste wees," glimlag Vic waarskuwend. Hy weet hoe lief hierdie sus-sie van hom vir pret en plesier is.

86

"Toe maar, ek sal my op Gerrit beroep vir afleiding en ontspanning," troef sy hom. "Maar kom nou, daar lui Sofia weer die klokkie. Netnou dink sy ons is albei doof."

Na die ete het Janet haar gou gaan verklee en toe Gerrit sy opwagting maak, is sy gereed vir 'n aand se afleiding in Espiño se enigste bioskoop.

Aangesien sy en Gerrit reeds daardie oggend kennis gemaak het, neem dit hulle nie lank om mekaar op die voornaam aan te spreek nie. En toe die jong man hoor wat Janet vir die aand beplan, is hy dadelik gereed om by haar planne in te val.

In 'n opgewekte stemming vertrek die twee 'n rukkie later. Dog waarmee hulle nie rekening gehou het nie, is die feit dat hulle in 'n vreemde land is met 'n vreemde taal wat nie een van die twee kan praat of verstaan nie. Maar dit stel hulle eers later vas toe die advertensies vertoon word en alles op Portugees aangebied word.

"O maggies, ons het in die verkeerde plek kom ontspan. Die dialoog is Portugees en daar is geen onderskrifte nie, Gerrit!" haak Janet sommer hardop af. Sy merk nie eens hoe talle oë in haar rigting draai nie. Sy is net bewus daarvan dat die aand 'n groot mislukking is.

"Ja, ons sal bepaald niks van die fliek verstaan nie," beaam Gerrit sag. Hy kyk Janet met 'n geamuseerde glimlaggie aan en vervolg: "Ons was albei ewe onnosel om nie daaraan te gedink het nie. Voel jy lus om na 'n rolprent te kyk wat jy nie verstaan nie?"

"Nee, beslis nie, en jy?"

"Ek ook nie," stem hy saam. "Ek stel dus voor dat ons elders afleiding gaan soek. Maar joos weet waar. Al opwinding wat hier te vind is, is die dans elke Saterdagaand in die hotel waar oud en jonk vergader – die jong mense om te dans en die ou mense om 'n wakende oog oor hul dogters te hou."

"Dit klink nie juis vir my na 'n opwindende dans nie. Ek sal eerder sê dis 'n bekrompe affêre," glimlag Janet en kom terselfdertyd orent. Gerrit volg haar voorbeeld en saam verlaat hulle die bioskoop.

Terug in Gerrit se motor besluit hulle om 'n draai by die kamp te gaan maak sodat Janet met die voorman se jong vrou, Lettie Marais, kan kennis maak, aangesien hulle twee die enigste Suid-Afrikaanse vroue in hierdie afgeleë plek is.

"Lettie en Karel is 'n jaar gelede getroud," vertel Gerrit onderwyl hulle in die rigting van die dam ry. "Sy vergesel hom oral waar sy werk hom neem en geniet dit nogal besonder baie om in 'n woonwa te woon. Terloops, sy was ook 'n onderwyseres, dus het julle darem iets gemeen. Ek dink jy gaan van haar hou, Janet."

Die geselskap gaan nou oor Lettie se sorgsaamheid teenoor die mans in die kamp wat na hulself moet omsien en weldra bereik hulle die kamp wat agter die berg, 'n klein entjie van die rivier af, geleë is.

Daar heers 'n gesellige atmosfeer in die kamp. Saam met die geur van gebraaide vleis kom die note van 'n trekklavier na hulle aangesweef toe hulle eindelik uit die motor klim en na die Marais's se woonwa stap.

Vir Janet voel dit of sy haar op dié oomblik in 'n deeltjie van haar eie land bevind. Die vrolike gelag en geskerts en daardie nostalgiese liedjie wat die trekklavier uitbasuin, is alles so bekend en eie aan haar ou volkie. Sy voel meteens vreemd verlig en tuis hier in die kamp. Hier, besef sy, is 'n hawe waarheen sy haar toevlug kan neem wanneer Espiño en sy gemeenskap vir haar te veel word.

Vir Janet lyk dit asof die hele kamp se mense voor die Marais's se woonwa vergader is. Die tente lyk almal donker en verlate, maar langs die blou woonwa brand etlike lampe. In die ligkring sit etlike mans gemaklik op seilstoele en rook terwyl hulle ontspanne na die musiek luister. Maar toe Janet en Gerrit die ligkring binnetree, hou die musiek dadelik op.

Janet word eers aan die donkerkop-Lettie en haar man, Karel, voorgestel, daarna aan die res van die mans. Hoewel in kakiedrag geklee, is almal glad geskeer en hulle sien daar skoon en netjies uit. Iemand bied Janet 'n stoel aan en dis nie lank nie, toe gesels hulle asof hulle mekaar jare al ken.

Nou eers bemerk Janet dat daar 'n groot, vierkantige betonvloer langs die woonwa aangebring is, en dis hier waar almal saans ontspan. Hulle lyk vir haar kompleet soos een groot, gelukkige gesin. Sy het nooit kon droom dat dit so gesellig kan wees om in die veld te kampeer nie.

Later word elkeen met 'n glas yskoue bier bedien, behalwe dié wat koeldrank verkies. Toe stel Gerrit voor dat hulle gerus 'n bietjie kan dans, aangesien hy en Janet dit so ongelukkig getref het met die bioskoop.

"Ou Klaas kan môre die vloer van hierdie ontvangsvertrek van jou vee, Lettie," doen Gerrit aan die hand.

"Toe maar, ek kan hierdie betonblad self vee," werp sy laggend terug. "Ek het juis bedags so min te doen. Soms voel dit asof ek kan vergaan van ledigheid."

"Wel, noudat jy en Janet mekaar ken, kan julle die dorp tesame op horings neem," stel Gerrit voor.

Janet begin hartlik lag.

"As ons jou raad volg, Gerrit, sal ons edele hertog ons vinniger uit sy dorp skop as wat ons twee daar beland het," meen Janet, tot groot vermaak van almal. "Die hertog is meer nougeset en konserwatief as wat my ou groot-groot-grootjie kon dink om te wees. Nee, ons sal nie sy dorp op horings kan neem nie, maar ons sal wel die dorp gaan verken. Ek sal jou môreoggend kom haal, Lettie. Maar ons gaan eers hier onder in die rivier swem voordat ons die uitstappie na die dorp onderneem."

Janet en Lettie gesels nog vrolik en opgewek oor hul voorgenome uitstappie na Espiño, toe val die eenmanorkes weg met 'n ritmiese tango wat almal se voete laat jeuk.

Gerrit en Karel is dadelik by om die twee meisies vir die eerste dans te neem. Twee uitbundige jong mans gryp mekaar vir die dans en haal sulke potsierlike passies uit dat almal skater van die lag.

"Dit is ons twee grapmakers en poetsbakkers," verduidelik Gerrit terwyl hy met sy kop in die rigting van die twee dansende jong mans knik. "Maar hul grappe gaan soms so ver dat die ouer mans al gedreig het om hulle met dinamiet van die aarde af weg te blaas. En tog, wanneer hulle regtig in die pekel beland, is dit altyd daardie ouer mans wat hulle verdedig."

Dis byna tienuur toe die kêrel sy trekklavier bêre en aankondig dat hy hom nou honger gespeel het.

"Raai, ek voel ook nou skielik honger," kom dit van Karel. "Ek stem vir 'n vleisbraaiery."

"Ek stel voor dat ons iets op die dorp gaan eet," laat Gerrit van hom hoor.

"Nou toe, gaan trek julle manne gou jul baadjies aan," beveel Karel. "As ons almal in drie motors kan pas, sal dit nie nodig wees om met die vragmotor te ry nie. En onthou, julle gedra julle asseblief wanneer ons die dorp binnery."

'n Paar minute later vertrek die drie volgepakte motors na die dorp. Almal is vrolik en opgewek. Vanuit die motor agter Janethulle s'n kom die uitbundige gesing van 'n ou-ou liedjie.

"Dis natuurlik weer Dawie en Ben wat so te kere gaan," meen Karel, maar hy kan ook nie help om te glimlag vir die twee grapmakers se komiese liedjie nie.

"O, wees verseker dis hulle," beaam Gerrit. "Net Dawie en Ben ken sulke lawwe liedjies."

Gerrit is nog besig om te praat, toe sing die twee sangers al weer "Wat maak oom Kalie daar?" uit volle bors. Maar toe hulle die dorp binnery, is die pretmakers so stil soos muise. Nie dat die twee hulle juis veel aan Karel se vermaning steur nie. Wat hulle werklik vrees, is dat die dorp se inwoners dalk by Vic sal kla, en dan is die duiwel los. Vic is nie 'n man wat met hom laat speel nie, daarom koester hulle almal 'n heilige ontsag vir die ingenieur – Gerrit inkluis.

Hulle hou voor 'n restaurant in die hoofstraat stil. Almal bondel uit die motors soos ingehokte vee wat skielik losgelaat is. Tog gedra elkeen hom baie stemmig en op sy plek.

In die restaurant beset hulle vier tafels. Die eienaar se oë blink ingenome by die gedagte dat hy vanaand weer 'n aansienlike bedrag uit die vriendelike Suid-Afrikaners gaan maak. Dit gebeur dikwels dat hulle in sy restaurant kom eet.

Gerrit stap sommer reguit na die toonbank en plaas 'n bestelling vir almal.

Twintig minute later smul almal heerlik aan sagte biefstuk, eiers, aartappelskyfies en slaai. Hulle lag en gesels vrolik. Af en toe word die eienaar met 'n grappie vermaak, wat die kêrel lekker laat lag.

Maar dit lyk regtig of die gode Janet glad nie goedgesind is nie – in elk geval nie hier op Espiño nie. Die kelner is net besig om hulle met koffie te bedien, toe stap die hertog die restaurant ewe onverwags binne.

Dis waar, dink Janet, Vic was reg. Die man is net soos Duitse masels – slaan ewig op die mees ongeleë tyd uit.

Die restaurant is inderdaad die laaste plek waar Janet verwag het om die vername señor duque hierdie tyd van die aand aan te tref, en dit is ook die laaste plek waar hy verwag het om háár aan te tref.

Die man lyk behoorlik geskok toe hy sien dat Janet een van hierdie vrolike, uitbundige groep is. Hy steek skielik in die middel van die vertrek vas, kyk haar met 'n skerp, deurdringende blik aan en pyl doelbewus op haar af.

Janet lyk duidelik ongemaklik toe die man so lank en breed hier langs haar staan. Ook die res van die geselskap is so stil soos muise in die teenwoordigheid van die streng edelman.

"Señorita Janetta!" kom dit sag oor Ramiro se lippe, maar vir Janet is dit soos 'n rasper wat oor rou senuwees krap. Sy weet hierdie sagte uitroep van hom is net 'n muur waaragter hy sy ontevredenheid verberg.

"Goeienaand, señor!" groet sy hom beleef. "Wil jy nie sit nie?"

Die hertog ignoreer egter haar uitnodiging asof sy nie 'n woord gesê het nie en gaan onverbiddelik voort: "Weet jou broer waar jy jou op die oomblik bevind?"

"Ek glo nie," antwoord Janet met 'n ongeërgde houding wat die man glad nie aanstaan nie. "Ek dink Vic verkeer onder die indruk dat ek en Gerrit in die bioskoop is – altans, so was die plan vroeër vanaand."

"So, en waarom is julle nie in die bioskoop nie?" wil hy weet, kompleet asof sy 'n vreeslike oortreding begaan het.

"O, ons was daar," sê sy, "maar ongelukkig kon nie een van ons die taal verstaan nie. Gevolglik het ons maar dadelik vertrek."

"Waarom het die jong señor jou toe nie dadelik tuis besorg

nie?" gaan die onmoontlike man voort, presies asof hy haar voog is en alle seggenskap oor haar het. "Dit was in elk geval wat hy moes gedoen het!"

"Maar, my maggies, señor," roep Janet verbaas uit, "die aand het toe maar pas begin!"

"Julle het dus die res van die aand hier in die restaurant verwyl?" kom sy stem weer sag, ofskoon sy donker oë haar met openlike afkeer betrag.

"O nee, ons het 'n besoek by die kamp afgelê en ook daar gedans," help sy die hertog reg. "Daarna het ons almal hier in die restaurant kom eet. Maar jy het niks te vrees nie, señor, ons het nie 'n enkele wet van jou oortree nie."

"Jy is heeltemal reg, señorita, julle het nie die land se wette oortree nie. Maar vir 'n respektabele jong dame was jou optrede ongehoord en onbetaamlik," lig hy haar in met 'n ongenaakbare stem en 'n koue uitdrukking in sy oë. Dan vervolg hy ewe onverbiddelik: "Sodra jy jou koffie gedrink het, sal ek jou persoonlik by jou tuiste besorg."

Janet maak haar mond oop om kapsie te maak teen die man se eiegeregtigheid, maar dan sien sy weer die koue, onverbiddelike glans in sy swart oë en sy sluk haar onuitgesproke woorde wyslik in. Sy besef dat 'n restaurant beslis nie 'n geskikte plek is om 'n woordewisseling aan die gang te sit nie.

Hierna stap die hertog sonder meer na die toonbank waar hy ewe bedaard 'n pakkie sigarette koop asof niks op aarde gebeur het nie.

"Wel, daar het julle nou 'n illustrasie van die man se preutsheid," sê Janet met ergernis in haar stem. Sy kyk na Lettie en vervolg: "Moenie ons uitstappie vergeet nie. Ek kom jou môreoggend haal om die dorp saam met my te verken. Dis nou jammer dat 'n sekere persoon ons pret so koelbloedig kom bederf het, maar ons sal dit beslis op 'n ander aand hervat."

"Jy moenie die man toelaat om oor jou baas te speel nie, Janet," kom dit bitter verontwaardig van Gerrit. "Waar kry hy die reg om aan jou te wil voorskryf wat jy moet doen en nie moet doen nie?"

Janet kyk Gerrit aan en glimlag suur.

"Weet jy," sê sy, "ek het gister en vandag presies dieselfde besluit geneem. Maar later het ek daaraan gedink dat ek met so 'n optrede net die lewe vir Vic moeilik sal maak. Ek sê jou, was dit nie vir my ouboet nie, het ek die man vanaand padlangs na sy peetjie gestuur. Jy sal dit miskien nie glo nie, maar Vic hou besonder baie van die man en sy geselskap. Hy het glo dikwels saans by my ouboet gaan sit en gesels."

Hierop sê niemand 'n woord nie, maar Janet voorspel donker dae vir haarself. In stilte ledig sy haar koppie en kom tydsaam orent. Sy kyk haar vriende met 'n waterige glimlaggie aan, bedank almal vir die gesellige aand wat sy saam met hulle geniet het en wens elkeen 'n rustige nag toe. Toe sy omdraai, merk sy dat die hertog reeds langs haar staan.

Ook die edelman wens almal 'n rustige nag toe voordat hy Janet se arm neem en haar met 'n vreemde besitlikheid na sy motor lei.

Janet is so boos dat sy hom nie eens aankyk nie. Sy gaan vanaand nog met Vic praat oor die man se lastige inmenging in haar sake. As hulle verwag dat sy haar lewe hier moet inperk, kan sy maar net sowel môre na Pretoria teruggaan . . . Nee, sy weet nie watse lawwigheid dit dié is dat hy oor haar wil baasspeel nie!

"Jy moenie vir my kwaad wees nie, señorita," hoor sy die man tussen haar wrewelrige gedagtes deur sê. "Ek probeer maar net om jou sowel as jou naam te beskerm."

Sy kyk hom met 'n kwaai blik van innerlike misnoeë aan. "Verskoon my, maar nie 'n engel in die hemel sal dit duld dat iemand so koelbloedig met sy sake inmeng soos wat jy jou met my sake bemoei nie, señor, en ek is nie 'n engel nie. Nog 'n ding: nie ek óf my naam het enigiemand se beskerming nodig nie. My optrede vanaand was ook nie ongehoord of onbetaamlik nie."

"Vir 'n jong Portugese meisie sal so 'n optrede beslis onbetaamlik en ongehoord wees, señorita –" begin die man, maar Janet gee hom nie kans om meer te sê nie.

"Jy vergeet blykbaar dat ek 'n Suid-Afrikaanse meisie is en nie Portugees nie, señor."

"Nee," sê hy, "ek het dit nog nie 'n oomblik vergeet nie.

Trouens, jy het my nog nie die geleentheid gegee om dit te vergeet nie!"

Sy kyk die hertog agterdogtig aan en vra sag: "Wat presies bedoel jy daarmee, señor?"

Hy draai by die hek van Vic en Janet se tuiste in en hou voor die deur stil. Daarna draai hy skuins op die sitplek, kyk Janet ernstig aan en sê: "Dit is tog baie duidelik. Eergister wou jy alleen per motor van Maputo af hierheen reis. Gister, terwyl jy alleen tuis was, het jy Jacomo hier onthaal. Vanaand vind ek jou in 'n openbare restaurant in die geselskap van meer as 'n dosyn mans. 'n Portugese meisie uit 'n goeie huis sal nooit droom om sulke dinge aan te vang nie."

"Ons in Suid-Afrika beskou dit nie as onbetaamlik nie, señor," sê sy sag en kalm.

"Ek weet, pequena – kleintjie," sê hy nou ook vriendeliker. "Dit is trouens al verskoning wat daar vir jou vreemde optrede is. Maar onthou asseblief: hier word dinge anders gedoen. Jou broer het hom besonder maklik by ons gewoontes aangepas en ek verseker jou dat almal groot respek en agting vir hom koester. Hy geniet almal se vriendskap en welwillendheid omdat hy dit waardig is. Is dit regtig so onmoontlik vir jou om sy voorbeeld te volg?"

"Niks is werklik onmoontlik nie, señor, as 'n mens –"

"My naam is Ramiro, Janetta," val hy haar sag in die rede. "Noem my asseblief op my naam. Die voortdurende ge-señor klink gans te formeel, en ons sal nooit regtig vriende word solank jy my so aanspreek nie."

"Nou goed, ek sal jou Ramiro noem," belowe Janet met 'n stadige glimlaggie. "Net wanneer jy my baie kwaad maak, sal ek jou señor duque noem."

"Dan sal ek in die vervolg my bes moet doen om jou nie kwaad te maak nie, menina, want dit is my een groot wens dat ons goeie vriende moet wees."

Janet begin meteens saggies lag, haar gramskap van 'n rukkie gelede skoon vergete.

"Ons sal nooit goeie vriende kan wees nie, Ramiro," voeg sy hom goedig toe. "Jy is gans te streng, en ek sal ook nooit iets kan doen wat in jou oë goed is nie. Jy sal altyd met my fout vind en ek sal my altyd vir jou vererg."

"Jy sal wel leer wat ek regtig van jou verwag, chica – kind. En sodra jy dit geleer het, sal jy die trots van my hart wees. Moenie dink ek is blind nie, menina. Ek sien baie deugde en moontlikhede in jou."

"Ek weet nie so mooi nie, maar ons sal wel sien," glimlag sy sfinksagtig. "Ek wil jou net vroegtydig waarsku, Ramiro, dat ek nooit ja en amen sê op alles wat ander mense sê nie."

"Dit, my liewe Janetta, is vir my niks nuuts nie. Ek het dit trouens eergister in die doeanekantoor al besef," stel hy haar met 'n skewe glimlaggie in kennis. "Tog verlang ek nog dat ons goeie vriende moet wees. Maar sê nou eers vir my: wat gaan jy môre alles doen?"

"Niks wat jou siel sal versondig nie," lag sy saggies. "Ek gaan Lettie Marais haal om saam met my jul dorpie te verken. Ons gaan Espiño platry en alles besigtig wat besienswaardig is. Het jy enige besware daarteen?"

"Hoegenaamd niks, solank julle net nie alleen in die dorp se strate rondloop nie," waarsku hy goedig.

Sy woorde klink so vriendelik en gemoedelik, maar Janet weet al uit ondervinding dat hy nie langer gemoedelik en vriendelik sal wees as hy hulle werklik alleen in die dorp se strate aantref nie. Sy waarskuwing was duidelik genoeg. Dis vir haar net vreemd dat sy stem altyd beheers bly, al spat sy oë vuur van woede. Sy weet eerlikwaar nie hoe hy dit altyd regkry nie. Sy het sowaar nog nooit gehoor dat hy sy stem verhef nie, selfs nie vroeër vanaand toe hy in so 'n omgekrapte luim was nie.

Dis waar, Ramiro gedra hom altyd waardig, maak nie saak wat die omstandighede is nie. Tog, ten spyte daarvan, voel sy bly dat hy môreoggend uitstedig sal wees om sy suster by die lughawe te gaan haal.

Êrens kondig 'n horlosie middernag aan. Janet gaap so lank dat Ramiro die ene besorgdheid is.

"Jy het jou vanaand totaal ooreis met jul dansery in die kamp, en dit na vandag se uitstappie na die dam," sê hy besorg. "Ek dink dit sal verstandiger wees as jy dadelik bed toe gaan, menina. Ek moes jou nooit so laat uit die slaap gehou het nie. Kom, dan besorg ek jou eers veilig in jou tuiste."

Met hierdie woorde klim Ramiro uit die motor en gaan maak die deur vir Janet oop. Hy neem haar arm en saam bestyg hulle die treetjies na die voorstoep.

Vic, wat nog steeds besig is met die dam se spesifikasies, is duidelik verbaas toe Janet, vergesel van die hertog, sy studeerkamer binnetree.

Hy groet die edelman beleef, draai na sy suster en vra op Engels: "Nou toe nou, waar het die hertog jou in die hande gekry?"

Vic, wat sy suster van haar geboortedag af ken, merk die tergduiweltjies in haar groot, blou oë toe sy prettig sê: "Dis 'n lang storie, ou Vic, en Ramiro het gesê ek moet nou dadelik gaan slaap. Dus kan ek jou ongelukkig niks van die voorval vertel nie. Maar as jy vir Ramiro vra, sal hy jou moontlik vertel waar hy my so laat in die nag gekry het. Dis ook moontlik dat hy nog vir jou 'n preek gaan afsteek omdat jy nie vanaand mooi na jou sussie gekyk het nie."

Voordat die verbaasde Vic iets hierop kan sê, wens Janet hom en die hertog albei 'n rustige nag toe en stap met 'n breë glimlag na haar kamer. Sy weet dat haar dierbare ouboet nou hopeloos in die war verkeer. Hy ken haar nie so mak nie en boonop spreek sy die hertog aan asof hulle mekaar reeds jare ken.

Janet voel lus om hardop te lag. Vic dink seker hy ly aan sinsbedrog.

7

Die volgende môre is Janet die ene lewenslus toe sy vir ontbyt aansit. Vic is stil en duidelik afgetrokke. Hierdie houding van hom verbaas haar, sy het dit nie verwag na gisteraand se petalje nie. Trouens, sy ken haar ouboet nie so nie. Hy is altyd besadig, maar nooit afgetrokke nie.

Hulle eet 'n rukkie in stilte, toe vra Janet so ewe terloops: "Het jy 'n nagmerrie gehad, Vic? Jy lyk bedruk vanoggend."

"Nee," sê hy, "ek het nie 'n nagmerrie gehad nie. Maar as jy nie in die vervolg op jou gedrag let nie, gaan jy my regtig nagmerries besorg."

"Jy praat al net soos Ramiro," werp Janet terug, haar blik op haar ouboet gevestig. "Maar ek waarsku jou, ou Vic: as jy hierdie hertog se gewoontes begin aankweek, trap ek dadelik terug Pretoria toe. Ek sien eerlikwaar nie kans vir twee Ramiro's nie. Een is reeds 'n handvol."

Na hierdie waarskuwing dwaal Janet se gedagtes na haar en Lettie se voorgenome uitstappie. Dit is vir haar 'n wonder dat Ramiro nie daarteen ook kapsie gemaak het nie. Die man het 'n nare manier om met alles wat sy doen fout te vind. Hy het gesê hulle mag nie alleen in die dorp rondloop nie. Hulle twee is natuurlik nog te jonk om sonder 'n duenna op straat te gaan. Maar om in die dorp met 'n motor te ry, is seker nie verkeerd nie. In elk geval, hy sal nie hier wees nie; dus hoef sy haar nie oor hom te bekommer nie.

Dis waar, as hy net van sy preutsheid ontslae kan raak, sal hy beslis 'n aangename kêrel wees. Maar daardie heerssugtigheid van hom!

Janet is meteens bewus daarvan dat Vic haar aanstaar. Sy is oorgehaal om te vra of hy miskien iets verkeerds aan haar sien, maar hy bied haar nie die geleentheid nie.

"Ramiro het my vertel van jou eskapades gisteraand," begin hy. "Maar dit is nie oor jou eskapades waaroor ek verontrus voel nie, Janet, dis oor . . . e . . . wel, jou en Ramiro se skielike vriendskap. Kyk, ek weet nie of jy skuld daaraan het nie, maar jy het die nare manier om kêrels te lok soos wat 'n heuningpot 'n klomp bye sal lok . . . Nee, wag, laat my toe om klaar te praat," maak hy haar stil toe sy haar mond oopmaak om kapsie te maak teen hierdie aantyging van hom.

"Dis nou al jare se ding dat jy 'n hele string kêrels op sleeptou hou, Janet, maar verder as dit kom jy ook nie – nie dat ek veel simpatie met jou string kêrels het nie, hoor! Wat my betref, moet hulle maar seerkry as hulle te onnosel is om deur jou spel te sien, want selfs ék weet dat jy hulle net aanhou om jou na vermaaklikhede te vergesel. Hulle behoort dit ook te weet, al koester hulle hoër verwagtings as dit. Maar nou wil ek vir jou net een ding sê: Ramiro is nie uit dieselfde staal gegiet as jou huidige kêrels nie. As jy dink dat jy hom vir 'n handperdjie kan aanhou, vergis jy jou terdeë met die man. Hy is nie iemand wat met hom laat speel nie. En as dit nog boonop 'n saak van die hart is, gaan hy onverbiddelik veg vir wat hy wil hê. Ek sal jou dus aanraai om hom liewer nie jou gewone vriendskap te gee indien jy dit nie opreg met hom bedoel nie –"

"Wag 'n bietjie, ouboet, jy is nou skoon beongeluk, jong," val Janet hom vinnig in die rede. "Dink jy regtig dat Ramiro die tipe is wat gepikkewaans . . . e . . . ek bedoel, verlief sal raak op 'n eenvoudige kunsonderwyseressie? Nee, jong, jy het self vir my vertel dat hul lewensmaats gewoonlik deur hul ouers vir hulle gekies word. Daar bestaan dus geen gevaar dat Ramiro sy adellike hart aan my voete sal lê nie. Sy lewensmaat sal bepaald met fyn oorleg uit die adelstand van Portugal gekies word, as jy my vra. Hy is ook gans te koel en saaklik. Waar in jou lewe het jy gesien dat so 'n koel komkommer kan verlief raak? Ek het gisteraand byna 'n halfuur saam met hom in sy motor gesit hier voor die deur, en hy het nie eens een keer aan my hand gevat nie, die ou sleg."

"In elk geval, moenie jou jakkalsstreke op hom beoefen nie, ounooi," waarsku Vic ernstig. " 'n Man bly maar 'n man, maak nie saak of hy 'n adellike is of nie. Hy mag dalk volgende keer meer doen as om aan jou hand te vat."

"Gaan blaas doppies, Victor Hartman," werp Janet verontwaardig terug. "Ek haal nooit jakkalsstreke uit met 'n man nie. As hulle so laf is om verlief te raak terwyl ek net bereid is om hulle vriendskap te gee, kan ek niks daaraan doen nie. Maar vir jou inligting: Ramiro het gisteraand gevra dat ons vriende moet wees. Bloot vriende, verstaan jy?"

"Ja, ek verstaan," glimlag Vic onderlangs. Janet was nog altyd 'n platjie en hy besef dit sal hom niks baat om verder met haar te redeneer nie. Sy sal tog nooit verstaan hoe onweerstaanbaar sy vir die teenoorgestelde geslag is nie. Dit lyk vir hom asof sy hopeloos blind is vir haar eie aantreklikheid. Maar so was sy nog altyd: probeer nooit om haar spesiaal op te smuk vir 'n man nie en kuier ook nooit ure voor 'n spieël nie.

Hulle eet in stilte. Janet se gedagtes vlug al weer uit die huis uit. Sy het nooit geweet dat dit so aangenaam en gesellig is om in die veld onder die maan en die sterre te dans nie. Hulle kan dit gerus meermale doen. Sy moet tog onthou om vir haar vriende in Pretoria daarvan te skryf . . .

"Jy sal my nou moet verskoon, kleinding," hoor sy Vic sê. "Onthou tog net om asseblief mooi na die hertog se motor te kyk."

"Ag, loop, man. Jy is meer begaan oor die ellendige motor as wat sy eie baas is. Wat makeer jou, Vic? Jy is beslis nie dieselfde mens wat ek in Pretoria geken het nie. Dit lyk regtig vir my of Espiño glad nie met jou akkordeer nie. Ek stel voor dat jy die dam so gou moontlik voltooi sodat ons kan teruggaan na ons eie tuiste."

"Jy praat nou die grootste snert wat ek nog gehoor het . . . Tot siens, kleinding!"

"Sien jou later, ouboet!"

Die son toor glinsterende liggies uit Janet se goudblonde hare toe sy die lang, silwergrys Lancia deur die hek stuur. Die motor se kap is afgeslaan en sy kan die verfrissende geur van die see ruik. Hier van onder af lyk die straat soos 'n lang rylaan, aan weerskante met palms en vlambome versier. Die heinings is kleurryk oortrek met jasmyn, kanferfoelie, bougainvillea, bloureën en ander struike waarvan sy die name nie ken nie. Dis 'n see van kleure en Janet moet ruiterlik erken dat Espiño inderdaad 'n skilderagtige dorpie is. Sy sou hier gelukkig kon wees as die mense net minder bekrompe was.

Die silwergrys vuurwa sing gesellig oor die gelyk grondpad en laat 'n lang stofstreep agter. Eindelik nader Janet die berg waar Vic-hulle besig is met die dambouery.

Aanvanklik verkeer almal onder die indruk dat dit die hertog is wat kom kyk hoe die werk vorder, behalwe Vic wat weet dat Ramiro sy nuwe motor vir Janet geleen het. Maar toe die mans sien dat dit sy is en nie die hertog nie, groet oud en jonk haar met vriendelike handgebare. Tot Vic se verbasing vind hy dat Janet oornag die gunsteling van sy span werkers geword het.

Ook Janet waai ewe vriendelik vir haar klomp nuwe vriende toe sy by hulle verbyry.

Die klein klits, dink Vic met 'n sweem van 'n glimlaggie terwyl hy Janet agternakyk. Sy verower harte so ver as wat sy gaan. Maar sy het ook so 'n mooi, vriendelike geaardheid dat 'n mens nie anders kan as om haar lief te kry nie.

Toe Janet die kamp binnery, verkeer ook Lettie onder die indruk dat dit die hertog is, want almal ken reeds sy geliefkoosde motor. Dis eers toe sy by die woonwa stilhou dat Lettie haar agter die stuurwiel opmerk.

"Môre, Janet!" groet sy terwyl Janet uitklim. "Jy het my nou 'n groot skrik op die lyf gejaag, weet jy?"

Ook Janet groet vriendelik en vervolg met 'n breë glimlag: "Hoe so? Waarom het jy so groot geskrik?"

"Ek het gedink dis die hertog wat my kom sê dat Karel beseer is."

"Lawwe mens," lag Janet haar saggies uit. "As Karel beseer is, sal Vic jou persoonlik daarvan in kennis stel, nie Ramiro nie. In elk geval, Karel is nie beseer nie. Laat ons dus maar gaan swem."

"Wil jy nie eers tee drink nie?"

Janet skud haar kop. "Nadat ons geswem het, sal ek graag koffie drink," antwoord sy.

Die twee meisies verdwyn in die woonwa om hulle te verklee en na 'n rukkie stap hulle geselsend af na die rivier, albei in baaikostuums geklee.

Groot, skaduryke wilgerbome, waarvan die lang takke liggies aan die oppervlak van die water raak, staan rustig en koel langs die oewer van die rivier. Janet gaan staan en verlustig haar in die gekoer van die duiwe hoog in die kruine van die welige ou bome. Die hele omgewing is so vreedsaam en rustig, kompleet soos die Bybelse paradys moes gewees het.

Janet kyk haar vriendin met 'n stralende gesiggie aan.

"Vind jy nie ook die natuur asembenemend nie?" vra sy in vervoering.

"Ja, dit is baie mooi hier langs die rivier," beaam Lettie.

"Baie? Jy stel dit sag, jong," glimlag Janet. "Ek sal eerder sê dis betowerend mooi. Maar wag, as ons nie nou gaan swem nie, kom ons nooit vandag by die dorp uit nie."

Soos twee uitgelate kinders baljaar die twee meisies in die helder, koel rivierwater. Janet besluit daar en dan dat sy elke dag hier sal kom swem, aangesien daar vir haar geen plek op Espiño is om te swem nie. Dis in elk geval aangenamer hier as in 'n swembad.

Hulle baljaar byna 'n halfuur lank in die water voordat hulle na die kamp terugkeer om vir die uitstappie na die dorp te verklee. Hulle drink egter eers koffie en vertrek kort daarna.

Dit is reeds na tienuur toe Janet en Lettie die dorp binnery. Die twee vind dit alte prettig dat die mense op straat Janet en die hertog se motor so verbaas aanstaar, kompleet asof hulle hul eie oë nie kan glo nie.

"Hulle dink bepaald ek het hul señor duque se motor gegaps, as jy my vra," lug Janet haar mening. "Hulle moet my net nie vir diefstal aankeer nie, want dan gaan dit 'n lollery afgee. Ek dink ons moet eers in die een of ander restaurant gaan tee drink. As iemand dan wil weet hoe ek aan Ramiro se motor gekom het, sal dit hom mos 'n gulde geleentheid bied om my in dié verband te nader."

"Ek dink ook dit sal wys wees, want kyk hoe staar daardie groepie mans voor die winkel jou aan," kom dit van Lettie. "Gaan hou daar reg voor hulle stil, jong. Hier êrens moet 'n restaurant wees . . . Ja, daar langs die winkel is een."

"Gaaf, ons sal sommer die winkel ook besoek," doen Janet glimlaggend aan die hand. "Moontlik sal dit 'n einde aan hul gissings maak. Geen dief van Ramiro se motor sal dit mos waag om helder oordag hier onder hul neuse rond te loop nie, of hoe?"

Die twee meisies begin heerlik lag.

"Slegs 'n baie mak dief sal so iets waag," meen Lettie.

Daar is nog 'n breë glimlag om Janet se mond toe sy vlak voor die verbaasde groepie mans parkeer, onbewus van die rooi sportmotor wat vlak agter haar stilhou.

Lettie is reeds besig om uit te klim, maar Janet word nie die geleentheid gegee om haar deur oop te maak nie, want dit gaan reeds oop. Stadig gly haar blik op teen die lang, witgeklede gestalte wat langs die motor staan. Die volgende oomblik kyk sy met onverbloemde verbasing in Ramiro se donker, onvergenoegde oë. Haar verbasing ontgaan hom nie, maar dit versag ook nie die trek in sy oë nie.

"Bon dia, Janetta!" groet hy haar met 'n onpersoonlike stem en hou die deur ongeërg vir haar oop om uit te klim.

"Goeiemôre, Ramiro!" beantwoord Janet sy môregroet en vra, nog ewe verbaas: "Wat maak jy hier op die dorp? Het ek nie gister gehoor dat jy jou suster op Beira se lughawe moet gaan haal nie?"

"A!" roep hy sag uit, nog steeds met die onvergenoegde blik in sy oë. "Dan is dit daarom dat jy en jou vriendin alléén hier rondkerjakker! Gedink ek is in Beira, nè?"

"Ja, ek het gedink jy is in Beira," erken sy eerlik. "En nou is jy natuurlik die herrie in vir my omdat ek jou waarskuwing van gisteraand in die wind geslaan het en jy my hier alleen saam met Lettie in die straat vind?"

"Jy het gelyk; ek voel glad nie gelukkig daaroor nie," antwoord hy bedaard. "Maar jy het nie gisteraand belowe dat jy my waarskuwing ter harte sal neem nie, dus het ek vermoed dat ek julle hier sal vind. Maar ons sal later daaroor gesels. Jou vriendin wag reeds vir jou voor die restaurant."

Janet kyk hom met 'n skalkse glimlaggie aan en haar oë flikker van ondeunde pret toe sy vra: "Noudat ons reeds hier is, gaan jy ons darem alleen hier loslaat, Ramiro?"

"O nee," antwoord hy met finaliteit in sy stem, "ek gaan julle persoonlik vergesel. Jy het my gisteraand nie mooi verstaan nie, Janetta. Ek het bedoel dat jy en jou vriendin glad nie alleen dorp toe mag kom nie!"

"Maar wat van jou suster?" wil sy verbaas weet. "Wanneer gaan jy haar in Beira haal?"

"Ek het reeds my sekretaris gestuur om hulle by die lughawe te gaan ontmoet. Moet jou dus nie oor Inés en Clara verontrus nie, menina. Vertel my liewer: wat wou julle eerste hier gedoen het?"

"Wel . . . e . . . ons wou eers tee gedrink het," begin Janet huiwerig, glad nie gretig om hierdie streng en konserwatiewe man met hulle saam te piekel nie. Hy gaan vandag net hul pret bederf, daarvan is sy seker.

"Gaaf, dan gaan drink ons eers tee," hoor sy hom sê.

Met hierdie woorde neem hy haar arm en stuur haar versigtig in die rigting van die restaurant waar Lettie reeds op hulle wag. Hy groet die groepie mans so in die verbygaan met 'n knik van sy adellike hoof.

Janet doen haar bes om nie haar teleurstelling te laat deurskemer nie, maar sy besluit heimlik dat sy hom vandag sal laat stap soos wat hy nog nooit in sy lewe gestap het nie. Hy wil mos met hulle saamdrentel . . . Ja-nee, na dese sal hy nie weer maklik aanbied om hulle te vergesel nie. Hy sal hulle eerder soos 'n aansteeklike siekte vermy.

Maar Janet het haar hopeloos met die man vergis, want op die ou end is dit hy wat hulle laat stap totdat albei se voete moeg en seer is. Ja, sommer van die staanspoor af het hy die aanvoer van die uitstappie in eie hande geneem. Janet en Lettie moes slegs volg waarheen hy hulle lei.

Soos afgespreek, het hulle eers tee gedrink. Daarna het Ramiro hulle die binnekant van die kerk gaan wys wat een van sy voorvaders daar laat bou het, en toe die begraafplaas waar al die kiste teen 'n lang muur agter glasdeurtjies pryk, op elke kis 'n portret van die oorledene.

Dit afgehandel, het hy hulle na 'n winkeltjie geneem wat antieke ware en ook juweliersware uit Portugal en Mosambiek verkoop.

In hierdie winkeltjie het Janet en Lettie skoon in vervoering geraak oor sommige van die oudhede. 'n Engeltjie van wit porselein het dadelik Janet se hart gesteel. Lettie het weer 'n swart driebeenpotjie van porselein bewonder. Dog toe die twee hul beursies te voorskyn haal om die twee artikels te koop, het Ramiro hulle voorgespring en self vir die twee geskenkies betaal.

Na hierdie inkope het hulle die mark besoek, deur die park gestap en eindelik by die dorp se enigste hotel uitgekom. En dis hier waar Janet en Lettie gevoel het dat hul gepynigde voete hulle nie 'n enkele tree verder sal kan neem nie.

Vir albei was dit 'n groot verligting toe Ramiro sê: "Ek stel voor dat ons eers middagete nuttig voordat ons die uitstappie voortsit."

Die twee met hul gemartelde voete stem geredelik in. En hier waar hulle nou 'n gesellige maaltyd nuttig in die koel eetkamer van die hotel, prakseer Janet heimlik hoe sy 'n einde aan die uitstappie kan maak sonder om haar seer voete ter sprake te bring. Hierdie man moenie weet dat haar blus reeds uit is nie . . . Nee, sy sal beslis aan 'n uitweg moet dink, en vinnig ook.

Maar gelukkig kom Lettie haar onwetend te hulp toe sy sê: "As jy die dorp nog verder wil verken, Janet, sal jy en die hertog my asseblief moet verskoon. Ek het 'n man vir wie ek aandete moet voorberei, en Gerrit nuttig ook sy maaltye saam met ons. Ek moet dus vir twee honger mans gaan kook."

"In daardie geval stel ons die verkenningstog uit tot 'n later geleentheid," laat Janet met geveinsde teleurstelling hoor, onbewus daarvan dat ook Ramiro heimlik verlig voel.

Daar is talle ander dinge wat Ramiro se aandag dringend vereis, maar hy kan Janet nie alleen in die dorp se strate laat rondloop en haar so aan die gemeenskap se praatjies blootstel nie. Hy het hom dit ten doel gestel om 'n wakende oog oor haar te hou en vandag moet hy haar naam beskerm. Dit is vir hom van die uiterste belang dat Janet se gedrag onbesproke bly.

Na die ete vergesel die hertog Janet en Lettie tot by hul voertuig. Soos gewoonlik hou hy die deur vir Janet oop en help haar ewe galant om in te klim . . . Ja, hy maak seker dat sy hom nie dalk ontglip en die strate invaar nie.

Albei bedank hom weer eens vir die pragtige geskenke, dan wens hulle hom 'n aangename middag toe.

Daar is iets dringends in Ramiro se reguit blik toe hy Janet saaklik toevoeg: "Ek dink daar is nog 'n sakie wat ons twee moet bespreek, Janetta. Ek sal tuis op jou wag. Adeus, señora Marais!"

"Tot siens, señor duque, en baie dankie vir alles," kom dit vriendelik van Lettie.

'n Warm blos kleur Janet se wange toe sy die motor aan-skakel en met 'n sagte verwensing wegtrek. Sy is nie eens bewus daarvan dat Lettie haar vraend aankyk nie.

"Nou wat het die arme hertog nou weer gesê dat jy so die hoenders in is, Janet?" wil Lettie na 'n rukkie weet.

"Jy sê 'arme hertog'! Hy is glad nie arm nie, Lettie. Volgens Vic ken die man nie die einde van sy skatte nie. Maar ek sê jou, hy is nie net 'n miljoenêr nie, hy is mal ook," kom dit bitter opstandig van Janet.

"Jy bedoel hy is eksentriek," terg Lettie glimlaggend.

"Na die maan met eksentriek, man. Ek sê die man is mal. Geen mens wat volkome normaal is, sal ooit verwag dat ander sy eienaardige gewoontes moet volg nie. Nee, dis verniet dat jy hom hier by my wil sit en goedpraat. Ek ken hom darem al goed genoeg om te weet waarvan ek praat. En ek herhaal: hy is nie by sy positiewe nie."

"So, dan is dit oor sy eienaardige gewoontes waaroor hy jou tuis wil spreek," terg Lettie verder. Dit is vir haar alte kostelik om die altyd vriendelike Janet in so 'n omgekrapte luim te sien. Sy is inderdaad pragtig met daardie hoë blos op haar wange en haar oë wat so gevaarlik vonkel. Geen wonder Gerrit is smoor-verlief op die nooientjie nie. Elke man sal seker sy hart onher-roeplik in daardie pragtige blou oë kan verloor.

Lettie is nog besig om haar in Janet se blonde skoonheid te verlustig, toe hoor sy haar sê: "Hy wil my spreek omdat ek en jy dit gewaag het om alleen dorp toe te gaan. Respektabele Por-tugese meisies mag mos nie alleen op straat gaan nie –"

"Maar ons is mos nie Portugese nie, Janet!" val sy die jonger meisie met 'n geamuseerde glimlaggie in die rede. "En ek is ook nie 'n jong meisie nie, ek is 'n getroude vrou!"

"Dit maak nie saak nie. Jy is nog lank nie oud genoeg om vir my 'n duenna te wees nie. Jy moet glo eers horingoud wees voordat jy as 'n duenna kan optree."

"Maar wat vir 'n ding is 'n duenna, Janet?"

"Man, Ramiro noem dit 'n beskermvrou. Maar as jy my vra, is dit 'n ou vrou wat jy oral moet saampiekel om jou in toom te hou."

"Wel, ek moet sê dit is 'n eienaardige gewoonte," lag Lettie hardop en vervolg dan ietwat meer besadig: "Ek glo nie ek sal van hul land hou nie, Janet."

"Dink jy miskien ék hou van hul land se gebruike? Nee, jong, 'n mens kan maar net sowel in 'n tronk wees. Glo my, hulle jong meisies het al my simpatie."

Hulle ry die kamp binne en nadat Lettie uitgeklim het, sê Janet: "Jy sal my moet verskoon dat ek nie langer kan vertoef nie, Lettie. Maar Ramiro wag stellig reeds om vir my 'n ellelange preek af te steek. En raak hy die herrie in omdat ek hom opsetlik lank laat wag, gaan kla hy dalk by Vic oor my gedrag. Dit wil ek tot elke prys vermy, want Vic is reeds vir my soos 'n vreemdeling."

"Toe maar, ek verstaan, Janet," glimlag Lettie bemoedigend. "Kom swem maar weer môre en moenie jou humeur met die hertog verloor nie. Ek hoor Karel sê hy is 'n duiwel as hy kwaad word. Wees dus maar versigtig vir hom en probeer liewer om hom nie kwaad te maak nie. 'n Duiwel is 'n gevaarlike ding."

Hierna sê hulle tot siens en Janet vertrek sonder verwyl. Die opstand in haar het bedaar, nou is daar net 'n peinsende uitdrukking in haar oë en 'n vreemde, weerlose trek om haar mond. As Ramiro net nie so nougeset en konserwatief was nie, sou hy nogal 'n aangename vriend kon wees, meen sy . . . Ja, sy hou van sy geselskap. Hy was vandag besonder gesellig en aangenaam, glad nie die man saam met wie sy in die vliegtuig gereis het nie.

Sy kyk na die wit porseleinbeeldjie wat langs haar op die ander sitplek lê, dan verskyn daar 'n sagte blik in haar oë. Sy wonder wat Vic van Ramiro se geskenk gaan sê. Hy is tog so bevrees dat die man dalk op haar verlief sal raak . . . asof so iets ooit sal gebeur.

Dis waar, geen man kon Janet nog ernstig beïndruk nie. Maar hierdie lang, donker hertog met die skerp, deurdringende oë het vanaf hul eerste ontmoeting 'n vreemde uitwerking van botsende emosies op haar. Ten spyte van sy betowerende glimlaggie, sy sagte stem en sy inherente galantheid, kan sy intuïtief aanvoel dat daar geen twyfel bestaan oor die krag wat in hom skuil

106

nie. Soos net 'n vrou dit kan weet, weet sy met sekerheid dat Ramiro in alles wat hy doen die leiding sal gee. Ja, hy is geen man wat sal huiwer en rondval om te besluit nie, wat steun sal soek vir sy besluite voordat hy optree nie.

Sy dink aan sy mooi stem, so sag en bedaard, maar wat ook so gebiedend kan wees dat dit gehoorsaamheid afdwing . . . Dis waar, 'n groot deel van die man se karakter spreek uit sy stem . . .

Janet ry deur die groot hek en merk dat Ramiro se rooi motor reeds voor die deur staan. Daar is niemand in die voertuig nie, dus het hy hom klaarblyklik in die sitkamer tuisgemaak.

Daar is weer 'n peinsende trek in Janet se oë toe sy die gaasdeur van die voorstoep oopstoot. So diep ingedagte is sy dat sy reeds die voordeur bereik het voordat sy die hertog se breedgeskouerde gestalte op die stoep opmerk, waar hy waardig en regop op die een punt van die bank sit.

Sy bloos liggies oor haar tydelike verstrooidheid en sluit haar sonder meer by hom aan.

Met opvallende bedruktheid plaas Janet die porseleinbeeldjie op die tafeltjie saam met haar handsak en handskoene; derhalwe is sy onbewus van Ramiro se ondersoekende blik wat op haar stil gelaat rus.

Sy neem op die ander punt van die bank plaas, kyk die edelman nog steeds met 'n peinsende blik aan en sê sag: "Ek veronderstel jy gaan my nou van 'n kant af uittrap omdat jy my en Lettie alleen in die dorp se strate gevind het."

'n Skewe glimlaggie verskyn om Ramiro se mond.

"Jy vra nie eens of ek al lank op jou wag nie, menina!"

"Jy kon nie lank gewag het nie, Ramiro," antwoord Janet sag. "Jy het tog seker eers jou suster gaan groet!"

"Nee, ek het nie," sê hy. "Hierdie afspraak met jou is van meer belang, dus het ek sonder versuim hierheen gekom."

Janet kyk hom 'n paar sekondes stil aan en sê dan ietwat verward: "Jy is regtig 'n eienaardige man, Ramiro. Ek het gedink dat jy graag eers jou suster sal wil groet. Jy het haar tog lank laas gesien!"

"Jy is verkeerd, pequena, ek is glad nie 'n eienaardige man nie," weerspreek hy haar met 'n goedige glimlaggie. "Dit is jy wat nie die hart van 'n man verstaan nie, net soos wat jy baie dinge hier op Espiño ook nie verstaan nie en dan daarteen gekant voel. Ek weet dat jy ons gebruike uiters vreemd vind omdat jy aan 'n vry en ongebonde lewe gewoond is. Maar sodra jy aan ons leefwyse gewoond is, sal dit vir jou glad nie vreemd en eienaardig voorkom nie. Jy sal eerder wonder waarom jy aanvanklik so gekant was teen dit alles, want in werklikheid verg dit tog nie veel om jou daarby te hou nie!"

"Kapittel jy my oor vanoggend se uitstappie, Ramiro?" vra sy met 'n ligte frons tussen haar geboogde wenkbroue. Sy vervies haar sommer as hy so knaend met haar lol oor sy gewoontes en gebruike. Maar nou doen hy dit op so 'n mooi en beskaafde manier dat sy totaal ontredderd voel.

"Nee, ek kapittel jou nie, pequena," hoor sy hom goedig sê. "Jy kan gerus daardie frons tussen jou mooi wenkbroue verwyder. Ons gesels maar net!"

"Wel, as jy my nie kapittel nie, is jy bepaald besig om my met 'n duenna op te saal," laat Janet hoor.

Ramiro begin meteens lag.

"Die goeie señor Hartman het eerlikwaar nie oordryf toe hy my vertel het dat jy onhebbelik uitgesproke is nie," verklaar die hertog nadat sy lagbui bedaar het. Hy vertel haar egter nie dat hy, pas na Vic se aankoms hier op Espiño, haar foto bewonder het en Vic gekomplimenteer het met sy aanvallige suster nie. Vic het hom toe al gewaarsku teen haar ongeneeslike uitgesprokenheid.

"Ag, Vic is laf. Ek is glad nie uitgesproke nie, net eerlik en reguit van geaardheid. En as jy ook dink dat ek uitgesproke is, Ramiro –"

"Is ek seker ook laf," voltooi hy die sin vir haar.

"Nee, ek wou sê dat jy dan 'n groot fout maak deur so te dink," help sy hom met 'n geamuseerde glimlaggie reg. "Maar ek herhaal, Ramiro: ek weier volstrek om 'n duenna oral met my saam te piekel! Jy probeer dus verniet om my met een op te saal."

"Nou goed," sê hy bedaard, "belowe my dan dat jy nooit alleen dorp toe sal gaan nie. Ook nie alleen saam met daardie jong vriendin van jou nie."

"En as ek dringend iets in die dorp moet koop terwyl Vic by die werk is, wat dan?"

"Dan sal ek of my ma jou vergesel . . . Belowe jy, Janetta?"

Janet kyk hom etlike tellings oorwegend aan, dan glimlag sy skalks.

"Goed, ek belowe, Ramiro," sê sy. "Maar ek waarsku jou vroegtydig, jou ma sal nie lank my pas kan volhou nie. Trouens, geen duenna sal met my kan uithou nie. Ek is nogal lief om dorp toe te gaan, weet jy?"

"My ma is self lief vir die dorp en die winkels," troef hy haar met 'n onverbloemde glimlaggie. "Ek kom ook dikwels bedags dorp toe."

Hulle gesels nog 'n rukkie, toe sê Ramiro dat dit tyd is vir hom om te gaan. Hy kom orent, bedank Janet vir haar aangename geselskap en ook haar belofte. Dan groet hy haar en vertrek.

Die res van die middag verwyl Janet met haar sketsboek totdat Vic by die huis kom.

Met haar broer se tuiskoms het Janet heelwat om hom te vertel in verband met hul uitstappie en haar belofte aan Ramiro. Ook Vic voel innerlik verlig oor haar belofte aan die konserwatiewe edelman, want as daar een ding is wat hy graag wil vermy, is dit 'n argument met Ramiro. Die man is altyd so hoflik dat 'n mens geen kans het om met hom te argumenteer nie.

Dis waar, Vic voel inderdaad baie verlig noudat hy weet Janet is op die veilige pad en dat daar geen botsings meer tussen haar en Ramiro sal ontstaan nie.

Maar hierdie salige verligting het nie lank geduur nie – net twee dae. Vic moes in elk geval geweet het dat waar Janet is, die lewe nooit stil en rustig kan wees nie. As sy nie moeilikheid soek nie, soek die moeilikheid haar. Op haar lewenspad is daar altyd die een of ander verkeersknoop, maak nie saak hoe of waar nie. En hierdie dinge moes Vic geweet het, want hy ken Janet al drie en twintig jaar lank.

109

Die volgende dag het Janet, soos afgespreek, saam met Lettie gaan swem. Daarna het sy 'n entjie met die rivier langs gaan stap en op 'n baie ou murasie afgekom wat sy besluit het om die volgende dag te kom skilder. Die res van die middag het sy haar skildergereedskap in orde gebring vir die skildery waarmee sy die volgende dag wou begin.

Hier waar sy nou per motor onderweg is na die ou murasie, voel sy die eerste keer werklik vry en gelukkig sedert haar aankoms op Espiño. Sy het 'n koel, moulose rokkie wat voor toeknoop bo-oor haar bikini aan en langs haar op die sitplek lê haar swempet en handdoek.

By die dam aangekom, hou sy eers by Vic stil om hom te sê dat sy gaan skilder en swem en moontlik laat sal wees vir middagete. Hy moet dus nie op haar wag indien sy wel laat is nie.

Hierna groet sy hom vrolik en vertrek. Ook Vic voel gelukkig omdat sy nie meer so bitter verveeld voel op die stil dorpie wat geen afleiding bied vir jong mense nie. Hy is baie lief vir hierdie jong sussie van hom en sal graag wil sien dat sy altyd gelukkig moet wees.

Etlike minute staan Vic nog daar en mymer oor Janet en haar geluk, toe hou Ramiro langs hom stil.

"Bon dia, my goeie vriend," groet die hertog en klim uit. Vic groet ewe vriendelik terug, dan gaan die hertog voort: "Ek was pas by jou huis, maar ongelukkig voor dooiemansdeur. Waar is ons rustelose klein Janetta, my vriend?"

"Janet is 'n rukkie gelede hier verby, señor," verduidelik Vic met 'n sweem van 'n glimlaggie. "Sy het gister 'n ou murasie êrens langs die rivier ontdek en nou wil sy dit skilder. Sy gaan glo eers swem en dan skilder."

"Wat, swem in daardie deel van die rivier!" roep die edelman geskok uit. Vic merk dat hy nou so bleek soos die dood is. Hy wil hom net vra wat dan met daardie deel van die rivier skort dat 'n mens nie daar mag swem nie, maar die hertog is reeds weer aan die woord.

"Dit is lewensgevaarlik om daar te swem, señor Hartman," kom dit bitter ontsteld. "Daar is 'n verraderlike eilandjie in die middel van die rivier wat niks anders is as 'n kol wilsand nie. Besef jy in watter gevaar Janetta verkeer? Jy sal my moet verskoon, señor. Ek moet dadelik ry en haar keer voordat sy besluit om te swem. Intussen moet ons bid dat ek betyds daar aankom."

Voor Vic 'n enkele woord kan sê, is Ramiro reeds agter die stuur van sy motor. Die volgende oomblik vlieg die rooi vuurwa daar weg en weldra hang daar net 'n lang stofstreep in die lug.

Vic wil Janet eers self agternasit, maar dan besluit hy dat Ramiro mans genoeg is om haar uit enige gevaar te red, en buitendien weet hy ook nie waar die murasie geleë is nie. Dus is Ramiro die aangewese mens om haar te hulp te snel.

Met 'n bleek, strak gelaat jaag die hertog in die rigting van die ou murasie. As Janet, die lewenslustige Janet, vandag iets oorkom, sal hy homself nooit vergewe nie, flits dit deur sy verstand. Hy moes haar vertel het van die gevaar wat in daardie deel van die rivier skuil.

Met 'n hart wat swaar voel van kommer en onrus, trap hy die petrolpedaal dieper weg en stuur 'n stil gebedjie op vir Janet se veiligheid.

Vir Janet is dit 'n salige gewaarwording om die menigte voëls in die boomtoppe te hoor sing. Onderwyl sy die esel opslaan, trek sy diep teue vars rivierlug in. Die natuur lê wyd en breed om haar en die lug is heerlik koel hier onder die bome.

Met haar verfgereedskap eindelik gereed langs die esel, besluit sy om maar eers in die rivier te gaan swem voordat sy met die skildery begin. Die water lyk darem alte koel en aanloklik.

Sy trek sommer dadelik haar rok uit, neem haar handdoek en swempet en draf ligvoets na die oewer van die rivier. Terwyl sy die diepte van die rivier probeer peil, trek sy die pet oor haar hare en gly so glad soos 'n vis in die water.

Die sanderige eilandjie in die middel van die rivier trek dadelik haar aandag. Dit is die ideale plek om 'n sonbad te geniet, meen sy, en begin ook sommer dadelik soontoe swem . . .

Vir Ramiro voel dit asof hy Janet nooit betyds sal bereik nie.

Koue sweetdruppels pêrel op sy breë voorkop en dit voel asof hy gek kan word van angs en bekommernis. Nog nooit het hy soveel angs beleef nie.

111

Maar eindelik bereik hy die murasie. Die motor staan nog en wieg op sy vere, toe is Ramiro reeds uit die voertuig en om die ou murasie. Maar al wat hy gewaar, is Janet se rok wat oor die esel hang. Hy voel hoe die bloed koud word in sy are, want daardie rok kan net een ding beteken – Janet het gaan swem.

Hy storm na die oewer van die rivier, net betyds om te sien hoe Janet onwetend reguit op die kol wilsand afpyl. Hy voel hoe sy keel toetrek, sy bene lam word en sy hart botstil gaan staan. Maar hy kry dit wonderbaarlik reg om hard na haar te roep.

Verligting spoel soos 'n golf oor hom toe hy sien hoe Janet stadig omdraai, 'n slag water trap en toe in sy rigting begin swem.

Ramiro is nog so lighoofdig van verligting en so verheug om Janet in lewende lywe te sien dat sy altyd noulettende oë nie dadelik haar skrapse baaipakkie opmerk nie. Toe sy die wal van die rivier bereik, vou sy kragtige vingers stewig om haar polse en hy trek haar liggies uit die water.

Eers toe sy veilig op die wal staan, neem hy haar handdoek van die gras af op en hang dit met tere besorgdheid om haar nat liggaam. Sonder 'n enkele woord ter verduideliking tel hy haar in sy arms op en dra haar na sy motor, komplect asof hy sover moontlik van die rivier af wil wegkom. Vir hom is dit nou die sinnebeeld van 'n monster wat stil op sy prooi lê en wag.

Die hertog se blitsvinnige optrede is vir Janet so verwarrend dat sy nog nie woorde het om 'n verduideliking te eis nie. Sy gelaat is nog steeds effens bleek, maar dit merk Janet terloops op. Wat haar wel ernstig beïndruk, is sy netjiese swart hare wat die skerp reëlmatigheid van sy gelaatstrekke beklemtoon, en sy mond hier digby haar wang.

Eers nadat hy haar soos 'n baba in sy motor neergesit het en self langs haar inskuif, kom Janet tot verhaal. Sy kyk hom aan, nou volkome oortuig dat hy een van sy bont varkies êrens verloor het.

"Ramiro," vra sy effens streng, "wat bedoel jy daarmee om my uit die water te lok en my soos 'n stout kind hier in jou motor te bondel? Lyk ek miskien vir jou soos 'n baba?"

Die gedagte aan die doodsgevaar waarin sy verkeer het, laat die edelman weer dadelik verbleek. Sy stem is effens skor toe hy sê: "Janetta, me pequena – my kleintjie, toe ek jou daar in die water sien, het jy my inderdaad aan 'n onskuldige baba laat dink wat niksvermoedend na sy dood toe kruip. Glo my, ek het nog nooit in my lewe soveel angs en kommer beleef soos wat jy my vandag besorg het nie. Ek hoop en bid dat so iets my nooit weer te beurt sal val nie. Ek het nooit kon droom dat 'n mens so 'n ontsettende angs kan beleef sonder om van jou verstand af te raak nie."

"Maar waarvan praat jy, Ramiro? En waarom is jy so bleek?" vra sy verbaas.

"Janetta," sê hy sag, en kyk diep in haar onskuldige oë, "as jy maar weet hoe na aan jou dood jy was, sal jy nie vra waarom ek bleek is nie. Jy besef dit klaarblyklik nie, maar jy het reguit na 'n kol wilsand geswem toe ek op die rivier se wal verskyn het."

"Daardie sanderige eilandjie?"

Hy knik bevestigend en dan word Janet ook merkbaar bleek by die gedagte dat sy op daardie eilandjie 'n sonbad wou geniet.

"Ek . . . wás onderweg na daardie eilandjie," erken sy met 'n bewerige stem. "As jy dus nie opgedaag het nie, was ek stellig teen hierdie tyd reeds dood en begrawe in daardie bedrieglike kol sand."

"Nee, moet dit asseblief nie sê nie, Janetta. Moet dit nooit weer sê nie," maak hy haar dadelik stil. "Moet nooit weer van die dood praat nie, menina. Bid liewer saam met my dat ek altyd betyds sal opdaag wanneer jy in gevaar verkeer."

Hy neem sy sigaretkoker uit sy sak en steek 'n sigaret aan met hande wat liggies bewe.

Etlike sekondes is albei stil in die wete dat hierdie dag 'n ontsettend tragiese dag sou gewees het as dit nie vir Ramiro se inisiatief was nie. Albei sidder by die gedagte aan wat so maklik kon gebeur het.

"Ramiro," sê Janet na 'n rukkie, "ek is nou skoon bang vir die rivier. Ek glo nie ek sal ooit weer hier kom swem nie."

"Ek is bly om dit te hoor, pequena, want ek sal altyd onrustig voel as ek weet jy swem nog hier. Jy moet jou vriendin ook waarsku om maar liewer nie alleen te swem nie. Ek vertrou hierdie rivier glad nie."

"Ek ook nie," beaam sy. "Ek vrees vandag se petalje gaan my 'n nag vol nagmerries besorg. Maar kom ons gaan drink tee. Ek het 'n groot warmfles vol tee saamgebring."

Met haar handdoek nog steeds om haar gevou, skink sy 'n rukkie later vir haar en Ramiro elk 'n koppie stomende tee, wat hulle sommer staan en drink.

"Daar is sowaar niks wat 'n mens so vinnig opbeur soos 'n koppie tee nie," glimlag Janet gemoedelik. "Ek voel al weer lus vir die lewe."

Ramiro ledig sy koppie en beaam haar woorde met 'n breë glimlag.

Janet merk dat sy koppie ook leeg is en neem dit by hom. Dog met verbasing sien sy hoe sy glimlag plotseling verstar. Die volgende oomblik pluk hy die handdoek so driftig van haar skouers af dat albei koppies op die gras val. Sy sien hoe hy haar kanariegeel bikini met openlike weersin aankyk.

Janet wil hom net vra wat nou weer oor sy lewer geloop het, toe gooi hy die handdoek driftig neer, neem haar rok van die esel af en prop dit in haar hande.

"Trek asseblief dadelik jou rok aan," gebied hy met 'n onverbiddelike stem. "Daardie skrapse baaipak wat jy aanhet, is absoluut skandelik."

Janet is net oorgehaal om hom na sy peetjie te stuur, maar dan merk sy die koue woede in sy swart oë en haastig sluk sy haar bytende woorde terug. Sy het die man nog nooit so woedend gesien nie. Dit lyk asof hy haar met sy oë wil vernietig.

'n Kort oomblik kyk Janet die edelman met nougetrekte oë aan, dan voel sy hoe 'n wrewelrige opstand vinnig in haar oplaai.

Sy hou niks van die gebiedende toon waarmee hy haar aanspreek nie, nóg is sy bereid om bevele van hom te neem.

Haar oë glim stormagtig toe sy met 'n kwaai stemmetjie sê: "Verstaan my asseblief mooi, señor duque, ek laat my deur niemand beveel nie. En nog 'n ding: my baaipak gaan jou glad nie aan nie. Ek leef nie soos jy vier eeue in die verlede nie, ek is 'n produk van hierdie moderne eeu van atoomkrag en ruimtereise —"

"Ek gee nie om in watter eeu jy leef nie," val die hertog haar

114

met koue beheerstheid in die rede, "maar hier op Espiño gaan jy let op jou drag. En as jy dink ek gaan dit duld dat jy so halfnaak swem, vergis jy jou terdeë, want ek gaan dit volstrek nie duld nie. Daardie twee skrapse stukkies materiaal wat jy 'n swempak noem, laat baie beslis niks aan 'n man se verbeelding oor nie. Jy kan maar net sowel daarsonder ook swem. Wat my betref, staan jy volkome naak hier voor my. Daarom sê ek jou dis skandelik, geheel en al skandelik dat jy so min respek vir jou liggaam het, Janetta."

Na hierdie tirade neem hy die rok uit haar hande en begin dit eiehandig vir haar aantrek. Janet is so verslae oor die uitbarsting en geniepsige woorde dat sy nie weet wat om te sê nie.

Eers toe hy die rokkie voor begin toeknoop, kom sy tot verhaal. Sy tree vinnig agteruit en werp hom 'n vernietigende blik toe.

"Ek kan my rok self aantrek," sê sy en stik byna van woede. "Ek het nie jou hulp nodig nie."

Die volgende oomblik vlieg sy soos 'n wildsbokkie daar weg, en oomblikke later brul die Lancia soos sy teen 'n hoë snelheid wegtrek.

Daar is 'n stil, onpeilbare blik in die edelman se oë toe hy die silwergrys motor agternastaar. Dan skuif sy blik na die esel en die res van die skildergereedskap wat Janet in haar haas agtergelaat het, en hy besluit dat die goed nie hier kan bly nie.

Etlike minute later is al Janet se goed in Ramiro se motor en begin hy ook die terugtog na Espiño.

8

Toe Vic daardie middag tuiskom, is Janet nog baie verbitter teenoor die hertog. Ook Vic voel omgekrap en kwaad, maar nie vir die hertog nie – vir Janet.

"Ramiro het vandag by my kom kla omdat jy in 'n bikini swem," begin Vic nadat hy haar gegroet het, maar Janet gee hom nie die geleentheid om meer te sê nie.

"Stuur hom na sy peetjie, ouboet," beveel sy ergerlik. "Dis presies wat ék gedoen het."

"Maar jy moet tog besef, Janet, dat hierdie hele geweste Ramiro se eiendom is en dat hy die wette hier neerlê!"

"Moet ek nou om daardie rede toelaat dat hy oor mý baasspeel?" vra sy onheilspellend sag. Sy kyk Vic kwaai aan en beantwoord haar eie vraag: "Nooit! Hy is reeds te veel verwen soos dit is. Ek gaan hom nie nog meer verwen deur aan elke wens van hom toe te gee nie."

"Maar, my liewe Janet . . ."

"Geen maars nie, ouboet. Ek sê jou, die man is gruwelik verwen. Kom sit liewer en drink jou koffie. Ek voel hoegenaamd nie lus om oor Ramiro te gesels nie. Van hom het ek heeltemal genoeg gehad vir een dag."

Vic weet uit ondervinding dat dit hom niks sal baat om met Janet te argumenteer nie. Daarom neem hy op die bank plaas en wag dat sy vir hom 'n koppie koffie skink.

Na 'n rukkie sê hy egter: "Byna vergeet ek om jou te sê. Ons is genooi na môreaand se bal in die quinta ter ere van Ramiro se suster en haar skoonsuster. Dit sal natuurlik 'n baie deftige affêre wees, want selfs van Maputo en Beira af word gaste verwag."

"Ek is bevrees jy sal die bal maar alleen moet bywoon, Vic, want ek weier beslis om 'n gas van Ramiro te wees. Wat my betref, kan hy maan toe vlieg met sy deftige bal en al. Ek is glad nie geïnteresseerd in sy uitnodiging nie en hy moet my ook nie verwag nie –"

"Luister hier, Janet," val Vic haar streng in die rede. "Jy het al heeltemal genoeg moeilikheid veroorsaak vir een dag. Moet my nou nie meer die duiwel in maak nie, hoor! Jy sorg dat jy môreaand gereed is om my na die bal te vergesel, en basta met jou besware. Moet glad nie dink jy is al te groot om 'n drag slae te kry nie. Ek sal jou vuurwarm wiks, meisiekind!"

Janet kyk haar geliefde ouboet 'n paar sekondes met 'n verslae blik aan, dan draai sy stil om en stap die huis binne. Sy voel diep seergemaak, want Vic het haar nog nooit so hard aangespreek nie . . . en dit alles net deur Ramiro. Hy en Espiño het van Vic 'n volslae vreemdeling gemaak.

116

Aan tafel daardie aand is Janet stil. Vic se gedagtes is by die bou van die dam, gevolglik is hy totaal onbewus van Janet se afgetrokkenheid. Na die ete begeef hy hom dadelik na sy studeerkamer, daarom het Janet geen ander keuse as om maar na haar slaapkamer te gaan nie.

Die volgende oggend slaap sy opsetlik laat, dog teen tienuur is sy so verveeld dat sy in die motor klim en na die kamp ry. 'n Besoek aan Lettie, meen sy, sal haar hopelik weer moed gee vir die lewe hier op Espiño, want sy kom nou eers werklik agter dat 'n jong meisie hier glad geen vryheid het nie. Sy voel meteens bitter spyt dat sy ooit hierheen gekom het.

Sy nader die terrein waar 'n span werkers besig is met uitgrawings vir die damwal en merk nie eens die swart motor op wat eenkant onder 'n boom staan nie. Wat wel haar aandag trek, is die groepie mense wat voor in die pad staan waarlangs sy moet ry. Eintlik is dit die drie meisies wat haar aandag trek.

Janet nader die groepie mense. Sy wil net wegswaai om by hulle verby te ry, toe verskyn die lang gestalte van Ramiro reg in haar pad en sy word met die hand beduie om stil te hou.

Vervlaks, dít ook nog, dink sy opstandig. 'n Mens sou sê ek het nog nie genoeg van sy bemoeisiekheid gehad nie!

Sy mik om by die hertog verby te ry, maar dan val haar blik op Vic se forse gestalte en dit dwing haar om dadelik stil te hou.

"Bon dia, Janetta!" groet die edelman haar bedaard deur die oop venster, asof hulle nog nooit in hul lewe 'n woordewisseling gehad het nie.

Janet beantwoord sy môregroet met 'n onpersoonlike stem wat sy oor nie ontgaan nie. Sy donker oë fynkam haar stil gelaat, dan maak hy die motordeur oop en vervolg: "Ons sal jou nie lank vertraag nie, pequena. Ek wil jou net aan my suster en haar skoonsuster voorstel."

Janet het geen ander keuse as om uit te klim nie, want almal kyk haar vriendelik afwagtend aan, behalwe die lang, skraal meisie wat haar koud en hooghartig beskou. Sy wonder wie die aanstellerige vroumens is wat haar so uit die hoogte aankyk, maar sy het nie nodig om lank te wonder nie.

117

"Ontmoet my suster, Inés de Sera," hoor sy die hertog sê. Dan beduie hy met sy hand na die lang, skraal en hooghartige meisie en vervolg: "Inés se weduwee-skoonsuster, señora Clara Valdés . . . señorita Janetta Hartman."

Janet antwoord paslik op die bekendstelling, groet die ou hertogin met 'n geforseerde glimlaggie en draai dan na Vic.

"Moet asseblief nie op my wag vir middagete nie. Ek gaan kuier by Lettie," voeg sy hom kortaf op Engels toe. Daardie harde woorde van gisteraand het sy hom nog nie vergewe nie.

Janet is oorgehaal om verskoning te maak vir haar haas en dan sonder versuim te vertrek, maar die adellike ouer vrou spring haar geslepe voor.

"Gee jy om as ek saamry, Janetta?" vra die hertogin vriende-lik. "Ek sal graag met jou vriendin wil kennis maak."

"Dit sal 'n plesier wees, señora duquesa," antwoord Janet beleef. "Ek is seker Lettie sal geëerd voel om u te ontmoet."

"Inderdaad 'n wyse besluit, me madre – my ma," glimlag die hertog met onverbloemde tevredenheid. "Met 'n duenna aan haar sy hoef ek en die goeie señor Hartman ons ten minste nie vandag oor Janetta se veiligheid te bekommer nie –"

"Verskoon my," val Janet hom met 'n ongenaakbare blik in die rede, "ek piekel nie duennas met my saam nie, señor duque. Ek en die duquesa gaan net kuier."

Vic maak sy mond oop om Janet oor haar uitgesprokenheid te berispe, maar toe die hertog heerlik begin lag, swyg hy wys-lik.

Ook die hertogin glimlag breed toe sy sag, gerusstellend sê: "Jy is reg, chica, ek gaan nie saam met jou as 'n duenna nie. Ons twee gaan bloot jou vriendin besoek."

Ook om Inés se mond is daar 'n geamuseerde glimlaggie. Dit is iets buitengewoons dat iemand dit waag om haar streng en onverbiddelike broer te weerspreek. So iets word net nie ge-doen nie, daarom amuseer Janet se openlike opstand haar so. Maar op Clara se hooghartige gelaat is daar nie 'n beduidenis van 'n glimlag nie, net 'n koue, minagtende blik vir die Suid-Afrikaanse meisie wat haar so aanmatig om die hoof van die De Gouveia-familie te weerspreek.

Janet kyk die hertogin aan en glimlag vriendelik, bly dat hier darem een mens op Espiño is wat nie van plan is om vir haar te preek nie. Sy sê dit ook vir die ou dame, sonder om die terglustige vonkeling in Ramiro se donker oë op te merk.

"Mag ek vra wie so aanmatigend is om vir jou te preek, pequena?" vra die hertog met 'n vroom gesig.

Janet meet hom met 'n stormagtige blik. Dan draai sy haar na die hertogin en sê met ingehoue misnoeë: "Ek dink ons moet liewer gaan, señora, want ek voel ek gaan nou vreeslik kwaad word."

"Vir wie gaan jy kwaad word, pequena, vir my?" vra Ramiro met 'n glimlaggie.

"Ja, señor duque, vir jou," kom dit nadruklik. "Ek vind jou eiegeregtige optrede uiters irriterend –"

"Janet!" val Vic haar bestraffend in die rede. "Skaam jy jou nie om so parmantig met die hertog te wees nie, en dit na alles wat hy vir jou gedoen het!"

"En wat was dit so danig?" vra sy, haar ken trots na vore uitgesteek.

"Goeie genugtig!" roep Vic geskok uit. "Hy het gister jou lewe gered, jy rits elke dag met sy motor rond, en dan vra jy nog wat hy so danig gedoen het! Ek dink jy is uiters ondankbaar, as jy my vra."

"Nee, ek is nie ondankbaar nie, Vic," weerspreek Janet hom, nou ewe bedaard. "Maar vir jou inligting: ek het Ramiro nie gevra om my lewe te red of om sy motor vir my te leen nie. Hy het dit alles uit eie keuse gedoen, soos wat hy gewoonlik alles in eie hande neem."

"Wel, behoort jy nie dankbaar te wees omdat hy jou telkens so vriendelik te hulp gesnel het nie?"

"Maar, Vic, die onmoontlike man gee my nooit die geleentheid om dankbaar te wees nie. Ek sê jou, hy doen alles in sy vermoë om my siel te versondig –"

"Ek sal jou aanraai om jou woorde te tel, Janet," val Vic haar skerp in die rede. "Ek weet nie of jy dit besef nie, maar jy is beledigend teenoor die hertog. Jy sal hom om verskoning moet vra."

"Toe maar, moenie 'n oorval kry nie," sê sy sag. "Sodra hy sy lastige inmenging in my sake staak, sal ek hom sekerlik om verskoning vra."

Vic draai terstond na Ramiro, wat Janet met 'n geheimsinnige glimlaggie en 'n onpeilbare blik betrag. "Jy moet Janet asseblief verskoon, señor," sê hy verontskuldigend. "Ek vrees sy is van kleins af gruwelik verwen."

"En jy, my goeie vriend, het bepaald ruim bygedra tot die verwenning van die kleine Janetta," kom dit vriendelik, glimlaggend van die hertog. "Ek blameer jou egter nie. Ek stel my voor dat sy as baba baie oulik moet gewees het."

"Sy was, señor, en ons het almal bygedra tot die verwenning, vandag tot my grootste spyt, natuurlik," antwoord Vic.

Janet draai na die hertogin en sê half fluisterend: "Ek dink ons moet maar dadelik gaan, señora, voordat ek my weer Vic se gramskap op die hals haal. Hy raak deesdae net so 'n pruttelpot soos Ramiro."

Sonder om op 'n antwoord van die hertogin te wag, haak sy by die klein, tengerige vroutjie in en lei haar na die motor. Ramiro is dadelik by om sy ma in die voertuig te help, maar Janet beduie hom vinnig dat hulle nie sy hulp nodig het nie en dat sy die hertogin self kan bystaan.

"Nou goed, kom dan self reg," sê hy met 'n geamuseerde blik na haar. "Kyk net mooi na my ma, Janetta."

"Ek eet nie mense nie, señor duque," slinger sy hom ergerlik toe terwyl sy die ouer vrou versigtig in die motor help. "Ek hou besonder baie van jou ma. En om daardie rede alleen sal ek mooi na haar kyk, nie omdat jy dit verlang nie."

"Dankie, ek is baie bly om te hoor dat jy van my ma hou, pequena," glimlag die hertog. "Geniet jul uitstappie . . . Adeus, me madre . . . Janetta."

Hulle sê ook tot siens, waai vir die res van die groepie wat daar eenkant staan en vertrek.

Onderweg na die kamp gesels Janet en die hertogin asof hulle mekaar reeds jare ken. Die ouer vrou dring daarop aan dat Janet haar tia Francesca noem, soos al die jong mense in die

120

familie haar noem. Sy en Janet is mos nie meer vreemdelinge vir mekaar nie, meen sy.

Na 'n rukkie gesels hulle oor die bal wat daardie aand in die quinta sal plaasvind, en Janet verklaar prontuit dat sy nog nie finaal besluit het of sy wel die bal gaan bywoon nie. Maar daarvan wil die hertogin niks weet nie.

"Kyk, chica," sê sy met 'n alwyse glimlaggie, "ek het gemerk dat jy ietwat haaks is met Ramiro. Maar jy moenie toelaat dat dit jou van die bal af weghou nie. Ek sien daarna uit om jou vanaand aan ons vriende en aan die jong mense van Espiño voor te stel. Is jy lief vir dans?"

"Ek is baie lief vir dans, tia Francesca. Maar Vic is so 'n droë stoppel; hy sal bepaald die hele aand net met bekendes sit en gesels."

Daarop stel die hertogin vriendelik voor: "Daar sal genoeg jong mans wees om mee te dans."

Geselsend spoed hulle voort en weldra ry hulle die kamp binne.

Die adellike ou dame is aangenaam verras met hul gasvrou se behendigheid in die woonwa. Dis ook duidelik dat sy hou van die vriendelike Lettie wat haar by alle omstandighede kan aanpas.

Terwyl hulle later tee drink, gesels hulle oor huishoudelike sake, en toe is dit tyd vir Janet en die hertogin om te vertrek.

Met die terugtog ry hulle met 'n ompad al langs die strand. Hulle ry stadig om die natuurskoon ten volle in te drink en te geniet. Maar toe Janet later bemerk dat dit al byna tyd is vir middagete, vermeerder sy die snelheid opmerklik. Die mense in die quinta kan dalk bekommerd raak indien die hertogin nie betyds opdaag vir ete nie.

Na etlike minute hou Janet voor die quinta stil. Sy gaan maak die deur vir die hertogin oop en help haar versigtig om uit te klim.

"Ek hoop u is nog betyds vir middagete, tia, anders gaan Ramiro my uittrap omdat ek u so laat tuis besorg het. En moontlik laat hy u nie weer toe om saam met my te gaan rondry nie," verklaar Janet met 'n ernstige gesig, duidelik bekommerd.

121

"Wil jy dan hê ek moet weer saam met jou gaan rondry, chica?" kom dit met 'n ingenome glimlaggie van die ouer vrou. "Ek was bevrees dat my geselskap jou dalk sal verveel."

"Haai, tia, hoe kan u sulke nare dinge sê?" betig Janet haar met 'n breë glimlag. "As dit nie vir u te vermoeiend sal wees nie, kan ons nog baie sulke uitstappies onderneem . . . Nee, moenie vrees nie, ek het u geselskap besonder baie geniet. U mag nou wel oud wees in jare, maar u hart is nog jonk. Glo my, ons gaan nog baie rondkuier."

"Dankie, Janetta, ek het die uitstappie ook geniet. En jy het reg, ons gaan dit nog meermale doen. Maar waarom staan ons hier buite? Kom asseblief na binne, Janetta," nooi die hertogin vriendelik.

"Verskoon my, tia, maar ek sal dadelik moet gaan," maak Janet haastig verskoning. "Kom, dan help ek u eers met die stoeptreetjies op."

"Jy verbaas my, Janetta," gesels die adellike ou vroutjie terwyl hulle na die trap by die voorstoep beweeg. "Jy was vandag nog nie 'n enkele keer opstandig teenoor my nie. Inteendeel, jy was die vriendelikheid en minsaamheid self."

Janet kyk die hertogin met deernis aan en glimlag vriendelik.

"Ek raak net opstandig wanneer mense my doen en late onnodig kritiseer, soos Ramiro, byvoorbeeld," sê sy goedig. "U besef dit blykbaar nie, tia, maar hy het 'n nare gewoonte om fout te vind met alles wat ek doen. Ek sê u, ons sal nooit langs een vuur sit nie."

"Ek sal jou nog leer om saam met my langs een vuur te sit, Janetta," gee 'n heel bekende stem skielik agter hulle antwoord.

Janet draai na Ramiro wat kort agter hulle staan, maar vind dat hy nie alleen is nie. Clara, die jong weduwee, staan ingehaak by hom asof hy haar eksklusiewe eiendom is. Sy hang behoorlik aan hom. Daar is ook 'n hooghartige, minagtende blik in haar donker oë wat so uit die hoogte op Janet rus . . . 'n vyandige blik wat die jonger meisie nie ontgaan nie en haar heimlik laat wonder of Clara dalk die hertog se toekomstige bruid is. Haar hele houding teenoor hom is so besitlik asof 'n huwelik tussen hulle reeds 'n uitgemaakte saak is.

"As jy my wil leer om saam met jou om een vuur te sit, señor duque, sal jy beslis eers al jou nare gewoontes moet afleer," stel Janet hom met 'n onpersoonlike stem in kennis.

Ramiro begin saggies lag, verwyder sy arm uit Clara s'n en tree haastig na vore. "Laat my toe om my ma die trap op te help, pequena," bied hy vriendelik aan. "Julle twee is net betyds vir middagete."

"Jy bedoel tia Francesca is betyds vir middagete, señor," help Janet hom ongeërg reg. "Ek moet nou gaan."

"Is jy haastig om te gaan omdat jy meen dat ek en jy nooit langs een vuur sal kan sit nie?" vra Ramiro sag. Hy kyk haar aan en vervolg glimlaggend: "Ek is nie daardie mening toege-daan nie, Janetta, en ek gaan jou nog van sienswyse laat veran-der . . . Kom, vergeet asseblief al jou griewe en vereer ons met jou teenwoordigheid aan tafel. Trouens, my suster het vroeër vanoggend die begeerte uitgespreek dat sy jou graag beter sal wil leer ken."

"Ek waardeer jou suster se vriendelike belangstelling, maar ek vrees ek sal nogtans jou uitnodiging van die hand moet wys. Ek en jou suster sal mekaar vanaand beter leer ken . . . Tot siens, tia . . . señora Valdés . . . señor duque!"

Met haar skouers trots en regop en haar goudblonde kop parmantig in die lug, stap Janet na haar geleende motor en ver-trek sonder 'n enkele terugblik.

Wat ander mense van haar dink, het haar nog nooit in haar lewe gehinder nie. Sy is van niemand afhanklik nie en verwag ook niks van enigiemand nie. En of Clara Valdés van haar hou of nie, is vir haar om 't ewe. Sy wonder net wat sy gedoen het dat die vroumens haar so vyandiggesind is – nie dat haar vyan-digheid Janet hinder nie; sy wonder maar net.

Met haar tuiskoms vind Janet dat Vic reeds geëet en vertrek het. Sy wonder of hy nog kwaad is vir haar en of sy luim darem al bedaar het. Hy ontstel hom net onnodig, meen sy. Ramiro is nie 'n bonatuurlike wese, dat almal in vrees en bewing vir hom moet leef nie!

Onderwyl Janet middagete nuttig, dwaal haar gedagtes terug

123

na haar en die hertogin se besoek aan Lettie. Die ou vroutjie het saam met hulle daar langs die woonwa gesit en gesels asof so 'n opelugkuiertjie vir haar 'n alledaagse ding is. Janet het daar en dan besluit dat die hertogin 'n vrou so na haar hart is. By haar is daar regtig geen aanstellerigheid nie, ten spyte daarvan dat sy net die allerbeste gewoond is.

Dis waar, Janet koester 'n besonder teer gevoel vir die ou hertogin, maar vir die hooghartige en aanstellerige Clara het sy nie 'n druppel tyd nie. Tog moet sy ruiterlik erken dat Clara 'n mooi vrou is, besonder mooi. Maar dis die skoonheid van 'n marmerbeeld – koud en hard.

Sy dink aan Inés en die sagte uitdrukking in haar mooi bruin oë. Ook sy is 'n mooi vrou, hoewel nie so beeldskoon soos die rysige Clara met haar raafswart hare en donker, amandelvormige oë nie. Inés is klein en skraal soos die hertogin, maar haar hele gelaat is 'n toonbeeld van minsaamheid en vriendelikheid. Haar hare is neutbruin en van nature gegolf.

Die binnekoms van Sofia herinner Janet daaraan dat sy stellig die tafel wil afdek.

Weer diep ingedagte, staan Janet van die tafel af op en stap na haar kamer. Toe val dit haar by dat sy 'n haarsalon sal moet besoek as sy vanaand se bal wil bywoon. Ja, sy sal beslis haar hare moet laat versorg, anders sal sy soos 'n regte voëlverskrikker lyk tussen al die deftige gaste.

Janet bevind haar skielik in 'n yslike penarie. Sy verbreek nie graag 'n belofte nie en sy het Ramiro belowe dat sy nooit weer alleen dorp toe sal gaan nie. Sy besef dat sy vroeër aan haar hare moes gedink het. Tia Francesca sou nie omgegee het om haar na 'n haarkapper te vergesel nie, maar nou is dit reeds middagete, die tyd wat hierdie mense hul gebruiklike siësta geniet.

Etlike sekondes staan Janet besluiteloos daar voor haar kamervenster, dan besluit sy eindelik om tog maar om vredeswil na die quinta te bel. Dis net moontlik dat die hertogin nog nie gaan rus het nie.

Hierdie mense, dink sy terwyl sy na Vic se studeerkamer stap, is verdrink in hul eeue oue gebruike. So op die oog af sal 'n mens dit natuurlik nooit sê nie. Dis eers wanneer jy in noue aanraking met hulle kom, dat jy besef presies hoe nougeset en bekrompe hulle werklik is.

Janet skakel die quinta se nommer, maar tot haar ergernis is dit Ramiro wat die oproep beantwoord. Hy herken haar stem ook dadelik.

"Ek voel geëerd dat jy na die quinta gebel het, Janetta," hoor sy hom met 'n vriendelike stem sê. "Is daar iets wat ek vir jou kan doen?"

"Ek sal dit waardeer as ek met tia Francesca kan praat," antwoord Janet met koue beleefdheid.

"Dit spyt my, maar my ma is nie nou beskikbaar nie, menina. As jy 'n probleem het, kan jy dit gerus met my bespreek."

"Dankie, ek het geen probleem nie. Ek wou maar net hoor of jou ma saam met my na die haarsalon wil gaan. Maar as sy haar gebruiklike siësta geniet, sal ek haar nie steur nie . . . Tot siens, señor duque."

Voordat Ramiro 'n woord kan inkry, plaas Janet die gehoorbuis terug op die mikkie.

"Nou kan hy na die hoenders gaan," gesels sy in haar enigheid met haarself. "Ek sal alleen na die haarsalon gaan. Ek moes in elk geval nooit so 'n onsinnige belofte aan hom gemaak het nie."

Janet gaan haal haar handsak in die kamer en toe sy by die voordeur uitstap, hou die hertog net voor die deur stil. Terwyl sy met die stoeptreetjies afdaal, wonder sy wat die lastige man so onverwags hierheen gebring het.

Maar Ramiro Velasco de Gouveia is nie 'n man wat 'n mens lank in die duister hou wanneer daar 'n doel is vir sy verskyning nie. Sy blik val op Janet se handsak, en die doel daarvan is vir hom onmiddellik so duidelik soos daglig.

Hy kyk haar aan, kompleet asof sy 'n splinternuwe kiem is wat hy effens moeilik vind om te klassifiseer. Toe praat hy sag, onheilspellend sag: "Jy wou dus alleen dorp toe gegaan het, nè?"

"Wel?" Sy ruk haar skouers parmantig op en kyk hom uitdagend aan.

"Wel wat, Janetta?" vra hy, nog steeds met daardie onheil-

125

spellend sagte stem wat Janet nou vreemd ongemaklik laat voel.

"Toe maar, señor," laat sy ongeduldig hoor omdat die man haar so ongemaklik laat voel, "ek weet ek het 'n belofte gemaak. Maar jy verwag tog seker nie dat ek vanaand se bal met hierdie windverwaaide hare moet bywoon net omdat hier niemand is om my te vergesel nie?"

Ramiro is duidelik kwaad.

"Wie het gesê hier is niemand om jou te vergesel nie?" vra hy bruusk. "As jy nie so haastig was om die gehoorbuis terug te plaas nie, sou ek jou oor die telefoon gesê het dat ek jou na die haarkapster sal neem."

"Jy?" Sy meet hom met haar een oog asof sy oor die loop van 'n geweer korrel.

"Ja, ek, Janetta," kom dit afgemete.

"Ek dink jy mors jou tyd, señor duque. Die haarkapster sal jou nie in haar salon toelaat nie."

"O nee, inteendeel," stuit hy haar verdere woorde.

Janet wil aan die man beduie dat hy geen gesag oor haar het nie en dat sy sal maak soos sy wil, met of sonder sy toestemming. Maar die hertog het klaarblyklik genoeg van haar giere en grille gehad, want met 'n blitsvinnige beweging tel hy haar in sy arms op en dra haar na sy motor.

Janet voel momenteel ontsettend verneder en oorwonne. Die gedagte dat hy met sy onverwagte optrede so maklik die oorhand oor haar gekry het, laat haar bitter onseker van haarself voel. Wat mans betref, was sy nog altyd aan die wenkant. Maar nou lyk dit vir haar asof die noodlot sy rug op haar draai. Sy voel sommer hartseer en verslaan – nie dat sy juis weet waarom sy hartseer voel nie.

Onderweg na die haarkapster kyk Janet nie een keer in Ramiro se rigting nie. Sy praat nie 'n woord met hom nie en sy wil ook nie met hom praat nie. Ook Ramiro bewaar die swye.

Na etlike minute hou hulle voor die salon stil en tot Janet se verbasing vergesel die hertog haar sowaar na binne. Sy vervies haar opnuut vir die man se vermetele opdringerigheid. Maar toe sy vind dat die haarkapster een van die paar mense is wat

126

nie 'n woord Engels kan praat of verstaan nie, verander haar gramskap in verwarring.

Teleurgesteld stap sy na Ramiro wat die foto's van 'n aantal modieuse kapsels teen die muur staan en beskou, en sê sag: "Ons kan maar gaan, señor. Hierdie meisie verstaan nie 'n woord wat ek sê nie en ek verstaan haar ewe min."

"Ek dink hierdie kapsel," en hy beduie na een teen die muur, "behoort jou goed te pas, pequena."

Janet kan sweer hy het nie 'n woord gehoor wat sy gesê het nie.

"Dis vir my duidelik, señor, dat jy nie gehoor het wat ek gesê het nie . . ." begin sy ergerlik.

Maar hy verras haar toe hy met 'n spottende lig in sy oë verklaar: "O, ek het gehoor wat jy gesê het, Janetta. Trouens, ek kon jou by die huis al gesê het dat jy met hierdie probleem te kampe gaan hê. Maar dit is niks om jou oor te verontrus nie . . . Kom, ek sal met señora Garcia praat."

Dit is vir Janet weer eens duidelik dat hierdie dorp se gemeenskap die hertog se gewillige slawe is. Almal behandel hom asof hy op 'n goue troon hoort. En hy, op sy beurt, behandel almal asof hulle sy gelykes is. Janet kan die man nie peil nie en nog minder kan sy haar eie gevoelens verstaan. Hy maak haar soms so kwaad dat sy voel asof sy hom met plesier kan verongeluk, maar dan is daar weer tye wanneer bloot 'n glimlag van hom haar hart teen 'n gevaarlike tempo laat klop.

Nee, sy verstaan haarself ook nie aldag nie. Dis bepaald hierdie tropiese klimaat wat haar emosies so deurmekaar gooi en haar laat voel asof sy haar in 'n maalstroom bevind.

Onderwyl die swygsame señora Garcia Janet se hare versorg, sit Ramiro eenkant in 'n tydskrif en lees. Telkens dwaal sy oë in hul rigting, kompleet asof hy homself wil vergewis dat Janet se hare wel volgens die styl gekam word wat hy verkies.

Dis byna tyd vir middagkoffie toe Janet en Ramiro die salon verlaat. Noudat sy, volgens haarself, darem weer na 'n mens lyk, voel Janet ineens ook gemoedeliker teenoor die hertog. Sy vereer hom selfs met 'n glimlaggie toe sy vriendelik sê: "As jy nie haastig is nie, Ramiro, kan ons gerus êrens gaan koffie drink."

'n Warm glimlaggie helder die edelman se streng gelaat op toe hy Janet se arm neem en haar in die motor help.

"Ek is bly om te hoor dat ek darem weer Ramiro is en nie meer señor duque nie, menina," verklaar hy terwyl hulle met die straat af ry. "Veroorloof my om te sê dat jy pragtig lyk. Jy moet jou hare altyd deur señora Garcia laat versorg. In elk geval, dit is vir my verblydend dat jy my vandag, die heel eerste keer, nooi om saam met jou koffie te geniet."

Janet begin saggies lag.

"Ek moet jou weer bedank vir jou bystand in die salon, Ramiro. As jy nie vir my as tolk opgetree het nie, sou ek nou nog na iets gelyk het wat die wind van êrens af aangewaai het."

"Dit is vir my altyd 'n plesier om jou tot diens te wees, pequena. Dis net jammer dat jy so min daarvan gebruik maak. En dit is nog 'n groter jammerte dat jy my so dikwels vyandiggesind is, terwyl ek maar net jou vriend wil wees."

"Dis jou vreemde gebruike en konvensies wat daarvoor verantwoordelik is," antwoord Janet vriendelik, glimlaggend. "En jy kan nie stry nie, Ramiro, jy is baasspelerig."

"Nee, ek is nie baasspelerig nie, pequena," weerspreek hy haar goedig, "ek waak bloot oor jou veiligheid. Hoe dink jy gaan ek voel as jy iets oorkom?"

"Maar 'n bikini –"

"Dit is iets uit die bose," val hy haar sag in die rede, versigtig om hom nie weer haar gramskap op die hals te haal nie. Hy het al opgemerk dat Janet se humeur vinnig vlamvat wanneer iemand haar teengaan. En met vanaand se bal om die draai, wil hy haar tot elke prys in hierdie vriendelike stemming hou.

Ja, hy sal in die vervolg versigtiger met hierdie meisie te werk moet gaan indien hy haar vriendskap volkome wil wen . . . En tog hou hy van haar vurige temperament, veral wanneer sy haar spits ken trots in die lug ruk soos 'n vurige perd wat weier om getem te word.

Dis waar, dink die edelman met 'n vreemde teerheid in sy donker oë, sy mag nou wel klein wees van gestalte, maar daar is adellikheid in elke trek van haar skone gelaat en trots in elke beweging van haar bekoorlike gestaltetjie.

In 'n restaurant naby die strand geniet Janet en Ramiro hul middagkoffie. Dit is die eerste keer sedert haar aankoms op Espiño dat sy en Ramiro so gesellig saam verkeer. Hulle gesels oor hul kinderjare, dan vertel Janet hom van haar lewe in Pretoria, en van Ester, Pieter en klein Lidia in Durban. Toe hulle eindelik vertrek, ken Ramiro feitlik haar hele lewensgeskiedenis.

Ramiro het haar ook net tuis besorg en haar bedank vir die gesellige middag, toe groet hy en vertrek na die quinta.

9

Janet is reeds aangetrek vir die bal. En hier waar sy nou voor die spieël staan, kan sy nie 'n enkele fout met haar uiterlike vind nie. Met haar lang, modieuse aandrok van goudkleurige lamé, hofskoene van dieselfde kleur en 'n wit pelsstola, sien sy daar besonder deftig uit. Haar juwele bestaan uit 'n fyn diamanthalssnoer, bypassende oorkrabbetjies en armband-juwele wat sy van haar ma geërf het. Haar aandsakkie is versier met goudkleurige blinkertjies.

Sy draai om en beskou die rugkant van haar deftige rok. Dan wonder sy meteens of die rug nie straks te laag is nie. Hierdie mense is so pynlik konserwatief dat jy kwalik weet of jou drag geskik is of nie.

Maar na 'n rukkie se oorweging besluit sy dat haar rok glad nie gewaag is nie. As Ramiro nie van haar rok hou nie, is dit sy saak. Sy het in elk geval nie 'n rok wat uit die jaar nul dateer nie.

Janet trek haar skouers op en stap na die sitkamer waar Vic reeds op haar wag. Ook hy lyk deftig uitgevat in 'n swart aandpak, wit borshemp en swart strikdassie. Dit sal haar glad nie verbaas as die jong señoritas vanaand beenaf raak op die liewe ou Vic nie. Hy is regtig 'n aantreklike man met sy forse gestalte, blonde hare en blou oë.

"So, dan is jy eindelik gereed," begroet Vic haar toe sy die sitkamer binnetree. "Ek het al begin dink dat jy nooit gaan klaarkry nie. Waarom julle vroumense altyd so lank neem om aangetrek te kom, gaan my verstand te bowe."

"Ag, man, jy is al net so 'n ou pruttelpot soos Ramiro," lag Janet hom saggies uit. "Vertel my liewer of ek goed genoeg lyk vir die adellike bal, dan sê jy ten minste iets wat sin maak."

"Wel, afgesien daarvan dat die adellike Portugese dames lief is vir swart aanddrag, lyk jy darem op 'n manier skaflik," terg hy liggies, ofskoon hy heimlik trots voel op sy aanvallige sussie.

"Ja-nee, jy is 'n regte ou droë stoppel," terg Janet op haar beurt. "Kan nie eens iets ordentliks waardeer wanneer jy dit sien nie. Maar dit sal net jou verdiende loon wees as een van die in swart geklede señoritas jou in haar strik vang en na die kansel aankeer."

Vic begin heerlik lag.

"Ag," sê hy laggend, "daar sal genoeg kêrels by die bal wees wat jou ydelheid sal streel. Jy hoef nie by my komplimente te soek nie."

"Gaan waai, man," slinger sy hom goedig toe. "Kom, laat ons liewer gaan. Netnou dink die mense ons kom nie meer nie!"

Met hul aankoms by die quinta neem die huisbestuurder hulle na die ruim balsaal, waar Ramiro en sy ma hul gaste by die groot dubbeldeur ontvang. Albei is bly om Vic en Janet te sien. Sy en Vic word aan al die onbekende gaste voorgestel. Daarna staan Vic by 'n paar bekende mans en gesels terwyl Ramiro Janet na sy suster neem wat alleen op 'n oulike bankie sit. Clara sit trots soos 'n koningin tussen 'n bejaarde vrou en haar seun – blykbaar vriende wat sy baie goed ken, meen Janet.

"Veroorloof my om te sê dat jy wonderskoon lyk, Janetta," hoor sy Ramiro ineens hier langs haar sê.

"Dankie," glimlag sy hom vriendelik toe. "Ek was aanvanklik bevrees dat ek dalk by jou gaste gaan afsteek omdat ek nie ook in swart geklee is nie. Vic sê die vroue van jou land is lief vir swart aanddrag."

"Die goeie señor Hartman is besonder oplettend," verklaar Ramiro met daardie mooi, hartbrekende glimlaggie van hom wat so teer op Janet se hartsnare speel. Vanaand is hy vir haar onweerstaanbaar aantreklik in sy foutlose swart aandpak. Sy

130

is al so gewoond daaraan om hom in wit klere te sien. Maar dan hoor sy hom weer sê: "Swart aanddrag is paslik vir dames, maar nie 'n vereiste nie, pequena. Trouens, jy lyk so broos en fyn in daardie mooi goudkleurige rok, kompleet soos 'n pragtige goue vlinder. Ek vrees jy gaan vanaand baie harte breek."

"Wel, ek moet sê julle Portugese mans is nie spaarsaam met jul komplimente nie, Ramiro," sê sy goedig en vervolg met 'n ondeunde lig in haar oë: "Jy moet tog net nie dat Vic jou hoor nie, want volgens hom lyk ek net op 'n manier skaflik."

Voordat Ramiro iets hierop kan sê, bereik hulle Inés, wat Janet met 'n vriendelike glimlaggie nooi om langs haar plaas te neem.

Ramiro voeg sy suster 'n paar woorde op Portugees toe, dan draai Inés na Janet en verklaar vriendelik: "Ek is bly dat ons mekaar eindelik beter gaan leer ken, Janetta . . . Ek hoop jy gee nie om dat ek jou op jou naam noem nie!"

"Glad nie, señora De Sera . . ."

"My naam is Inés, Janetta, en ek hoop ons gaan nog baie goeie vriende word." Sy lag saggies. "Jy het my met ons eerste ontmoeting geweldig geïnteresseer. Glo my, ek kan nie onthou dat ek al ooit so 'n interessante mens ontmoet het nie. Ramiro sê jy het 'n vurige temperament, en my ma sê weer jy is 'n besonder lieftallige en minsame mensie. Dus sal ek graag wil weet watter een van die twee nou eintlik die ware Janetta is."

Janet kyk die jong vrou aan en begin heerlik lag.

"Die ware Janet is 'n mengsel van albei, Inés," sê sy goedig. "Jou ma is 'n liewe ou dame wat slegs die goeie in 'n mens te voorskyn bring, maar Ramiro besit 'n wonderlike gawe om onbeheerste ergernis by 'n mens uit te lok. Dit raak al 'n gewoonte by hom om my doen en late te kritiseer. Trouens, dit verbaas my dat hy niks gesê het oor my rok se rug wat effens laag is nie. Maar blykbaar het hy dit nog nie opgemerk nie. In elk geval, jy sal sy mond hoor wanneer hy dit wel opmerk."

"Ag nee wat, jou rok se ruglyn is darem nie te gewaag nie," lag Inés geamuseer. "Ek het onder die toeriste in Lissabon al baie erger as dit gesien . . ."

Dit duur nie lank nie, toe gesels die twee soos jare lange

vriendinne. Inés vertel Janet dat sy die ma van 'n tweeling is – 'n seun en 'n dogter – en dat die twee nou byna 'n jaar op skool is. Hulle word elk met 'n ligte drankie bedien, daarna gesels Inés weer oor die lewe in Lissabon.

Om agtuur kondig die orkes die eerste dansnommer aan – 'n dromerige tango. Tot Janet se verbasing vra Ramiro haar om die bal saam met hom te open. Sy wonder heimlik waarom hy nie vir Clara gevra het om die eerste dans met hom te dans nie. Vanmiddag het hulle so intiem gelyk, kompleet asof daar 'n verstandhouding tussen hulle is . . . Nee, Janet kan hierdie mense hoegenaamd nie verstaan nie.

Sy en Ramiro het een keer om die vloer gedans, toe sluit die ander dansende pare by hulle aan. Janet merk dat Vic met Inés dans en Clara met Nicolas Costa, die man langs wie sy gesit het. Die res se name kan sy nie onthou nie.

"Waarom is jy eensklaps so stil, Janetta?" hoor sy Ramiro se sagte stem hier bokant haar kop, sy asem warm op haar hare.

Janet kyk op, vas in sy donker oë wat met 'n vreemde intensiteit in hare staar. Sy oë hou hare etlike sekondes meesterlik gevange. Vir Janet voel dit kompleet asof sy oë tot in die diepste hoekies van haar hart probeer deurdring om elke emosie, elke gedagte in haar bloot te lê en te ontleed.

Hierdie vreemde blik van Ramiro ontsenu haar totaal. Sy voel hoe 'n warm blos van verleentheid teen haar wange opkruip, hoe haar verraderlike hart onstuimig begin klop. Toe laat sy haar oë sak omdat sy haar een groot geheim vir hom wil verberg, 'n geheim wat sy tot dusver nog te huiwerig was om aan haarself te erken – die geheim dat sy Ramiro bemin, onherroeplik bemin.

Hoe en wanneer dit gebeur het, weet Janet nie. Maar sy dink sy het hom al lief vanaf daardie eerste oomblik toe sy hom voor die doeanekantoor in sy motor gesien sit het en hulle so onverwags in mekaar se oë gekyk het.

Hierdie ruiterlike erkenning aan haarself, dat sy Ramiro met haar hele wese bemin, laat Janet nog warmer bloos. Sy waag dit nie om weer op te kyk nie en beantwoord Ramiro se vraag met geveinsde ongeërgdheid in haar stem: "My swygsaamheid is te wyte aan die dromerige, meesleurende musiek. Dis 'n baie mooi tango, dink jy nie ook so nie, Ramiro?"

Die musiek loop ten einde voordat Ramiro haar kan antwoord. Met sy arm nog steeds om haar dun middeltjie, neem hy haar terug na die bankie waarop sy en Inés gesit het. Maar hy vra haar nie vir 'n volgende dans nie, sê net sag: " 'n Tango is 'n mooi, stemmige dans. Dankie dat jy hierdie dans aan my afgestaan het, menina. Ek het dit besonder baie geniet . . . te meer omdat jy so perfek in my arms pas, so asof dit van die grondlegging van die wêreld af bestem was dat jy daar hoort."

Janet kyk vlugtig op na hom, oortuig dat sy spot in sy oë gaan vind, maar sy sien bloot erns en 'n onpeilbaarheid wat haar verward laat voel. Die volgende oomblik sluit Vic en Inés by hulle aan. Saam stap hulle na die twee meisies se sitplekke.

Die res van die aand dans Janet beurtelings met Vic, Jacomo en vreemde jong mans wie se name sy met die beste wil ter wêreld nie kan onthou nie. Sy merk dat Ramiro gedurende die aand drie keer met Clara dans, en nou is sy daarvan oortuig dat daar iets baie meer intiem as vriendskap tussen hulle bestaan.

Janet dink aan Ramiro se woorde, dat sy so perfek in sy arms pas. Toe dring dit soos 'n weerligstraal tot haar deur dat hy maar net met haar speletjies gespeel het en dat sy die man se woorde glad nie ernstig moet vertolk nie. Dit is Clara se voorreg om in sy arms te pas, nie die eenvoudige Janet Hartman s'n nie. Janet Hartman vind hy bepaald net goed genoeg om mee te flankeer.

Noudat Janet die pynlike waarheid aan haarself erken het, voel sy bitter seergemaak en ongelukkig. Ramiro was nog altyd 'n waardige en besadigde heer. Sy het nooit kon dink dat hy hom aan 'n goedkoop flirtasie sal skuldig maak nie. En tog het hy vroeër vanaand 'n ligte flankeerdery met haar op tou gesit – hy wat haar sewe dae gelede met minagting as 'n flerrie bestempel het, kompleet asof dit vir hom iets uit die bose is.

"Jy lyk besonder verstrooid, ounooi," hoor sy Vic skielik sê, hier waar hulle op die maat van 'n stadige wals oor die dansvloer beweeg. "Moenie vir my sê jy het jou hart hier tussen die klomp jong kêrels verloor nie. Of het hulle jou nie genoeg gekomplimenteer nie?"

"Gaan vang 'n haan, man," werp sy hom snipperig toe. "Ek wens hierdie bal wil nou end kry sodat ons huis toe kan gaan. Ek is moeg vir die hele affêre."

"Nadat Ramiro jou soveel eer bewys het deur die bal met jou te open, behoort jy jou te skaam om so iets te sê," vermaan Vic haar ernstig. "Volgens hul adellike gebruike moes hy die bal met sy suster of met sy verloofde geopen het."

"Ek het nie geweet hy is verloof nie –"

"Nee, hy is nog nie," val Vic haar saggies in die rede, "en ek moes niks daarvan sê nie. Maar 'n paar van die gaste verwag dat hy vanaand sy verlowing aan die weduwee Clara Valdés gaan aankondig. Hy het haar glo spesifiek hierheen ontbied sodat die verlowing hier op Espiño kan plaasvind. Nou kan jy begryp hoe verbaas die gaste was toe hy die bal met jou geopen het en nie met haar nie."

"Ag, hulle het seker maar 'n argument gehad en toe doen hy dit opsetlik om haar te vermaak," meen Janet. "Hy het tog, na die eerste dans, byna die hele aand nog net met haar gedans. Dus het hy glad nie so danig oortree nie. Sy het hom daardie een dans lankal vergewe, as jy my vra. Kyk hoe gesels hulle al weer. Sy hang behoorlik aan sy lippe. Dit verbaas my dat hulle nog kan tred hou met die musiek."

"Ramiro is 'n gelukkige man om Clara te kry. Sy is 'n beeld van 'n mens," kom dit van Vic.

"Dis waar, sy is die mooiste vrou wat ek nog gesien het," beaam Janet. "Dis net jammer dat sy so pynlik hooghartig is. Dit doen in 'n mate afbreuk aan haar uiterlike skoonheid."

Na die dans met Vic glip Janet ongemerk by 'n sydeur uit en stap diep ingedagte deur die blomtuin tot waar 'n lae klipmuurtjie 'n entjie verder haar weg versper. Die aandlug is deurdrenk met die geur van kanferfoelie en jasmyn. Dan merk sy in die helder lig van die volmaan op dat die lang muur waar sy staan volkome toegerank is met dié geurige struike.

Van hier af het sy 'n onbelemmerde uitsig oor die maanverligte strand en die branders wat onstuimig teen die rotse breek. Sy besef nou eers hoe hoog hierdie rotsagtige koppie is waarop die eeue oue quinta geleë is, en hoe diep die afgrond aan die ander kant van die muurtjie. As 'n mens oor hierdie muurtjie val, sal jy totaal verpletter wees.

'n Koel briesie waai van die see se kant af teen Janet aan en die musiek uit die balsaal kom luid na haar aangesweef, maar in haar hart voel dit seer. Sy het nooit geweet dat die liefde so plotseling kan verskyn en so pynlik kan wees nie. As sy dink aan al die maande wat sy nog hier op Espiño moet vertoef en Ramiro daagliks sal moet sien, terwyl alles in haar na sy liefde en nabyheid hunker, voel sy lus om haar oor hierdie muurtjie te werp en 'n vinnige einde te maak aan die pyn en verlange wat al haar denke oorheers.

Vir Janet voel dit asof haar hele lewe uit verband geruk is, asof sy nooit weer sal kan lag nie en die son ook nooit weer vir haar helder sal skyn nie. Die toekoms lyk vir haar soos 'n vaal, kleurlose pad wat eindeloos voor haar uitgestrek lê, 'n pad waarop sy alleen en in eensaamheid sal moet wandel.

'n Lang ruk staan sy daar by die muurtjie verbete en veg teen die trane wat dreig om te val, maar dan besluit sy dat daar vir haar net een weg oop is: sy sal óf Espiño moet verlaat, óf Ramiro heeltemal moet vermy. Want om daagliks met hom in aanraking te kom, noudat sy weet hy staan op die punt om met Clara in die huwelik te tree, sal vir haar net pyn en ellende beteken. Sy weet ook nie of sy aldag daarin sal slaag om haar liefde vir hom te verbloem nie. En aan die vernedering indien hy haar gevoel vir hom moet agterkom, wil sy nie eens dink nie.

Nog nooit in haar hele lewe het Janet se hart so rou gevoel nie. Sy het groot moeite om die trane te bedwing wat warm agter haar ooglede brand. Maar sy mag nie nou huil nie. Daar sal nog vele slapelose nagte wees waarin sy al haar opgekropte hartseer kan uitsnik. Nou moet sy die trane wegsluk en maak asof daar niks gebeur het nie, asof haar hart nie in 'n duisend skerwe gebreek is en sy van binne totaal verpletter voel nie . . . Nee, sy mag nie huil nie, want aanstons moet sy terugkeer na die balsaal en dan moet daar geen teken van gestorte trane wees nie. Niemand moet ooit weet hoe bitter seer sy hierbinne voel nie.

Noudat sy hierdie besluit geneem het, voel sy gereed om na die balsaal terug te gaan. Sy wil ook net omdraai toe 'n dier-

135

bare, bekende stem onverwags agter haar sê: "Waarom staan jy so alleen hier buite, Janetta?"

Janet is intens bewus van Ramiro se nabyheid hier agter haar. Toe hy sy hande vertroulik op haar skouers plaas, vrees sy dat haar verliefde hart haar gevoel gaan verraai. Stadig beweeg sy onder sy hande uit en draai haar rug op die muurtjie.

"Ek het net kom asem skep," sê sy met 'n droewige soet glim-laggie, in 'n poging tot lighartigheid. "Maar ons kan nou terug-gaan, Ramiro. Dis al byna middernag. Die orkes sal aanstons die laaste wals speel."

"Dit is presies waarom ek jou kom soek het," sê hy, "om die laaste dans met jou te dans, cara." Sy wonder wat hy met daardie woord bedoel, want vir haar beteken dit hartjie, liefste of skat.

Maar Janet maak asof sy nie weet wat die woord beteken nie en verklaar met besliste finaliteit in haar stem: "O nee, jy gaan nie die laaste dans met my dans nie, Ramiro. Jy het reeds 'n fout begaan deur die bal met my te open. Jou gaste was almal verbaas daaroor, weet jy?"

"Pragtig!" glimlag hy dat sy tande wit skitter in die maanlig. "Dan gee ons hulle nog iets om oor verbaas te wees."

Maar Janet skud haar kop. "Ek is jammer, Ramiro, maar ek gaan my nie weer aan so iets blootstel nie. Dans liewer met . . . met een van jou eie mense."

Sy ruk soos sy skrik toe hy haar skouers vasgryp en haar styf teen hom vashou. Dan brand sy oë in hare toe hy onheilspel-lend, sag vra: "Het iemand jou met 'n woord of 'n gebaar bele-dig? Ek wil die waarheid weet, cara, en ek wil dit nou weet."

Janet is intens bewus van Ramiro se dierbare gesig wat so naby hare is. Sy is bewus van die onkeerbare hunkering in haar hart na hom, van die bloed wat onstuimig deur haar are pols, maar sy kry dit tog reg om met 'n dun stemmetjie te sê: "Nie-mand het my beledig nie, Ramiro. Maar ek herhaal: ek weier om die laaste dans met jou te dans."

"En ek, cara," hoor sy hom afgemete sê, "is weer vasbeslote om die laaste dans met jou te dans. Ek kan ongelukkig nie jou koppigheid met slae tem nie, maar daar is 'n ander manier."

Voor Janet nog kan vra wat hy presies met so 'n insinuasie bedoel, het hy haar reeds in sy arms toegevou en snoer sy lippe haar mond met soveel vuur en drif dat sy behoorlik week en magteloos in sy arms voel.

Ramiro se liefkosing is so onverwags en oorweldigend dat Janet vir 'n onbesonne oomblik van Clara en haar bestaan vergeet en Ramiro se liefkosings met volle oorgawe beantwoord.

Dit is eers toe hy sy raafswart kop oplig en haar met 'n teer glimlaggie aankyk, dat sy tot verhaal kom en besef dat sy haar hele hart voor hom blootgelê het. Skaamte en vernedering spoel soos 'n verpletterende golf oor haar en sy besef dat sy onverwyld sal moet red wat nog van haar trots en selfrespek te redde is.

Haar gelaat is wasbleek en ook haar stem is effens onvas toe sy met geveinsde uitdaging sê: "Jou . . . e . . . drastiese metode was toe glad nie geslaag nie, Ramiro. Ek weier nog steeds om die laaste dans met jou te dans. Jy moet liewer nou teruggaan; die orkes gaan aanstons die laaste dans speel."

"En jy, cara," vra hy sag, "gaan jy nie ook dans nie?"

Janet skud haar kop. "Ek gaan hier bly totdat die dans eers in volle gang is."

"Ek glo nie jy gaan hier bly nie, querida – liefling," hoor sy hom bedaard sê. "Ek is steeds vasbeslote om die laaste dans met jou te dans, weet jy?"

Voor Janet iets hierop kan sê, tel hy haar in sy arms op asof sy 'n veertjie is en begin haastig aanstryk in die rigting van die balsaal se sydeur.

"Ramiro, sit my dadelik neer! Ek kan self loop," raas sy, rooi van ergernis.

Maar Ramiro steur hom glad nie aan haar kwaai stemmetjie nie. Eers toe hulle die sydeur bereik, laat hy haar vry uit sy arms, maar sy lang vingers sluit oombliklik ferm om haar arm en dan lei hy haar na binne. Janet weet met 'n helder sekerheid dat sy hopeloos in die stryd gefaal het en dat sy met hom sal moet dans, want sy vingers is soos 'n staalband om haar arm.

Hulle is ook net betyds, want die volgende oomblik kondig die orkesleier aan dat hulle die laaste wals gaan speel.

Janet is pynlik bewus van die talle oë wat hulle met belang-

137

stelling volg toe Ramiro haar na die dansvloer lei. Sy hoef egter nie na Clara te kyk om te weet dat haar blik hooghartig en neerhalend is nie. Sy ken daardie blik in die jong weduwee se oë maar alte goed. Tog kan sy niks daaraan doen nie. Hierdie hertog is nie 'n man wat maklik nee vir 'n antwoord aanvaar nie, en Clara behoort dit te weet. Sy ken Ramiro tog immers langer as wat sy, Janet, hom ken!

Die dans is vir haar 'n vreugde sowel as 'n foltering – 'n vreugde om so intiem in Ramiro se arms te wees, en 'n foltering omdat sy weet hy kan nooit aan haar behoort nie. Sy is eintlik bly toe die musiek ten einde loop en sy van hom af kan wegkom.

Dit is al na middernag toe die gaste begin aanstaltes maak om te vertrek. Janet en Vic is die eerstes. Hulle bedank Ramiro en sy ma vir die aangename aand, groet die ander en verlaat die saal.

Soos dit die bedagsame hertog se gewoonte is, vergesel hy elke gas tot by sy motor. Ook nou vergesel hy die twee Hartmans na hul voertuig. By die motor aangekom, bedank Vic hom weer vir die aangename aand, groet en klim agter die stuur in.

Met sy hand op Janet se arm stap Ramiro saam met haar om die motordeur vir haar oop te maak. Maar 'n tree of wat van die deur af hou hy haar ineens terug en sê saggies, sodat net sy kan hoor: "Daar is baie wat ek aan jou wil sê, cara, dus sal ek jou môreoggend besoek."

"Ek glo nie daar is iets wat ons vir mekaar te sê het nie, Ramiro," keer sy haastig. "Spaar jouself dus die moeite, want ek sal beslis nie tuis wees nie."

"Espiño is 'n klein dorpie, querida," glimlag hy tergend. "Ek sal jou altyd vind, waar jy ook al is. Na daardie vurige soen in die tuin sal ek jou nie die geleentheid gee om my te ontglip nie . . . Boa noite, minha cara – goeienag, my skat."

Hy druk haar fyn handjie teer teen sy lippe, maak die motordeur vir haar oop en help haar galant om in te klim. Daarna wuif hy liggies, draai om en stap terug na die quinta – lank, waardig en trots.

Die kort gesprekkie tussen Ramiro en Janet het Vic se nuuskierigheid behoorlik geprikkel. Later kan hy nie help om te sê nie: "Janet, jy moenie moeilikheid maak tussen Ramiro en sy aanstaande verloofde nie, verstaan jy?"

"Wat, ék moeilikheid maak!" roep sy vererg uit. "Moenie beongeluk wees nie, Vic. Ek sê jou, jy vergis jou totaal met Ramiro. Die man is glad nie so 'n engel as wat jy dink nie. Inteendeel, hy is 'n uitnemende flankeerder. Ek verseker jou, ek weet waarvan ek praat. As ek Clara is, stuur ek hom na sy peetjie."

"Het hy met jou probeer flankeer?" vra Vic met 'n onderdrukte glimlaggie.

"Wel, as 'n man wat feitlik op trou staan 'n meisie met ongeewenaarde hartstog in sy tuin soen en haar 'cara' en 'querida' noem, is dit nie flankeerdery nie?"

Vic begin hardop lag – lank en lekker.

"Jy het dus jou moses in die hertog teëgekom, nè, ounooi?" kry hy dit tussen lagbuie uit. "Ek het jou vooraf gewaarsku om lig te loop vir die man. Ramiro laat nie met hom speel nie, en jy het dit geweet. Ek hoop net jy kry nie in die proses seer nie, want dan sal dit net jou eie skuld wees."

"Jy praat asof ek Ramiro aanleiding gegee het," kap sy ergerlik terug.

"Wel, het jy nie?"

"Vic, jy is langer hier as ek, maar dit lyk vir my of ek hierdie mense beter ken as jy. Laat my toe om jou dít te vertel: 'n Portugees het nie aanleiding nodig nie. Hy besluit self en beskou daarna die saak as afgehandel, maak nie saak wat die ander party daarop te sê het nie. Maar as Ramiro dink hy gaan my vir 'n speelbal gebruik, vergis hy hom heeltemal. Ek is nie 'n flerrie nie en ook geen man se speelbal nie. En as hy dit weer waag om my te soen, gaan ek hom klap dat hy sterre sien."

Na hierdie betoog van Janet het Vic se lagbui opgedroog. Ramiro se vreemde optrede klink vir hom geheel en al teenstrydig met die man se karakter. Hy kan net nie glo dat Ramiro in die geheim met 'n meisie sal flankeer terwyl hy op die punt staan om hom aan 'n ander vrou te verbind nie . . . En tog sal Janet nie vir hom 'n leuen vertel nie. Nee, op die oomblik weet hy nie wat hy moet dink of glo nie.

By die huis aangekom, is Janet en Vic dadelik bed toe, maar vir haar is daar geen sprake van slaap nie, want ook sy is wreed ontnugter deur die waardige hertog se vreemde optrede. Wat nog die ergste is, is dat sy haar liefde vir hom in een onbesonne oomblik so openlik getoon het . . . Hy het gesê hy kom haar môre besoek! Nou goed, laat hom kom. Dit sal haar die ideale geleentheid bied om hom 'n rat voor die oë te draai . . . Ja, sy sal hom op 'n dwaalspoor moet bring en 'n end maak aan sy koelbloedige flankeerdery – maak nie saak hoe sy dit gaan reg-kry nie. Sy sal ook moet leer om vir haar 'n skans van onverskil-ligheid te bou waaragter sy haar ware gevoelens kan verberg, want die een of ander tyd gaan haar verraderlike hart haar nog in die steek laat.

Eers in die vroeë oggendure raak Janet eindelik aan die slaap, gevolglik skrik sy hopeloos laat eers wakker. Om tienuur klop Sofia aan haar deur met die nuus dat die hertog in die sitkamer op haar wag.

"Gaan jaag hom weg, Sofia," doen Janet met 'n slaapbene-welde stem aan die hand, "en laat my asseblief met rus. Gaan sê vir hom ek slaap en jy kry my nie wakker nie."

Maar Sofia wil niks weet nie, sy verklaar net met 'n geamu-seerde glimlaggie: "Ek het die juffrou se badwater ingetap en Lepe het gesê hy gaan nou koffie maak vir die juffrou en die hertog."

Janet stoot haar bene traag van die bed af met 'n ongedul-dige: "Ek wens jy, Lepe en die hertog kry al drie 'n kramp!"

Sofia glimlag net onderlangs en verlaat die vertrek.

Daar is 'n vreemde botsing van emosies in Janet se hart toe sy eindelik na die sitkamer stap. Soos altyd sien sy daar netjies en elegant uit. Net haar gelaat is vanoggend effens bleek en om haar mond is 'n opvallende hartseer trekkie – alles tekens van 'n innerlike stryd wat sy teen haar eie hart voer.

Toe sy die sitkamer binnetree, staan Ramiro dadelik van die bank af op en kom haar glimlaggend tegemoet.

"Bon dia, querida!" sê hy sag en wil haar net in sy arms neem, maar Janet staan vinnig 'n tree terug en ontduik sy om-helsing netjies.

140

"Verskoon my asseblief, Ramiro," sê sy met geforseerde op-
pervlakkigheid. "Ek het nog nie ontbyt genuttig nie en ek flan-
keer nooit met 'n man op 'n leë maag nie. Vra gerus vir Gert,
Herman, Karel, Brian en Adolf, hulle sal jou sê dat ek net op
my stukke is wanneer die atmosfeer romanties genoeg is om dit
te regverdig."

Sy merk hoe Ramiro vinnig verbleek. Natuurlik is hy nou
die herrie in omdat ek nie vanoggend wil saamspeel nie, meen
sy. Maar dit sal vir hom 'n les wees om nie weer met 'n eerbare
meisie te flankeer nie. 'n Man wat op die punt staan om verloof
te raak, behoort hom uitsluitend by sy aanstaande verloofde te
bepaal en hom nie met goedkoop flirtasies te vermaak nie.

By aanskoue van Ramiro se bleek gelaat en sy dierbare swart
oë wat haar so stil en reguit aanstaar, voel dit vir Janet of haar
hart wil breek, asof sy sommer hier voor hom in trane kan uit-
bars . . . Liewe Vader, waarom moet ek die man tog so liefhê?
ween dit in haar hart. Waarom kyk hy my so stil aan? Waarom
gee hy nie liewer pad nie? Sy blik is soos 'n stille aanklag, en ek
voel reeds so verskeurd van binne.

Voordat Ramiro egter 'n woord kan sê, stoot Sofia die koffie-
waentjie binne en verlaat die vertrek. Met 'n hand wat sigbaar
bewe, bied Janet hom 'n koppie koffie aan. Sy probeer ongeërg
lyk, maar die hartseer trekkie om haar mond en die naakte wee-
moed in haar oë spreek boekdele.

"Muito obrigado, minha cara – baie dankie, my skat," hoor
sy hom soos gewoonlik bedaard sê. Sy kyk vlugtig op na hom,
en toe weer weg. Daar is iets onverklaarbaars in sy oë wat haar
onrustig stem, iets wat haar vertel dat hy heeltemal bewus is van
hierdie koelbloedige en geveinsde spel wat sy met hom speel.

Hierna ontwyk Janet Ramiro se blik. Sy neem eenkant op
'n stoel plaas en begin haar koffie ingedagte roer. Ook Ramiro
gaan sit, maar nie weer op die bank nie. Hy trek vir hom 'n stoel
langs hare en sê met tere besorgdheid: "Jy is ontsettend bleek,
cara. Voel jy nie wel nie, of is dit omdat jy so hard teen die
liefde stry? Is dit moontlik dat jy onder die indruk verkeer dat
jy bestand is teen die liefde? Geen mens is bestand teen daardie
tere emosie nie, querida, want die liefde vra nie toestemming

141

om sy intrek in jou hart te neem nie. Hy maak sommer net sy verskyning plotseling en ongevraag. Dit sal jou ook niks baat om langer daarteen te stry nie, menina. Jy maak jouself net onnodig siek en ongelukkig."

"Ek het nie die vaagste benul waarvan jy praat nie, Ramiro," sê Janet met 'n sagte stem sonder om hom aan te kyk. "Ek het nog nooit met daardie emosie kennis gemaak nie, maar wel met 'n ontsettende hoofpyn wat my sedert gisteraand al teister."

Janet is onbewus van die stil glimlaggie om die edelman se mond toe hy besorg vra: "Het jy al iets vir die hoofpyn geneem, cara?"

Sy knik. "Ek het hoofpynpille geneem," jok sy en bid saggies dat hy tog liewer moet gaan. Sy weet dat sy nie veel langer teen haar liefde vir hom sal kan veg nie. Tog sien sy ook nie kans om sý soort liefde te aanvaar nie. Dit sal nie net vernederend wees nie, maar sy sien ook geen sin in so 'n ongeoorloofde verhouding nie.

Janet voel bitter ongelukkig en kwesbaar. Sy het pas haar leë koppie op die koffiewaentjie neergesit, toe begin die telefoon lui.

"Ek is oortuig dat die oproep vir jou is, Ramiro. Hier is niemand op Espiño wat my sal bel nie," verklaar Janet. Sy leun gemaklik agteroor, sluit haar oë en ignoreer die aanhoudende gelui van die instrument. Sy hoor hoe Ramiro van die stoel af opstaan om die oproep te beantwoord.

Na 'n kort rukkie keer hy terug en kom reg voor haar staan. "Dit was 'n oproep van Beira af," sê hy. "Jou motor het vanoggend aangekom."Hy kyk haar ondersoekend aan. "Ek stel voor dat jy 'n uur of wat gaan rus, cara. Ek sal omstreeks halftwaalf hier wees om jou na Beira te neem sodat jy jou motor kan gaan haal."

"Vic kan my môreoggend neem, Ramiro . . ." begin sy, maar Ramiro laat haar nie toe om meer te sê nie. Hy het klaar besluit en beskou die saak as afgehandel.

"Ek glo nie die goeie señor Hartman gaan daarvan hou dat jy hom in sy werk steur nie, Janetta. Vergeet gerus daarvan. Ek sal omstreeks halftwaalf hier wees." Hy kyk op sy polshorlosie en vervolg bedaard: "Ek vrees ek sal nou moet gaan sodat jy kan gaan rus . . . Adeus, Janetta!"

"Tot siens, Ramiro," sê sy en slaak 'n sagte sug van verligting.

Na Ramiro se vertrek het Janet se geveinsde hoofpyn dadelik die wyk geneem. Aan haar ontbyt het sy net gepeusel en daarna het sy haar met 'n swaar gemoed gaan aantrek vir die besoek aan Beira.

Ramiro is reg, dit weet sy. Vic sal nooit sy werk in die middel van die week staak om haar na Beira te neem nie. Hy sal voorstel dat sy wag tot Saterdag. Dus het sy geen ander keuse as om van Ramiro se aanbod gebruik te maak nie. Maar hoe sy dit 'n halwe dag in sy teenwoordigheid gaan uithou, weet sy eerlikwaar nie. Dit sal inderdaad die swaarste beproewing wees wat sy al hier deurgemaak het.

Sy weet ook nie waarom sy juis op hom, van alle mans, verlief moes raak nie. Waarom kon dit nie liewer een van haar goeie vriende in Pretoria gewees het nie? Haar lewe was nog al die jare soos 'n kalm baai sonder gevaarlike seestrome, maar nou het dit in 'n woeste see ontaard wat deur 'n hewige orkaan geteister word. Dis of die golwe van die lewe haar telkens platslaan en sy geen rigting meer kan vind nie.

Maar vir Janet is daar darem een ligpuntjie, want toe Ramiro om halftwaalf met 'n groot, swart motor voor die deur stilhou, merk sy dat tia Francesca, Clara en Inés by hom in die motor is – Clara, soos gewoonlik, koud en hooghartig, maar Inés en die ouer vrou vol hartlike vriendelikheid.

Dit is vir Janet ook glad nie vreemd toe sy merk dat Clara voor langs Ramiro sit nie. Sy voel klaarblyklik dat dit haar regmatige plek is aangesien sy die volgende hertogin is, meen Janet.

Toe Ramiro uit die voertuig klim, stap Janet haastig met die stoeptreetjies af in die rigting van die voertuig. Sy het reeds besluit om nooit weer alleen in die hertog se geselskap te verkeer nie.

Ramiro is net oorgehaal om vir haar die voorste deur oop te maak, maar Janet beduie dat sy verkies om agter by Inés en sy ma te sit. Sy maak die deur ook sommer self oop en klim in, onbewus van die geamuseerde glimlaggie op sy gelaat.

143

Onderweg na Beira gesels sy met Inés en haar ma asof Ramiro en Clara glad nie bestaan nie. Hulle gesels oor gisteraand se bal, dan vertel Inés vir Janet van die swierige onthale wat gewoonlik in Ramiro se kasteel in Lissabon plaasvind. Sy beskryf die eeue oue kasteel, wat aan die noordelike kant van die Tagusvallei geleë is, breedvoerig aan Janet.

Dis byna twee-uur toe hulle Beira binnery. Tia Francesca stel voor dat hulle eers middagete nuttig voordat hulle enigiets anders doen. Noudat hulle in Beira is, is daar geen haas nie. Sy wil in elk geval vanmiddag nog 'n paar inkope ook doen.

Ramiro neem hulle na 'n luukse strandhotel vir middagete. Dis duidelik dat hy die eienaar van die hotel ken, want hulle het pas aangesit, toe kom groet hy die edelman en sy geselskap. Hy verwelkom hulle almal baie vriendelik, verseker hulle dat die bediening bevredigend sal wees en verlaat die eetkamer met 'n eerbiedige buiging.

Na die ete kondig tia Francesca aan dat sy besluit het om in die hotelsitkamer te ontspan en hulle dus nie na die hawe sal vergesel nie. Uit bedagsaamheid teenoor haar ma bied Inés aan om haar geselskap te hou. Gevolglik is dit net Ramiro, Clara en Janet wat na die hawe vertrek.

Soos vroeër die dag, klim Janet weer agter in die motor. Sy merk die ligte frons tussen Ramiro se wenkbroue toe hy sê: "Jy kan gerus ook hier voor kom sit, Janetta. Die sitplek is heeltemal breed genoeg vir drie mense."

Maar sy steur haar nie aan sy uitnodiging nie, nog minder aan sy frons. Sy sterf liewer voordat sy langs Clara sit.

"Ek sit heeltemal gemaklik, dankie," antwoord sy. "Trouens, ek geniet dit nogal om vir 'n verandering agter in 'n motor te ry."

Hierna klim die hertog ook in en weldra is hulle onderweg na die hawe, wat net 'n paar blokke van die hotel af geleë is. Vir Janet is dit baie duidelik dat Ramiro hom vir haar halsstarrigheid vererg het, want hy wend geen poging aan om weer met haar te praat nie.

10

Die volgende drie weke vermy Janet die hertog soos 'n aansteeklike siekte. Bedags is sy omtrent nooit tuis nie en sy sorg ook dat sy altyd iemand by haar in die motor het. Soms vergesel tia Francesca haar, ander tye nooi sy Inés saam, maar meestal is dit Lettie wat haar op haar verkenningstogte vergesel en dan by haar sit en lees of brei terwyl sy skilder.

Met al hierdie doelmatige voorsorg het Ramiro nog nie weer die geleentheid gekry om alleen met haar te wees nie. Maar sy het haar heeltemal met die liefde vergis, want ofskoon sy Ramiro net af en toe sien, vlam die vuur in haar hart nog steeds ten hemele. En wanneer die nag oor die dorpie toesak en alles met sy swart mantel bedek, huil haar hart in stilte oor 'n liefde wat gedoem is om onbeantwoord te bly.

Met haar aankoms op Espiño was Janet so geïnspireer dat sy die hele omtrek wou skilder, maar sedert sy haar liefde vir Ramiro ontdek het, voel sy rusteloos en gejaag en glad nie meer lus vir skilder nie. Almal wat haar ken, het dit ook al opgemerk en daaroor begin wonder – Vic miskien die meeste van almal. Wat hulle egter nie weet nie, is dat sy vir haar eie gevoelens probeer vlug, in die hoop dat sy Ramiro sal vergeet.

Vandag is dit presies vier weke dat Janet hier op Espiño woon. Sy en Lettie het vanoggend gaan bergklim. Die namiddag het sy alleen langs die strand verwyl. Vic is dus reeds tuis toe sy voor die deur stilhou.

Janet is effens bleek, moeg en warm toe sy haar by Vic op die stoep aansluit waar hy rustig sit en koffie drink.

"Waar kom jy nou vandaan, Janet?" vra hy effens skerp.

Sy trek haar skouers liggies op, werp haar in 'n stoel neer en antwoord ongeërg: "Van die strand af."

Maar Vic is nie geneë met hierdie ongeërgdheid van haar nie en vervolg streng: "Kyk, ek weet jy is 'n rustelose siel, maar die afgelope drie weke is jy bedags omtrent nooit meer tuis nie! Besef jy dat die mense al begin wonder wat in jou gevaar het? Selfs Ramiro en die ou hertogin voel al bekommerd oor jou knaende uithuisigheid. Ramiro wou selfs vandag by my weet of dit 'n kêrel is wat jou bedags so besig hou dat 'n mens jou nooit meer tuis vind nie!"

"Ramiro moet liewer sy aandag by Clara bepaal en sy neus uit my sake hou," sê Janet sag. "Hoe ek bedags my tyd verwyl, gaan hom hoegenaamd nie aan nie. Hy verwag skynbaar dat ek heeldag hier op die stoep met gevoude hande moet sit, altyd net gereed om besoekers te ontvang. Wel, ek weier om soos 'n hulpelose invalide hier ingehok te sit. Waar ek bedags rondloop, is my saak. Maar ek kan jou verseker, daar is geen man by my uitstappies betrokke nie. Jy behoort my beter te ken as dit. Dit is nie in my aard om mans in die geheim te ontmoet nie en jy kan Ramiro dit ook sê . . . Terloops, ek gaan môre 'n paar inkopies in Beira doen. Ek sal sommer 'n dag of wat daar vertoef, want ek het lank laas 'n ordentlike rolprent gesien."

"Gaan jy alleen?" vra hy vinnig.

Janet kyk hom berekend aan.

"Wat presies bedoel jy, ouboet?"

"Net wat ek gevra het . . . Gaan jy alleen?"

"Ja, ek gaan alleen. Het jy enige besware daarteen?" Janet kyk hom effens uitdagend aan, komplete asof sy gereed is om haar teen die hele wêreld te verdedig.

"Wat dink jy gaan Ramiro en sy ma daarvan sê?"

"Hulle het geen seggenskap oor my nie. Ek staan nie onder 'n baas nie, Vic. Ek sal dus maak wat ek wil," verklaar Janet met finaliteit.

Vic se oë vlam meteens bitter gesteurd.

"Jy kan maklik sê jy is jou eie baas en jy sal maak wat jy wil," bestraf hy haar. "Maar wat jy blykbaar vergeet, is dat Ramiro my aanspreeklik hou vir jou optrede. Hy meen ek behoort strenger teenoor jou op te tree, aangesien ons nie meer ouers het nie en ek die oudste is. Volgens hom behoort ek ouerlike gesag oor jou uit te oefen. En ek sê jou reguit, Janet, as jy so aanhou, maak jy die lewe ontsettend moeilik vir my. Ek is hier om Ramiro se dam te bou, nie om potjies met hom te loop of met hom te argumenteer nie."

"Ag, nou goed, ek sal dan net vir die dag Beira toe gaan," gee sy toe. "Ramiro het ook nie nodig om te weet dat ek in Beira is

146

nie. Maar as hy jou miskien vra waar ek is, kan jy vir hom sê ek het 'n vreeslike tandpyn of hoofpyn, en uit skone miserabelheid het ek myself in my kamer opgesluit."

"En as hy besluit om na jou gesondheid te kom verneem?" wil Vic skepties weet.

"Maar maggies, kan jy hom nie bangpraat nie? Sê vir hom die tandpyn het my al in so 'n toestand dat ek soos 'n tierwyfie is wie se kleintjies bedreig word."

"My liewe mens, die een wat Ramiro kan bangpraat, moet nog gebore word. Weet jy dit nou nog nie?"

"Ag wat, ouboet," paai sy sag, " ek sal met Sofia reël om te sê ek slaap en ek het streng opdrag gegee dat ek nie gesteur wil wees nie."

Die klokkie vir aandete maak 'n einde aan Janet en Vic se gesprek. Die onderwerp word ook nie weer geopper nie en na die ete vlug Janet na haar kamer.

Dit doen sy trouens die afgelope drie weke uit vrees dat Ramiro moontlik na die ete besluit om hulle te besoek en sy die een sal moet wees om hom by sy motor te gaan wegsien.

Om hom bedags 'n oomblik lank te sien, is een ding, maar om hom in die aand by sy motor weg te sien, is 'n perd van 'n ander kleur. Sy weier volstrek om haar ooit weer aan sy liefkosing bloot te stel. Hy moet seker dink sy is 'n goedkoop hierjy wat hy na willekeur kan liefkoos wanneer die luim hom pak!

Soos gewoonlik voel Janet bitter verontwaardig en veronreg wanneer sy aan Ramiro se vermetelheid dink, maar wanneer sy in die bed is en die lig uitgedoof het, vou die donkerte soos 'n gordyn oor haar bitterheid en bly net haar verlange en hartseer oor. Dan herleef sy weer daardie paar oomblikke van hemelse ekstase toe hy haar in sy sterk arms vasgegryp en haar met ongekende vuur en drif gesoen het. Dan neem haar hartseer en verlange toe en is sy nie eens bewus van die warm trane wat stil oor haar wange stroom nie.

Vic is pas weg toe Janet die volgende môre ontwaak. Sy het ook net 'n haastige ontbyt genuttig, 'n klein oornagtas gepak en daarna in die pad geval Beira toe.

Dis al na tienuur toe sy die stad binnery. Sy gaan drink eers tee in die strandhotel waarheen Ramiro hulle drie weke gelede vir middagete geneem het. Die hoteleienaar herken haar dadelik toe sy die voorportaal van die hotel binnetree. Hy groet haar en verneem belangstellend na die hertog en die hertogin se gesondheid. Daarna wil hy weet of hy die señorita vir middagete moet verwag.

Die man is baie vriendelik en hulpvaardig, derhalwe besluit Janet dat sy die maaltyd maar net sowel hier in sy hotel kan nuttig. Die hotel is in elk geval naby die strand geleë en sy is juis van plan om te gaan swem en die dag ten volle te geniet. Sy bespreek sommer ook 'n kamer vir die dag waar sy haar later kan verklee en 'n rukkie kan rus voordat sy na Espiño terugkeer.

Janet merk dat die hoteleienaar geen verbasing toon omdat sy alleen na Beira gereis het nie. Hierdie houding van die man laat haar sommer voel of die dag vir haar reg begin het . . . Ja-nee, hy is glad nie 'n konserwatiewe pruttelpot nie, meen sy.

Nadat alles in verband met die huur van die kamer afgehandel is, gaan wys die hoteleienaar haar persoonlik waar haar kamer geleë is en stel voor dat die kelner haar in die kamer met tee bedien, dan keer hy terug na sy kantoor.

Toe al Janet se inkope afgehandel is, keer sy haastig terug na die hotel. Sy verklee haar ewe haastig in haar swemklere, strandjassie en veelkleurige sandale, neem haar handdoek en draf oor die straat na waar 'n menigte vakansiegangers in die branders baljaar en ander op die strand onder sonsambrele ontspan. Die hele atmosfeer op die strand adem 'n gees van sorgelose pret en plesier. Dit duur ook nie lank nie, toe is Janet se geel swempet sigbaar tussen die uitgelate baaiers.

Dit is hoe die lewe moet wees, meen sy. Vry en kommerloos, sonder 'n heerssugtige hertog wat 'n mens se pret ewig aan bande lê.

In 'n oogwink maak sy kennis met die jongklomp in die water. Daarna neem die pret in alle erns toe. Hulle ry branderplank, skaats op die water en speel allerhande speletjies in die vlak water, totdat 'n horlosie êrens eenuur aankondig en Janet besef dis is al tyd vir middagete.

Met die belofte dat sy haar na die ete weer by hulle sal aansluit, draf sy in die rigting waar haar handdoek en klere eenkant op die strand in 'n bondeltjie lê.

Terwyl sy saggies 'n deuntjie neurie, trek sy haar strandjassie en sandale aan. Sy buk af, tel haar handdoek op en toe sy orent kom, kyk sy vas in Ramiro se donker oë wat vuur spat van woede. Sy gelaat is effens bleek en daar is 'n harde, onverbiddelike trek om sy mond.

Janet is 'n oomblik lank stomgeslaan. Ramiro is beslis die allerlaaste mens wat sy verwag het om hier in Beira raak te loop. Sy ruk haar gou reg, kyk hom uitdagend aan en sê ietwat onverskillig: "Jy lyk verniet so woedend, Ramiro. Beira en sy strand behoort nie aan jou nie. Ek het dus alle reg om hier te swem as ek wil."

"Moet liewer niks meer sê nie, Janetta," hoor sy hom met ingehoue woede antwoord. "Ons sal later oor hierdie ongehoorde gedrag van jou gesels."

Sonder seremonie neem hy haar arm en lei haar oor die straat in die rigting van die hotel.

By die hotel aangekom, vergesel hy haar tot by die hysbak en gebied ewe kortaf: "Gaan trek jou asseblief aan en kom af vir ete."

Dis vir Janet eintlik 'n verligting om van die ontstoke man af weg te kom. Daardie harde, onverbiddelike blik in sy oë gee haar sommer die koue rillings. Sy is seker, as hulle vandag in die vyftiende eeu geleef het, sou hy haar reguit na sy kasteel se martelkamer gestuur het oor haar ongehoorsaamheid.

Dis waar, Ramiro duld nie ongehoorsaamheid nie. Hy is gewoond daaraan dat sy wense stiptelik uitgevoer word sonder argumente. En hierdie ongehoorde ding wat Janet vandag aangevang het deur stilletjies na Beira weg te glip en in 'n bikini saam met vreemde jong mans en meisies by 'n openbare swemoord te baljaar, is iets wat hy as 'n onvergeeflike oortreding beskou. So iets word nie onder sy mense in Portugal geduld nie, en hy gaan dit baie beslis ook nie van Janet verdra nie.

Toe Janet haar etlike minute later by Ramiro in die eetkamer aansluit, is sy gelaat nog steeds bewolk en stormagtig, maar ondanks sy ontstoke gemoed bly hy die bedagsame en galante heer. Sonder 'n enkele woord trek hy die stoel vir Janet uit en neem dan teenoor haar plaas . . . en nog steeds sê hy nie 'n woord nie.

Hierdie doelbewuste swygsaamheid van Ramiro laat Janet effens opstandig voel. Sy besef terdeë dat sy by hom in onguns is, maar hy kan ten minste vir haar vra wat sy graag wil eet en nie sommer self bestel nie! En as hy dink sy gaan daardie glas tafelwyn drink, kan hy gerus weer 'n keer dink. Sy is geen wyndrinker nie en sy drink trouens nooit tafelwyn nie.

Janet het haar eie gemoed so opgesweep dat sy self billik ontstoke voel. Sy voel ook nie eens meer honger nie en peusel net aan die disse wat die kelner aan haar voorsit. Sy weet Ramiro gaan haar nog van 'n kant af uittrap omdat sy alleen na Beira gereis het, maar sy is heeltemal oorgehaal vir hom.

Sy is so diep ingedagte dat sy wip soos sy skrik toe Ramiro skielik sê: "Jy kan gerus jou kos eet en ophou om daarmee te sit en speel."

"As ek ander mense hul eetlus ontneem het, sal ek nie nog daarvan praat nie, señor duque," slinger sy hom skerp toe en stoot haar bord beslis agteruit.

Sonder om hom aan te kyk, begin Janet haar servet tydsaam opvou en steek dit netjies terug in die servetring. Daarna sit sy gemaklik terug in die stoel en bekyk die eetkamer belangstellend van hoek tot kant. Die kelner bedien hulle met nagereg, maar Janet wys dit vriendelik van die hand en sê dat sy niks meer verlang nie.

Toe Ramiro eindelik klaar geëet het, kom hy waardig orent, neem Janet se arm en saam verlaat hulle die eetkamer.

"Is daar iets belangriks wat jy nog hier in Beira wou doen of besigtig?" vra hy stroef toe hulle buite hoorafstand van die mense in die eetkamer is.

"Ja," sê sy, sonder om die wrewel in haar stem te verbloem. "Die jongklomp saam met wie ek vanoggend geswem het, het my genooi om weer vanmiddag saam met hulle branderplank te ry."

"In daardie geval kan ons dan maar dadelik teruggaan na Espiño," hoor sy die onmoontlike man hier langs haar sê.

Janet voel hoe die ergernis hoër in haar oplaai. Sy is beslis nie daaraan gewoond dat ander vir haar voorskryf wat sy moet doen nie.

"Ek vrees jy het my nie mooi verstaan nie, señor duque," sê sy nadruklik. "Ek het gesê ek het 'n afspraak –"

"En ek, Janetta, het gesê ons vertrek nou dadelik na Espiño," maak hy haar met 'n kil stem stil.

Janet bly meteens staan. Sy kyk hom aan met blou, stormagtige oë wat nie 'n oomblik voor sy koue, onverbiddelike blik huiwer nie.

"En as ek weier om te gaan, wat kan jy daaromtrent doen, señor?"

"Dit is baie eenvoudig," sê hy onheilspellend sag. "Ek laat jou motor hier bly en ek neem jou saam met my na Espiño. Maar ek sal jou nie aanraai om my op dié manier uit te daag nie, Janetta. Onthou altyd, ek laat my deur niemand uitdaag of uittart nie . . . Kom, laat ons jou handsak in jou kamer gaan haal. Hoe gouer ons by Espiño kom, des te beter sal dit vir ons albei wees."

"Ek dink ek ken darem die pad na my kamer, señor duque. Ek kan my handsak alleen gaan haal," antwoord sy wrewelrig.

Sy voel hoe die trane agter haar ooglede brand – trane van bittere opstand en wrewel. Nog nooit in haar lewe was sy so pynlik deur iemand gedomineer soos deur hierdie man nie. Sy weet hy sal sy dreigement uitvoer en haar motor hier agterlaat indien sy weier om haar by sy wense neer te lê. En om op Espiño te woon sonder 'n eie motor, sien sy eerlikwaar nie voor kans nie . . . Nee, dan gee sy maar liewer aan sy wense toe, al voel sy ook hoe bitter teenoor hom.

Maar dan hoor sy hom beslis sê: "Jy het my siel al genoeg versondig vir een dag, Janetta. Moet asseblief nie langer met my argumenteer nie."

Sonder 'n enkele woord draai Janet haar rug op hom en stap in die rigting van die hysbak. Sy ignoreer hom asof hy glad nie bestaan nie. In haar kamer pak sy haar swemklere opsetlik tydsaam terug in die tas. Daarna kam sy haar hare en knap

151

haar grimering ewe tydsaam op terwyl Ramiro in die deur op haar staan en wag.

Maar sy voel dat sy hom nog nie lank genoeg laat wag het nie. Sy neem haar handsak, knip dit oop en skud die inhoud op die bed uit. Ewe stadig en tydsaam krap sy tussen die mengelmoes van papiere, briewe, grimering en papiersakdoekies rond, op soek na haar motorsleutels. Sy vind dit eindelik, en nou plaas sy elke dingetjie ewe tydsaam terug in haar handsak. Toe sy eindelik daarmee klaar is, knip sy haar handsak toe, kom traag orent en neem haar tas van die bed af op.

Met haar ken trots in die lug, wil sy by Ramiro – wat nog steeds in die deur staan – verbystap, maar hy versper haar weg deur onverhoeds voor haar in te tree.

Haar oë skuif stadig teen sy lang gestalte op totdat sy in sy smeulende oë vaskyk. Sy wil net agteruit tree, maar dan voel sy hoe sy vingers haar skouers vasvat.

"Is jy seker dat jy nou alles gedoen het wat jy wou doen om my uit te tart?" vra hy met 'n beheerste stem.

"Laat my asseblief verbykom, señor," sê sy, sonder om sy vraag te beantwoord.

"Ek sal jou laat gaan sodra jy my vraag beantwoord het," hoor sy hom sê.

Sy plaas die oornagtas langs haar op die vloer neer, kyk hom reguit aan en sê openlik uitdagend: "Nou goed, ek sal jou vraag beantwoord, señor duque. Die antwoord is nee. Ek sou trouens nog meer dinge wou doen om jou uit te tart, omdat jy so 'n gewoonte daarvan maak om my pret en plesier te bederf. Ek is nie 'n Portugese meisie wat jy om elke hoek en draai kan teregwys nie. Ek het absoluut niks met jul gebruike en konvensies te make nie, en dit gaan my ook nie aan nie. My lewe is my eie en ek sal daarmee maak wat ek wil. Maar jy sal nie lank meer die genoeë hê om jou wil aan my te probeer opdwing nie. Ek is nie jou geliefde Clara wat aan jou arm hang asof sy daar gegiet is, en aan jou lippe hang asof haar lewe daarvan afhang en sy daarsonder sal beswyk nie. Ek kan baie goed sonder jou inmenging in my lewe oor die weg kom, señor duque."

"Dis genoeg! Jy het reeds te veel gesê," maak hy haar stil.

152

"Die dinge wat jy as pret en plesier beskou, is verregaande, absoluut ongehoord, om die minste daarvan te sê. En as jy dink dit verskaf my genot om jou telkens uit sulke . . . e . . . jammerlike situasies te red, begaan jy 'n groot fout. Ek verkies 'n honderd maal eerder dat jy jou glad nie in so iets betrek nie, want dan sal dit nooit vir my nodig wees om jou om elke hoek en draai tereg te wys nie. Maar nou probeer jy my op elke denkbare manier uitdaag en uittart, en dit gaan ek nie duld nie. Jy gaan jou in die vervolg gedra soos die ordentlike en respektabele meisie wat jy is. As jou broer te saghartig is om jou te tem, sal ek dit doen —"

"Nie jy óf Vic het seggenskap oor my nie, señor duque," val sy hom met 'n kwaai stem in die rede. "Ek was twee jaar gelede al mondig, as jy dit miskien nie weet nie. So, moet asseblief nie dink ek is 'n kind wat jy na willekeur kan hiet en gebied nie. Dit is nie in my aard om van ander bevele te neem nie. Van jou temmery kan jy ook maar vergeet. Jy sal dit nooit regkry om van my 'n marionet te maak nie."

"Jy is verkeerd; ek wil nie 'n marionet van jou maak nie, net 'n gehoorsame en voorbeeldige meisie."

"Vergeet daarvan. Jy sal dit nooit regkry nie," stel sy hom kortaf in kennis.

"Is jy baie seker?" vra hy sag, en nou is daar 'n onpeilbare blik in sy oë wat flussies nog gesmeul het van ingehoue woede. Dis asof sy oë haar opsom, haar woorde weeg en haar waarde meet.

"Natuurlik! Ek sal nie so sê as dit nie so is nie!" begin sy. Dan verstyf sy toe sy voel hoe Ramiro se arms om haar skouers gly en hy haar besitlik teen hom vasdruk. Sy wil nog kapsie maak teen hierdie eiegeregtigheid van hom, maar dan snoer hy haar mond met sy lippe wat hare warm en hartstogtelik opeis.

Etlike sekondes staan Janet gespanne in die kring van sy arms terwyl sy vurige hartstog haar sinne benewel. Sy veg verbete teen die oorgawe in haar verraderlike hart, maar is nie bestand teen die eise van die liefde nie. Soos 'n grashalmpie in 'n stormwind versag sy in sy arms, dan is sy net bewus van sy dierbare lippe wat hare nou teer en sag liefkoos. Sy voel hoe sy lippe

153

saggies oor haar wang streel, dan hoor sy hom hier digby haar oor sê: "Querida, jy het my nou oortuig dat jy my ook liefhet, al veg jy hoe hard om dit te verbloem."

Dis of hierdie woorde Janet tot die werklikheid terugruk. Sy dink aan die koue, hooghartige Clara en dat Ramiro dalk enige oomblik hul verlowing gaan aankondig. Dan spoel die vernedering soos 'n verpletterende golf oor haar heen.

Die volgende oomblik ruk sy wild los uit sy arms, kyk hom met 'n bleek gelaat aan en roep verward uit: "Nee, dis nie waar nie! Jy . . . jy vergis jou, señor duque. Jy verwar 'n ligte flirtasie met . . . met liefde. Ek het geen man op aarde lief nie. Ek dink . . . ek haat jou. Jy is 'n duiwel. Ek wil jou nooit in my lewe weer sien nie!"

Op hierdie noot glip sy by hom verby en vlug na haar motor wat voor die hotel staan, ten spyte daarvan dat haar oornagtas nog steeds in die hotelkamer is. Met oë wat half verblind is van trane, skakel sy die geel Alfa Romeo aan en trek met 'n gevaarlike snelheid voor die hotel weg.

Daar is 'n glimlaggie van diepe tevredenheid om die hertog se mond toe hy die oornagtas optel en na die ontvangsklerk stap. Hy vereffen die rekening vir die maaltyd wat hy en Janet genuttig het en weldra trek ook sy silwergrys Lancia voor die hotel weg – hoewel nie so gevaarlik blitsig soos die Alfa nie.

Halfpad na Espiño kry Ramiro eindelik Janet se geel sportmotor in die oog. Aan die snelheid waarteen sy ry, is dit vir hom baie duidelik dat sy nog steeds die herrie in is vir hom, daarom bly hy versigtigheidshalwe twee kilometer agter haar. Hy is nie seker of sy haar motor in Beira met brandstof gevul het nie. Indien sy dit nie gedoen het nie, gaan sy Espiño beslis nie haal nie.

Die gedagte dat haar motor se brandstof langs die pad kan opraak, laat Ramiro saggies lag. Sy het vroeër gesê dat sy hom nooit in haar lewe weer wil sien nie, maar as haar motor haar vandag in die steek laat, sal sy hom beslis weer sien.

Ramiro het reg. Met haar vertrek uit Beira het Janet so bitter seer en gekwets gevoel dat sy hopeloos vergeet het om haar motor se tenk met brandstof te vul. Al waaraan sy gedink het, was die pyn en vernedering wat hy weer eens met sy liefkosing oor haar gebring het. Hy, as hoof van sy adellike familie, is veronderstel om ten alle tye vir sy mense as voorbeeld te dien. Wat Janet betref, is hy glad nie 'n voorbeeldige man nie. Geen voorbeeldige man wat op die punt staan om verloof te raak, sal in die geheim met 'n ander meisie flankeer nie. Nee, sy beskou hom regtig nie as 'n voorbeeldige man nie . . . vermetel en verwaand, ja.

Vyf kilometer duskant Espiño gaan Janet se motor meteens staan. Sy pomp die brandstofpedaal met 'n ongeduldige voet, druk hier en trek daar aan 'n knop, maar die enjin maak nie 'n geluid nie. Met 'n frons op haar voorkop gly haar blik oor die rooi liggies op die paneelbord. Toe merk sy dat die naald van die brandstofmeter op nul staan.

"O, verdriet!" roep sy saggies uit. "Dit ook nog! Dis deur daardie heiden van 'n Ramiro se lollery dat ek vergeet het om die tenk te vul. Ek wens hy kry 'n kramp . . . Ja, sommer 'n pyn op sy maag ook. Ek wens Clara krap sy oë uit en steek hom in die pad."

"Is daar iets met jou motor verkeerd?" hoor sy die voorwerp van haar verwensings langs haar by die venster vra.

"Daar is niks verkeerd nie, dankie. Jy kan gerus maar gaan," antwoord sy stroef sonder om eens in sy rigting te kyk.

Met 'n sagte laggie steek Ramiro sy kop by die venster in en kyk na die naald van die brandstofmeter.

"Jy kan maar die enjin afsluit, chica. Jou motor is sonder brandstof, as jy dit miskien nie weet nie," sê hy met iets wat lyk soos ondeunde pret in sy oë.

"Dis nie nodig om dit vir my te sê nie; ek weet dit," antwoord sy kortaf.

"Nou waarom sit jy hier, cara? Kom klim in my motor sodat ek jou na Espiño se motorhawe kan neem!"

Sy kyk hom net aan met oë wat vurig blits.

"Nou wat gaan jy maak as jy nie saam met my wil ry nie, pequena? Jy is vyf kilometer van die dorp af, weet jy?" Sy oë lag haar nou openlik uit.

"Wat ek gaan maak, het absoluut niks met jou te doen nie,

señor. Ek sal dit trouens baie waardeer as jy liewer wil ry en my met rus laat."

"Dit spyt my, maar jy vra nou te veel, querida," sê hy sag en plaas sy arm gemaklik langs haar op die deur. "Dink jy een oomblik dat ek so onverantwoordelik sal optree deur weg te ry en jou alleen hier in die veld te laat?"

"Verskoon my, asseblief, señor duque, ek wil my motor se venster opdraai," sê sy onverskillig, asof sy nie gehoor het wat hy so pas gesê het nie.

"Gaaf," sê hy, "dan kan ons na die motorhawe ry en vir jou brandstof gaan haal. Ek het geweet jy sal die wysheid van my voorstel insien."

Janet klim uit die motor, kyk hom met vlammende oë aan en verklaar wrewelrig: "Moet jou asseblief nie met die gedagte vlei dat jy my weer eens aan jou wil onderwerp het nie, señor. Ek kan brandstof gaan haal sonder jou hulp, of dink jy my voete makeer iets?"

Sy blik gly af na haar fyn voete.

"Nee," sê hy met 'n skewe glimlaggie, "daardie voetjies is gans te mooi en perfek om iets te makeer . . . of om vyf kilometer ver te loop."

Hy wag totdat sy die motordeur gesluit het en vervolg: "Ek vrees jy het reg, querida, ek gaan jou weer aan my wil onderwerp . . . Toe maar, jy kyk my verniet so kwaai aan," glimlag hy. "Ek voel glad nie gevlei omdat ek jou al weer aan my wil moet onderwerp nie."

Janet laat die motorsleutels stadig in haar handsak val. Dan lig sy haar gesig op, werp Ramiro 'n smeulende blik toe en sê afgemete: "Ek gee nie om wat jy sê nie, señor, maar ek het gesê ek gaan brandstof haal sonder jou hulp."

Na hierdie woorde draai sy haar rug op hom en begin sonder meer met die pad aanstryk. Maar Janet het nie eens vyf meter gevorder nie, toe sluit Ramiro se vingers ferm om haar arm. Sy kyk hom onthuts aan en merk dat die glimlag uit sy oë verdwyn het.

"Ek vra jou beleef om asseblief my arm te los, señor duque," sê sy met ingehoue ergernis.

"Moenie onsinnig wees nie, Janetta," hoor sy hom bedaard sê. "Jy kan onmoontlik loop met daardie uitermate hoë hakkies, en dit nog boonop op 'n sandpad! Kom, moet asseblief nie dat ons weer argumenteer nie."

"Ek het jou vroeër al gesê ek haat jou, señor. Waarom laat jy my nie met rus nie?"

"My liewe Janetta," glimlag hy geamuseer af in haar onthutste gesiggie, "ek sal jou met rus laat die dag wanneer jy my nie liefhet en my ook nie haat nie. Alleen daardie dag sal ek jou met rus laat, cara, want dan sal ek weet dat ek geen gevoel by jou kan wek nie . . . Kom, laat ons gaan."

"Ek weier om saam met jou te ry, señor," hou sy koppig vol, vasbeslote om hom nie weer die geleentheid te gee om haar met sy liefkosings te verneder nie, want hy maak deesdae 'n gewoonte daarvan sodra hulle alleen is.

Maar Ramiro is 'n man wat van totale gehoorsaamheid hou. Die oomblik dat jy swaarde met hom kruis, maak jy 'n duiwel in hom wakker.

"Querida," sê hy sag, "as jy nie nou saam met my kom nie, gaan ek jou hier in die middel van die pad soen totdat jy inwillig om saam met my te ry . . . Gaan jy kom, pequena, of moet ek jou dwing?"

"Jy . . . jy is 'n duiwel, señor duque," stamel sy bleek van woede. "Ek verwens die dag dat ek jou ontmoet het."

Ramiro merk die trane in haar pragtige blou oë en wil by haar pleit dat sy haar nie so bitterlik moet ontstel nie, maar Janet draai haar rug op hom en gaan klim woordeloos in sy motor. Sy sit styf teen die deur en staar afgetrokke deur die venster langs haar. Sy wil nie na Ramiro kyk nie, want haar gemoed voel op die oomblik tot oorlopens toe vol. En om voor hom in trane uit te bars, is die allerlaaste ding op aarde wat met haar moet gebeur. Sy wil hom nie die tevredenheid gee om te weet dat hy haar tot trane kan dwing nie.

Toe Ramiro voor die motorhawe stilhou, draai hy na Janet en sê met 'n teer, sagte stem: "Moenie uitklim nie, cara. Ek sal die brandstof vir jou gaan haal."

Hierop sê Janet niks nie. Sy kyk nie eens na Ramiro toe hy

uitklim en na die petrolpompe stap nie. Sy wil hom nie sien nie en nog minder wil sy met hom praat. Die vernederings wat sy al van hom moes verduur, het te veel geword.

Dit duur egter nie lank nie, toe is Ramiro terug met 'n kannetjie brandstof en weldra is hulle onderweg na Janet se motor.

Die son hang reeds laag in die weste toe Ramiro die leë kannetjie terugplaas in sy motor. Hy stap na Janet, wat reeds agter die stuur van haar motor sit, glimlag en sê-vra lig skertsend: "Kry ek geen dankie vir my moeite nie, Janetta?"

"Dankie, señor duque," sê sy afgetrokke en krimp ineen toe hy liefkosend met sy hand oor haar goudblonde hare streel.

Hy rammel 'n string woorde op Portugees af waarvan Janet nie 'n woord verstaan nie, en vervolg op Engels: "Daar is 'n ou gesegde wat lui: Haat die sonde, maar wees lief vir die sondaar. Hy sondig volgens geskrewe orde."

Janet wil eers vir hom sê dat dit geen verskoning is vir sy koelbloedige oortredings en dat sy ook nie in sy land se gesegdes belangstel nie, maar dan besluit sy om liewer niks te sê nie. Stilbly is soms 'n goeie antwoord, meen sy. Laat hy daarvan dink wat hy wil.

Ramiro kyk op sy polshorlosie en dan weer na die swygsame Janet.

"Ons sal moet gaan, cara," sê hy bedaard. "Ek moes lankal tuis gewees het, en jy is seker moeg na vandag se uitstappie . . . Até à vista, me pequena – tot ons mekaar weer sien, my kleintjie!"

"Tot siens, señor duque," groet sy hom met 'n toonlose stem en byna voeg sy nog daaraan toe: Jy kan met 'n enkelkaartjie maan toe vlieg; jy sal my nooit weer sien nie.

Terug op Espiño hou Janet by die dorp se enigste motorhawe stil en versoek die man om haar motor se brandstoftenk te vul. Sy weet dat daar môreoggend geen tyd sal wees vir sulke dinge nie, want môre is die dag dat sy Espiño se stof vir goed van haar voete gaan afskud. Sy gaan nie langer op Espiño vertoef nie.

158

11

Met haar tuiskoms voel Janet nog steeds baie verbitter teenoor die hertog wat daarop uit is om haar vir 'n goedkoop speelbal te gebruik. Sy stap dadelik na die telefoon en skakel Beira se lughawe. Op haar vraag wanneer die eerste vliegtuig na Maputo vertrek, deel die man haar mee dat daar een om nege-uur die volgende oggend vertrek en dat daar 'n sitplek beskikbaar is.

Janet bespreek sommer dadelik vir haar plek op die vlug. Toe gaan sy na haar kamer om hierdie haastige stap vollediger te beplan.

Op die oomblik weet sy nie wanneer daar 'n boot na Maputo vertrek nie, dus sal haar motor en bagasie per trein vervoer moet word.

Later hoor sy Vic se motor voor die deur stilhou. Sy verlaat haar kamer en haas haar na die voorstoep, waar hulle elke middag met sy tuiskoms koffie geniet.

Een blik in Vic se rigting vertel haar dadelik dat haar dierbare ouboet in 'n omgekrapte luim is. Haar eie opstandigheid het reeds verdwyn en nou het net hartseer en weemoed oorgebly – hartseer omdat haar eerste en enigste liefde so futiel is, en weemoed omdat sy haar ouboet alleen hier moet agterlaat.

Sy verwelkom Vic met 'n hartseer glimlaggie en sê: "Jy lyk moeg en omgekrap, ou Vic. Het dinge by die werk skeef geloop?"

"Ja, middag, Janet," hoor sy hom stroef sê, dan vervolg hy streng: "Kom sit hier by my op die bank. Ek wil ernstig met jou praat, en ek wil nóú met jou praat."

Hy plaas sy aktetas op 'n stoel en neem langs haar op die bank plaas. Toe vervolg hy: "Jy stel dit baie lig, ou sussie. Ek is nie omgekrap nie, ek is die duiwel en die swernoot in, en dit alles deur jou en Ramiro. Jy is so koppig en halsstarrig soos 'n donkie en Ramiro is erger as tien duiwels. Maar ek het nou heeltemal genoeg van julle gehad. Jy steur jou nie daaraan as ek vir jou sê dat hierdie mense ander gewoontes het as ons daar in Suid-Afrika nie, en Ramiro steur hom weer nie daaraan as ek vir hom sê dat jy drie en twintig jaar oud en jou eie baas is nie.

Maar ek gaan nou korte mette met julle maak. Jy, ou sussie, gaan met die eerste vliegtuig terug Pretoria toe –"

"Toe maar, ouboet," val sy hom sag in die rede, "ek het reeds vir my plek op môreoggend se vliegtuig bespreek. Ek is jammer dat dinge so 'n wending moes neem, maar ek gaan my nie langer deur Ramiro laat domineer nie. Alles wat ek doen, is in sy oë verkeerd en . . . wel, ek is nie aan so 'n gebonde lewe gewoond nie en ek gaan ook nie toelaat dat hy my as speelbal gebruik nie. Die vliegtuig waarmee ek reis, vertrek môre negeuur. Maar vertel vir my, hoe het Ramiro geweet dat ek Beira toe gegaan het?"

"Kleinding, vir daardie man kan 'n mens niks verbloem nie," glimlag Vic droog. "Hy het die oog van 'n arend en hy is so geslepe soos 'n jakkals. Ek het eerlikwaar nog nooit so 'n skerpsinnige mens teëgekom nie . . . Nee, toe nou maar, jy kyk my verniet so verwytend aan; ek het hom niks gesê nie. Hy maak gewoonlik om tienuur elke oggend 'n draai daar by my, maar vanoggend was hy heelwat vroeër – natuurlik om te kom hoor waarheen jy so vroeg op pad was . . . Ja, hy het bepaald deur sy studeerkamer se venster gesien in watter rigting jy ry en toe sy eie gevolgtrekking gemaak."

"Wat het jy gesê toe hy jou gevra het waarheen ek so vroeg op pad is, ouboet?" wil Janet belangstellend weet.

"O, ek het hom net die waarheid vertel," glimlag Vic suur. "Dat jy nog geslaap het toe ek by die huis weg is en dat ek dus glad nie weet watse planne jy vir die dag beraam het nie. Maar moenie dink dit het hom om die bos gelei nie, want hy sê toe so ewe sag: 'Jy kan my glo, my goeie vriend, dat ons skone Janet op hierdie oomblik onderweg is na Beira. Trouens, ek het lankal so iets verwag. Sy was die afgelope drie weke uitermate rusteloos, feitlik nooit bedags tuis nie. Ek is oortuig daarvan, my vriend, dat jy meestal nie weet waar jou suster haar bevind nie. En dit is beslis nie hoe 'n man sy verantwoordelikheid teenoor 'n jonger suster nakom nie. Maar vanaand sal ek my verpligtinge teenoor die señora Clara Valdés finaal afhandel. Daarna sal ek hopelik meer aandag aan die rustelose Janetta kan bestee. In elk geval, moenie bekommerd wees oor jou suster se veiligheid nie. Ek

160

vertrek onmiddellik na Beira om haar te gaan haal.' Kan jy jou voorstel hoe ek na sy lang predikasie gevoel het?"

Hy kyk Janet openlik verwytend aan.

"Ek neem jou nie kwalik dat jy so die herrie in is nie, Vic," paai Janet sag. "Ek voel soms self of ek die onmoontlike man kan verongeluk. In elk geval, van môre af sal hy geen rede meer hê om vir jou te preek nie. Maar wat het hy bedoel toe hy gesê het dat sy verpligtinge teenoor Clara afgehandel sal wees?"

"Hulle raak stellig vanaand verloof," sê Vic met 'n ligte skouerophaling, asof die hertog en sy verlowing hom glad nie raak nie.

Hierdie reguit verklaring van Vic voel vir Janet soos 'n mes wat haar hart deurboor. Sy het nog altyd geweet dat haar liefde vir Ramiro 'n vergeefse droom sal bly. Tog, noudat hy eindelik verloof gaan raak, klink dit vir haar so finaal, so asof sy hom vir ewig verloor het, al het sy hom nog nooit besit nie. Al wat sy werklik van hom besit, is die herinnering aan twee ongeoorloofde liefkosings – die krummels van sy tafel.

"Sal ek jou môreoggend na Beira vergesel en dan reëlings tref vir die vervoer van jou motor, kleinding?" hoor sy Vic vra, en sy voel bly dat hy so inbreuk gemaak het op haar weemoedige gedagtes. Sy wil nie nou aan Ramiro en sy verlowing dink nie. As sy dit kan verhelp, wil sy nooit weer aan hom en Clara dink nie. Maar sy weet dis 'n vergeefse wens. 'n Mens se hart laat hom nie lei nie, dus sal daar dikwels oomblikke opduik dat sy aan Ramiro sal dink en na hom sal verlang.

Janet sien Vic se vraende blik op haar, dan val dit haar by dat hy haar 'n vraag gestel het.

"Dit sal nie nodig wees dat jy my vergesel nie, ouboet," antwoord sy sag. "Ek ken darem al my pad in Beira. As ek môre vroeg van hier af vertrek, sal daar genoeg tyd wees om reëlings te tref sodat my motor en bagasie per trein na Maputo vervoer kan word."

Sy kyk Vic aan en vervolg met 'n waterige glimlaggie: "Wanneer Ramiro môre sy gebruiklike draai by jou maak, sal hy stellig verlig wees om te hoor dat hy einde ten laaste van my ontslae is. Ek wonder waaroor gaan hy dan weer mor!"

Vic begin saggies lag. "Ek is seker dat jou maand se verblyf hier op Espiño hom 'n paar grys hare besorg het. Ja-nee, hy was seker al dikwels spyt dat hy en sy ma so aan my getorring het dat jy jou hier op Espiño moet kom vestig."

"Dit herinner my, ek sal vanaand 'n brief aan die hertogin moet skryf om haar te bedank vir al haar vriendelikheid en gasvryheid. Sy en Inés was nog altyd baie gaaf teenoor my en ek sal altyd aan hulle dink. Jy moet maar my groete aan Lettie en al die ander bekendes oordra. Ek sal vir Lettie van Maputo af skryf."

Na 'n rukkie bedien Sofia hulle met koffie en 'n uur later lui sy die klokkie vir aandete. Janet wil nie daaraan dink dat dit die laaste maaltyd is wat sy hier op Espiño sal nuttig nie. Sy gesels onderhoudend met Vic oor hul woonstel in Pretoria en sê dat sy maar weer vir 'n pos as kunsonderwyseres by die een of ander skool gaan aansoek doen. Na die ete kondig sy aan dat sy nou sal moet gaan inpak. Haar skildergereedskap kan Vic maar later aanstuur.

Dit is baie laat toe Janet eindelik in die bed kom, maar teen vieruur die volgende oggend is sy wakker en uit die bed. Sy maak vir haar en Vic koffie wat sy sommer daar by hom op die bed sit en drink.

Noudat die uur van haar vertrek nader snel, is albei stil in die wete dat hulle mekaar maande lank nie sal sien nie. Hulle gesels oor allerhande dingetjies, totdat Janet besef dat sy haar sal moet gaan aantrek vir die lang reis wat voorlê.

Dis nog skemerdonker toe Janet se motor deur die stil dorpie ry. Al die huise is stil en donker, en vir haar voel dit asof selfs die bome langs die straat nog slaap . . . Selfs die inwoners van die quinta slaap nog, want ook daar is alles stil en donker.

Onderweg na Beira dwing Janet se gedagtes telkens na die heerser van Espiño wat waarskynlik nou 'n verloofde man is. Sy dink aan sy liefkosings, aan die sagte teerheid van sy lippe, dan voel sy hoe die trane stil en warm oor haar wange loop. Op hierdie oomblik weet sy dat haar hart altyd gesluit sal wees vir 'n man se liefde, want geen man kan ooit Ramiro se plek in haar hart vul nie. Vir haar sal daar altyd net hierdie een liefde wees.

Omstreeks sewe-uur ry sy Beira binne. Die strate begin al lewe kry en sy is vol hoop dat sy darem by die een of ander restaurant 'n koppie koffie sal vind. Haar hoop word nie beskaam nie, want naby die stasie vind sy so 'n plekkie.

Sy drink eers 'n koppie koffie, toe gaan sy na die stasie. Nadat alles in verband met haar motor en bagasie afgehandel is, ontbied die vriendelike, middeljarige stasiemeester 'n taxi om haar na die lughawe te neem. Hy wag ook saam met haar tot die taxi opdaag – 'n gebaar wat sy baie waardeer, hier in die gedrang van die stasie.

Na die versekering dat haar motor en bagasie môremiddag in Maputo sal wees, wens die stasiemeester haar 'n voorspoedige reis toe, dan vertrek sy na die lughawe.

Toe die vliegtuig om nege-uur vertrek, het Janet nog nie ontbyt genuttig nie. Maar dit hinder haar glad nie, want vanoggend voel sy nie honger nie en buitendien sal sy betyds by die hotel in Maputo aankom vir middagete. Wat op die oomblik leeg voel, is haar hart en die jare wat nog voorlê. Maar daaraan wil sy nie nou dink nie. Sy voel reeds kwesbaar en na aan trane.

Die dreuning van die vliegtuig se motore is so eentonig dat Janet haar oë sluit en wens sy kan aan die slaap raak, want net in die slaap is daar vergetelheid.

Onderwyl die vliegtuig Janet verder en verder van Espiño af wegvoer, klim Ramiro in sy silwergrys motor en ry na haar en Vic se tuiste. Van vandag af, besluit hy, kan hy al sy aandag aan die skone Janetta skenk. Ja, van vandag af sal hy haar nie die geleentheid gee om een oomblik verveeld of eensaam te voel nie. Hy sal haar elke dag saam met hom neem waar hy ook al gaan, en saans sal hulle langs die strand gaan wandel of 'n vermaaklikheidsplek in Beira besoek.

Daar is 'n glimlaggie van innerlike tevredenheid om Ramiro se mond toe hy voor Vic se tuiste stilhou en uitklim. Janet was gister so bitter kwaad vir hom, maar hy weet dat sy hom liefhet, al probeer sy ook hoe om dit te verbloem. Hy dink aan haar

163

sagte, warm lippe wat nog telkens die taal van sy eie mond verstaan en beantwoord het, en hy voel hoe die bloed vinnig en opgewonde deur sy are pols.

Dit is egter Sofia wat sy klop aan die deur beantwoord en hom met slaafse nederigheid groet.

"Is juffrou Hartman tuis?" vra hy op Portugees.

"Nee," sê sy beleef, "die juffrou is weg en sy het al haar klere en goed saamgeneem. Ek weet regtig nie waar sy is nie, want sy moet baie vroeg gery het."

By die aanhoor van Sofia se woorde word Ramiro wasbleek. Dan styg 'n onkeerbare woede in hom op. Dat Janetta, sy eie klein Janetta, weg is, is 'n feit waarmee hy hom nie kan vereenselwig nie.

Sonder 'n enkele woord draai hy om, klim in sy motor en jaag met 'n roekelose vaart weg – op pad na Vic.

Binne enkele tellings is net 'n lang stofstreep oor die bult te sien. Selfs die voetgangers op die sypaadjies kyk mekaar vraend aan, want nog nooit het een van hulle hul geliefde hertog in so 'n woedebui gesien nie. Daar moet beslis iets ontsettends gebeur het.

Ook Vic en sy werkers is verbaas toe hulle sien met watter roekelose snelheid die hertog op hulle afgejaag kom. Dit lyk asof 'n regiment duiwels in hom gevaar het.

Met 'n ligte frons op sy voorkop wag Vic die edelman in. Hy wonder wat vanoggend oor die kêrel se lewer geloop het dat hy so jaag. Ramiro ry altyd vinnig, maar vanoggend lyk dit asof die motor vlieg.

Met skreeuende bande kom die hertog se motor twee tree van Vic af tot stilstand. Die motordeur klap toe en die volgende oomblik staan hy lank, bleek en dreigend voor Vic.

"Waar is Janet?" vra hy met blitsende oë sonder om eens môre te sê. Vir Vic lyk dit asof die man heeltemal in staat is om hom te lyf te gaan. Hy is duidelik onkeerbaar van woede.

"Janet het vanoggend per vliegtuig na Maputo vertrek, señor, waar sy op haar motor sal wag om die terugtog na Pretoria verder voort te sit," vertel Vic kalm. "Voor my vertrek van die huis af vanoggend het ek Beira se stasie gebel. Die stasie-

164

meester het my verseker dat haar bagasie en motor môremiddag op Maputo sal aankom, dus sal sy môreaand in Pretoria kan wees."

"Mag ek vra wanneer al hierdie reëlings vir haar vertrek getref is, señor Hartman?" vra hy, nog steeds met woede in sy oë en 'n harde, onverbiddelike trek om sy mond.

"Janet het die lughawe gistermiddag gebel om te hoor hoe laat die eerste vliegtuig vanoggend na Maputo vertrek –"

"En ek hoor nou eers daarvan!" val hy Vic bitter ontstoke in die rede. "Alles is gister al afgehandel, maar ek word nou eers daarvan vertel!"

"Wel, ons het nie gedink dat jy in haar vertrek sou belangstel nie, señor," probeer Vic die man kalmeer.

Maar daar is geen keer aan Ramiro nie. Sy Latynse bloed kook en iemand gaan dit ontgeld.

"Wat presies bedoel jy daarmee, señor Hartman, dat ek nie in haar vertrek sou belangstel nie?" Sy donker blik wat op Vic rus, is vernietigend. Dit laat Vic heimlik wonder waarom die man so omgekrap is. Al is hy 'n hoog aangeskrewe Portugese edelman, kan hy tog nie met twee meisies trou nie, en gisteraand het hy en Clara bepaald verloof geraak. Maar dan val dit Vic by dat Ramiro hom 'n vraag gestel het en op 'n antwoord wag.

Vic kyk die edelman reguit aan en antwoord ewe reguit: "Ek vrees dit was geen geheim meer dat jy en Janet voortdurend haaks was nie, señor. Trouens, sy het self erken dat jy met alles wat sy doen fout vind. Ons was dus onder die indruk dat jy haar teenwoordigheid hier op Espiño ietwat lastig en veeleisend vind en dit sal verwelkom om van haar ontslae te wees."

"Ek gee nie om wat julle gedink het nie, señor Hartman. Ek voel nog dat jy my gisteraand van haar voorgenome vertrek in kennis moes gestel het. Maar Janetta het geweet dat ek haar planne in die wiele sou ry." Hy lag kortaf en bitter. "Dit is in elk geval nog nie te laat nie. Sy kan Maputo nie voor môremiddag verlaat nie, dus kan ek haar vandag nog gaan haal."

"Bedoel jy dat jy haar vandag nog per vliegtuig gaan haal, señor?" vra Vic verward en met onverbloemde verbasing op sy gelaat.

"Dit is presies wat ek gaan doen, señor Hartman," kom dit koud dog ernstig van die edelman.

"Mag ek vra waarom jy al die moeite doen om haar te gaan haal, na al die sonde en ergernis wat sy jou al besorg het?"

"Waarom dink jy doen ek al die moeite, señor Hartman? Waarom dink jy het ek my oog die afgelope maand oor haar gehou, selfs my eie lewe met die dinamiet-episode in gevaar gestel om haar te beskerm? Waarom dink jy voel ek in so 'n moorddadige luim omdat sy weg is? Waarom doen 'n man sulke dinge?"

"Wel, as ek nie geweet het dat jy op die punt staan om verloof te raak of moontlik al verloof is nie, sou ek gesê het jy is verlief op Janet –"

"Señor, waar op aarde kom jy daaraan dat ek op die punt staan om verloof te raak?" val hy Vic geskok in die rede.

Vic kyk die man ernstig en vraend aan, asof die hele affêre hom dronkslaan. Maar hy antwoord nietemin: "Ek vrees dit lê die hele dorp vol. Die dag met jou suster en señora Valdés se aankoms hier op Espiño, het iemand hier op die dorp my dit vertel. Die aand met die bal het 'n paar gaste selfs verwag dat die verlowing tussen jou en señora Clara Valdés amptelik aangekondig sou word."

"Wel, ek moet sê, dit is die grootste onsin wat ek nog gehoor het," verklaar die hertog gesteurd. "En Janetta verkeer natuurlik ook onder die indruk dat ek op die punt staan om verloof te raak?"

"Ja, ek het haar die aand van die bal vertel, señor, want ek was bevrees dat sy dalk op jou verlief kan raak en . . . wel, ek sal nie graag wil sien dat sy op daardie manier seerkry nie. Dit is nie 'n wond wat 'n mens met salf en inspuitings kan genees nie."

"Dankie dat jy my al hierdie dinge vertel het, my vriend," sê Ramiro, nou weer kalm en bedaard. "Nou weet ek waarom my pragtige klein Janetta telkens so hard teen haar liefde geveg het en uiteindelik van my af weggevlug het. In elk geval, ek het Clara wel hierheen ontbied om verloof te raak, maar nie aan my nie. Sy gaan aan Nicolas Costa van Maputo verloof raak. Vir my bestaan daar net een vrou – en dis Janetta. En as ek haar nie as vrou kan kry nie, my vriend, verkies ek om lewenslank ongetroud te bly. Het ek jou toestemming tot 'n huwelik met Janetta, amigo?"

Vic kyk die hertog glimlaggend aan en sê lankmoedig: "Señor Ramiro, ek het jou al dikwels gesê ek is nie Janet se voog nie. Sy is mondig en haar eie baas. Maar as sy jou wil hê, kan jy haar kry. Wat ek julle wel kan aanbied, is my seënwense. Ek weet Janet sal veilig wees in jou sorg, want as jy haar so liefhet dat jy 'n moord wil begaan omdat sy weg is, weet ek dat jy haar sal waardeer en goed sal wees vir haar. Ek vra jou net om asseblief nie weer by my te kom kla oor Janet se rondlopery, eiesinnigheid en duiwelstreke nie. Ek is hier om vir jou 'n dam te bou, nie om oral saam met Janet te karring nie. Op hierdie voorwaarde kan jy haar maar gaan haal, señor. Jy sal haar in die Polana-hotel vind. Terloops, haar motor en bagasie is nog by die stasie. Die trein vertrek eers om twee-uur vanmiddag."

"Dankie, amigo," glimlag Ramiro. "Ek sal maar eers die stasie gaan bel, want sonder haar motor kan Janetta nie 'n voet uit Maputo versit nie. In elk geval, ek vertrek vanmiddag na Maputo . . . Adeus, amigo!"

"Tot siens, señor!"

Vic kyk die hertog se vertrekkende motor agterna, dan glimlag hy en stap na die gewerskaf by die damwal.

Onderwyl Janet middagete in die hotel nuttig, dwaal haar gedagtes terug na Espiño. Sy wonder wat Ramiro en sy ma van haar skielike vertrek gesê het. Sy voel jammer dat sy die hertogin en Inés nie persoonlik kon groet nie. Sy het nogal lief geword vir hulle twee. Dan dink sy weer aan Lettie en al die dae wat hulle saam deurgebring het. Hul uitstappies kon soveel aangenamer gewees het as sy nie op Ramiro gaan staan en verlief raak het nie . . . of as daar nie 'n Clara in sy lewe was nie.

Sy dink aan Clara, so beeldskoon maar tog so koud en hooghartig. Dan wonder sy waarom sommige mense al die geluk in die lewe moet hê terwyl ander net hartseer en moedeloosheid ken. Het Clara en Ramiro mekaar werklik lief, of is hul verbintenis ook maar een van daardie soort wat deur hul ouers vir hulle gereël is?

167

Janet wonder nog hieroor, maar dan val dit haar by dat Ramiro die hoof van sy adellike familie is en dat niemand vir hom 'n huwelik kan reël nie, behalwe hy self. En as sy en Clara se ouers 'n verbintenis tussen hulle gereël het toe hulle nog kinders was, wat dikwels in die adellike families van Portugal gedoen word, sal daardie ooreenkoms, na Clara se huwelik met Valdés, nie meer vir Ramiro geld nie.

Nee, besluit sy, Ramiro sal hom nie aan 'n vrou verbind wat hy nie liefhet nie. Clara is 'n beeldskone vrou, een van sy eie mense en heel moontlik uit 'n bekende en vooraanstaande familie in Portugal. Hulle verstaan mekaar en sal wel sorg dat hul huwelik gelukkig is. Dit is net sy, Janet, wat daardie geluk nooit sal ken nie. Want hoe op aarde kan sy met 'n ander man trou en gelukkig wees terwyl haar hele hart aan Ramiro behoort en sy elke oomblik van die dag na hom verlang?

Na die ete gaan Janet na haar kamer om 'n uur of wat te rus. Daarna gaan wandel sy langs die strand, glad nie geïnteresseerd in die vakansiegangers wat die hotel oorstroom en die strand vol baljaar nie. Wie kan nou in mense belangstel wanneer jou hart so leeg en verlate voel soos 'n winterveld na 'n maand se ryp?

Sy besluit dat sy nog voor aandete vir Lettie moet skryf sodat die brief môre gepos kan word. Haar motor sal stellig môremiddag aankom en dan wil sy dadelik vertrek.

Terwyl Janet die treetjies bestyg wat van die strand na die hotel lei, dink sy daaraan dat Ramiro se villa net 'n hanetreetjie van die hotel af geleë is. Sy voel 'n drang om 'n wandeling in daardie rigting te neem en sy villa van 'n afstand te besigtig . . . Ja, sy wil vir oulaas nog die plek besigtig waar sy haar eerste maaltyd saam met hom genuttig het. Maar sy sal nie vanmiddag gaan nie; sy sal môreoggend so 'n wandeling onderneem. Sy moet nou eers vir Lettie gaan skryf.

Ofskoon die hotel propvol vakansiegangers is, voel dit vir Janet asof sy haar op 'n verlate eiland bevind. Sy ken nie een van die hotelgaste nie en koester ook geen sinnigheid om met een van hulle kennis te maak nie.

Stil en afgetrokke gaan sy na haar kamer om Lettie se brief te skryf.

Nadat sy die brief voltooi het, stap sy by die hoofingang van die hotel uit om 'n paar oomblikke weg te kom van die vakansiegangers se vrolike opgewektheid wat, in háár gemoedstoestand, soos 'n vals noot klink. Sy daal met die treetjies af, so diep ingedagte dat sy ruk soos sy skrik toe iemand haar skielik aan die arm neem.

Verward kyk sy op na die voorbarige persoon wat so vermetel is om op haar privaatheid inbreuk te maak, dog die volgende oomblik kyk sy vas in Ramiro se donker oë en glimlaggende gelaat.

"Jy lyk verbaas om my te sien, querida," hoor sy hom sag, geamuseer sê. "Natuurlik nie gedink ek sal jou hierheen volg nie, nè?"

Na hierdie woorde buk hy af en soen haar vlugtig op die mond, tot groot ontsteltenis van Janet. Sy staan verontwaardig 'n tree agteruit en kyk hom met vlammende oë aan.

"As jy dit weer waag om my te soen, señor duque, gaan ek jou klap dat jy sterre sien," dreig sy met 'n kwaai stemmetjie. "Ons is nie nou op Espiño waar jy die septer swaai en oor almal regeer nie."

"Cara," maak hy haar met 'n vrolike glimlag stil, "as jy my nog langer so kwaai aankyk, gaan ek jou dadelik weer soen, en hierdie keer sal ek jou soen soos wat jy nog nooit in jou lewe gesoen is nie . . . Kom, my weglopertjie, Rosita het vir ons 'n spesiale maal voorberei. Jy gaan dus nie aandete hier in die hotel nuttig nie."

Janet wil nog teenstand bied, hom na sy peetjie stuur met Rosita en al, maar Ramiro is vasbeslote dat dinge van nou af volgens sy wense gaan geskied.

Daar is 'n ondeunde lig in sy magnetiese swart oë toe hy met sy gewone betowerende glimlaggie sê: "Gaan jy uit eie wil kom, querida, of moet ek jou na my motor dra?"

"Ons is nou in Maputo, señor duque, en –"

"Cara, ek gee jou vyf sekondes om te besluit wat jy gaan doen," knip hy haar woordevloed in 'n vrolike luim kort.

Janet ken Ramiro al goed genoeg om te weet dat hy sy dreigement sal uitvoer sonder om 'n oog te knip, daarom werp sy

169

hom net 'n giftige blik toe en begin stadig in die rigting van die motor stap.

Die skemering begin reeds plek maak vir die nag toe Janet en Ramiro voor sy villa uit die motor klim. Hy neem haar arm en lei haar na die sitkamer. Janet neem op die een punt van die rusbank plaas, terwyl Ramiro vir hulle elkeen 'n ligte drankie skink.

"Jy weet dit is nie 'n gewoonte van my om sterk drank te drink nie, señor," wys sy die drankie beleef van die hand.

"Ek weet," glimlag hy en neem langs haar plaas. "Maar vanaand is 'n spesiale aand wat beslis met 'n drankie gevier moet word. Drink dit, querida, ek gee jou my woord van eer dat dit 'n baie ligte drankie is en dat dit glad nie na jou kop sal gaan nie."

Sy neem die glasie by hom en onderwyl sy na die bruinkleurige vloeistof daarin kyk, vra sy sag: "Waarom is vanaand vir jou so 'n spesiale aand, señor?"

Hy glimlag en kyk haar met vonkelende oë aan.

"Omdat ek jou so maklik gevind het en jy eindelik weer hier langs my sit, soos daardie eerste dag toe ek jou ontmoet het . . . Onthou jy nog daardie dag, cara?"

"Jy is 'n wolf, señor duque . . ." begin Janet, bitter verontwaardig.

Maar Ramiro gee haar nie kans om meer te sê nie. "As ek 'n wolf was, querida, het ek jou lankal verslind. Ek het dikwels die geleentheid gehad om dit te doen, weet jy?" vra hy met 'n goedige glimlaggie. "Maar ek is nie 'n wolf nie, ek is net 'n man wat jou baie teer bemin en nie een dag sonder jou kan leef nie."

Daar is eindelose weemoed in Janet se oë en 'n onverbloemde hartseer trekkie om haar gevoelige mond toe sy met 'n sagte stem sê: "Ek weet jy dink ek is 'n skaamtelose flerrie omdat ek 'n paar mansvriende in Pretoria het. Maar jy is verkeerd, señor duque. Ek was nog nooit in my lewe 'n flerrie nie en sal nie eens weet hoe om een te wees nie. Al my vriende weet dat hulle bloot vriende is en niks meer nie. En jou slinkse planne om 'n goedkoop flirtasie met my aan die gang te sit, gaan baie beslis nie slaag nie. Ek laat geen man toe om 'n speelbal van my te maak vir sy eie plesier nie. Ek spruit nou wel nie uit 'n adellike familie soos jy nie, señor, maar ek is net so goed opgevoed soos jy."

Janet plaas die glasie met drank langs haar op 'n lae tafeltjie en vervolg, nog ewe bedaard: "Ek sal dus nie die drankie neem nie. Wat my betref, is daar hoegenaamd niks om te vier nie. Miskien moet ek jou gelukwens met jou verlowing, of is jy en Clara nog nie verloof nie?"

"Nee, ek en Clara is nog nie verloof nie, querida," antwoord hy met 'n sweem van 'n glimlaggie terwyl sy oë haar warm en verlangend aankyk. "Maar ek het gisteraand gelukkig alles afgehandel in dié verband. Sy en Nicolas Costa sal Saterdag verloof raak."

"Nicolas Costa!" Janet kyk hom verward aan. "Maar ek het dan gehoor jy en Clara –"

"Jy het verkeerd gehoor, querida," val hy haar sag in die rede. "Maar ek gaan ook verloof raak. Ek wag maar net dat jy my die jawoord gee. Jou broer het reeds sy toestemming gegee dat ek met jou mag trou – dit wil sê, natuurlik, as jy my wil hê. Maar ek verseker jou ek gee nie maklik moed op nie, cara. Jy is my eerste en enigste liefde. So, moenie dink jy gaan weer vir my vlug nie. Ek sal jou altyd gaan haal, al is dit ook nou aan die einde van die aarde. Noudat my verpligtinge teenoor Clara afgehandel is, het ek al die tyd in die wêreld tot my beskikking om jou die hof te maak en aan jou te toon dat my lewe geheel en al leeg en nutteloos is sonder jou."

Janet is nog te verbaas om 'n woord te sê. Sy kyk Ramiro aan met oë wat blink van trane – trane van geluk. Dan glimlag sy meteens deur haar trane.

"Ek sal nooit weer vir jou vlug nie, Ramiro," sê sy met 'n stralende gesig. "Want ook my lewe is leeg en nutteloos sonder jou. Ek het jou ook lief, Ramiro, en ek gaan ook nie langer teen my liefde vir jou veg nie."

Ramiro trek haar in die kring van sy arms en hou haar liefdevol teen sy breë bors vas.

"Ek wag dat jy my moet soen soos wat ek nog nooit in my lewe gesoen is nie, Ramiro, my skat," sê Janet met 'n vreugdevolle glimlaggie.

Hy kyk haar 'n paar sekondes met tere liefde aan, asof hy nie kan glo dat sy hom gevra het om haar te soen nie, asof dit vir hom die grootste wonder is wat nog ooit gebeur het. Toe sak sy hoof af en eis sy lippe hare op in 'n hartstogtelike, besitlike soen wat Janet van al haar hartseer en weemoed laat vergeet.

Toe Ramiro eindelik sy donker kop oplig, kyk hy diep in Janet se mooi oë en sê sag: "Ek het die familiering saamgebring, cara. Ons raak vanaand verloof en oor 'n maand trou ons. En niks wat jy sê of doen, gaan my van besluit laat verander nie . . . Nee, wag eers, querida, laat my toe om klaar te praat," maak hy haar goedig stil toe sy haar mond oopmaak om iets te sê. "Ek het jou nog nie alles vertel nie. Jy weet byvoorbeeld nog nie dat jy na die ete jou persoonlike besittings sal moet gaan inpak nie, want ons keer vannag terug na Espiño . . . Ja, ons vertrek reeds om nege-uur."

"Maar my motor en bagasie sal môreoggend hier aankom, Ramiro!" sê sy sag. "Kan ons nie maar vanaand hier in Maputo oorbly en môremiddag vertrek nie?"

Hy begin saggies lag.

"Ek het jou motor en bagasie vanoggend al laat haal, cara," stel hy haar glimlaggend in kennis. "Alles is op Espiño, waar dit behoort te wees. En as jy dink ek gaan jou vannag alleen in die hotel laat slaap, is dit tyd dat jy my beter leer ken, pequena. Vannag" – hy soen haar vlugtig op die punt van haar oulike neusie – "slaap jy in die vliegtuig in my arm."

Janet kyk hom 'n rukkie stil aan asof sy oor al sy besluite nadink, dan vra sy: "Ramiro, waarom was Clara my altyd so vyandiggesind as sy geweet het sy gaan aan Nicolas verloof raak?"

"Sy het dit nie geweet nie, querida," antwoord hy bedaard. "Toe ek haar na Espiño ontbied het, het sy nie geweet wie ek vir haar as lewensmaat beoog nie. Gevolglik was sy onder die indruk dat ek die man is aan wie sy verloof gaan raak. Eers die dag voor die bal het ek haar vertel dat ek Nicolas vir haar as lewensmaat gekies het."

Hy kyk Janet aan en glimlag. "Clara het blykbaar 'n bietjie jaloers gevoel omdat sy geweet het my liefde behoort aan jou en dat jy eersdaags die jong hertogin De Gouveia gaan wees."

172

"Ek weet werklikwaar nie of ek ooit 'n voorbeeldige hertogin sal wees nie, Ramiro," verklaar sy met groot erns. "Ek is gans te geneig om altyd die verkeerde dinge te doen, en jy weet dit. Ek kan selfs nou nog nie insien waarom ek nie in 'n bikini mag swem nie."

Hy druk haar stywer teen hom vas en sê met 'n skewe glimlaggie: "Ons kinders sal jou so besig hou, querida, dat jy nie die geleentheid sal vind om iets verkeerds te doen nie . . . O ja, ons gaan sommer baie kinders hê – ses, om presies te wees. En as jy in 'n bikini wil swem, mag jy dit net in my teenwoordigheid doen en ook net wanneer ons alleen is. Onthou dus, niemand anders moet jou ooit in 'n bikini sien nie, cara; nie eens die huishulpe nie."

"Nou waarom was jy daardie dag so kwaad toe ek in die rivier geswem het, Ramiro? Niemand het my tog gesien behalwe jy nie!"

"Dit was die gedagte dat ander mans jou ook al so gesien het wat my woedend gemaak het, querida," antwoord hy sag. "Weet jy, ek word nou nog kwaad as ek daaraan dink dat ander mans die eer gehad het om die mooi liggaam te sien wat net vir my oë bedoel is . . . Jy moet dit nooit weer doen nie, cara."

Sy lippe soek en vind hare in 'n teer soen. En toe hy eindelik weer sy kop oplig, laat hy haar vry uit sy arms en sê met 'n warm stem: "Noudat jy belowe het om my vroutjie te word, is ek haastig om my ring aan jou fyn vingertjie te sien, querida . . . Gee my jou hand, Janetta!"

Met 'n stralende gesig bewonder Janet die groot, vonkelende blou diamant wat omring is met wit diamantjies.

"Ek hoop jy hou van die ring, querida, want dit is die familiering waarmee elke Ramiro de Gouveia verloof raak," hoor sy Ramiro sê.

"Die ring is fantasties, Ramiro," antwoord sy in ekstase. "Ek voel eerlikwaar trots om so 'n mooi ring aan my vinger te hê. Maar wat gaan jou ma van ons skielike verlowing sê?"

Hy vou haar weer toe in sy arms en verklaar met 'n glimlag van diepe tevredenheid: "O, hulle weet almal met watter groot planne ek jou vanmiddag agternagesit het, cara. Maar ek sal jou broer en my ma aanstons bel en sê dat alles na wense verloop het en dat ons nou verloof is. En nou, querida, kan jy my gerus soen omdat ek so ver agter jou aangery het en dit bepaald altyd sal doen wanneer jy dit in daardie pragtige koppie van jou kry om van my af weg te vlug."

Janet lag saggies, neem sy gesig tussen haar twee hande en soen hom vol op die mond. Hierdie gebaar steek weer 'n onblusbare vuur in die hertog aan, wat tot gevolg het dat hy Janet soen totdat sy half uitasem is. Maar Janet gee klaarblyklik nie om nie, want soos 'n troetelkatjie wikkel sy haar stywer teen hom aan, haar gesig onder sy ken, volkome gelukkig en tevrede.

Son op die horison

1

Hier waar die drie en twintigjarige Verena Kestell op die brug na die snelvloeiende Teemsrivier staan en kyk, dwaal haar gedagtes terug na die pynlike dinge wat die afgelope jaar met haar gebeur het; dinge wat diep spore in haar jong lewe getrap het en wat daarvoor verantwoordelik is dat sy haar vandag hier in Londen bevind.

Dit voel vir Verena of al daardie dinge gister plaasgevind het, tog is dit reeds 'n jaar gelede dat haar ouers, haar broer en haar sustertjie in 'n motorongeluk omgekom het en sy die enigste oorlewende van die gesin is. Maande lank het sy soos 'n verdwaalde gevoel vir wie die lewe geen sin het nie, want waarom moes hierdie ontsettende ding nou juis gebeur het met hulle wat so wonderlik gelukkig was? Haar pa was nie 'n miljoenêr nie, net vermoënd. Maar wat haar betref, was hulle die gelukkigste gesin op aarde.

Verena dink terug aan die eerste ses maande na haar ouers se afsterwe; maande waarvan sy nie veel kan onthou nie, aangesien sy haar in 'n bodemlose put van hartseer en verlange bevind het. Sy was totaal ankerloos, sy het so weerloos gevoel soos 'n neutedoppie wat op 'n onstuimige oseaan rondgeslinger word. Maar gaandeweg het die pyn en verlange in haar stiller geword, en na ses maande het sy darem weer die prag van die natuur om haar begin raaksien. Tog het dit nog drie maande geduur voordat sy ernstig aan haarself en 'n eie toekoms begin dink het.

Meneer Hugo, die prokureur wat haar geldsake behartig, was duidelik verbaas toe sy hom van haar besluit om haar musiekstudie in Londen voort te sit, in kennis stel. Maar hy het die Kestells goed genoeg geken om te weet dat dit hom niks sou baat om Verena te probeer afraai nie.

Verena voel hoe die son op haar goudblonde hare brand. Nou eers tref dit haar dat sy geen bedekking vir haar kop saamgebring het nie.

Ek sal maar seker aanstaltes moet maak om terug te gaan na die losieshuis toe, besluit sy en begin sonder meer aanstryk in die rigting daarvan. Dit is duidelik dat dit vroeër die dag gereën het.

In die voorportaal loop sy haar byna vas in 'n lang, skraal bruinkopmeisie wat self na die trap toe mik wat na die boonste verdieping lei.

"Ek is vreeslik jammer dat ek jou byna uit die aarde geloop het, juffrou," maak die bruinkop vriendelik op Engels verskoning. "Woon jy ook hier in mevrou Smith se losieshuis?"

Verena knik. "Ek het vanoggend my intrek hier in kamer nommer drie geneem," verduidelik sy en stel haarself aan die bruinkop voor.

"Aangename kennis," glimlag die meisie weer vriendelik en reik Verena die hand. "Ek is Alice Stratton, vier en twintig jaar oud, 'n kunsstudent en ek is in die kamer langs joune – kamer nommer twee," rammel sy alles in een asem af.

Die twee meisies kyk sekondes lank in mekaar se oë, toe bars hulle hartlik uit van die lag.

"Weet jy, ek het 'n sterk gevoel dat ek baie van jou gaan hou, Alice," sê Verena glimlaggend.

"Jou gevoel is wederkerig, my liewe Verena," sê Alice. "Hoe oud is jy en wat doen jy vir 'n lewe?"

"O, ek is drie en twintig, 'n musiekstudent en ek het vanoggend van Suid-Afrika af hier aangekom," sê Verena. Sy kyk na haar polshorlosie. "Maar as ons ons nie nou roer nie, gaan ons laat wees vir middagete."

"Ja, kom," stem Alice saam, "laat ons maar eers gaan hande was. Ons kan na ete nader kennis maak, want ek het nie vanmiddag 'n klas om by te woon nie."

Die twee meisies is aangenaam verras toe dit blyk dat hulle tafelgenote is. Nou gesels hulle net oor musiek en kuns. Alice gesels oor Rembrandt en die ou meesters se werke, en Verena oor die werke van Mozart en sy tydgenote.

Na die ete bied Alice aan om vir Verena Londen se eeue oue Hyde Park te gaan wys. En dit is hier in die park, in die weelde van die natuur, waar die twee meisies mekaar werklik leer ken.

"Ek veronderstel jou ouers woon nie in Londen nie, daarom dat jy in mevrou Smith se losieshuis tuisgaan?" sê-vra Verena sonder om nuuskierig te wees.

"Jy het gelyk. My ouers woon die afgelope jaar al nie meer

in Engeland nie," sê Alice en spring rats oor 'n poeletjie water. "My pa is die bestuurder van 'n groot inmaakfabriek op die pragtige, skilderagtige eiland San Di Rago."

"San Di Rago!" herhaal Verena die eiland se naam met 'n ligte frons. "Watse eiland is dit?"

Alice kyk die Afrikaanse meisie met 'n sagte laggie aan.

"Ek verstaan die eiland behoort al baie geslagte lank aan die adellike Di Rago's, en is tans die eiendom van die vier en dertigjarige Portugese hertog Duarte Fernando Emanuel Oliveira di Rago."

Verena knip haar oë. Vir haar klink dit na 'n vreeslike string name. Trouens, sy sal dit nie eens waag om daardie name te herhaal nie, want sy is seker dat haar tong in knope sal draai wat geen dokter op aarde weer sal kan loskry nie.

Alice bars uit van die lag.

"Waarom kyk jy my so snaaks aan?" vra sy nadat haar lagbui effens bedaar het. "Jy is vir my die mooiste meisie wat ek nog ooit gesien het, maar wanneer jy jou oë so snaaks trek . . ." Sy begin weer prettig te giggel.

"Ek sukkel nog om daardie edelman, daardie hertog van jou, se string name in te neem," laat Verena ietwat droog hoor. "As my ouers my met so 'n klomp name opgesaal het, verseker ek jou, het ek my lankal in die eerste poel water verdrink." Alice proes weer onderlangs, maar Verena gaan ongeërg voort: "En waarmee hou jou ma haar op die eiland besig, of werk sy ook in die inmaakfabriek?"

"O nee, my ma is 'n ware tuisteskepper. Sy ruil graag resepte uit met die dokter van die eiland, dokter Carlo de Almeida, se vrou Rita," vertel Alice vrolik. "Dan is daar ook nog my vyfjarige sussie, wat oor twee jaar skool toe moet gaan. My broer, Mark, en my skoonsuster, Denise, woon hier op die platteland in Kent en hulle kom haal my dikwels vir 'n naweek plaas toe. Maar vertel nou vir my van jou mense daar in die verre Suid-Afrika."

Daar speel 'n weemoedige glimlaggie om Verena se mond toe sy met 'n effens verwese stem sê: "Daar is nie veel om te vertel nie, Alice. My ouers, my broer en my sustertjie is al vier

179

oorlede. Hulle het 'n jaar gelede in 'n motorongeluk omgekom en sover ek weet, het ek geen ander familie nie. Maar vertel my meer van die eiland waar jou ouers woon . . ."

"Van die eiland, of die eiland se baas?" val Alice die jonger meisie tergend in die rede.

"Ek ken hom nie. Ek het hom nog nooit gesien nie, dus is dit vanselfsprekend dat ek nie in hom sal belangstel nie," help Verena haar Engelse vriendin goedig reg. "Nee, vertel maar liewer van sy eiland. Ek stel meer in skilderagtige eilande belang."

"H'm, as jy maar weet hoe die baas van die eiland lyk," sê Alice met haar hand prettig op haar hart, en sy slaan haar blik op. "Hy is lank, donker, hartbrekend aantreklik – en vir my en jou so hopeloos onbereikbaar soos die sterre aan die hemel . . ."

"Ag, moenie liries raak nie! G'n man is onbereikbaar nie," pluk sy die bruinkop uit haar droomwêreld terug. "Alle mans is eenders, en jou hertog is geen uitsondering op die reël nie. Wat het die vent gemaak dat jy so 'n verhewe indruk van hom gekry het?"

Alice se hartlike lagbui maak terstond 'n einde aan alles wat Verena nog wou sê. En toe haar lagbui eindelik bedaar, kyk sy die Afrikaanse meisie met 'n geamuseerde uitdrukking in haar grys oë aan en sê met 'n breë glimlag: "Dit is vir my baie duidelik dat jy nog nooit verlief was nie. Daarom dat jy so pynlik prakties is. Maar ek waarsku jou vroegtydig: vroumense is mal oor die hertog. Selfs my eie ou moedertjie dink hy is 'n vreeslik aantreklike man, en laat ek jou sommer dit vertel: my ou moedertjie het besonder fyn smaak. Daar skort net een ding met die hertog –"

"So gedink. Dan het hy darem een swakheid!" val sy Alice in die rede.

"Dit het absoluut niks met sy uiterlike aantreklikheid te doen nie," help sy Verena dadelik reg. "Ek glo nie ek oordryf wanneer ek sê die man is uiterlik volmaak nie. Maar hy is glo pynlik trots en hooghartig. Ek het natuurlik nog nooit persoonlik met hom kennis gemaak nie, maar my ma sê die eilandbewoners het groot respek en agting vir hom. In hul oë kan hy glo niks verkeerd doen nie. Maar, nou ja, ons is nie mense wat van hooghartigheid hou nie. Hy kan myns insiens 'n vername hertog wees sonder om hooghartig te wees. En dan is hy nog boonop konserwatief ook en glo pynlik nougeset."

"Ja," stem Verena saam, "ek hou ook nie van hooghartige mense nie. Hulle is gewoonlik vermetel en verwaand ook. Hy mag nou wel uit die adelstand van Portugal spruit, maar vir my is en bly hy maar 'n man soos elke ander man. Sy bloed het dieselfde kleur as ons gewone mense s'n. Vertel my dus liewer van sy eiland. Ek stel hoegenaamd nie in die baas van die eiland belang nie, Alice."

Alice kyk Verena met 'n blik aan wat duidelik oordra: Jy sal 'n ander deuntjie sing wanneer jy hom eers gesien het. Maar sy sê: "Die eiland is nie vreeslik groot nie – ongeveer agt by twaalf kilometer. Die hawehoof is aan die noordoostekant en die hertog se fabelagtige villa aan die suidweste, die mooiste kant van die eiland met die mooiste strand. Maar moenie glo hy laat die eilandbewoners toe om 'n voet op sy privaat strand te sit nie.

"My ma sê hy het 'n groot kennisgewing langs sy strand aangebring om mense te waarsku dat hulle oortree as hulle verby die kennisgewing gaan."

"Hy klink vir my bra onaangenaam en uiters selfsugtig," kan Verena nie help om te sê nie. "Maar dit is tipies van sulke aantreklike mans: hulle is hopeloos verwen en hulle verwag gewoonlik dat die hele wêreld net om hulle moet draai. Maar vertel my meer van die vent se eiland. Is die plek so plat dat jy kan sien wat oormôre gaan gebeur, of is daar darem 'n ou bergie of 'n ding?"

Alice proes weer onderlangs, maar kry dit tog reg om te sê: "Hy is nie 'n vent nie, Verena, hy is 'n edelman. My pappa sê hy is seker die hertog ken nie die einde van sy skatte nie. Dokter De Almeida weet te vertel dat die hertog een van die mooiste kastele in Portugal besit, 'n groot beesplaas in Brasilië en 'n yslike sitrusplaas in die Laeveld van jou eie Suid-Afrika."

"Wel . . . ja, dit klink of hy skatryk kan wees," stem Verena saam. "Maar vertel my gerus van sy eiland; ek stel nie in hom of sy skatte belang nie."

"O ja, jy wil mos weet of daar darem 'n berg op die eiland

is," glimlag Alice vriendelik. "Daar is 'n pragtige, skilderagtige berg aan die noordekant. Van die hawehoof af moet 'n mens oor die berg ry wanneer jy die bewoonde deel van die eiland wil besoek. Die berg is nie vreeslik hoog nie, en met die bewoonde deel bedoel ek die dorpsgebied. Die hele eiland is feitlik een groot dorp, met die inmaakfabriek aan die noordoostekant. Die vissersgemeenskap woon langs die inmaakfabriek, en jy moet sien hoe die mense op die strand saamdrom wanneer die vissersbote met hul vangste aan wal kom. Ek wil die toneeltjie nog eendag skilder."

"Aan watter kant van die eiland woon jou ouers, Alice?"

Alice breek eers 'n takkie van die struik langs haar af, en terwyl sy daarmee loop en speel, antwoord sy Verena se vraag met merkbare verlange in haar stem: "Ons huis is ook langs die strand, nie ver van die hertog se villa af nie. Maar ons deel van die strand is natuurlik meer rotsagtig as dié van die hertog. As hy 'n mens maar net wou toelaat om aan sy kant te swem . . ."

"Gaan hy nooit van die eiland af weg nie?" wil Verena met 'n ligte frons weet. Sy kon 'n selfsugtige mens nog nooit duld nie, en dit lyk vir haar of die hertog baie selfsugtig is.

Dis waar, dink sy, ek sal nooit met hom en sy soort oor die weg kom nie. En ek sal ook nooit van egoïstiese mense hou nie.

"Jy vra of hy nooit van die eiland af weggaan nie?" Sy kyk Verena met 'n ondeunde glimlaggie aan. "Die dierbare mansmens is omtrent nooit op die eiland te vinde nie! My pa sê die hertog bly nooit langer as drie maande daar nie. Daarna gaan bly hy drie maande in sy kasteel, drie maande in Brasilië en drie maande in Suid-Afrika."

"Ag, maar dan het julle mos geen probleme nie!" laat Verena met 'n laggie in haar stem hoor. "Wag net totdat hy die eiland verlaat het en gaan swem dan aan sy kant van die strand."

"O, maar dit is nie so eenvoudig nie," weerspreek Alice haar. "Daar is 'n kwaai opsigter."

"Dan moet julle in daardie verbode stukkie see gaan swem wanneer die mense van die villa slaap," stel Verena prakties voor. Maar 'n ander gedagte tref haar, en dit dryf haar om te vra: "Daardie hertog van jou . . . is hy getroud of nie?"

182

Alice kyk Verena met 'n geamuseerde glimlag aan.

"Hy is nie mý hertog nie," sê sy, "en hy is ook nie getroud nie, maar tot dusver is hy nog nie verloof nie . . . Eienaardig, nè?"

Verena kyk vlugtig en met opgetrekte wenkbroue na Alice.

"Ek vind dit glad nie eienaardig dat hy nog nie verloof of getroud is nie," sê sy. "So 'n hooghartige en egoïstiese man kry nie maklik 'n vrou nie. Watter vrou, vra ek jou, sou graag met so 'n man opgeskeep wou wees?"

"O, ek sal hom met albei hande gryp," sê Alice. "Sy uiterlike aantreklikheid vergoed ruimskoots vir sy paar gebreke . . . Nee, dit is nie om daardie rede dat hy nog nie getroud nie. Volgens die gerug wat die ronde op die eiland doen, is hy glo erg kieskeurig en hy het nog nie die meisie ontmoet met wie hy sal trou nie. Sy familie begin glo al onrustig word omdat dit lyk of daar geen erfgenaam gaan wees nie."

"Wel, dan is dit nou jóú kans om die saak vir hom en sy familie reg te stel," terg Verena. "Ek gun jou natuurlik iets beter as 'n man soos die hertog. Maar as jy hom regtig wil hê, moet jy hom maar vat . . ."

Alice se hartlike lagbui laat Verena stilbly, en toe haar lagbui eindelik bedaar, sê sy met 'n ondeunde blinkheid in haar oë: "My liewe Verena, jy praat werklik asof die hertog joune is om weg te gee vir wie jy wil. Ek wonder wat die man sal sê as hy kon hoor hoe jy hom hier staan en uitdeel."

"Hy sal dit nie weet nie, want hy sal nooit die eer hê om met my kennis te maak nie," glimlag Verena. "Sy soort vermy ek gewoonlik soos 'n aansteeklike siekte." Sy kyk na haar polshorlosie. "Ek dink ons moet liewer teruggaan losieshuis toe. Ons kan julle geskiedkundige park weer op 'n ander dag kom bekyk. Ek vrees ek het nog nie klaar uitgepak nie."

"Nou kom, ek sal jou gou help uitpak. Ek het al baie ondervinding daarvan," bied Alice vriendelik aan, gretig dat Verena tuis en gevestig moet raak, want in hierdie pragtige Suid-Afrikaanse meisie, besef sy, het sy 'n aangename vriendin ontdek.

Verena stap om 'n groot waterplas en dit bied Alice die geleentheid om haar noukeurig te beskou. Dit verbaas haar dat

Verena so klein en fyn is, en tog is sy so volmaak. Selfs haar sagte krulhare is soos 'n pragtige raamwerk om haar fynbesnede gesiggie, en haar lewendige, blou oë is blink met die deurskynende diepte van 'n helder poel water.

Dis waar, Alice het nog nie voorheen so 'n beeld van 'n mens soos Verena gesien nie. Sy hou van Verena se vriendelike, ongekunstelde geaardheid, asook van die blondekop se vrolike geselskap en soms verbasende uitgesprokenheid.

Tuis help Alice haar om uit te pak en gevestig te raak, en toe Verena se kamer weer netjies is, neem die twee meisies op die rusbankie voor die venster plaas en begin oor die jongste modes gesels.

Later vertel Verena van professor Stanford se musiekskool waar sy haar die volgende oggend as student moet aanmeld, en dit laat Alice verras sê: "My vriend is een van professor Stanford se studente. Trouens, dit is sy laaste jaar . . ."

Hulle sit tot laat die middag in Verena se kamer en gesels. Toe tref dit Alice dat sy nog vir haar 'n rok moet stryk om die volgende dag aan te trek. Verena bedank haar vir die aangename middag en vergesel haar tot by die kamerdeur.

Die volgende dag is vir Verena 'n ware belewenis, 'n dag wat sy nooit in haar lewe sal vergeet nie. Maar daardie aand is sy nie so opgeruimd aan tafel soos die vorige aand nie.

Alice het haar 'n paar keer ondersoekend aangekyk. Toe Verena nie daarop reageer nie, vra sy sag, simpatiek: "Wat makeer, Verena? Het daar iets by die musiekskool gebeur wat jou nie aangestaan het nie?"

"Jy stel dit sag, Alice," antwoord sy afgetrokke. Sy sug asof al die laste van die wêreld op haar skouertjies rus en vervolg met 'n verlatenheid in haar stem: "Professor Stanford sê hy het nog nooit in sy lewe sulke swak spel soos myne gehoor nie. Hy sê ek vermoor Mozart, verwurg Toselli en ek sal nie eens vir 'n katte-orkes deug nie. Volgens die professor hoort ek glad nie voor 'n klavier nie. Hy sê ek moet my glad nie verbeel ek kan klavier speel nie, want ek kan nie. 'n Bobbejaan kan glo beter speel as ek . . ."

Alice lag so hartlik dat Verena nie anders kan as om te glimlag nie, ofskoon dit maar 'n suur glimlag is.

"So, dan is dit die rede waarom jou gesig so hang," sê Alice.

"Wel, is dit nie genoeg rede nie?" vra Verena ernstig en met 'n frons, en vervolg voordat Alice haar vraag kan beantwoord: "Professor Stanford het my so . . . so gevoelloos uitmekaar getrek. Ek sal nooit weer soos 'n beskaafde mens voel nie. Hy het my al my selfvertroue ontneem . . ."

"Nee, wag," keer Alice haastig, "jy moenie toelaat dat die professor se sarkasme jou so mismoedig maak nie. Ek is seker dit is nie so erg as wat dit klink nie. Laat ons Frank vanaand vra wat hy van die man se sarkasme dink."

Hierop antwoord Verena nie, want op die oomblik weet sy nie wat om te sê nie. Sy het haar lisensiaatseksamen 'n jaar gelede met lof geslaag, maar nou moet sy hoor dat 'n bobbejaan beter as sy kan speel. Sy voel bitter afgehaal en weet op die oomblik nie of sy haar tyd hier in Londen verkwis nie. As dit die professor se eerlike mening is van haar spel, kan sy gerus maar oppak en huis toe gaan . . .

Na ete stap Verena saam met Alice na die voorstoep, waar Alice gewoonlik vir Frank wag.

Hulle wag nie lank nie, toe maak die jong man sy verskyning. Alice stel hom aan Verena voor en vertel hom van dié se wedervaring met professor Stanford.

"As hy op jou fyn toontjies getrap het, juffrou Kestell, is jou kop deur en het jy niks te vrees nie," lig Frank haar in. "Professor Stanford is 'n eienaardige man. Hy skel net die studente uit in wie se spel hy moontlikhede ontdek het. As hy vandag niks vir jou gesê het nie, sou hy nog 'n week gewag het net om baie seker te maak dat jy werklik nooit aan sy hoë eise sal voldoen nie. Daarna sou hy jou sonder seremonie vertel het dat jy net sy tyd en jou geld verkwis deur voort te gaan met jou musiekstudie."

"Noem my gerus Verena. Ek kan nog nie begryp waarom hy my vandag so uitgeskel het as hy van my spel hou nie . . ." begin Verena. Maar Frank gee haar nie kans om meer te sê nie.

"Ek het nie gesê hy hou van jou spel nie, Verena," help hy haar reg. "Ek het gesê jou spel hou moontlikhede in. Jou spel is bepaald op die oomblik van so 'n swak gehalte dat die professor voel 'n bobbejaan kan beter vaar as jy. Maar terselfdertyd vind hy iets daarin, wat beteken dat jy oor ware talent beskik en dat jy onder sy leiding ongekende hoogtes kan bereik . . . Nee, sy uitskellery is maar net om jou uithouvermoë te toets."

"My uithouvermoë?" Sy kyk die jong man vraend aan.

"Jy ken professor Stanford nog nie, Verena," glimlag hy meewarig. "Wanneer jy talent het, laat hy jou hard werk, want hy eis gewoonlik net die beste van sy studente."

"O, ek verstaan," sê sy ietwat droog, maar sy sien geen lig nie, want die professor klink vir haar totaal agterstevoor. Tog waag sy dit darem om te vra: "Wat dink jy, Frank, sal die professor môre nog in so 'n uitskelluim wees?"

"O, hy sal jou nog af en toe uitskel wanneer jy klein foutjies begaan of te stadig na sy sin vorder. Maar ek sou jou aanraai om dit nie te ernstig op te neem nie," waarsku Frank hulpvaardig. "Hy het my in die begin net so uitgekryt. Maar ek was vasbeslote om vir hom te wys dat ek nie die donkie of die bobbejaan is waarvoor hy my knaend aangesien het nie, en ek het ook."

"Wel, al help dit nie, troos dit darem om te weet wat ek alles van hom kan verwag," kom dit met 'n ligte frons van Verena, wat in haar hart wens sy die professor kry 'n kramp wanneer hy haar weer vir 'n bobbejaan uitskel.

Frank het egter gelyk, want die volgende dag is die professor amper die geduldigste mens wat Verena ken. Hy vertel haar nie dat haar spel moontlikhede inhou en dat hy van haar 'n skitterende pianiste kan maak nie. Hy vestig net haar aandag op haar foute en laat haar die komposisie oor en oor speel totdat haar spel hom geval. Verena laat haar egter glad nie deur hierdie skynbare verdraagsaamheid van hom flous nie. Sy weet dat hy haar môre of oormôre weer vir 'n bobbejaan sal uitskel.

Maar noudat Verena as 't ware gewapen is teen die professor se temperamentele uitbarstings, geniet sy haar studie en haar verblyf in Londen al meer en meer. Alice neem haar dikwels om die stad te besigtig. Gewoonlik kom hulle so moeg en uitgeput by die losieshuis aan dat Verena uiteindelik besluit om vir haar 'n motortjie aan te skaf. Sy wil nie 'n nuwe voertuig koop nie, want sodra sy klaar is met haar studie, moet sy die motortjie tog van die hand sit . . .

Alice neem haar elke Saterdag na motorhawens toe wat net gebruikte motors verkoop, en wanneer 'n motor Alice nie geval nie, sê sy dit dadelik. Soms kibbel sy saam met Verena oor die prys en vertel die verkoopsman onomwonde dat haar vriendin net die motortjie wil koop, nie die motorhawe daarmee saam nie.

Nou word daar elke naweek rondgery – dus kry Frank sy meisie baie min te sien.

Naby die middel van die jaar, na 'n lekker naweek saam met Alice se broer-hulle op die plaas, kan Frank nie anders nie as om sy vol gemoed 'n slag te lug deur te vra of Alice darem nog sy meisie is. Of het sy miskien 'n ander kêrel op die lyf geloop? Toe eers besef Alice dat sy haar geliefde Frank al die maande kwaai verwaarloos het.

Hierna gaan Verena alleen op verkenningstogte, totdat die motortjie eendag 'n pap band kry en sy twee uur lank vir iemand wag om dit vir haar om te ruil. Van toe af nooi sy gewoonlik een van haar medestudente saam.

Aan kêrels steur Verena haar min. Byna al die studentemans wat nie 'n vaste verhouding het nie, het sommer die eerste dag al hulle visier op haar ingestel. Maar sy het hulle vriendelik, dog baie reguit laat verstaan dat daar vir baie jare geen plek in haar lewe vir 'n man sal wees nie. Hulle vriendskap is welkom, maar hulle moet niks meer as dit van haar verwag nie. Met hierdie verstandhouding kom Verena baie goed met haar medestudente oor die weg.

Die eerste jaar in Londen snel vir haar gans te gou verby. Professor Stanford is tevrede met die vordering wat sy maak, sy het aangename vriende en aan geld ontbreek dit haar nie. Sy is lief vir reën en hou van die skielike somerbuie wat telkens oor Londen uitsak. Maar nou het die winter ingetree met sy ysige sneeu en reën waarvan Verena glad nie hou nie.

Sy en Alice is vandag in 'n besonder vrolike luim, want die

kunsskool en professor Stanford se musiekskool het albei vir die lang Kersvakansie gesluit.

Verena het reeds al haar vriende by die musiekskool gegroet en nou wag sy voor die kunsskool vir Alice.

Dit het 'n rukkie gelede opgehou met sneeu en die reën hang soos 'n grys sluier oor die stad. Verena wonder wat sy sal doen wanneer Alice die volgende dag vertrek om die Kersvakansie saam met haar ouers op die eiland San Di Rago deur te bring. Sy wonder of sy nie liewer na Suid-Afrika toe moet gaan vir die vakansie nie. Dit lyk vir haar of Londen maar 'n mistroostige plek in die winter kan wees, glad nie so vol sonskyn soos Durban en die gewilde Suidkus nie . . .

"Maggies, maar jy lyk diep ingedagte," maak Alice se stem meteens 'n einde aan Verena se getob toe sy die motordeur oopmaak en inklim. Sy ril en vervolg koulik: "Brr! Dis aaklige weer!"

"Ja, en ek het nou net gewonder wat ek in hierdie weer sal aanvang wanneer jy môre weggaan," sê Verena en trek versigtig voor die kunsskool weg. "Ek oorweeg dit sterk om 'n vliegtuig te haal Suid-Afrika toe. Maar hierdie tyd van die jaar is al wat 'n vakansie-oord is vol bespreek. Ek dink ek moet Italië vir 'n verandering besoek . . . Suid-Italië, waar dit nie sneeu nie."

"Nee, kom liewer saam met my," doen Alice aan die hand. "Dit is op die oomblik ook winter op San Di Rago, maar daar is 'n yslike groot koolstoof in my ma se kombuis wat jou totaal van die sneeu buite laat vergeet."

Verena skud haar kop en antwoord met 'n verontskuldigende glimlaggie: "Ek weet jy bedoel dit goed, Alice, maar ek glo nie ek sal saam met jou gaan sonder 'n uitnodiging van jou ma nie."

"Jy is gans te gesteld op etiket," verwyt Alice. "Maar as dit jou beter sal laat voel, sal my ma jou per brief nooi om die vakansie saam met ons te kom deurbring. Daar is 'n petrolpomp op die eiland, dus kan jy maar jou motortjie saambring."

Alice gesels vrolik en opgewek oor al die dinge wat 'n mens in die winter op die eiland kan doen, totdat hulle voor die losieshuis stilhou en uitklim.

Later die middag, toe Verena haar help inpak, sê Alice teleur-

188

gesteld: "Dit sou 'n wonderlike vakansie gewees het as die hertog ook op die eiland kon wees. Maar hy besoek dit gewoonlik net in die somer."

"So, en wat maak sy teenwoordigheid so spesiaal dat dit ekstra kleur aan jou vakansie sal gee?" wil Verena met 'n gesteurde frons weet, want na haar mening is hy nie die soort man om oor begaan te wees nie.

"Jong, as jy hom een maal gesien het, sal jy weet hoekom hy so spesiaal is," glimlag Alice. "Ek sê jou, ek is smoorverlief op hom."

"En wat van Frank?" wil Verena met 'n ligte frons weet. "Het ek nie gehoor julle het 'n ernstige verhouding nie?"

"O ja, ons het," sê Alice. "Maar Frank is naasbeste, my tweede keuse, as jy kan begryp wat ek bedoel."

"Ja, ek begryp. Maar glo my, ek sal nooit met naasbeste tevrede wees nie," laat Verena ernstig hoor en knip 'n propvol tas versigtig toe. "By my sal dit altyd net die beste moet wees, of anders niks nie."

"Dan moet jy sorg dat jy die hertog van San Di Rago liewer nooit te sien kry nie . . ." begin Alice. Maar Verena gee haar nie kans om meer te sê nie.

"Ek moet sê ek hoop van harte dat ek die man nooit te sien kry nie. Maar ek sê dit om 'n gans ander rede as wat jy in gedagte het, my liewe Alice. Weet jy, ek is al so keelvol vir die hertog dat ek voel ek gaan iets oorkom as ek die woord nog een keer hoor."

Alice lag terwyl sy die laaste tas toeknip en dit uit die pad stoot.

"Wag maar, ons gesels weer wanneer jy hom eers met jou eie oë gesien het – gesien het hoe sy gitswart hare blink, hoe ernstig en deurdringend hy met sy donker oë na 'n mens kan kyk, en sy mooi karaktervolle mond en sterk ken."

"Ja-nee, ek sien jy het die skoot hoog deur," val Verena die bruinkop in die rede. "Ek sal dus nie met jou stry nie, want in daardie geval sal die man beslis jou alfa en omega wees . . . dis mos gewoonlik die geval wanneer iemand verlief is."

189

Daardie aand gaan klim hulle vroeg in die bed, want die boot waarmee Alice na die eiland toe reis, vertrek baie vroeg die volgende oggend en Verena het belowe om haar vriendin betyds by die hawe te besorg.

Dis 'n koue, nat oggend toe hulle deur Londen se strate ry na die hawe toe. Alice is bly en opgewonde omdat sy oormôre tuis sal wees. Dis net jammer dat Verena nie vandag al saam met haar wil kom nie. Maar Alice laat nie toe dat hierdie gedagte haar vrolikheid demp nie. Sy weet dat haar ma vandag nog 'n uitnodiging aan Verena sal rig en dat sy haar vriendin oor 'n week op die eiland kan verwag . . . inderdaad 'n aangename vooruitsig.

Verena voel vreemd swaarmoedig toe die boot die hawe verlaat, so asof sy Alice nie weer sal sien nie. Sy skud haar skouers asof sy die onaangenaamheid van haar wil afskud, want dit is absoluut 'n verspotte gedagte. Sy voel maar net skielik alleen, dis wat dit is.

"Ja-nee, dit lyk vir my ek word nou skoon laf," vermaan sy haarself. "Verbeel jou, om helder oordag so te voel . . ."

Verena staan in die ysige koue op die kaai totdat die boot uit die oog verdwyn. Toe draai sy om en stap haastig na waar haar motortjie geparkeer staan, vasberade om so gou moontlik van haar swaarmoedigheid ontslae te raak.

2

Dit is reeds drie dae na Alice se vertrek – 'n koue, nat en mistroostige dag. Al mevrou Smith se loseerders het al na hul onderskeie bestemmings vertrek, behalwe Verena. En hier waar sy 'n hartroerende komposisie van Schumann in haar kamer op die klavier speel, luister sy na die weemoedige klanke wat die mistroostigheid van die weer beklemtoon.

Sy het nog skaars die slotakkoorde gespeel, toe daar saggies aan die kamerdeur geklop word.

"Binne!" roep sy vriendelik.

Die deur gaan oop en mevrou Smith se tienjarige seun, Nick, kom in en hou 'n koevert na haar uit.

" 'n Kabelgram vir jou, juffrou Kestell," deel hy haar met 'n breë glimlag mee. "Dis seker van jou kêrel af," meen hy.

"Nee, jong, jy het dit mis," lag sy en neem die koevert by hom. "Ek het nie 'n kêrel nie!" Sy haal 'n muntstuk uit haar beursie en gee dit vir die seun. "Gaan koop vir jou lekkers, Nick," stel sy voor.

Hy neem die muntstuk, bedank haar en verlaat die vertrek.

Net soos Verena vermoed het, is dit 'n kabelgram van Alice se ma wat voorstel dat sy die eerste boot moet haal en haar vakansie by hulle op die eiland kom deurbring.

Sy steek die kabelgram terug in die koevert, kom orent en besluit dat sy eers 'n draai by die winkels sal moet maak voordat sy kan begin inpak, want benewens haar ander inkopies wil sy vir elke lid van die Stratton-gesin 'n geskenkie saamneem.

Terwyl Verena in die stad is, doen sy terselfdertyd navraag in verband met bote wat by die eiland, San Di Rago, aandoen. Sy tref dit gelukkig, want daar is 'n boot wat binne twee dae vertrek. Sy bespreek ook sommer dadelik vir haar plek op die boot en is aangenaam verras toe sy verneem dat daar ook genoeg plek vir haar motor in die ruim sal wees.

Van hierdie oomblik af bly Verena druk besig tot die aand voor haar vertrek. Die volgende oggend moet sy van 'n taxi gebruik maak om haar na die hawe toe te neem. Daar is niemand wat haar kom wegsien nie, derhalwe gaan sy dadelik aan boord en kyk dat haar bagasie alles na haar kajuit toe geneem word.

Die see is grys en onstuimig toe die boot die Engelse kanaal binnevaar. Hoë, witgekruinde golwe beweeg aanhoudend landwaarts, net om hulle genadeloos teen die rotse op die strand te pletter te loop.

Waar Verena alleen op die dek teen die reling aangeleun staan, is sy in 'n ligbruin kameelhaarjas, 'n ligrooi gebreide mus, 'n serp en handskoene geklee. Sy is warm aangetrek, maar die wind waai yskoud teen haar gesig aan. Daar is 'n hartseer trekkie om haar mooi, sagte mond terwyl sy na die onstuimige see kyk. Sy is baie lief vir die see, maar nie wanneer die water so grys en mistroostig lyk nie.

Na 'n rukkie kom die son deur. Verena maak haar handsak oop en haal 'n sonbril te voorskyn. Sy sit die bril op en nou steek net 'n klein deeltjie van haar voorkop, haar neus, mond en ken uit. Die bril lyk kompleet soos 'n masker wat bedoel is om die skoonheid van haar gesiggie vir begerige oë te verberg.

Noudat die son deur die wolke gebreek het, stap die meeste van die passasiers uit op die dek. 'n Lang, donker, breedgeskouerde man van ongeveer vier en dertig kom staan 'n paar tree van Verena af. Sy kyk hom vlugtig aan. Hy is die aantreklikste man wat sy nog ooit gesien het. Sy twee hande wat op die relings rus, is lank, slank en netjies versorg. Hy het swart hare, donker oë en 'n donker gelaatskleur.

Sy besluit om darem nog 'n blik in sy rigting te waag. Sy draai haar gesig stadig in sy rigting, en die volgende oomblik kyk sy vas in sy donker oë wat haar met openlike weersin beskou. Gelukkig kan hy nie haar oë deur die lense van die sonbril sien nie.

Sy vererg haar dadelik vir die vermetele man wat haar só aankyk terwyl hy haar nie eens ken nie. Sy kyk hom strak en reguit aan totdat hy omdraai en wegstap.

Die volgende oomblik hoor sy 'n man aan haar ander kant op Afrikaans vir sy vriend sê: "Ek wonder hoe die meisie hier langs ons werklik lyk agter daardie masker van 'n bril."

"Haar gesig is bepaald geskend, daarom dat sy haar agter so 'n aaklige bril versteek."

Die man wat eerste gepraat het, begin saggies lag en klap sy vriend vertroulik op die skouer.

"Hierdie uitlandse vroumense dra nie daardie soort bril om 'n geskende gesig te versteek nie, my vriend," sê hy. "Hulle dra die ding omdat dit glo mode is."

"Maar hoe sal 'n mens ooit weet hoe sy lyk?" wil die ander man weet.

"O, sy wil bepaald nie hê ons moet weet hoe sy lyk nie. Natuurlik skreeulelik."

Verena maak of sy nie 'n woord Afrikaans verstaan nie. Sy

weet hulle verkeer onder die indruk dat sy 'n uitlander is wat nie hulle taal verstaan nie, daarom dat hulle haar so openlik bespreek. Sy wag ook net totdat hulle 'n ander onderwerp vir bespreking kies, toe stap sy ongeërg weg en maak haar in die son op 'n dekstoel tuis.

Pas voor middagete doen hulle by die hawe van Le Havre aan, waar 'n aantal passasiers van die boot afstap. Die lang, donker man en die twee Afrikaanse kêrels wat haar so openlik bespreek het, bly gelukkig in Le Havre agter.

Die boot vertoef net 'n halfuur in die hawe, toe vertrek hulle weer. Maar nou is die lug weer grys en bewolk en 'n yskoue wind waai oor die dek. Na die middagete gaan sy na haar kajuit toe en sy bly daar totdat dit tyd is vir aandete . . .

Maar daardie aand, terwyl die boot liggies op die golwe wieg, lê Verena tot laat aan die vermetele, dog uiters aantreklike man en dink wat in Le Havre agtergebly het.

Hy is bepaald 'n Fransman, dink sy. Maar waarom het hy my so openlik en met soveel weersin aangekyk? Ek het hom tog geen leed aangedoen nie, of minag hy my omdat my sonbril so modieus is? Ja, dis nooit anders nie, hy is bepaald van die konserwatiewe soort wat alle modes verdoem, maak nie saak hoe stemmig dit is nie . . .

Sy wonder of sy die aantreklike Fransman ooit weer sal sien, of is dit bloot 'n geval van skepe wat in die nag by mekaar verbygevaar het?

Eienaardig, dink sy, maar ek het 'n gevoel dat ek hom weer sal sien, maak nie saak wanneer nie.

Ag, dis pure wensdenkery, sê 'n klein stemmetjie binne-in haar. Jy weet nie eens verseker wat sy nasionaliteit is nie. 'n Mens is nie noodwendig Frans omdat jy in Le Havre van die boot afgestap het nie. Die man is dalk Italiaans of selfs Portugees, moontlik nog Spaans. En waarom wil jy hom in elk geval weer sien? Dit is tog duidelik dat hy nie 'n druppel tyd vir jou het nie!

Dis waar, besluit sy, hy is my baie beslis nie vriendelik gesind nie. Maar ek sou hom nogtans weer wou sien.

Met hierdie gedagtes raak Verena later aan die slaap, net om

193

van die aantreklike Fransman, of wat hy ook al is, te droom. Toe sy die volgende oggend wakker word, weet sy dat daardie man se beeld vir altyd in haar geheue afgedruk is. Al lewe sy ook 'n honderd jaar, sal sy hom altyd onthou en . . . Ja, sy kan maar net sowel aan haarself erken dat sy die man liefhet . . . Liefde met die eerste aanblik, dis wat dit is.

Vroeg die middag van die volgende dag nader hulle die eiland wat vir Verena soos 'n pragtige, wit, drywende stad lyk. En hier waar sy vol afwagting op die dek daarna staan en kyk, wonder sy of mevrou Stratton haar kabelgram gekry het en of Alice by die hawe sal wees om haar te ontmoet.

Verena se blik bly strak, waarnemend op die naderende eiland en nou kan sy selfs al die berg onderskei waarvan Alice haar vertel het. Dit is duidelik dat die eiland vroeër vandag sneeu gehad het, want die berg is nou nog plek-plek wit daarvan.

Verena was verniet bekommerd. Toe sy aan wal stap, wag Alice haar met 'n breë glimlag in. Hulle omhels mekaar hartlik, dan sê Alice met spontane vrolikheid: "O, Verena, dit gaan 'n wonderlike vakansie wees noudat jy ook hier op die eiland is!"

"Ons moet vir jou ma dankie sê omdat sy my hierheen genooi het," lag Verena bly en opgewonde. "Dit sal wonderlik wees om weer 'n warm, huislike atmosfeer te kan geniet."

Hulle staan belangstellend en kyk terwyl Verena se motortjie deur die enkele hyskraan uit die boot se ruim gehys word. Die wind waai snerpend koud uit die noorde, maar hulle voel amper nie die koue nie – hulle is so uitbundig gelukkig.

Toe al die formaliteite eindelik afgehandel en Verena se bagasie in haar motortjie gelaai is, nooi sy Alice om in te klim sodat hulle kan ry.

Maar Alice skud haar kop, glimlag en sê vriendelik: "Dankie, maar ek het met my pa se bromponie gery."

"O, ek was onder die indruk dat 'n taxi jou na die hawe toe gebring het," sê Verena.

"Hier op die eiland is nie taxi's nie," lig Alice haar in. "Daarom het ek voorgestel dat jy jou motortjie moes saambring. Maar kom, laat ons ry. Dit word by die minuut kouer; my ma het gesê sy sal die tee en warm botterbroodjies vir ons gereed hou."

"Nou goed, ry voor, ek sal jou volg," stel Verena voor, aangesien sy nie die eiland en sy paaie ken nie.

Dit duur nie lank nie, toe klim die twee voertuie stadig en versigtig teen die berg uit. Dit gaan maar stadig, want die sneeu maak die pad glad en gevaarlik. Verena het groot moeite om die motor in die pad te hou. Sy het nooit geweet dat sneeu 'n teerpad so glad kan maak nie. Dit voel behoorlik of sy op ys ry . . .

Sy sug hardop van verligting toe hulle byna oor die berg is. 'n Entjie vorentoe maak die pad 'n kort draai, dan nog 'n klein entjie en hulle is oor die berg. Maar dit lyk of dit hier aan die ander kant van die berg meer gesneeu het.

In elk geval, die rit oor die berg vorder goed totdat Verena die kort draai naby die voet van die berg bereik.

Alice het haar vriendin se rooi motortjie aanhoudend in die truspieëltjie dopgehou, maar sy weet eerlikwaar nie wat by die draai gebeur het nie. Sy het gesien toe die rooi motortjie se neus om die draai verskyn, maar die volgende oomblik het sy Verena aaklig hoor gil en gesien hoe die rooi motortjie die pad verlaat, twee keer omslaan en op sy linkersy langs 'n rots tot stilstand gekom.

Alice is etlike sekondes lam en deur die wind van skrik. Dan tref dit haar plotseling dat Verena straks dood of ernstig beseer is en dringend hulp nodig het.

Met 'n roekelose vaart jaag sy deur die sneeu na waar die rooi motortjie stil op sy kant lê. Sy voel hoe die trane oor haar wange stroom, want alles lyk so stil in die motor. Maar sy weet ook dat sy nou sterk moet wees. Sy weet nie hoe ernstig Verena beseer is nie, maar die beseerde moet haar hulp dringend nodig hê.

Dit voel vir Alice soos 'n ewigheid voordat sy eindelik langs die rooi motortjie rem trap, haastig van die bromponie afklim en by die gebreekte motorruit inkyk.

'n Snik ontsnap oor haar lippe toe sy Verena bleek, bloedbevlek en bewusteloos – of is sy dood? – aan die veiligheidsgordel sien hang.

"O, Verena!" roep sy hartverskeurend uit en bars die volgende oomblik in trane uit.

"Laat ons toe om die motortjie op te tel en op sy wiele te sit, señorita," hoor sy deur haar snikke iemand langs haar sê.

"Is . . . is my vriendin dood?" vra sy en sien deur haar trane dat daar twee mans langs haar staan.

"Dit sal ons eers kan vasstel nadat ons die motortjie opgetel het, señorita," sê die man en vermaan haar om asseblief uit die pad te staan.

"Ek . . . sal die . . . die dokter . . . moet ontbied," sê sy hortend tussen snikke deur.

"Dit sal nie nodig wees nie, Señorita," help die oudste van die twee mans haar reg. "Ons het gesien toe die motortjie die pad verlaat. My jonger broer het dadelik gery om die dokter en die ambulans te ontbied. Ons kan dokter De Almeida nou elke oomblik verwag."

Sonder veel inspanning lig die twee mans die motortjie op totdat hy weer op sy wiele staan. Hierna stap die ouer man om die voertuig en sukkel 'n rukkie om die deur aan Verena se kant oop te kry. Hy het ook net die deur oop, toe hou dokter De Almeida saam met die ambulans langs die rooi motortjie stil.

Die dokter, 'n vyftigjarige man, klim haastig uit sy motor en stap dadelik na die bewustelose meisie in die motortjie. Met 'n strak gesig neem hy haar bebloede pols tussen sy vingers.

Almal wag in die stilte om te hoor of die pragtige, blonde meisie nog lewe of reeds dood is. Selfs Alice se snikke het bedaar, nou loop die trane net stil en warm oor haar wange. Almal hou die dokter se gesig dop vir 'n teken of 'n trek wat die pasiënt se toestand verraai. Maar hulle vind niks nie. Die dokter se gesig bly strak en ernstig.

Eers na twee minute, wat vir die toeskouers soos twee uur voel, sê die dokter: "Die señorita lewe gelukkig nog, maar ons sal haar so gou moontlik by die hospitaal moet kry sodat ek kan vasstel hoe ernstig sy beseer is."

Alice begin uit verligting weer snik. Die dokter, wat elke inwoner op die eiland ken, kyk haar vlugtig aan en vra belangstellend op Engels: "Is sy familie van julle, señorita Stratton?"

196

Alice skud haar kop, droog haar trane af en sê skor: "Ons is nie familie nie, dokter – sy is my boesemvriendin. Die señorita se naam is Verena Kestell en sy is vier en twintig. Sy studeer musiek in Londen, maar is van Pretoria, Suid-Afrika afkomstig. My ma het haar genooi om die vakansie hier by ons op die eiland te kom deurbring. Ek het haar vanmiddag op die hawe gaan ontmoet en ons . . . ons kom juis nou van die hawe af. Sy het nog nie eens die eiland ge . . . gesien nie . . ." Sy begin weer hardop snik.

Terwyl die bewustelose Verena versigtig op die ambulans se draagbaar geplaas word, neem die dokter twee pille uit sy tas en hou dit na Alice uit.

"Dit is vir my duidelik dat jy aan skok ly, señorita Stratton. Gaan liewer huis toe en rus. Neem hierdie twee pille. Dit sal jou gou kalmeer en laat ontspan," doen die dokter vriendelik aan die hand.

"Kan ek nie saam met julle na die hospitaal toe gaan en by Verena bly nie, dokter?" wil Alice hartseer weet.

"Nie nou nie. Later, wanneer jy beter voel," sê die dokter en skud sy grys kop om sy woorde te beklemtoon. "Bring dan sommer vir haar slaapklere en ander benodigdhede saam. Hierdie señor . . ." Hy beduie na een van die twee mans wat die motortjie op sy wiele getel het, "hy sal jou bromponie en ook señorita Verena se bagasie op sy vragmotortjie laai en jou huis toe neem. Hy sal haar motor later by julle huis besorg."

Na hierdie verduideliking klim hy in sy motor en ry agter die ambulans aan.

Toe Alice tuiskom, is dit die eienaar van die vragmotor wat aan haar ouers, Dennis en Maureen Stratton, vertel van die ongeluk wat teen die berg plaasgevind het.

Dit is 'n geskokte Maureen wat die man 'n koppie tee aanbied, wat hy vriendelik van die hand wys. Hy verduidelik dat hy die señorita se motortjie wil gaan haal voordat dit toe is onder die sneeu.

Dennis vergesel hom na die ongelukstoneel, terwyl Maureen haar dogter oorhaal om die twee pille te neem en 'n rukkie te rus voordat sy hospitaal toe gaan.

Selfs vir Alice se sustertjie, Clare, voel dit of 'n ernstige ramp die Stratton-gesin getref het. Alice het vir hulle 'n foto van Verena gewys en Clare kan amper nie glo dat die pragtige Verena nou bewusteloos in die hospitaal lê nie. Alice het hulle so baie van die talentvolle Verena vertel en hulle het almal so gretig na die meisie se koms uitgesien. Sy voel in haar kinderlike eenvoud dat sulke mooi en talentvolle mense nie ongelukke behoort te maak nie. Nou sal Verena nie eens vanaand vir hulle op die klavier kan speel nie, en dit, voel sy, is alreeds 'n ontsettende ramp.

Die hele Stratton-gesin vergesel Alice daardie aand na die hospitaal toe. Toe hulle die privaat kamer binnestap waar Verena bleek en nog steeds bewusteloos op die hoë hospitaalbed lê, merk hulle op dat die bewustelose meisie etlike besoekers het – die drie broers wat Alice tydens die ongeluk bygestaan het, hulle pa, ma, vroue en nog 'n paar eilandbewoners. Dit is duidelik dat die hele eiland van die motorongeluk weet, want terwyl die Strattons langs Verena se bed staan, kom en gaan die besoekers die een na die ander. Elkeen wat inkom, plaas sy of haar hand liggies op die bewustelose meisie se bleek hand wat op die wit deken rus, prewel sag 'n paar woorde in Portugees en verlaat dan weer die siekekamer.

Alice kyk haar pa, wat vlot Portugees kan praat, vraend aan. Dan verduidelik hy sag: "Elkeen kom belowe jou vriendin persoonlik dat hy of sy vir haar in die kerk gaan bid. Die ou gryskopvroutjie wat pas die vertrek verlaat het, het jou bewustelose vriendin verseker dat die hele eiland treur oor die ramp wat haar getref het en dat hulle almal vanaand in die kerk vir haar herstel sal bid. Die mense hier op die eiland is eenvoudige vissers en fabriekswerkers, maar hulle is almal vol liefde vir hulle medemens en baie opreg. Jou vriendin sal nooit getrouer en opregter vriende vind as hierdie eilandbewoners nie, Alice. Terloops, die paartjie wat pas ingekom het, is die plaaslike apteker, José Mendes, en sy verloofde, Julietta Caspera. Julietta se pa is die eienaar van die eiland se enigste hotel . . ."

Die binnekoms van dokter De Almeida en sy vrou, Rita, laat Dennis Stratton meteens swyg. Die dokter neem Verena se pols tussen sy vingers, lig een ooglid op en draai dan na Alice.

198

"Ek sal bly wees as jy al die gegewens in verband met jou vriendin aan my sal verstrek vir die hospitaalregister," sê hy. "Kom, stap asseblief saam met my na die kantoor toe, señorita Stratton." Vir sy vrou sê hy op Engels: "Ek sal nie lank besig wees nie, cara, gesels maar solank met señora Stratton."

In die dokter se kantoor draai Alice haar na die dokter en sê bekommerd: "Ek sien gelukkig nie 'n enkele skrapie aan Verena se gesig nie, dokter. Het sy inwendige beserings opgedoen? Hoe ernstig is sy werklik beseer?"

"Dit wil vir my voorkom of sy haar gesig met haar arms beskerm het, want haar linkerarm is agt sentimeter bokant die gewrig gebreek en aan haar regterarm is 'n sny van tien sentimeter lank. Die veiligheidsgordel het ten minste verhoed dat sy uitgeval en miskien onder die motor beland het. Die inwendige beserings is nie so ernstig dat dit nie volkome kan genees nie, en sy het gelukkig geen kopbeserings opgedoen nie. Sy moet nog net haar bewussyn herwin, dan sal ons almal gelukkiger voel. Maar gee my haar volle name, van en adres hier op die eiland, asook in Londen en in haar vaderland, sodat ek haar ouers van die ongeluk in kennis kan stel . . ."

"Verena het geen familie meer in Suid-Afrika nie, dokter. Haar ouers en haar enigste broer en suster het in 'n motorongeluk omgekom. Haar pa was baie vermoënd en die prokureur wat haar geldsake hanteer, ene meneer Hugo, is glo 'n huisvriend sowel as prokureur. Miskien moet u hóm van die ongeluk in kennis stel," meen Alice, innig bly dat Verena nie ernstig beseer is nie. "Maar ek vrees ek ken nie meneer Hugo se adres nie, dokter. Al wat ek weet, is dat hy ook in Pretoria woon waar Verena se tuiste is, en dat hy getrou sorg dat sy nie in Londen gebrek ly nie."

"In daardie geval sal ek moet wag totdat sy haar bewussyn herwin –"

"Maar, dokter," val Alice hom in die rede, "hoe op aarde sal Verena kan klavier speel terwyl haar arm gebreek is?"

"Sy sal nie kan klavier speel terwyl haar arm in gips is nie," sê die dokter asof Verena se klavierspelery vir hom van minder belang is.

199

"Sy is besonder talentvol," sê Alice half ingedagte. "Maar hierdie motorongeluk gaan vir haar 'n groot terugslag beteken, en dit sal haar hart breek. Ek weet nie hoe sy sonder haar musiek sal kan lewe nie."

" 'n Mens se hart breek nie so maklik nie, señorita," help die dokter haar reg. "Die señorita sal maar net geduldig moet wag totdat haar arm herstel het."

"U verstaan nie, dokter," laat sy weer hoor. "Verena het geen familie of 'n spesiale mansvriend nie, daarom lewe sy net vir haar musiek . . ."

Die binnekoms van 'n verskrikte verpleegster laat Alice stilbly. Die verpleegster rammel 'n klomp woorde in Portugees af waarvan Alice nie 'n woord verstaan nie en verlaat daarna die vertrek net so haastig.

Alice kyk die dokter vraend aan.

"Die verpleegster sê daar is groot moeilikheid in die señorita se kamer," sê hy. "Sy het flussies haar bewussyn herwin, maar dit lyk of sy haar sig verloor het . . . Sy kan glo niks sien nie."

Alice is etlike sekondes lank spraakloos van skok en sy kan die dokter net verslae aanstaar. Maar dan kom sy skielik tot verhaal en roep net saggies uit: "Blind . . . Bedoel u dat Verena blind is, dokter?"

"Ek weet nie," sê hy. "Jy moet my asseblief verskoon, ek moet nou dadelik na haar toe gaan."

Toe die dokter Verena se kamer binnestap, het die verpleegster reeds van al die besoekers ontslae geraak. Verena is doodsbleek. Sy huil saggies en sielsverlore. Dokter De Almeida sê iets vir die verpleegster. Sy verlaat die siekekamer onverwyld en trek die deur saggies agter haar toe.

Daar is 'n trek van kommer in die dokter se oë toe hy Verena se hand van haar gesig af wegneem en haar trane met sy sakdoek afdroog.

"Wie is jy?" vra sy op Engels en met trane in haar stem.

"Ek is dokter Carlo de Almeida, superintendent van hierdie hospitaal," verduidelik hy met 'n bedaarde stem en vervolg: "Ek hoor jy huil en sê jy kan nie sien nie?"

200

"Ek kan niks sien nie, dokter," sê sy met 'n gebroke stem. "Alles voor my is swart, soos 'n inkswart nag wanneer 'n mens nie eens jou hand voor jou kan sien nie. Dokter, ek is bang vir hierdie onbekende donker wêreld . . ."

"Señorita Verena, as jy werklik jou sig verloor het, sal dit net tydelik wees, want daar is hoegenaamd geen rede vir blindheid nie. Jy het geen kopbeserings nie. Inteendeel, daar is nie eens 'n skrapie aan jou gesig nie. Ek vermoed hierdie blindheid van jou is aan skok te wyte. Maar om jou gerus te stel, het ek die verpleegster gevra om vir my 'n oproep na Oporto te bespreek. Ek wil die uitstekende breinspesialis, dokter De Reuda, vir jou ontbied. As daar êrens 'n drukking op die brein of op die oogsenuwees is, sal hy dit dadelik opspoor. Maar ek verseker jou daar is na my wete geen drukking op die brein of op die oogsenuwees nie."

"Wat is my kanse op herstel as . . . e . . . hierdie blindheid aan skok te wyte is, dokter?" vra sy.

Hy streel bemoedigend met sy hand oor haar sagte hare wat soos ragfyn, goue draadjies lyk en sê: "Jy sal jou sig óf skielik óf geleidelik herwin, señorita. Moet net nie haastig of wanhopig word wanneer jy nie gou genoeg na jou sin weer kan sien nie. Hierdie dinge neem soms tyd om reg te kom en dan moet 'n mens net geduldig wees."

Verena bly so lank stil dat die dokter al begin dink dat sy geen vrae meer gaan vra nie. Maar Verena sukkel nog wanhopig om die dokter se verduideliking in te neem sonder om haar pyn en frustrasie uit te gil. Toe is dit asof iets in haar breek.

"Skielik . . . geleidelik . . . inderdaad," bars dit oor haar lippe soos 'n onstuitbare vloedwater. "En intussen moet ek geduldig in 'n donker, onsekere wêreld rondtas. Besef u wat u van my vra wanneer u sê ek moet geduldig wees, dokter? Besef u wat dit beteken om voortdurend in 'n inkswart nag te lewe? Ek voel of ek my leed, my wanhoop en my teleurstelling aan die ganse aarde kan uitskreeu totdat daar geen asem meer in my liggaam oor is nie, en u sê ek moet geduldig wees. Ek sal my blindheid nooit kan aanvaar nie. Nooit, verstaan u? Nooit. Nóóit!"

Die laaste woorde gil sy half histeries uit. Toe raak sy genadiglik in 'n beswyming weg.

"Arme meisie," sê die dokter met deernis in sy stem vir die verpleegster wat die vertrek verskrik binnestorm. "Dit gaan vir haar 'n lang en 'n swaar stryd wees om haar met haar blindheid te versoen."

"O, maar sy is pragtig, dokter!" sê die verpleegster. "Ek het nog nooit in my lewe so 'n mooi meisie gesien nie. Haar blindheid is inderdaad 'n ramp – 'n ontsettende ramp."

"Ja, jy het gelyk. Haar blindheid is 'n ontsettende ramp, veral as 'n mens dit in gedagte hou dat sy 'n begaafde pianiste is," stem die dokter saam en versoek die verpleegster om vir hom die nodige vir 'n inspuiting te bring.

"Dis waar," mymer die dokter toe die verpleegster die sieke-kamer verlaat, "señorita Verena se skoonheid is iets besonders. Maar dit lyk vir my haar skielike blindheid gaan óf 'n koue, harde en ongevoelige mensie van haar maak, óf dit gaan al die blymoedigheid, die lewensvreugde in haar doodmaak en haar in 'n teruggetrokke meisie laat ontaard, iemand wat bang is vir die lewe en sku vir haar medemens . . . en in laasgenoemde geval sal sy beslis 'n makliker mensie wees om mee oor die weg te kom." Die dokter beskou die bewustelose meisie met oë wat al baie vreugde en verdriet in die lewe aanskou het.

Nadat die dokter haar die inspuiting toegedien het, herwin Verena haar bewussyn en sy word geleidelik kalm. Sy maak haar oë net een keer oop asof sy haarself wil oortuig dat haar blindheid nie net 'n droom is nie, maar 'n wrede werklikheid. Daarna sluit sy haar groot, blou oë sonder om eens te vra waar-om haar linkerarm in gips en haar regterarm in 'n verband is. Dis of sy al haar belangstelling in haar omgewing en omstan-dighede verloor het, of die lewe vir haar skielik net 'n bestaan geword het – 'n bestaan wat soos 'n vaal, eensame pad voor haar uitstrek.

Die dokter neem Verena se fyn gewrig in sy hand en hou haar pols tussen sy vingers totdat hy heeltemal tevrede is met haar polsslag. Hierna draai hy om en verlaat die vertrek stil.

Verena slaap uiteindelik, maar in die Strattons se huis lê Alice met rooi gehuilde oë deur die venster na die inkswart nag oor die see en staar. Die geruis van die branders wat op die strand breek, klink vir haar soos die gesug van 'n gepynigde siel wat êrens uit die nag kom. Dit is vir haar absoluut ondenkbaar dat Verena blind is, dat daardie pragtige, blou oë van haar niks sien nie. Sy weet dat, as so iets met haar sou gebeur, sy hopeloos van haar verstand af sou raak. Die lewe sal vir haar daarna geen betekenis meer hê nie.

Sy voel of haar hart wil breek wanneer sy aan die ramp dink wat haar dierbare vriendin getref het. Sy dink aan die klavier in Verena se losieshuiskamer wat nou stil sal wees, en dan stroom die trane weer oor haar wange.

Soms verwyt Alice haarself innerlik omdat sy Verena tydens die winter na die eiland toe genooi het – ja, al is dit nou ook aan die einde van die winter. Ander tye verwens sy weer met ongekende wrewel hierdie eiland met sy sneeubedekte berg. Tog weet sy dat al haar verwensings haar of niemand iets baat nie. Dit kan nie Verena se sig aan haar teruggee nie . . .

Daardie nag slaap Alice baie min.

Toe sy die volgende oggend ontwaak, het sy reeds besluit om alles in haar vermoë te doen om die lewe vir Verena draaglik te maak.

Ook Verena het daardie nag 'n geweldige stryd met haarself gestry en toe sy die oggend ontwaak, is sy stil – vreemd stil en gelate. Dit is kompleet of sy oornag in 'n ander persoon verander het. Hier waar dokter De Reuda, die breinspesialis, haar daarvan verwittig dat haar blindheid deur skok veroorsaak is, voel dit vir haar of sy met iemand anders praat, of sy heeltemal apart staan van alles en almal, of sy in 'n ander wêreld lewe.

"Jy verstaan natuurlik dat jy nie jou sig permanent verloor het nie, señorita, dat jy die een of ander tyd weer sal kan sien," hoor sy dokter De Reuda op Engels sê.

Sy sê ja, sy verstaan so, maar in werklikheid laat dokter De Reuda se woorde geen indruk op haar nie. Sy weet al sedert gister dat sy geen breinskade opgedoen het en dat daar geen drukking op die brein of op die oogsenuwees is nie. Almal sê sy sal weer óf skielik óf geleidelik kan sien. Maar dit is vir haar geen troos nie, want sy sal miskien eers oor tien of twintig jaar weer kan sien en intussen moet sy in 'n inkswart duisternis lewe, 'n donkerte wat byna tasbaar is, 'n wêreld wat net uit stemme en geluide bestaan.

'n Rukkie na dokter De Reuda se vertrek praat Alice onverwags vanaf die bed se voetenent. Verena voel dadelik geïrriteer omdat mense so skielik langs haar praat sonder dat sy eens van hul teenwoordigheid bewus is. Sy besef dat sy nou onredelik is, maar aan die ander kant voel sy dat 'n sagte kloppie aan die deur nie te veel gevra is nie.

"O, Verena," hoor sy Alice opgewonde sê, "ek het met dokter De Reuda gepraat en hy sê jy het jou sig net tydelik verloor. Jy sal mettertyd weer kan sien."

"Ja, mettertyd wat ook 'n ewigheid kan wees," sê Verena meer aan haarself as aan Alice, maar vra na 'n rukkie: "Die handsak wat ek tydens die ongeluk by my gehad het – is dit hier in die hospitaal of by jou ouerhuis, Alice?"

"Jou handsak is in die bedkassie hier voor jou bed," sê Alice. "Kan ek dit vir jou aangee?"

Verena skud haar kop.

"Nee, nie die handsak nie, net die donker bril wat in die sak is."

Alice haal die sonbril met sy groot lense uit die handsak, plaas dit in Verena se regterhand en vra belangstellend: "Wat wil jy met die bril maak, Verena?"

"Ek wil dit dra," antwoord Verena sag.

"Hier in die bed?" vra Alice. Sy kyk die blinde meisie verbaas aan en gaan sit op die stoel langs die bed.

"Ja, hier in die bed," sê Verena afgetrokke terwyl sy die onooglike bril opsit. "Ek haat dit dat elkeen wat hier in die kamer kom na my glanslose, blinde oë staar sonder dat ek dit eens weet."

"Jou oë is nie glansloos nie, Verena," help Alice haar reg. "Jou oë is nog net so mooi en blink soos altyd. Almal praat daarvan dat jy so 'n pragtige mens is . . ."

"Toe maar, Alice," maak sy die ouer meisie met 'n suur glimlaggie stil, "dit is nie nodig om my te probeer vlei nie. Ek weet wat die mense in hulle enigheid dink: Foei, die arme meisie!

Nog so jonk en nou skielik blind. Sy kan ook maar wens om liewer dood te wees! Ek weet die mense bejammer my . . .”

“Hulle bejammer jou nie,” help Alice haar geduldig reg. “Die mense is net simpatiek en hulle wonder hoe hulle die lewe vir jou makliker kan maak. Trouens, al die eilandbewoners het eenparig besluit om as oë vir jou te dien sodat jy uit die hospitaal ontslaan word. Jy sal die eiland dus kan plat loop sonder dat enige onheil jou tref, want daar sal altyd iemand in die nabyheid wees wat ’n oog oor jou sal hou. My sustertjie, Clare, het reeds aangebied om jou elke dag vir ’n wandeling langs die strand te neem.”

“Jy praat asof almal verwag dat ek my hier op die eiland gaan vestig,” maak Verena beswaar.

“Wel, jy sal hier moet bly totdat dokter De Almeida sê jy is gesond genoeg om die eiland te verlaat. Dan sal die winter reeds verby wees en sal dit al amper somer wees, en jy het hierdie eiland nog nie gesien . . .” Alice bly meteens stil en vervolg na ’n rukkie berouvol: “Ek is jammer, Verena. Maar jy lyk so pragtig hier in die bed dat ’n mens geneig is om te vergeet.”

“Gaan asseblief voort. Wat is in die somer so wonderlik hier op die eiland?” probeer sy om Alice uit haar verleentheid te help, want sy kan aan die ouer meisie se stem hoor dat sy bitter verleë voel.

“Ag, dis sommer die mooi natuurskoon, die sonnige dae en die vissers se interessante bedrywighede op die strand,” vertel Alice nou sonder veel geesdrif. “Clare sal alles aan jou verduidelik wanneer julle bedags langs die strand gaan stap.”

“Het jy al jou geliefde hertog gesien vandat jy teruggekom het?” vra Verena.

Alice begin saggies lag en sê duidelik verlig: “Hy woon nooit in die winter hier op die eiland nie. Hy sal eers later in die lente of aan die begin van die somer kom. Maar vertel my – het jy darem met interessante mense op die boot kennis gemaak?”

“Eienaardig dat jy nou juis so ’n vraag aan my moet stel,” laat Verena met ’n peinsende uitdrukking op haar gesig hoor.

“Waarom sê jy so, Verena?”

“Omdat ek op die boot vir die eerste keer in my lewe op ’n man verlief geraak het . . . ironies, is dit nie?”

205

"Ek hoop van harte dat jy hom weer eendag sal raakloop," sê Alice. "Wie is hy en hoe lyk hy, Verena?"

Verena haal haar tenger skouers liggies op en antwoord ongeërg. "Ek vrees ek het nie persoonlik met hom kennis gemaak nie. Ek en 'n paar ander passasiers het op die dek in die son gestaan toe hy ook op die dek verskyn en 'n entjie van ons af gaan staan het. Ek het hierdie sonbril opgehad en ek kon hom dus goed bekyk sonder dat hy dit geweet het. Maar die man het bepaald nie van my gehou nie, want hy met my met soveel weersin aangekyk dat ek my behoorlik vir hom vererg het. Gelukkig het hy die boot daardie selfde middag by Le Havre verlaat. Hy is lank en donker, maar ek weet nie wie of wat hy is nie. Ek weet net dat hy die aantreklikste man is wat ek al gesien het en dat ek hopeloos op hom verlief is."

"Wil jy vir my vertel dat jy verlief is op die vent, ten spyte van die feit dat hy niks van jou hou nie?" vra Alice ongelowig.

'n Droewige, soet glimlaggie verdring die hartseer trekkie om Verena se sagte mond toe sy effens gelate sê: "Dit lyk vir my die liefde is 'n emosie wat sommer ongevraag kom sonder aansien des persoons. Dit is die eerste keer dat ek met die liefde kennis maak, Alice, en ek hoop van harte dat dit ook die laaste keer sal wees."

"Wel, ek hoop jy loop die vent weer raak, al is dit dan ook net om jou neus vir hom op te trek. Maar ek sal natuurlik meer daarvan hou as hy jou liefde beantwoord . . ."

"Jy lees gans te veel storieboeke," bestraf Verena haar goedig. "Sulke wonderwerke gebeur gewoonlik net in storieboeke, nie in die werklike lewe nie. Vergeet die man en vertel my liewer wat ek met myself kan aanvang in hierdie . . . hierdie . . . donker wêreld waarin ek my tans bevind."

"My liewe Verena, jy praat asof die lewe vir jou tot stilstand gekom het," vermaan Alice haar vriendelik. "Wel, dit het nie, want solank as wat jy asemhaal, kan jy nie agterbly nie. Ek weet jy voel op die oomblik of die lewe jou 'n uitklophou toegedien het. Maar jy sal weer opstaan en rigting kry – dit is hoe die mens gemaak is. Jy staan altyd weer op, al slaan die lewe jou ook hoe plat."

"Ek hoop jou voorspelling van opstaan en rigting kry word bewaarheid," laat Verena met effense bitterheid in haar stem hoor, "want wat mý betref, het die lewe werklik vir my tot stilstand gekom . . ."

"Jy voel maar net swartgallig omdat jy hier op jou rug met een gebreekte en een beseerde arm lê," val Alice haar vriendin met 'n goedige glimlaggie in die rede. "Sodra jy weer heel en in een stuk is, sal jy sommer weer lus voel vir die lewe."

"Jy bedoel die lewe sal weer wonderlik wees sodra ek oral met 'n wit kierie kan rondloop? Wel, laat ek jou dit vertel: Ek weier beslis om ooit 'n kierie in my hand te vat. Ek mag blind wees, maar ek weier volstrek om dit met 'n kierie aan die wêreld te verkondig. Ek sal liewer vir my 'n hond . . ."

Die gedagte dat 'n hond haar moet lei, dat sy volkome van 'n hond afhanklik moet wees, laat haar geskok swyg. Alice merk dadelik hoe bleek Verena is en stuur die gesprek terstond in 'n ander rigting deur haar van die eiland, sy mense en die hertog se villa te vertel.

"Dis 'n fabelagtige villa, spierwit en drie verdiepings hoog," sê Alice. "Die gebou pryk langs die strand op die hoogste punt van die eiland en kyk ver uit oor die see. Van die see se kant af lyk dit of die villa op 'n massiewe rots gebou is. Die veranda beslaan drie kante van die gebou en tussen die pilare is net boë te sien . . ."

Alice sit by Verena en gesels totdat die verpleegster die vertrek met die pasiënt se middagete binnekom. Met die belofte dat sy Verena weer na ete sal besoek, sê sy tot siens en vertrek.

Op haar ouers se vraag hoe Verena op dokter De Reuda se diagnose reageer, kan Alice ongelukkig nie positief antwoord nie, want aanvanklik het dit vir haar gelyk of Verena haar versoen het met die feit dat sy haar sig tydelik verloor het, maar later het 'n effense bitterheid onverhoeds in haar stem deurgeskemer. Dit het Alice laat besef dat Verena se stille gelatenheid net 'n dun lagie vernis is waaronder sy al haar hartseer, teleurstelling en bitterheid verberg.

Maar die tyd staan nie stil nie. Ses weke na die motorongeluk kondig dokter De Almeida aan dat Verena so mooi herstel het dat sy die volgende dag uit die hospitaal ontslaan mag word. Ook haar gebreekte arm het mooi aangegroei en die gips kan ook die volgende dag verwyder word.

"Ek dink u ontslaan my gans te gou uit die hospitaal, dokter," sê Verena. Haar skielike bleekheid getuig dat sy aankondiging haar bitter ontstel het.

Met 'n teer gebaar vou hy haar regterhand met sy een hand toe en vra sag, vertroulik: "Waarom is jy bang om die hospitaal te verlaat, señorita ?"

Verena bly etlike sekondes stil terwyl sy sukkel om die onkeerbare opstand in haar tot bedaring te bring. Toe vra sy eindelik met 'n hartseer trekkie om haar mond: "Waar moet ek heen, dokter? Is dit abnormaal dat ek bang is vir die wêreld buitekant die hospitaal? Dis so donker, ek voel verdwaal en . . . so vreeslik alleen."

"Jy het nie nodig om bang te wees nie, señorita. Dit is 'n vriendelike wêreld wat buite op jou wag," troos die dokter. "Al die eilandbewoners gaan van môre af vir jou as oë dien. Ja, selfs die jong Clare Stratton sê dat sy jou hand sal vat en jou oral sal neem waar jy wil wees. Almal hier op die eiland is jou vriende, señorita Verena."

Hierdie vriendelike, simpatieke woorde van die dokter laat Verena onverwags in trane uitbars. Met haar gesig in die kussing verberg, snik sy al haar leed uit. Daar is 'n vreemde stilte in haar toe sy eindelik haar trane afdroog en weer die donker bril opsit.

Na hierdie tranebui is dit of al Verena se bitterheid weggespoel het, asof sy haar oplaas met die onvermydelike feit versoen het, die feit dat sy haar sig tydelik verloor het en geduldig sal moet wag vir die dag dat sy die gebruik van haar oë terugkry. Dat sy straks nooit weer sal kan sien nie – daaraan wil sy liewer nie dink nie. Albei dokters het haar verseker dat sy haar sig net tydelik verloor het. Intussen sal sy probeer om geduldig te wag. Verder as dit wil sy voorlopig nie dink nie.

3

Verena se ontslag uit die hospitaal hou vir haar geen opwinding of blydskap in nie. Die winter beleef gelukkig sy laaste stuiptrekkings en ofskoon sy nie die vreemde omgewing kan aanskou nie, voel sy darem die son se koesterende strale op haar gesig, arms en bene.

Dennis en Maureen Stratton, Alice se ouers, het Verena vriendelik genooi om by hulle te bly totdat sy weer rigting in die lewe gevind het. Dus het sy voorlopig geen probleme in verband met verblyfplek nie. Die jong Clare, met wie sy in die hospitaal al goed bevriend geraak het, bly aan haar sy, kompleet asof Verena haar persoonlike verantwoordelikheid is.

Dis heerlik en warm hier in die sitkamer waar die hele gesin bymekaar is om Verena se ontslag uit die hospitaal met 'n glasie sjerrie te vier.

"Ek gaan jou oneindig baie mis wanneer ek terug is in Londen, Verena," laat Alice met iets soos groot verlatenheid in haar stem hoor. "Ek weet eerlikwaar nie wat ek sonder jou gaan aanvang nie. Daar is so baie dinge wat ons gewoonlik saam gedoen het . . ."

Sy bly stil asof haar gemoed te vol is om meer te sê. Maar in werklikheid het haar moeder haar met 'n handgebaar stilgemaak, want sy het ontaktvol herinneringe in Verena herroep wat diep seermaak en wat haar weer pynlik aan die hopeloosheid van haar blindheid herinner – haar skielike bleekheid is 'n duidelike bewys dat daar weer 'n ontsettende stryd in haar woed.

"Wanneer gaan jy terug?" wil Verena weet toe sy voel dat sy weer kan praat sonder dat haar stem die pyn en hartseer in haar verraai.

"Die boot vertrek môreoggend baie vroeg," sê Alice. "Ek sal jou dus vanaand groet voor ek gaan slaap, dan hoef ek jou nie môreoggend so vroeg wakker te maak nie."

Die Strattons gesels nou oor Alice se vertrek en Verena dink dat sy ook môre na Londen sou vertrek het as dit nie vir hierdie rampspoedige motorongeluk was nie. Sy kan nou nog nie begryp waarom haar motor so onverwags teen die afdraand gaan staan en gly het nie. Die pad aan die ander kant van die berg was tog ook met sneeu bedek!

Dit help absoluut niks om nou oor die ongeluk te dink nie, mymer Verena. Alice se ma beweer dat alles met 'n doel geskied, maar ek kan nie met haar saamstem nie, want watter doel kan my blindheid dien? Niemand kan by my blindheid baat vind nie, en dit kan nie 'n beter mens van my maak nie . . . Nee, daar kan geen doel mee wees nie . . .

Alice se vertrek het aanvanklik 'n groot leemte in Verena se lewe gelaat. Maar namate sy aan die Stratton-gesin gewoond geword het, het haar herinneringe aan Alice en die lewe in Londen geleidelik na die agtergrond begin skuif. Dennis en Maureen is twee aangename, simpatieke mense, en Clare is soos 'n warm sonstraaltjie in Verena se koue, kleurlose lewe.

Lente het aangebreek sonder dat Verena dit agtergekom het. Dit is al 'n instelling by haar en Clare om elke oggend te gaan stap. Soms gaan stap hulle langs die strand, ander tye kuier hulle in die dorp rond terwyl Clare elke straat en winkel om haar beskryf. Op hierdie manier leer Verena die dorp ken.

Soos wat die dae weke geword het, het die eilandbewoners al so gewoond geraak aan die stil, blonde meisie met die langbroeke, kleurryke hemde en groot, onooglike sonbril, dat hulle meestal van haar blindheid vergeet. Almal het vir haar lief geword en hou gewoonlik 'n wakende oog oor haar wanneer sy en Clare hand aan hand in die dorp rondloop.

Vir die Strattons wil dit voorkom of Verena haar uiteindelik met haar lot versoen het, want sy het weke laas opstandig gevoel oor die ramp wat haar getref het. Maar in werklikheid het Verena haar nog glad nie met haar blindheid versoen nie, sy het net vreemd stil geword – stil en in haarself gekeer.

Verena kry byna elke derde week 'n brief van meneer Hugo, die prokureur wat haar geldsake behartig. Een keer het hy haar selfs gebel om te hoor of sy nie maar liewer wil terugkom na Suid-Afrika en haar eie mense toe nie.

Maar hiervan wou Verena nie hoor nie. Sy is van plan om

210

eersdaags terug te gaan Londen toe. Wanneer sy weer kan sien, wil sy in Londen wees sodat sy onverwyld met haar musiek-studie kan voortgaan. Sy sal miskien vir die volgende vakansie huis toe gaan – Suid-Afrika toe.

"Weet jy, jy het nog nooit vir ons op die klavier gespeel nie, Verena," verwyt Clare haar hier waar hulle tydsaam en gesellig langs die strand stap.

Sy gee Clare se handjie 'n sagte drukkie en sê verontskul-digend: "Ek is jammer, maar jy weet tog dat dit vir my gans onmoontlik is om nou te speel."

"Jy kán speel as jy wil, Verena," hou die kind ernstig vol. "Renaldo speel sonder om te kyk waar hy speel."

"Wie is die begaafde Renaldo, Clare?" wil Verena sonder veel belangstelling weet.

"Renaldo is dokter De Almeida se seun. Hy sê jy kán speel as jy wil, want hy kan met toe oë speel," verduidelik Clare.

"Hoe oud is Renaldo, en watter soort musiek speel hy?" wil Verena weet.

"Ek weet nie, Verena," antwoord Clare. "Renaldo het gesê hy is twee keer so oud soos ek, en hy speel allerhande gewilde liedjies op die klavier."

"Ja . . . e . . . wel, daardie soort musiek sal 'n mens seker met jou toe oë kan speel, my hartjie," stem Verena met 'n sweem van 'n glimlaggie saam. "Maar die soort musiek wat ek speel, kan 'n mens nie met jou oë toe speel nie. Jy kan dit nie eens op gehoor speel sonder 'n musiekboek nie."

Na hierdie verduideliking stap hulle 'n rukkie in stilte. Clare peins oor die ingewikkelde soort musiek wat Verena speel, ter-wyl Verena wonder hoe bruin die son haar al gebrand het sedert sy haar strandpakkies die afgelope maand begin dra het.

Albei ruk tot stilstand toe 'n mooi, diep manstem skielik op 'n bars noot 'n entjie van hulle af opklink.

"Is jy blind, of kan jy nie lees nie, señorita?"

Verena druk Clare se handjie liggies en fluister sag: "Moet niks sê nie, ek sal met die man praat."

Maar voordat Verena 'n woord kan inkry, gaan die man on-verbiddelik voort.

211

"As jy daardie afskuwelike sonbril afhaal wat soos twee silwerblink pierings op jou gesig pryk, sal jy die uithangbord daar skuins agter jou moontlik raaksien. En as jy straks nie Portugees of Engels kan lees nie, die waarskuwing op die uithangbord sê dat oortreders hier op my privaat strand en op die terrein van my villa vervolg sal word. Ek stel ook voor dat jy sonder versuim teruggaan na jou verblyfplek toe en jou behoorlik aantrek, señorita. Verstaan my asseblief goed: as ek jou ooit weer so onbetaamlik geklee sien, sal jy my eiland onmiddellik moet verlaat. Ek weet nie op wie se uitnodiging jy hier is nie, maar jy het baie beslis nie my toestemming om hier op San Di Rago te wees nie. Ek verwelkom nie jou soort hier op my eiland nie."

Die deeltjie van Verena se gelaat wat agter die sonbril uitsteek, is doodsbleek en gespanne. Nog nooit het iemand haar so pynlik verneder en verkleineer soos hierdie preutse man wat bepaald die hertog en ook die eienaar van die eiland is nie.

Met haar gesig na die kant toe gedraai van waar die man se stem kom, hou Verena haar kop trots en regop. Sy voel bitter seergemaak, maar slaag wonderbaarlik daarin om kalm te bly.

"Ek is baie jammer dat ek oortree het, señor, en ek vra nederig om verskoning. Ek kan jou verseker dat ek die uithangbord nie doelbewus geïgnoreer het nie. Wat my verblyf hier op jou eiland betref, ek sal van jou eiendom af padgee sodra hier weer 'n boot by die hawe aandoen. Dit behoort oor twee weke te wees. Ek is jammer dat ek oortree het en jou ongerief aangedoen het . . . Tot siens, señor."

Met Clare se handjie in hare draai sy om. Toe stap hulle van hom af weg sonder dat hy eens haar afskeidsgroet beantwoord.

Hy staar hulle agterna. Daardie pragtige hare wat soos goud blink en daardie parmantige kennetjie, haar trotse houding . . . Hy het haar al voorheen gesien . . . maar waar? Hy dink weer aan die afskuwelike sonbril wat haar na iets laat lyk wat van 'n ander planeet af kom, en dan tref dit hom meteens dat hy haar 'n paar maande gelede op die boot gesien het toe hy van Engeland af Frankryk toe gereis het.

Daar op die boot het die aaklige sonbril hom al pynlik geïrriteer omdat die groot, silwerblink lense so opvallend is en 'n mens feitlik niks van haar gesig kan sien nie. Ja, hy het daar op die boot al lus gevoel om haar te vra of sy 'n geskende gesig agter daardie silwerblink masker verberg, of is dit net 'n onaantreklike gesig wat sy nie vir die wêreld wil wys nie?

Hy kyk die meisie en haar jong metgesel vir 'n paar tellings met openlike weersin agterna. Toe draai hy om en stap haastig weg . . .

Verena se oë swem in trane agter die sonbril. Sy was nog nooit so diep seergemaak, so uitgekryt oor dinge wat tog nie werklik ernstig saak maak nie. Hy het mos niks oorgekom van die paar treë wat hulle op sy privaat strand oortree het nie, en haar strandpakkie is ook nie onbetaamlik nie, dit is die mode en almal dra dit op die strand.

"Was dit die hertog wat ons so uitgekryt het, Clare?" vra Verena toe sy eindelik weer haar emosies onder beheer het.

"Ja, dit was hy," antwoord Clare ietwat afgetrokke en vervolg na 'n rukkie: "Ek wonder wanneer het hy tuisgekom? Ek is seker niemand weet dat hy hier op die eiland is nie."

"Hy het bepaald gisteraand hier aangekom," meen Verena. "Jou pa het toe iets gepraat van 'n boot wat die hawe binnegevaar het."

Hulle stap weer 'n rukkie in stilte, toe vra Clare sommerso uit die bloute: "Hoekom het jy nie vir die hertog gesê dat jy nie kan sien nie, Verena?"

"As hy my in alle ordentlikheid gevra het waarom ek sy reëls en regulasies doelbewus oortree, sou ek my posisie aan hom verduidelik het. Maar hy was van die staanspoor af onredelik, en dit is beter om nie met sulke mense te redeneer nie, Clare," verduidelik Verena en vervolg na 'n paar sekondes: "Ek dink dit sal beter wees as ons liewer vir niemand van ons onaangename ontmoeting met die hertog vertel nie, en ons moet in die vervolg ook nie weer in hierdie rigting kom stap nie."

"Moet ons ook nie vir my mamma en pappa van die hertog vertel nie, Verena?" wil Clare weet nadat sy Verena se voorstel 'n rukkie oorweeg het.

"Ek dink ons moet hulle liewer nie vertel nie," doen sy aan

213

die hand. "Dit sal hulle tog net ongelukkig laat voel as hulle weet hoe die man my beledig het, dink jy nie ook so nie?"

"Ja, Mamma en Pappa sal nie lekker voel nie," stem Clare saam. "Hulle is net so lief vir jou soos ek en Alice en al die mense op die eiland . . ."

Terwyl hulle in die rigting van die Strattons se woning stap, bly die hertog se beledigings en barse stem Verena knaend by.

Hy het my feitlik van sy eiland af weggejaag, flits dit deur haar gedagtes, en sy voel opnuut seergemaak. In elk geval, ek sal sorg dat ek oor twee weke van sy eiland af weggaan. Ek weet net nie hoe ek alleen op die boot sal regkom nie . . . Ja, dit sal 'n bietjie moeilik gaan, maar die personeel op die boot is darem altyd baie vriendelik en behulpsaam. As ek die hele tyd net in my kajuit bly, sal ek hulle seker nie te veel moeite besorg nie. Die probleem is om my skielike vertrek aan die Strattons te verduidelik sonder om die hertog in die gedrang te bring.

Verena bly tob oor laasgenoemde probleem. Maar toe hulle eindelik tuiskom, weet sy nog nie hoe sy haar haastige vertrek aan die twee Strattons gaan verduidelik nie. Sy besef egter dat sy nie meer veel tyd tot haar beskikking het om alles in orde te bring vir haar vertrek nie, dus sal sy die Strattons vandag nog van haar besluit moet verwittig.

Na ete daardie aand, terwyl hulle soos gewoonlik op die voorstoep sit om die koel aandlug te geniet, besluit Verena dat die tyd aangebreek het om die Strattons van haar voorgenome vertrek te verwittig.

"Jy is vanaand besonder stil, Verena," dring Maureen se vriendelike stem deur haar gedagtes. "Voel jy nie gesond nie, liewe kind, of is dit maar weer die ou las wat vanaand ekstra swaar op jou skouertjies rus?"

"Die las sal maar altyd swaar wees, tannie Maureen," sê sy effens gelate. "Maar dit is nie vanaand my verlies nie, dit is 'n ander saak waaroor ek jou en oom Dennis wil inlig . . . Ek het besluit om oor twee weke terug te gaan Londen toe. Maar ek het tannie se hulp nodig om vir my 'n brief aan Alice te skryf. Ek wil hê sy moet my by die hawe ontmoet, as dit vir haar moontlik sal wees."

214

"Nou waarom hierdie skielike haas, Verena?" wil Dennis bekommerd weet. "Ek voel dit is uiters gewaag om jou so onbeskerm die wye wêreld in te stuur. Weet meneer Hugo van hierdie besluit van jou?"

Verena skud haar kop.

"Nog nie, maar ek sal hom graag voor my vertrek wil bel as ek mag, want ek gaan net Londen toe om my sake daar in orde te bring. Sodra ek alles afgehandel het, gaan ek terug na my eie land toe tot tyd en wyl ek weer eendag kan sien."

"Ek stem saam met my man. Dit is inderdaad gewaag om jou so alleen Londen toe te laat gaan. Jy sal op die boot geheel en al van vreemdes afhanklik wees," kla die moederlike Maureen besorg.

"Ek is nie van plan om op die boot rond te loop en my blindheid aan almal te vertoon nie, tannie Maureen," probeer Verena haar gerusstel. "Ek gaan die hele tyd net in my kajuit bly."

Hulle sit tot laat daar op die stoep en gesels, toe sê Verena nag en laat Maureen toe om haar na haar kamer toe te vergesel.

Toe sy later in die bed lê, dink sy onwillekeurig aan die hertog. Sy kan eerlikwaar nie glo dat die man wat vandag so beledigend was dieselfde man is op wie Alice so hopeloos verlief is nie.

Ek stry nie, hy het 'n besonder mooi, diep stem, gesels sy in haar enigheid met haarself, maar hy klink vir my verskriklik humeurig, en oor so 'n man sal ek nooit in vervoering kan raak nie . . . Nee, sy soort beïndruk my hoegenaamd nie. Dit is 'n man soos daardie een op die boot wat my belangstelling gaande gemaak het. Maar van sy soort is daar inderdaad baie min, stellig net die een wat ek op die boot gesien het . . .

Haar gedagtes dwaal na die man wat sy op die boot gesien het, dan wonder sy waarom hy haar so onvriendelik gesind was. Sy bepeins sy onvriendelike blik 'n paar oomblikke, maar die man se aantreklike beeld doem so sterk voor haar geestesoog op dat dit sy onvriendelike blik van minder belang laat voorkom.

Daardie nag droom sy wonderlike drome oor haar geliefde vreemdeling, gevolglik is sy die volgende dag weer vreemd stil en in haarself gekeer. Wat help dit tog om te droom en lugkastele te bou? Sy sal nou met hom staan en gesels sonder om eens te weet dat dit hy is, want sy het nog nooit sy stem gehoor nie. Sy stel haar voor dat hy net so 'n mooi, diep stem soos die hertog moet hê – altans, dit is die soort stem wat by hom pas.

Na die middagete bespreek Maureen 'n buitelandse oproep vir Verena na Pretoria. Terwyl hulle vir die oproep wag, skryf sy sommer ook die beloofde brief aan Alice sodat sy kan weet wanneer om Verena in Londen te verwag.

Daar is duidelik 'n klank van verlange in Verena se stem toe sy die gehoorbuis by Maureen neem, dit na haar oor toe bring en sê: "Hallo oom Armand! Gaan dit nog goed?"

"Verena, my kind, ek is bly om jou stem weer te hoor. Met my gaan dit voor die wind, maar hoe dra die lewe jou?" vra die oubaas met iets soos afwagting in sy stem.

"Nog dieselfde, oom Armand, maar ek het besluit om terug te gaan Londen toe. Ek vertrek oor twee weke, en sodra ek al my sake in Londen afgehandel het, keer ek terug na my eie land en sy mense toe."

"Glad nie 'n slegte besluit nie," hoor sy die oubaas sê. "Reis per vliegtuig en laat my vroegtydig weet wanneer ek jou by die lughawe moet gaan haal."

Hulle gesels nog 'n rukkie oor haar geldsake, toe sê hulle tot siens en lui af.

Verena bedank Maureen vir die oproep en vervolg ietwat peinsend: "Ek vrees ek gaan dit baie moeilik vind om in Londen op eie houtjie oor die weg te kom. Ek ken tannie se huis en ek weet presies waar elke ding staan. Ek weet selfs hoeveel treë my tot by dokter De Almeida-hulle se voorhekkie bring. Ja, ek kan selfs alleen na dokter De Almeida se spreekkamer toe stap ook."

"Van dokter De Almeida gepraat – jy sal hom moet vertel dat jy oor twee weke vertrek, Verena," doen Maureen aan die hand.

"Ek sal hom môreoggend by sy spreekkamer gaan opsoek, dan kan ek terselfdertyd 'n paar inkopies doen terwyl ek by die winkels is," stel Verena voor. "Ek sal Clare saamneem om my na die winkels toe te vergesel."

Clare is maar te bly om saam met Verena na die winkels toe te gaan. Dit laat haar belangrik voel wanneer sy die mooi, blonde meisie aan die hand deur die dorp lei en sy weet dat Verena op haar vertrou om haar veilig deur die dorp te neem en tuis te besorg.

Clare is die volgende oggend na ontbyt netjies aangetrek en gereed om Verena te vergesel. Ook Verena is in 'n netjiese turkooiskleurige broekpak geklee. Net haar sonbril doen afbreuk aan die mooi prentjie wat haar voorkoms skep. Dit laat haar soos 'n gedaante met twee yslike silwerblink oë lyk.

Soos gewoonlik laat Verena toe dat Clare haar tot voor die gebou lei waar dokter De Almeida se spreekkamer is. Dan gaan sy alleen in. Clare beskou hierdie prestasie telkens as 'n wonderwerk. Maar wat sy nie weet nie, is dat Verena die afstand na die spreekkamer toe afgetree het.

"Gaan wag vir my voor die gebou op die sypaadjie, Clare," versoek Verena die kind toe hulle eindelik voor die deur van dokter De Almeida se spreekkamer staan wat op die eerste verdieping is. "Ek wil my vandag oortuig dat ek alleen met die trap kan afgaan en alleen op die sypaadjie kan uitstap."

"Ek weet nie of ek jou alleen met die trap moet laat afkom nie, Verena," sê Clare besorg. "As jy van die trap afval, sal my ouers vir my baie kwaad wees."

"My liewe Clare," glimlag Verena, "as ek nie leer om dinge te doen nie, sal ek nooit iets vir myself kan doen nie. Jy hoef ook nie bang te wees nie, ek ken al die paadjie."

Vir 'n oomblik huiwer Clare. Maar dan laat los sy Verena se hand halfhartig.

"Ek sal voor die deur op die sypaadjie vir jou wag," sê sy en klim traag met die trap af.

Dokter De Almeida voel glad nie gelukkig omdat Verena nou skielik die eiland wil verlaat nie.

"Ons het almal gedink dat jy by ons sal bly tot tyd en wyl jy weer kan sien, señorita," sê die dokter teleurgestel en ietwat bekommerd. "Die mense van die eiland is almal baie lief vir jou, en jy is hier so veilig en beskerm."

Dis waar, dink Verena, almal hier op die eiland is my vriendelik gesind, behalwe die belangrikste persoon, die eienaar van die eiland. Hy het reguit vir my gesê dat ek nie sy toestemming het om hier op sy eiland te wees nie. Maar hardop sê sy: "Ek gaan net 'n paar sakies in Londen in orde bring, dokter, dan gaan ek dadelik terug Suid-Afrika toe."

"Ek verstaan jou tuiste is in Pretoria. Maar 'n groot stad is op die oomblik nie 'n veilige plek vir jou nie, señorita . . ." begin die dokter. Maar Verena help hom dadelik reg.

"Ek het, om die waarheid te sê, geen tuiste meer in Pretoria nie, dokter," sê sy. "Meneer Hugo het al die eiendomme verhuur wat ek van my pa geërf het, behalwe 'n klein sitrusplasie in die Laeveld. My pa het die plekkie glo kort voor sy dood gekoop en 'n bestuurder aangestel om dit vir hom op te bou. Meneer Hugo meen ek moet op Weltevrede gaan woon tot tyd en wyl ek weer kan sien. Ek dink dit is 'n uitstekende plan, want op Weltevrede is daar niemand wat my kan aangluur asof ek 'n natuurfrats is nie. Ek sal op Weltevrede gevrywaar wees teen die mensdom se nuuskierige oë en bejammering. Ek haat dit dat mense moet weet ek is blind."

"Jy het jou sig nie permanent verloor nie, señorita," herinner die dokter haar. "Een van die dae het jy die gebruik van jou oë terug."

Verena gesels nog etlike minute met die dokter, toe sê sy tot siens en verlaat sy ondersoekkamer. Die ontvangsdame bied aan om haar met die hysbak na onder te neem, maar Verena wys haar aanbod vriendelik van die hand en verduidelik kortliks waarom sy alleen met die trap wil afgaan. Hierna sê sy ook vir die ontvangsdame tot siens en tel dan elke tree versigtig terwyl sy in die rigting van die trap beweeg.

Dit voel vir Verena soos 'n groot prestasie toe sy eindelik die laaste treetjie bereik. Nou is dit drie tree links, vyftien tree reguit en sy is by die hoofingang van die gebou.

Alles vorder pragtig. Maar toe sy die hoofingang bereik, loop sy haar trompop vas in 'n persoon wat ook net die gebou binnekom. Sy voel hoe twee sterk hande haar skouers vasgryp. Die volgende oomblik word sy so ru eenkant toe gestoot dat sy struikel en haar ewewig verloor, maar gelukkig met haar rug teen 'n muur te lande kom.

218

Verena is wasbleek geskrik en sy bewe soos 'n riet, hier waar sy teen die koel muur aanleun.

"So, dan is dit al weer jy!" hoor sy die hertog met ingehoue wrewel sê. Sy kom bewerig regop en draai haar gesig stadig na die kant toe waar sy stem vandaan kom. Gelukkig het haar bril darem nie afgeval nie, dus voel sy in 'n mate veilig agter haar masker. Maar dan gaan die hertog kil en saaklik voort: "Het jy seergekry, señorita ?"

Verena het so groot geskrik dat sy nog steeds doodsbleek is, maar haar stem verraai gelukkig niks van die skok en spanning in haar nie toe sy sê: "Nee, ek het nie seergekry nie, señor. Daar is dus hoegenaamd niks om begaan oor te wees nie."

"Begaan!" Van die kilheid in die hertog se stem lei sy af dat hy haar met 'n minagtende blik aankyk. "Ek is glad nie oor jou begaan nie, señorita. As jy nie so lomp was nie, sou jy glad nie gestruikel het nie. En as jy daardie afskuwelike bril van jou gesig afhaal en jou oë oopmaak en kyk waar jy loop, sal jy jou baie beslis nie teen mense vasloop nie. Maar ek gaan jou nie langer teregwys nie. Jy het my eergister belowe dat jy die eiland oor twee weke sal verlaat. Nou ja, ek maak staat daarop dat jy jou belofte sal nakom en ook in die vervolg sal onthou dat jy en jou soort nie op San Di Rago welkom is nie."

"Toe maar, dit is nie nodig om u laaste sin te herhaal nie, señor," sê Verena met 'n moeë stem. "Dit is vir my baie duidelik dat jy 'n afsku in my het. Maar wees verseker dat die gevoel wederkerig is. Ek is self spyt dat ek ooit 'n voet op hierdie eiland gesit het . . . hoe spyt, sal jy nooit eens kan raai nie."

Die aanraking van 'n kinderhandjie wat vertroulik om haar vingers sluit, laat Verena meteens stilbly.

"Kom, laat ons liewer huis toe gaan, Verena," hoor sy Clare met 'n klein bekommerde stemmetjie langs haar sê. Die volgende oomblik hoor sy hoe die hysbak se deur oopgaan, en sy weet intuïtief dat die hertog nie meer in hulle midde is nie.

"Is die haatlike hertog weg, Clare?" vra sy.

"Haai, Verena, jy moenie so van hom praat nie," vermaan Clare en lei Verena terselfdertyd na die groot dubbeldeur wat toegang tot die gebou verleen. "Netnou hoor hy jou."

"My liewe Clare," sê sy met 'n kortaf laggie toe hulle op die sypaadjie uitstap, "hy het net so 'n afsku in my soos wat ek in hom het en dit is vir ons albei geen geheim nie. Jy het dus niks te vrees nie, ou kindjie. Moet ook liewer niks vir jou ouers of vir enigiemand anders van my en die hertog se woordewisseling sê nie, Clare, want dit sal hulle tog net ontstel. Laat ons liewer na die juwelierswinkel toe gaan, dan help jy my om vir jou en jou ouers geskenkies uit te soek. Ek dink ek moet vir jou pappa 'n goue dasspeld of mansjetknopies gee, en vir jou mamma 'n mooi borsspeld. Maar wat sal ek vir jóú gee, Clare? Wat is hier in die winkel waarvan jy baie hou?"

"Ek sal jou wys . . . e . . . ek bedoel, ek sal jou vertel wanneer ons in die winkel is," belowe Clare opgewonde.

José Mendes is net besig om sy apteek vir middagete te sluit toe Verena en Clare in sy rigting aangestap kom. Hy steek die deur se sleutels in sy sak en groet die twee meisies vriendelik.

"Het julle twee miskien die winkels leeg gekoop?"

Verena en Clare groet die jong man ewe vriendelik.

"Verena het vir my hierdie popwaentjie en die pop gekoop, oom José," sê Clare.

"Baie mooi," kom dit opgewek van die jong man. "Stoot maar jou popwaentjie met albei jou hande, ek sal Verena se arm neem en saam met julle huis toe stap."

Die jong man neem Verena se arm en trek dit ongeërg deur syne, onbewus van die hertog oorkant die straat.

Die hertog skakel sy motor aan. Toe val sy blik meteens op Verena en José wat ingehaak, soos twee verliefdes, in die rigting van die strand stap.

'n Regte flerrie, dink hy wrewelig. Ja, inderdaad 'n goedkoop flerrie om so intiem ingehaak met 'n ander meisie se verloofde deur die dorp te stap. Dis haar soort wat ander se verlowings en huwelike verongeluk. Ja, dis haar soort wat vir ander trane en ellende besorg. Maar sy sal dit nie hier op San Di Rago regkry nie. Oor twee weke moet sy padgee van die eiland af, en bewaar haar siel as sy ooit weer 'n voet op San Di Rago sit.

Die hertog kyk hulle etlike oomblikke lank in stilte agterna. Verena se pragtige hare blink soos goud in die son.

Dis waar, sy het die oulikste lyfie en die mooiste hare wat ek nog gesien het, dink hy. Maar haar gesig is bepaald skreeulelik, daarom dat sy dit so knaend agter daardie aaklige bril verberg . . . Ja, dis nooit anders nie. Omdat haar gesig onaansienlik is, gebruik sy natuurlik haar oulike lyfie en pragtige hare om die mans mee te verlei. Goedkoop . . . inderdaad goedkoop!

Hy trek met 'n gevaarlike snelheid weg, bitter ontstoke omdat hy kosbare tyd verspil het met gedagtes oor so 'n afstootlike klein flerrie. Hy wens die twee weke is al verstreke sodat sy die eiland kan verlaat, want as hy nog een keer teen daardie aaklige silwerblink lense moet vaskyk, sal hy sy maniere vergeet en haar lelik beledig. Hy frons, want dit tref hom skielik dat hy sy maniere al by twee geleenthede vergeet en die klein flerrie pynlik beledig het.

Hy dink 'n rukkie na. Dan tref dit hom dat hy net die eerste keer rede gehad het om sy maniere te vergeet en beledigend te wees – daardie eerste keer toe sy so skaamteloos, met 'n skrapse strandpakkie aan, op sy privaat strand oortree het.

Hy besef dat hy nie vandag grondige rede gehad het om beledigend te wees nie, maar hy verstaan homself nie meer aldag nie. Sedert sy eerste ontmoeting met die skaamtelose klein flerrie, is dit asof alles in verband met haar hom hartlik irriteer – haar afskuwelike bril, haar lompheid en haar ongeërgde onoplettendheid . . . Nee, die meisiekind is absoluut afstootlik.

José vergesel Verena en Clare tot by hulle voorhekkie, toe groet hy en stap terug om sy bromponie te gaan haal wat nog steeds voor die apteek staan.

Noudat Clare 'n popwaentjie en 'n pop het, besef Verena dat die kind graag met haar lank begeerde popwaentjie wil speel; daarom besluit sy om maar langs die strand, 'n paar treë van die Strattons se voorhekkie af, op die bankie na die see te sit en luister. Al kan sy die golwe nie sien nie, kan sy darem die geklots teen die rotse hoor, en terselfdertyd voel Clare se kinderhartjie bly en gelukkig.

Dit is vandag presies tien dae vandat Verena vir Clare die pop en waentjie gekoop het en twee dae voor haar vertrek na Londen. En hier waar sy alleen anderkant die smal motorpad op die enigste bankie sit tussen die talle rotse wat die strand versier, dink sy aan baie dinge – dinge wat haar aan die sonskyn, maar meestal aan die skadukant van haar lewe herinner.

Dit is of die see en die wind vanmiddag saamspan om Verena droefgeestig te stem; daarom neig haar gedagtes so knaend na die skadukant van haar lewe toe. Sy dink aan die ramp wat haar ouers se lewe geëis het en die onlangse motorongeluk wat haar haar sig ontneem het. Dan voel sy hoe die trane stil oor haar wange begin rol en in haar skoot drup.

Die trane blink nog op Verena se wange, toe hoor sy die ge-babbel van drie kinders wat gelyktydig probeer praat, en dan 'n manstem wat bedaard antwoord. Dit klink of hulle in haar rigting beweeg, dus vee sy die trane haastig van haar wange af. Sy het hierdie takie ook net afgehandel, toe hoor sy hoe twee motors agter haar stilhou. Die opgewonde stemme van die kinders kom al nader. Sy hoor twee motordeure toeklap, dan herken sy die hertog en dokter De Almeida se stemme. Hulle kom ook vinnig nader.

Verena wonder wat gaande is. Sy hoor die mense praat, maar sy verstaan nie 'n woord wat hulle sê nie, want almal praat Portugees.

Sy ruk soos sy skrik toe die hertog skielik bars langs haar sê: "Genugtig, is dit al weer jy!" Hy gee haar nie kans om iets tot haar verdediging te sê nie, maar gaan met 'n grimmige stem voort: "Jy kan gerus opstaan sodat die señor die beseerde kind op die bankie kan neerlê."

Almal is meteens doodstil toe Verena orent kom en twee treë van die bankie af bly staan. Nie een kan verstaan waarom hulle geëerde hertog die pragtige, blinde señorita so bars aanspreek nie. Almal op die eiland is dan so lief en jammer vir haar!

Verena draai haar gesig na die see se kant toe en wonder heimlik waarom die ou duiwel die haatlike hertog nou juis van-middag hierheen moes stuur om haar rus te verstoor.

"Staan asseblief uit die mense se pad, señorita," hoor sy die edelman weer sê. "Ek weet nie waarom jy nog hier staan en nie lankal padgegee het nie!"

222

Verena trek haar asem diep in en wil hom net vertel dat sy haarself lankal uit sy teenwoordigheid sou verwyder het as sy, soos hy, die gebruik van haar oë gehad het. Maar voordat sy hom in dié verband kan inlig, voel sy hoe hy haar effens uit die pad stoot. Sy tree ongelukkig in die verkeerde rigting en struikel oor 'n klip. Die volgende oomblik verloor sy haar ewewig en val vooroor. Die hertog frons en gryp na haar arm, maar hy is reeds te laat. Die kant van haar kop tref 'n rots, dan voel sy meteens hoe sy in 'n swart, bodemlose afgrond wegsink.

Daar is 'n ergerlike frons tussen die edelman se swart wenkbroue toe hy onthuts sê: "Wel, regtig, ek het nog nooit in my lewe so 'n lomp mens gesien soos hierdie meisie nie."

Dokter De Almeida is dadelik by en sak op sy knieë langs die bewustelose meisie neer. Daar is iets soos pyn en weemoed in sy oë toe hy die hertog aankyk en met 'n moeë stem sê: "Señorita Verena is nie werklik lomp nie, my heer die hertog, sy is blind. Sy het haar gesig met haar aankoms hier op die eiland in 'n motorongeluk verloor."

Die dokter sien hoe die edelman skielik doodsbleek word, maar dan buk hy af en draai Verena versigtig op haar rug. Die lense van haar bril, merk hy op, het gelukkig nie gebreek nie. Uit die hoek van sy oog sien hy hoe die hertog gehurk langs hom kom sit. Hy neem Verena se pols tussen sy vingers, luister na haar hart en verwyder dan haar bril om te kyk of haar oë beskadig is.

Die dokter hoor hoe die hertog sy asem diep en vinnig intrek toe hy Verena se bril verwyder. Dan hoor hy die edelman weer sag en met verering in sy stem sê: "Sy is pragtig . . . beeldskoon!"

"Ja," beaam die dokter met teerheid in sy stem asof Verena sy eie dogter is, "sy is inderdaad 'n pragtige meisie. Sy voel soos my eie dogter . . ."

"Dogter?" Die hertog kyk die dokter vraend aan.

"Sy is vier en twintig jaar oud en jonk genoeg om my dogter te wees," antwoord die dokter terwyl hy Verena se oogappels ondersoek. "Die hele eiland is lief vir haar," sê hy weer en vertel die hertog dan kortliks van die motorongeluk, die eilandbewoners se gebede vir Verena se herstel, haar verblyf in die hospitaal en later by die Strattons.

"Ek wonder waarom sy vanmiddag alleen hier op die strand gesit het? Die klein Clare Stratton is gewoonlik by haar, maar elke lid van die gemeenskap voel dat sy hulle verantwoordelikheid is, dat hulle haar moet bystaan waar en wanneer sy hulp nodig het . . . Ek vrees sy sal sonder versuim hospitaal toe moet gaan," sê hy.

"Dit is vanselfsprekend dat sy sonder versuim mediese behandeling sal moet ontvang, my goeie vriend," voeg die hertog die dokter half ongeduldig toe. Hy kyk hom verwytend aan en vervolg effens kil: "Ek is byna twee weke hier op die eiland en ek hoor nou maar van die treurspel wat hom hier op my eiendom afgespeel het. Waarom hoor ek nou eers daarvan, my goeie vriend? Moes jy my nie al in dié verband ingelig het nie?"

"Ek was onder die indruk dat jy reeds daarvan weet –"

"Ek vrees daar is nie nou tyd om die saak te bespreek nie," val hy die dokter onverskillig in die rede. "Ek sal die señorita sonder versuim met my motor na die hospitaal toe neem, dan kan die verpleegsters solank die wond aan haar kop reinig." Hy kyk die dokter skerp en deurdringend aan. "Onthou asseblief, daar moet niks met ons klein Verena verkeerd gaan nie."

Hy tel die bewustelose meisie in sy arms op en stryk haastig aan na sy lang motor met die adellike Di Rago's se familiewapen teen die twee voorste deure.

Die dokter is dadelik by toe die hertog die voertuig bereik en maak die deur langs die agterste sitplek oop.

"Dankie," sê die hertog en plaas Verena versigtig op die agterste sitplek neer. Hy maak die motordeur ewe versigtig toe en draai weer na die dokter. "Kom asseblief so gou as wat jy kan hospitaal toe sodat jy die pragtige Verena behoorlik kan ondersoek en ook plate van haar skedel kan neem."

"Ek sal hospitaal toe kom sodra ek die kind ingespuit het, my heer die hertog," belowe die dokter. Hy sit Verena se sonbril in die handsakkie wat sy by haar gehad het en vervolg: "Sal jy die pasiënt se handsakkie saamneem, of sal ek dit vir haar hospitaal toe bring?"

"Ek sal dit saamneem," bied die hertog aan, "maar die hemel weet waarom jy nie daardie aaklige bril in die see gooi nie!"

"Señorita Verena sal my dit nooit vergewe as ek haar bril vernietig nie," antwoord die dokter. "Dit is haar masker waaragter sy baie dinge verberg – haar blindheid, sowel as haar vrees vir die vreemde, donker wêreld waarin sy op die oomblik lewe."

Op pad na die hospitaal hoor die hertog weer Verena se laaste woorde aan hom toe sy haar byna twee weke gelede so onverwags in hom vasgeloop het. "Dit is vir my baie duidelik dat jy 'n afsku in my het. Maar wees verseker dat die gevoel wederkerig is. Ek is self spyt dat ek ooit 'n voet op hierdie eiland gesit het . . . hoe spyt, sal jy nooit eens kan raai nie."

Jy het gelyk gehad – ek kon daardie dag nie raai nie, my pragtige klein Verena, maar ek weet vandag wat jy met daardie woorde bedoel het, hoe spyt jy werklik moet wees omdat jy ooit 'n voet op San Di Rago gesit het, gesels die edelman in sy gedagtes met die bewustelose Verena. Maar as jy nie hier na die eiland toe gekom het nie, sou ek jou miskien nooit ontmoet het nie. Wat maak dit tog saak dat jy nie kan sien nie? Jy is nog steeds die mooiste mensie wat leef, die enigste meisie wat ek graag my bruidjie sal wil maak.

Die tref hom meteens dat sy die eiland, op sy versoek, oor twee dae gaan verlaat, en hy voel onrustig.

Ek kan nie toelaat dat sy die eiland nou verlaat nie, dink hy met 'n bekommerde uitdrukking op sy aantreklike gelaat. Ek sal haar moet oorhaal om sonder versuim met my te trou sodat ek self vir haar kan sorg en toesien dat ongelukke soos vandag gebeur het nie herhaal word nie. Maar sal sy ooit instem om met my te trou? Sy ken my nie, en ek was tot dusver nog net beledigend teenoor haar . . .

Hy hou voor die hospitaal stil, tel die bewustelose meisie met liefdevolle hande uit die motor en dra haar na binne. 'n Verpleegster kom hom tegemoet, herken Verena dadelik en vra beleef wat met hul gewese pasiënt gebeur het.

Terwyl die hertog die suster na 'n privaat kamer toe volg, vertel hy haar van die ongelukkie wat op die strand plaasgevind het en vervolg: "Dokter De Almeida sal aanstons hier wees om señorita Verena behoorlik te ondersoek en plate van haar skedel te neem. Reinig solank die wond langs haar kop, en moet asseblief nie haar pragtige hare afsny nie."

Hulle tree die kamer binne en terwyl die suster die bed gereed maak vir die pasiënt, rus die hertog se blik vol liefde en verering op Verena se rustige, bleek gesiggie.

"Jy kan señorita Verena maar op die bed neerlê, my heer die hertog," hoor hy die suster sê.

Hy staan nader, lê Verena versigtig op die bed neer en druk sy lippe eers baie teer teen hare voordat hy orent kom.

"Ek sal die pasiënt se handsak in my motor gaan haal en daarna in die wagkamer wag totdat julle haar in die bed gesit het. Werk asseblief saggies met haar, suster, en kom roep my sodra sy in die bed is," versoek die edelman voor hy Verena se kamer verlaat.

'n Paar uur later weet die hele eiland dat hulle geëerde hertog uiteindelik verlief is, en dit op die skone Verena, haar blindheid ten spyt.

Die plate toon dat Verena nie ernstig beseer is nie. Al wat sy opgedoen het, is skok en die wond aan haar kop, gevolglik is die hertog se gemoed veel ligter toe hy die hospitaal pas voor aandete verlaat.

Verena het tydens aandete nog nie haar bewussyn herwin nie, maar dokter De Almeida meen dat daar absoluut niks is om onrustig oor te voel nie. Hy het selfs een keer die mening teenoor die hertog uitgespreek dat hierdie ongeluk straks haar sig aan haar mag terugbesorg, want hy voel oortuig dat net 'n ernstige skok haar weer die gebruik van haar oë sal teruggee. Ook die breinspesialis, dokter De Reuda, meen dat haar blindheid van 'n sielkundige aard is.

Hierdie aangename nuus het die hertog se verliefde hart sommer baie ligter laat klop. Maar haar sig is nie vir hom hoofsaak nie. Hy sal met haar trou al herwin sy nooit haar sig nie.

Die Strattons was bleek geskrik toe 'n jong seun hulle van Verena se ongeluk kom verwittig het. Maureen het haar dadelik na die hospitaal gehaas, maar kon Verena net vir 'n paar minute sien, aangesien die verpleegster op die punt was om haar na die x-straalkamer te neem.

Hierna het Maureen besluit om in die wagkamer te wag totdat Verena terug is, maar die hertog het haar met so 'n kil stem tereggewys omdat sy Verena alleen op die strand laat sit het, dat sy later skoon soos 'n moordenares begin voel het. Daarna het sy nie kans gesien om die wagkamer langer met die vername hertog te deel nie, en dus besluit om Verena maar weer later te besoek.

Hier waar Maureen nou met 'n seer hart na Verena se gepakte tasse staan en kyk, wonder sy of sy nie maar die tasse moet uitpak nie. Verena sal tog nie meer oor twee dae kan vertrek nie, en sy weet ook nie of sy die meisie nou alleen na Londen toe moet laat gaan nie. Enige onheil kan haar op die boot tref, dan sal sy voel of dit haar skuld is omdat sy Verena alleen laat gaan het.

Maureen besluit om hierdie saak maar eers met dokter De Almeida te bespreek voor sy enigiets doen. Dit is baie maklik vir die hertog om ander van nalatigheid te beskuldig, maar waarmee hy nie rekening hou nie, is die feit dat Verena vier en twintig jaar oud is en lankal mondig was. As sy graag 'n rukkie alleen op die strand wil sit, het niemand die reg om haar dit te belet nie. Elke mens op aarde wil die een of ander tyd 'n bietjie alleen wees, en Verena is geen uitsondering op die reël nie. Maar die hertog dink bepaald dat Verena, noudat sy haar sig verloor het, 'n marionet is wat net op ander se opdragte moet handel. Hy vergeet blykbaar dat sy nog steeds dieselfde mens is met dieselfde wil en deursettingsvermoë van weleer.

Maureen pak die nodige vir Verena in 'n oornagtassie en besluit om dit maar eers na die hospitaal toe te neem voor dit begin donker word.

4

Die hertog het net vir aandete na sy villa toe gegaan en hom daarna weer reguit na die hospitaal toe gehaas om by Verena te wees. Die verpleegsters het die bewustelose meisie intussen in haar eie, duur slaappakkie verklee – 'n pragtige ligblou pakkie van kant en sluiersy.

Daar is niemand in Verena se privaat kamer toe die hertog sy opwagting maak nie. Sy lê op haar rug, bleek en stil met 'n yslike verband om haar kop.

'n Lang ruk staan die edelman daar langs die bed na die pragtige meisie en kyk terwyl baie dinge deur sy gedagtes maal. Hy dink aan al die beledigings wat hy haar al toegeslinger het, hoe sy en haar bril hom van die eerste dag af met weersin vervul het – en nooit kon hy raai watter pragtige gesiggie daardie aaklige bril wegsteek nie.

Hy wonder of sy hom ooit sy beledigings sal kan vergewe. Hy het mos nie geweet dat sy haar sig verloor het nie! Hy probeer homself met hierdie gedagte van alle blaam onthef, maar iets binne-in hom sê vir hom dat dit nie so eenvoudig gaan wees nie, dat dit nie net sy beledigings is nie, maar die lig waarin sy beledigings hom reeds by Verena gestel het – ongeduldig en onverdraagsaam, glad nie prysenswaardig nie.

Haar gesiggie is so mooi en ontspanne hier waar sy bewusteloos op die bed lê, dat 'n onweerstaanbare drang die hertog dwing om haar sagte lippies weer eens te soen.

Hy het net orent gekom en op 'n stoel langs die bed gaan sit toe dokter De Almeida die kamer binnestap. Hy is nie verbaas om die edelman langs Verena se bed aan te tref nie. Nadat hy die gerug gehoor het wat tans die ronde hier op die eiland doen, het hy verwag dat hy die hertog hier by sy beminde sou vind.

Die dokter groet die hertog beleef, dan neem hy die bewustelose meisie se pols en luister na haar hart.

"Ek kan nie begryp waarom señorita Verena nog nie haar bewussyn herwin het nie," sê die dokter met 'n frons tussen sy wenkbroue. "Daar is geen rede hoegenaamd waarom sy steeds bewusteloos moet wees nie."

Dokter De Almeida se woorde was nog nie koud nie, toe maak Verena haar groot, blou oë oop. En terwyl haar oë stil na die plafon staar, kruip haar hande huiwerig na haar gesig toe. Haar vingerpunte betas eers haar hele gesig, dan skuif hulle hoër op na die verband om haar kop.

Die dokter plaas sy stetoskoop terug, knip sy tassie toe en sê met verligting in sy stem: "Wel, ek moet sê ek is baie verlig dat jy uiteindelik jou bewussyn herwin het, señorita." Hy neem haar hande van die verband af weg en vervolg ietwat terglustig: "Laat staan maar die verband, jy is nog net so mooi soos altyd. Jy het net jou kop beseer, maar aan jou gesig is nie 'n skrapie nie."

"Waar is my bril, dokter? Gee dit asseblief vir my," versoek sy die dokter met iets weemoedigs in haar stem.

Die dokter neem haar handsak uit die bedkassie se laai, en terwyl hy haar sonbril uit die handsak neem, vra hy met 'n frons wat sy nie kan sien nie: "Waarom wil jy die liederlike bril hier in die bed dra, señorita? Jy lyk so pragtig soos 'n . . . 'n . . . feëprinses sonder die ding."

Maar Verena is nie verwaand nie, dus laat sy met haar ge-wone beskeidenheid hoor: "Toe maar, dokter, dit is nie nodig om my te probeer vlei nie. Ek ken my gesig baie goed. Ek was nie altyd blind nie, weet jy?"

Sy hou haar hand na die dokter toe uit vir haar bril, maar hy plaas dit self op haar gesig sonder om die verband te versteur.

"Dankie," sê sy, en vervolg belangstellend: "Wat het die kind makeer?"

"Watter kind?" wil die dokter weet.

"Die een aan wie ek die bankie daar op die strand moes af-staan, en vir wie ek later uit die pad gestoot is," verduidelik sy, onbewus daarvan dat die hertog op die oomblik langs haar bed sit.

"O, daardie kind! 'n Bloublasie het hom aan die been beetge-had, maar hy het darem betyds 'n inspuiting gekry. So, vergeet nou maar van die kind en vertel vir my waar jy oral seer het."

"Nee wat, jy het nie nodig om my naam op jou gevaarlys te plaas nie, dokter," antwoord sy ontwykend. "Sê liewer vir die verpleegster om my klere te bring sodat ek kan aantrek en huis toe gaan —"

"Jy kan nie nou al huis toe gaan nie, señorita," val die dokter haar ferm in die rede. "Jy is nog nie eens ses uur hier in die hos-pitaal nie! Nee, jy sal 'n paar dae in die hospitaal moet bly . . ."

"Ek dink jy begaan 'n fout, dokter," weerspreek sy hom

haastig. "Dit is dringend noodsaaklik dat ek die boot oormôre moet haal Engeland toe."

"Daar is niks dringend of noodsaaklik in verband met jou vertrek nie, señorita," help die dokter haar reg. "Ek dring daarop aan dat jy met daardie kopbesering 'n paar dae hier in die hospitaal moet bly, waar ek jou onder my sorg kan hou –"

"Dit is absoluut onmoontlik," val sy die dokter sag in die rede. "Ek moet die eiland oormôre verlaat, ek het geen keuse nie."

"Waarom móét jy die eiland oormôre verlaat, señorita? Waarom is dit dringend noodsaaklik dat jy nie hier in die hospitaal kan bly totdat jy heeltemal herstel het nie?" wil dokter De Almeida half ongeduldig weet.

"Ek is . . . e . . . wel, ek voel ek het nou al te veel ongelukke hier op San Di Rago beleef. Die volgende een kan straks noodlottig wees."

Die dokter kyk na sy polshorlosie en sê saaklik: "Ek vrees ek moet nou gaan, dus kan ek nie langer met jou redekawel nie. Maar die hertog is hier. Miskien sal hy jou oorreed om langer op die eiland te bly."

Hierdie aankondiging van die dokter laat Verena merkbaar verstyf. Die hertog is inderdaad die laaste persoon op aarde met wie sy wil gesels.

"Niemand kan my oorreed om langer te bly nie, dokter," sê sy.

Die dokter begin saggies lag, wens haar en die hertog 'n rustige nag toe en vertrek.

"Ek is bly om te sien dat jy eindelik jou bewussyn herwin het, señorita," hoor sy die hertog langs haar bed sê. Maar nou is sy stem sag en vol bejammering – 'n emosie wat 'n ontsettende opstand in Verena ontketen. Sy gee nie om wanneer mense haar simpatiek gesind is nie, maar bejammering . . .!

Verena se bloed kook nog van verontwaardiging, toe hoor sy die hertog sê: "Jy het nie die dokter se vraag beantwoord toe hy wou weet waar jy oral seer het nie, señorita Verena. Sal jy asseblief die antwoord aan mý verstrek?"

Verena trek haar asem diep in, tel tot by tien en vind dat hierdie beproefde ou resep nie vanaand die gewenste resultate lewer nie, want sy voel steeds of sy die hertog kan verongeluk. Maar sy bedwing haar.

"Verskoon my, maar ek het geen sinnigheid om met jou te gesels nie. Jy het twaalf dae gelede baie uitdruklik gesê dat my soort onwelkom is hier op die eiland, en ek het belowe dat ek jou eiland oormôre sal verlaat. Wees nou asseblief so goed en laat my alleen . . ."

"Wag nou, moenie so haastig wees nie, kleintjie," pleit hy geduldig met sy mooi, diep stem. "Toe ek jou daardie beledigings toegeslinger het, was ek onbewus daarvan dat jy jou sig verloor het. Dink jy vir een oomblik dat ek jou sou gevra het of jy nie kan kyk waar jy loop, en of jy nie oë het om te lees wat op die kennisgewingbord geskrywe is nie, as ek geweet het dat jy jou sig verloor het?

"Ek weet ek is 'n duiwel wanneer ek kwaad is, maar ek is nie dáárdie soort duiwel nie, Verena. Ek wil jou dus nederig om verskoning vra omdat ek jou beledig het en ook vir die ander dinge waarmee ek jou seergemaak het. Glo my, ek het onwetend gesondig."

"O, nou goed, ek vergewe jou, maar ek is nog steeds vasbeslote om oormôre Londen toe te vertrek. Ek sal dit ook nog steeds waardeer as jy my nou alleen sal laat."

Die edelman trek sy stoel tot teenaan Verena se bed. Hy buk effens oor en neem albei haar fyn handjies met 'n teer gebaar in syne. Maar hiermee is Verena baie beslis nie gediend nie. Sy ruk haar hande vinnig uit syne en steek hulle diep onder die komberse in.

Sy sien gelukkig nie die frons tussen die edelman se swart wenkbroue, en byna oombliklik daarna die teer, sagte blik in sy donker, intelligente oë nie.

"Dankie dat jy my vergewe het, meisie," hoor sy hom met iets soos dankbaarheid sê. "Ek sal jou altyd dankbaar bly, maar ek is nie bereid om jou dadelik alleen te laat nie. Ek gaan hier sit totdat jy aan die slaap is. En wanneer jy môreoggend wakker word, sal ek weer hier langs jou bed wees om toe te sien dat jy in die hospitaal bly vir die nodige mediese behandeling. Ek sal ook die boot môremiddag per radio in kennis stel dat hier geen

231

vrag is om aan boord te neem nie en dat dit dus nie nodig sal wees om hier aan te doen nie. Trouens, ek sal jou oor twee weke persoonlik na Londen toe vergesel."

Verena verloor byna haar asem van skone verbasing en voel dan hoe 'n ongekende wrewel in haar opstu. Soveel vermetelheid en aanmatiging het sy nog nooit beleef nie! Wat sal die man hom verbeel!

Sy stik half in haar woede toe sy hom onthuts laat weet: "Jy mag die adellike hertog . . . e, dinges . . . Di Rago wees, maar jy is nog lank nie my baas nie, en moenie dink ek gaan na jou pype dans nie, señor. As jy dink ek gaan aan jou giere en grille toegee, begaan jy 'n geweldige fout. Ek mag blind wees, maar daar skort absoluut niks met my verstand nie!"

Sy wil hom in sy peetjie stuur, maar tot haar grootste ontsteltenis snoer die hertog haar mond met sy eie lippe.

Sy probeer met al haar krag om die man weg te stoot, maar dan neem hy haar in sy arms en voel sy hoe hy haar half oplig en teen sy bors vasdruk. Sy is later moeg gespartel, en toe sy eindelik stil in sy arms lê, voel sy hoe sy greep effens verslap.

"Verena, liefling," hoor sy hom hartstogtelik teen haar lippe sê, "hou op om my te beveg, jy sal tog nooit teen my wen nie. Trou liewer met my en laat my toe om vir jou as oë te dien en vir jou te sorg."

Verena verloor byna haar asem vir die tweede keer daardie aand.

"Trou! Met jóú?" vra sy toe sy eindelik haar asem terug het en kan praat sonder om oor haar eie woorde te struikel. "Ek kan net weer sê dat ek my sig verloor het, nie my verstand nie. En nog 'n ding – ek het vriende in Londen wat weet dat ek met oormôre se boot na Londen toe vertrek. My prokureur in Suid-Afrika sal ook oor vier dae met my in Londen in verbinding tree. Ek sal jou dus nie aanraai om my teen my sin hier op jou eiland te hou nie."

Hy lig sy kop op, hou haar met sy een arm teen hom vas en haal die ontsierende bril van haar gesig af.

"So," sê hy met merkbare tevredenheid in sy stem, "nou kan ek elke lyn op jou beeldskone gesiggie indrink. Jy is vir my so pragtig, so wonderskoon, my skat. Jy moet ophou om die aaklige bril te dra –"

"Jy matig jou gans te veel aan deur aan my te wil voorskryf wat ek mag en nie mag doen nie, señor," val sy hom met 'n kwaai stemmetjie in die rede. "Ek weet nie waar jy die reg vandaan kry om so met my te praat nie. Dit is vandag maar die vierde keer in jou lewe dat jy my sien en –"

"Die vyfde keer, cara," help hy haar reg en soen haar weer vlugtig op die mond. Hy laat haar vry uit sy arms, sit gemaklik agteroor op die stoel en vervolg: "Ons het mekaar die eerste keer op die boot gesien. Hier op die eiland het ek jou dadelik aan daardie aaklige bril en jou pragtige, goudblonde hare herken. Jy het saam met 'n paar passasiers op die dek van die boot gestaan om die flou wintersonnetjie te geniet, en ek het daar op die boot al lus gevoel om daardie bril van jou in die see te gooi. Maar ongelukkig moes ek die boot daardie middag by Le Havre verlaat, want ek het net tot in Frankryk gereis."

Verena voel hoe haar hart abnormaal vinnig begin klop, maar sy kry dit tog reg om bedaard te sê: "Daar was drie mans saam met ons op die dek. Watter een van die drie was jy?"

"Die ander twee was middelmatig lank met ligte hare en ook lig van gelaatskleur," verduidelik die hertog. "Ek is die lang, donker man wat jy so uit die hoogte aangekyk het; trouens, ek dink jy het na my gekyk, want jou gesiggie was na my kant toe gedraai en jy het toe nog die gebruik van jou pragtige oë gehad . . . Jy het na my gekyk, het jy nie, querida?"

"Ja, ek het, en ek was bitterlik vererg omdat jy my so openlik met afsku aangekyk het," verwyt sy. "Ek het jou tog geen leed aangedoen nie!"

"Nee, jy het nie," erken hy, "dit is daardie aaklige bril wat my elke keer so die harnas injaag. Ek kon nooit begryp watter soort mens jy is om jou gesig met so 'n ding te ontsier nie, en ek verstaan nou nog minder waarom jy daardie groteske ding op die boot gedra het . . . Waarom, pequena?"

"Omdat die bril in die mode is, en ook omdat ek al agtergekom het dat dit julle mans op 'n afstand hou," verduidelik sy met 'n skouerophaling wat duidelik te kenne gee dat dit haar glad nie skeel wat hy van haar of haar bril dink nie. Hy kan nou wel die aantreklikste man wees wat sy nog ooit in haar lewe gesien het, maar hy is vervlaks humeurig en sy hou nie van mense wat so kortgebaker is nie . . . Ja-nee, die hertog sal beslis sy humeur in toom moet hou.

Maar dan hoor sy hom met iets soos 'n laggie in sy stem sê: "Jy het gelyk, cara, daardie sonbril van jou hou die mans inderdaad op 'n afstand. Maar ek verkies nog dat jy die bril glad nie weer dra nie, veral nie hier op die eiland nie. Ek wil hê al die eilandbewoners moet sien hoe beeldskoon die aanstaande hertogin Di Rago is –"

"Señor," val sy hom met 'n ergerlike blos op haar wange in die rede, "moet asseblief nie weer na my verwys as jou aanstaande hertogin nie, want ek is dit nie. Ek koester geen planne hoegenaamd om 'n verhouding met 'n man aan te knoop terwyl ek nie die gebruik van my oë het nie."

"Maar dit is juis nou dat jy iemand nodig het om jou te versorg, Verena, querida! In elk geval, jy kan maar net sowel nou al weet dat ek vasbeslote is om jou my hertogin te maak en dat ek om daardie rede 'n wakende oog oor jou gaan hou," lig hy haar onomwonde in, komplee asof hulle mekaar jare al ken.

Maar Verena is nie met so 'n heerssugtige houding gedien nie. Sy maak dit ook baie gou duidelik toe sy opstandig sê: "Verskoon my dat ek dit sê, maar jy is gans te hooghartig, heerssugtig en humeurig na my smaak –"

"Jy het my dus nog nie my oortredings teenoor jou vergewe nie, cara," val hy haar sag in die rede, "en ek het gehoop dat jy al daardie dinge sal vergeet. Dit lyk vir my ek sal eers met jou moet trou voordat jy my sal kan vergewe."

"Wat laat jou dink dat ek dan sal kan vergewe en vergeet, señor?" Haar stem sê duidelik dat sy hom vermetel en onuitstaanbaar vind, en dat hy na haar mening 'n gans te hoë dunk van homself het. Sy is egter nie bedag op sy volgende woorde nie.

"Ek sal so lief en goed vir jou wees, jy sal nie anders kan as om alles te vergewe en te vergeet nie, Verena, pequena," hoor sy hom met soveel vertroue sê dat sy hom amper self glo. Maar dan dink sy weer aan die kere toe hy haar uitgekryt het, aan sy

234

hooghartigheid en ongeduldigheid, en sy voel glad nie meer so seker dat sy op die regte man verlief is nie.

Tog, noudat sy daaraan dink, herinner sy haar dat hy haar selfs op die boot onvriendelik gesind was. Hy blameer nou wel haar onaansienlike bril, maar sy het 'n vermoede dat sy hooghartigheid en ongeduld inherent is, en dit is beslis nie die soort man met wie sy eendag wil trou nie, al is hy die enigste man wat sy op die oomblik liefhet.

Wanneer ek eendag weer kan sien en hom in oënskou kan neem, sal ek my gevoel vir hom in heroorweging moet neem, besluit Verena in haar enigheid, maar sê hardop: "Ek herhaal, señor: Ek weier beslis om 'n verhouding met 'n man aan te knoop solank as wat ek blind is. Ek sal dit ook waardeer as jy nou sal gaan sodat ek kan slaap. Ek wou dit nie meld nie, maar ek het vroeër vanaand met 'n ellendige hoofpyn uit my bewusteloosheid ontwaak."

Die hertog se hand skiet dadelik uit na die klokkie wat langs haar kop hang en hy sê met 'n bekommerde frons: "Ek verstaan nie waarom jy my nie lankal van jou hoofpyn vertel het nie, cara!"

Hy lui die klokkie lank en dringend, en na 'n rukkie kom 'n verpleegster die vertrek haastig binne. Die hertog spreek haar in Portugees aan, toe verlaat sy die vertrek weer ewe haastig. Sy keer terug met 'n melkerige mengsel in 'n klein glasie wat sy Verena aanbied om te drink. Hierna maak sy die sieke se kussings gemaklik, wens die hertog en die pasiënt 'n rustige nag toe en verlaat die vertrek.

"Hoe laat is dit, señor?" wil Verena weet nadat die verpleegster die vertrek verlaat het.

"Dit is elfuur, cara, en my naam is Duarte – Duarte Fernando Emanuel Oliveira di Rago, maar vir jou net Duarte," sê hy met 'n warmte in sy stem wat haar oor nie ontgaan nie en wat haar verraderlike hart teen 'n verbasend vinnige tempo laat klop.

Maar sy onderdruk die opgewondenheid in haar hart en sê: "Ek wens jy wil nou loop, señor . . ."

"Duarte," help hy haar geduldig reg.

"Señor, ek sal dit waardeer . . ."

235

"Duarte," sê hy weer.

Sy sug hardop, en die moedelose trek op haar mooi gesig laat die edelman stilweg glimlag.

"O, nou goed, Duarte dan," gee sy die stryd eindelik gewonne. "Maar onthou, ek het net ingestem om jou op jou naam te noem, nie om met jou te trou nie."

"Ek verstaan, cara. Die ander belofte sal later kom," sug hy met 'n ingenome glimlag wat duidelik sê: Ek kry gewoonlik wat ek wil hê. Maar Verena is onbewus van sy betekenisvolle glimlag.

"Jy begaan 'n fout, daar sal geen ander belofte wees nie," sê sy. "En ek sal dit ook baie waardeer as jy nou wil loop sodat ek kan slaap, Duarte." Sy gaap lank en hartlik om haar versoek te beklemtoon.

"Ek sal gaan sodra jy slaap, querida, nie voor die tyd nie," sê hy vasberade.

"Ek kan nie slaap terwyl jy hier langs my bed sit nie," kla sy. "Dit laat my selfbewus voel omdat ek . . . omdat ek nie kan sien wat om my aangaan nie."

"Moenie daaroor selfbewus voel nie, cara," probeer hy haar gerusstel. "Ek is hier om te sien wat om jou aangaan. Maak nou jou pragtige oë toe en slaap."

"Jy is absoluut onmoontlik – onuitstaanbaar!" snou sy hom met 'n kwaai stem toe en draai haar rug op hom.

"Jy kan nie slaap sonder om vir my nag te sê nie, querida," sê hy en kom stil orent. Die volgende oomblik neem hy haar in sy arms en soen haar met 'n teerheid wat haar in sy arms laat ontspan sonder dat sy eens daarvan bewus is. Die hertog, aangenaam bewus van haar oorgawe, streel haar lippe liefdevol met syne en fluister saggies teen haar mond: "Goeienag, liefling! Droom vannag van my, want ek gaan die hele nag net van jou droom."

Die hertog se laaste sin ruk haar terstond tot verhaal, dan voel hy hoe sy weer skielik in sy arms verstyf.

"Los my, asseblief, Duarte," sê sy en stoot hom ferm en beslis van haar af weg. "Jy veroorloof jouself gans te veel vryheid om my te soen net wanneer die gier jou pak. Jy maak misbruik van

236

my blindheid, en ek sê jou nou, ek gaan dit nie langer duld nie
. . . Loop nou, asseblief."

Hy streel haar wang met 'n baie teer gebaar en ook sy stem
is teer en sag toe hy sê: "Ek gaan nou, pequena, maar ek kom
môre weer. En moenie so verontwaardig wees nie; my nagsoen-
tjie het jou tog nie werklik afgestoot nie. Ek sou eerder sê jy het
dit ook geniet."

"Loop . . . loop hier weg," kry sy dit met 'n dik stem uit. Die
volgende oomblik druk sy haar gesig in die kussing en bars in
trane uit.

"Verena, querida!" roep hy sag en ontsteld uit, en voordat
hy homself kan keer, vou hy haar reeds weer toe in sy arms.
"Moet asseblief nie so huil nie, cara," soebat hy, "jy maak jou-
self net onnodig siek. Ek weier om te loop terwyl jy so verdrie-
tig huil."

Die hertog hou die huilende meisie 'n lang ruk teen sy bors
vas, toe bedaar haar snikke eindelik. Met sy eie sakdoek vee hy
haar trane af en laat haar dan vry uit sy arms.

Daar is 'n vreemde, weemoedige trek in sy donker oë toe
hy sê: "Ek gaan nou, menina, maar ek wil hê jy moet jou hart
vanaand baie deeglik ondersoek. Ek wil môreoggend weet of
jy ernstig was, of jy regtig nie 'n verhouding met 'n man wil
aangaan solank as wat jy nie die gebruik van jou oë het nie. Ek
wil môre vir seker weet of ons twee se lewenspaaie saam gaan
loop, of nie. Nag, pequena!"

"Nag, Duarte," sê sy met 'n klein stemmetjie en lê dan en
luister hoe sy voetstappe wegsterf.

Verena voel so moeg en uitgeput van haar tranebui dat sy
sommer dadelik aan die slaap raak.

Gevolglik is sy die volgende môre nog onvoorberei om op die
hertog se vrae van die vorige aand te antwoord.

Dokter De Almeida daag pas na ontbyt by die hospitaal op
om te sien hoe dit met haar gaan. Hy is aangenaam verras om
te hoor dat sy 'n goeie nagrus geniet het en dat haar koors en
pols normaal is.

"Goeiemôre!" groet hy haar met 'n joviale stem. "Ek hoor
dit gaan vanoggend baie goed met jou!"

237

Verena beantwoord die dokter se môregroet en vervolg met 'n goedige glimlaggie: "Jy het reg gehoor, dokter. Ek voel goed genoeg om vandag uit die hospitaal ontslaan te word en môre na Londen te vertrek."

"So! En wie sal die wond aan jou kop op die boot versorg en verbind, señorita?" wil die dokter weet. "Die boot wat môre-oggend hier aandoen, is nie 'n passasiersboot met 'n dokter aan boord nie. Dis sommer net 'n kleinerige vragskip wat soms een of twee passasiers aan boord neem. Ek dink jy moet liewer wag vir die boot wat volgende week kom –"

"Onmoontlik, dokter," keer sy vinnig. "Al my reëlings is getref met die oog op my vertrek môreoggend. Ek sal liewer môre-oggend, op pad na die hawe, hier aandoen sodat een van die verpleegsters die wond kan versorg."

Die dokter kyk haar 'n oomblik ernstig aan, toe vra hy: "Weet die hertog dat jy van plan is om môreoggend te vertrek, señorita?"

"My bewegings gaan die hertog glad nie aan nie, dokter," sê sy met 'n frons tussen haar mooi geboogde, ligbruin wenkbroue. "Ek glo nie ek het sy toestemming nodig om môre te vertrek nie."

"Heeltemal waar, jy het nie, pequena," antwoord die hertog, wat 'n paar oomblikke gelede aangekom het, van die oop deur se kant af. Hy tree die vertrek binne, sê vir haar môre en kom langs Verena se bed staan. Sy donker, intelligente oë neem elke trekkie, elke lyn op haar fynbesnede gesig met een blik waar, toe gaan hy onverstoord voort: "As die señor dokter meen dat jy gesond genoeg is om uit die hospitaal ontslaan te word, sal ek jou persoonlik by jou tuiste besorg."

"Dan kan 'n verpleegster die señorita maar kom help aantrek, want sy is gesond genoeg om ontslaan te word, señor duque," sê die dokter. "Net die wond aan haar kop sal elke dag versorg moet word."

"Gaaf, dan kan ons maar solank stap, my goeie vriend, sodat die verpleegster die señorita kan aantrek," doen die hertog aan die hand en ontbied terselfdertyd 'n verpleegster deur die klokkie te lui.

Die verpleegster wag ook net totdat die dokter en die edelman die vertrek verlaat het, toe neem sy Verena na die badkamer toe.

'n Uur later is Verena netjies in 'n wit broekpak geklee. En hier waar sy nou vir die hertog op dieselfde stoel sit en wag waarop hy die vorige aand langs haar bed gesit het, tref dit haar dat die edelman vanoggend hospitaal toe gekom het met 'n spesiale doel. Ja, dit is nie om dowe neute dat hy aangebied het om haar tuis te besorg nie. Hy wil vanoggend 'n antwoord op sy vraag van die vorige aand hê, en sy het nog nie vir 'n oomblik aandag daaraan geskenk nie.

Verena voel effens senuweeagtig, want sy weet nog glad nie hoe sy die hertog se vraag moet beantwoord nie. Al wat sy weet, is dat sy die man liefhet. Ja, aan die een kant het sy hom lief, maar aan die ander kant sê haar verstand vir haar dat sy in haar blinde toestand geen bande moet sluit wat later mag knel of skaaf nie.

Sy weet hoe die hertog lyk. Ja, sy weet hoe indrukwekkend en onweerstaanbaar aantreklik hy is. Maar 'n man se aantreklikheid is nie al wat 'n huwelik laat slaag nie. Benewens ander dinge moet daar liefde van albei kante wees.

Sy leun agteroor in die stoel en sluit haar oë agter die donker bril.

Hy noem my nou wel op baie troetelname, dink sy ernstig, maar hy het nog nie een keer sy liefde aan my verklaar nie. Hy het net gesê dat hy met my wil trou om vir my as oë te dien en vir my te sorg. Al wat hy vir my voel, is bejammering, 'n emosie wat 'n huwelik vinnig op die rotse kan laat beland . . .

Naderende voetstappe maak 'n einde aan haar gedagtes. Sy hoor hoe die voetstappe in die omtrek van die deur tot stilstand kom, en dit laat haar vinnig regop sit. Sy draai haar gesig na die kant toe waar die deur moet wees. Dan kom die voetstappe vinnig nader tot voor haar stoel.

"Mag ek vra waarom jy al weer daardie onooglike bril dra, menina?" hoor sy die hertog met iets soos teleurstelling in sy stem vra.

"Ek voel minder selfbewus oor my blindheid wanneer ek 'n

239

donker bril dra, Duarte," antwoord sy sag. "Julle mense wat die gebruik van julle oë het, sal nooit kan begryp wat dit beteken om skielik blind te wees nie."

"Jy het moontlik gelyk," stem hy saam. "Maar sal jy my nie toelaat om vir jou 'n aantrekliker bril te koop nie? 'n Bril wat jou gesig darem minder sal ontsier, iets kleiner as die een wat jy op die oomblik dra."

Verena oorweeg die hertog se voorstel en sê na 'n rukkie skepties: "Hoe sal ek weet of die mense my oë deur die bril kan sien of nie?"

"Jy sal maar net my woord daarvoor moet neem, pequena," sê hy. "Ek belowe dat die bril se lense so donker sal wees dat niemand jou pragtige oë sal sien nie."

Dit lyk of die hertog se belofte haar gerusstel, want sy staan sonder meer van die stoel af op, hou haar hand na hom uit en sê ongeërg: "Ek sal jou woord daarvoor aanvaar dat die mense nie my oë deur die lense sal kan sien nie, Duarte."

'n Warm, genoeglike glimlag sprei oor die hertog se streng gelaat. Hy neem die handjie wat sy na hom uithou. "Ek waardeer jou vertroue, menina, en ek sal altyd jou vertroue waardig probeer wees. Kom, laat ons nou eers vir jou 'n ander bril gaan koop. Daarna kan ons 'n stil plekkie langs die strand gaan soek waar ons ongestoord kan gesels."

Verena weet wat hy met gesels bedoel. Maar sy gee nie om nie, sy het 'n antwoord gereed op sy vraag van die vorige aand. Dit is dalk nie die een wat hy wil hê nie, maar dit is ten minste 'n eerlike en 'n versigtige antwoord.

Die hertog is uiters bedagsaam toe hulle die hospitaal verlaat, in sy motor klim en na die apteek toe ry. Dis of hy elke keer presies weet wat hy vir die blinde meisie moet doen. Hy help haar uit die motor en lei haar oor die straat, asof hy sy hele lewe daaraan gewoond is om hierdie dinge te doen.

José die apteker, se verloofde, Julietta, is ook in die apteek toe Verena en die hertog die plek binnestap. Albei spreek hulle blydskap uit om Verena weer op die been te sien. Die hertog word met groot eerbied en respek gegroet.

Die edelman rig 'n paar woorde op Portugees aan José, wat

die apteker haastig na sy pakkamertjie toe laat gaan. Na 'n ruk-kie keer hy terug en sit 'n groot, plat doos vol donker brille op die toonbank voor die hertog neer.

Die edelman werp 'n vlugtige blik in die doos, neem 'n bril met uitermate donker lense en draai na Verena.

"Ek het nou die ideale bril vir jou, cara," sê hy en haal die ander bril, wat vir hom so 'n doring in die vlees is, van haar gesig af. "Die lense is bruin, maar baie donker, en ek is seker jy sal van die lense se vorm hou."

Hy sit die bril vir haar op en staan afwagtend en toekyk ter-wyl sy die lense met haar vingers betas.

Dit lyk of sy tevrede is met die nuwe bril, want sy vra vir Julietta om asseblief vir haar iets te gee waarmee sy haar vinger-merke van die lense kan verwyder. Maar die hertog tree dadelik tussenbeide.

"Laat my toe om die bril vir jou skoon te maak, pequena," bied hy vriendelik aan en neem die bril uit haar hand.

"Wat het jy met die ander bril gemaak, Duarte?" wil sy weet toe hulle eindelik op die punt staan om te gaan.

"Ek het die aaklige ding hier in my sak," sê hy. Hy neem haar hand en trek haar arm deur syne. "Ek wil jou ou bril op 'n plek in die see gooi waar jy hom nooit weer sal kry nie."

"Jy vergeet blykbaar dat ek blind is en nie na die bril sal kan soek nie," herinner sy hom met 'n hartseer glimlaggie wat trane in Julietta se oë bring.

Daar is 'n vreemde teerheid in die hertog se stem toe hy haar arm liefdevol teen hom vasdruk en sê: "Jy sal nie altyd blind wees nie, querida. Ek gaan jou na die wêreld se beste spesialiste toe neem, want ek is seker dat een van hulle jou sig aan jou sal kan teruggee."

Hierna sê hulle vir José en Julietta tot siens, en weldra ry hulle al met die strand langs.

"Waarheen ry ons, Duarte?" vra sy met 'n onseker stem.

"Jou vraag klink so huiwerig, cara. Is jy bang om alleen saam met my te ry?" vra hy sonder om haar vraag te beantwoord.

"Wel . . . e . . . ek sal nie juis sê bang nie," laat sy met 'n ligte skouerophaling hoor. "Ek voel net vreeslik onseker omdat ek nie kan sien nie en derhalwe nie weet waar ek is of wat om my aangaan nie. Besef jy dat ek op hierdie oomblik volkome van jou afhanklik is?"

"Is dit vir jou so 'n ontsettende gedagte om van my afhanklik te wees, querida? Weet jy dan nou nog nie dat jy my volkome kan vertrou, dat ek jou met my eie lewe sal beskerm nie?" Hy trek die motor uit die pad, hou stil en skakel die enjin af.

"Ek ken jou nog nie goed genoeg om . . . om hierdie dinge te weet nie, Duarte," sê sy met 'n verlore klank in haar stem. "Ek het jou nog net een keer in my lewe gesien en dit was ook maar net vir 'n minuut of wat, en toe het jy my so 'n onvriendelike en ongenaakbare kyk gegee dat ek glad nie weet hoe jy lyk wanneer jy die dag nie onvriendelik is nie."

"Skaam jou, menina, jy praat asof ek nooit iets anders as onvriendelik is nie," bestraf hy haar goedig en neem haar een fyn handjie in syne.

"Met my was jy nog altyd net onvriendelik, Duarte, voordat jy gehoor het dat ek blind is. Nou bejammer jy my, gevolglik is jy vriendeliker."

"Bejammer!" roep hy sag uit. "Nee, ek bejammer jou nie, cara. Jy is gans te mooi om bejammering af te dwing. Die oomblik toe ek jou pragtige gesiggie gesien het, het ek dadelik geweet dat jy die enigste meisie is met wie ek graag sal wil trou . . ."

"Duarte, wag, jy gaan nou te vinnig vir my," keer Verena. "Daar is nog baie tyd om aan trou te dink. Laat ons vir eers net vriende wees tot tyd en wyl ek weer kan sien –"

"Volstrek nie," val hy haar streng in die rede. "Ek weier om te wag tot dan. Ons kan vandag verloof raak en oor 'n maand trou."

"Onmoontlik," sê sy ernstig, "jy is vir my nog gans te vreemd om al met jou te trou. Ek wil ook nie 'n blinde bruid wees nie. Ek wil my bruidsuitrusting en die bruidskoek self kies, en ek wil my bruidegom en die gaste ten minste met my eie oë sien . . . Nee, ek weier om op my huweliksdag net 'n toehoorder te wees. Ek sal ook glad nie soos 'n bruid voel as ek nie self kan sien nie."

"Is dit jou finale besluit, Verena?" vra hy met iets soos ingehoue gramskap in sy stem.

"Ja, dit is finaal, Duarte. Sodra ek my sig herwin het, kan ons die saak weer bespreek. Intussen kan ons vriende wees . . ."

"Nee dankie," onderbreek hy haar met 'n effens kil stem, "ek wil nie jou vriendskap hê nie, ek wil jou as lewensmaat hê. En as jy nie kans sien om oor 'n maand met my te trou nie, verkies ek dat ons lewenspaadjies hier uitmekaar gaan."

"Nou goed, as dit is hoe jy voel, sal ek bly wees as jy my sonder versuim huis toe sal neem. Daar is nog die een of ander wat ek moet afhandel voor ek môreoggend vertrek. Jy kan sommer my ander bril ook teruggee –"

"Wat, wil jy daardie ding weer dra?" vra hy bruusk.

Sy knik bevestigend.

"Ek het gisteraand al aan jou verduidelik dat mans my nie lastig val wanneer ek daardie bril dra nie," laat sy ietwat afgetrokke hoor. "Ek sal die bril dus weer van môre af dra."

Hierop het die hertog niks te sê nie. Hy haal die donker bril uit sy sak en sit dit in haar handsak. Toe skakel hy die motor aan en weldra is hulle op pad na die Strattons se woning.

"Verena," sê hy sag toe hulle voor haar tuiste stilhou, "is jy seker dat jy liewer alleen deur die lewe wil gaan as om met my te trou? Ek kan jou alles gee wat met geld gekoop kan word, en ek kan die lewe vir jou aansienlik vergemaklik."

"Ek kan daardie dinge self koop, Duarte. My pa het my taamlik vermoënd agtergelaat," lig sy hom in. "Ek sal dus net vir liefde trou en om geen ander rede nie. Daarom sal ek eers my sig moet herwin voordat ek ooit aan 'n huwelik kan dink. As jy wil wag tot dan . . ."

Hy skud sy raafswart kop en sê ewe beslis: "Nee dankie, dan verkies ek dat ons paadjies liewer hier skei."

Hy maak die motordeur oop en klim uit. Lank en waardig stap hy voor om die voertuig, maak die deur vir Verena oop en help haar om uit te klim.

"Mag ek jou vir laas met 'n soen groet, menina?" vra hy waar hulle langs die motor staan met haar hand nog steeds in syne.

Sy knik, lig haar gesig op en sê met 'n weemoedige glimlaggie: "Jy mag, Duarte, aangesien ons paadjies na dese nooit weer sal kruis nie."

Hy haal die bril van haar gesig af, kyk etlike tellings na haar pragtige gesig en mooi oë. Toe neem hy haar liefdevol in sy arms.

"Jy is die mooiste meisie wat ek nog ooit in my lewe gesien het, Verena," sê hy met 'n verlatenheid in sy stem. Toe sak sy donker kop af en eis sy lippe hare op in 'n soen wat haar laat voel of sy hoog op die wolke deur die lug sweef. Sy sluit haar oë en gee haar volkome oor aan sy soen.

Terwyl sy lippe warm en dringend op hare rus, tref dit Verena weer eens dat sy hierdie vreemde man baie liefhet. Die wete dat sy nooit weer sy stem sal hoor nie, nooit weer haar hand in syne sal voel nie, ruk soos 'n storm in haar en laat die trane warm in haar oë opwel.

Na 'n rukkie voel sy hoe die hertog sy lippe liggies oor haar wang laat gly en 'n soen op elke ooglid druk.

"Waarom die trane, querida?" vra hy met sy lippe teen haar wang, digby haar oor.

"Dis maar sommer omdat ek die eiland môre verlaat en vir julle almal vaarwel moet sê," laat sy met 'n dun, ongelukkige stemmetjie hoor.

Sy voel hoe hy haar stywer teen hom vasdruk, dan hoor sy hom half pleitend sê: "Jy het nie nodig om vir ons vaarwel te sê en die eiland te verlaat nie, menina. Trouens, jy gaan ons albei daardeur 'n groot onreg aandoen, want ek is nou volkome oortuig dat jy my nie ongeneë is nie."

"Liefde alleen is nie genoeg om 'n huwelik te laat slaag nie, Duarte. Ek moet jou kan sien om jou goed te leer ken," sê sy nog steeds met 'n ongelukkige stem.

"O, ek verstaan," laat hy versigtig hoor. "Jy is baie koppig en eiesinnig, Verena, en daardeur gaan jy ons albei se lewens ongelukkig maak. Maar ek gaan jou nie meer soebat nie. Jy moet maar self besluit wat jy wil doen. Onthou net dit – wanneer jy môre die eiland verlaat, het jy self gekies dat ons lewenspaaie uitmekaar moet gaan."

Verena staan nog etlike sekondes in die kring van sy arms, toe sê sy met 'n hartseer stem: "Soen my nog een maal voor jy my binnetoe neem, Duarte."

Hy soen haar lank en hartstogtelik, en toe hy eindelik sy kop oplig, vra hy met iets dringend in sy stem: "Wat is die betekenis van hierdie soen, pequena? Is dit vaarwel, of sommer net tot siens?"

Sy stem klink so hoopvol dat sy lus voel om te huil. Maar dan skud sy haar kop liggies en daar is duidelik 'n weemoedige trekkie om haar mond toe sy sê: "Ek weet nie, Duarte . . . Ek weet eerlikwaar nie. My hart en my verstand spreek twee verskillende tale. Maar ek sal voor môreoggend weet – altans, voor die boot môreoggend vertrek."

Hierop sê die hertog niks. Na 'n rukkie laat hy haar vry uit sy arms. Hy neem haar hand en lei haar versigtig binnetoe.

5

Maureen Stratton is aangenaam verras toe die hertog Verena tuis besorg. Sy het nie verwag dat dokter De Almeida haar so gou uit die hospitaal sou ontslaan nie. Sy nooi die edelman om te sit, maar hy wys haar uitnodiging beleef van die hand en verduidelik dat hy 'n bietjie haastig is. Hy het net hier aangedoen om Verena te bring.

Hy lei die meisie na die rusbank toe en help haar versigtig om te sit. Maar hy los haar hand nie dadelik nie.

"As ek jou nie voor jou vertrek weer sien nie, cara, onthou asseblief om môreoggend by die hospitaal aan te doen sodat die wond aan jou kop versorg kan word," herinner hy haar sag, vertroulik.

Verena hef haar nikssiende oë op na hom en vra huiwerig: "Bedoel jy dat jy . . . dat jy nie môreoggend by die . . . hawe sal wees nie?"

"Is dit wat jy verlang, cara?" Hy gee haar hand 'n intieme drukkie, so asof haar vraag sy hart verbly het. Sy gedagtes is so toegespits op Verena dat hy nie eens merk toe Maureen die vertrek verlaat nie.

"Wel, ons is vriende, is ons nie?" vra sy.

"Ek is nie jou vyand nie, menina," sê hy sag, "maar dis jou liefde wat ek wil hê, nie jou vriendskap nie. In elk geval, al sien ek geen sin daarin nie, sal ek nogtans probeer om môreoggend by die hawe te wees. Ek sal natuurlik daar wees in die hoop dat jy op die laaste oomblik sal besluit om te bly en oor 'n maand met my te trou . . . Tot siens, liefling!"

Hy los haar hand, buk af en druk sy lippe vlugtig teen haar kroontjie.

"Tot siens, Duarte!" hoor hy haar sê . . . Net dit. Sy sê niks wat eens effens bedoel is om hom te bemoedig of wat selfs 'n vae belofte inhou nie.

Verena luister na die hertog se voetstappe wat geleidelik weg-sterf. Sy hoor hoe hy die motordeur toeklap, die voertuig aan-skakel en wegry. Toe is dit asof 'n groot verlatenheid van haar besit neem, maar voordat sy haar aan hierdie troostelose gevoel kan oorgee, kom Maureen die vertrek binne.

Die ouer vrou kyk Verena ondersoekend aan en sê besorg: "Ek dink jy moet 'n rukkie gaan rus, kindjie. Jy lyk vir my so moeg. Ek wonder of dokter De Almeida jou nie te gou uit die hospitaal ontslaan het nie."

Sy skud haar kop en sê met 'n verwese glimlaggie: "Ek voel heeltemal gesond, tannie Maureen. Dit is maar net een van daardie dae wanneer dit vir 'n mens voel of al die sorge en pro-bleme van die wêreld op jou skouers alleen rus."

"Moet jy nie maar nog 'n maand of wat hier op die eiland bly nie, kindjie?" vra Maureen met moederlike besorgdheid. Sy het die afgelope maande lief geword vir hierdie mooi, blonde meisie met haar minsame geaardheid. "Ek glo nie dit gaan so 'n goeie ding wees om bedags alleen in Londen in 'n losieshuiskamer te wees nie. Hier op die eiland is almal besorg oor jou; in Londen is daar niemand, behalwe Alice, op wie jy kan steun as jy hulp nodig het nie."

"Dit is lief en dierbaar van jou om so besorg oor my te voel, tannie Maureen," laat Verena met 'n tikkie hartseer in haar stem hoor. "Ek waardeer jou besorgdheid en alles wat jy tot dusver vir my gedoen het, maar ek vrees die tyd het aangebreek dat ek moet teruggaan na my eie land toe. Sodra dit vir oom

Dennis geleë is, moet julle drie my in Suid-Afrika kom besoek. Dit sal vir my oneindig baie plesier verskaf om julle reiskoste te dek en vir julle al die besienswaardighede in my land te wys."

Maureen bedank Verena vriendelik en sê dat hulle 'n besoek aan Suid-Afrika baie sal geniet. Tog is daar kommer in haar stem toe sy die meisie se arm neem en sê: "Kom, jy moet eers gaan rus, kindjie. Jy lyk inderdaad bleek en moeg."

Verena laat haar gasvrou toe om haar na haar kamer toe te neem waar sy alleen met haar gedagtes kan wees, want sy weet dat sy in hierdie paar uur voordat die boot die volgende oggend vertrek, sal moet besluit of haar en die hertog se paadjies vir altyd uitmekaar gaan draai of nie – die keuse word uitsluitlik aan haar oorgelaat.

Hier waar Verena nou op die bed met haar oë gesluit lê, probeer sy enigiets om die hertog se aantreklike, indrukwekkende beeld uit haar gedagtes te weer en om positief te dink. Maar haar poging misluk hopeloos, want ofskoon sy geliefde beeld deur die maande ietwat vervaag het, onthou sy genoeg om haar hart teen 'n gevaarlike tempo te laat klop en om haar hartseer te stem wanneer sy net daaraan dink dat hulle paadjies vir goed uitmekaar moet loop.

'n Oomblik wonder sy of sy nie maar aan sy begeerte moet toegee en oor 'n maand met hom in die huwelik moet tree nie. Maar dan dink sy weer aan sy ongeduld die drie keer toe hy haar uitgetrap het, en sy besef dat sy tog niks van die man weet nie.

Dis waar, gesels sy in haar gedagtes met haarself, 'n mens trou nie sommerso blindweg – in my geval letterlik sowel as figuurlik – met 'n man wat jy net een keer gesien het en van wie jy drie keer 'n onaangename indruk gekry het nie. Hy was nou wel later spyt oor sy onvriendelikheid, maar ek voel nogtans onseker oor sy karakter en persoonlikheid . . . Ek sal hom eers beter moet leer ken, eers baie seker moet maak dat hy nie die soort is wat sy vrou by die geringste aanleiding sal mishandel nie. En ek sal hom nooit leer ken deur net sy stem te hoor nie. 'n Mens kan die stem van 'n engel hê en nogtans 'n duiwel wees; trouens, hy het self gesê dat hy 'n duiwel is wanneer hy kwaad

247

is. En benewens dit alles het hy nog nie een keer gesê dat hy my liefhet nie . . .

Toe Clare haar later kom haal om aan te sit vir middagete, het Verena tot 'n finale besluit gekom. Sy sal die volgende oggend met die boot na Londen vertrek. Wanneer sy eendag haar sig herwin het, sal sy na die eiland toe terugkom, en as Duarte dan nog ongetroud is, kan hulle die drade opneem waar hulle dit laat lê het.

Noudat Verena finaal besluit het wat sy moet doen, voel dit of sy heeltemal alleen staan in hierdie donker wêreld waarin sy so plotseling gedompel is. Maar sy weet ook dat sy reg besluit het.

Die res van die dag is sy baie stil en afgetrokke. Sy sit op die voorste veranda in die hoop dat sy die hertog se motor die een of ander tyd voor die deur sal hoor stilhou, en dat hy vir haar sal kom sê dat hy besluit het om vir haar te wag totdat sy weer die gebruik van haar oë het. Maar al wat sy hoor, is die gedruis van branders wat teen die rotse breek . . .

Daardie aand huil Verena haar aan die slaap. Die volgende oggend word sy dus met 'n ontsettende hoofpyn wakker word.

Maureen is bewus dat haar oë rooi gehuil is, maar sy swyg wyslik en Verena sê ook niks van haar hoofpyn nie.

Na ontbyt is Verena gereed om na die hawe toe te vertrek. Sy bedank Dennis hartlik vir al sy vriendelikheid tydens haar verblyf op die eiland.

"Ek kan glad nie begryp waarom jy so haastig is om die eiland te verlaat nie," sê Dennis bekommerd. "Ek voel jy kon nog 'n paar maande hier gebly het, jouself 'n bietjie meer tyd gegun het om eers jou voete te vind."

"Ek waardeer jou besorgdheid, oom Dennis," glimlag sy half verwese, "maar ek voel die tyd het aangebreek dat ek moet teruggaan na my eie land toe. Miskien kan ek daar iets doen wat my besig kan hou; brailleskrif leer of so iets."

"Laat staan maar liewer die brailleskrif, ou kind," keer Dennis. "Jy het nie jou sig permanent verloor nie, net tydelik. Een van die dae sien jy weer so goed soos altyd."

248

Hierna groet sy Dennis, en weldra is sy, Maureen en Clare op pad na die hawe. Hulle doen eers by die hospitaal aan sodat die wond aan haar kop versorg kan word.

Nadat die wond ontsmet en verbind is, groet sy die hospitaal-personeel wat aan diens is. Toe ry hulle na die hawe.

Verena is vandag in 'n netjiese wit broekpak geklee, met haar gewone donker bril weer op haar gesig. Hulle kom betreklik vroeg by die hawe aan – 'n uur voordat die boot moet vertrek.

"Ek dink jy en Clare moet hier vir my wag, dan neem ek eers jou bagasie na jou kajuit toe . . ."

"Dit sal nie nodig wees nie, señora," hoor Verena die hertog se mooi, diep stem agter hulle. Hy groet Verena, Maureen en Clare. "Laat my toe om Verena se bagasie na haar kajuit toe te neem, señora. Daarna sal ek haar graag vir 'n paar minute alleen wil spreek, as jy nie omgee nie. En as jy haastig is om huis toe te gaan, sal ek Verena persoonlik na haar kajuit toe vergesel."

Maureen wag net totdat die hertog buite hoorafstand is, toe vra sy sag, vertroulik: "Is daar 'n verhouding tussen jou en die hertog, Verena?"

Verena glimlag hartseer toe sy antwoord: "Die hertog wil hê ons moet dadelik verloof raak en oor 'n maand in die huwelik tree, tannie Maureen. Maar ek het vir hom gesê dis gans on-moontlik, ek sien nie kans om met hom te trou voordat ek hom beter ken nie. En om hom beter te leer ken, moet ek tog kan sien. Maar hy is nie bereid om te wag totdat ek weer kan sien nie."

"Hy sal vir jou 'n baie goeie man wees, kindjie . . ." begin sy. Maar Verena gee haar nie kans om meer te sê nie.

" 'n Goeie man alleen is nie genoeg nie, tannie Maureen," laat sy ernstig hoor. "Ek verwag ten minste liefde ook van die man met wie ek eendag trou, en die hertog het nog nie een keer gesê dat hy my liefhet nie. O, hy het my al dikwels vertel hoe mooi ek vir hom is, maar die woord liefde het ek nog nie een keer gehoor nie."

Maureen fluister onderlangs dat die hertog terug en amper binne hoorafstand is en vervolg hardop: "Sal jy omgee as ek jou in die hertog se sorg laat, Verena, of verkies jy dat ek jou persoonlik na jou kajuit toe moet vergesel?"

"Ek gee nie om nie, die hertog kan dit ook maar doen, tannie Maureen," stem sy in. "Hy het in elk geval gesê hy wil my privaat spreek."

"Nou goed, dan sal ek en Clare jou maar solank groet," sê Maureen. "Alles van die beste vir jou, Verena, en ek hoop julle reis voorspoedig . . ."

Sy stuur etlike boodskappe vir Alice, en spreek die wens uit dat Verena gou die gebruik van haar oë mag terugkry. Toe groet sy en Clare die blinde meisie hartlik.

"Baie dankie vir al jou liefde en sorgsaamheid, tannie Maureen. Ek hoop julle kom gou vir my kuier," sê Verena.

Maureen belowe dat dit moontlik aanstaande jaar sal wees. Toe sê hulle tot siens en die volgende oomblik voel Verena hoe die hertog haar arm deur syne trek.

"Dis nog vroeg, ons kan 'n rukkie in my motor gaan gesels," hoor sy hom sê. Hy lei haar na sy motor wat agter die gebou staan, en vervolg toe hulle albei gemaklik sit: "Ek het nie verwag om jou vanoggend hier by die hawe aan te tref nie, Verena. Trouens, ek het al die tyd gehoop dat jy jou deur jou hart sal laat lei. Maar dit is nou vir my baie duidelik dat jou liefde vir my van 'n oppervlakkige aard is, daarom dat jou hart nie kon seëvier nie. Ek het my dus al die tyd met jou vergis."

Verena steek haar regterhand in 'n pleitende gebaar na hom toe uit en voel hoe sy lang vingers om haar hand sluit. Hierna haal hy die groot donker bril van haar gesig af en sit dit in haar handsak.

'n Lang ruk liefkoos sy donker oë elke trek op haar pragtige gelaat. Hy het nooit kon droom dat hy ooit 'n meisie so lief sou kry soos wat hy Verena het nie. Dis soos 'n fisieke pyn êrens in sy bors waar sy hart moet wees. As sy tog maar net met hom wou trou sodat hy haar kan vertroetel en vir haar kan sorg. Hoe op aarde kan hy ooit met 'n ander meisie trou, noudat sy hele hart aan haar behoort? Almal lyk vir hom vaal en uitgewas teen haar met haar pragtige blou oë en hare wat soos goud blink – sy, die liefling van sy hart, sy koppige en eiesinnige klein liefling.

Maar dan hoor hy haar met 'n pleitende stem sê: "Jy beoordeel my hopeloos verkeerd, Duarte. My gevoel vir jou is nie oppervlakkig nie, ek is net . . . net baie versigtig omdat ek blind is en jou nie kan sien nie. Op die oomblik weet ek niks van jou nie, behalwe hoe jy lyk; dan is die prentjie wat ek in my omdra dié van 'n hooghartige man wat met oë vol afkeer op my neersien. Ek het jou nog net in 'n neerhalende luim gesien, Duarte, dus voel ek dat ek jou glad nie ken nie, dat jy vir my nog 'n totale vreemdeling is."

"Nou waarom bly jy dan nie hier op die eiland waar jy my beter kan leer ken nie, Verena?"

Sy skud haar kop stadig.

"Dit sal niks baat nie, my vriend. Solank ek blind is, sal ek jou nooit werklik leer ken nie, want ek sal nooit weet wanneer jy glimlag of frons nie. Dit is sulke klein, soms onbenullige ou dingetjies wat 'n mens se karakter openbaar."

"En nou gaan jy maar liewer weg? Wat sal dit jou baat?" Daar is iets pleitends in sy stem, maar Verena maak of sy dit nie hoor nie.

Sy haal haar skouers liggies op en sê met 'n ongelukkige stem: "Ek weet nie, maar ek gaan iemand soek wat my sig aan my kan teruggee. Iewers in hierdie wye wêreld van ons moet daar 'n dokter wees wat my van hierdie blindheid kan genees."

Hy plaas sy een arm om haar tenger skouertjies en trek haar liefdevol teen hom vas. Dan soek en vind sy lippe hare in 'n lang, vurige soen wat Verena terstond in 'n wêreld van ekstase dompel.

"Dit is presies wat ek wou doen, querida," sê hy toe hy eindelik sy kop oplig. "Na ons huwelik wou ek die hele Europa en Amerika deurreis en 'n dokter soek wat jou sig aan jou kan teruggee . . . Kan ons nie maar saam na daardie dokter gaan soek nie?" Sy lippe streel oor haar satyngladde wang.

"Wat bedoel jy met 'saam', Duarte?"

"Wel, as man en vrou. Ons kan tog nie so 'n uitgebreide reis onderneem sonder om eers in die huwelik te tree nie, menina!"

Sy stem klink sag en bedaard, maar as Verena kon sien, sou sy die intense spanning en afwagting op sy aantreklike gelaat waargeneem het. Maar nou hoor sy net sy stem, dus is sy totaal

251

onbewus van die intense emosies wat in hom heers terwyl hy wag om te hoor wat sy gaan sê.

"Ek sal maar liewer alleen na 'n dokter gaan soek, Duarte," verpletter sy al sy hoop en verwagtinge. "Wanneer ek eendag weer kan sien en jou beter ken, kan jy my weer vra om met jou te trou."

Hy is merkbaar bleek toe hy haar stadig uit sy arms laat en met 'n beheerste stem sê: "Dit kan etlike jare duur, en ek is nie van plan om so lank te wag nie, Verena. Ek herhaal: As jy vanoggend na Engeland vertrek, sal ons paaie nooit weer kruis nie. En ek merk jy het nog net tien minute om oor ons toekoms te besluit."

Daar is trane in haar stem en in haar oë toe sy na 'n rukkie sê: "Ek kan nie anders nie, Duarte. Ek moet vanoggend teruggaan Londen toe, al beteken dit ook die einde van ons vriendskap."

"Nou goed, laat my toe om jou na jou kajuit te neem, Verena. Ek sal die kaptein van die boot vra om 'n oog oor jou te hou en toe te sien dat jy veilig aankom."

Sy bedank hom met 'n hartseer stem, sit die onooglike bril weer op en laat hom toe om haar uit die motor te help.

Toe hulle later die kajuit binnestap, lei Duarte haar na die enkele slaapbank en verduidelik aan haar waar elke ding is. Hy verduidelik aan haar dat haar kajuit 'n badkamer het en hoe sy moet beweeg om die deur te bereik. Hierna neem hy haar na die badkamer toe en verduidelik weer geduldig waar elke voorwerp staan.

Terug in die kajuit, neem die hertog haar fyn handjie in syne, dan kom daar 'n verdwaaldheid in sy oë by die gedagte dat die oomblik van afskeid aangebreek het.

"Ek sal moet gaan, want die boot sal aanstons vertrek," sê hy. "Ek hoop julle reis voorspoedig. Dus sê ek dan maar vaarwel, Verena."

Hy los haar hand en wou net die kajuit verlaat, toe hy haar half pleitend hoor sê: "Moet asseblief nie vir my kwaad wees nie, Duarte. Dit is in ons albei se belang dat ek . . . dat ek so besluit het."

"Ek is nie vir jou kwaad nie, Verena –"

"Nou groet my dan met 'n soen," val sy hom sag in die rede. "En dit is ook nie vaarwel nie, net tot siens, Duarte!"

Hy kyk haar 'n oomblik stil, nadenkend aan. Hy sien die trekkie om haar mond, wat soos 'n tornado aan sy hart ruk. Maar hy staal hom teen die begeerte om aan haar wens te voldoen. Hy weet as hy haar nou in sy arms neem, sal hy haar nooit kan laat gaan nie.

Hy trek sy asem diep in en sê met ongeëwenaarde selfbeheersing: "Jy wil my nie hê nie, dus sien ek geen sin daarin om jou met 'n soen te groet nie, Verena. Dit is ook nie tot siens nie . . . Vaarwel, menina!"

'n Trek van verslaentheid verskyn op haar mooi gesig. Hy voel hoe sy hart na haar uitgaan, hoe alles in hom na haar uitroep, maar helaas ook hoe hy sy selfbeheersing begin verloor. Die volgende oomblik verlaat hy die kajuit en trek die deur ferm agter hom toe, voordat hy straks al sy voornemens oorboord gooi en saam met haar na Londen toe reis. Hy het nog nooit aan 'n vrou se giere en grille toegegee nie, en is ook nie van plan om dit nou te doen nie, maak nie saak hoe lief hy vir Verena is nie.

Daar is 'n groot hartseer in die hertog terwyl hy na die kaptein van die boot toe stap om hom te vra om sy oog oor Verena te hou en toe te sien dat sy veilig in Engeland aan wal geneem word.

Die kaptein stel hom dadelik gerus met die feit dat sy vrou aan boord is en dat hulle na Verena sal omsien.

Hy het ook net sy sake met die kaptein afgehandel, toe word die besoekers oor die luidsprekers versoek om die boot te verlaat . . .

Toe die hertog die kajuitdeur agter hom toetrek sonder om aan haar versoek te voldoen, het dit eindelik tot Verena deurgedring dat hy dit werklik ernstig bedoel, dat dit inderdaad vaarwel is en nie tot siens nie.

Etlike minute het sy daar op die randjie van haar slaapbank aan die hertog se koppigheid gesit en dink. Toe tref dit haar meteens dat hulle vir altyd afskeid geneem het en dat sy Duarte se stem nooit weer sal hoor nie. Hierdie wete tref haar soos 'n uitklophou, en die volgende oomblik bars sy in hartverskeurende snikke uit.

'n Lang ruk sit sy daar op die slaapbank haar hart en uitsnik. Toe staan sy op en stap na die badkamer toe, waar sy haar rooi gehuilde oë met koue water baai. Sy is nog besig om haar gesig af te droog toe 'n vriendelike vrou die badkamer binnekom en haarself voorstel as mevrou Redman, die kaptein se vrou en medepassasier.

Verena haal eers die donker bril uit haar sak, plaas dit versigtig op haar gesig en draai dan na die vrou wat agter haar staan.

"Ek is Verena Kestell," sê sy versigtig, sodat die vreemde vrou nie kan hoor dat sy pas gehuil het nie, en sy groet die vriendelike vrou met die hand.

Mevrou Redman, wat reeds ingelig is in verband met Verena se blindheid, hou die meisie se hand in hare en sê opgewek: "Kom ons twee gaan staan 'n rukkie op die dek, juffrou Kestell. Al kan jy nie die dinge om jou sien nie, kan jy darem die geur van die see inadem en die seebries teen jou gesig en in jou hare voel. Dis 'n mooi sonskyndag, met nie 'n enkele wolkie in die lug nie . . ."

Al geselsende lei sy Verena na die dek toe waar twee onbesette dekstoele staan. Sy help die meisie versigtig om plaas te neem en gesels dan rustig en onderhoudend oor haar kinders en kleinkinders wat sy pas in Australië besoek het. Later vra sy Verena uit oor haar besoek aan die eiland en wie die dokter is wat haar behandel het.

"Jy moet sir Charles Allen in Londen gaan spreek," doen mevrou Redman vriendelik aan die hand. "Die geringste drukking op jou brein, of op 'n oogsenuwee, sal hy sommer dadelik opmerk . . ."

Sy vertel van 'n paar van sir Charles Allen se pasiënte wat sy persoonlik ken, hoe 'n wonderlike dokter hy is en dat hy stellig die enigste is wat Verena se sig aan haar sal kan terugbesorg.

Mevrou Redman laat Verena die twee dae aan boord nie 'n oomblik alleen nie. Sy vermoed dat Verena om die een of ander rede bitter hartseer is, en juis daarom probeer sy die meisie se gedagtes aflei deur onderhoudend met haar te gesels.

Verena is mevrou Redman innig dankbaar vir haar vriendelike sorgsaamheid, maar sy is ook baie bly toe hulle eindelik in Engeland aan wal kan gaan.

Alice wag alreeds 'n halfuur op die kaai toe die passasiers eindelik aan wal kan gaan. Sy spits haar oë en let fyn op vir Verena se tingerige figuurtjie tussen die mense op die kaai. Eindelik sien sy haar in die geselskap van 'n middeljarige vrou met die loopplank afklim. Sy staan dadelik nader en toe die twee 'n paar treë van haar af is, roep sy opgewonde na Verena, sodat die meisie darem weet sy is hier om haar huis toe te neem.

Verena herken dadelik Alice se stem.

"Dit is my vriendin, Alice Stratton, se vrolike stem," vertel Verena met 'n weemoedige glimlaggie, want baie herinneringe kom meteens in haar op – herinneringe aan die dag toe sy van hier af na die eiland toe vertrek het . . . die salige vooruitsig van 'n heerlike vakansie. Sy het daardie oggend 'n koue, grys, mistroostige en nat wintermôre om haar aanskou, maar vanmiddag kan sy nie eens vir Alice sien nie.

Daar is 'n pynlike knop in Verena se keel toe Alice haar om die nek val en haar hartlik groet. Sy stel die meisie aan mevrou Redman voor, dan bedank sy die ouer vrou vir haar vriendelike sorgsaamheid. Hierna groet en vertrek hulle, want Frank, Alice se vriend, is hulle reeds ver vooruit met Verena se bagasie wat hy na sy motor toe neem.

Op pad na mevrou Smith se losieshuis toe, is Verena opvallend stil en afgetrokke. Frank en Alice maak egter of hulle dit nie opmerk nie. Hulle gesels oor die stad wat so vol toeriste is, oor Alice se broer en skoonsuster se bedrywighede op die plaas. Dan wil Frank weet of Verena haar nou vir goed hier in Londen gaan vestig.

"Nie vir goed nie, Frank, net vir 'n paar weke," antwoord sy afgetrokke. "Ek oorweeg dit sterk om terug te gaan na my eie land, waar ek my op die plaas kan gaan vestig totdat ek eendag weer die gebruik van my oë het."

"Ek glo nie dit is die regte ding om jou op 'n plaas te gaan vestig nie, Verena," spreek Frank 'n mening uit. "Dit sal vir jou voel of jy lewend begrawe is."

255

"Ek dink jy maak 'n fout, Frank," weerspreek sy hom. "Ek sal nie eens die verskil agterkom nie. Het jy miskien vergeet dat ek blind is?"

"Ek is jammer, ek het nie daaraan gedink nie," maak hy ongemaklik verskoning. "Dis omdat jy nog net so lyk soos altyd."

"Dit is nie nodig om verskoning te vra nie, Frank," help sy hom uit sy verleentheid. "Ek besef dat jy nog eers aan my blindheid gewoond sal moet raak."

Hierna is dit stil in die motor totdat Alice belangstellend vra: "Dink jy nie dit is raadsaam om 'n tweede mening in te win in verband met die herstel van jou gesig nie, Verena?"

Sy haal haar skouers liggies op en antwoord sonder veel geesdrif: "Ek het vandag nog aan niks anders gedink nie. Ek verstaan van mevrou Redman dat sir Charles Allen ongeëwenaar is in gevalle soos myne."

"Ja, ek hoor die mense sê hy is 'n wonderlike breinspesialis. Ek sal sommer vandag nog vir jou 'n afspraak met hom reël."

So onder die gesels deur hou Frank eindelik voor die losieshuis stil. Alice is eerste uit die voertuig en help Verena om uit te klim, terwyl Frank die bagasie uit die kattebak haal. Dan stap hulle tydsaam na die losieshuis se voordeur toe met Verena se arm ferm deur Alice s'n gehaak.

Mevrou Smith en haar seun, Nick, is albei bly om Verena weer tuis te hê. Alice het hulle van die motorongeluk vertel, en albei is innig bly dat sy darem die ongeluk oorleef het. Om blind te wees, voel hulle, is gelukkig nie die ergste wat met haar kon gebeur het nie.

Mevrou Smith weet hoe lief Verena is vir warm botterbroodjies met appelliefiekonfyt, derhalwe word die drie jongmense dadelik met tee en warm botterbroodjies bedien.

Dis eers toe Verena en Alice alleen in Verena se kamer is dat Alice haar stoel langs Verena s'n trek en vertroulik vra: "Wat makeer, my hartjie? Of moet ek liewer vra: Wat het met jou gebeur?"

"Ek begryp glad nie wat jy bedoel nie," skerm Verena. "Lyk ek of daar iets met my gebeur het?"

"O, jy lyk pragtig soos altyd," verseker Alice haar ernstig.

256

"Jy is net . . . Wel, jy lyk so hartseer en ongelukkig, en jy het nog nie een keer sedert jou tuiskoms gelag of geglimlag nie."

"Ek vrees daardie motorongeluk op die eiland het al die lag uit my lewe geneem, Alice. Ek vind hoegenaamd niks om oor te lag nie," verduidelik Verena met 'n stem wat duidelik van hartseer spreek.

Alice plaas haar een arm besorg om Verena se skouertjies, dan roep sy sag, ontsteld uit: "My hartjie, jy bewe soos 'n riet!" Sy neem Verena se wit pelsjassie wat op die bed lê en hang dit om haar skouers.

"Ek kry nie koud nie," stel sy Alice dadelik gerus.

"Maak nie saak nie, hou dit aan," versoek Alice vriendelik. "Jy lyk pragtig, wonderskoon!"

"Maar blind en onbeholpe . . ." Haar stem breek en sy draai haar gesig haastig weg, want sy voel hoe die trane warm in haar oë opskiet. Sy het eerlikwaar gedink dat sy verlede nag al haar hartseer en verlange uitgesnik het. Maar dit lyk nie so nie, want haar hart voel nog steeds of dit wil breek van verlange na Duarte.

Alice besef nou eers hoe ongelukkig Verena werklik voel. Sy neem haar sakdoek, lig die onooglike bril op en vee die trane van die blondine se wange af.

"Jy behoort glad nie hartseer te voel nie, Verena," troos sy met deernis in haar stem. "Jy is nog steeds die mooiste meisie hier in Londen en trouens ook die mooiste meisie wat ek al gesien het."

"Dankie," sê sy met 'n vreemde verlatenheid in haar stem, en Alice weet dat die kompliment haar niks beter laat voel het nie.

Alice besluit egter om Verena se gedagtes in 'n ander kanaal te stuur, daarom vra sy ewe geselserig: "Het jy darem al weer daardie aantreklike kêrel raak geloop wat jy destyds op die boot gesien het? Jy weet mos, daardie een wat jou hart sommerso helder oordag gesteel en wild laat klop het?"

Verena knik bevestigend, en nou is daar duidelik 'n weemoedige trekkie om haar mond toe sy sê: "Ek het op die eiland met hom kennis gemaak. Maar ek verseker jou, ons kennismaking was nie van die vriendelikste op aarde nie. Trouens, ek is nou nog nie seker of hy sommer 'n onvriendelike ou suurknol is of nié."

"Nou waarom sê jy so? Was die man dan ongeskik teenoor jou?" Die kommer in Alice se stem ontgaan nie Verena se oor nie.

"Ja, hy was," erken sy. "Die eerste drie keer wat ons paadjies gekruis het, was ek ongelukkig in sy pad. Min wetende dat ek blind is, wou hy elke keer weet of ek nie oë het om te kyk waar ek loop nie, en moontlik sal ek beter kan sien as ek daardie aaklige bril van my gesig afhaal . . . Hy was natuurlik vreeslik geskok en berouvol toe hy vier dae gelede gehoor het dat ek blind is. Maar vir 'n blinde mens kan jy enigiets probeer wysmaak, die persoon kan mos nie sien of jy dit ernstig bedoel nie. Hy beweer dat hy daardie eerste oomblik, toe hy my vier dae gelede sonder hierdie bril gesien het, op my verlief geraak het. Hy het voorgestel dat ons dadelik verloof moes raak en oor 'n maand in die huwelik tree. Maar so 'n waagstuk kan ek nie in my blinde toestand aangaan nie. Gevolglik is ons nie juis op vriendskaplike voet uitmekaar nie."

"Maar as hy berou het oor sy onvriendelike optrede –"

"Dis juis waar die probleem lê," val sy Alice in die rede. "Dink jy hy is die soort man wat werklik berou kan hê of glo dat hy iets verkeerd kan doen?"

"Jy vra my nou 'n strikvraag," glimlag Alice goedig. "Hoe sal ek weet watter soort man hy is, as ek hom nog nie gesien het nie?"

"Jy het hom al gesien," help sy Alice reg. "Daardie man en die hertog van San Di Rago is dieselfde persoon."

"Wat, die hertog van San Di Rago?" vra sy asof sy Verena nie mooi gehoor het nie.

"Ja, dieselfde hertog oor wie jy 'n paar maande gelede so in vervoering geraak het," verduidelik Verena en herhaal: "Dink jy hy is die soort man wat regtig berou kan hê, of sê hy dit maar net om my te probeer flous?"

"Wel, hy is pynlik trots, dit sal elkeen vir jou sê. Maar hy is baie beslis nie die soort man wat sy dade met leuens sal probeer regverdig nie. As hy vir jou sê hy het jou lief, kan jy hom maar glo," verseker Alice haar.

"Dit is juis die ding – hy het nog nie een keer vir my gesê dat hy my liefhet nie. Hy het my al oor en oor gevra om met hom te trou, maar van liefde het hy nog nie 'n woord gerep nie," sê Verena met 'n ongelukkige stem.

"Troos jou daaraan – hy is nie die soort wat met 'n meisie sal trou wat hy nie liefhet nie," verseker sy Verena weer eens. "Daar is trouens geen rede waarom hy hom in 'n liefdelose huwelik moet begeef nie. Hy is so ryk en aantreklik dat hy enige meisie kan kry wat hy wil hê, waarom sou hy dan een kies wat hy nie liefhet nie?"

"Nou goed, aangesien jy so baie van die liefde af weet," troef Verena haar, "vertel my dan net dit: As hy my werklik liefhet, waarom het hy ons verhouding gisteroggend finaal beëindig toe ek aan boord gegaan het?"

"Nee, my hartjie, nou vra jy vir my iets wat ek nie weet nie, maar ek herhaal – die man het jou lief. Moontlik het hy besluit dat jy te koppig en eiesinnig is en toe maar die liefde prysgegee. Of anders verwag hy dat jy tot besinning sal kom en na hom en sy eiland sal terugkeer."

Verena skud haar kop mistroostig.

"Ek vrees jy het my nog lank nie van sy liefde oortuig nie, Alice," erken sy. "Vertel my liewer van sir Charles Allen se bekwaamheid en of hy werklik, figuurlik gesproke, weer die son vir my kan laat skyn."

Alice vertel haar van gevalle waarvan sy in die koerante gelees het, mense wat blind was weens 'n drukking iewers op die brein, en aan wie sir Charles Allen die gebruik van hulle oë teruggegee het.

"Sir Charles Allen word beskou as die wêreld se slimste breinspesialis," sê sy.

"Nou goed, as hy dan so beroemd is soos wat jy sê, kan jy gerus vir my 'n afspraak met hom reël vir môre, as dit moontlik is," stel Verena ietwat skepties voor, want dokter De Reuda, wat ook 'n befaamde breinspesialis is, kon vir haar absoluut niks doen nie.

259

Maar sy is nogtans bereid om hierdie sir Charles Allen se bekwaamheid op die proef te stel, want ook mevrou Redman het hom groot lof toegeswaai. Hy moet dus sy werk ken, anders sal die mense hom bepaald nie so ophemel nie.

Hierna staan Alice van die stoel af op en sê dat sy eers vir Verena 'n afspraak met sir Charles wil gaan reël. Sy hoop hy is nie vol bespreek nie, want dan kan dit maande duur om hom te sien te kry.

In Alice se afwesigheid peins Verena weer oor hulle gesprek in verband met die hertog. Sy volg Alice se diskoers hoegenaamd nie. 'n Man sal nie sy verhouding met 'n meisie beëindig as hy haar werklik liefhet nie. Sy het nog altyd die gevoel gehad dat hy haar bejammer, en sy glo steeds dat dit die geval is . . .

Alice bly nie lank weg nie. Sy neurie 'n opgewekte deuntjie toe sy Verena se kamer binnekom, en daar is ook 'n merkbare opgewondenheid in haar stem toe sy sê: "Wel, ek moet sê jy het dit gelukkig getref. 'n Pasiënt het glo pas sy afspraak met die dokter gekanselleer, toe was die ontvangsdame darem so vriendelik om jou in sy plek te neem. Jy kan hom elfuur môreoggend spreek."

Verena bedank haar omdat sy vir haar die afspraak gereël het, dan gesels hulle oor Alice se ouers, oor die eiland en oor Alice se broer en skoonsuster wat op die plaas woon, totdat die ghong aandete aankondig . . .

Daardie aand lê Verena tot laat aan die hertog en dink. Sy voel hartseer en uiters kwesbaar omdat haar liefde vir hom so min beteken het dat hy nie eens bereid was om vir haar te wag totdat sy die gebruik van haar oë terug het nie. Later rol die trane warm en stil oor haar wange – trane wat uit 'n diep seer kom. Maar toe sy eindelik haar traannat oë afdroog, besef sy dat sy haar sal moet regruk, want so kan dit nie aangaan nie. Dit word nou 'n gewoonte dat sy haar oë elke nag rooi en koorsig huil.

'n Verdwaalde sug ontsnap uit haar bors, dan neem sy 'n vaste besluit dat sy nie weer oor Duarte gaan huil nie . . . Ja, sy het vanaand die laaste keer oor hom gehuil.

Na hierdie besluit raak sy eindelik aan die slaap. Toe sy die volgende oggend wakker word, is die storm in haar uitgewoed en nou is daar net 'n groot stilte in haar – 'n groot stilte en 'n blywende bewoë trekkie om haar mond en in haar oë.

Met Alice se bystand is sy betyds aangetrek en gereed om haar afspraak met sir Charles Allen na te kom. Sedert sy die gebruik van haar oë verloor het, bekommer sy haar nie veel oor haar kleredrag nie; trouens, sy dra deesdae net broekpakke of slenterbroeke met bloesies, en vanoggend is sy in 'n deftige lig-blou broekpak geklee. Haar hare wat skouerlengte is en waar-van die punte na binne krul, blink soos goud in die môreson. Maar sy dra maar weer die bril.

Alice is verbaas toe sy die befaamde sir Charles Allen sien. Hy is 'n klein, maer mannetjie met swart hare, donkerbruin oë en 'n blas vel.

Nadat Verena hom die geskiedenis van haar blindheid vertel het, het hy haar baie deeglik en intensief ondersoek. Op haar vraag of hy haar gesig aan haar kan teruggee, skud hy sy kop sta-dig maar beslis. Sy diagnose is dieselfde as dokter De Reuda s'n.

"Jy is tydelik blind as gevolg van skok," verduidelik hy be-daard aan haar. " 'n Mens kan dit ook beskryf as 'n sielkundige blindheid, want jy het jouself gedwing om blind te wees om nie te sien hoe jou motor met jou teen die berg afrol nie. Op 'n gegewe oomblik sal jy jou gesig net so skielik herwin. Trouens, jy kan jouself dwing om weer te sien as jy wil, juffrou Kestell. Fisiek is daar geen rede hoegenaamd waarom jy blind moet wees nie. Jou moeilikheid lê in 'n ander rigting . . ."

Sir Charles Allen het nog baie dinge kwytgeraak, dinge wat vir Verena absoluut onsinnig klink. En hier waar sy en Alice nou in haar kamer sit, voel sy bitter verontwaardig.

"Ek het nog nooit in my lewe sulke onsin gehoor nie," vaar sy onbeheers teen sir Charles Allen uit. "Verbeel jou, ek het my-self gedwing om blind te wees en ek kan myself dwing om weer te sien. Met ander woorde, ek hou my opsetlik blind – ek wat so graag wil sien, so graag met my musiekstudie wil voortgaan . . ." Sy druk haar gesig in haar hande en bars in trane uit.

Ofskoon Alice heimlik oortuig voel dat die dokter gelyk het, en dat Verena se blindheid wel van 'n sielkundige aard is, staan

261

sy nogtans haastig op en gaan sit langs Verena op die bed, plaas haar arm beskermend om die snikkende meisie se skouers en paai vertroostend.

"Moenie jou aan sir Charles steur nie, Verena, die vent is sommer 'n kwak. Wat weet hy miskien van sielkunde af! Hy moet hom liewer by die medisyne bepaal en dit vir die sielkundiges laat staan."

Hierna voel Verena ietwat beter, en na 'n rukkie bedaar haar snikke en droog sy haar trane af.

"Ek sal 'n ander breinspesialis gaan spreek . . ." begin sy. Maar Alice maak dadelik 'n einde aan sulke planne, want sy wil Verena graag verdere hartseer spaar.

"Nee wat, los hulle liewer uit," keer sy ernstig. Dan weet sy meteens nie wat sy moet sê om Verena van die breinspesialiste af weg te hou nie. Maar dan tref haar ontslape oupa se woorde haar. "Die hedendaagse dokters, my hartjie, is 'n nasie op hulle eie. Hulle is ook nie meer wat hulle vroeër was nie. Ek sê jou, hulle is 'n klomp bloedsuiers – vra jou die wêreld se geld vir een besoek. Laat staan hulle maar liewer. Jy sal wel een van die dae weer kan sien sonder hul hulp."

Hierdie raad klink vir Verena nogal prakties. 'n Sug ontsnap uit haar bors, en sy besef dat sy deesdae gans te gou huil. Sy weet dis haar senuwees wat so met haar op loop sit, en dit is net omdat sy so knaend na Duarte verlang. Sy moet die man vergeet en vir haar ander belange in die lewe aankweek.

Na ernstige oorweging besluit sy om die volgende dag haar musieklesse by professor Stanford te kanselleer tot tyd en wyl sy weer kan sien.

Met Alice se hulp bel sy die Hugo's 'n paar dae later. Dit is die middeljarige mevrou Hugo wat antwoord.

"Hallo! Dit is Verena wat hier praat, tant Ilse!" sê sy.

"My jitte, Verena-kind," hoor sy die ouer vrou se opgewonde stem in haar oor, "ek en oom Armand praat net gisteraand van jou. Wanneer kom jy huis toe?"

"Dis juis waarom ek bel, tante. My vliegtuig vertrek môreaand sesuur."

"Wel, ek moet sê dit is hoog tyd dat jy terugkom," laat tant Ilse ingenome hoor. "Ek weet eerlikwaar nie hoe jy dit so lank tussen die Engelse en Portugese kon uithou nie."

"Ons lewe nie meer in die dae van die vryheidsoorloë nie, tant Ilse; ons lewe vandag in 'n beskaafde eeu – altans, ons is veronderstel om in 'n beskaafde eeu te lewe," sê Verena. "Die mense aan hierdie kant van die ewenaar is baie vriendelik, aangenaam en behulpsaam. Ek weet nie wat ek in my blinde toestand sonder hulle sou gedoen het nie, want ek kan vir myself maar baie min doen."

"Moet jou oor niks bekommer nie, Verena-kindjie. Ek en jou oom Armand sal vir jou op die lughawe gaan wag. Ons sal daar wees lank voordat jou vliegtuig land."

Hierna sê hulle tot siens en lui af, want Verena wil nog vir oulaas saam met Alice langs die Teemsrivier en deur Hyde Park gaan stap. Al kan sy niks van hierdie geliefkoosde plekke van haar sien nie, hoor sy darem die bekende geluide. Eendag, weet sy, sal sy al hierdie plekke se natuurskoon weer kan geniet . . . en dit sien.

6

Hier by die Heathrow-lughawe waar Verena op die punt staan om te vertrek, tref dit haar vir die eerste keer dat daar in Suid-Afrika vir haar niks meer is om na toe terug te keer nie, behalwe 'n sitrusplasie wat sy nog nooit gesien het nie en moontlik ook nooit sal sien nie.

So tussen al die geraas hoor sy Alice sê: "Ons gaan jou mis, Verena. Jy moet dadelik met jou aankoms in Pretoria vir my laat weet hoe dit met jou gaan. En as die Hugo's nie mooi vir jou sorg nie, moet jy sonder versuim terugkom na ons toe."

"Ek sal dit in gedagte hou," belowe sy, maar voordat sy meer kan sê, word haar vlug oor die luidspreker aangekondig en pas daarna maak 'n vriendelike lugwaardin haar verskyning om haar blinde passasier na die vliegtuig toe te vergesel.

Alice groet Verena met 'n hartlike soen en wens haar 'n voor-
spoedige reis toe. Hierna neem die lugwaardin Verena se arm en
lei haar versigtig na die vliegtuig toe. Sy help die blinde meisie
ewe versigtig om die trap langs die vliegtuig te bestyg en maak
eiehandig haar veiligheidsgordel vas.

Alice staan afgetrokke en kyk hoe die lugwaardin Verena
na die groot, silwer vliegtuig toe vergesel. Dan wag sy dat die
vliegtuig moet vertrek.

Sy wag nie lank nie, want die luik word dadelik gesluit nadat
Verena en die lugwaardin in die vliegtuig verdwyn het.

Alice kyk die vliegtuig 'n paar oomblikke stil agterna. Sy sug
ietwat weemoedig en begin langsaam wegstap. Sy voel meteens
diep bekommerd oor Verena wat nou so alleen in die lewe staan.
Sy hoop die Hugo's is nie te oud om haar by te staan nie . . .

Met haar tuiskoms bel sy eers haar ouers op San Di Rago om
hulle daarvan te verwittig dat Verena se vliegtuig sesuur vertrek
het. Ook Dennis en Maureen spreek hulle kommer uit oor Ve-
rena. Albei wens dat sy maar liewer aan die hertog verloof ge-
raak het, want dan was sy nog op die eiland en goed versorg.

Dit duur nie lank nie, toe weet almal op die eiland dat Verena
met die sesuurvlug uit Londen na Johannesburg vertrek het.
Daardie aand sit die hertog in sy studeerkamer aan Verena en
dink. Dit is asof hy nou eers besef dat sy weg is, vir goed weg is
uit sy lewe en dat hy haar nooit weer sal sien nie.

Terwyl Verena in Londen gewoon het, was die hertog ten
minste seker waar om haar te vind as sy verlange gedreig het
om handuit te ruk. Maar noudat sy na Suid-Afrika vertrek het,
na 'n onbekende adres, besef hy vir die eerste keer dat hy haar
bepaald nooit weer sal sien nie, dat dit inderdaad vaarwel was
en nie tot siens nie.

Hy dink bekommerd daaraan dat Verena heeltemal alleen
is tussen die passasiers wat sy glad nie ken nie. Sy sal wel in
die sorg van die lugwaardin wees, maar dié is immers ook 'n
vreemdeling . . .

Daardie nag slaap die hertog baie min. Sy gedagtes bly voort-
durend by die blinde Verena wat op die oomblik so totaal van
vreemde mense se welwillendheid afhanklik is. Hy bekommer

264

hom oor haar veiligheid en wonder of die Hugo's darem betyds by die lughawe sal wees om haar te ontmoet.

Terwyl die nag en die glorie van die daeraad mekaar omhels, ontwaak die hertog uit 'n aaklige nagmerrie. Hy het gedroom dat Verena-hulle se vliegtuig in vlamme neerstort. Al die passasiers het op die een of ander manier wonderbaarlik uit die brandende vliegtuig ontkom, behalwe Verena wat nie kon sien om weg te kom nie.

Verligting spoel soos 'n golf oor hom toe hy besef dat dit net 'n droom was. Maar toe die droom verseg om uit sy gedagtes te wyk, voel hy onrustig.

Hy stap op en neer op die balkon. Hy weet dat hy geen rus sal ken voordat daardie vliegtuig veilig op sy bestemde lughawe neergestryk het nie.

Later gaan hy na sy studeerkamer toe en probeer sy gedagtes besig hou deur die verslae van die inmaakfabriek na te gaan. Maar hierdie poging het nie lank geduur nie, toe plaas hy die drukstukke terug in die lessenaar se laai, aangesien sy gedagtes te knaend wegdwaal na Verena en die vliegtuig wat ure gelede al sy bestemming moes bereik het.

Die hertog ken die vlugte na Suid-Afrika en die lughawe Johannesburg Internasionaal baie goed. Elke jaar besoek hy sy Laeveldplaas, Bella Vista, wat 'n pronksitrusplaas is. Maar sy besoeke word gewoonlik in die somer afgelê, nooit hierdie tyd van die jaar nie.

Die ghong het pas middagete aangekondig en die hertog wou net opstaan om na die eetkamer toe te gaan, toe die telefoon op sy lessenaar begin lui.

"Hallo! Kan ek asseblief met die hertog praat? Dis señora Stratton hier," hoor hy Maureen bitter ontsteld sê, en hy wonder heimlik waarom sy so klink en waarom sy hom gebel het.

"Dit is die hertog wat praat, señora," antwoord hy. "Is daar iets wat ek vir jou kan doen?"

"Nee niks, dankie, señor," bedank sy hom beleef. "Ek bel net om jou te sê dat my dogter my flussies van Londen af gebel het. Sy sê Verena-hulle se vliegtuig het moeilikheid opgedoen. Die kaptein was verplig om 'n noodlanding in die see te doen –"

"En Verena . . . het sy iets oorgekom?" val hy haar bleek en ontsteld in die rede.

"Ek weet nie. My dogter sê meneer Hugo van Pretoria het haar gebel en hy sê dat die lugdienskantoor en die lughawe nog nie weet of die passasiers die ramp oorleef het nie. Maar wie sal in elk geval vir Verena help as die lugwaardin haar hande vol het met 'n klomp paniekbevange passasiers? En as die vlugpersoneel en die passasiers ernstig beseer is, sal almal mos omkom wanneer die vliegtuig onder die golwe verdwyn."

"Weet jy wat die señor Hugo se telefoonnommer is, señora?" vra hy. Sy stem klink styf en gespanne, en binne-in hom woed die grootste storm van alle tye. Want as daar iets met Verena gebeur, sal hy homself altyd verwyt omdat hy nie 'n ernstiger poging aangewend het om haar hier op die eiland te hou nie.

Voor sy geestesoog sien hy weer haar blink hare, haar groot, blou oë en haar pragtige gesig. Dan weet hy meteens dat sy altyd die enigste meisie sal wees wat hom gelukkig sal kan maak en hom dan weer, soos nou, in die diepste ongeluk en kommer kan dompel . . . Sy liefde vir haar – dit weet hy nou – sal nooit kwyn of verflou nie.

So tussen sy ongelukkige gedagtes deur, hoor hy hoe Maureen vir hom 'n telefoonnommer voorlees. Werktuiglik skryf hy die nommer neer, dan lui hulle af.

Toe sy oproep deurgeskakel word, stel hy hom aan Armand Hugo voor as Duarte Di Rago, 'n besondere vriend van Verena.

Op sy vraag of die Hugo's al weer iets in verband met Verena en haar medepassasiers gehoor het, antwoord die ouer man met 'n stem wat duidelik moeg klink: "Daar word na hulle gesoek, meneer Di Rago. Al die skepe in die omtrek van die ongelukstoneel is van die ramp in kennis gestel."

Hulle gesels nog 'n kort rukkie oor die lugramp, toe bedank die hertog Armand Hugo vir sy vriendelike hulpvaardigheid. Hierna sê hulle tot siens en lui af.

Die trotse, ietwat hooghartige hertog is bleek tot aan sy lippe toe hy die gehoorbuis neersit. Nog nooit in sy lewe het hy soveel spanning en angs beleef soos wat hy op hierdie oomblik verduur nie, want niemand kan vir hom sê of Verena nog lewe nie. As hulle nog lewe, weet hy, dobber hulle op die oomblik soos neutedoppies in rubberbootjies op die onstuimige oseaan rond en verkeer hulle nog steeds in lewensgevaar . . .

Toe die vliegtuig van Heathrow af opstyg, voel dit vir Verena of sy nou werklik alleen op die aarde is, want op die hele vliegtuig is daar nie eens een persoon wat sy ken nie. Die lugwaardin is nou wel vriendelik en behulpsaam, maar sy is ook maar net 'n vreemdeling.

Net soos die hertog kan Verena daardie aand ook nie gou aan die slaap raak nie. Sy voel kwesbaar en diep ongelukkig omdat hy haar nie so liefhet soos wat sy hom liefhet nie . . . En dan moet sy boonop nog blind en hulpeloos ook wees.

Eers nadat sy die glas warm melk gedrink het wat die lugwaardin haar aangebied het, moet sy aan die slaap geraak het. Maar sy het ook nie lank geslaap nie, want die ander passasiers het nog in droomland verkeer, toe is sy al weer wakker.

Na ontbyt sit sy na die mense naaste aan haar se geselskap en luister. Baie van die passasiers is Afrikaans, en vir Verena is dit aangenaam om na byna twee jaar haar eie taal om haar te hoor. Almal klink opgewek en bly om weer op pad huis toe te wees.

Almal lag en gesels vrolik – totdat die kaptein se stem meteens oor die luidspreker opklink.

"Dames en here, ek vrees ons het moeilikheid met twee van die vliegtuig se motore, maar wees asseblief kalm, alles sal goed verloop as julle net my opdragte stiptelik volg. Ons ondervind op die oomblik groot moeite om die vliegtuig in die lug te hou, dus moet ons gereed maak vir 'n noodlanding om te voorkom dat ons in die see neerstort."

"Waar gaan die kaptein die noodlanding doen, juffrou?" vra 'n man 'n paar sitplekke voor Verena. Sy stem klink duidelik onrustig.

"Op die water, meneer," antwoord die lugwaardin en gaan gerusstellend voort: "Die vliegtuig dra rubberbootjies wat in 'n kits opgeblaas kan word, juis vir so 'n noodgeval soos dié. Ek sal nou kortliks verduidelik wat elkeen moet doen, sodat alles glad kan verloop, sonder oponthoud. Juffrou Kestell moet by-voorbeeld haar bril afhaal en bêre, sodat dit nie straks breek en haar gesig sny nie . . ."

Verena sluit haar oë en stuur 'n stil gebedjie op vir almal se be-houd. Hierna dink sy weer oor die ramp wat hulle getref het. Sy besef dat die passasiers mekaar sal vertrap om uit die gedoemde vliegtuig te kom en dat sy hoegenaamd niks sal kan doen om haarself te red nie. 'n Koue, verlammende vrees pak haar beet.

As ek tog net kon sien wat om my aangaan, dink sy vrees-bevange terwyl sy haar oë styf toehou en haar staal vir die slag wanneer die vliegtuig die water tref. Sy wonder hoe lank die vliegtuig op die stormagtige golwe sal ronddryf voordat dit on-der die water verdwyn. Sy besef dat, as iemand haar nie bystaan en haar in een van die rubberbootjies help nie, sy vandag saam met die vliegtuig 'n watergraf sal vind.

Verena trap met haar voete teen die vloer vas, byt styf op haar tande en sit vooroor gebuig, gereed vir die slag wanneer die vliegtuig die water tref . . . So sit sy, met haar oë gesluit, in die uiterste spanning en wag op die slag wat moet kom.

Die groot, luukse vliegtuig tref die water en Verena ruk ag-teroor. Skielik sien sy die mense om haar en hoor sy die see uit sy ingewande grom en die golwe teen die wande van die vlieg-tuig slaan.

Ek kan sien! dink sy wanhopig. Maar nou is dit die einde.

Die volgende oomblik voel sy hoe iemand haar aan die arm neem. Dan hoor sy 'n manstem gerusstellend sê: "Ek is kaptein Falkner, juffrou Kestell, en ek gaan jou na een van die bootjies toe neem waar jy betreklik veilig sal wees."

Verena knik dankbaar. Met haar handsak in haar een hand, laat sy die jong kaptein toe om haar deur die nooduitgang vir iemand in die bootjie aan te gee. Toe sluit sy weer haar oë om nie die grys, stormagtige see om haar te aanskou nie, want die geweld van hierdie watermassa is vreesaanjaend.

Eers toe sy haar oë in die bootjie teen die geweld van die storm sluit, oorweldig die wete haar dat sy weer kan sien en sy bars in trane uit.

Die passasiers wat saam met haar in die bootjie sit, is meteens baie stil toe sy so onverwags in trane uitbars. Almal kyk haar simpatiek aan en meen dat dit die spanning van die afgelope halfuur is wat haar so ineen laat stort.

Mense wat nog nooit blind was nie, weet nie wat dit vir 'n blinde beteken om weer te kan sien nie, dink sy. Vanoggend nog sou sy die helfte van haar besittings gegee het om weer die gebruik van haar oë te hê, nou het hierdie lugramp dit aan haar teruggegee.

Sy besluit om voorlopig niks te sê oor hierdie wonderlike ding wat met haar gebeur het nie. Sy wil dit graag vir 'n rukkie alleen in haar hart vertroetel, net om eers daaraan gewoond te word.

Met haar hande wat liggies bewe, haal sy haar donker bril met die pieringagtige lense uit haar handsak en sit dit op haar gesig. Nou kan niemand haar oë sien nie, maar sy kan almal en alles om haar sien . . . Ja, selfs hoe die bootjies stelselmatig van mekaar af wegdryf.

Verena se oë kyk ver oor die onstuimige see. Sy dink meteens aan haar laaste seereis, toe sy ook so oor die grys see gekyk het – die seereis wat haar na die eiland toe geneem het waar sy haar gesig verloor het . . . Ja, dit was ook tydens daardie reis dat sy die man van haar drome in lewende lywe gesien het.

Nou dink sy weer aan die hertog, aan sy halsstarrige weiering om vir haar te wag totdat sy haar sig herwin het en sy hom beter kan leer ken.

As hy my liefgehad het, sou ek hom onmiddellik met my tuiskoms gebel en verwittig het dat ek eindelik weer kan sien. Maar sy gevoel vir my was net bejammering omdat ek blind was en hy my 'n paar keer beledig en verkleineer het . . . Dis waar, die feit dat ek eindelik die man van my drome ontmoet het, baat my hoegenaamd niks, want sy liefde behoort nie aan my nie. Ek moet maar liewer probeer om hom te vergeet, besluit sy, al weet sy by voorbaat dat dit 'n haas onmoontlike taak gaan wees.

Daar is 'n groot hartseer in Verena en sy verlang knaend na Duarte. Dit is 'n hartseer wat duidelik op haar gesig en in haar oë lê. En tog, ten spyte van haar hartseer, die onstuimige oseaan en die grys, bewolkte lug, voel dit of die son vandag twee keer

269

vir haar op die horison verskyn het. Ja, die feit dat sy weer kan sien, vergoed vir al die gevaar en ellende waarin sy haar op die oomblik bevind.

Toe een van die passasiers, te midde van haar angs en onrus, merk dat Verena nie meer huil nie, vra sy besorg. "Voel u nou beter, juffrou?"

Verena kyk haar met 'n verwese glimlaggie aan.

"Ek vrees my trane het niks met die spanning te doen gehad nie; dit was trane van blydskap en dankbaarheid omdat ek eindelik weer kan sien. Hierdie lugramp het my sig aan my teruggegee."

Almal spreek hulle blydskap uit omdat Verena weer kan sien. Hierna moet sy vir hulle vertel hoe sy die gebruik van haar oë verloor het, hoe dit moontlik is dat sy skielik weer kan sien . . .

Terwyl Verena besig was om te verduidelik, het almal tydelik die koue, die ontberings en die gevaar vergeet waarin hulle verkeer. Maar nou is elke gesig weer strak en bekommerd, want niemand weet hoe lank hulle in die rubberbootjies op die oseaan gaan ronddobber voordat daar hulp opdaag nie. Die kaptein het nou wel die lughawe van hulle moeilikheid in kennis gestel, maar die oseaan is so onstuimig dat die bootjies enige oomblik met passasiers en al kan vergaan.

Verena vee die reëndruppels van haar bril af en kyk dan afgetrokke hoe die mans om die beurt die water uit die bootjie skep. Dit het opgehou reën en dit voel of die wind stadigaan gaan lê. Dit beteken dus dat die storm uitgewoed is en dat die lug kan ooptrek.

Almal in die bootjies is papnat en half verkluim. Verena wens dat die lug wil ooptrek sodat die son kan deurkom.

"As hier net 'n skip wil verbykom, is ons so goed as gered," meen 'n lang, blonde kêrel.

"Dis waar, 'n skip of 'n vliegtuig," beaam iemand anders.

"Wel, as ons nie gou gered word nie," kla 'n ouerige vrou, "kan ons maar net sowel hier in die see omkom, want ons sal tog almal aan longontsteking beswyk."

"Dis waar, ons kan longontsteking opdoen," laat 'n ander vrou hoor, "maar ek glo nie ons sal daaraan beswyk nie. Die

270

dokters is vandag gans te slim om 'n mens aan longontsteking te laat sterf . . ."

Hulle gesels oor die vooruitgang van die mediese wetenskap, en so onder die gesels deur stap die horlosie aan sonder dat hulle dit mooi besef . . .

Die vrou oorkant Verena is die eerste wat die boot opmerk toe dit uit 'n noordelike rigting op die horison verskyn.

"'n Boot!" roep sy opgewonde uit. Sy spring so vinnig op dat sy die bootjie gevaarlik laat kantel. "Daar – noord op die horison!" sê sy.

Daar word haastig tekens gegee om die bemanning van die boot se aandag te trek. Dit duur ook nie lank nie, toe sein die boot terug dat hul tekens waargeneem is.

Hierna voel almal weer vrolik en opgewek, want hulle weet dat die passasiers wat die lugramp oorleef het, nou gered sal word.

Op die eiland San Di Rago wag almal in spanning om te hoor of Verena die lugramp oorleef het. Hulle is nie so optimisties soos die hertog nie, derhalwe verkeer hulle almal in groot spanning.

Maureen Stratton bly knaend naby die telefoon, ingeval Alice straks eerste nuus van Verena ontvang en haar daarvan in kennis wil stel. Maar die son begin later ondergaan, en nog steeds wag almal op die eiland om te hoor of Verena die lugramp oorleef het of nie.

Die hertog bly weer knaend voor die radio om te hoor of die boot Verena-hulle al opgelaai het en of sy beseer is of nie. Hy beweer dat hy dadelik sou geweet het as sy omgekom het – hy sou dit aangevoel het. Sy gevoelens sê vir hom dat sy nog lewe, dus voel hy net bekommerd oor haar blinde toestand en die moontlikheid dat sy straks ernstig beseer is.

As Suid-Afrika nie so ver van San Di Rago af was nie, kon hy self met sy privaat vliegtuig gaan kyk het hoe dit met haar gesteld is. Maar nou sal so 'n reis hom gans te laat by die ongelukstoneel bring.

Die son is nog nie behoorlik onder nie, toe kondig die omroeper aan dat nie een van die passasiers in die lugramp omgekom

271

of ernstig beseer is nie. Die beserings is hoofsaaklik skrape en kneusplekke waarvoor die passasiers op die boot op pad na Walvisbaai behandeling sal ontvang. Van Walvisbaai af sal die passasiers per vliegtuig na Johannesburg Internasionale Lughawe toe vervoer word.

Na hierdie aankondiging voel die hertog en die eilandbewoners weer tevrede en gelukkig, want Verena is gered en veilig op pad na haar vaderland toe.

Die passasiers wat saam met Verena in die rubberbootjie was, meld gelukkig nie 'n woord daarvan dat sy haar gesig as gevolg van die lugramp herwin het nie. Hieroor is sy bly, want sy voel dat die herstel van haar sig 'n persoonlike saak is en nie 'n onderwerp vir algemene bespreking nie. Die kaptein van die vliegtuig en die lugwaardin het sy self in dié verband ingelig en hulle vriendelik gevra om asseblief nie 'n woord te sê nie.

Dit is al ver oor nege toe Verena-hulle se vliegtuig eindelik op die lughawe neerstryk.

Sy wag nie lank by die beheerpunte nie, want almal se bagasie het saam met die vliegtuig onder die golwe verdwyn.

Verena glimlag in haar enigheid toe sy die beheerkantoor in die geselskap van die jong kaptein Falkner verlaat. Sy wonder wat die twee Hugo's, oom Armand en tant Ilse, gaan sê wanneer hulle hoor dat dit 'n lugramp geverg het om haar weer te laat sien.

Terwyl sy aan die twee oumense loop en dink, verwonder die jong kaptein hom aan haar uiterlike skoonheid noudat sy haar onooglike donker bril gebêre het. Hy het nog nooit so 'n pragtige meisie van naby gesien nie. Haar hare en oë lyk vir hom soos goud en saffiere.

"Ek sal 'n taxi ontbied en jou persoonlik tuis besorg, juffrou Kestell," bied die kaptein vriendelik aan. "Ek het nie 'n vrou en kinders wat op my tuiskoms wag nie. Ek woon by my swaer en suster in."

"Dit is baie vriendelik van jou, kaptein, en ek waardeer jou besorgdheid," spreek sy haar dank met 'n glimlag uit wat net aan haar lippe raak, maar wat sy hart nogtans snaakse fratse laat uitvoer. "Maar ek dink dit sal onnodig wees om 'n taxi vir my te ontbied. Ek vermoed die Hugo's sal hier wees om my saam met hulle huis toe te neem."

"Die Hugo's?" Hy kyk haar vraend aan.

"Jare lange vriende van my oorlede ouers, en vir my soos 'n eie oom en tante," verduidelik sy.

"Ek is jammer," sê hy met meegevoel, "ek het nie geweet dat jou ouers oorlede is nie. Mag ek vra wat die Hugo's se telefoonnommer is? Ek sal graag môre, of die dag daarna, wil bel om te hoor of jy nog gesond is. Ek verwag dat daar etlike gevalle van longontsteking gaan wees, veral onder die bejaardes."

Verena skryf vir hom die Hugo's se telefoonnommer in sy sakboekie neer. Hulle loop nog 'n entjie en gesels toe die twee Hugo's tussen 'n klomp mense uittree en haastig na haar toe aangestap kom.

"My liewe ou kindjie!" roep tant Ilse besorg uit en omhels Verena terwyl die trane onbeskaamd oor haar wange stroom. Intussen stel die jong kaptein hom aan oubaas Hugo voor.

Oom Armand groet Verena ook met 'n soen. Hy verneem belangstellend na haar gesondheid en draai dan na sy vrou.

"Mamma," sê hy goedig, "ontmoet kaptein Deon Falkner, die kaptein van die vliegtuig wat die moeilikheid opgedoen het . . . My vrou, kaptein." Hy kyk sy wederhelf met 'n glimlag aan en vervolg: "Ek het die kaptein genooi om 'n drankie saam met ons by die huis te kom drink."

"Oom Armand kan natuurlik nie meer wag om te hoor hoe die ongeluk plaasgevind het en wat alles daarna gebeur het nie," val Verena hom met 'n liefdevolle glimlaggie in die rede.

"My wêreld, kind, as ek nie geweet het dat jy jou sig destyds in daardie motorongeluk verloor het nie, sou ek gesê het daar is absoluut niks met jou oë verkeerd nie. Jou oë kyk vir my soos . . . soos elke ander mens se oë."

Verena kyk die oubaas aan en glimlag.

"Ek is nie meer blind nie, oom Armand," sê sy. "Vandag se lugramp het my gesig aan my teruggegee. Dit voel so wonderlik om weer te kan sien. Dis of die son na baie eeue eindelik weer op die horison van my donker wêreld verskyn het. Glo my, ek het gedurende die maande van blindheid eers werklik besef wat my oë vir my beteken en wat 'n wonderlike gawe dit is om te kan sien."

Tant Ilse begin van skone blydskap te huil. Oom Armand plaas sy arm om Verena se tingerige skouertjies en hou haar soos 'n geliefde dogter teen hom vas.

"Dis die wonderlikste nuus wat jy ons kon meedeel, ou kind," laat hy met innige dankbaarheid hoor. "Kom, laat ons huis toe gaan, kindjie. Daar is vanaand twee groot gebeurtenisse wat ons moet vier – jou veilige tuiskoms en die herstel van jou gesig."

Op pad na Pretoria, waar die Hugo's woon, is Verena opvallend stil. Sy antwoord net wanneer daar met haar gepraat word, maar neem self nie aan die geselskap deel nie.

Tuis, terwyl kaptein Falkner vir oubaas Hugo van die lugramp vertel, gaan help sy tant Ilse om 'n paar soutigheidjies voor te berei.

"Ene Duarte Di Rago het vroeg vanmiddag gebel om te vra of ons al iets van julle gehoor het –"

"Duarte?" val sy die ouer vrou verras in die rede.

"Ja, hy het hom oor die telefoon aan jou oom Armand voorgestel as Duarte di Rago," herhaal tant Ilse. "Maar ons het toe self nog nie geweet of julle in die see neergestort het nie. Jou oom sê hy het nog nooit soveel selfbeheersing by 'n mens teengekom soos by daardie Di Rago-kêrel nie. Hy moet glo 'n merkwaardige man wees, meen jou oom, want sy stem het nie eens een keer sy kommer en onrus verraai nie."

"Hy . . . e . . . was miskien nie bekommerd of onrustig nie," sê Verena huiwerig, nie seker of sy haar stem kan vertrou om van haar geliefde Duarte te praat nie. Sy het haar al dikwels voorgeneem om nooit weer oor hom te huil nie, maar wanneer sy van hom praat, is die trane maar altyd naby.

"Ek weet nie, Verenatjie," laat die ouer vrou versigtig hoor. "Jou oom Armand is 'n mensekenner en hy sê die man was bitter bekommerd en onrustig. Jou oom sê hy klink Portugees. Is die man Portugees, kindjie?"

Verena knik bevestigend en sug hoorbaar.

"Hy is 'n Portugese edelman – 'n hertog, tante," antwoord sy met 'n stem wat duidelik moeg en ongelukkig klink. "Die eiland San Di Rago behoort aan hom, en hy het ook, benewens sy twee plase, 'n fabelagtige kasteel in Portugal. Die hertog ken nie die einde van sy skatte nie, tante." Meer as dit is sy nie op die oomblik bereid om te sê nie.

Verena stoot die dienwaentjie vir die ouer vrou na die sitkamer toe, waar oubaas Hugo en die jong kaptein gesellig sit en gesels.

"Julle twee vroumense het nou seker al julle geheimpies aan mekaar meegedeel," terg die oubaas.

Verena skud haar kop.

"Ek het geen geheime nie, oom Armand," sê sy haastig voor tant Ilse straks melding maak van die hertog. "Ek het net met tant Ilse gesels oor die feit dat ek my musiekstudie nou kan voortsit."

Die oubaas lyk glad nie gelukkig omdat Verena al weer praat van oorsee gaan nie, maar hy sê niks nie en die geselskap neem 'n algemene wending.

So onder die gesels deur laat almal reg geskied aan die southappies. Verena en die kaptein geniet dit die meeste.

Dit is byna twaalfuur toe die kaptein 'n taxi ontbied om hom tuis te besorg. Hy bedank die Hugo's hartlik vir hulle gasvryheid en met die belofte dat hy Verena die volgende dag sal bel, wens hy almal 'n rustige nag toe en vertrek.

"Nogal 'n aangename kêrel, dié kaptein," sê die oubaas.

"Ek ken hom nie, dus sal ek nie weet nie," laat Verena ongeerg hoor. Toe sê sy dat dit lankal tyd was om in die bed te wees. Sy sê vir die oumense nag en gaan na haar slaapkamer toe, waar sy alleen met haar gedagtes en haar verlange na Duarte kan wees.

7

"Jy wil seker vanoggend inkope gaan doen, Verena-kindjie?" sê-vra tant Ilse terwyl hulle aan die ontbyttafel sit.

Verena knik bevestigend.

"Ja, ek sal 'n paar stukkies klere moet gaan koop," sê sy. "Gelukkig het ek 'n paar langbroeke, bloese en truie saam met my in die vliegtuig gehad. Ek sal 'n nuwe jas moet koop, en natuurlik 'n ryding ook, anders sal ek moet voetslaan plaas toe."

"Maar gaan jy dan nie hier by ons bly nie, ou kind?" wil die oubaas ietwat verbaas weet. Hy en tant Ilse het so daarna uitgesien dat sy haar tuiste hier by hulle moet maak. Hulle het nooit 'n eie kind gehad nie, daarom is Verena vir hulle soos 'n eie dogter.

"Ek gaan 'n volle maand hier by julle tweetjies bly, oom Armand," lig sy hom in.

"Wat, net 'n maand!" roep tant Ilse teleurgesteld uit. "En waar gaan jy dán bly?"

"Vir die res van die winter op Weltevrede, tante. Daarna gaan ek terug Londen toe om my musiekstudie voort te sit. Maar sodra ek daarmee klaar is, kom ek vir goed huis toe om julle twee se siele te versondig," laat sy tergerig hoor, want die twee oumense lyk vir haar bitter teleurgesteld.

"Ek sien met genoeë daarna uit dat jy ons siele moet kom versondig, ou kind," kom dit van die oubaas. "Glo my, ek hou niks daarvan dat jy al weer in 'n vliegtuig oor die oseaan wil gaan vlieg nie."

"Dit gebeur maar selde dat 'n vliegtuig se motore onklaar raak tydens 'n vlug," help sy die oubaas reg, en vervolg sag: "Ek wil graag my studie gaan voltooi noudat ek weer kan sien, my liewe oom."

Toe die oubaas merk dat Verena vasberade is om haar musiekstudie te voltooi, begin hy met haar oor motors gesels en bied aan om haar te vergesel wanneer sy gereed is om vir haar 'n motor te koop.

Verena doen die hele oggend inkope en kom pas voor middagete eers tuis.

"Kaptein Falkner het jou ongeveer 'n uur gelede gebel, Ve-rena-kindjie," begroet tant Ilse haar. "Hy het gesê dat hy weer later sal bel wanneer jy tuis is."

"Ek het nie die vaagste benul waarom hy weer wil bel nie," sê sy. "Tante het tog seker vir hom gesê dat ek niks oorgekom het van gister se ontberings nie, of hoe?"

"Ja, ek het, kindjie, maar die kaptein wil seker 'n bietjie met jou gesels. Julle is mos darem jongmense en . . . e . . . Wel, julle is vriende, is julle nie?"

Verena kyk die ouer vrou 'n kort oomblik stil aan, toe sê sy: "Ek stel hoegenaamd nie in die kaptein belang nie, tante."

Sy draai om en wou net na haar kamer stap toe die ouer vrou haar arm moederlik om haar skouertjies plaas en met 'n simpatieke stem sê: "Jy glimlag so selde, my kind. Is dit liefde vir 'n man?"

Verena knik bevestigend.

"Ek wens ek kan jou troos deur te sê dat die tyd alle won-de heel, maar dit sou nie eerlik wees nie," gaan die ouer vrou voort. "Het jy hom nog lief?"

"Ek probeer my bedags wysmaak dat dit nie so is nie, tante. Maar saans, wanneer die nag sy vlerke oor alles span en dit stil word, besef ek dat dit maar net 'n illusie is. As tante nie omgee nie . . . laat ons liewer oor iets anders praat."

"Jy het gelyk, kindjie. Gaan was jou hande en kom eet. Jou oom Armand kom nie vandag huis toe vir middagete nie. Hy is met 'n hofsaak besig en sal maar, soos gewoonlik, in die naaste restaurant eet," verduidelik sy.

Na ete, terwyl Verena besig is om die klere wat sy die oggend gekoop het in die klerekas te hang, kom sê die huishulp dat daar 'n telefoonoproep vir haar is.

Natuurlik die kaptein, dink sy en frons gesteurd. Ek hoop nie hy het planne om 'n oorlas van homself te maak nie, want dan sal ek sonder versuim 'n einde daaraan moet maak, dink sy, nog steeds met 'n donker frons tussen haar oë.

Die frons ontsier nog steeds haar voorkop toe sy die gehoor-buis optel en sê: "Verena Kestell hier!"

"Goeiemiddag, juffrou Kestell," hoor sy die kaptein sê. "Dis

Deon Falkner wat praat. Ek het vroeër gebel, maar jy was glo stad toe. Ek is bly dat jy niks oorgekom het van gister se ontberings nie."

"Nee, gelukkig nie," sê sy.

"Ek en my vlugpersoneel moes vanoggend 'n volledige verslag van die ongeluk aan die direkteure van die lugdiens gee. Maar noudat al die formaliteite afgehandel is en ek weer môre na Londen toe moet vlieg, wil ek jou graag vra om vanaand saam met my te gaan eet," sê hy.

Verena dink aan die lang, leë aand wat voorlê – 'n aand soos al die ander aande wat gewoonlik met verlange en gedagtes aan die hertog deurgebring word. Sy besef dat sy 'n ernstige poging sal moet aanwend om die verlede te vergeet en vir haar 'n nuwe toekoms te bou, dus besluit sy om die kaptein se vriendelike uitnodiging aan te neem. Dit sal ten minste 'n positiewe stap wees om daardie nuwe toekoms te bou.

"Wel, aangesien jy weer môre die lang bloupad moet vat Londen toe, sal ek jou uitnodiging aanneem, kaptein –"

"My naam is Deon," sê hy ingenome.

"My naam is Verena."

"Dankie, Verena . . . ook omdat jy my uitnodiging aangeneem het," hoor sy hom sê. "Ek kom jou halfagt haal."

Sy verseker hom dat sy halfagt gereed sal wees, toe sê hulle vir mekaar tot siens en lui af.

Toe sy die gehoorbuis terugplaas, besef sy eers regtig wat sy aangevang het en dan voel sy hoe haar moed haar stadigaan begewe.

Wat op aarde het my besiel om sy uitnodiging aan te neem? vra sy haar af. Hoe kan ek saam met hom gaan eet terwyl alles in my na Duarte roep? Ek sal mos my hart en my liefde geweld aandoen deur so op te tree . . . Ek moes nooit ingestem het om saam met hom te gaan eet nie. Dis verkeerd, absoluut verkeerd! verwyt sy haarself.

Sy byt op haar onderlip. Dit val haar by dat sy mos besluit het om vir haarself 'n nuwe toekoms sonder Duarte te bou. In daardie geval sal sy dan ook 'n nuwe vriendekring moet opbou met mense wat haar nie aan Duarte sal herinner nie . . . Ja, sy

278

sal haar nuwe vriendekring dan maar met Deon Falkner begin, besluit sy prakties, asof sy 'n vakansie beplan.

Tant Ilse is merkbaar bly toe sy hoor dat Verena die aand saam met die twee en dertigjarige kaptein gaan eet.

"Ek dink hy is 'n besonder aangename en aantreklike man," meen die ouer vrou. "So 'n lang, skraal man was nog altyd vir my mooi. Ek hou ook van sy donkerbruin hare en grys oë, en die manier wat hy sy hare laat sny. Jy weet self dat ek nie tyd het vir 'n takhaar nie . . . Nee, die kaptein is beslis nie een van daardie soort met die woeste lokke nie."

"Maak dit nou van hom 'n beter mens, tante?" wil Verena weet, want vir haar bestaan daar op die oomblik net een man . . . Duarte di Rago.

"Wel, ek sal dit nie sê nie, Verena-kindjie. Om 'n eerbare mens te wees, moet jy natuurlik goeie beginsels hê. En die hare . . . Nou ja, ek dink dit is 'n kwessie van smaak, en my smaak laat óf veel te wense oor, óf ek het wonderlike goeie smaak!"

Toe bars Verena uit van die lag.

Daardie aand trek sy met groot sorg aan, want dit is so lank gelede dat sy persoonlik aandag aan haar voorkoms kon bestee. Sy kan nie eens meer onthou hoe sy met grimering en 'n aandrok aan lyk nie.

Verena se gesig straal behoorlik toe sy later in die spieël kyk. Die swart aandrok vlei haar pragtige figuur en aksentueer haar blondheid. Sy bekyk haar gesig wat liggies en kunstig gegrimeer is ernstig en krities, dan besef sy dat sy vanaand besonder aanvallig lyk.

Dit is duidelik dat die kaptein ook so dink, want toe sy haar verskyning in die sitkamer maak waar oom Armand hom geselskap hou, het hy vlugtig orent gekom, drie tree in haar rigting gegee en toe botstil bly staan asof hy sy eie oë nie glo nie.

"Ek wonder of jy sal breek wanneer ek jou met die hand groet," laat hy hardop en met bewondering in sy stem hoor. Sy oë streel elke lyn op haar pragtige gelaat en elke goudblonde haar op haar hoof.

"Ek het nie gister gebreek toe jy my deur die nooduitgang

van die vliegtuig vir die kêrel in die bootjie aangegee het nie, Deon," glimlag sy en hou haar hand na hom uit.

Hy neem haar fyn handjie versigtig in syne en sê baie sag, sodat net sy kan hoor wat hy sê: "Ek moes jou gisteraand in my sak gesteek het en jou maar sommer vir my gevat het. Ek het nog nooit so 'n pragtige mensie soos jy gesien nie, Verena. Dit lyk inderdaad of jy by die geringste aanraking kan breek . . ."

'n Sagte laggie van Verena laat hom dadelik swyg.

"Jy moet mooi na ons dogter omsien, Deon," hoor hulle die oubaas sê. "Sy is al wat ek en die tante het."

"Ek sal haar met my lewe beskerm, oom Armand," belowe hy en neem die wit pelsmanteltjie wat sy oor haar arm dra en hang dit om haar skouertjies.

Tant Ilse kom die sitkamer binne en vra met iets soos tevredenheid in haar stem: "Is julle al gereed om te gaan?"

Deon kyk op sy polshorlosie. Dan glimlag hy.

"As ons nie nou ry nie, tante, gaan ons laat wees," sê hy.

Hierna sê hulle vir die oumense tot siens en vertrek.

Ofskoon Verena besluit het om 'n nuwe vriendekring op te bou, is sy nog so vasgevang in haar liefde vir die hertog dat sy nie eens opmerk hoe aantreklik Deon in sy wit dineebaadjie lyk nie . . .

Sy het 'n heerlike aandete saam met hom in die hotel genuttig en daarna tot byna twaalfuur met hom in die Silwer Maannagklub gedans, en nog steeds is sy onbewus van die feit dat hy 'n besonder aantreklike man is. Wat haar betref, is hy 'n aangename mens en 'n goeie vriend. En waar hy nou by die voordeur van haar afskeid neem, besef Verena meteens dat dit lank gaan duur om Duarte di Rago uit haar hart en uit haar gedagtes te kry. Ja, sy besef dat dit 'n lang, opdraande stryd gaan wees.

"Ek sal oor tien dae van Londen af terug wees," hoor sy Deon sê. "Kan ek jou dan weer kom besoek?"

Verena kyk hom aan in die onsekere lig wat van die straat af kom en sê huiwerig: "Ek wonder of dit die regte ding sal wees, Deon. Daar was iemand in my lewe . . . iemand vir wie ek nog steeds lief is . . . Ek kan jou net vriendskap gee."

"Ek verstaan," sê hy sag en vervolg gerusstellend: "Ek sal met jou vriendskap tevrede wees, Verena. Ek sal geen eise aan jou stel solank as wat jy iemand anders liefhet nie. Ons sal dus net vriende wees. In elk geval, baie dankie dat jy die aand vir my so aangenaam gemaak het, meisietjie."

"Ek moet ook vir jóú dankie sê vir die aangename aand, Deon," laat sy met opregte erkentlikheid hoor. "Ek het dit self baie geniet, en ek hoop jou vlug na Londen verloop baie voorspoedig."

Hierna sê hulle vir mekaar nag. Dan gaan Verena binnetoe en Deon vertrek.

Nadat sy haar bedlamp afgeskakel het, dink sy weer soos gewoonlik aan Duarte, die enigste man wat sy nog ooit bemin het. Dan begin haar verlange na hom opnuut, en soos al die ander aande huil sy haarself aan die slaap . . .

Die volgende oggend is Verena se oë nog effens rooi en geswel van die vorige aand se trane. Tant Ilse merk dit dadelik op toe Verena vir ontbyt aansit, maar sy swyg wyslik. In haar hart verwens sy die man wat Verena se hart gebreek het en nog steeds die mag besit om haar seer te maak.

Hy was natuurlik lief vir haar totdat sy haar sig verloor het, som tant Ilse die situasie op, maar sê hardop: "Jou oom Armand het gesê hy sal jou na middagete stad toe neem sodat jy vir jou 'n motor kan gaan uitsoek, kindjie."

"Dankie, tante; ek sal sorg dat ek betyds gereed is," verseker sy die ouer vrou. "Ek gaan nie vanoggend uit nie, ek wil na ontbyt vir my vriendin in Londen skryf. Sy weet nog nie dat ek weer kan sien nie." Sy glimlag ingenome toe sy vervolg: "Dit gaan vir Alice 'n wonderlike verrassing wees om te hoor dat ek weer kan sien . . ."

Verena gesels met die ou dame oor Alice en almal op die eiland San Di Rago, behalwe die man na wie haar hart so aanhoudend hunker. Tant Ilse is egter nie die soort mens wat Verena na die man sal uitvra nie. Sy weet dat Verena haar dit self en op haar eie tyd sal vertel.

Na ontbyt neem Verena haar skryfgereedskap en gaan buitetoe, waar die winterson mildelik skyn en die mossies luidrugtig kwetter in die groen sierbome wat nie hul blare in die winter verloor nie. Sy neem op 'n tuinbankie langs die huis plaas en nou het sy 'n mooi uitsig op die winterblomtuin wat op die oomblik in volle blom staan.

Sy stoot die skryfblok gemaklik op haar skoot reg, skryf net die datum en die stad se naam in die regterhoek van die vel en begin dan te skryf.

My liewe Alice, dit is vir my aangenaam om te kan sê dat ek die lugramp oorleef het sonder om eens 'n skrapie op te doen.

Ons het baie voorspoedig gereis totdat ons in die moeilikheid gekom het. Daarna was dit net een groot konsternasie.

Wel, om 'n lang storie kort te maak, die lugwaardin kom sê ons toe almal aan om gereed te maak vir 'n noodlanding op see . . . Ek kan jou nie vertel wat alles deur my gedagtes geflits het terwyl ons almal gespanne en vol angs sit en wag vir die slag wanneer die vliegtuig die water tref nie. Jy kan maar sê ons het almal op die dood gesit en wag.

Dit was 'n vreeslike dag. Daarna het alles baie vinnig geskied. Ek het daar met my geslote oë gesit en my reeds versoen met die gedagte dat ek saam met die vliegtuig onder die golwe sou verdwyn, toe die kaptein my in sy arms opgetel en my deur die nooduitgang vir 'n kêrel in die bootjie aangegee het.

Die wete dat ek darem ook gered is, was 'n wonderlike, salige verligting. Maar ek kan nie vir jou beskryf hoe dit gevoel het toe ek weer kon sien nie. Die eerste wat my getref het, was die grys, onstuimige see – 'n toneel waaraan ek my skoon verkyk het.

Dit was byna tienuur toe ons die aand op die lughawe aangekom het. Die jong kaptein – hy is twee en dertig jaar oud – het vriendelik aangebied om my tuis te besorg, maar die Hugo's was alreeds op die lughawe om my te kom haal. Oom Armand het hom toe genooi om 'n drankie saam met hom by die huis te kom drink, en gister het die kaptein my weer genooi om saam met hom te gaan eet. Na die ete het ons by 'n nagklub gaan dans en om en by twaalfuur eers tuisgekom.

In elk geval, ek dink ek het jou nou al die belangrike nuus vertel. Net dit nog: Ek vertrek oor vier weke na my plasie toe en sal jou dan die adres laat kry waarheen jy vir my kan skryf. Dra asseblief my groete aan jou ouers oor, Alice; ek sal vir hulle van die plaas af skryf. Soos altyd, jou vriendin, Verena Kestell.

Sy lees die brief vlugtig deur, vou die twee geskrewe velle netjies op en steek dit in die geadresseerde koevert. Hierna lê sy behaaglik agteroor op die bankie, sluit haar oë teen die son en geniet die mossies se vrolike gesang.

Sy het nie lank so ontspanne gelê nie, toe is sy vas aan die slaap . . .

Toe tant Ilse vir Verena om elfuur 'n koppie tee bring en haar so rustig aan die slaap vind, draai sy stil om sonder om haar wakker te maak.

Die kind is hopeloos uitgeput van al die ontberings na die lugramp, dink sy. Laat haar gerus maar slaap. Tyd genoeg om haar wakker te maak wanneer sy vir middagete moet aansit.

Maar Verena is lank voor middagete weer wakker. Toe oubaas Hugo later tuiskom vir middagete, is sy ook netjies aangetrek en gereed om na ete saam met hom stad toe te gaan. Sy sal sommer ook Alice se brief pos terwyl sy in die stad is, want sy weet dat Alice teen hierdie tyd al in spanning wag om van haar te hoor.

Verena het gelyk. 'n Week na die lugramp het Alice al begin wag vir 'n brief van haar Suid-Afrikaanse vriendin, maar toe die brief eindelik twee weke na die lugramp by haar opdaag, het sy al begin wonder of Verena haar vergeet het.

Haar hande bewe van opgewondenheid toe sy die koevert oopskeur, die twee velle oopvou en die geskrewe inhoud begin lees. Daar is 'n ernstige, gespanne uitdrukking op haar vriendelike gelaat toe sy van die lugramp lees. Maar toe sy eindelik by die deel kom waar Verena haar meedeel dat sy haar sig herwin het, bars Alice sommer hardop in trane uit van skone blydskap en opgewondenheid. Hierna moet mevrou Smith en almal wat Verena geken het, die verblydende nuus hoor.

"Ek gaan nou eers vir my ma 'n kort briefie skryf en sommer ook Verena se brief vir haar insluit sodat sy dit self kan lees," sê Alice daardie aand toe sy van die tafel opstaan. Vir haar is dit die wonderlikste ding wat met Verena kon gebeur het – die feit dat sy die gebruik van haar oë herwin het.

Daardie aand in die bed skryf Alice eers 'n lekker geselsbriefie aan haar ma voordat sy die bedlamp afskakel. Met haar oë gesluit, lê en dink sy aan al die aangename dinge wat sy en Verena saam gedoen het, totdat die slaap haar saggies uit haar gedagtewêreld af wegvoer . . .

'n Week later lees Maureen Stratton Verena se brief. Vir haar is dit net so 'n wonderlike verrassing dat die mooi, blonde jong meisie weer kan sien. Sy stap ook sommer dadelik na dokter De Almeida se woning toe om Verena se brief vir Rita de Almeida te gaan lees. Sy weet dat die hele eiland saam met Verena gaan juig omdat sy weer die gebruik van haar oë het en van nou af weer 'n normale lewe sal kan lei.

Sy is nog besig om die laaste paragraaf van Verena se brief vir Rita te lees, toe dokter De Almeida en die hertog die sitkamer binnestap.

Albei vrou groet die edelman beleef. Toe draai Rita na haar wederhelf en sê opgewonde: "O, Carlo, señora Stratton het nou net vir my Verena se brief gelees. Sy kan weer sien! Die skok van die lugramp het haar sig herstel! Dink jy nie ook dis wonderlik nie?"

"Inderdaad. Dit is absoluut wonderlik, cara," stem die dokter saam.

"Mag ek asseblief ook Verena se brief lees, señora Stratton?" vra die hertog, uiterlik kalm en bedaard – maar hierdie mense wat hom ken, merk dadelik dat sy stem styf en gespanne is en dat hy glad nie so kalm en bedaard is soos wat hy voorgee nie.

Maureen hou Verena se brief na hom uit en sê ter verduideliking: "Die brief is aan my dogter in Londen geskryf, maar jy mag dit lees."

Dit is vir die edelman nie moeilik om Verena se netjiese handskrif te lees nie, en toe hy die brief aan Maureen teruggee, is hy doodsbleek en duidelik ontsteld. Hy verlaat die vertrek sonder meer en stap na sy motor toe wat voor in die straat staan. Op hierdie oomblik tref dit hom nie eens dat hy die dokter se huis verlaat het sonder om vir die mense tot siens te sê nie.

Carlo, Rita en Maureen hoor hoe vinnig, byna roekeloos sy

284

kragtige motor voor die deur wegtrek. Hulle kyk mekaar stil aan, want op die oomblik is dit vir al drie baie duidelik dat die hertog se liefde vir Verena in geen mate afgeneem het nie, al het hy hul verhouding met haar vertrek beëindig en haar uit sy lewe laat gaan . . .

Hy verwyt homself hier waar hy voor die venster van sy studeerkamer staan. Hy besef nou dat hy sy hartseer en teleurstelling toegelaat het om hom verkeerd teenoor Verena te laat optree. Hierdie wete laat hom omgekrap voel, want hy het nog nooit 'n fout begaan wanneer hy besluite vir sy familie moes neem nie; trouens, hy kan dit nie bekostig om verkeerd te besluit nie, want sy hele familie sien na hom op vir raad en leiding, en hy kan dit ewe min bekostig om oor sy eie sake verkeerd te besluit – veral wanneer dit by hartsake kom.

Ek moes haar die versekering gegee het dat ek vir haar sal wag totdat sy haar sig herwin het, verwyt hy homself. Nou lyk dit of daar 'n ander man in haar lewe gekom het, en dit net omdat ek haar laat gaan het sonder hoop op 'n toekoms saam met my . . . Ek sal hierdie saak tussen ons onverwyld moet regstel, besluit hy. Sy moet my nog liefhê. 'n Mens se emosies is immers nie soos 'n kraan wat jy na willekeur oop en toe kan draai nie . . . Ja, ek sal sonder versuim vir haar moet skryf . . . maar waarheen sal ek die brief adresseer? Daar was geen adres boaan die brief nie. Dit sal ook niks baat om haar te bel nie, want 'n telefoon is glad nie geskik vir die bespreking van hartsake nie . . . Nee, ek sal maar geduldig moet wag totdat sy haar adres aan die jong señorita Stratton verstrek.

Die hertog dink 'n rukkie na. Toe tref 'n ander gedagte hom en sy gesig helder op.

Volgens die datum op Verena se brief het sy dit drie weke gelede geskryf, dink hy. Dus vertrek sy oor 'n week na haar plasie toe. Ek dink dit sal veel beter wees as ek haar liewer persoonlik gaan spreek. 'n Brief is gans te onpersoonlik en onbevredigend. Dit kan tog nooit 'n mens se diepste gevoelens aan 'n ander oordra soos mondelinge woorde nie . . . Ja, ek sal die jong señorita Stratton oor twee weke besoek en hoor of sy al Verena se plaasadres ontvang het. Daardie jong Suid-Afrikaanse vlieënier moe-

285

nie dink hy gaan Verena kry nie, want hy gaan nie – daarvoor sal ek persoonlik sorg. Sy weet dit nog nie, maar sy gaan een van die dae my hertogin wees . . . die hertogin Verena di Rago.

Na hierdie opbeurende gedagtes en besluite voel dit vir die hertog of die lewe darem nie heeltemal sy rug op hom gedraai het nie. Hy dink aan die beeldskone Verena met die mooi oë en hare – oë met die blou dieptes van die see waarin mans bestem is om te verdrink. Ja, hy kan nie meer wag om in daardie pragtige oë van haar te kyk en te weet dat sy eersdaags sy bruidjie gaan wees nie.

Vir die eilandbewoners is dit 'n heuglike dag. Hulle is saam met die hertog en die Strattons bly omdat Verena weer kan sien. Wanneer hulle aan die bittere hartseer dink wat haar gesiggie so knaend weerspieël het, voel hulle lus om vir haar 'n gemeenskaplike kabelgram te stuur om hulle innige blydskap aan haar oor te dra.

Hulle wonder of Verena nou met die hertog sal trou – noudat sy weer kan sien. Na haar vertrek was daar mos sprake dat sy die hertog se huweliksaansoek van die hand gewys het omdat sy blind was. Hierdie optrede van haar het hulle inderdaad vreemd gevind, want blindheid, voel hulle, is nie genoeg rede om 'n huweliksaanbod van die hand te wys nie.

Hulle onthou nog goed hoe hartseer en ongelukkig die hertog na haar vertrek gelyk het. Sy skerp, lewendige oë was later nooit meer sonder daardie somber en peinsende uitdrukking nie, en om sy mond was daar knaend so 'n trekkie van verlatenheid. Almal se harte het na hom uitgegaan, want hulle het geweet dat die skone Verena sy eerste liefde is – die eerste meisie wat daarin geslaag het om sy liefde te wen.

Dit is waar, Verena se vertrek het vir die hertog 'n moeilike tydjie meegebring, want niemand het met sekerheid geweet hoe lank sy blind sou wees nie – dit kon selfs jare geduur het. Intussen het sy hart gebrand om haar sy eie te maak, terwyl sy volstrek geweier het om met hom te trou voordat sy hom beter leer ken. En om hom beter te leer ken, moes sy, na haar eie mening, eers weer kon sien.

Ja, hy sal nie daardie môre vergeet toe die boot die hawe

verlaat het en hy alleen moes agterbly nie . . . en dit nadat hy haar herhaaldelik gesoebat het om nie van hom en die eiland af weg te gaan nie.

Jy het my baie hartseer en bekommernis aangedoen, my skat. Maar die vreugde om jou weer in my arms te kan hou en jou sagte, warm lippies teen myne te voel, sal ruimskoots vir alles vergoed, gesels hy in sy gedagtes met Verena terwyl sy donker oë ver oor die blou golwe staar. Jy gaan my ook nie langer aan 'n lyntjie hou met die swak verskoning dat jy my nog nie goed genoeg ken nie . . .

Die gelui van die telefoon maak terstond 'n einde aan die hertog se intieme gedagtes, en nou moet hy onverwyld sy aandag by ander sake bepaal.

Nadat Verena vir haar 'n duur sportmotor gekoop het, gaan sy na 'n bekende firma toe wat musiekinstrumente verkoop. Hier kies sy 'n pragtige vleuelklavier wat die firma vir haar op Weltevrede moet aflewer.

Die nuwe motor en die jong kaptein hou Verena die volgende vier weke taamlik besig. Wanneer Deon nie oor berge, woestyne en oseane vlieg nie, neem hy haar na die een of ander skouburg, hotel of nagklub toe, en wanneer hy weer die bloupad vat wat na vreemde lande toe lei, klim sy in haar geel motor en ry Pretoria en Johannesburg plat.

Sy kuier by al haar vriende wat sy voor haar vertrek na Londen toe laas gesien het, en dit is hierdie bedrywighede wat haar gedagtes en verlange na Duarte in toom hou. So verstryk die weke, en breek die dag van haar vertrek na Weltevrede toe eindelik aan.

Tant Ilse is baie hartseer toe Verena hulle agtuur die môre groet. Oom Armand het skielik 'n branderigheid in sy oë en 'n lastige heesheid ontwikkel. Na vele tranerige vermanings van tant Ilse oor hoe versigtig sy moet ry en dat sy hoegenaamd nie langs die pad moet stilhou nie, kan Verena op lange laas in die geel motor klim en vertrek.

Vir haar bly dit nog altyd 'n wonder dat sy weer kan sien, en hier waar die berge en klowe wyd om haar lê, besef sy eers opreg hoe wonderlik dit is om hierdie grootsheid van die natuur te kan sien en geniet. Sy sal nooit weer die gawe om te kan sien as vanselfsprekend aanneem nie. Trouens, sy besef nou eers hoe wonderlik die mens geskape is.

Terwyl die motor se wiele eentonig oor die teerpad fluit, neurie sy Musetta se Walslied uit La Bohème. Die wintersonnetjie is heerlik en warm hier in die Laeveld. Vir Verena is dit salig om mens te wees en die ou wêreld is vir haar op die oomblik die wonderlikste plek.

Dit is al ver oor twaalf toe sy die dorpie Groenpoort binnery. Groenpoort, het oom Armand gesê, is net vyf kilometer van Weltevrede af. Dus sal sy nou haar onverdeelde aandag aan al die uitdraaipaaie moet skenk.

Sy ry met Groenpoort se hoofstraat deur die dorp, vind die regte uitdraaipad en weldra hang daar net 'n lang stofstreep agter haar.

Die middeljarige egpaar, Frans en Tryna Marais, wag haar voor die deur in toe sy eindelik voor die huis stilhou. Sy het 'n week gelede al met hulle kennis gemaak toe oom Armand hulle spesiaal vir daardie doel na Pretoria toe ontbied het.

"Jy moet jou plaasbestuurder en huishoudster ken voordat jy jou op Weltevrede gaan vestig," het oom Armand gesê. "Frans kan sommer ook die meeste van jou bagasie saamneem plaas toe aangesien jou motor nie juis oor veel bagasieruimte beskik nie."

Die twee Marais's is bly om hulle werkgeefster eindelik hier op Weltevrede te verwelkom. Hulle het so dikwels in die verlede gewonder of sy darem 'n aangename mens is, soos wat haar oorlede pa was, want al is hulle twee eenvoudige mense met min boekekennis, is hulle in elke opsig eerbaar en regverdig.

Verena groet Frans en Tryna met die hand en verneem belangstellend na hulle gesondheid. Sy hou nogal baie van hierdie twee vriendelike mense en sy waardeer dit ook dat hulle ingestem het om tydens haar verblyf op Weltevrede hulle intrek by haar in die groot woonhuis te neem.

"Ons is bly om te sien dat jy voorspoedig gery het, juffrou Kestell," laat Frans duidelik met verligting in sy stem hoor. "Ek sal solank jou tasse binnetoe neem."

288

"Ek sal gou vir juffrou Kestell gaan tee maak," bied Tryna aan. "Daarna sal ek jou deur die huis neem, juffrou, sodat jy kan sien waar elke vertrek is."

"As jy nie omgee nie, Tryna, sal ek die huis liewer by 'n latere geleentheid besigtig. Ek wil graag eers die tuin en grond van Weltevrede sien. My pa het hierdie plasie gekoop om vir sy gesin as 'n vakansie-oord te dien, en ek is van plan om die plasie in so 'n oord te omskep. Maar 'n koppie tee sal baie welkom wees," sê Verena met 'n vriendelike glimlaggie en volg Tryna na binne.

Sy staan die tee sommer voor die sitkamer se venster en drink terwyl haar blik daar ver op die blou horison rus.

Eienaardig, dink sy, dat die lug in die winter so diepblou is, of lyk die lug vir my maar net blouer omdat ek so lank in 'n wêreld geleef het wat net uit een kleur bestaan het . . . swart?

Sy draai haar blik weg van die verre horison af en beskou haar onmiddellike omgewing. Ofskoon dit winter is, lyk die grasperk om die huis nog redelik groen en 'n verskeidenheid winterblomme staan in volle blom. Talle sierbome is pragtig opgetooi met groen blare.

Verena besluit om na middagete die plasie te besigtig. Sedert sy blind was, is dit of die natuur daar buite vir haar 'n al groter bekoring besit; dit is behoorlik of sy dit nie genoeg kan bewonder nie.

Dis waar, sy het te lank in 'n donker wêreld gelewe om haar nou al tussen vier mure in te hok. Sy wil die son oor alles sien skyn. Sy wil sien hoe die wind die bome en blare roer. Sy wil die blou, dynserige berge in die verte sien, en sy wil haar in die wit wolkies verlustig wat soos skepies deur die lug sweef.

Verena kuier die middag buite op die plaas rond in die gesel-skap van haar middeljarige plaasbestuurder, en voel dus daar-die aand te moeg en pootuit om vir Alice te skryf . . .

Die volgende oggend neem sy Tryna Marais dorp toe om 'n paar inkope vir die huis te doen.

"Ek sal solank gaan kyk wat die boekwinkeltjie daar in die volgende blok oplewer, Tryna," sê Verena toe sy die ouer vrou voor die kruidenierswinkel aflaai. "Ek sal probeer om gou te maak."

"Moet jou asseblief nie om my onthalwe terughaas nie, Verena. Ek het 'n hele paar inkope om te doen," stel sy die meisie haar beleef gerus.

'n Aangename verrassing wag op Verena. Toe sy die boekwinkeltjie binnestap, loop sy haar byna vas in 'n gewese skoolmaat, Chantal Naude, en by haar is 'n blonde man van middelmatige lengte.

"O, Verena, dit is wonderlik om jou hier in ons geweste te sien!" roep Chantal verras uit. Sy omhels Verena en vervolg: "Ontmoet vir Schalk Henning, Verena . . . 'n gewese skoolmaat van my. Verena Kestell, Schalk."

'n Wedersydse aangename kennismaking volg, dan draai Verena na haar vriendin.

"Jy sê dit is jul geweste hierdie, Chantal?" sê-vra sy.

"Dis reg, ek en Schalk gee onderwys hier in Groenpoort se laerskool," verduidelik Chantal. "Maar wat maak jý hier in ons kontrei?"

"Ek het 'n klein plasie hier in die distrik wat ek as 'n vakansie-oord gebruik, en ek sal stellig tot na die winter hier op Weltevrede vertoef," antwoord sy, bly dat sy darem een bekende hier raakgeloop het.

"Nou ja, in daardie geval vergewe ek jou nooit as jy nie ons skooldansparty, wat oor 'n maand plaasvind, ondersteun nie," sê Chantal. "Ons samel geld in om die skool van 'n swembad te voorsien, en as die dansparty nie genoeg geld oplewer nie, sal ons by julle rykes moet gaan aanklop . . ."

Hulle staan byna 'n uur in die boekwinkeltjie en gesels. Toe tref dit Verena eensklaps dat sy Tryna Marais moet gaan oplaai.

"Nou goed, ek sal drie kaartjies vir die dansparty neem," sê sy. "Maar ek vrees jy sal my nou moet verskoon. Ek moes Tryna lankal opgelaai het. Die arme mens sal nie weet wat van my geword het nie."

"Wag, voor jy gaan, sê my net dit – vir wie wil jy die ander twee kaartjies hê?" vra Chantal reguit, sonder om te blik of te bloos. Verena is nou wel die mooiste meisie wat sy ken, maar twee kêrels om haar na die dansparty toe te vergesel, is darem te erg.

Daar is dosyne tergduiweltjies in Verena se oë toe sy sê: "Ek neem meneer en mevrou Marais saam met my . . ."

"Wat! Nie eens één kêrel nie?" wil Chantal verbaas weet.

'n Skaduwee skuif oor Verena se gelaat – 'n skaduwee wat Chantal se blik nie ontgaan nie en haar heimlik laat wonder wat tussen Verena en haar beminde skeefgeloop het. Dat Verena wel die een of ander man liefhet, is vir haar baie duidelik.

Sy maak egter dadelik verskoning vir haar onbedagsame vraag, deur verontskuldigend te sê: "Ek is jammer, Verena, ek moes dit nie gevra het nie. Vergeet dit asseblief."

"Ag nee wat, dit maak nie saak nie," stel Verena haar gerus.

Hierna groet sy vir Chantal en Schalk, en na 'n rukkie hou haar geel motor weer voor die kruidenierswinkel stil, waar Tryna Marais reeds vir haar wag.

Chantal het haar nou net omgekrap. Sy het die afgelope maand haar bes gedoen om Duarte te vergeet en sy het bedags nogal verbasend goed daarin geslaag. Maar nou lê al die pynlike herinneringe weer oopgekrap en hunker haar hart sonder ophou na hom.

Sy is stil toe hulle terugry plaas toe. Tryna merk dit op, maar vra nie uit nie. Sy het lankal agtergekom dat haar werkgeefster in die nabye verlede die een of ander teleurstelling beleef het. Sy glimlag so selde en daar is altyd 'n hartseer trekkie om haar mond en in haar oë.

Aan tafel, tydens middagete, vertel Verena vir die twee Marais's van die skooldansparty en dat sy vir hulle ook kaartjies gekoop het aangesien sy nie graag alleen wil gaan nie.

Die twee oumense maak beswaar. Hulle is darem al te oud vir danse en sulke dinge, sê hulle.

Maar Verena sê hulle hoef nie te dans nie en dat hulle twee ook nie die enigste ouerige mense by die dansparty sal wees nie. Die hele Groenpoort sal glo daar wees, want almal voel hulle moet die saak ondersteun.

Na hierdie verduideliking besluit die twee om hulle dan maar met die onvermydelike te versoen, want Verena het gelyk, sy kan onmoontlik alleen gaan.

Toe Verena van die etenstafel af opstaan, besluit sy om die middag eers vir die Hugo's en vir Alice te skryf.

Ja, ek sal dadelik vir Alice moet skryf, dink sy terwyl sy haar skryfgereedskap gaan haal. Die Hugo's kan ek nog bel, maar Alice is te ver in die wêreld om haar elke keer te bel. Ek sal maar eers vir haar skryf.

Gewapen met die nodige skryfgereedskap kies sy koers na die rivier wat Weltevrede van die buurplaas skei. Hier neem sy op 'n omgevalle boomstomp plaas en begin vir haar vriendin in Londen skryf.

Sy vertel vir Alice van die skooldansparty wat oor 'n maand plaasvind, van die rivier hier waar sy sit en skryf, en dat sy die oggend 'n gewese skoolmaat van haar op die dorp raakgeloop het. Sy vertel ook vir Alice hoe die huis en die plasie lyk, en verneem dan na haar ouers en Clare se gesondheid . . .

Verena skryf van baie dinge, maar sê byna niks van haarself nie en vra ook nie een keer uit na Duarte nie. Sy vertel dat die kaptein, Deon Falkner, weer op 'n vlug na die Verre Ooste toe vertrek het. Maar om die een of ander rede vergeet sy om te sê dat daar geen verhouding tussen haar en die kaptein bestaan nie, dat hulle net vriende is.

Sy sluit haar brief aan Alice af en begin dan vir die Hugo's in Pretoria skryf. Ook vir hulle vertel sy van die dansparty en dat sy die oggend 'n gewese skoolmaat op die dorp raakgeloop het.

Die son is vinnig besig om te sak toe Verena die Hugo's se brief afsluit. Sy kyk na haar polshorlosie en merk dat dit haas tyd is vir namiddagkoffie. Hierna neem sy haar briewe en skryfgereedskap en stap vinnig huis toe.

8

Nadat die hertog die brief gelees het waarin Verena vir Alice vertel het dat sy tydens die vliegongeluk haar gesig herwin het, kon hy byna nie wag om haar adres te bekom nie. Hy het sonder versuim sy sake op die eiland in orde gebring en hom twee weke later na Londen toe gehaas om te hoor of Alice al 'n brief van Verena gekry het.

Hier waar hy op pad is na die hotel waar sy sekretaris vir hom 'n stel kamers bespreek het, besef hy vir die eerste keer dat die liefde besig is om die ou patroon van sy lewe uit verband te ruk. Dit tref hom nou eers dat hy die eiland op 'n uiters ongeleë tyd verlaat het, 'n tydstip toe hy sy onverdeelde aandag aan die inmaakfabriek moes wy. Maar aan die liefde is daar geen keer nie, en hier bevind hy hom in Londen met die vurige hoop dat hy dadelik Verena se adres sal bekom . . .

Die hertog het ook net sy kamers binnegestap, toe bel hy Alice om te hoor of sy al oor Verena se adres beskik. Toe sy antwoord dat sy nog nie van Verena gehoor het nie, bel hy meneer Hugo in Pretoria. Maar ook hier loop hy 'n bloutjie, want die Hugo's het 'n week na Verena se vertrek self met vakansie gegaan . . .

Die volgende vyf dae bel die edelman elke dag om te hoor of Alice al van Verena gehoor het. Maar elke keer is die antwoord ewe teleurstellend, en nou begin hy al wonder of Verena ooit weer van haar sal laat hoor.

Vir al wat ek weet, is sy straks al verloof aan die jong Suid-Afrikaanse kaptein, dink hy afgetrokke waar hy aan die ontbyttafel sit en wag om bedien te word. Maar hierteen kom sy verliefde hart dadelik in opstand. Net oor my dooie liggaam sal sy aan 'n ander man behoort, en baie beslis nie terwyl daar nog 'n vlammetjie van lewe in my is nie . . .

"Verskoon my, maar die ontvangsdame sê daar wag 'n telefoonoproep in u kamer," maak die kelner se stem 'n einde aan die edelman se onaangename gedagtes.

Hy bedank die kelner, staan dadelik van die tafel af op en verlaat die eetkamer . . . lank en waardig.

Die telefoon lui nog onverpoos toe hy sy privaat kamer binnestap. Met 'n donker frons wonder hy of dit sy sekretaris is wat hom in verband met die inmaakfabriek wil spreek.

Hy tel die gehoorbuis op.

"Goeiemôre, Duarte di Rago hier!"

"Dis Alice Stratton wat praat, señor," hoor hy die jong meisie se stem. "Ek het pas 'n brief van Verena af gekry. Jy is welkom om die brief te lees as jy wil. Moet ek dit vir jou na die hotel toe pos?"

"Nee, moet dit asseblief nie doen nie," keer hy haastig. Hy wag reeds so lank om Verena se adres in die hande te kry dat hy eerlikwaar nie kans sien om nog 'n dag langer te wag nie. "Ek kom dadelik na jou losieshuis toe . . . tot siens, señorita!"

Hy plaas die gehoorbuis haastig terug en verlaat die hotel sonder om een keer aan die ontbyt te dink wat stellig al in die eetkamer vir hom wag. Sy hart klop warm en opgewonde by die gedagte dat hy aanstons sal weet waar Verena haar bevind. Ja, hy gaan vandag nog vir hom plek gespreek op die eerste vliegtuig wat na Suid-Afrika toe vertrek. Hy besef dat die lewe sonder Verena vir hom nie die moeite werd is nie; dit is slegs 'n vaal, eentonige bestaan.

Alice maak byna dadelik die deur oop toe hy aanklop.

"Bon dia, señorita Stratton," groet hy haar vir 'n tweede keer daardie môre, maar nou klink sy stem styf en gespanne. "Ek hoop die inhoud van Verena se brief is bevredigend."

Alice kan merk dat hy gespanne is, al probeer hy hoe hard om dit vir haar te verberg; daarom hou sy dadelik die brief na hom uit en sê gerusstellend: "Dit lyk of sy baie gelukkig op die plaas is."

Daar is 'n vonkeling in sy donker oë toe hy die brief by haar neem. Hy haal die geskrewe velle uit die koevert en vou hulle vlugtig oop, dan verstar sy blik toe hy merk dat die adres net uit 'n posbusnommer bestaan. Gelukkig ken hy darem die dorpie, Groenpoort, wat sewe kilometer van sy sitrusplaas af is.

My liewe vriendin, lees hy, net 'n paar reëls om te sê dat ek die lewe hier op die plaas besonder aangenaam vind. Ek sit hier op die oewer van die rivier vir jou en skryf en luister terselfdertyd na die gekwetter van die voëls hier bo in die kruine van die bome. So tussen die kabaal wat die vinke opskop, roep 'n bosduif af en toe na sy maat. Al die natuurgeluide klink vir my soos 'n pragtige melodie.

Die huis is nie wonderlik nie, dit is maar 'n gewone tweeverdiepinghuis met ses slaapkamers. Die tuin en boorde is egter pragtig, al is dit nog winter. Ek boer bedags buite, want sedert ek weer kan sien, is dit of ek die skoonheid van die natuur nie genoeg kan bewonder nie. Dis wonderlik om weer te kan sien.

Ek het vanoggend ons plaaslike dorpie besoek, en 'n gewese skoolmaat daar in die boekwinkeltjie raakgeloop. Sy gee onderwys hier in Groenpoort se laerskool en is toe ook net besig om kaartjies te verkoop vir die skooldansparty die einde van die maand in die skoolsaal. Ek het drie kaartjies gekoop sodat my plaasbestuurder en sy vrou my na die dansparty kan vergesel. Hier is tog niemand anders wat my kan vergesel nie, want Deon Falkner, die lugdienskaptein, is omtrent meer in die buiteland as in sy eie land. Hy het eergister op 'n vlug na die Verre Ooste vertrek.

Terloops, ek het toe weer ingeskryf as student in professor Stanford se musiekskool, en ek sal stellig een van die dae weer na Londen toe vertrek.

Ek hoop dit gaan baie goed met jou en ook met jou ouers en met Clare. Die plan is om môre vir jou ma te skryf . . .

"Ek dink Verena se brief is uiters teleurstellend," sê die hertog. "Sy skryf nie eens hoe dit met haar gesondheid gesteld is nie, nog minder wat die naam van die plaas is. Maar ek sal haar gaan soek – ek sal nie ophou soek voor ek haar gevind het nie."

Met hierdie woorde plaas hy die brief terug in die koevert en gee dit aan Alice. Hy bedank haar beleef omdat sy hom toegelaat het om Verena se brief te lees. Toe groet en vertrek hy.

Die hertog voel op die oomblik so platgeslaan en terneergedruk dat hy totaal van sy ontbyt vergeet. Terug in die hotel tree hy onverwyld met 'n paar lugdienskantore in verbinding. Maar al die vlugte na die suide is vir die volgende drie dae vol bespreek, dus is hy genoodsaak om nog 'n paar dae in Londen te vertoef.

Die volgende drie dae sleep vir die hertog soos jare verby. Hy voel seer en teleurgesteld en hy dink aan Verena, met 'n eindelose verlange.

Dit is met intense verligting dat hy die vierde dag die treetjies na die vliegtuig toe bestyg en sy plek in die eersteklas-afdeling inneem. Hy kan glad nie begryp waarom Verena nou juis op haar plaas wil bly in die winter nie. Dit is op die oomblik somer op die eiland San Di Rago, en die natuurskoon is baie mooier as die Transvaalse Laeveld in die winter.

Van hierdie oomblik af gebeur alles net te stadig vir die hertog. Die vlieënier sukkel gans te lank na sy sin om die reuse-vliegtuig in die lug te kry, maar eindelik voel hy darem dat hulle nou opstyg . . .

Daardie nag slaap die edelman baie min. Soos al die ander passasiers rus hy gemaklik in sy sitplek, maar die slaap bly hom ontwyk. Sy gedagtes bly ook knaend om Verena kring, sy pragtige klein Verena met die mooi, sagte blou oë. Haar aanloklike beeld is vir ewig in sy geheue gegraveer. Hy kan maar net sy oë sluit om haar bekoorlike beeld voor sy geestesoog te herroep. Hy raak eindelik in die vroeë oggendure aan die slaap, maar dit is 'n rustelose slaap.

Soos wat daar aan alles 'n einde kom, bereik hulle oplaas die eindpunt van die reis en stryk die vliegtuig seepglad op Johannesburg Internasionale Lughawe neer. Die hertog kyk na sy polshorlosie. Dan is daar 'n glimlag in sy oë by die gedagte dat hy nog voor donker op Bella Vista sal wees.

Noudat Verena weer kan sien en bedags op die pragtige vleuelklavier kan oefen, snel die tyd vir haar gans te vinnig verby. Wanneer sy nie musiek oefen nie, gaan wandel sy langs die rivier, of anders gaan klim sy die berg uit wat so getrou oor Groenpoort waghou. Saans lees sy, en soms gesels sy lank met die Hugo's oor die telefoon. Sy vind dat daar altyd iets is wat sy op die plaas kan doen. Gevolglik snel die dae vinnig verby en breek die dag van die skooldansparty aan.

Die twee Marais's kla die middag steen en been aan die etenstafel dat hulle nie geskikte klere het vir die dansparty nie, en as Verena nie omgee nie, sal hulle liewer tuis bly.

Maar sy gee beslis om, en sy laat hulle dit ook goed verstaan.

"Daar sal vanaand baie middeljariges in gewone drag wees – mense wat spesiaal gaan om die saak te ondersteun. Hulle vermaak hulle gewoonlik deur te sit en kyk hoe die jongmense dans. Terloops, julle dink tog seker nie ek gaan omdat ek graag wil gaan nie?"

Die trekkie om Verena se mond en in haar oë is nou baie opvallend. Dit laat die twee mense heimlik wonder wat in die vreemde plaasgevind het wat sulke diep spore in haar jong lewe nagelaat het.

"Ek gaan uitsluitlik om die saak te ondersteun," sê sy, "en om geen ander rede nie. In die hele Suid-Afrika is daar nie een man met wie ek graag wil dans nie, dus sou ek ook graag wou tuisbly en iets anders doen. Maar ek voel ons het 'n plig teenoor die plaaslike gemeenskap, dus moet ons maar hierdie skool-funksie ondersteun. Ek het ook gedink dit sal beter wees as ons al drie met my motor ry, dan is ek nie in die donker so alleen op die pad nie."

Na die ete begin Verena wonder of sy reg opgetree het deur die twee Marais's feitlik te dwing om die geleentheid by te woon. Maar dan dink sy aan al die ander ouerige mense wat daar sal wees en besluit dat sy heeltemal reg opgetree het, dat dit aangename ontspanning vir die twee oues sal wees.

Terwyl die twee Marais's na 'n vroeë aandete in hulle Sondag-klere verklee, trek Verena 'n ligblou aandrok aan waarvan die romp kwistig met blinkers versier is. Met elke beweging lyk dit of die rok se romp soos 'n blou ster skitter. Haar juwele bestaan uit blou saffiere – oorkrabbetjies, armband en halssnoer, en dit gee selfs aan haar blou oë die glans en diepte van kosbare juwele. Haar hare hang soos 'n fluweelsagte gordyn op haar skouers.

Verena kyk vlugtig in die spieël en besluit dan dat sy goed genoeg lyk. Sedert die hertog haar uit sy lewe laat gaan het, stel sy nie juis veel belang in haar voorkoms nie, want vir wie moet sy haar nou eintlik mooi maak?

Die twee Marais's dink egter dat sy beeldskoon is en baie be-slis die mooiste meisie op die dansparty sal wees. Maar Verena steur haar nie langer aan haar voorkoms nie, sy wonder net hoe vroeg hulle die party kan verlaat sonder om hulle vertrek te opvallend te maak.

Die straat voor die skool is so vol voertuie dat Verena moet soek om 'n staanplekkie vir haar motor te kry. Maar sy is gelukkig genoeg om 'n plekkie te vind, en nou merk sy dat die straat so swak verlig is dat sy oor 'n donkie sal struikel en val en nie eens weet waaroor sy gestruikel het nie. Gelukkig staan haar motor langs 'n straatlig en sal sy die voertuig darem sonder moeite kan vind.

Dit is vir al drie 'n verligting toe hulle die helder verligte skoolsaal binnestap. Die orkes speel 'n wals en daar is reeds etlike paartjies op die dansvloer.

"Ek wil vir ons drie sitplekke vind waar ons nie ingehok sal voel nie," sê Verena en lei die twee Marais's in die rigting van die verhoog, onbewus van die lang, donker man wat op die uitkyk was vir haar en wat haar nou trots en waardig volg.

Duarte di Rago hou die hoofingang van die saal al die afgelope uur dop om te kan sien wanneer Verena haar verskyning maak. Noudat die oomblik van weersiens so naby is, voel elke sekonde vir hom soos 'n uur. Toe hy Verena laas gesien het, was sy nog blind en totaal onbeholpe. Hy het haar ook nog nooit in 'n rok gesien nie, want op die eiland het sy niks anders as broekpakke gedra nie. Hy hoop van harte dat sy darem al van daardie afskuwelike bril ontslae geraak het.

Haar verskyning in die saal se groot deur voel vir hom soos 'n koesterende sonstraaltjie wat tot diep in sy hart deurdring. Sy was nog altyd vir hom pragtig – die mooiste meisie wat hy nog gesien het, maar vanaand het hy nie woorde om haar skoonheid te beskryf nie. Hy weet net dat hy haar begeer soos wat hy nog nooit in sy lewe 'n vrou begeer het nie. Ja, hy wil so gou moontlik met haar in die huwelik tree sodat sy volkome aan hom kan behoort, aan hom alleen . . . Ja, hy gaan baie beslis nie lank vir daardie heuglike dag wag nie – glad nie lank nie.

"Ek dink ons moet hier sit," stel Verena voor terwyl sy drie sitplekke langs die verhoog aandui. Sy lig haar hande op om die wit pelsmanteltjie om haar skouers te verwyder, maar dan voel sy hoe iemand agter haar die manteltjie van haar skouers verwyder.

Onder die indruk dat dit een van die twee Marais's is wat

haar manteltjie verwyder het, draai sy met 'n sweem van 'n glimlaggie om om die persoon te bedank. Die volgende oomblik kyk sy vas in die hertog se donker oë wat diep en met 'n vreemde warmte in hare staar. Sy voel hoe haar hart wild in haar begin pols, maar dan voel sy ook iets anders – 'n vreemde intiemheid wat hulle soos 'n waas omhul.

"Boa tard, querida," hoor sy Duarte se mooi, diep stem sê, dan voel dit of sy kan huil, want die intiemheid van die oomblik is meteens gebreek en nou onthou sy weer dat hy geweier het om vir haar te wag totdat sy die gebruik van haar oë herwin het.

Hy het my nie lief genoeg gehad om vir my te wag nie, flits dit deur haar gedagtes. Ek moet nooit toelaat dat my verliefde hart dit ooit vergeet nie.

Maar hardop sê sy: "Goeienaand. Laat my toe om meneer en mevrou Marais aan jou voor te stel." Sy kyk na die twee Marais's en vervolg: "Ontmoet die hertog Duarte di Rago van Portugal."

'n Wedersydse aangename kennismaking volg. Dan sien Verena hoe die edelman haar manteltjie oor die stoel se rugleuning hang. Hy lyk hartbrekend aantreklik in sy swart aandpak, maar sy vermaan haar verraderlike hart ernstig om hom stil te gedra en geen verwagtings te koester nie, want Duarte is nie vir haar bedoel nie. Sy moet in elk geval haar musiekstudie oor ses weke in Londen gaan voortsit, dus kan sy dit nie nou waag om haar hart aan 'n man te gee nie. Tog kan sy nie help om te wonder wat hy hierdie tyd van die jaar in Suid-Afrika kom maak nie, en veral vanaand hier by die dansparty.

Die musiek het intussen ten einde geloop en nou val die orkes weer weg met 'n stadige tango.

"Mag ek jou vir hierdie dans vra, menina?" hoor sy die edelman met 'n vreemde warmte in sy stem vra – 'n warmte wat soos 'n tornado aan haar hart ruk.

"Jy mag," antwoord sy beleef. Dan voel sy hoe sy een arm om haar dun middeltjie sluit, hoe hy haar saggies teen hom vasdruk en op die maat van die musiek met haar wegdans. Diep in haar hart bid sy dat hierdie oomblik vir ewig moet duur.

"Jy lyk vanaand soos 'n eteriese wesentjie, querida," hoor sy hom saggies by haar kroontjie langs sê. "Het jy my nog lief?"

'n Skaduwee skuif oor haar mooi gelaat, maar sy probeer so bedaard moontlik sê: "Ek het besluit om nooit weer my hart aan 'n man te gee nie, señor. Altans nie voor ek klaar is met my musiekstudie nie –"

"Waarom is ek dan nou ewe skielik weer señor, menina?" val hy haar sag in die rede. "Nie so lank gelede nie was ek nog Duarte."

"Dit was voor ek die eiland verlaat het, voor jy my laat verstaan het dat jy nie bereid was om vir my te wag totdat ek weer die gebruik van my oë het nie. Jy het my baie ernstig verseker dat my vertrek alle bande wat tussen ons bestaan het, finaal sou breek, señor. Ons is dus op hierdie oomblik net kennisse."

"Ons twee kan nooit net kennisse wees nie, querida," help hy haar reg en beklemtoon sy woorde deur haar stywer teen hom vas te druk. "Ek het jou op die eiland al gevra om met my te trou, en 'n man vra beslis nie 'n kennis om met hom te trou nie . . . Nee, Verena, pequena, ek en jy kan nooit weer kennisse wees nie."

Die musiek loop ten einde en die hertog stuur haar behendig in die rigting van die hoofingang.

"Waarheen neem jy my, señor?" wil Verena dadelik weet. Sy het groot moeite om haar stem kalm en bedaard te hou, maar slaag tog wonderbaarlik daarin.

"Ons gaan nou in my motor sit waar ek jou behoorlik kan groet en waar ons ongesteurd kan gesels," verduidelik hy.

"Ons het niks gemeenskaplik meer om oor te gesels nie, señor," wend sy 'n moedige poging aan om hom hier in die saal te hou. Sy vertrou haar verraderlike hart glad nie om alleen saam met hom in sy motor te gaan sit nie. "Die oggend toe ek San Di Rago verlaat het," gaan sy voort, "het ons paaie vir goed geskei . . . jy het self so gesê –"

" 'n Man wat gefrustreerd is, sê dikwels dinge wat hy nie regtig bedoel nie, querida," val hy haar sag in die rede. "Dit was nog altyd my innigste begeerte dat ons paaie saam moet loop. My quintas en villas is alles leeg sonder jou, pequena. Selfs my lewe is leeg sonder jou."

Hulle bereik sy motor, so 'n liggrys, weelderige sportmotor. Sjarmant soos altyd, maak hy die motordeur oop en help haar om in te klim.

Hy het nog nie een maal gesê dat hy my liefhet nie, dink sy weemoedig. Dan praat hy van sy wonings en sy lewe wat leeg is sonder my . . . Waarom sê hy al hierdie dinge? Waarom wil hy so graag met my, wat hy nie eens liefhet nie, trou? In sy eie land is daar tog sekerlik baie meisies wat gewillig sal wees om so 'n liefdelose huwelik met hom aan te gaan!

Sy is nog besig om oor hierdie dinge te wonder, toe hoor sy hom met merkbare tevredenheid in sy stem sê: "So, nou kan ons gesels, en nou kan ek jou ook behoorlik groet."

Hy neem haar in sy arms en soen haar met al die vuur en verlange wat al vir baie weke in hom opgekrop is – 'n verlange wat die ou patroon van sy lewe totaal omvergegooi en skoon 'n ander mens van hom gemaak het.

Verena wil nog sy soen ontwyk, want sy weet uit ondervinding wat die hartstog van sy lippe aan haar kan doen. Maar die hertog is nie 'n man wat met hom laat speel nie. Hy vou haar in sy arms toe en soen haar hartstogtelik.

"Ek sal jou nooit weer toelaat om my te ontvlug nie, querida," fluister hy teen haar lippe. Hy lig sy kop op, kyk lank na haar mooi gelaat wat duidelik sigbaar is in die elektriese lig wat deur die motorvenster skyn, en vervolg ernstig: "Wat is die verhouding tussen jou en die jong kaptein Falkner, menina?"

"Net vriendskaplik. Ons is goeie vriende en ons hou van mekaar se geselskap," verduidelik sy. Sy kyk na sy raafswart hare en lewendige bruin oë. Dan gly haar blik stadig oor sy aantreklike gelaat. Hy het 'n breë voorkop, mooi geboogde wenkbroue, oë wyd uitmekaar, aristokratiese neus, hoë wangbene, 'n mooi, vol mond en 'n karaktervolle ken. Inderdaad 'n mooi, sterk gesig.

"Ek hou niks van jou vriendskap met die jong señor Falkner nie, menina," hoor sy hom sê.

"Daar is niks verkeerd met ons vriendskap nie," sê sy met 'n ligte frons.

"Dit mag wees, maar ek keur nogtans jou vriendskap met die

man af, pequena," maak hy nou ernstig beswaar. "Ja, jy frons verniet so kwaai."

"Jy het geen seggenskap oor my nie, Duarte. Jy is dus nie in 'n posisie om aan my voor te skryf met wie ek vriende mag wees en met wie nie," herinner sy hom. Sy houding laat haar nou skoon verward voel. Ja, sy verstaan hom nie.

"So, en wie se skuld is dit dat ek geen seggenskap oor jou het nie?" wil hy dadelik weet. "As ek my sin kon kry, sou ons lankal getroud gewees het. Maar dit sal nou nie meer lank wees nie, Verena. Noudat jy weer die gebruik van jou oë het, mincha cara, sal dit jou hopelik nie lank neem om my te leer ken nie en kan ons oor 'n week of wat verloof raak . . ."

"Wag 'n bietjie, jy raak nou haastig," keer sy vinnig. "Daar sal vir die volgende twee jaar geen sprake van 'n verlowing wees nie. Die lewe wat ek vir myself ingerig het nadat ek van San Di Rago af weg is, sluit nie 'n verlowing of 'n huwelik in nie . . . Ek het klaar gereël om my musiekstudie oor ses weke in Londen voort te sit."

Verena sien hoe die hertog verbleek. Toe kom sy stem sag, onheilspellend sag.

"Ek glo nie ons moet vanaand meer sê in verband met ons voorgenome huwelik nie, Verena. Ek dink ons moet liewer gaan dans en die bespreking môre hervat."

"Ja, ek dink ook dat dit sal beter wees dat ons liewer gaan dans, Duarte, want daar is hoegenaamd niks om te bespreek nie," laat sy ietwat gelate hoor. Sy probeer haar bes om nie haar hartseer in haar stem te laat deurskemer nie, want net sy weet dat haar liefde vir Duarte hopeloos futiel is, dat sy ringe nooit aan haar vinger sal pryk nie. Hy praat van 'n haastige verlowing en huwelik, maar hy het nog nie eens een maal vir haar gesê dat hy haar liefhet nie.

Dis waar, sy sien vir baie dinge in die lewe kans, maar baie beslis nie vir 'n huwelik met 'n man wat haar nie liefhet nie, maak nie saak hoe grensloos haar liefde vir hom is nie.

Die hertog dans die hele aand net met Verena, sonder om die ander jong mans ook 'n kans te gee. Dat hulle 'n pragtige paartjie is, is seker – hy so lank en donker, en sy so fyn en blond.

"Wat is die naam van jou plaas, Duarte?" vra sy toe hulle later in 'n afgesonderde hoekie na die dansende paartjies staan en kyk, elkeen met 'n ligte drankie in die hand.

"Bella Vista," antwoord hy en merk dat sy hom verbaas aankyk.

"Jy lyk verras, menina," kan hy nie help om te sê nie. "Het die naam van my plaas vir jou enige betekenis?"

"Bella Vista is my buurplaas," sê sy met 'n glimlaggie. "Die rivier skei ons plase van mekaar."

"So, dan is dit jóú plaas – die een langsaan met die gewelhuis?" sê-vra hy. "In elk geval, ons gaan nie vanaand oor plase en dinge gesels nie. Ledig jou glasie en laat ons liewer dans, want dan kan ek jou ten minste in my arms hou."

Halfelf sê Verena dat sy nou die twee Marais's sal moet huis toe neem, maar hiervan wil die hertog niks weet nie.

"Gee jou motor se sleutel vir die man en laat hulle self huis toe gaan," stel hy voor. "Ek sal jou eers na die dansparty persoonlik tuis besorg . . ."

Die ou mense is aanvanklik onwillig om Verena alleen saam met 'n vreemde man te laat ry, maar nadat sy aan hulle verduidelik het dat die hertog die eienaar van Bella Vista is en dat sy maande lank op sy eiland San Di Rago gewoon het, en hy dus nie vir haar vreemd is nie, voel hy in so 'n mate gerus dat hulle na nog 'n rukkie vertrek.

Die dansparty hou aan tot twaalfuur die aand, toe pak die orkeslede hulle instrumente weg en almal begin aanstaltes maak om te vertrek.

"Ons gaan eers op Bella Vista tee of koffie drink," sê Duarte terwyl hy Verena se manteltjie met liefdevolle hande om haar skouertjies hang.

Sy kyk hom vlugtig aan, dan skuif iets soos 'n skaduwee oor haar mooi gesig.

"Ek vrees dit is hopeloos te laat om nou op Bella Vista te gaan koffie drink," maak sy beswaar. "Ek wil nie die reputasie hê dat ek 'n meisie is met los sedes nie –"

"My huishoudster sal nog wakker wees om ons met koffie te bedien, querida," stel hy haar sag gerus. "Jou reputasie sal dus

303

heeltemal veilig wees." Hy neem haar arm en lei haar sonder meer na sy motor toe.

"Ek stel voor dat jy liewer by my op Weltevrede kom koffie drink, Duarte," doen sy aan die hand. "Die Marais's sal nooit gaan slaap voor ek tuis is nie, en hulle is al oud. Ek durf hulle nie so laat uit die slaap hou nie."

Die hertog sien haar argument in. Gevolglik ry hy in die rigting van Weltevrede.

Tryna Marais, wat nog in die kombuis besig is, gaan maak dadelik die voordeur vir Verena oop toe die hertog se motor voor die huis stilhou. Sy laat niks van haar verbasing blyk toe die hertog saam met Verena binnekom nie. Hy mag nou wel 'n vername Portugese edelman wees, maar sy wat Tryna Marais is, voel dat eenuur in die nag inderdaad 'n verkeerde tyd is vir 'n jong man om by 'n eerbare meisie te kom koffie drink. En toe Verena nog boonop sê: "Jy kan maar gaan slaap, Tryna, ek sal self vir ons koffie maak," besef sy dat sy iewers langs die lewenspad tred met die tyd moes verloor het en nou ietwat in die verlede lewe.

"Ek sal maar eers vir julle koffie maak voor ek gaan slaap, Verena," bied Tryna aan en verdwyn haastig in die rigting van die kombuis waar die koffiewater reeds staan en kook.

Verena neem die hertog na die sitkamer, waar hy haar manteltjie afhaal en haar sonder enige seremonie in sy arms neem en hartstogtelik sê: "Ek het een keer die fout gemaak om jou van my af te laat weggaan, querida, maar wees verseker dat dit nie weer sal gebeur nie. As jy dan nou wil voortgaan met die nuttelose musiekstudie, gaan jy dit as my verloofde doen . . ."

Verena skud haar kop en maak haar mond oop om vir hom te sê dat sy hoegenaamd geen planne het om haar aan 'n man te verbind wat haar nie liefhet nie, maar die hertog snoer haar mond met 'n soen wat haar oombliklik wegruk na 'n wêreld van ongekende ekstase . . . En dit is op hierdie oomblik, terwyl die hertog haar so hartstogtelik soen, dat Tryna Marais met die koffie in die sitkamerdeur verskyn.

Tryna skrik so groot toe sy haar werkgeefster in die vreemde man se arms aantref dat sy byna die skinkbord met die koffie laat val, maar sy ruk haar gou reg en gaan saggies terug na die kombuis. Haar hart klop asof sy 'n spook gesien het.

Hier waar Tryna nou langs die kombuistafel sit, weet sy glad nie wat haar te doen staan nie. Sy en Frans het meneer en mevrou Hugo belowe dat hulle mooi vir Verena sal sorg en 'n wakende oog oor haar sal hou, maar meneer Hugo het nie gesê wat hulle moet doen as 'n vreemde, uitlandse hertog hulle werkgeefster kom verlei nie.

Verbeel jou, om haar so skaamteloos te staan en soen, dit terwyl hy weet dat ek hulle koffie enige oomblik kan inbring, vaar Tryna in haar gedagtes teen die hertog uit.

Sy neem weer die skinkbord op en maak 'n paar treë van die sitkamer se deur af 'n paar maal hard skeel skoon. Maar hierdie voorsorgmaatreël is oorbodig, want Verena het haar pas uit die hertog se arms gewikkel en nou sit sy ewe stemmig op die rusbank terwyl hy na die gesinsfoto van die Kestells staan en kyk wat eenkant op die vertoonkas pryk.

Die hertog wag net totdat Tryna die vertrek verlaat, toe gaan sit hy langs Verena en sê sag, dog ernstig: "Ek wil nie vanaand met jou stry nie, querida, ek vra jou net om ernstig na te dink oor wat ek gesê het. Ons kan die saak môre weer bespreek, maar onthou net dit: jou musiekstudie is nie die allerbelangrikste ding in jou lewe nie, en daar is ook geen wet wat 'n student belet om verloof te raak nie."

Verena hou 'n koppie koffie na hom uit en sê: "Goed, ek sal daaroor nadink, Duarte, maar ek belowe nie dat jy my antwoord bevredigend sal vind nie."

Hierop sê hy niks, kyk haar net 'n kort oomblik ernstig, deurdringend aan.

Hy vertrek pas nadat hy sy koffie gedrink het.

9

Daardie nag slaap Duarte baie min. Sy gedagtes bly om Verena kring, want haar halsstarrige weiering om haar aan hom

305

te verbind, is 'n saak wat hom ernstige probleme besorg. Hy kan haar optrede glad nie verstaan nie, want dit is nie 'n geval dat sy hom nie meer liefhet nie. Toe hy haar vroeër die aand in haar sitkamer gesoen het, het hy geweet dat sy hom nog steeds liefhet.

Nee, dit is baie beslis nie omdat sy my nie meer liefhet nie, dink hy met sy oë gesluit teen die donkerte van die nag. Daar moet 'n ander rede wees, moontlik iets wat sy huiwerig is om te sê. Maar ek sal môre die waarheid uit haar kry . . . Ja, nie later as môre nie, want ek weier om hierdie onsekerheid langer te verduur . . .

Die hertog lê nog lank oor sy hartsake en tob, maar raak eindelik van skone uitputting aan die slaap.

Dit is die eerste keer in baie weke dat Verena haar nie aan die slaap huil nie. Tog het sy vanaand finaal van Duarte afskeid geneem; in dié sin dat sy haar vereenselwig het met die feit dat hy haar nie liefhet nie en dus nie vir haar bedoel is nie.

Toe Verena die volgende oggend wakker word, is daar 'n vreemde stilte in haar, 'n stilte wat aan verlatenheid grens. Maar sy glimlag moedig toe sy die twee Marais's se beleefde môregroet beantwoord en aansit vir ontbyt.

Hulle gesels 'n rukkie oor plaaslike aangeleenthede, toe sê Frans beleef en versigtig: "Verskoon my dat ek dit vra, Verena, maar ken jy die Portugese . . . e . . . hertog hier langsaan baie goed?" Hy merk die ligte frons op tussen haar wenkbroue en verduidelik haastig: "Ek weet dit is vermetel van my om jou so 'n vraag te vra, maar ek en Tryna het meneer en mevrou Hugo belowe dat ons 'n wakende oog oor jou sal hou."

'n Stadige glimlaggie verskyn om Verena se mond.

"As dit oom Armand se opdrag was, vergewe ek jou. Maar om tot jou vraag terug te keer . . . ek en die hertog was mede-passasiers op 'n boot voor ek my sig verloor het, en terwyl ek blind was, het hy my herhaaldelik gevra om met hom te trou. Maar moet nou nie die fout begaan en dink dat die man met my wou trou omdat ek vermoënd is nie. Ek is brandarm in vergelyking met hom. Ek glo nie hy ken die einde van sy skatte nie."

"O, ek verstaan," laat Frans effens droog, dog verlig hoor.

"Ek is jammer dat ek jou so 'n persoonlike vraag moes vra. Maar meneer Hugo –"

"Dis reg, ek verstaan, meneer Marais," maak sy hom goedig stil. "In elk geval, oom Armand het nie nodig om hom oor my en die hertog se vriendskap te bekommer nie. Ons weet waar ons met mekaar staan."

Dit is pas nege-uur toe die hertog se luuksemotor voor die deur stilhou. Sy loop hom op die voorstoep tegemoet en stel voor dat hulle na die rivier toe stap.

Duarte kyk haar met nougetrekte oë aan en sê onomwonde: "Ek het nie hiernatoe gekom om die rivier te besigtig nie, cara, ek wil met jou praat. Waar kan ons ongesteurd gesels?"

"By die rivier," herhaal sy ongeërg.

Hy kyk haar skeef aan.

"Ek dink jy het my nie mooi verstaan nie . . ." begin hy, sag en bedaard soos altyd. Maar Verena help hom dadelik reg.

"Die grasperk en blomtuin strek tot aan die oewer van die rivier," verduidelik sy geduldig. "As jy dus nie lus voel om te stap nie, kan ons langs die rivier op 'n tuinbankie in die son ontspan."

Hy skud sy donker kop.

"Ek stel voor dat ons liewer 'n ent gaan ry, of anders na Bella Vista toe gaan. Daar is iets wat ek baie dringend met jou wil bespreek, pequena."

Toe hulle Bella Vista se ontvangsvertrek na 'n rukkie binnestap, lei die hertog haar na 'n sagte rusbank toe wat voor 'n ruim venster staan. Hy neem langs haar plaas, trek haar in die kring van sy arms en vra sag maar ernstig: "Hoe lank sal dit jou neem om my te leer ken, querida?"

"Lank," antwoord sy. "Ek is baie versigtig, want 'n huwelik is so . . . so finaal. 'n Mens kan nie bekostig om met die keuse van 'n huweliksmaat verkeerd te besluit nie."

"Hoe het jy gisteraand gesê, wanneer vertrek jy na Londen toe?" vra hy weer, net om seker te maak dat hy haar nie verkeerd verstaan het nie.

"Oor ses weke." Sy kyk hom vraend aan.

"Oor ses weke!" herhaal hy met 'n klein tikkie ongeduld in sy stem. "En jy is van plan om twee jaar aan professor Stanford se musiekskool te studeer! Nou sê jy my net dit – wanneer trou ons as jy nog twee jaar wil studeer?"

"Wel," en sy glimlag liefies vir hom, "as ek jou dikwels sien, sal ek jou heel waarskynlik oor twee jaar goed genoeg ken om te weet of ek kans sien om met jou te trou of nie."

"Twee jaar?" Hy kyk haar skerp, deurdringend aan. "Jy is seker nie ernstig nie, Verena."

"Ek is baie ernstig," verseker sy hom. "Maar mag ek vra hoe lank jy hier op Bella Vista gaan bly?"

"Net so lank as wat jy op Weltevrede gaan bly," antwoord hy en vervolg: "Ek reis saam met jou Londen toe, maar ek stel voor dat ons oor twee weke vertrek sodat ek by my castelo in Lissabon kan aandoen. Ek wil jou graag aan my suster en my tante voorstel. Van Lissabon af kan ons die reis met my jag voortsit. Ons kan selfs by San Di Rago aandoen en 'n paar dae op die eiland vertoef. Ek weet die eilandbewoners sal baie bly wees om jou weer te sien, querida, en jy kan sommer die eiland besigtig ook."

"Dis waar, ek het die eiland nog nie gesien nie. Maar waarom het jy verlede keer met 'n vragboot na die eiland toe gereis as jy jou eie jag het?"

"Ek het die jag tot my swaer en suster se beskikking gestel vir hulle wittebroodsreis na Bermuda en Nassau. Maar hulle het verlede week teruggekeer en ek voel jy sal my gouer leer ken as ons so reis en plekke besoek," sê hy.

"Ons kan nie alleen met jou jag gaan reis nie," maak sy haastig beswaar.

"Ek het nie bedoel dat ons alleen moet reis nie, pequena," stel hy haar gerus. "My tante sal ons met plesier vergesel, en ek is seker dat jy die reis ten volle sal geniet."

"Wel, ek stry nie, dit sal lekker wees – veral noudat ek weer kan sien," stem sy saam. "Maar ek weet nie so reg of dit sal uitwerk nie, Duarte –"

"Dit sal pragtig uitwerk," val hy haar sag in die rede. Hy vou haar warm en hartstogtelik toe in sy arms en soen haar drin-

308

gend, eisend. "Jy sal net sien hoe bevredigend dit gaan uitwerk, menina," vervolg hy toe hy sy donker kop oplig en diep in haar mooi oë kyk.

"Nou goed, dan maak ons maar so," stem sy uiteindelik in, met 'n hart wat nog steeds wild en onreëlmatig klop van sy hartstogtelike soen. Die genade weet waarom sy die man so lief moet hê! Liefde maak die lewe tog net vir 'n mens moeilik en ingewikkeld. Haar eie lewe was soos 'n spieëlgladde dam totdat die liefde sy intrek in haar hart geneem en die gelykmatigheid van haar lewe met die krag van 'n tornado verwoes het. Nou lyk daardie spieëlgladde dam soos iets wat met 'n reuse-eierklitser deurmekaar geklop is . . . en dit alles net te wyte aan die liefde.

Nadat Duarte se Portugese huishoudster hulle later met tee bedien het, sê Verena dat dit tyd is vir haar om huis toe te gaan. Maar hiervan wil hy niks weet nie en sy is later verplig om middagete saam met hom te nuttig.

Toe sy daardie middag tuiskom en vir 'n rukkie op haar bed ontspan, wonder sy gesteurd wat haar besiel het om in te stem om saam met hom en sy tante rond te reis.

Dit is niks anders as moeilikheid soek nie, vermaan sy haarself. Hy sal tog nooit leer om my lief te kry nie, al deurkruis ek die hele wêreld saam met hom. En sonder liefde van sy kant is ek nie bereid om met hom te trou nie. Die reis na Portugal en San Di Rago sal vir hom dus net 'n verkwisting van tyd en geld wees en vir my 'n langdurige pyniging, want om hom 'n maand lank elke dag te sien en te weet dat my liefde vir hom tevergeefs is, sal die wond in my hart net aanhoudend laat bloei.

Sy bepeins hierdie saak 'n lang ruk en besef dan dat dit reeds te laat is om kop uit te trek. Sy het hom reeds belowe dat hulle saam sal reis, en soos wat sy hom ken, het hy bepaald al die reëlings vir die reis begin tref.

Die volgende twee weke snel vinnig verby. Duarte sorg dat hulle mekaar elke dag sien, want elke oomblik saam met Verena is vir hom 'n goue oomblik wat hy diep in sy hart bewaar.

Die laaste dag van hulle verblyf in Suid-Afrika kuier hulle by die Hugo's in Pretoria, aangesien hulle vliegtuig eers om elfuur die aand vertrek.

Oom Armand en tant Ilse voel glad nie gelukkig omdat Verena hulle so gou wil verlaat nie. Maar Duarte het sy en Verena se verhouding aan hulle verduidelik en hulle ook plegtig belowe om Verena met sy lewe te beskerm. Hierna lyk dit of die twee oumense darem meer tevrede voel.

Duarte het die reis na Lissabon vir Verena so gemaklik en aangenaam moontlik probeer maak, en hier waar hulle voor die Castelo Di Rago wag dat die hekwag vir hulle die hoë ysterhekke moet oopmaak, kan sy byna nie glo nie dat die kolossale kasteel deur slegs vier mense bewoon word – die hertog, sy tante, sy suster en sy swaer.

Die hekwag salueer die hertog beleef toe hulle deur die hek ry. Dan word die hekke weer sorgvuldig gesluit.

Soos 'n gevangenis, flits dit deur Verena se gedagtes, 'n luisterryke gevangenis.

Verena het in die hele Engeland nog nie so 'n pragtige kasteel met so baie sierlike torings, vensters met klein, vierkantige ruite, en mooi, geboogde ingange gesien nie. Sy verkyk haar behoorlik aan die pragtige ou kasteel toe Duarte voor die hoofingang stilhou.

"Ons is tuis, querida," sê hy met 'n glimlag van innerlike tevredenheid. Hy neem albei haar fyn kunstenaarshandjies in syne, kyk diep in haar oë en vervolg ernstig: "Ek hoop van harte dat die Castelo Di Rago een van die dae ook jou tuiste sal wees, dat jy die septer hier as my hertogin sal swaai, menina."

"Moet liewer nie lugkastele bou nie, Duarte," keer sy vinnig. "Ek het gevind dat lugkastele 'n nare manier het om in duie te stort. Ek glo nie jou tante sal my so graag hier wil hê nie."

"Wat laat jou so dink, querida?" Hy kyk haar ernstig, vraend aan.

Sy haal haar skouers liggies op en antwoord ietwat ongeërg: "Wel, ek is nie van Portugese afkoms nie, en ek het so 'n vae voorgevoel dat jou tante nogal nougeset en konserwatief is, een van die soort mense wat die nuutste modes en die draers daarvan as iets uit die bose beskou."

Die hertog kyk haar geamuseer aan en glimlag breed.

"Kom, laat ons binnetoe gaan, cara, sodat jy met my tante kan kennis maak."

Hulle tref die sewentigjarige tante, señorita Juana de la Barca, in die weelderige binnehof aan waar sy langs 'n kunstige spuitfonteintjie by 'n tafeltjie sit en tee drink.

"Duarte, caro!" roep die vrou verheug uit toe haar blik op haar geliefde susterskind val.

Duarte neem haar een bleek, verrimpelde hand en druk dit liefdevol teen sy lippe.

"Dit doen my hart goed om jou gesond te sien, tant Juana," sê hy met warmte in sy stem en op Engels. "Laat my toe om die jong señorita Verena Kestell aan jou voor te stel. Sy is die jong señorita van wie ek jou vertel het, die meisie wat ek hoop om een van die dae my hertogin te maak." Hy wend hom na Verena en vervolg: "Ontmoet my tante, señorita Juana de la Barca."

Verena antwoord paslik op die bekendstelling, toe nooi die ou vroutjie hulle om 'n koppie tee saam met haar te geniet.

"Waarom hóóp jy om die señorita een van die dae jou hertogin te maak? Is jy dan nie seker van haar nie?" wil sy op Engels weet toe hulle almal later met 'n koppie tee in die hand sit.

Duarte kyk sy ou tante reguit aan, dan pluk 'n sweem van 'n glimlag aan die een hoek van sy mond toe hy sê: "Ek het nog nooit in my lewe soveel onsekerheid geken nie, tia. Verena wil nie met my trou voordat sy my beter ken nie."

Die ou vroutjie knik nadenkend en sê dan sag. "Heeltemal reg ook. Ek kan sien jou Verena is 'n meisie wat haar verstand gebruik."

"A nee a, hoe kan tia nou so iets sê?" betig hy sy ou tante goedig. "Ek sukkel om die jawoord uit haar te kry, en hier tree tia vir haar as kampvegter op!"

Die ou vroutjie maak hom met 'n ligte handgebaar stil.

"Ek tree nie vir die pragtige Verena as kampvegter op nie, Duarte; ek dink maar net daaraan dat sy nog nie vertroud is met ons gebruike en tradisies nie . . ."

"Ek sou my glad nie dáároor bekommer nie, tia," glimlag hy die ou vroutjie se besware weg. "Ek sal so goed wees vir haar, sy sal nie eens agterkom dat ons ander gebruike en tradisies

311

volg as hulle daar in die verre Suid-Afrika nie. Maar sê my – is my swaer en suster tuis?"

"Nee, hulle is nie tuis nie, Duarte, hulle het Pedro se ouers gaan besoek en sal eers oor twee weke tuis wees. Hulle was alreeds weg toe ek jou brief ontvang het," verduidelik sy tante.

"In daardie geval sal ons nie op hulle terugkoms wag nie. Ek sal reël dat ons môre na San Di Rago toe vertrek," sê hy. "My sekretaris wag bepaald al ongeduldig op my terugkoms, want ek het, vir die eerste keer sedert ek die leisels by my pa oorgeneem het, alles net so laat lê om Verena te gaan soek en terug te bring."

"Was dit nodig dat jy agter my aan moes kom, Duarte? Jy kon maar net geskryf het –"

"En daardie jong Suid-Afrikaanse kaptein toegelaat het om jou van my af weg te steel?" val hy haar half beskuldigend in die rede. "Nee, ek weet hoe om my goed op te pas, querida."

"Ek behoort nie aan jou nie, Duarte," help sy hom reg.

"Jy sal, een van die dae," verseker hy haar. "Net sodra jy my beter ken en besef dat ek vir jou meer beteken as jou musiekstudie."

"Ek glo nie ek sal jou volkome leer ken nie, Duarte."

"Jy sal, cara; ek belowe jou dat jy my oor 'n maand baie goed sal ken," sê hy ernstig.

Hierna maak hy verskoning en gaan na sy studeerkamer toe waar hy telefonies met die kaptein van sy jag in verbinding tree.

Toe Duarte, lank, trots en waardig, deur 'n sydeur verdwyn, draai die ou vroutjie na Verena en sê met 'n vriendelike glimlaggie: "Jy is so pragtig, so modieus en gewoond aan 'n ongebonde lewe, Verena; ek hoop van harte dat jy dit nie te moeilik sal vind om jou by ons konserwatiewe gewoontes aan te pas nie. Toe ek jonk was, het my ouers glo baie moeite met my gehad, want ek was 'n regte rebel. Ek kon ons nougesette leefwyse nie verdra nie. Maar ek sal my deeltjie bydra en help sodat die lewe hier in die vreemde nie vir jou te eentonig word nie."

"Señorita . . ." begin Verena met 'n warm, vriendelike glimlaggie, maar die ou vroutjie gee haar nie kans om meer te sê nie.

"Noem my gerus maar tia Juana, Verena," help sy die jonger meisie vriendelik reg.

"Dankie tia Juana," glimlag Verena verlig. "Ek is so bly dat jy nie 'n honderd jaar in die verlede lewe nie, want ek het uit 'n betroubare bron verneem dat Duarte pynlik preuts en nougeset is en absoluut getrou aan die konserwatiewe tradisies van die ou Portugese edelliede . . ."

Juana se hartlike lagbui laat Verena meteens swyg.

"Jy het gelyk, Duarte is al daardie dinge, maar jy moenie toelaat dit jou hinder nie . . ."

Hulle sit daar langs die spuitfonteintjie en gesels totdat die ghong middagete aankondig.

Na die ete, terwyl tia Juana die gebruiklike siesta geniet, neem Duarte vir Verena op 'n verkenningstog deur die kasteel. Vir haar is dit 'n ware belewenis. Sy het al gehoor dat mense skoon in vervoering raak wanneer hulle oor antieke meubels en ander voorwerpe gesels, en sy het nog altyd gedink hulle is van lotjie getik, want sy het werklik niks bewonderenswaardig aan haar oorlede ouma se meubels gesien nie. Maar noudat sy al die kosbaarhede sien wat hierdie ou kasteel huisves, kom sy tot die ontdekking dat haar oorlede ouma se meubels sommer rommel was in vergelyking met al hierdie indrukwekkende meubels en ander versierings, waarvan sommige uit die sestiende eeu dateer. Sy kan haas nie alles inneem nie, want elke kosbare voorwerp is 'n oudhedeversamelaar se droom.

Na hierdie verkenningstog deur die kasteel is dit of sy Duarte 'n bietjie beter verstaan. Dit is hierdie atmosfeer van vier eeue en die smaak van baie geslagte wat Duarte se lewe gevorm het. Ja, geen erfgenaam kan in hierdie kasteel grootword sonder om die verantwoordelikheid te voel wat hy eendag saam met sy erfenis sal ontvang nie.

Daardie aand gaan slaap almal vroeg, want Duarte het met die kaptein van die jag gereël dat hulle die volgende oggend om nege-uur vertrek. Maar Verena kan nie gou aan die slaap raak nie. Sy het vandag te veel dinge beleef, daarom is haar gedagtes vanaand soos 'n magtige stroom wat nie gestuit kan word nie.

313

Sy dink aan hulle aankoms hier in Lissabon, aan die pragtige ou stad wat so rustig tussen twee heuwels lê, aan Duarte se fabelagtige kasteel en aan sy tante.

Dis waar, sy was aanvanklik baie onwillig om met sy tante kennis te maak. Maar noudat die kennismaking agter die rug is, besef sy dat sy nogal van die ou vroutjie hou. Sy wonder net waarom Duarte sy ou tante aan haar voorgestel het as 'mejuffrou'?

Nou dwaal haar gedagtes weer na Duarte, na haar liefde vir hom, en dan wonder sy met 'n seer gemoed waar alles gaan eindig. Sy het hom diep en innig lief, en sy weet dat hulle twee 'n besonder gelukkige huwelikslewe kan hê – as hy haar maar net liefgehad het. Maar sonder sy liefde sal dit nie uitwerk nie, want daar sal altyd die moontlikheid bestaan dat hy straks later op iemand anders mag verlief raak. 'n Vrou wil altyd weet dat sy bemin en waardeer word, en sy, Verena, is geen uitsondering op die reël nie.

Dis waar, as sy vrou sal hy haar alles gee wat haar hart begeer – behalwe liefde, want dit kan nie met geld gekoop word nie . . . En dit is tog al wat sy van hom verlang – sy liefde. Die ander dinge kan sy self koop.

Verena lê daardie aand tot laat oor haar en Duarte se verhouding en tob. Dan besluit sy om hierdie saak met hom te bespreek voordat hulle die eiland bereik . . . Ja, sy sal hom eerlik en reguit moet vertel dat 'n huwelik tussen hulle gans onmoontlik is en dat sy nie kans sien om met 'n man te trou wat haar nie liefhet nie. Sy verkies dat hulle paadjies dan liewer vir goed skei, al weet sy dat dit haar hart sal breek en dat daar nooit weer plek vir 'n man daarin sal wees nie.

Met hierdie besluit raak Verena uiteindelik aan die slaap.

Dit is 'n lang luuksejag wat soos 'n spierwit swaan in Lissabon se hawe langs die kaai vir hulle wag. As Verena nie vanoggend so terneergedruk gevoel het nie, sou sy die vaartbelynde boot kon waardeer en bewonder. Maar vanoggend kan niks op aarde haar beïndruk nie.

"Ek vrees dit is tyd dat ons aan boord gaan, cara," hoor sy

Duarte langs haar sê. Sy sien hoe sjarmant die kaptein van die jag die ou vroutjie aan boord help. Dan voel sy hoe Duarte haar arm neem en haar by die loopplank ondersteun asof sy 'n invalide is.

Die geklop van die boot se kragtige motor vibreer saggies deur die vloer van die dek, en hier waar Verena langs die dekreling staan, sien sy hoe hulle stadig uit die hawe vaar.

Dit is 'n heerlike stil dag. Die see lê blou en spieëlglad tot aan die verre kim, terwyl klein golfies spelenderwys na die jag toe aangeskuif kom, net om hulle een na die ander teen die skerp boeg te pletter te loop.

"Ek dink jy moet liewer sit, cara," hoor sy Duarte agter haar sê: "Jy sal moeg word om so te staan."

Sy laat hom toe om haar na 'n dekstoel toe te lei en merk dat tia Juana ook besig is om haar dekstoel gemaklik te maak.

"Ek het vir ons koeldrank bestel, Verena," sê die ou vroutjie terwyl sy 'n serpie om haar kop bind. "Ek hoop jy het 'n sonhoed, anders gaan die son jou netnou binnetoe jaag."

Verena neem op die stoel langs die ou vroutjie plaas, dan gesels hulle oor haar musiekstudie, haar kinderjare en haar oorlede ouers.

Duarte sit met halfgeslote oë na die twee se geselskap en luister, maar dra niks tot die gesprek by nie. Vir hom is dit voorlopig genoeg om net na Verena se stem te sit en luister en te weet dat sy saam met hom hier op die jag is. Hy neem haar een hand en vleg sy vingers liefderyk deur hare. Dit voel vir hom of sy, of vir die oomblik altans, net aan hom alleen behoort, of hulle lewens so intiem ineengevleg is soos hulle vingers.

So, met sy oë bykans gesluit, sit hy aan hul toekoms en dink. Hy droom salige drome oor 'n gelukkige toekoms en 'n gelukkige gesin, maar dan tref dit hom dat hy Verena nog nie kon oorhaal tot 'n onmiddellike verlowing nie. Die gedagte laat hom liggies frons, 'n gebaar wat sy ou tante se oë nie ontgaan nie.

"Waarom frons jy so, Duarte?" vra sy met vriendelike belangstelling. "Voel jy bekommerd, of was dit maar net 'n onaangename gedagte?"

Hy kyk na sy tante met nougetrekte oë, vereer haar met 'n skewe glimlaggie en sê effens ontwykend: "Miskien 'n bietjie van albei."

Hulle geniet die sonskyn en die buitelug hier op die dek, en uit gewoonte gaan tia Juana daardie aand vroeg slaap. Terwyl Duarte besig is om die kaptein oor die een en ander te spreek, gaan Verena weer na die dek toe om die groot, ronde volmaan agter die golwende watermassa te sien uitklim.

Sy is nog besig om haarself te verlustig in die maan en die silwer pad wat dit oor die golwe werp, toe voel sy hoe Duarte haar aan die skouers neem en haar liggies omdraai totdat sy reg voor hom staan.

"Jy lyk soos 'n eteriese wese met die maanlig op jou hare, cara," sê hy met 'n vreemde warmte in sy stem, "en vir my is jy die mooiste vrou wat ek nog ooit gesien het." Die volgende oomblik druk hy haar liefdevol teen hom vas en soen haar lank en innig.

Toe hy sy lippe eindelik van hare af wegneem en opkyk, voel dit vir Verena of sy kan huil. Sy wil nie soos 'n eteriese wese lyk nie en sy wil ook nie vir hom net mooi wees nie. Sy wil hê hy moet haar liefhê.

Sy byt liggies op haar onderlip om die pyn en frustrasie in haar te stil en vra na 'n rukkie: "Waarom het jy tia Juana aan my voorgestel as señorita De la Barca, Duarte?"

"Omdat sy nooit getrou het nie, querida," vertel hy. "Haar verloofde het tydens 'n blindedermoperasie beswyk, en die Di Rago's en De la Barcas is ongelukkig mense wat net een maal in 'n leeftyd liefkry. Ek sal dus ook lewenslank ongetroud bly as ek jou nie as vrou kan kry nie."

Verena kyk hom vinnig en verbaas aan, toe vra sy sag en versigtig: "Wat presies bedoel jy, Duarte?"

"Net wat ek gesê het, cara," antwoord hy. "Ek is deur en deur 'n Di Rago, en ook ek kan net een keer in 'n leeftyd liefkry. As jy dus weier om met my te trou . . ."

"Ek begryp nog steeds nie wat jy bedoel nie, Duarte. Jy het my mos nie lief nie, waarom sou jy ongetroud bly?" val sy hom met 'n ligte frons in die rede.

316

Die hertog se arms sluit stywer om haar toe hy gesteurd, effens streng vra: "Wat gee jou die sotlike idee dat ek jou nie liefhet nie, cara?"

Verena kyk op en merk die gesteurde trek om sy mond en die frons tussen sy oë.

"Wel . . . e . . . jy het nog nooit vir my gesê dat jy my liefhet nie," verwyt sy hom. "Tot dusver het jy nog altyd net vir my vertel hoe mooi ek vir jou is, maar van liefde het jy nog nooit 'n woord gerep nie."

Hy kyk haar 'n oomblik effens verslae aan, toe sê hy met iets soos verwardheid in sy stem: "Ek kan dit nie verstaan nie, querida. Is jy seker?" Sy knik bevestigend. Dan vervolg hy ernstig: "Ek kan nie begryp hoe dit moontlik is dat ek nog nooit my liefde aan jou verklaar het nie. Dit is bepaald omdat jy my van die staanspoor af so knaend beveg het. Maar jy behoort te geweet het dat ek jou liefhet . . ."

"Jy bedoel ek moes geraai het," val sy hom met 'n suggestie van sarkasme in die rede.

"Nee, ek bedoel net dat jy moes geweet het," help hy haar reg. "My huweliksaansoek, my liefkosing, elke gebaar van toenadering het luid van my liefde vir jou gespreek. Kan 'n man 'n meisie só soen as hy haar nie liefhet nie?" Sy donker kop sak vinnig af en sy lippe sluit warm en besitlik oor hare. Hy soen haar met 'n innigheid, 'n teerheid wat haar hart in 'n oomblik soos 'n blom laat oopkelk.

Dit klink soos 'n sug wat uit haar bors ontsnap toe Duarte eindelik sy kop oplig en met 'n teer glimlaggie vra: "Glo jy nou dat ek jou met my hele hart, met elke polsslag bemin en dat alles in my na jou roep, querida?"

'n Stralende glimlaggie helder haar hele gesig op. Sy nestel met haar wang teen sy bors en sê met 'n klein stemmetjie: "Ek glo jou, Duarte. Dit is net bitter jammer dat jy hierdie dinge nie lankal vir my gesê het nie . . . Ek bedoel, voordat ek my vir 'n tweede keer by professor Stanford se musiekskool as student laat inskryf het –"

"Moenie jou daaroor ongelukkig maak nie, pequena," val hy haar gerusstellend in die rede. "Ek sal al daardie reëlings

317

met die professor kanselleer sodra ons by San Di Rago aan wal gaan . . ."

"Ek vrees dit is nie so eenvoudig nie, Duarte," keer sy. Sy wikkel haar saggies uit sy arms en gaan staan weer langs die dekreling. Die bleek strale van die maan omskep die see in vloeibare silwer, en bokant hulle hang die swart uitspansel soos 'n diamantbestrooide doek.

Sy wil Duarte net vertel dat dit nog altyd haar een groot ideaal was om eendag 'n skitterende pianiste te wees. Nie om geld mee te verdien nie, maar om al haar gedagtes, haar verlangens en emosies in musiekklanke weer te gee. Haar hart wil graag saam met die ou meesters in hulle musiek jubel en ook saam met hulle ween. Sy wil hul emosies deur middel van hulle musiek aanvoel, hulle op dié manier leer ken en weet wat in hulle omgegaan het toe hulle al die pragtige musiek gekomponeer het.

Maar dan hoor sy Duarte agter haar vra: "Wat bedoel jy, cara?"

Sy draai stadig om, kyk hom behoedsaam aan en sê sag, versigtig: "Dit was nog altyd my lewensideaal om 'n uitstekende pianiste te wees, Duarte. Ek kan nie nou al, na net 'n jaar se studie, tou opgooi nie. Ons kan verloof raak as jy wil, maar jy sal bereid moet wees om my die volgende twee jaar met my musiekstudie te deel –"

"Dit weier ek volstrek," val hy haar streng in die rede. "Ons gaan vanaand verloof raak en oor 'n maand in die huwelik tree, en ek wil geen besware meer van jou hoor nie, menina."

Verena skud haar kop en glimlag verleërig.

"Dit kan nie gebeur nie, Duarte. My studies is reeds een keer onderbreek, ek kan nie toelaat dat dit weer 'n keer gebeur nie. Ek vrees ons sal die huwelik voorlopig op die lange baan moet skuif . . ."

"Verena!" roep hy bestrawwend uit.

Sy bloos liggies.

"Wel, dit is die enigste oplossing wat daar is, Duarte, want ek is nie bereid om my studie weer prys te gee nie."

Die laaste helfte van haar sin lok 'n hewige argument uit. Duarte beskuldig haar daarvan dat sy hom nie liefhet nie, en

Verena meen weer dat hy harteloos en glad nie tegemoetkomend is nie.

Na 'n heftige woordewisseling kom hulle eindelik tot 'n gesamentlike besluit dat hulle die aand verloof sal raak en oor 'n jaar trou. Hierna gaan haal Duarte die familiering uit die brandkas in sy kajuit, en steek dit liefderyk aan Verena se ringvinger.

"Nou behoort jy aan my, querida," sê hy met 'n gelukkige glimlag. Hy neem haar in sy arms en verseël hulle liefde met 'n vurige soen. "Ek dink ons moet eers die goeie nuus van ons verlowing aan tia Juana gaan meedeel, en sommer ook 'n glasie sjampanje saam met haar in haar kajuit drink. Ek sal môreoggend met die kaptein reël om die koerante in Lissabon per radio van ons verlowing te verwittig."

"Weet jy, ek kan nie eens julle taal praat nie," kla Verena.

Duarte lag haar besware opgeruimd weg.

"Jy is pragtig, cara, die mooiste vrou aan albei kante van die ewenaar, en dit is al wat belangrik is."

Hy neem haar weer in sy arms en haar reaksie op sy soen sê baie duidelik dat sy die taal van sy hart uitstekend goed verstaan, al verstaan sy nie sy landstaal nie.

10

Hulle verblyf op die eiland het net twee weke geduur, maar vir Verena was dit twee genotvolle weke. Nou kon sy al haar ou vriende sien en opnuut met hulle kennis maak, waar hulle voorheen vir haar net stemme was.

Duarte en die eilandbewoners het alles in hulle vermoë gedoen om die twee weke op die eiland vir haar so aangenaam moontlik te maak. Sy en Duarte het ook net een keer 'n potjie geloop, en dit was as gevolg van haar voorliefde vir skamele strandpakkies. Sy was vasberade om met die modieuse drag op die strand te pronk, terwyl Duarte ewe vasberade was dat sy haar nie so halfnaak op sy eiland se strande gaan vertoon nie. 'n Hewige argument het gevolg, en dit was eers toe die hertog gedreig het om haar eiehandig in iets eerbaars te verklee, dat sy die stryd gewonne gegee het.

Nou is hulle al meer as 'n week in Londen, waar Verena haar intrek in 'n eenvertrekwoonstel geneem het, aangesien mevrou Smith se losieshuis vol bespreek is. Ook Alice, wat oor 'n maand met Frank Hudson in die huwelik tree, se kamer is alreeds bespreek.

Duarte en tia Juana het 'n stel kamers in die hotel waar Duarte gewoonlik oorbly wanneer hy in Londen is. En hier waar Verena en Alice saam met hulle middagkoffie geniet, word daar oor niks anders as die skilderkuns, musiek en huwelike gesels nie.

Alice se huwelik word breedvoerig bespreek, dan wil tia Juana belangstellend weet of Verena al 'n huweliksdatum bepaal het.

Verena skud haar blonde kop stadig.

"Nog nie, tia, ons trou eers oor 'n jaar," lig sy die ou vroutjie in en vervolg laggend: "As jy net weet hoe sarkasties en beledigend Duarte al teenoor my opgetree het, sal jy met my saamstem dat 'n jaar nog gans te gou is, dat ons eintlik eers oor twee jaar behoort te trou."

"Twee jaar!" Duarte kyk haar verwytend aan. "Ek sien geen rede waarom ons nie dadelik mag trou nie. Jy het my toestemming om na die huwelik met jou musiekstudie voort te gaan, cara."

"Ek vrees dit sal nie uitwerk nie, Duarte," keer sy haastig. "Ons het reeds besluit om na die huwelik dadelik met 'n gesin te begin. Daar sal dus nie tyd wees vir musiekstudie nie . . . Nee, ek dink ons moet liewer by die oorspronklike plan bly . . ."

Verena en Alice kuier by die hertog en sy tante totdat Frank in sy afgeleefde motortjie voor die hotel stilhou om sy verloofde te kom haal.

Verena maak aanstaltes om saam met hulle te ry, maar hiervan wil Duarte niks weet nie.

"Ek sal jou self tuis besorg, cara," sê hy en vervolg nadat Alice hulle gegroet en vertrek het: "Jy weet dit miskien nog nie, maar ek en tia vertrek oormôre na Portugal. Sy vind dat hierdie klimaat haar gesondheid aantas, dus neem ek haar maar eers terug na die castelo in Lissabon."

"Kom jy dan nie dadelik terug nie?" wil Verena weet. Sy het

nog nooit daaraan gedink dat Duarte die een of ander tyd na sy eie land toe sal moet teruggaan nie.

"Nee, nie dadelik nie, querida," sê hy. "Jy sal my stellig vir die volgende ses maande glad nie sien nie."

"Ses maande!" Sy kyk hom verbaas, half ontevrede aan.

"Ja, ses maande, cara," herhaal hy. "Ek sal die volgende drie maande in Portugal wees, daarna vertrek ek na Suid-Afrika." Sy oë lê elke trekkie op haar gelaat in sy geheue vas, dan vervolg hy met 'n sweem van 'n glimlag: "As jy dink dat jy my afwesigheid nie sal kan oorleef nie, querida, sal ek môre al jou reëlings met professor Stanford kanselleer sodat jy saam met ons –"

"Nee, toe maar, ek dink ek sal jou afwesigheid darem oorleef," plaas sy 'n demper op sy vurige verwagtinge.

"Is jy seker dat jy nie oormôre saam met ons terug wil gaan nie, cara?" Hy kyk haar pleitend aan, maar sy staal haar teen die smeking in sy dierbare oë.

"Ek is baie seker, Duarte," verseker sy hom.

"Jy verstaan natuurlik dat jy my ses maande lank glad nie sal sien nie, pequena," probeer hy weer.

Sy knik bevestigend, neem haar handsak wat op die stoel lê en glimlag onderlangs. "Ek verstaan volkome," sê sy. "In elk geval, ses maande is darem nie 'n ewigheid nie. Ek sal buitendien so besig wees met oefen, die klavier sal nooit stil wees nie."

"Hiermee bedoel jy natuurlik dat jy nie eens na my sal verlang nie," verwyt hy haar met 'n duidelike klank van selfbejammering in sy stem.

Verena sê vir tia Juana tot siens en bly Duarte dus 'n antwoord skuldig. Maar toe hulle later in haar woonstel op die rusbank sit, kom die onderwerp weer ter sprake.

"Ek hou glad nie daarvan om jou alleen hier in Londen agter te laat nie, Verena," sê hy ernstig. "Soms wonder ek of jy my werklik liefhet. Hierdie ding dat jou musiekstudie eerste in jou lewe kom en ek tweede, kan ek glad nie verstaan nie."

"Jy oordryf nou, want dit is nie 'n geval dat jy tweede in my lewe kom nie, Duarte," verdedig sy haar standpunt. "Ek het tog al oor en oor aan jou verduidelik dat ek nie met jou kan trou voordat ek jou beter ken nie –"

"Maar 'n jaar is gans te lank," val hy haar ietwat ongeduldig in die rede. "Ek dink jy behoort my al goed genoeg te ken om oor drie weke met my te trou."

Verena kyk hom verwytend aan.

"Jy sê 'n jaar is te lank, Duarte, maar soos wat dit vir my lyk, gaan ek jou vir die volgende jaar glad nie eens sien nie . . ."

Hy druk haar hartstogtelik teen sy bors vas en snoer haar mond met 'n soen.

"Sal jy darem na my verlang?" vra hy na 'n rukkie met sy asem warm teen haar lippe en 'n hart wat vinnig en onreëlmatig klop.

"Oneindig baie," verseker sy hom. "En jy?"

"Ek sal bedags na jou verlang en snags van jou droom, querida," verseker hy haar met groot erns. "Intussen sal ek hoop en bid dat jy van gedagte verander en gou my bruidjie word . . ."

Dit is byna elfuur toe die hertog eindelik begin aanstaltes maak om te vertrek. Met die belofte dat hy haar die volgende oggend na ontbyt sal kom haal om die dag saam met hom en tia Juana deur te bring, soen hy haar nag en vertrek.

Daar is trane in Verena se oë en 'n diep seer in haar hier waar sy en Alice die hertog se vertrekkende jag agternastaar. Sy waai vir hom en tia Juana waar hulle op die dek staan, totdat die vaartuig eindelik uit die gesig verdwyn.

"Jy moes nie hier agtergebly het nie, Verena, jy moes saam met die hertog en sy tante vertrek het," spreek Alice haar gedagtes hardop uit toe sy die trane in die witkop se oë sien.

"Ek kan nie, want dit sou beteken dat ek binne etlike weke met hom sal moet trou," verduidelik Verena ietwat lomp en met 'n hartseer stem.

Alice kyk haar snaaks aan.

"Jy verkies dus eerder om na hom te verlang as om eersdaags met hom te trou?"

"Jy verstaan nie," probeer Verena haar optrede verduidelik. "Ek kan onmoontlik met hom trou voordat ek hom beter ken. Alles in verband met hom is vir my vreemd – sy taal, sy land, hul gebruike . . . Ag, alles is vreemd en dit laat 'n mens ontuis voel."

"Wel, laat ek jou dit vertel: ses maande kan oneindig lank wees wanneer 'n mens se hart na 'n geliefde verlang," sê Alice met groot wysheid asof sy baie kennis van hierdie soort ding het. Hierop antwoord Verena nie en na 'n rukkie verlaat hulle die hawe.

Die volgende dag gaan koop Verena weer vir haar 'n tweedehandse motortjie – hierdie keer 'n pienk skedonkie. Alice het die voertuig 'n lang ruk met openlike afkeer bekyk, toe onomwonde gesê dat die motor se kleur genoeg is om 'n mens seer oë te gee. Maar Verena sê dat sy nog altyd van pienk gehou het en sy dink die motortjie lyk baie oulik.

Twee dae later is Verena terug in professor Stanford se musiekskool en moet sy weer hard werk om die gehalte musiek te lewer wat die professor van haar verwag. Die studente wat sy 'n jaar gelede geken het, is almal baie bly om haar weer in hul midde te hê, gevolglik word sy baie vriendelik gegroet . . .

Verena het aanvanklik gedink dat sy haar siek sal verlang na Duarte, maar nou is sy so besig dat sy bedags byna nie kans kry om aan hom te dink nie. Dis net saans, wanneer haar klavier stil is, dat sy oneindig baie na hom verlang – sy nabyheid, sy stem, sy arms en die sagte streling van sy lippe wat haar hart gewoonlik teen 'n gevaarlike tempo laat klop. Dit is ook dan dat die trane stil en warm op haar kussing drup en sy later van skone vermoeienis aan die slaap raak.

So volg die een dag na die ander en verander die weke in maande. En nou is dit reeds drie maande dat sy Duarte en sy tante by die hawe gegroet en 'n voorspoedige reis toegewens het.

Sy neurie lustig 'n aria uit Die vrolike weduwee, hier waar sy besig is om haar in aanddrag te verklee vir die musiekvertoning wat deur professor Stanford, met die samewerking van twee ander musiekskole, gereël is. Daar is glo 'n prys, in die vorm van 'n goue medalje, vir die student wat die aand die beste spel lewer.

Dit val haar meteens by dat Alice en Frank haar die aand sal kom besoek en dat sy 'n nota teen die deur sal moet laat om haar afwesigheid te verduidelik. Nou dink sy weer aan die ingewikkelde komposisie van Mozart wat sy moet lewer, en eindelik is sy gereed om die nota te skryf en daarna na die saal te vertrek . . .

Soos Verena verwag het, is die aand 'n groot sukses. Een van professor Stanford se studente, ene Keith Heron wat oor agt maande sy finale eksamen moet aflê, het die goue medalje verower. Hieroor voel professor Stanford en sy studente baie trots, want dit is 'n groot prestasie vir die Stanford-musiekskool.

Na die verrigtinge word Keith deur sy medestudente op die sypaadjie voorgekeer en gelukgewens. Die mans skud sy hand hartlik en die meisies vereer hom elkeen met 'n piksoentjie.

'n Aangename vrolikheid heers voor die saal op die sypaadjie en ook Verena gee vir Keith 'n vriendelike soentjie. Maar toe sy terugstaan sodat die volgende persoon die geleentheid kan kry om Keith geluk te wens, kyk sy op, vas in Duarte se donker oë wat haar kil en ongenaakbaar aanstaar, en die vrolike glimlag op haar gelaat verstar oombliklik.

"Duarte!" sê sy swakkies.

Maar Duarte koester geen sinnigheid om hier op die sypaadjie met haar te redeneer nie, daarom sê hy met 'n stem so koud soos die suidpool: "Gaan klim in jou motor en laat ons ry. Ons sal in jou woonstel gesels, nie hier nie."

Verena weet dadelik dat hy woedend is omdat sy Keith gesoen het. Sy wil nog aan hom verduidelik dat dit glad nie so erg is soos wat dit vir hom lyk nie, maar die blik wat hy weer na haar werp, laat haar haastig na haar motor toe stap en inklim.

Verena is nou so gespanne en ontsteld dat sy met die wegtrek teen Duarte se duur motor vasry. Sy weet op die oomblik nie of sy moet huil of Duarte moet nek omdraai nie, want sy voel heeltemal in staat tot albei. As hy haar nie so ontstel het nie, sou die ongeluk nooit plaasgevind het nie.

Sy is egter net oorgehaal om uit te klim en vas te stel hoeveel skade sy aangerig het, want Duarte sit daar agter die stuur van sy motor asof niks op aarde gebeur het nie, toe hou 'n polisiemotor langs haar stil en die sersant kom na haar toe aangestap met 'n uitdrukking op sy gesig wat duidelik sê: Aha, te diep in die bottel gekyk, nè? Vannag slaap jy agter die tralies!

"Goeienaand, juffrou!" hoor sy die sersant met 'n onpersoonlike stem langs haar by die oop venster sê. "Kan ek asseblief jou rybewys sien?"

Terwyl sy haar rybewys uit haar aandsakkie haal, merk sy dat Duarte nou darem besluit het om uit te klim. Lank, trots en waardig kom hy na die sersant toe aangestap en sy skep sommer dadelik moed, want sy weet dat net hy haar uit hierdie penarie kan red.

Sy toon die gevraagde dokument aan die sersant, klim dan self uit en stap saam met Duarte en die sersant om die skade te bepaal.

"Ek het lus en wiks jou vuurwarm," voeg Duarte haar nog steeds met 'n kil stem toe waar hulle die duik in sy motor se agterste modderskerm bekyk. Haar eie voertuig se buffer staan 'n bietjie skeef, verder het die pienk motortjie nie 'n letsel opgedoen nie.

Verena wil net vir Duarte vertel dat dit sy eie skuld is dat sy motor daardie duik in die bakwerk het, maar dan hoor sy die sersant vra: "Wil u 'n aanklag teen die dame lê, meneer?"

Sy hou asem in, stuur 'n skietgebedjie op en hoor Duarte dan sê: "Die dame is my verloofde, sersant, dus sal daar geen aanklag teen haar wees nie. Maar ek moet sê, dit sal haar die wêreld se goed doen om vir 'n onbepaalde tyd in 'n sel opgesluit te wees – eensame opsluiting, verstaan jy?"

Die sersant knik instemmend en sê hy verstaan, en Verena vervies haar net daar vir hom en die hertog. Sy werp laasgenoemde 'n giftige blik toe, klim haastig in haar motor en ry huis toe.

Dis waar, sy het nog nooit in haar lewe so verneder gevoel nie. Sy wens Duarte kry 'n kramp . . . O, sy wens iets vreesliks tref hom.

Toe Verena wegry, groet Duarte die grinnikende sersant en bedank hom vir sy moeite. Hierna klim hy haastig in sy motor en ry na Verena se woonstel toe waar hy vroeër die aand haar nota aan die deur gelees het.

Dit duur nie lank voordat hy voor die woonstelgebou stilhou nie. Hy klop twee keer, en toe Verena nog nie die deur vir hom oopmaak nie, begin sy donker oë weer koud en gevaarlik blits.

325

Hy klop ook nie weer nie, maar draai die deur oop en stap on-genooid binne.

Hy tref Verena in trane aan in die sitkamer op die rusbank, maar sy blik versag nie 'n oomblik nie. Nog voordat hy iets kan sê, lig sy haar betraande gesiggie op en sê so tussen die snikke deur: "Loop, ek wil jou nooit weer sien nie. Jy is die naarste mansmens wat ek ken."

"So, dan is ek nou 'n nare mansmens," sê hy en trek vir hom 'n stoel nader aan die rusbank waarop Verena uitgestrek op haar maag lê met haar gesig in 'n stoelkussing gedruk. "Mag ek vra waarom ek skielik 'n nare mansmens is?" waag hy om te vra.

"Jy vra nog!" roep sy met trane in haar stem uit. "Het jy miskien vergeet dat jy my in die tronk wou laat opsluit, en dit oor 'n duikie in jou motor?" Sy druk haar gesig weer in die stoelkussing en begin troosteloos huil.

"Dit was nie omdat jy my motor beskadig het nie," weer-spreek hy haar met 'n kil stem. "Jy kon die hele voertuig flen-ters gestamp het vir al wat ek omgee. Dit is vir jou ontrouheid dat ek voel jy behoort gestraf te word."

"Ontrouheid!" Haar trane droog terstond op, en nou skiet haar pragtige oë blou vlamme op hom. "Noem jy daardie . . . daardie piksoentjie ontrou?" Sy stik byna van skone veront-waardiging.

"Jy is my verloofde, my aanstaande bruid, Verena. Jy het geen reg om 'n ander man te soen, maak nie saak wat jy die soen noem nie," wys hy haar koud en ongenaakbaar tereg. "In jou land word so 'n oortreding dalk oor die hoof gesien, maar ek en my mense beskou dit as ontrouheid –"

"Jy is hopeloos van jou wysie af," val sy Duarte bitter ont-stoke in die rede. "Ek het Keith maar net gelukgewens met sy skitterende spel. Ek dink jy is uiters beledigend . . ."

"Jy kom hom gelukgewens het sonder om hom te soen," hou Duarte onverbiddelik vol. "Hoeveel mans het jy al . . . e . . . so gelukgewens sedert ons verloof is, Verena?"

Haar oë blits vuur op hom toe sy bleek en met ingehoue woede sê: "Dit is vir my nou baie duidelik dat jy my glad nie vertrou nie, Duarte, en in daardie geval sal dit onmoontlik wees om met jou te trou." Sy haal die kosbare verloofring van haar vinger af en hou dit na hom uit. "Neem liewer jou ring terug. Ek vrees ons het 'n groot fout begaan om verloof te raak, maar gelukkig het ek die fout betyds ingesien."

Duarte is wasbleek. Hy neem die ring by haar en vir 'n oomblik lyk dit of hy haar gaan klap, maar voordat hy 'n woord kan sê, storm sy haar slaapkamer binne en draai die sleutel in die slot.

Bitter omgekrap staan sy by die voetenent van die bed. Na 'n rukkie hoor sy hoe Duarte die voordeur agter hom toetrek, en daarna hoe sy motor voor die gebou wegtrek. Sy kyk na haar hand wat skielik vreemd kaal lyk sonder die ring, toe dring dit eers werklik tot haar deur wat sy aangevang het, dat alles tussen haar en Duarte nou onherroeplik verby is. Die volgende oomblik val sy op die bed neer en begin te snik asof haar hart wil breek . . .

Toe haar snikke eindelik bedaar, voel dit of haar lewe totaal leeg is. Sy dink aan die eensame toekoms sonder Duarte, 'n vaal, kleurlose lewe vol hartseer en verlange. Sy besef dat sy alle lus vir die lewe verloor het, maar sy besef ook dat sy haar lewe onverwyld sal moet oriënteer voordat haar musiek daaronder ly. Dit kan sy nie bekostig nie, want van nou af sal dit net sy en haar musiek wees . . .

Verena lê 'n lang ruk daar op die bed oor die onvriendelikheid van die lewe en peins. Toe besluit sy om maar liewer 'n rukkie weg te gaan, tot tyd en wyl sy oor haar liefde vir Duarte is of totdat sy haar gevoel vir hom onder beheer het. Sy weet dat sy Duarte nooit sal kan vergeet nie, maar sy hoop dat die tyd haar sal leer om saam met die hunkering in haar hart te kan lewe.

Na hierdie besluit staan Verena van die bed af op en stap na die telefoon toe in die sitkamer. As sy die volgende oggend wil vertrek, sal sy darem vir Alice van haar planne moet verwittig.

Die telefoon lui nie lank nie, toe hoor sy Alice sê: "Mevrou Hudson hier!"

"Hallo, Alice! Dis Verena wat praat," sê sy so kalm as wat haar gemoedstoestand haar toelaat. "Ek bel net om vir jou te sê dat ek vroeër vanaand my verlowing verbreek het en dat ek besluit het om 'n rukkie weg te gaan."

"Hoe lank? Waarheen en wanneer gaan jy weg, Verena?" wil Alice alles in een asem weet. "Ek het nie eens geweet dat die hertog terug is nie!"

"O ja, hy is hier," laat Verena met 'n toonlose stem hoor. "Dit is net hy wat sy verskyning op die mees onmoontlike en ongeleë tyd sal maak." Sy vertel Alice wat vroeër die aand voor die stadsaal plaasgevind het en vervolg met 'n opvallende dun stemmetjie: "Ek vertrek môreoggend, maar ek weet nog nie waarheen en hoe lank ek uitstedig sal wees nie. Ek het besluit om al met die Teemsrivier langs te ry en iewers langs die kus 'n uitspanplekkie te soek."

"En jou musiek?" vra Alice.

"Ek sal met professor Stanford reël vir 'n paar weke verlof, want dit is gans onmoontlik om in my huidige gemoedstoestand op musiek te konsentreer . . . Ek wens ek het Duarte liewer nooit ontmoet nie. Niemand het my nog ooit so diep beledig en verkleineer soos hy nie. Maar hy kan, vir al wat ek omgee, maan toe vlieg met sy preutsheid en al."

Die laaste deel van haar sin sê sy met 'n onvaste stem, daar is ook 'n klank van trane in haar stem.

"Ons sal jou mis, Verena," laat Alice simpatiek hoor. "Bel my sodra jy 'n geskikte rusoord raakgeloop het . . ."

Hulle gesels nog 'n rukkie, toe lui hulle af.

Toe Verena die sitkamer vroeër die aand soos 'n warrelwind verlaat het, was Duarte werklik lus om haar oor sy skoot te trek en haar vuurwarm te wiks. Sy het nou wel sy ring teruggegee, maar hy beskou die verlowing nog lank nie as verbreek nie. Trouens, hy dink haar optrede is onvolwasse en erg impulsief. Hy het die ring uitsluitlik geneem omdat hy nie langer met haar wou redekawel nie, maar eerder wou wag totdat haar humeur gesak het en sy meer ontvanklik sal wees om na hom te luister.

Maar hier waar hy in die middel van sy hotelkamer staan, wonder hy of hy Verena nie maar sal bel om vir haar nag te sê nie. Dit hinder hom dat hy haar in so 'n luim verlaat het.

Verena het hom nou wel bitter kwaad gemaak toe sy daardie vreemde man feitlik in die middel van Londen op die sypaadjie gestaan en soen het. Maar noudat hy daaraan dink, besef hy dat sy stellig geen kwaad in haar optrede gesien het nie, want in haar land heg die jongmense nie veel waarde aan 'n soen nie.

Dis waar, dink hy met 'n gesteurde frons tussen sy mooi swart wenkbroue, sy is 'n produk van haar omgewing, die vet alleen weet hoe 'n soort ma sy eendag vir ons kinders gaan wees . . . Sy is baie beslis nog 'n ongeslypte diamant. Maar sodra al die punte en haakplekke weggeslyp is, sal sy 'n pragtige, kosbare juweel wees.

Hy besluit egter om Verena maar liewer nie te bel nie. Sy was so bitter ontstoke toe hy daar weg is dat sy kapabel is en sit die gehoorbuis in sy oor neer.

Nee, hy sal haar die volgende oggend gaan spreek. Sy behoort dan al tot besinning te gekom het, en dan kan hulle kalm oor die aand se ding gesels. Hierna begin hy aanstaltes maak om te gaan slaap.

Dit is byna tienuur toe Duarte die volgende oggend aan Verena se voordeur klop. Sy reageer nie op sy klop nie en toe hy 'n tweede keer klop, steek die buurvrou haar kop by die voordeur uit en vertel hom kortliks dat Verena 'n uur gelede met 'n groot tas hier uitgesukkel het na haar motor toe en pas daarna vertrek het. Maar sy weet nie waarheen Verena gery het nie.

Duarte sê niks nie. Hy bedank die vrou beleef, maar binne-in hom woed 'n storm wat hy met die grootste moeite in bedwang hou. Hy het nog nooit so positief lus gevoel om Verena oor sy skoot te trek soos op hierdie oomblik nie.

Terwyl hy na sy motor toe stap, wonder hy wat haar besiel het om so haastig uit Londen pad te gee.

So 'n rissiepit, dink hy onthuts. Ons huwelik het sy op die lange baan geskuif sodat haar musiek voorkeur kan geniet, maar vir hierdie onsinnige gril kan sy haar musiek gou genoeg opsy skuif. Ja, nou is haar musiek ewe skielik nie meer die belangrikste faktor in haar lewe nie.

Hy trek teen 'n gevaarlike spoed voor die woonstelgebou

weg en hou 'n paar minute later voor Alice en Frank se huis stil. Hy tref Alice voor die deur in die tuin aan en val ook sommer dadelik met die deur in die huis deur te vra of sy weet waarheen Verena vertrek het.

"Sy het gisteraand vir my oor die telefoon gesê dat sy besluit het om al met die Teemsrivier langs te ry en iewers langs die kus 'n uitspanplekkie te soek," vertel Alice. "Sy het egter belowe om my te bel sodra sy 'n geskikte rusoord gevind het."

"Ek verstaan," sê hy half ingedagte. "Jy weet natuurlik ook nie aan watter kant van die rivier sy van plan was om te ry nie?"

Alice skud haar kop stadig.

"Sy het nie veel oor haar . . . e . . . reis gesê nie. Om die waarheid te sê, sy was baie hartseer toe sy my gisteraand gebel het. Sy het natuurlik nie openlik laat blyk dat sy hartseer voel nie, maar ek wat haar ken, het dadelik die trane in haar stem gehoor."

Daar verskyn meteens 'n harde trek om die hertog se mond by die aanhoor van Alice se laaste sin. Die wete dat hy die oorsaak is van Verena se hartseer, stem hom glad nie gelukkig nie.

En tog is dit haar eie skuld dat ek hard teen haar moes optree, probeer hy homself in sy gedagtes regverdig. As ons getroud was, sou gisteraand se onsmaaklike episode nooit plaasgevind het nie. Hy bedwing sy gedagtes en sê hardop: "Ek sal dit baie waardeer as jy my in kennis sal stel sodra Verena jou gebel het, señora. Ek is jammer dat ek jou weer moet lastig val, maar dit is dringend noodsaaklik dat ek moet weet waar sy haar bevind."

"Ek gee glad nie om nie," verseker Alice hom. "Ek sal jou bel sodra ek van Verena gehoor het."

Hy bedank Alice vriendelik, beleef, toe groet en vertrek hy. En hier waar hy deur Londen se druk verkeer ry, voel hy uiters verveeld en terneergedruk. Hy het al die pad van Lissabon af gekom om by Verena te wees en nou het sy hom al weer ontvlug. Hy besef dat hy iets sal moet doen.

Duarte voel heeldag terneergedruk en uit sy element, maar hy sit nie 'n voet uit sy hotelkamer nie, uit vrees dat Alice in sy afwesigheid sal bel. Hy het ook net pas aandete genuttig toe die telefoon in sy sitkamer begin lui.

330

"Duarte di Rago!" sê hy gespanne, en sy kneukels vertoon wit soos wat hy die spreekbuis onbewus vasklem.

"Dit is Alice wat praat," hoor hy Alice se rustige stem: "Ek het pas 'n minuut gelede met Verena gepraat. Sy het 'n strandhut op 'n dorpie aan die ooskus gehuur. Dit is glo vyf uur se ry met die motor en links van die rivier se mond."

"Kan jy moontlik verduidelik hoe ek moet ry om by haar strandhut uit te kom, señora?" vra hy met verligting in sy stem.

"Verena sê daar is net vyf standhutte, en hare is die enigste met 'n groen dak. Die ander vier se dakke, verstaan ek, is rooi. Haar hut is ook die enigste wat langs 'n paar palmbome staan," verduidelik Alice.

Daar speel 'n ingenome glimlaggie om Duarte se mond toe hy die gehoorbuis terugplaas. Hy ontbied dadelik die kaptein van sy jag en tref met hom reëlings vir 'n baie vroeë vertrek die volgende oggend.

Toe die kaptein weg is, maak Duarte nog een belangrike telefoonoproep. Hy voel dit is noodsaaklik dat hy 'n leraar moet saamneem, vir ingeval hy en Verena iemand nodig het om hulle in die huwelik te bevestig. Hierna ontbied hy 'n kamermeisie om sy persoonlike besittings te kom inpak sodat hy onverwyld na die hawe kan vertrek. Hy sal die nag op die jag moet slaap. Gelukkig weet die kaptein waar die stranddorpie geleë is, want die plekkie is so klein dat dit nie eens op die seekaart voorkom nie.

Dit is 'n stil oggend toe die jag Londen se hawe in die vroeë ure verlaat. Duarte het wakker geword toe hulle anker gelig het, en nou lê hy na die geklop van die kragtige motor en luister.

As alles volgens plan verloop, prakseer hy in sy enigheid, sal Verena môreoggend saam met my hier in die bed lê en luister na die geklop van die motor en die geklots van die water teen die jag se romp . . .

Sy gedagtes kring nou net om haar, maar dan tree die slaap tussenbeide en verplaas hom saggies van sy gedagtewêreld na 'n droomwêreld waar hy Verena reeds in sy arms hou en na hartelus liefkoos.

Dit is byna drie-uur toe die wit jag die baaitjie binnevaar en

331

op 'n geskikte plek die anker laat sak. Van hier af word Duarte met een van die jag se reddingsbootjies aan wal geneem.

Toe Verena die vorige oggend uit Londen weg is, was sy vas van plan om Duarte vir goed uit haar lewe te verban. Die hele ent hierheen het sy planne beraam oor hoe sy haar lewe in die vervolg sal inrig – planne waarin daar geen plek vir Duarte sal wees nie.

Ja, selfs die vorige aand toe sy in die bed geklim het, was sy nog vas van plan om hom uit haar lewe te ban. Maar toe droom sy hy verongeluk met daardie vinnige sportmotor wat altyd voor sy kasteel gereed staan vir sy gebruik, en hier waar sy vir haar ontbyt op die gasstofie voorberei, is sy glad nie meer so seker dat 'n lewe sonder Duarte vir haar geluk kan inhou nie.

Dis waar, die nag het Verena tot besinning gebring en vanoggend dink sy aan hom met 'n verlange wat diep seermaak. As sy daaraan dink dat sy hulle verlowing in een onbesonne oomblik tot niet gemaak het, voel dit of sy trane met tuite kan huil. Trouens, haar oë swem elke keer wanneer sy aan Duarte dink.

Terwyl Verena ontbyt nuttig, oorweeg sy om hom te bel. Sy weet in watter hotel hy gewoonlik oorbly, maar sy weet ook dat haar trots en selfrespek haar nie sal toelaat om eerste toenadering te soek nie.

Dis waar, as sy hom nou bel, sal hy altyd die hef in die hand hê en dit is vir haar baie beslis nie 'n bemoedigende gedagte nie. Trouens, sy is nie daaraan gewoond om na ander se pype te dans nie.

Na ontbyt stap sy af strand toe, waar twee bejaarde vissers besig is om hulle visnette na te sien en 'n ander een weer besig is om sy omgekeerde boot te ondersoek vir 'n lek, of so iets.

Hulle groet Verena vriendelik, knoop 'n geselsie met haar aan en wil belangstellend weet of sy lank hier gaan vertoef.

Sy bring die oggend gesellig op die strand deur saam met die vissers wat haar vermaak met staaltjies uit hul lewe op die see. Toe sy eenuur na haar hut terugkeer, tref dit haar dat sy die hele oggend vry en ontspanne gevoel het en dat sy nie een keer aan Duarte gedink het nie. Maar noudat sy hier op haar bed ontspan, is hy weer oombliklik die spil waarom haar gedagtes kring, en ook haar verlange na hom brand weer soos 'n fisieke pyn in haar bors.

Sy sien Duarte se dierbare, aantreklike beeld wesenlik voor haar geestesoog, dan voel sy hoe die trane oor haar wange begin stroom. Die volgende oomblik ruk haar skouers soos sy snik.

'n Lang ruk lê Verena haar hart op die bed en uitsnik. Toe droog sy haar trane af en gaan was haar gesig in koue water. Haar hart is loodswaar in haar binneste van verlange na Duarte.

Sy neem haar donker bril van die tafel af op en sit dit versigtig op haar gesig. Die volgende oomblik kyk sy op, vas in Duarte se oë, daar waar hy lank en trots in die deur van haar hut staan. Sy is nie eens daarvan bewus dat hy reeds haar rooi gehuilde oë waargeneem het nie.

Duarte se dierbare teenwoordigheid laat haar hart vinnig en abnormaal klop van skone blydskap en opgewondenheid. Sy wil eers na hom toe hardloop, haar arms om sy nek gooi en hom hartlik soen. Maar dan val dit haar by dat hy mos die een is wat eensame opsluiting vir haar as straf aanbeveel het, en dadelik vervies sy haar weer vir sy harteloosheid.

Sy ruk haar op, kyk hom met opstandige oë aan en vra gesteurd: "Mag ek vra wat jy hier kom soek?"

"Natuurlik mag jy vra, querida!" antwoord hy. Hy tree die vertrek binne en neem doodluiters op 'n stoel plaas. "Ek het jou kom soek. Wat anders dink jy maak ek hier?"

"Wel, ek is nie vir jou tuis nie. So, loop asseblief," spoor sy hom aan.

"Wag nou, moenie weer met my baklei nie . . ." begin Duarte goedig, maar Verena gee hom nie kans om meer te sê nie.

"H'm, jy is 'n mooi een om van baklei te praat," raas sy. "Dink jy ek het van die kabaal vergeet wat jy gisteraand voor die saal opgeskop het?"

"Verskoon my, maar ek het nog nooit 'n kabaal opgeskop nie," help hy haar reg.

Sy meet hom met nougetrekte oë en sê wrewelig: "O, ja! En wat het jy miskien nou die aand opgeskop as dit nie 'n kabaal was nie?"

333

"Ek het jou net tereggewys omdat jy, my verloofde, so onbeskaamd aan daardie vent gehang het –."

"Ek het nie aan hom gehang nie. Verstaan jy my?" val sy hom met 'n kwaai stem in die rede. "Ek –"

"Jy het hom daar in die middel van die sypaadjie gesoen," val hy haar ewe vinnig in die rede.

"Jy is laf, ek het hom nie gesoen nie," maak sy onthuts beswaar. Haar blou oë vlam bestrawwend op hom.

"So! Nou wat, as ek mag vra, het jy met hom gedoen as jy hom nie gesoen het nie, Verena?" Sy donker oë kyk haar skerp en deurdringend aan, maar Verena laat nie toe dat dit haar ontsenu nie.

"Ag, dit was sommer net 'n piksoentjie, en 'n piksoentjie is iets heeltemal anders as 'n soen –"

"Wel, ek gee nie om wat jy dit noem nie," val Duarte haar nou ernstig in die rede. "Ek verbied jou om piksoentjies aan jou mansvriende uit te deel. As jy in die vervolg graag iemand wil soen, kan jy vir my kom soen."

"Genade, dink jy ek wil jóú graag soen?" roep sy uit en stik byna van pure verontwaardiging. "Ek wil jou nooit in my lewe weer sien nie, laat staan nog soen. Ek weet nie wat het jy so ontydig in Londen kom soek nie, en nou is jy sowaar al weer hiér ook."

"Wel, waar anders moet ek wees?" Sy een swart wenkbrou vorm 'n duidelike vraagteken. "Ek weet mos jy verlang na my!"

"Genugtig, dan is jy nog boonop vermetel ook! Wat laat jou miskien dink dat ek na jou verlang het?"

"Jou rooi gehuilde oë, cara," troef hy haar met 'n sweem van 'n glimlag. "Oor wie anders sal jy huil, as dit nie oor my is nie?"

Verena sluk, bloos skuldig en sê ietwat ongemaklik: "Ek het nie gehuil nie, dis die wind en die sand hier onder op die strand."

Sy gaan op die voetenent van die bed sit, en hoor dan Duarte met 'n sagte laggie sê: "Eienaardig. Daar is geen wind buite nie, Verena. Erken maar dat jy oor my gehuil het, dis mos nie 'n skande nie! Ons is immers verloof . . ."

"O nee, ons is nie meer verloof nie," help sy hom vinnig reg. "Ek het jou ring nou die aand teruggegee, of het jy miskien daarvan vergeet?"

"O, ek weet jy het die ring aan my teruggegee, en moet nou asseblief nie moeilik wees nie." Hy kom langs haar sit en vervolg met 'n vreemde warmte in sy stem: "Gee my jou hand sodat ek die ring aan jou vinger kan steek, querida."

Sy skud haar kop en sê opstandig: "Ek wil jou ring nie weer aan my vinger hê nie. Gee dit liewer vir iemand wat net so preuts en ouderwets is soos jy."

Hy kyk haar 'n oomblik stil aan, toe sê hy, steeds kalm en bedaard: "So, dan het jy nog nie klaar baklei nie. Nou ja, laat ek jou dit vertel –"

"Asseblief, gaan vertel dit liewer elders, ek wil dit nie hoor nie," maak sy hom stil. "En onthou in die vervolg, jy het geen seggenskap oor my nie."

"Dis wat jy dink. En as jy nie nou tot besinning kom nie, gaan jy my dwing om jou vuurwarm te wiks," waarsku hy haar ernstig.

"Jy?" Sy kyk hom behoedsaam aan.

"Ja, ek," verseker hy haar. Die volgende oomblik vou hy haar toe in sy arms en soen haar 'n paar keer hard en besitlik. Maar dan word sy liefkosing meteens teer en sag, totdat Verena heeltemal in sy arms ontspan en sy liefkosing met oorgawe beantwoord.

"Sal jy vandag nog met my trou, querida?" vra hy met sy lippe warm teen hare.

"Ek sal nooit 'n goeie hertogin wees nie, en ons sal ook altyd rusie maak," kla sy.

"Ek weet," sê hy met sy lippe teen haar wang.

"Nou hoekom wil jy met my trou as jy dit weet?" vra sy.

Hy lig sy kop op, kyk diep in haar pragtige oë en sê sag: "Omdat ek jou so innig liefhet, querida – daarom. Sal jy vandag met my trou? Ek het 'n leraar saamgebring wat ons in die eg kan verbind."

Verena kyk hom 'n oomblik half verward aan, toe bars sy hartlik uit van die lag.

"O, Duarte!" sê sy tussen lagbuie deur en gooi haar arms liefderyk om sy nek. "Simpel mansmens, dink jy vir een oomblik dat ek jou ooit uit my lewe sal laat gaan? Natuurlik sal ek met jou trou, ek het my dan byna dood verlang na jou . . ."

Hy snoer haar mond met sy lippe, en vir Verena voel dit meteens of die son vir haar vandag vir die tweede keer opgekom het.

Haar naam was Marina Neser

1

Met nougetrekte oë staan Marina Neser op die dek, starend oor die deining van die naderende kaai. Die groot passasierskip ploeg sierlik oor die ongelyke Noord-Atlantiese waters, en deur 'n mistige waas sien sy die hoë geboue van die groot hawestad Lissabon, wat tussen twee heuweltjies geleë is en soos 'n reusetapyt tot aan die kus uitstrek.

Opgewonde stemme klink oral om haar op, en elke passasier is meteens haastig om aan wal te gaan. Die seereis was 'n heerlike ondervinding, maar nou verlang Marina om weer vaste aarde onder haar voete te voel, en om haar kieskeurige blik ander weiveld as die ewig deinende blou panorama te bied.

Van pure opgewondenheid voel sy byna so uitgelate soos 'n skoolmeisie. En toe sy 'n rukkie later in 'n taxi sit, op pad na die hotel, is dit vir haar kompleet of die lewe nou eers begin – al lyk en voel alles nog so vreemd en onseker.

Die hotel waar sy tuisgaan, is digby die strand geleë, en Marina is maar te dankbaar daarvoor. Sy is lief vir die strand, vir die wispelturigheid van die deinende see, vir die rustelose meeue en om sorgeloos op die golwe te ry en te baljaar.

Die taxi hou voor een van die tophotelle stil. Nadat Marina die besoekersregister geteken het, volg sy die portier na haar kamer wat op die eerste verdieping geleë is, haar gedagtes druk besig met die Afrikaanse naam wat sy terloops in die besoekersboek opgemerk het.

Fanus Erlank, herhaal sy in haar gedagtes, en dit laat haar heimlik wonder hoe die eienaar van die naam lyk. H'm, bespiegel sy, dit klink nogal nie onaardig nie. Dit klink so asof . . . asof hy 'n amper volgroeide reus kan wees. Fanus . . . nogal 'n mondvol!

Hulle bereik haar kamer en terstond vergeet sy van die vreemde Fanus, reus ofte nie. Sy verwonder haar aan die swaar houtmeubels met hul donker glans, dan merk sy op dat die venster 'n uitsig bied op die rustelose golwe wat voortdurend na die kus toe aangerol kom.

Met 'n vriendelike gebaar stop sy die portier 'n fooitjie in die hand, toe stoot sy die deur op knip en neem haar tydelike tuiste behoorlik in oënskou. 'n Vae glimlaggie speel om haar sagte, verleidelike lippe, en dis baie duidelik dat Marina diep tevrede voel.

Onderwyl sy later haar tasse uitpak, dink sy aan haar ouers wat nou so oneindig ver is. Sy was maar sewentien jaar oud – met 'n matrieksertifikaat waarvan die ink nog nie behoorlik droog was nie – toe sy as persoonlike assistent in haar pa se kantoor begin werk het. Al die jare het sy gespaar om hierdie reis te onderneem. Toe sy twee weke gelede haar een en twintigste verjaardag gevier het, het haar ouers haar verras met 'n lywige tjek as geskenk en kon sy eindelik hierdie jare lange droom van haar verwesenlik.

Snaaks, dink sy, dat ek nou juis vir die land van die Portugese 'n voorliefde moet koester! Sy klap die een leë tas se deksel toe en stoot dit met haar voet opsy. Dis seker omdat Manuela, my eerste vriendin, Portugees is. Manuela . . . A, as sy nou hier was, kon ons Lissabon behoorlik op horings geneem het. Maar nee, sy sou miskien nie wou meedoen nie. Sy is mos self Portugees, en volgens wat sy my al van hierdie ou nasie vertel het, moet 'n vrou omtrent die lewe van 'n non voer om binne die perke van hul norme en sosiale kodes te bly!

Sy glimlag breed. Ook maar goed dat Manuela nie aan hierdie reis wou meedoen nie. Sy sou tog net al my pret bederf het, want wie wil nou die lewe van 'n non voer wanneer vrolikheid en vermaak om elke hoek lok en wink? Nee, kyk, om vroom en nougeset te wees in my eie vaderland, is een ding. Maar om hier in die vreemde, en dit nogal tydens my swaarverdiende vakansie, met sulke nougesetheid te kampe te hê, is totaal iets anders.

'n Sagte kloppie aan die deur maak 'n einde aan Marina se gedagtes. Sy kom orent en gaan maak die deur oop.

Voor haar staan 'n middeljarige kamermeisie, en op byna onverstaanbare Engels verneem sy of die señorita iets te drinke sal neem.

Marina bestel 'n koppie koffie en verneem hoe laat middagete voorgesit word. Op haar antwoord dat dit binne twee uur gereed sal wees, bedank Marina die kamermeisie en hervat in aller yl die uitpakkery.

Tien minute later daag die kamermeisie met die koffie op en Marina voel dankbaar oor die verposing wat dit meebring. Nou kan sy ten minste 'n rukkie ontspan onderwyl sy die koffie geniet. Die vertrek lyk rustig genoeg noudat alles weggepak is. Nog net 'n enkele tassie wat uitgepak moet word, dan kan sy heerlik ontspan en haar vakansie begin geniet.

Met geslote oë leun sy rustig agteroor in 'n gestoffeerde gemakstoel en teug lui-lui aan die stomende koffie. Toe, meteens, vlieg haar kamerdeur oop en 'n donker, stewige kêrel mik om die vertrek binne te tree. Maar dan val sy blik op haar wat so tuis lyk daar voor die venster, en sy gang sowel as sy blik verstar.

Met opgetrekte wenkbroue bekyk Marina die vreemdeling daar in die halfoop deur en wag dat hy sy teenwoordigheid moet verduidelik.

'n Kort oomblik blik die man haar met die grootste verbasing en half deur die wind aan, en vir Marina is dit baie opvallend dat hy die kluts skoon kwyt is. Maar dan kom hy skielik tot verhaal en met nougetrekte oë verneem hy op Portugees: "Het ek verdwaal of het jy verdwaal, juffrou?"

"Jammer, ek verstaan nie jou taal nie, señor," antwoord sy op goeie Engels en trek haar skouers fyntjies op.

Toe kom sy orent, en meteens is dit asof daar meer lewe in die kêrel vaar. Hy stoot die deur wyer oop en herhaal sy vraag op Engels – redelike Engels, maar met 'n swaar uitlandse aksent.

"O!" 'n Ondeunde glimlaggie skuif oor haar fraai gelaat. "Wel, ek is oortuig dat jy by die verkeerde deur is, señor. Want ek het beslis nie verdwaal nie." Amper het sy nog bygevoeg: Staan liewer nader dat ek jou asem kan ruik, vriend, want geen normale mens verdwaal so helder oordag in 'n hotel nie!

'n Oomblik bekyk hy haar met openlike argwaan, dan dwaal sy blik na die nommer op die deur en dis of hy meteens skrik.

"Jy is reg, señorita," uiter hy berouvol, "ek is beslis by die verkeerde kamerdeur. Dit was inderdaad onoplettend van my. Ek vra jou innig en opreg om verskoning omdat ek jou kamer so . . . e . . . ongenooid wou binnetree en jou in so 'n ongemaklike posisie geplaas het. Ek is vreeslik jammer, señorita, ek –"

"Jy het my geen leed aangedoen nie, señor, en ek aanvaar jou verskoning," knip sy die kêrel se vreeslike woordevloed met 'n vriendelike glimlaggie kort.

"Señorita, laat my asseblief toe om jou te vergoed . . ."

"Daar is absoluut niks om voor te vergoed nie, señor. Dit was 'n blote ongeluk, en dit kan enigeen oorkom," paai sy goedig en gaan skuins voor hom staan.

Haar blik gly opsommend oor sy stewige gestalte, sy onberispelike klere en die foutlose snit daarvan. Aan sy verfynde maniere is dit vir haar duidelik dat hy in hoë kringe beweeg.

"Wel, aangesien ons paaie op so 'n eienaardige wyse gekruis het," glimlag sy ondeund, "het ek seker die reg om te weet wie jy is, of hoe?"

'n Breë glimlag helder meteens sy gelaat op. Hy buig galant en sy vriendelikheid is oorweldigend.

"Señor Ricardo Mendoca, drie en twintig jaar oud en tot jou diens, pequena!" rammel hy alles in een sin af.

Sy strek haar fyn handjie na hom uit, en dit word gretig en warm in syne toegevou.

"Aangename kennis, señor Ricardo," sê sy vriendelik. "Ek is Marina Neser, van Johannesburg, Suid-Afrika, afkomstig. Ek het maar pas twee uur gelede hier aangekom."

Sy donker oë neem elke gebaartjie, elke deeltjie van die bekoorlike meisie voor hom in, en op 'n ingewing nooi hy haar om 'n glasie wyn saam met hom in die sitkamer van die hotel te geniet.

Marina laat haar nie twee keer nooi nie. Sy het Ricardo reeds opgesom en tot die slotsom gekom dat hy heeltemal betroubaar en onskadelik is.

Dis een ding van Marina, sy is besonder intelligent en beskik oor 'n goeie oordeel en 'n lewenswysheid wat haar nog altyd tot groot voordeel gestrek het. Ook nou is haar opsomming van die jong Portugees volkome korrek, want Ricardo is beslis 'n heer in alle opsigte – hoewel nie juis so waardig soos wat dit van hom verwag word nie, maar nietemin 'n heer met groot respek en agting vir 'n dame.

342

"Dankie, ek neem jou uitnodiging aan, señor," glimlag sy liefies, en dit laat die jong man se hart sommer wild klop.

So 'n beeldskone vrou soos Marina het hierdie jong man nog nooit ontmoet nie. Hy maak ook geen geheim van die bewondering wat hy selfs na so 'n kort kennismaking reeds vir haar koester nie.

"Jy doen my gewis 'n groot eer aan, señorita Marina," laat hy warm hoor. "Wees verseker dat ek vir ewig jou slaaf is . . ."

"O nee, asseblief!" keer sy met 'n tintelende laggie. "Ek sal nie weet wat om met een te maak nie!"

Sy kyk hom laggend aan. In sy oë is daar 'n onmiskenbare uitdrukking van aanbidding, fel en oorweldigend, en sy laat dadelik haar blik sak.

Wel, Marina, dit het jy nou van jou voortvarendheid, sug sy en trek die kamerdeur sag agter haar toe. Waarin het jy jou begeef? vra sy haarself in die stilligheid af. Besef jy dis 'n verliefde man wat hier langs jou loop? En besef jy dat 'n verliefde man veeleisend kan wees? Jy het jou beslis in 'n ding begeef deur hierdie spontane uitnodiging van hom te aanvaar. Hy sal van nou af oral saam met jou wil rondpiekel, en wat dink jy gaan Frikkie daarvan sê as hy dit te hore kom? Hy was juis so gekant teen hierdie reis . . .

Hulle bereik die ruim privaat sitkamer van die hotel, en met 'n sjarmante buiging nooi hy haar om te sit. Toe neem hy langs haar op die bank plaas. Die kelner verskyn langs hul tafeltjie en op Portugees plaas Ricardo die bestelling. Dan draai hy na haar en bekyk haar weer met 'n warm blik. Sy stem klink baie ernstig toe hy sê: "So, dan is jy eintlik 'n Suid-Afrikaanse produk! Was jy al ooit verlief, señorita?"

'n Kort oomblik kyk Marina die man langs haar met 'n geamuseerde blik aan, maar dan verskyn daar meteens weer 'n ondeunde vonkeling in haar lewenslustige blou oë.

"O, baie dikwels al. Omtrent elke ses maande, sou ek sê. Maar Frikkie – dis my aanstaande verloofde – het 'n jaar gelede 'n einde aan hierdie wispelturigheid van my gemaak. Maar jy was waarskynlik ook al dikwels verlief, nè, señor?"

Hy skud sy kop ontkennend. "Nie dikwels nie, señorita, slegs een keer . . . Toe ek jou flussies die eerste keer daar in jou kamer voor die venster met die glans van die son in jou hare sien sit het."

'n Sagte laggie borrel oor haar aanloklike lippe. Sy weet dat sy nog nooit 'n man soos Ricardo ontmoet het nie – een wat na so 'n kort kennisgewing nie skroom om pront sy gevoel te erken nie.

"Jy sal dit oorleef, señor," sê sy en blik hom met 'n alwyse glimlaggie aan. "Glo my, liefde is soos 'n ligte somersbui. So vinnig as wat dit uitsak, klaar dit weer op."

"In my geval is dit baie onwaarskynlik," sê hy sag. "Ons Portugese se liefde is net so fel en onblusbaar soos ons haat. Ons het óf lief, óf ons het nie lief nie, señorita . . . Maar hier is ons drankies nou." Hy bied Marina met 'n hoflike buiging 'n glasie wyn aan. "Nektar van die gode, soet soos die lippe van die mooiste señorita wat ek nog ooit ontmoet het," stel hy 'n soort heildronk op haar en hul nuwe vriendskap in, en dit laat Marina ongemaklik bloos. Die man is voorwaar oorweldigend met sy aandag en komplimente.

Op heel diplomatiese wyse stuur sy die gesprek in 'n ander rigting deur te vra: "Ek neem aan jy is nie 'n inwoner van Lissabon nie, vandaar jou verblyf hier in die hotel?"

"Nee, ek is nie 'n inwoner van Lissabon nie," beaam hy, "en ook nie 'n gas in hierdie hotel nie. Ek en my suster, Celesta, is hier op uitnodiging van my neef, die marquês Renaldo de Conna. Maar ongelukkig was hy gister met ons aankoms uitstedig en moes ons noodgedwonge hier oornag. Ons is oorspronklik van Coimbra."

"En waar is jou suster nou, señor?" verneem sy belangstellend.

"Ek het haar vroeër vanoggend na die castelo geneem en net teruggekeer om ons bagasie te kom haal." Hy kyk na sy polshorlosie en vervolg verskonend: "Ek vrees ek sal aanstons moet gaan, señorita, anders het Celesta geen geskikte tabberd vir middagete nie – en dit sal onvergeeflik wees. Die marquês is baie gesteld op etiket, en sulke nalatigheid sal hy my nooit vergewe nie."

Natuurlik 'n humeurige ou man met 'n grys baardjie, arendsneus en 'n yslike bles, som sy die marquês in haar gedagtes op, maar sê hardop: "Dit was aangenaam om met jou kennis te maak, señor. Maar ek sal nie graag wil sien dat jy om my ontwil by die marquês in die moeilikheid beland nie. As jy dus wil gaan, sal ek jou verskoon."

Hy kom orent, kyk haar met oneindige hunkering aan en lyk duidelik onwillig om so gou afskeid te moet neem. Dit amuseer Marina; sy vind die kêrel nogal verfrissend.

"Dit was vir my 'n groot eer om met jou kennis te maak, señorita," verklaar hy met 'n effens weemoedige uitdrukking in sy vurige oë. "As dit vir jou geleë is, wil ek jou graag nooi om ons eerskomende naweek te vereer met jou teenwoordigheid op die marquês se jag. My neef het 'n gesellige uitstappie gereël ter ere van Celesta se een en twintigste verjaardag – 'n seereis na sy quinta aan die noordelike punt van die Sierra de Estrella-berge. Ek is oortuig daarvan dat jy die reis sowel as die naweek se verblyf aan sy quinta baie sal geniet."

Marina wil nog beswaare opper, maar hy is klaar gereed met 'n antwoord. "Ek verseker jou dat jy baie welkom sal wees, señorita. Die marquês sal jou teenwoordigheid hoog op prys stel."

"In daardie geval neem ek jou uitnodiging aan, señor Ricardo. Maar ek verkies nogtans om 'n uitnodiging van die marquês self te ontvang, aangesien hy die gasheer is . . ."

"Jy sal 'n uitnodiging van die marquês self ontvang, señorita," verseker hy haar en tel sy hoed van die tafeltjie op.

Ook Marina kom orent en saam stap hulle na die hysbak om na die eerste verdieping te gaan. Voor haar kamerdeur neem sy afskeid van Ricardo.

Pas voor middagete het sy klaar uitgepak. Toe gaan bad sy en verklee haar in 'n ligte, moulose rok. 'n Oomblik bekyk sy haar foutloos gegrimeerde gesig noukeurig in die spieël, dan draai sy om, verlaat haar kamer en stap na die eetkamer waar die gaste reeds vinnig begin instroom.

Hoflik lei die kelner haar na 'n tafeltjie in die verste hoek. Nadat sy plaasgeneem het, neem sy die spyskaart en bestudeer dit met onverdeelde aandag. Ofskoon sy nie veel daarvan kan uitmaak nie, plaas sy nietemin haar bestelling en wens haarself geluk omdat sy darem daarin geslaag het.

Onderwyl sy op haar bestelling wag, neem sy die vertrek in oënskou. Dis 'n ruim eetkamer met 'n veertigtal gedekte tafeltjies, almal met haelwit gestyfde tafeldoeke en servette. Vanuit haar hoekie kyk sy oor 'n see van vreemde gesigte, en in haar enigheid wonder sy wie van die klomp nou eintlik Fanus Erlank heet, en van watter deel van Suid-Afrika hy afkomstig is.

Toe sy egter nie een man opmerk wat skynbaar aan die naam Fanus beantwoord nie, draai sy haar blik weg van haar medegaste en bepaal al haar aandag by die smullekker gereg wat die kelner aan haar voorgesit het.

2

Pas na ontbyt, twee oggende later, besluit Marina dat sy dit vandag alleen stad toe gaan waag. Die vorige dag het sy heeldag langs die strand en in die golwe verwyl, maar vandag voel sy lus om hierdie vreemde stad te gaan besigtig.

Sy het nog nie die vreemde Fanus opgespoor nie, en sy gaan in die vervolg ook geen moeite meer doen om hom te ontmoet nie. Hy is blykbaar menssku, of anders is hy so bitter oninteressant of onaantreklik dat hy moontlik te skaam is om sy gesig tussen die gaste te wys, besluit sy. Sy raap haar handsak van die bed af op en verlaat die vertrek met haar trotse kop parmantig in die lug.

Buite skyn die son heerlik en Marina voel dat dit die ideale dag is vir 'n uitstappie deur die Portugese hoofstad. Van die hotelbestuurder het sy gister al verneem waar om 'n bus te haal. Gewapen met die hotel se haas onuitspreekbare naam en adres op 'n stukkie papier geskryf, voel sy oorgehaal vir enigiets wat hierdie vreemde stad kan oplewer, of wat die dag se avontuurtjie ook al vir haar sal inhou.

Soos 'n ervare toeris stap sy met die straat op. Agter haar dreun en klots die golwe woes teen die rotse aan en voor haar wemel dit van die verkeer.

Sy kan natuurlik nie Portugees lees of skryf nie, maar 'n entjie hoër op in die straat gewaar sy 'n uithangbordjie en ook 'n bankie waarop daar reeds 'n paar mans sit. Dus besluit sy dat dit die bushalte moet wees.

Sonder kwelling sluit sy haar by die wagtende groepie aan en kort daarna daag die bus op. Sjarmant staan die mans terug vir haar om in te klim, en met 'n vriendelike kopknikkie erken sy hul hoflikheid.

Met groot belangstelling bekyk Marina die voetgangers en die eeue oue geboue deur die venster van die bewegende bus, en merk dus nie op hoeveel aandag sy trek nie – sommige oë is vol bewondering, ander weer vol verbasing omdat sy dit vrou-alleen op straat waag.

Maar al was sy ook bewus van elke verbaasde blik, sou dit haar nie in die minste gehinder het nie, want sy is nie 'n Portugese vrou nie en derhalwe nie aan hul konvensies gebind nie.

Toe die bus later in die hartjie van die stad stilhou, klim Marina saam met die ander passasiers uit. Tydsaam kuier sy van die een winkel na die ander, vertoef hier by 'n kunswerk en daar by 'n ou historiese gebou. Later bevind sy haar op die plein voor die standbeeld van Pedro die Vierde wat op 'n geweldig hoë pilaar pryk, en in die verte hoor sy 'n horlosie slaan. Sy kyk af na haar polshorlosie en merk dat dit al halfelf en tyd vir 'n koppie tee is.

Met kort, haastige treetjies stap sy oor die straat en om die eerste hoek vind sy 'n restaurant. Moeg van die lang wandeling, sak sy sommer op die naaste stoel neer, en met 'n groot gesukkel slaag sy eindelik daarin om die kelner te laat verstaan dat sy 'n koppie tee verlang.

Dis byna elfuur toe sy die restaurant verlaat met die doel om terug te gaan na die bushalte. Maar hoe verder sy loop, hoe stiller word die strate en die omgewing, en met 'n skok besef sy later dat sy haar glad nie meer in die sakekern van die stad bevind nie.

Met 'n bekommerde blik bekyk sy die omgewing. 'n Paar treë verder loop die straat dood waar twee sierlike hekke van gegote yster oop staan, asof hulle haar nooi om binne te kom.

Sy bly meteens staan, meet die son berekenend met haar vi-ooltjieblou oë, byt fyntjies met pêrelwit tande op 'n aanloklike rooi onderlip, en beken dan met 'n moedelose sug aan haarself dat sy hopeloos verdwaal het.

Heimlik verwens sy haarself omdat sy op so 'n impulsiewe wyse sonder die hulp van 'n gids hierdie vreemde stad aange-durf het.

Wel, dis nou vir jou 'n moles, sug sy moedeloos, maar terself-dertyd tree sy nader aan die oop hek. Hoe op aarde gaan ek ooit vandag by die hotel kom? Ja, en boonop het die hotel ook nog so 'n snaakse, ingewikkelde naam.

Ofskoon Marina nie die naam van die hotel kan onthou nie, troos sy haar met die wete dat sy dit neergeskryf het. As ek nou net 'n taxi kan ontbied, sal alles in orde wees en is ek in 'n jap-trap terug in die hotel, sug sy weer.

Maar soos 'n weerligstraal tref dit haar dat sy nie die Por-tugese taal magtig is nie, en dat die paar woorde wat sy wel kan praat, haar hoegenaamd nie uit hierdie penarie sal kan red nie. Onwillekeurig spoel 'n vlaag van moedeloosheid soos 'n verpletterende golf oor haar en sy voel hoe haar bene lam word van vrees en kommer.

'n Oomblik lank bly sy in die middel van die oop hek staan. Sy weet nie herwaarts of derwaarts nie. Dit voel vir haar mo-menteel of sy aan die einde van alles gekom het.

Die gruis kraak saggies onder haar dun, hoë hakkies, toe haar blik plotseling op 'n asemrowende spuitfontein val wat water hoog die lug in laat sluit.

Met verwondering staar sy na die blink strale water wat met sierlike boë terugval in die wit marmerdammetjie, en dadelik is alle kwellinge en onrus vergete. Die fyn mistigheid van die sil-wer druppels vorm miniatuurreënbogies, en die skouspelagtige gesig trek haar soos 'n magneet.

Voordat sy reg besef wat sy doen, staan sy digby die fontein, skoon in vervoering by die aanskoue van die verruklikheid van die natuur om haar heen. Dit lyk vir haar soos 'n park wat sy nou betree het – 'n paradyspark. 'n Breë gruispad swenk aan albei kante van die fontein verby en maak honderd tree verder 'n wye draai na regs. Aan albei kante van die pad is daar ruim grasperke, hoë sierbome, digte struike, oleanders, magnolias, jasmyn en kleurryke blombeddings. Die gekoer van bosduiwe en die gekwetter van voëls is byna oorverdowend.

Ja, dit moet 'n park wees, besluit sy, wat anders kan dit wees? Sy gewaar geen huis in die nabyheid nie, maar helaas ook geen bankies wat so eie is aan 'n park nie.

Die son bak ongenadig op haar goue krulle neer, en sy besluit dat sy iets daaromtrent sal moet doen as sy nie vandag sonstraal wil opdoen nie.

Sy knip haar handsak oop, haal 'n fyn kantserpie uit en sprei dit netjies oor haar warm hare – onbewus van die lang, donker man wat half verskuil agter 'n digte struik staan en haar met objektiewe belangstelling bestudeer.

Marina, wat half met haar rug na die lang, vorstelike en indrukwekkende man staan, merk nie op dat hy met lang, veerkragtige treë na haar toe aangestap kom nie.

Sy voetval is sag en op sy effens skraal, aristokratiese gesig is daar nou 'n onmiskenbare uitdrukking van onvergenoegdheid. Hy het geen benul wat hierdie vreemde meisie hier soek nie, en dit nogal sonder 'n metgesel.

'n Ergerlike frons ontsier sy mooi, hoë voorkop. Dis vir hom nou baie duidelik dat sy nie 'n Portugese dame is nie, maar daaraan steur hy hom min. Sy is op die oomblik in Portugal, en hier word sulke gedrag as uiters onbehoorlik beskou . . . Ek sal haar dit beslis aan die verstand moet bring, besluit hy.

Toe hy haar nader, tref dit hom meteens hoe aantreklik sy is. Sy is klein en fyn en as sy nie geklee was in daardie liggrys tweestuk en hoëhakskoene nie, sou hy haar beslis aangesien het vir 'n skoolmeisie.

'n Stywe glimlaggie skuif oor sy gelaat wat net sowel uit klip gekap kon wees, so min emosie toon dit. Hy wonder of sy daarvan bewus is dat sy haar op privaat eiendom bevind, op die ruim terrein van die Castela Conna. Sy lyk so tuis en kommerloos daar langs die fontein dat dit byna jammer is om haar te ontnugter. Maar miskien is sy reeds daarvan bewus en was dit slegs die fontein wat haar hierheen gelok het!

Skuins agter haar bly hy staan en laat sy blik waarnemend oor haar fyn postuurtjie gly. Dan groet hy haar met 'n diep, musikale stem: "Bon dia, señorita!"

Marina swaai so vinnig om dat die serpie skoon van haar kop af waai en eenkant op die gras te lande kom. Toe kyk sy vlugtig op na die vreemdeling met sy donker, aantreklike gesig. Maar voordat sy iets kan sê, is hy reeds op pad om haar serpie te red.

"Dankie," sê sy op Engels toe hy 'n oomblik later die stukkie wit kant met 'n sjarmante buiging na haar uithou.

"Dis 'n plesier, señorita," erken hy haar dankbetuiging op goeie Engels maar met 'n duidelike aksent.

Die feit dat hy Engels so vloeiend praat, laat Marina met meer belangstelling na hom kyk.

Voor haar sien sy 'n lang, skraal man met breë skouers wat die baadjie van sy ligte grys pak eer aandoen. Sy raafswart hare is steil en netjies agteroor gekam. Sy gesig is effens skraal en donker met 'n aristokratiese neus en hoë voorkop. Sy ken is effens aan die aggressiewe kant en dit getuig van 'n sterk karakter en 'n onwrikbare wilskrag. Sy mond is sterk met streng lyne aan die kant, en sy oë is byna swart, skerpsinnig en deurdringend.

Vanaf sy indrukwekkende lengte kyk die vyf en dertigjare marguês Renaldo de Conna af op 'n kroontjie wat soos ougoud blink in die fel strale van die son. Binne oomblikke neem hy elke trek op haar fynbesnede gesig waar, en merk dat daar 'n suggestie van agterdog in haar lewendige viooltjieblou oë skuil.

Die gedagte dat sy hom wantrou, laat meteens weer 'n gevoel van ergerlikheid in hom opstoot. Hy is 'n magtige, vermoënde en invloedryke man, en gewoond aan agting en respek, baie beslis nie wantroue nie.

"Jy lyk nie juis ingenome met my teenwoordigheid nie, señorita," laat hy koel hoor, en sy wenkbroue vorm 'n duidelike vraagteken.

Sy trek haar skouers liggies op. "Wel, dis 'n openbare park; ek kan jou seker nie belet om ook hier te wees nie, señor . . ."

"Wat, openbare park?" Hy meet haar met 'n kil, deurdringende blik, en vir Marina wil dit voorkom of die man diep ontsteld is. Waarom weet sy natuurlik nog nie. Maar sy volgende woorde is vir haar 'n ontnugtering. "Jy misgis jou, señorita, dis nie 'n openbare park nie. Inteendeel, dis privaat eiendom. Die terrein van my castelo!"

"Van . . . van . . . jou castelo?" stamel sy verward en blik die man nou self ontsteld aan. Hy merk haar ontsteltenis en besef dadelik dat sy sy eiendom onwetend betree het. "Dit . . . spyt my dat ek oortree het en jou dalk ongerief aangedoen het," maak sy blosend verskoning. "Maar ek sal my sonder versuim van jou eiendom verwyder, señor."

Sy groet hom met 'n bedremmelde glimlaggie en wil net weg-stap toe sy meteens die ferm aanraking van sy hand op haar arm voel. Ergerlik kyk sy op. Maar die belangstellende uitdrukking in die marquês se donker oë laat haar meteens verward voel.

Daar is iets steurends in sy blik, iets sags en mensliks wat flussies afwesig was, en dit ontwapen haar totaal.

"Ek neem aan jy is met vakansie hier in Lissabon?" sê-vra hy en verwyder sy hand oombliklik van haar arm. "In watter hotel gaan jy tuis, señorita . . . e . . .?"

Sy blik rus vraend op haar, en Marina besef dat hy op 'n be-kendstelling wag. Hy wil natuurlik weet wie die oortreder op sy eiendom is, flits dit deur haar gedagtes. "Neser . . . Marina Neser," vul sy met 'n klein stemmetjie aan.

"Aangename kennis, señorita Marina. Ek is marquês Renaldo de Conna, tot jou diens . . . Maar jy het nog nie my vraag beantwoord nie!"

So, dan is hý Ricardo se neef, die kêrel wat ek my as 'n be-treklik bejaarde man voorgestel het! dink sy. Wat 'n toeval! Maar hardop sê sy: "Jy het volkome gelyk, señor marquês, ek is met vakansie. Maar wat die naam van my hotel is, sal ek waarskynlik nooit kan onthou nie . . ."

"En as jy hier in Lissabon verdwaal," onderbreek hy haar met 'n frons, "hoe dink jy gaan jy ooit jou weg terug vind son-der om eens te weet wat die naam van jou hotel is?"

'n Warm gloed sprei oor haar pragtige gesig. Hoe min sy ook al daarvan hou, sy sal aan hierdie vreemde aristokraat moet erken dat sy reeds verdwaal het.

Sy vee die vogtigheid van haar voorkop af en antwoord sag dog opvallend selfbewus: "Ek vrees ek het reeds verdwaal, señor marquês, maar ek is darem nie volkome sonder die hotel se adres nie." Sy haal die velletjie papier uit haar handsak en hou dit na hom uit. "As jy miskien kan beduie hoe ek moet loop –"

"Daar is geen sprake van nie," onderbreek hy haar kortaf. "Dis byna tyd vir middagete, dus sal jy maar eers moet bly vir ete. Daarna sal ek jou persoonlik by die hotel besorg."

Voordat Marina iets hierop kan sê, neem hy haar saaklik aan die arm en lei haar oor die grasperk in die rigting vanwaar hy gekom het.

"Van waar af is jy afkomstig, het jy gesê?" begin hy gesels, en dit tref Marina dat sy stem gevaarlik aangenaam is om na te luister. Ja, die man se hele voorkoms en persoonlikheid is gevaarlik aantreklik.

Hulle stap tussen struike, bome en bloeiende plante deur wat 'n asemrowende geheel skep, en draai dan skielik links.

"Ek glo nie ek het gesê nie, señor," glimlag sy fyntjies. "Maar aangesien jy so vriendelik is om my by die hotel te wil besorg, sal ek jou vertel."

Sy kyk op, reg in sy oë wat geamuseer na haar kyk. 'n Kort oomblik hou sy blik hare gevange, dan raak sy meteens bewus van 'n eienaardige gevoelstroom wat soos vloedwaters deur haar bruis, en met 'n blos van verleentheid laat sy haar blik vinnig sak.

"Ek moet sê, dit klink geheimsinnig, señorita," spot hy liggies.

"Hoegenaamd nie," antwoord sy met haar ou selfvertroue. "Ek is van Johannesburg, Suid-Afrika, afkomstig, en daar is absoluut niks geheimsinnigs aan my besoek nie."

Hy skud sy kop bedenklik, en 'n harde trek verskyn meteens om sy mond.

"Ek kan julle Suid-Afrikaanse ouers nie verstaan nie. Om 'n jong meisie soos jy so ver alleen op reis te laat, is absoluut ongehoord!"

"Ek is reeds een en twintig, señor marquês," verdedig sy haar ouers se goed bedoelde optrede. "Trouens, deel van hierdie reis was 'n geskenk van my ouers vir my verjaardag. Maar nou ja, Suid-Afrikaanse gebruike en dié van jou land stem natuurlik nie ooreen nie."

"Inderdaad. Maar ek moet sê, ek hou niks van jul volksgebruike nie. 'n Meisie behoort soos 'n juweel opgepas te word en nie so aan gevaar blootgestel te word soos wat dit vandag met jou die geval was nie, señorita." Hy blik haar koel, berekenend aan. "Jy was inderdaad gelukkig om hier by my castelo uit te kom."

"Ja, ek besef dit . . ." Toe verstar haar blik meteens, want wat sy voor haar sien, slaan byna haar asem weg.

'n Eeue oue kasteel, soos waarvan sy nog net in boeke gelees het, doem soos 'n vors van ouds voor hulle op met sy talle skerp torinkies en koepels, kruisraamvensters en geboogde ingange. Vir Marina voel dit kompleet of sy in 'n droom verkeer, 'n heerlike droom waaruit sy aanstons sal ontwaak en vind dat sy in 'n hotel op haar bed lê.

Hulle beweeg nog steeds oor 'n sagte, groen grastapyt tussen bloeiende oleanders en frangipanibome deur. Toe plaas hy sy hand sjarmant onder haar elmboog en lei haar versigtig met 'n menigte kliptreetjies op, van die een terras na die ander, totdat hulle die indrukwekkende geboogde ingang bereik.

Hy stoot die swaar, massiewe deur oop, buig galant en nooi haar om binne te gaan.

"Ek veronderstel daar is 'n verduideliking waarom jy verdwaal het, señorita. Ek sal dit graag wil hoor," merk hy terloops op onderwyl hy haar in die rigting van die leeskamer lei.

Weelderige dik tapyte bedek die vloere. Marina kan byna nie alles inneem nie. Sulke kosbare, antieke meubels het sy nog net in rolprente gesien. Dis voorwaar oorweldigend. En nou is sy meer as ooit oortuig daarvan dat sy in 'n salige droom verkeer, want dit alles kan tog nie met haar gebeur nie.

Ek, 'n doodeenvoudige mens, dogter van een van Johannesburg se swoegende prokureurs, hier in 'n Portugese kasteel! Nee, dit kan nooit waar wees nie, besluit sy weer.

Byna aan die end van 'n lang gang stoot die marquês 'n deur oop en staan opsy. Hy buig weer sjarmant en versoek haar saaklik om binne te gaan. Toe trek hy die deur sag op knip, bied haar 'n stoel aan, en nadat albei plaasgeneem het, kondig hy aan: "Ek is gereed om na jou verduideliking te luister, señorita Marina."

Sy kyk die marquês reguit aan en sê sag: "Daar is nie veel om te verduidelik nie, señor. Soos jy reeds weet, is ek 'n vreemdeling hier in jul hoofstad. Ek het twee dae gelede hier aan wal gestap en wou graag vandag die stad besigtig . . ."

Sy vertel hom van die busrit stad toe, hoe verdiep sy in haar omgewing geraak het, van die restaurant waar sy 'n koppie tee geniet het en dat sy vermoedelik daarna die verkeerde straat gekies het.

"Jy het inderdaad verkeerd opgetree, señorita," bestraf hy haar saaklik nadat hy haar verhaal enduit gehoor het. "Dis absoluut ongehoord vir 'n meisie om so onbeskermd op straat rond te slenter. Maar ek sal reël dat vandag se . . . e . . . eskapade nie herhaal word nie. En as jy enigsins voel dat jy my oor die een of ander saak wil spreek, doen dit gerus. Ek is te alle tye tot jou diens." Hy kom orent. "Ons sal nou na die sitkamer gaan."

Ook Marina kom orent. Die marquês stoot die deur oop, buig weer galant en lei haar verder met die gang af. Hulle stap by 'n menigte deure verby tot waar die gang 'n draai maak, en eindelik bereik hulle die kolossale sitkamer. Lae tafeltjies en stoele en banke met diepblou en wynrooi fluweelbekleedsels versier die vertrek. Teen die mure hang waardevolle skilderye en oral pryk vase met die keurigste gerwe wit en pienk lelies.

Die marquês lei haar na 'n bank waar twee vroue druk in gesprek verkeer. 'n Entjie van hulle af, voor 'n oopslaanvenster, is slegs die netjies geklede rug van 'n man sigbaar.

"Laat my toe om my suster, Elena, en my niggie, Celesta Mendoca, aan jou bekend te stel, señorita . . . Señorita Marina Neser sal ons gas wees tot vanmiddag, wanneer ek haar sal terugneem na die hotel waar sy tuisgaan," laat die marquês ietwat styf hoor.

Daarna draai hy na die man wat voor die venster gestaan het, maar van wie daar nou geen teken is nie.

"A, señorita Marina!" gee 'n bekende stem skielik agter hulle antwoord, en Marina swaai vinnig om.

"Boa tarde, señor Ricardo!" groet sy hom verras, en oombliklik verskyn daar 'n harde trek om die marquês se mond.

"Julle het mekaar reeds ontmoet?" Sy wenkbroue lig vraend.

"Ja, señor, twee uur nadat ek hier in Lissabon aan wal gestap het. Ek het señor Ricardo in die hotel ontmoet waar ek tuisgaan."

"En waarom weet ek niks hiervan nie, Ricardo?"

Die jonger man lyk effens ongemaklik onder die marquês se kruisverhoor, maar sê nietemin moedig: "Ek wou jou nog vertel het, Renaldo. Want ek het die señorita genooi om ons te vergesel na jou quinta . . ."

"Ons sal weer later hieroor gesels, Ricardo." Sy hele gelaat is hard en uitdrukkingloos. Toe draai hy na Marina en glimlag styf. "Jy is baie welkom om ons te vereer met jou teenwoordigheid tydens die uitstappie na my quinta, señorita. Dit was baie bedagsaam van Ricardo om jou te nooi. Wees daarvan verseker dat dit vir ons 'n eer sal wees om jou in ons midde te hê." Hy kyk na sy polshorlosie en vervolg saaklik: "Ons sal nou na die eetkamer verdaag vir ete. Die huisbestuur sal jou handsak wegsit, señorita."

Met die waardigheid so eie aan hom, stap die marquês weg en ontbied die huisbestuurder deur 'n wit knoppie langs die deur te druk. Oomblikke later maak 'n middeljarige Portugees in uniform sy verskyning in die sitkamer, buig hoflik en verneem eerbiedig: "U het my ontbied, señor marquês?"

"Neem die señorita se handsak," versoek Renaldo. "Jy kan dit na die ete weer hierheen bring."

Marina oorhandig haar handsak aan die man, dan voel sy 'n sagte aanraking aan haar arm en hoor die sagte stem van Elena wat sê: "Ons kan maar solank gaan, señorita Marina."

Die gedagte dat sy vandag 'n maaltyd in 'n kasteel gaan geniet, stem Marina effens senuweeagtig. Maar hiervan laat sy niks blyk nie. Sy hoop net dat hierdie senuweeagtigheid nie dalk gaan maak dat sy haar tafelmaniere vergeet nie.

Die maaltyd verloop egter gesellig en Marina besef dat sy

verniet senuweeagtig was. Elena en Celesta, sowel as die twee mans, doen hul uiterste bes om haar tuis te laat voel en die maaltyd vir haar so gesellig moontlik te maak.

Na die ete verdaag hulle weer na die sitkamer, en op heel diplomatiese wyse lok Renaldo haar uit om oor haar ouers, haar vriende en hul leefwyse te gesels. En toe dit haas tyd is vir haar om terug te gaan na die hotel, is almal vertroud met haar agtergrond, haar familie en al die baie vertakkinge van die Nesers. Hulle gesels reeds soos jare lange vriende.

Die middag het verbasend gou verbygesnel en toe die horlosie vieruur aankondig, kan nie een glo dat dit reeds so laat is nie.

"Dit was werklik aangenaam om met jou kennis te maak, Marina," laat Elena vriendelik en opreg hoor toe hul gas orent kom en verklaar dat dit tyd is vir haar om vertrek.

"Ek hoop jy gaan ons in die vervolg dikwels met sulke gesellige besoekies vereer," kom dit weer van die marquês se suster.

"Net so dikwels as wat julle my in die vervolg gaan besoek," antwoord sy laggend. "Glo my, dit was vir my net so aangenaam om met julle kennis te maak . . . En dit alles het ek te danke aan die feit dat ek vandag verdwaal het."

Almal begin heerlik lag, afgesien van die marquês wat geen grap sien in die verdwaalepisode nie. Maar daaraan steur Marina haar min. Sy ken hom nou al vir die stil, streng persoon wat hy is. Want om 'n glimlag van hom te kry, is voorwaar 'n eer en 'n prestasie.

Almal kom orent en saam stap hulle na buite waar die marquês se motor reeds voor die deur staan. Hoflik bedank Marina die ouer meisie vir haar gasvryheid. Daarna groet sy die drie agterblywendes en klim in Renaldo se deftige roomkleurige motor waarvan hy die deur vir haar oophou.

3

Onderwyl die motor met 'n sagte geruis oor die gryspad snel in die rigting van die sierlike dubbele ysterhek, praat nie een 'n woord nie. Renaldo sit styf, koel en afgetrokke agter die stuur van sy motor, terwyl Marina gevul is met aangename gedagtes en soet herinneringe. Haar uitstappie van vandag het veel tot gevolg gehad, en sy sal hierdie dag seker haar hele lewe lank onthou.

"Señorita Marina . . ." Sy wip soos sy skrik toe Renaldo ewe skielik hier langs haar praat. Sy, Elena, Celesta en Ricardo verkeer reeds op so 'n vriendskaplike voet dat hulle mekaar met gemak informeel aanspreek. Maar met hierdie koue, heerssugtige man wil sy nooit daardie stadium bereik nie. Sy verkies dat hy vir haar slegs die marquês Renaldo de Conna bly, want net dan sal sy hom op 'n afstand kan hou – 'n afstand wat veel veiliger sal wees vir haar wispelturige hart en vir dokter Frikkie Basson wat maande lank al die hoop koester dat sy hom die jawoord gaan gee.

"Ek wil jou graag om verskoning vra vir die jong Ricardo se onbehoorlike gedrag van eergister, deur jou kamer op so 'n onwaardige wyse te betree. Dit was inderdaad onvergeeflik van hom."

"Maar dit was 'n blote ongeluk –" begin sy.

Hy lê haar egter dadelik die swye op. "Dit kon verhoed gewees het as hy oplettender was. Hier in Portugal tree 'n mens nie so impulsief op nie, señorita. Ek vrees daar is geen verskoning vir my neef se gedrag nie. Hy sal inderdaad moet leer om meer verantwoordelikheid aan die dag te lê." Hy swyg 'n oomblik en hervat dan sy betoog. "Sy onverwagte verskyning moes jou seker in 'n groot verleentheid gestel het?" Daar is 'n vraende uitdrukking in sy blik wat vlugtig oor haar gly.

"Nee, hoegenaamd nie, señor marquês," glimlag sy ingenome oor die feit dat haar volgende woorde hom terdeë in sy vername waardigheid gaan skok. Die man leef gans te hoog in die wolke. Dis hoog tyd dat iemand hom afbring aarde toe. "Inteendeel, ek was nogal aangenaam verras toe ek die aantreklike vreemdeling so skielik daar in my kamerdeur sien staan!"

"Jy sê aangenaam verras as 'n vreemde man jou kamer betree, señorita!" uiter hy geskok en staar haar aan asof sy iets is wat die kat ingedra het.

"Jy vergis jou, señor," tik sy hom met 'n vroom gesiggie op die vingers. "Ricardo het nie my kamer binnegetree nie, net in die oop deur gestaan. En glo my, sy vreemde verskyning het die kroon gespan op al die vreemde dinge en indrukke wat my met my aankoms hier ingewag het."

"Dit was nogtans 'n onvergeeflike oortreding om 'n dame se kamerdeur oop te stoot sonder haar toestemming." Hy werp haar 'n skerp blik toe. "Ek dit sal jou absoluut niks baat om vir hom in die bresse te tree nie. Hier doen ons dinge anders as in die land waar jy vandaan kom, señorita, en ek sal hoegenaamd nie sulke gedrag van die jong Ricardo duld nie."

'n Lang ruk snel hulle in stilte voort, toe verneem hy meteens: "Jou aanstaande verloofde van wie jy ons vanmiddag vertel het – het jy hom baie lief?"

Verbaas gaap sy die onverstoorbare aristokraat agter die stuur aan, en wonder heimlik oor hierdie onverwagse vraag van hom. Maar sy antwoord nietemin met haar ou selfversekerdheid.

"Dis eintlik waarom ek hom nog nie die jawoord kon gee nie, señor, omdat ek nog nie heeltemal oortuig is daarvan of ek wel die regte liefde vir hom besit nie. Daar was ander voor hom vir wie ek dieselfde gevoel gekoester het."

"Hoeveel ander?" stel hy kortaf die vraag.

"O, daar was Wynand, Ryk, Gustav en nou hy, Frikkie."

"Voorwaar baie mansvriende, en jy was maar pas eers een en twintig," sê hy besadig met 'n uitdrukkinglose gelaat, maar om sy mond is daar 'n effens harde trek wat sy afkeuring duidelik beklemtoon. "Dis beslis nie betaamlik vir 'n meisie om soos 'n wispelturige vlinder van die een blom na die ander te vlieg nie. Ek kan werklik nie begryp hoe jou ouers sulke . . . e . . . wispelturigheid kan duld nie!"

"My ouers besef dat ek nie sommer met die eerste man wat ek ontmoet, kan trou nie, señor," troef sy hom met innerlike tevredenheid. "Ons glo dat 'n meisie 'n wye keuse moet hê en . . ."

"En nou kom jy die lys in Lissabon aanvul vir die finale keuse?"

"O nee, hoegenaamd nie!"

"Jy sê dit baie vinnig, señorita. Dit wek byna die indruk dat die jong mans van Lissabon jou mishaag!"

"Jy vertolk my woorde verkeerd, señor," kap sy verleë terug. "Ek het dit nie so bedoel nie. Maar . . ."

"Maar wat, señorita?" Die intonasie in sy stem wek die indruk dat die gesprek hom uiters verveel.

"Wel . . . ek . . . ek glo nie ek sal graag met 'n man uit enige ander volk as my eie wil trou nie, señor. Dus loop die jong mans van Lissabon geen gevaar om dalk op my lys te beland nie – ek het nie 'n lewensmaat kom soek nie. In my eie land is genoeg jong mans om uit te kies."

Hierdie verklaring van haar het skynbaar 'n demper op die marquês se geselslus geplaas, want hy raak sonder rede stroef en geslote. Sonder 'n enkele verdere woord hou hy later voor die hotel stil.

Marina besef dat dit van haar verwag word om te bly sit totdat die motordeur vir haar oopgemaak word. En toe Renaldo voor om die voertuig stap en die deur vir haar oopmaak, moet sy weer eens aan haarself erken dat hy uiters indrukwekkend en gevaarlik aantreklik is.

Dit sal nogal nie moeilik wees om op die man verlief te raak nie – dis natuurlik te sê as ek nie dalk al klaar verlief is op hom nie! dink sy effens skuldig en blik hom tersluiks aan.

'n Vae glimlaggie huiwer om sy mond, en in sy skerp, donker oë is 'n peinsende, opsommende uitdrukking toe hulle voor haar kamerdeur tot siens sê.

"Dit was vir my besonder aangenaam om met jou kennis te maak, señorita Marina," sê hy. "Onthou net om nie weer op eie houtjie die stad te gaan verken nie. Volgende keer tref jy dit dalk nie weer so gelukkig soos vandag nie." 'n Knik van sy kop, en die volgende oomblik is hy reeds op pad na die hysbak.

Daardie aand aan tafel dwaal Marina se blik weer stelselmatig oor die besette tafeltjies op soek na Fanus, maar weer sonder sukses, en nou het sy tot die slotsom gekom dat hy 'n uithuisige kêrel is en glad nie die moeite werd is om te ken nie.

Na die ete gaan sy dadelik na haar kamer toe om 'n lang

brief aan haar ouers te skryf. In haar gedagtes sien sy al hoe heerlik hulle lag as hulle van haar ontmoeting met die marquês verneem.

Frikkie sal natuurlik woedend wees en my van roekeloosheid en onverantwoordelikheid beskuldig, dink sy en byt diep peinsend op haar onderlip.

Terwyl sy so aan haar aanstaande verloofde dink, wonder sy meteens of hulle regtig vir mekaar bedoel is en of 'n huwelik tussen hulle werklik geluk gaan bring. Hy is so pynlik nougeset en alles moet net altyd volgens plan verloop. Sy, daarenteen, het in 'n huis opgegroei saam met ouers wat ruim opvattings oor die lewe het en waar niks vooraf beplan word nie, afgesien van onthale en sosiale aangeleenthede.

Sy huiwer soms as sy aan 'n huwelik met Frikkie Basson dink. Hulle het sulke uiteenlopende persoonlikhede. Hoe sal hulle ooit by mekaar kan aanpas? Sal haar liefde vir hom sterk genoeg wees om alles prys te gee vir sy eng lewenspatroon?

Sy sug hardop en gaan voor die venster staan. Met 'n veraf blik en 'n onseker hart tuur sy oor die maanverligte golwe wat hulle dreunend teen die rotse te pletter loop. Is dit nie dalk 'n vooruitskouing van hoe haar huwelikslewe saam met Frikkie gaan wees nie?

Maar dan skuif sy die gedagte van haar af. Die lewe is gans te kort om sulke somber gedagtes te vertroetel, besluit sy. En wat meer is, dis ook nie nou die tyd vir selfondersoek nie. Tyd genoeg daarvoor wanneer ek terug is in Johannesburg. Al wat nou werklik van belang is, is dat ek elke oomblik van hierdie duur vakansie moet geniet. Laat môre gerus vir homself sorg!

Werktuiglik draai sy van die venster af weg en begin 'n opgewekte deuntjie neurie, en sonder enige verdere kwelgedagtes gaan kruip sy later in die bed.

By Marina is dit al byna tweede natuur om soggens vroeg te ontwaak. Toe sy dus die volgende môre wakker skrik, merk sy dat die son nog nie eens op is nie. Maar hieraan steur sy haar min. As 'n mens wil gaan swem, let jy nie na die son op nie – altans nie in so 'n warm geweste soos Lissabon nie.

360

Haastig vlieg sy uit die bed en verklee haar in 'n helder rooi baaipak en bypassende swempet. Sy trek 'n vrolike strandjassie aan, gryp haar handdoek en draf haastig na die hysbak. Die hotelpersoneel wat sy wel teëkom, groet haar vriendelik. Hulle is al gewoond dat sy soggens hierdie tyd gaan swem.

In die voorportaal loop sy die bestuurder raak. Met 'n gebaar wat sy al by die Portugese aangeleer het, groet sy hom en stap met die paadjie af strand toe.

Na 'n halfuur van genoeglike swem klouter sy teen 'n hoë rots uit om die sonsopkoms te geniet. Dis vir haar een van die wonderlikste tonele om te aanskou, as die daeraad breek en die son sy kop stadig agter die horison uitsteek, kompleet asof hy na 'n lang nagrus ontwaak.

Toe die son later soos 'n rooi bal oor die blou deining hang, klouter sy weer van die rots af en draf ligvoets met die paadjie terug hotel toe.

Onderwyl sy haar later verklee vir ontbyt, probeer sy 'n program uitwerk vir die dag. Maar dit wil maar nie vlot nie, juis omdat sy nie daaraan gewoond is om dinge vooruit te beplan nie. Eindelik besluit sy om maar 'n gids te nader om haar deur die stad te neem . . . Ja, sy sal die hotelbestuurder sommer net na ontbyt vra hoe sy 'n ervare gids kan opspoor.

Tevrede met hierdie beplanning, stap sy na die eetkamer. Byna al die tafels is nog onbeset, en Marina merk dat hulle maar ses stuks in die vertrek is. Sy steur haar egter nie verder aan haar mede-hotelgaste nie en begin smaaklik eet, want die vroeë swem het haar behoorlik honger gemaak.

Na die ete keer die bestuurder haar by die hysbak voor met 'n boodskap dat señor Ricardo haar om halftien sal besoek. Sy bedank die bestuurder en stap die hysbak binne.

Vir Marina is dit goeie nuus. Sy hou van die jong Portugees wat so pynlik hoflik en tog soms so voortvarend kan wees. Hy is nou wel soms 'n bietjie oorweldigend met sy aandag en komplimente, maar sy voel nietemin gevlei dat die neef van so 'n vername edelman soveel aandag aan haar bestee.

Toe die kamermeisie 'n uur en 'n half later aan haar kamerdeur klop en aankondig dat daar 'n besoeker vir haar in die sitkamer wag, is Marina gereed om hom te ontvang. Eers werp sy weer 'n vlugtige blik in die spieël, dan stap sy na die sitkamer waar Ricardo, netjies geklee soos gewoonlik, op haar staan en wag.

"A, bon dis, Marina, pequena!" groet hy met 'n galante buiging. "Veroorloof my om te sê, jy lyk so vars en jeugdig soos 'n jong lelie waarop die dou nog koel nestel."

'n Sfinksagtige glimlaggie plooi om die sagte hoeke van haar mond.

"Bon dia, Ricardo," groet sy terug, "en dankie vir die kompliment. Dit streel nogal 'n dame se ego om te weet sy lyk vars en jeugdig, weet jy?"

Sy neem plaas op die bank, en sonder verdere seremonie maak hy hom langs haar tuis. "Dis baie vriendelik van jou om my te verras met 'n besoekie," vervolg sy. "Gaan dit nog goed met Elena, Celesta en . . . die marquês?"

"Baie goed, dankie." Sy oë glimlag vriendelik in hare. "Jy het nogal 'n buitengewone indruk op die twee dames gemaak, pequena. Hulle kon gisteraand nie uitgepraat raak oor jou spontane vriendelikheid en beeldskone voorkoms nie . . ."

"Die marquês," stuur sy die gesprek, wat gans te persoonlik na haar sin raak, op 'n diplomatiese wyse in 'n ander rigting, "kom my voor as 'n besonder streng aristokraat. Is hy altyd so streng, so . . . koel vriendelik?"

"Nee, nie altyd nie. Renaldo kan soms baie vriendelik en aangenaam wees. Maar hy was gister om die een of ander rede woedend . . ."

"Seker omdat ek sy eiendom so eiegeregtig betree het en hy my teenwoordigheid toe teen wil en dank moes verduur!" vul sy laggend aan.

"O nee, hy dink nogal jy is sjarmant en op 'n eienaardige wyse onweerstaanbaar. Hy het dit natuurlik nie in soveel woorde gesê nie, maar ons wat Renaldo ken, weet wanneer sy woorde 'n dubbele betekenis inhou." 'n Glimlaggie plooi om sy mond. "Renaldo verkeer onder die indruk dat jy 'n vreslik voortvarende en onverantwoordelike skepseltjie is, pequena. Jy kan jou dus maar klaarmaak dat hy hom dit ten doel gaan stel om jou te hervorm. Blykbaar weet jy dit nie, maar as hoof van die De Conna-familie

362

met al sy vele vertakkinge is hy gewoond daaraan om almal om hom se lewe te regeer en hul probleme op te los. Geen lid van ons familie mag enige besluite neem sonder sy goedkeuring nie. Hy besluit oor ons kinders se skoolopleiding, ons huwelike, en as hy by magte was om oor geboortes te besluit, sou hy dit heel waarskynlik ook gereël het – ek bedoel hoeveel seuns en dogters daar in die familie moet wees."

'n Heerlike lagbui oorval haar. Toe sy eindelik tot bedaring kom, vee sy die lagtrane uit haar oë en verklaar geamuseer: "Jy sê hy wil nou 'n poging aanwend om my te hervorm?"

"Ja, hy meen dis hoog tyd dat iemand jou tot 'n groter verantwoordelikheidsin oorreed, jou laat besef dat die lewe nie bloot 'n speelbal is nie. Maar laat ons liewer van Renaldo vergeet. Hy het my beslis genoeg uitgetrap oor nou die môre se onbesonnenheid. Laat ek jou liewer die stad gaan wys. Dit behoort immers interessanter te wees."

In 'n veel opgewekter stemming sit Marina enkele minute later langs Ricardo in een van die marquês se vinnige sportmotors. Die motor se kap is afgeslaan en 'n ligte windjie speel vrolik deur haar goue krulle. Haar groot, pragtige oë vonkel van lewenslus en om haar sagte, sensitiewe mond is 'n uitdrukking van volkome tevredenheid.

Deur nou strate en tussen hoë geboue deur vleg hulle, en telkens verduidelik Ricardo die geskiedenis van die een of ander besienswaardigheid aan haar. Marina vind sy verduidelikings baie interessant, en te gou bereik hulle die middestad.

Nadat Ricardo die motor onder 'n reuse-jakaranda getrek het, neem hy haar vir 'n wandeling deur die belangrikste dele van die stad om die indrukwekkende katedraal, die praca do commercio, die akwaduk wat water na Lissabon voer, en nog talle ander plekke te besigtig. En toe die horlosie later aankondig dat dit tyd is vir middagete, neem hy haar na 'n luukse restaurant.

Met onverskuilde bewondering rus sy blik op haar fynbesnede gelaat daar waar sy regoor hom aan die tafeltjie sit, en 'n onweerstaanbare drang om haar in sy arms te neem, vlam soos 'n veldbrand in hom op. Nog nooit het hy 'n meisie so intens begeer soos wat hy Marina begeer nie. Sy is die allerliefste mensie

363

wat hy ken; opreg in haar vriendskap, blymoedig, vrolik . . . en sommer al die dinge wat nodig is om van 'n huwelik 'n sukses te maak.

Maar dan dink hy meteens aan die streng en kieskeurige Renaldo, en aan die feit dat Marina nie uit sy eie volk is en dalk nie Renaldo se goedkeuring sal wegdra nie. Hierdie gedagte laat sy moed terstond sak. Hy voel byna oortuig dat Renaldo nie sy goedkeuring sal heg aan so 'n huwelik nie, en tog kan hy nie sy liefde vir haar onderdruk nie. Dis soos 'n verwoede stroom wat hom met krag en geweld meesleur, hom absoluut hulpeloos en kragteloos laat.

"Het jy al die magtige Tagusrivier gesien?" verneem hy later nadat albei reg laat geskied het aan die ryk Portugese geregte.

"Nee, nog nie," antwoord sy, die ene belangstelling.

"Dan sal ek dit vir jou moet gaan wys, want dis 'n gesig wat jy nooit sal vergeet nie," bied hy aan. "Terloops, 'n deel van die rivier behoort aan Renaldo, weens die feit dat dit deur die terrein van sy castelo vloei."

"Wêreld, maar ek het nie geweet die terrein van sy castelo is so groot nie!" laat sy verras hoor.

"Renaldo is 'n vername grondeienaar," verklaar hy goedig. "Afgesien van sy castelo besit hy twee quintas, en elkeen is duisende hektaar groot."

"H'm, nogal 'n bevoorregte man," merk sy ingedagte op, kyk hom peinsend aan en verneem belangstellend: "Wie gaan die volgende marquês wees . . . ek bedoel nou natuurlik na hom?"

"Sy oudste seun."

"En hy sal natuurlik net so 'n koel komkommer soos sy pa wees," laat sy spytig hoor.

"Hulle word so opgevoed, pequena," verduidelik Ricardo met 'n glimlaggie. "Net soos Renaldo, sal sy seun in die ou Portugese tradisie van edelliede opgevoed word. Dis nie dat hy van nature koel en onverstoorbaar is nie; dis al die verantwoordelikheid wat hom in so 'n streng en ernstige persoon verander het. Jy besef natuurlik nie wat sy pligte alles behels nie, meisie. Benewens al sy verantwoordelikhede as grondeienaar, rus die verantwoordelikheid van die hele familie ook nog op hom. En

364

glo my, die familiesake alleen is geen geringe taak nie. Hy was vanoggend, voordat ek die castelo verlaat het, nie minder nie as twee keer ontbied vir besprekings!"

"Besprekings! Watse besprekings, Ricardo?" Sy kyk hom met 'n ernstige blik aan.

"Jy sal nie verstaan nie, pequena," glimlag hy vriendelik. "Ons gebruike is heeltemal anders as julle in Suid-Afrika s'n. Hier besit 'n meisie geen seggenskap oor die keuse van 'n lewensmaat nie. Renaldo doen die finale keuse. Die meisie se ouers kies nou wel die man vir haar as lewensmaat, maar net met Renaldo se goedkeuring."

"En as hy die man nie goedkeur nie?" wil sy nuuskierig weet.

"Dan word daar samesprekings gehou, soos vanoggend, en kies hy self 'n bruidegom vir die betrokke dametjie . . . Dis waarom ek gesê het al die laste en kommer van die familie rus op sy skouers. Glo my, dis 'n geweldige verantwoordelikheid om vir iemand 'n lewensmaat te kies. En moenie dink Renaldo besef dit nie. Maar hy is besonder knap en sy sin vir regverdigheid en billikheid is spreekwoordelik; daarom koester die familie so 'n hoë respek en agting vir hom. Maar kom, dit word laat en ek wil jou nog die rivier gaan wys."

Hulle staan op en nadat Ricardo die rekening vereffen het, verlaat hulle die restaurant.

Na 'n rit van ongeveer 'n halfuur bereik hulle die oewer van die breë rivier. Tot haar verbasing merk Marina dat die castelo slegs 'n paar honderd tree van die rivier af geleë is.

Hoflik maak Ricardo die motordeur vir haar oop. Met 'n sjarmante buiging neem hy haar arm en help haar uit, onbewus van die lang, vorstelike gestalte wat 'n entjie van hulle af verskuil agter 'n magnoliabos staan en elke beweging met 'n streng blik waarneem.

"O, maar is dit nie salig hier in die lieflike natuurskoon nie!" roep Marina in ekstase uit en gaan botstil staan. "Ek is seker die marquês het al hierdie sierbome, struike en blomme laat aanplant!"

"Reg geraai, pequena. Hierdie paradys was Renaldo se idee."

"Jy weet," en sy kyk hom koketterig aan, "ek begin glo dat

hierdie marquês-neef van jou regtig 'n merkwaardige man is!"

"Jy behoort Renaldo beter te leer ken, Marina," antwoord hy met die wêreld se wysheid in sy stem. "Hy kan jou baie dinge leer waarvan jy nog niks weet nie."

"Jy bedoel meer verantwoordelikheid?" Haar blik rus ondeund op hom, en dit ontgaan die jong man se oog nie dat sy besig is om met hom te spot nie.

"Jy spot nou, pequena, en ek is baie ernstig, weet jy?" bestraf hy haar goedig en gaan langs haar staan. Sy oë liefkoos elke trek op haar fraai gelaat toe hy vervolg: "Dit was beslis nie baie verantwoordelik van jou toe jy gister . . ."

"Kom, Ricardo," lag sy hom heerlik uit. "Ek dink die lewe moet bitter oninteressant wees as 'n mens so pynlik verantwoordelik soos jou neef, die marquês, moet wees. Laat hy gerus maar onfeilbaar wees. Ek is volkome tevrede soos wat ek is – met my foute en al."

Asof hierdie woorde van haar die gegewe teken is, strek Ricardo sy hande uit, neem hare in syne en trek haar vas teen hom aan.

"Ek hou ook van jou soos wat sy is, pequena," sê hy hartstogtelik met vurige oë wat brand in hare. "Maar ek hou nie net van jou nie, ek het jou . . ."

"Hartstogtelik lief, guerida, liefste," vul die marquês sinies aan onderwyl hy van agter die magnoliabos te voorskyn tree en hom by hulle aansluit. "Boa tarde, señorita," groet hy Marina met die gewone hoflike buiging. Onverstoord draai hy na die onthutste jong man en vervolg: "Celesta soek na jou. Jy moet haar stad toe vergesel, Ricardo."

"Maar ek het dan 'n gas, Renaldo!" protesteer hy, duidelik teleurgesteld, en blik sy neef gesteurd aan oor sy onwelkome teenwoordigheid.

"Ek besef dit, my vriend," antwoord die marquês onverstoord. Dat Ricardo bitter omgekrap voel, is vir hom geen geheim nie.

"Maar kan Celesta nie haar besoek uitstel tot môre nie, Renaldo?" probeer hy hoopvol. "Die wêreld sal tog immers nie vergaan as sy 'n dag later stad toe gaan nie!"

"Bedaar, my vriend. Ek sal toesien dat jou gas veilig by die hotel besorg word." Hy kyk na sy polshorlosie. "Ek vrees jy sal nou moet gaan. Jou suster wag al op jou."

Met 'n moedelose blik kyk Ricardo sy gas aan.

"Dit spyt my dat ek jou nie self by die hotel kan besorg nie, señorita Marina," maak hy hoflik verskoning. "Maar ek sien jou miskien môre weer." Hy buig sjarmant en na 'n haastige: "Adeus, pequena . . . Renaldo," draai hy om en stap weg, diep gebelg oor hierdie ontydige onderbreking.

Toe Ricardo buite hoorafstand is, draai Marina met 'n verdedigende houding na die marquês. Sy merk sy spottende blik en vererg haar oombliklik, maar dan hoor sy hom koel sê: "So, dan het dinge presies gebeur soos wat ek gevrees het dit sou gebeur." Sy skerp, deurdringende blik gly opsommend oor haar fyn, netjies geklede gestalte. "Ricardo is besonder aantreklik en vroue vind hom gewoonlik onweerstaanbaar –"

"Ek vind hom glad nie onweerstaanbaar nie, señor marquês," val sy hom in die rede. "Inteendeel, ek vind Ricardo baie vleiend en, verskoon my dat ek dit sê, strelend vir die ego. Hy is nou wel soms 'n bietjie oorweldigend met sy aandag, maar ek vind sy geselskap nietemin aangenaam."

"Dan voel jy nie oor hom soos wat hy oor jou voel nie?"

"Nee, beslis nie, señor. Ek hou baie van hom as 'n vriend, maar niks meer nie –"

"Jy is uiters gevaarlik vir 'n man se gestel, señorita," onderbreek hy haar met 'n ernstige stem. "Ricardo is nog baie jonk, maar ek wil jou waarsku dat ouer mans nie so maklik nee vir 'n antwoord sal aanvaar nie. Moet dus nie eens probeer om jou wispelturige, vlinderlike vluggies op die Portugese mans toe te pas nie. Ek vrees jy gaan jou vlerkies hier skroei, señorita Marina!"

"Señor!" roep sy geskok uit en voel hoe 'n warm gloed in haar gesig opstoot. "Ek vrees jou aantygings is te verregaande! As jy nie omgee nie, sal ek dadelik teruggaan hotel toe."

Marina voel bitter afgehaal. Nog nooit het 'n man dit gewaag om haar so te beledig nie. Dat hierdie verwaande, heerssugtige marquês die eerste moet wees, is net een te veel vir haar.

"Ek sal jou eers die rivier en die boothuise gaan wys voordat ek jou terugneem," verklaar hy doodluiters asof daar niks tussen hulle gebeur het nie. "Ek neem aan dis wat Ricardo wou doen, vandaar jul besoek hier aan die rivier."

"Dankie, maar ek glo nie ek sal langer van jou gasvryheid gebruik maak nie, señor," antwoord sy toonloos. "As jy vir my 'n taxi sal ontbied, sal ek dit baie waardeer."

" 'n Taxi?" Sy wenkbroue lig. "Maar ek het dan gesê ek sal jou terugneem hotel toe!" Sy oë vernou plotseling, en daar is selfs 'n tikkie uitdaging in hul donker dieptes. 'n Glimlaggie raak-raak aan sy ferm lippe toe hy vervolg: "Ek vrees jy sal maar nog 'n rukkie van my gasvryheid gebruik moet maak, señorita. Ek is seker jy sal dit oorleef."

Sonder verdere seremonie plaas hy sy hand liggies onder haar elmboog en lei haar 'n entjie langs die rivier af. Na 'n wandeling van ongeveer vyf minute bereik hulle die boothuise waar 'n luukse blou-en-wit vaartuig vasgemeer lê.

Onwillekeurig trek Marina haar asem in en sy weerhou met moeite 'n uitroep van verbasing. Hierdie selfversekerde man mag nie weet hoe diep beïndruk sy is nie, want sy het reeds besluit dat sy na vandag niks verder met hom en Ricardo te doen wil hê nie. As hy dan die mening toegedaan is dat sy 'n flerrie is en 'n gevaar vir sy neef, sal sy sorg dat hul paaie nie weer kruis nie. En wat meer is, sy sien nie kans om die gasvryheid van iemand te geniet wat so 'n lae dunk van haar het nie. Sy sal altyd voel dat haar teenwoordigheid ongewens en oorbodig is en net hoflikheidshalwe geduld word – die Portugese is mos bekend vir hul hoflikheid, gasvryheid en beleefdheid.

"My jag," sê hy en knik met sy kop in die rigting van die blou-en-wit vaartuig wat stil en rustig op die water lê. "Die bootjies is almal in die boothuise vasgemeer," vervolg hy. "As jy dit graag wil sien, kan ons daarheen stap."

Na 'n paar oomblikke stilte sê hy: "Ek hoop jy gaan die reis en ook die week se verblyf op my quinta baie geniet. Dis 'n besonder aangename geselskap wat gaan meedoen aan die reis –"

"Verskoon my, señor," val sy hom sag in die rede, "maar ek glo nie ek sal meedoen aan die reis nie."

Asof sy hom onverhoeds 'n klap gegee het, kyk hy haar vlugtig, ondersoekend aan, en Marina merk die gesteurde trek om sy mond.

"Maar jy het tog gister my uitnodiging aanvaar!" laat hy opvallend ongeduldig hoor. "Wat het jou so skielik anders laat besluit?"

"Ek het nie gister besef dat ek so uiters gevaarlik is vir 'n man se gestel nie, señor." Sy doen haar bes om 'n glimlag te voorskyn te toor, maar in haar altyd lewendige oë is daar 'n uitdrukking van pyn en vernedering wat die marquês se noulettende blik nie ontgaan nie. "Dus sal ek nie langer van jou gasvryheid gebruik maak nie. Miskien sal dit ook beter wees vir Ricardo se . . . e . . . sosiale status as ek nie meedoen aan die uitstappie nie." Haar oë raak nog meer troebel. "En al beskou jy my as 'n hartelose verleidster, troos ek my met die wete dat ek my nog nooit aan Ricardo of enige ander man opgedring het nie."

"Maar jy vertolk my woorde verkeerd, señorita!" maak hy ernstig beswaar. "Ek het nie een oomblik bedoel dat jy 'n hartelose verleidster is nie. Inteendeel, ek wou jou maar net waarsku dat koketterie en ligte flirtasie 'n gevaarlike spel hier in Portugal is . . ."

"Ons sal liewer niks verder in hierdie verband sê nie, señor," laat sy afgehaal hoor en doen haar bes om sy blik te ontwyk. "My vriendskap was nog altyd eerlik en met die beste bedoeling gegee. Maar dis heeltemal onnodig om 'n lang relaas daaroor te voer. Ek sal in die vervolg sorg dat ons paaie nie weer kruis nie."

Plotseling gaan hy botstil staan, toe gee hy 'n tree wat hom reg voor haar te staan bring. Sy blik rus streng, deurdringend op haar.

"Ek dink jy is nou onredelik," laat hy met 'n streng ondertoon in sy stem hoor. "Maar ek wil nietemin sê ek is baie jammer indien ek iets gesê het wat jou te na gekom het. Die feit dat ek jou as 'n vlinder bestempel het . . ." Hy trek sy skouers liggies op. "Jy het self daardie indruk gewek met jou verklaring dat daar al so baie mans in jou lewe was!"

Hy swyg 'n oomblik, blik haar ondersoekend aan en vervolg:

"Ek besef natuurlik dat jy bitter gebelg voel teenoor my. Maar ek wil jou nietemin vra om nie toe te laat dat sulke kinderagtigheid jou weerhou om mee te doen aan die uitstappie wat ek na my quinta gereël het nie. Elena, Celesta en Ricardo sal my nooit vergewe as dit deur my toedoen is dat jy nie wil meedoen nie . . . Sal jy nie maar om hul ontwil gaan nie, señorita?"

Enkele oomblikke staar sy afgetrokke na die breë stroom water wat saggies by hulle verbykabbel. Toe draai sy na Renaldo, kyk hom met 'n onpeilbare blik aan en sê sag: "Goed, señor, ter wille van Elena en Celesta sal ek saamgaan. Maar ek weet nie so mooi of dit die regte ding is om te doen nie."

"Ek twyfel geen oomblik daaraan dat dit die regte ding is om te doen nie," laat hy met 'n glimlag hoor. "Maar noudat al die moeilikheid uit die weg geruim is, kan ons teruggaan na die castelo. Dis al laat en jy kan gerus maar bly vir aandete."

"Baie dankie vir die uitnodiging, maar ek kan nie vandag weer bly vir ete nie . . ."

"Het jy 'n ander afspraak?" wil hy vinnig weet en blik haar met 'n gesteurde frons aan.

Voordat Marina goed nadink, antwoord sy ja. Toe raak sy meteens bewus van die marquês se afkeurende blik wat strak op haar rus, en sy kry die nare gevoel dat hy bewus is van die leuen wat sy pas versin het.

"Met wie het jy 'n afspraak, señorita," hoor sy hom vra, "of mag ek nie weet nie?"

Nou is sy werklik in die knyp, want wat gaan sy vir hom sê? Dis algemeen bekend dat sy geen vriende in Lissabon het nie, en hy weet dit beslis ook.

Maar Marina laat haar nie maklik in 'n hoek dryf nie, en sonder om te blik of te bloos antwoord sy: "Jy ken hom nie, señor. Hy is ook van Suid-Afrika afkomstig en bly in dieselfde hotel waar ek tuisgaan."

"O, ek verstaan, hy is 'n man uit jou eie volk!" Sonder 'n enkele woord verder neem hy haar aan die arm en stuur haar behendig in die rigting van die castelo.

Sy motor staan reeds voor die deur en nog steeds swyend hou hy die deur vir haar oop om in te klim. Daarna stap hy voor om die voertuig en skuif met gemak agter die stuur in. Hy skakel die enjin aan en trek gevaarlik vinnig weg. Maar gaandeweg dring dit tot hom deur dat daar 'n vrou langs hom in die motor sit en geleidelik vertraag hy die gang van die voertuig.

Nie een praat egter 'n woord nie. Marina voel heimlik afgehaal omdat hy sy afkeuring in haar so openlik toon.

Hy het immers daarop aangedring om my persoonlik by die hotel te besorg, dink sy vies. En nou maak hy asof dit vir hom 'n geweldige las is en hy daartoe gedwing is . . . nee, ek sal beslis 'n uitweg moet bedink hoe ek die uitstappie na sy quinta kan ontduik, want ek sien eerlikwaar nie kans om 'n volle week onder dieselfde dak as hy te verkeer nie. Al is hy ook die aantreklikste man wat ek nog ontmoet het, gaan dit my hoegenaamd nie beweeg om watter vernedering ook al van hom te verduur nie. Hy is gans te nougeset!

Vir Marina is dit 'n groot verligting toe hulle eindelik voor die hotel stilhou en sy nie langer in sy teenwoordigheid hoef te wees nie. Hy vergesel haar egter nie weer na haar kamerdeur nie, maar maak bloot die motordeur vir haar oop. Na 'n sjarmante buiging en 'n beleefde: "Adeus, señorita," klim hy terug in sy motor en ry vinnig weg.

4

Die volgende môre verslaap Marina haar behoorlik. En toe sy eindelik ontwaak, is dit reeds oor nege en moet sy haar haas om betyds te wees vir 'n laat ontbyt. Sy is egter nie die enigste laatslaper nie, want etlike tafeltjies is nog beset toe sy die eetkamer binnestap.

Die kelner plaas die bestelling voor haar en binne enkele minute draf sy die snytjie geroosterde brood, gebakte eier en glas lemoensap kaf. Toe kom sy haastig orent en gaan verklee haar in 'n modieuse groen bikini. Sy voel uitgerus en gereed vir enigiets wat die dag ook al vir haar inhou.

Soos 'n skoolmeisie draf sy ligvoets met die paadjie af strand toe. Haar goue krulle rus liggies op haar skouers, en af en toe waai haar veelkleurige strandjassie voor oop en word 'n lenige, volmaak gevormde figuur vertoon. Onder haar arm dra sy 'n opgerolde handdoek en in haar een hand word haar swempet sorgeloos heen en weer geswaai. Sy skep 'n prentjie van volkome sorgeloosheid.

Sy bereik die strand en 'n kort oomblik bekyk sy die baaiers met 'n belangstellende uitdrukking in haar vrolike blou oë. Sy laat die handdoek langs haar op die goue, skoongewaste sand val, skop haar sandale uit, trek ook haar strandjassie uit en gooi dit langs die handdoek neer. Sy neem haar swempet en wil dit net oor haar blonde krulle trek, toe sy meteens 'n diep stem agter haar hoor sê: "Bon dia, señorita Marina!"

Sy swaai om na die spreker en die volgende oomblik kyk sy in Renaldo se streng, onvergenoegde oë.

"Bon . . . bon dis, señor marquês," groet sy terug, effens uit die veld geslaan. Met groot moeite kry sy dit reg om die versnelde klop van haar hart te verontagsaam.

Dis baie duidelik dat die marquês se onverwagte verskyning haar heeltemal ontsenu. Dat hy intens daarvan bewus is, laat hy egter nie blyk nie. Om sy mond is 'n harde trek, en sy blik rus openlik afkeurend op haar skamele baaipakkie toe hy koel sê: "Sulke gemengde baaiery is hoogs onbetaamlik." Hy buk sonder meer af, neem haar strandjassie en hang dit liggies oor haar naakte skouers. Hy blik haar skerp, deurdringend aan. "So 'n goedkoop vertoning van 'n liggaam, so mooi en volmaak, is absoluut skandalig," voeg hy onverbiddelik by.

'n Warm gloed sprei stadig oor Marina se pragtige gesig.

"Ek sien daar niks skandaligs aan nie, señor," voeg sy hom met 'n verontwaardigde blik toe. "Ek is immers nie naak nie, ek het 'n baaipak aan!"

"Noem jy dit 'n baaipak?" Sy oë blits op haar. "So 'n skamele bedekking verg nie veel verbeelding van 'n man om jou geheel en al naak voor sy geestesoog op te tower nie, señorita. Ek sal jou aanraai om behoorliker swemklere aan te skaf."

Ergerlik retireer sy 'n tree van hom af weg.

"Señor, presies waaraan het ek hierdie besoek van jou te dan-

372

ke – om beledig te word?" Haar oë vlam van verontwaardiging en sy maak geen geheim van haar gebelgdheid nie.

Hy is nou wel 'n hooggeëerde edelman, dink sy by haarself, maar ek gaan beslis nie sy beledigings langer duld nie. As ek die enigste was wat 'n bikini aanhet, kon ek nog toegee. Maar byna elke tweede meisie dra 'n bikini en niemand lig 'n wenkbrou daaroor nie. Waar kom hy vandaan om my die leviete te wil voorlees?

"Ek het nie bedoel om jou te beledig nie, señorita," hoor sy hom weer sê. "Maar ek herhaal: daardie skamele kledingstuk wat jy aanhet, is onbehoorlik, absoluut onbehoorlik vir 'n dame."

Hy kyk na sy polshorlosie en lyk skielik haastig. "Ek vrees ek het nie hierheen gekom om 'n argument met jou te voer nie. Inteendeel, ek wou jou net in kennis stel dat ons môreoggend baie vroeg vertrek en dat jy liewer vanaand in die castelo moet oornag. Dit is gebruiklik en die res van die geselskap het reeds aangekom."

Besluiteloos staar sy Renaldo aan. Vir hom lyk dit of sy finaal gaan weier om mee te doen aan die uitstappie. Haar volgende woorde stel hom egter weer gerus.

"Na al jou beledigings behoort ek eintlik nie mee te doen aan die uitstappie nie, señor. Maar ek het jou gister reeds belowe dat ek om Elena en Celesta se ontwil sal gaan, dus sal ek my woord gestand doen en saamgaan. Maar ek wil jou waarsku dat ek nie bereid is om meer beledigings van jou te duld nie!"

"Maar, señorita, ek bedoel hoegenaamd nie om beledigend te wees nie," maak hy beswaar teen haar aantygings. "Ek wys jou maar net daarop dat jy dinge hopeloos verkeerd doen!"

"Dit sal jou absoluut niks baat om begaan te wees oor my doen en late nie, señor," spreek sy hom drifftig aan. "Ek is nie 'n Portugese vrou nie en derhalwe nie aan jul konvensies en gebruike gebind nie –"

"Maar jy is verkeerd, señorita!" val hy haar ernstig in die rede. "Solank jy hier in Portugal vertoef, is jy onvoorwaardelik gebind aan ons sedes en wette!"

'n Oomblik staar sy hom sprakeloos en met ontnugterde oë aan.

373

"Ek vrees ek het dan op die verkeerde plek kom vakansie hou," is al wat sy sê. Haar stem klink opvallend moedeloos, en dit ontgaan sy oor nie.

'n Gerusstellende glimlaggie plooi meteens om Renaldo se mond by die aanhoor van soveel moedeloosheid. Dat Marina op hierdie oomblik bitter teleurgesteld is, is vir hom maar alte duidelik. Maar hy is ook vasberade om toe te sien dat sy binne die kring van hul gebruike bly.

"Die wêreld het nog nie vergaan nie, señorita," paai hy goedig, "dus is dit werklik onnodig om so ongelukkig te lyk. Glo my, ons gebruike is glad nie so moeilik om te gehoorsaam soos wat jy dink nie. Die moeilikheid met jou is net dit: jy is gans te impulsief en juis daardeur sal jy altyd in 'n onbenydenswaardige posisie beland. Maar kom, dan gaan verklee jy jou eers in 'n behoorlik swempak. En as jy nie 'n respektabele een besit nie, gaan koop ons gou vir jou een."

Sy werp die nougesette marquês 'n driftige blik toe en verklaar met net soveel vasberadenheid: "Dankie, maar ek besit wel 'n 'respektabele' swempak, señor, dus sal dit nie nodig wees om een te gaan koop nie. Maar as jy my nou sal verskoon," en sy gooi die strandjassie van haar skouers af . . .

"Nie met daardie skamele kledingstuk aan nie, señorita," onderbreek hy haar met 'n gebiedende stem, en aan die harde trek om sy mond is dit baie duidelik dat hy woedend is oor haar doelbewuste uittarting. "Trek dadelik jou strandjassie en sandale aan," gebied hy sag dog onverbiddelik, en dit laat die koppige meisie verskrik na hom kyk.

Die marquês is 'n vasberade man, gewoond daaraan dat sy wense deur almal gehoorsaam en eerbiedig word. Dus staan Marina se eiesinnige houding hom glad nie aan nie; te meer nog omdat sy 'n vriendin en 'n gas aan sy castelo is. Hy is vasberade om haar na sy wil te buig.

Sonder 'n enkele woord buk hy af, neem haar strandjassie en help haar om dit aan te trek. Daarna neem hy haar handdoek, rol dit netjies op en lei haar sonder meer in die rigting van die hotel.

"Die hotel bied 'n wonderlike uitsig op die baai," kondig hy 'n oomblik later uit die bloute aan. Marina verbaas haar vir die man se geoefende beheer oor sy emosies. Minute gelede het sy oë nog vuur gespat van woede, nou klink sy stem weer so kalm en gewoonweg asof hy hom nog nooit vir haar vererg het nie.

Hy is voorwaar 'n merkwaardige man, erken sy onwillekeurig aan haarself. Maar hierdie jongste gril van hom, om my te wil domineer asof ek deel van sy familie is en hy alle reg daartoe het, staan my glad nie aan nie. Hy sal moet begryp dat ek my plesier nie aan bande sal laat lê nie en dat sy inmenging uiters onwelkom en irriterend is!

Hulle bereik die hotel en onderwyl Marina haar haastig dog innerlik gebelg in haar helder rooi swempak verklee, stap die marquês op en neer voor haar geslote kamerdeur.

Die marquês Renaldo de Conna staan onder sy volk bekend as 'n uiters deeglike man wat elke taak gewoonlik met die grootste nougesetheid afhandel. Ook nou maak hy dubbel seker dat Marina wel sy opdrag uitvoer deur hier voor haar kamer op haar te wag. Sy leuse is: waardigheid, hoflikheid, voortreflikheid en . . . absolute gehoorsaamheid. Swakheid van enige aard is iets waarmee hy geen genoeë neem nie en hy beskou dit as 'n euwel.

Die kamerdeur gaan meteens oop en Marina, geklee in dieselfde strandjassie en sandale, maak haar verskyning in die gang. Met sy gewone waardigheid stap Renaldo haar tegemoet. Hy kyk haar vraend aan, en Marina besef dat hy versekering en bevestiging verlang oor die opdrag wat sy moes uitvoer. Op 'n impulsiewe ingewing pluk sy haar strandjassie wyd oop vir hom om te sien dat sy wel voldoen aan sy wens.

Hierdie ongekunstelde gebaar lok 'n glimlaggie uit wat die marquês se streng gesig 'n wonderlike metamorfose laat ondergaan.

'n Kort oomblik staar sy die man voor haar met openlike verwondering aan, toe tref dit haar soos 'n weerligstraal dat sy hopeloos verlief is op hierdie man wat deurentyd so koel en onverstoord is en tog ook so warm en innemend kan glimlag.

Hy behoort meer te glimlag, dink sy, maar sê hardop en nadruklik: "Is jy nou tevrede, señor marquês, en het ek nou jou toestemming om te gaan swem?" In haar oë verskyn 'n ondeunde vonkeling wat die edelman se noulettende blik nie ontgaan nie.

"Met hierdie swempakkie aan, volkome, señorita," glimlag hy nog steeds met daardie warm, onweerstaanbare glimlag wat Marina se hart so diep raak en haar verruklike drome laat droom. "Maar met hierdie gemengde baaiery van julle sal ek nooit genoeë neem nie," vervolg hy, en dadelik verdwyn die glimlaggie van sy gesig en is hy weer die koel, onversteurbare marquês wat sy 'n paar dae gelede by die spuitfontein van die Castelo Conna ontmoet het.

"Ek vrees ek sal nou moet gaan," hoor sy hom sê onderwyl hulle in die rigting van die hysbak beweeg. "Jy is seker ook al haastig om te gaan swem."

Hulle stap die reeds oorvol hysbak binne. Die ruimte is uiters beperk, en met 'n beskermende arm trek Renaldo haar dig teen hom aan sodat sy uit die pad van gevaarlike elmboë en geniepsige hoë hakkies is.

Sy staan in die kring van sy arm met haar blonde kop dig teen sy breë skouers aangedruk. Hierdie intieme nabyheid, met sy asem warm en vertroulik op haar kroontjie, laat Marina se hart opgewonde bons van geluk en diepe tevredenheid. Heimlik wonder sy of hy darem ook bewus is van haar nabyheid. Sy waag dit egter nie om op te kyk nie. Sy vrees dat haar hele wese dalk haar gevoel vir hom kan verraai, en dit mag nooit gebeur nie. Hy dink reeds sy is 'n wispelturige vlinder wat graag met elke man flankeer. En wat hy van haar sal dink as hy moet weet dat sy hom liefhet – daaraan wil sy nie eens dink nie.

Eindelik kom die hysbak op die grondverdieping tot stilstand en geruisloos skuif die deure oop. Met sy arm nog steeds om haar, hou die marquês haar terug deur haar effens stywer teen hom aan te druk totdat almal die hysbak verlaat het. Toe hy haar eindelik laat gaan, kyk hy haar met 'n tergende blik aan en verklaar gewoonweg: "Dit spyt my dat omstandighede my genoodsaak het om jou so in my arms te hou, señorita. Maar ek is oortuig daarvan dat jy my aanraking sal oorleef."

Sy bloos vuurwarm. Maar voordat sy iets hierop kan sê, bereik hulle die hoofingang van die hotel, en met 'n saaklike:

376

"Adeus, señorita Marina," stap hy na sy motor wat voor in die straat staan, en kan sy hom net met gemengde gevoelens agterna staar.

'n Eienaardige, loodswaar gevoel neem van haar hart besit. Meteens besef sy dat sy Renaldo onherroeplik bemin en dat haar gevoel vir hom van geen verbygaande aard is nie; dat die gevoel wat sy vir Frikkie het, niks is in vergelyking met dit wat sy vir hierdie streng edelman voel nie.

Haar hart voel leeg en eensaam, en met 'n bedrukte gemoed draai sy om en stap met loodsware treë af strand toe. Dit is kompleet of die son eensklaps uit haar lewe verdwyn het; of alles om haar saam met sy vertrek koud en onaantreklik geword het.

Hoe sy ook al probeer, sy kan Renaldo nie vergeet nie. Sy beeld bly voortdurend voor haar en die warm aanraking van sy liggaam daar in die hysbak bly soos 'n wonderlike droom by haar.

Sy bereik die strand en werktuiglik raak sy van haar strandjassie en sandale ontslae. Met haar oë droomverlore op die swellende golwe gerig, trek sy die rooi swempet oor haar sagte krulle en enkele oomblikke later is sy een met die klomp baaiers en die koel golwe wat haar sag omvou.

Met lang hale swem sy uit na die diep water waar 'n paar baaiers uitgelate te kere gaan. Toe kom sy orent en trap water met die doel om haar omgewing te verken, maar die volgende oomblik slaan 'n groot brander onverwags haar voete onder haar uit. Outomaties gryp sy in die lug na vashouplek, en wonder bo wonder raak haar vingers verstrik in iets soos sysagte seewier.

Sy herwin haar balans en is byna dadelik orent. Maar tot haar groot ontsteltenis merk sy dat dit nie seewier is wat so sag tussen haar vingers deur vleg nie, maar die blonde krulle van 'n yslike, uitgegroeide mansmens, en sy laat sy hare onmiddellik los.

'n Kort oomblik meet hul oë mekaar woordeloos, toe bars Marina heerlik uit van die lag, en ook die onthutste jong man begin later suur glimlag.

"Ek is regtig vreeslik jammer oor die ongerief wat ek jou aangedoen het, meneer," maak sy op Engels verskoning vir haar gedrag. "Hemel, ek kon jou verdrink het!" voeg sy berouvol by.

"H'm," snork hy half vies en vervolg sag op suiwer Afrikaans: "Jy lyk 'n —"

"Verskoon my, meneer," onderbreek sy hom ook op Afrikaans, "misgis ek my, of het jy regtig Afrikaans gepraat?"

Meteens is dit of daar veel meer lewe in die kêrel kom. Hy kyk haar verbaas aan en vra belangstellend: "So, dan is jy nie Engels of Portugees soos wat ek aanvanklik gedink het nie, juffrou?"

"Nee, ek is nie; ek is Afrikaans, meneer . . . e . . ."

"Fanus Erlank," vul hy aan en reik haar sy hand oor 'n swellende golf.

"Aangename kennis, Fanus," glimlag sy vriendelik. "Ek is Marina . . . Marina Neser, en ek wil nogeens sê ek is jammer oor die ongerief wat ek veroorsaak het. Jy het seker ook nie geweet watter ongedierte so skielik besluit het om nes te maak in jou hare nie, nè?"

"O nee, moet jou glad nie misgis nie, juffroutjie," lag hy nou ewe opgewek. "Ek het daardie grypende handjies van jou gesien kom en toe maar gewag om te sien watter planne jy in die mou voer. Maar nou gaan ek jou behoorlik terugbetaal."

Met hierdie woorde duik hy haar netjies onder die water in. Toe Marina eindelik weer die oppervlak bereik, wag hy haar met 'n geamuseerde blik in.

"So," sê hy laggend en skud die water uit sy hare, "nou is ons kiets en kan ons maar teruggaan strand toe."

In volkome harmonie swem hulle terug, maar toe hulle eindelik op die strand uitstap, val Marina se blik dadelik op Ricardo wat haar met oë vol verering inwag.

"Kom, ek wil jou graag aan 'n vriend bekendstel, Fanus," sê sy en stuur hom sonder meer in Ricardo se rigting terwyl sy haastig verduidelik wie en wat die vriend nou eintlik is.

"Jy moet hier baie versigtig wees met jou keuse van vriende, Marina," vermaan Fanus haar ernstig. "'n Portugese man is beslis nie iets om mee te speel nie, hulle is 'n warmbloedige nasie."

378

Hy kyk haar opsommend aan. "En jy lyk maar tingerig, glad nie opgewasse teen een van hulle nie!"

"A, dis wat jy dink," lag sy hom uit. "Glo my, ek kan my man terdeë staan in 'n krisis."

Voordat hy iets daarop kan sê, bereik hulle Ricardo en Marina stel die twee mans aan mekaar bekend.

Geselsend lei sy hulle na waar haar handdoek, jassie en sandale op 'n bondeltjie lê. Presies soos Renaldo vroeër gedoen het, neem Ricardo haar strandjassie en hang dit liggies om haar skouers, asof hy haar liggaam vir ongewenste oë wil bedek. Dit ontlok 'n glimlaggie van vermaak by die meisie.

Nadat sy haar sandale aangetrek het, nooi Fanus hulle na die strandkafee vir 'n koeldrank. Maar Ricardo is skielik haastig en bedank sy uitnodiging.

"Ek het eintlik net die señorita kom verwittig dat sy om drie-uur vanmiddag gereed moet wees om na die castelo te vertrek," verduidelik hy aan Fanus. Toe draai hy na Marina en vervolg: "Die gaste het reeds almal aangekom en Elena is al ongeduldig om jou ook daar te hê. Sy sê die getal is onvolledig sonder jou . . . Maar nou ja, ek vrees ek sal nou weer moet gaan. Sien jou dus om drie-uur, pequena."

Hy buig galant en met 'n vriendelike: "Adeus, menina . . . señor Erlank," neem hy afskeid en stap haastig in die rigting van die hotel.

Dat Marina hier 'n man uit haar eie volk raakgeloop het, is 'n gedagte wat die jong Ricardo nie in die minste aanstaan nie. Hy het so gehoop om haar liefde te wen, maar nou lyk dinge vir hom 'n bietjie deurmekaar met hierdie ander man wat bykom . . . En dan is daar nog Renaldo; Renaldo wat dit sy dure plig ag om 'n streng, wakende oog oor die meisie se veiligheid te hou.

Vir die verliefde jong Portugees is dit alles steurende elemente wat meedoënloos meewerk om sy geluk te ondermyn. Maar hoe hy ook al probeer, hy kan geen geskikte plan prakseer om van dit alles ontslae te raak nie.

Nadat Ricardo vertrek het, stap Marina en Fanus soos twee ou bekendes na die kafee. Sy was nogal in die kol met haar bespiegeling oor die jong Suid-Afrikaner, want hy is by die twee meter lank met gespierde ledemate wat elke man hom sal beny.

Met 'n koeldrank in die hand vertel Marina hom van die jare lange droom wat sy nou eintlik verwesenlik het. Hy, op sy beurt, vertel haar weer van sy beesboerdery en sitrusplaas in die Laeveld.

"Jare lank al wou ek gaan reis," vervolg hy, "maar ek kon nog nooit die tyd daarvoor vind nie. Verlede jaar het die geluk my egter getref en het ek sommer 'n uitstekende ou raakgeloop om my op die plaas te help. Dus kon ek eindelik 'n rukkie wegbreek van die boerdery . . . Maar van watter deel van Suid-Afrika is jy afkomstig?"

Sy vertel hom van haar ouers, haar werk en haar verhouding met Frikkie Basson. Toe merk sy meteens dat die baaiers besig is om terug te gaan hotel toe en dit dring tot haar deur dat dit al haas tyd moet wees vir middagete.

"Ek vrees ons sal nou moet gaan," kondig sy eindelik aan en neem haar handdoek en swempet op. "Dis al byna eenuur, en ek moet nog gaan inpak vir die week se uitstappie na die marquês se quinta. Ek ken die gaste nie, maar hulle sal natuurlik almal uit die hoogste kringe wees. Dus sal ek fyn moet beplan wat ek vir die geleentheid gaan inpak."

Ook Fanus neem sy handdoek en weldra stap hulle met die smal paadjie terug hotel toe.

5

Die reeds na drieuur toe Ricardo by die hotel wegry. Op sy gesig is 'n uitdrukking van diepe tevredenheid, want minstens agt dae lank sal Marina onder dieselfde dak verkeer as hy en sal hy al die geleentheid in die wêreld hê om haar liefde te wen en haar te laat vergeet van daardie aanstaande verloofde in haar eie land. Sy is die enigste meisie wat hy al ooit met soveel hartstog begeer het en hy gaan beslis alles in sy vermoë doen om haar te wen.

Vir Marina is dit 'n splinternuwe ondervinding en sy sien met groot genoeë uit na die week wat voorlê. Nog nooit in haar lewe het sy in 'n kasteel oornag nie, en ook dit gaan vir haar 'n ondervinding op sigself wees.

Maar dan dink sy aan die klomp onbekende gaste wat sy aanstons sal ontmoet en sy raak meteens vreemd senuagtig. Sy wonder of hulle darem almal Engels kan praat, en of haar teenwoordigheid nie dalk steurend vir hulle gaan wees nie. Sy is hul taal glad nie magtig nie, en dit kan dalk hul pret bederf.

Enkele oomblikke sit sy peinsend hieroor en nadink, toe merk sy terloops op: "Sal jul gaste dit nie vreeslik steurend vind dat ek jul taal nie magtig is nie, Ricardo?"

Hy gee haar hande wat in haar skoot gevou lê 'n gerusstellende drukkie. "Solank Renaldo tevrede is, pequena, is alles in orde. Die res is van veel minder belang. En terloops, ek, Elena en Celesta verstaan jou en kan Engels praat, dus is daar werklik niks om oor verontrus te voel nie. Ons vier sal jou al die vermaak en afleiding verskaf wat jy verlang." Hy glimlag stilweg. "Tussen ons vier sal jy nie een vervelige oomblik beleef nie, dit belowe ek jou."

"Dis nie wat ek bedoel nie," lag sy opgewek. "Ek was maar net bevrees dat my vreemdheid met jul taal en gebruike dalk die ander se plesier sal bederf."

"Nou ja, moet jou nie daaroor kwel nie. Vergeet dit heeltemal," sê hy byna net so streng soos sy neef, die marquês, as iets hom nie aanstaan nie.

Hulle ry vinnig in die rigting van die castelo en Marina besluit om alle kwellings opsy te stoot en die rit te geniet. Haar leuse is: Geniet die hede en laat môre vir homself sorg. Sy was nog altyd die lighartige, sorgelose tipe. Waarom haar sit en verknies oor dinge wat kan bly? Hoewel sy nie 'n lid van 'n adellike familie is nie, is sy nietemin 'n genooide gas soos almal van hulle. En as Renaldo, die gasheer, geen beswaar het omdat sy hul taal nie kan praat nie, waarom sal sy haar oor sy gaste kwel?

Met 'n behendige draai stuur Ricardo die motor deur die groot dubbelhek en weldra hou hy voor die castelo stil.

381

Nog telkens tref die fraai tuine van die Portugese kasteel Marina. En hier waar sy op Ricardo sit en wag om die motordeur vir haar oop te maak, is sy weer eens diep bewus van die oorweldigende skoonheid wat die castelo omring. Dis 'n ware lushof, 'n paradys van skoonheid, en sy wonder of hier ook 'n slang skuil soos in die Bybelse Paradys.

Maar die gedagte voel vir haar vergesog, dus verwerp sy dit dadelik.

Vanaf die agterkant van die castelo kom vrolike stemme na hulle aangesweef terwyl hulle die trap bestyg. 'n Huishulp neem haar tas by Ricardo terwyl hulle al geselsend aanstap na waar die vrolikheid hoogty vier.

As Marina 'n skaar jong mense verwag het, het sy haar terdeë misgis, want tussen die groep wat onder die bome op dekstoele rondsit, is daar slegs twee meisies en een jong man. Die res is jonggetroude pare en twee middeljarige vroue, die ma's van die twee meisies.

Marina word baie vriendelik ontvang en aan al die gaste bekendgestel. Haar blondheid, so opvallend tussen al die donkerkoppe, trek sommer dadelik aandag en gou word sy in die vreemde groep opgeneem as een van hulle.

Nadat sy die ander ontmoet het, lei Ricardo haar na waar Elena en Celesta in die geselskap van die twee meisies verkeer. Met 'n vreemde verligting merk Marina dat Renaldo nie teenwoordig is nie. Sy besef terdeë dat sy voortaan op haar hoede sal moet wees as sy haar gevoel vir hom geheim wil hou. Sy oë is so skerp en oplettend dat 'n mens omtrent niks vir hom kan wegsteek nie. Dis of hy 'n bonatuurlike gawe besit om 'n mens se innerlike tot in die diepte te peil.

Maar Marina is nie verniet 'n Neser nie. Sy is gewoond aan die sosiale lewe, veral die mansgeslag, en het reeds besluit hoe om die skerpsinnige Renaldo se oplettende oë te flous. Al sal sy miskien nie volkome daarin slaag nie, sal sy hom nietemin op 'n dwaalspoor bring.

Met 'n vriendelike glimlaggie groet sy die twee meisies, Maria en Julieta, nadat Elena hulle aan haar bekendgestel het. Dis vir haar 'n aangename verrassing om te verneem dat almal so 'n

382

bietjie Engels kan praat – maak nie saak hoe krom of skeef nie. Dit verg nou wel inspanning om hulle te volg, maar hoofsaak is immers dat hulle mekaar verstaan en sy nie uitgesluit voel nie.

Dis byna sesuur toe Renaldo sy verskyning tussen sy gaste maak. 'n Kort oomblik dwaal sy blik soekend oor die geselsende groepies, toe stap hy reguit na waar die vyf meisies in die koel skaduwee van 'n magnoliabos sit.

Hy groet hulle met 'n sjarmante glimlag, maak verskoning oor sy afwesigheid en draai dan na Marina.

"So, dan het ons Afrikaanse señorita eindelik opgedaag!" sê hy. Sy skerp blik gly oor haar smaakvol geklede figuur. "Ek hoop jy geniet jou verblyf hier, señorita. Het jy al die gaste ontmoet?"

Sy knik bevestigend.

"Dan moet julle my 'n oomblik verskoon." Hy buig sjarmant en verdwyn 'n oomblik later om die hoek van die castelo.

'n Rukkie later sluit Ricardo hom by hulle aan. Vir hom is dit pynigend om selfs 'n halfuur van Marina geskei te wees. Op sy uitnodiging vergesel sy hom op 'n wandeling deur die tuin.

Elke boom, blom en struik lê gebaai in die glorie van die sonsondergang, en Marina voel hoe 'n verfrissende luggie die hitte van die dag verdryf. Dis of elke plant meteens tot lewe kom en sy geur weldadig uitstoot om die koelheid van die aand te omhels. Die tuin is 'n ware lushof hierdie tyd van die dag met sy soet, gemengde geure wat swaar in die lug hang.

Geselsend kuier hulle tot by die rivier. 'n Nagloed van goud en saffraan hang nog gloeiend in die weste. Voëls fladder liggies in die hoë kruine van die bome rond op soek na slaapplek, en 'n salige rustigheid sak oor haar neer. Sy sug hardop en staan effens nader aan Ricardo. "Is dit nie wonderlik rustig hier langs die rivier nie?" sê sy sag. In haar groot, pragtige oë is 'n droomverlore uitdrukking.

Die jong man voel die hitte van haar liggaam so naby hom. Dan, sonder huiwering, plaas hy sy arm om haar slanke middellyf en druk haar saggies teen hom vas.

"Saam met jou sal enige plek hemels wees, pequena," laat hy gevoelvol hoor en glimlag liefdevol af in haar fraai gesiggie wat

383

so somber en afgetrokke lyk. "Het ek jou al ooit vertel hoe lief ek jou het?"

Sy kyk hom aan, en 'n ondeunde blik verjaag meteens die somberheid van haar gesig.

"Ja, die eerste dag al met my aankoms hier in Lissabon. Die tweede keer het jou neef, die marquês, die sin vir jou voltooi," spot sy lustig en woel haar speels uit sy omhelsende arm.

Met 'n enkele tree staan hy reg voor haar, en die volgende oomblik vang hy haar vas in sy arms.

"So maklik gaan jy my nie ontwyk nie, Marina, pequena," glimlag hy goedig, maar in sy donker oë is 'n vasberade uit-drukking. "Ek het jou lief, en ek wil weet hoe jy oor my voel . . . Of regeer die señor dokter nog steeds jou hele hart?"

'n Oomblik staar Marina hom diep nadenkend aan. Sy weet dat hy haar antwoord bitter ongunstig gaan vind. Maar sy weet ook dat dit niks sal baat om hom ydele hoop te gee nie . . . En die waarheid durf sy ook nie ontbloot nie. Dus sê sy sag: "Ek hou baie van jou as vriend, Ricardo. Maar die liefde wat jy verlang, besit ek nie vir jou nie . . . My hart behoort reeds aan iemand anders."

Sy hande val slap langs sy sye en Marina weet dat hy bitter teleurgesteld voel. In 'n mate voel sy jammer vir hom. Maar wat kan sy tog aan sy teleurstelling doen? Dis die siklus van die lewe – liefde, hoop en teleurstelling.

"Ek sal bly hoop," hoor sy hom sê. "Eendag sal jy wel besef dat ek die man is vir jou, en nie daardie señor dokter nie. As hy jou werklik liefgehad het, pequena, sou hy nooit toegelaat het dat jy alleen gaan reis nie. Dit sal net sy verdiende loon wees as hy jou verloor. Ons vroue gaan nie eens stad toe sonder 'n ge-leide nie. En wanneer hulle op reis gaan, word hulle gewoonlik deur 'n ouer of 'n voog vergesel. Maar kom, dit word al donker en Renaldo sal wonder wat van ons geword het."

Langsaam keer hulle terug na die castelo. Buite is nie meer een gas te sien nie en Ricardo verduidelik dat die gaste gewoon-lik hierdie tyd van die aand met skemerkelkies in die sitkamer bedien word. Daarna word aandete voorgesit.

Die eerste persoon wat hulle aantref, is Renaldo, netjies uitgevat in aanddrag van foutlose snit. Maar tot Marina se verbasing is hy glad nie so vriendelik soos vroeër die middag nie. Sy blik rus koel op Ricardo, en op sy gesig is daar nie 'n teken van 'n glimlag nie toe hy op siniese toon begin praat.

"So, dan het die rivier toe eindelik sy aantreklikheid verloor! Jy kan die gaste in die sitkamer solank gaan geselskap hou, Ricardo. Ek sal die señorita na haar kamer vergesel. Sodra ek terug is, kan jy jou gaan verklee."

Na hierdie woorde plaas hy sy hand liggies onder Marina se elmboog en lei haar met die trap op. Sonder seremonie stoot hy die kamerdeur vir haar oop, buig galant en verklaar saaklik: "Ek sal vir jou aan die voet van die trap wag, señorita." Die volgende oomblik draai hy om en stap haastig weg, kompleet asof haar teenwoordigheid vir hom onuitstaanbaar is.

Marina stap die kamer binne. Sy voel so gekrenk oor Renaldo se siniese toon van flussies dat sy nie eens die weelde om haar waarneem nie. En nou weer sy koel houding teenoor haar . . . Nee, vir haar is dit net een te veel. Sy is nie gewoond daaraan om so behandel te word deur die teenoorgestelde geslag nie.

Vanmôre in die hysbak het hy my teenwoordigheid beslis nie onaangenaam gevind nie, dink sy woedend. Maar nou ewe skielik beskou hy my al weer of ek iets is wat die kat na binne gedra het! So 'n verwaande vent!

Sy gaan stort vinnig en verklee haar in 'n smaakvolle ligblou aandtabberd. Toe sy eindelik gereed is om af te gaan, neem sy 'n vaste besluit om hom voortaan net so koel te behandel soos wat hy haar deurentyd behandel.

Sy werp 'n vlugtige blik in die spieël, daarna verlaat sy die vertrek, volkome tevrede met haar voorkoms.

In 'n waas van swewende blou stap sy met die trap af. Haar gesig is beeldskoon in haar afgetrokkenheid, maar haar tingerige skouertjies is fier orent. Dit alles ontgaan Renaldo se oog nie daar waar hy aan die voet van die trap op haar wag. Maar op sy gelaat is daar geen teken van wat in sy binneste omgaan nie. Sy gesig is koel, uitdrukkingloos, met 'n effens harde trek om sy mond wat 'n gewisse teken is dat hy woedend is oor die een of ander iets.

Toe Marina die laaste treetjie bereik, buig hy weer galant, kyk haar koel berekenend aan en verklaar ongeërg: "Jy lyk beslis meer sjarmant in aanddrag as in 'n baaikostuum, señorita."

Voordat sy iets hierop kan sê, neem hy haar arm en lei haar met sy gewone waardigheid na die sitkamer.

Elke blik in die vertrek rus op die uiters aantreklike marquês en die beeldskone blondekop aan sy sy toe hulle die sitkamer binnetree. Elkeen voel daarvan oortuig dat hulle die aantreklikste paartjie in die hele Lissabon is. Die man so lank en donker, die meisie blond en fyn – voorwaar 'n onvergeetlike kombinasie.

As Renaldo bewus is van die openlike bewondering in elkeen se blik terwyl hy Marina na die groepie meisies lei, laat hy egter niks blyk nie, want ook vir hom is dit geen geheim dat hierdie Suid-Afrikaanse skoonheid vanaand die aantreklikste meisie in die castelo is nie.

Met 'n sjarmante buiging, soos wat dit 'n man van sy stand betaam, nooi hy Marina om te sit. Toe stap hy haastig weg, net om 'n oomblik later weer sy verskyning langs haar te maak met 'n fyn langsteelglasie in sy hand wat hy haar hoflik aanbied.

Sy neem die drankie by hom, bedank hom ewe hoflik en draai weer na Celesta langs haar, sonder om hom 'n tweede blik te gee.

Net 'n breukdeel van 'n sekonde kyk hy haar asof hy iets wil sê, dan draai hy om en gaan sluit hom by 'n groepie mans aan.

Na die ete gaan elkeen sy eie koers. Die twee ouer vroue, blykbaar verveeld met die jongklomp se geselskap, verdaag na die leeskamer. Ander begeef hulle na die musiekkamer waar een van die jong vroue hulle met 'n paar klavierstukke vermaak, terwyl Renaldo en 'n paar mans vir 'n gesellige rokie na die rookkamer verdaag.

Marina skaar haar by Celesta en Maria wat hulle in die sitkamer tuismaak. 'n Rukkie sit hulle drie die uitstappie en bespreek, dan dwaal Marina se blik deur die oop sydeur na waar die tuin soos 'n sprokiesland in die sagte maanskyn gebaai lê. Sonder meer kom sy orent, maak verskoning en stap uit na buite.

Die aand is soel en sy geniet dit terdeë om buite in die weelderige tuin rond te kuier. Die geluide van die nagdiertjies is strelend en dit voer haar gedagtes weg van die groep daar binne. Sagte musiekklanke dring vaag tot haar deur, dan wonder sy meteens of sy nie vir hulle 'n paar Afrikaanse liedjies moet gaan speel nie.

Maar hierdie gedagte stoot sy terstond opsy. Dis veel aangenamer hier buite, besluit sy en kuier langsaam met die kliptreetjies af van die een terras na die ander. Sy bereik die derde terras en gaan 'n oomblik staan, weggevoer deur haar eie gedagtes.

"Ek sal jou nie aanraai om saans so alleen in die tuin te gaan wandel nie, señorita," hoor sy meteens 'n bekende stem kort agter haar.

Sy swaai vinnig om, dan kyk sy vas teen Renaldo se lang, vorstelike gestalte wat langs haar staan.

Sy kyk hom aan, maar ofskoon haar hart opgewonde klop, laat sy nietemin koel hoor: "Ek sien geen gevaar hier tussen die struike skuil nie, señor."

Sy wenkbroue lig.

"Moet jy dan juis eers die gevaar met die blote oog sien? Sal dit nie te laat wees om dan te wil vlug nie?" Sy stem is duidelik spottend. Maar dan raak hy meteens weer ernstig. "In elk geval, hier skuil geen gevaar tussen die struike nie. Wat ek eintlik bedoel het, is dat jy moontlik 'n enkel kan verstuit of selfs 'n been kan breek indien jy in hierdie onsekere lig op een van die treetjies sou struikel."

Hy kyk haar 'n kort oomblik met 'n peinsende blik aan en hervat dan kortaf: "Kom, ek sal jou op jou wandeling vergesel."

"Dankie, maar ek was net van plan om terug te draai, señor," jok sy koel beleef sonder om eens in sy rigting te kyk. "Ek is seker jou gaste wag daar binne op jou." Sonder meer draai sy om en stap haastig van hom af weg.

Sy bereik die treetjies wat na die tweede terras lei, lig die wye romp van haar aandrok voor met albei hande op en hardloop daarteen op. Maar die volgende oomblik word sy byna ru in haar vaart gestuit toe 'n hand haar ferm aan die arm neem en tot stilstand dwing.

"Dis heeltemal onnodig om van my af weg te hardloop, señorita," hoor sy Renaldo se ysige stem langs haar. "Ek het gans te veel respek vir die skoner geslag om hulle leed aan te doen. En buitendien kan jy nie hierdie treetjies met so 'n wilde vaart bestyg nie. Jy soek nou opsetlik moeilikheid . . . Kom, ek sal jou veilig terugbesorg."

Sonder om sy greep op haar arm te verslap, lei hy haar terug na die castelo, hoewel nie met dieselfde pad waarmee sy pas gekom het nie. Sy besef dat dit 'n ompad is deur die roostuin, maar sy laat hom begaan. Dis vir haar duidelik dat hy omgekrap is oor haar onwaardige gedrag deur so wild van hom af weg te vlug, dus swyg sy maar liewer.

Hulle bereik die verligte roostuin aan die suidekant van die castelo, en oombliklik laat hy haar arm vry. Maar sy volgende woorde dwing haar tot stilstand.

"Ek wil jou graag 'n oomblikkie spreek, señorita," hoor sy hom sê. Sy stem is bedaard, soos gewoonlik, en dit laat haar vlugtig opkyk na hom. Maar dadelik kyk sy weg, want sy deurdringende blik laat haar meteens soos 'n nietige insek voel.

Sy herwin egter gou haar ewewig en verklaar gelykmatig: "Ek glo nie daar is iets wat ons vir mekaar te sê het nie, señor. Ek begryp volkome dat jy my teenwoordigheid hier net om Elena, Celesta en Ricardo se ontwil duld, en dat dit vir jou pynigend moet wees om voortdurend hoflikheid teenoor my te veins –"

"Is dit waarom jy van my af weggevlug het?" onderbreek hy haar vraend. Om sy sterk mond is daar nou duidelik 'n suggestie van 'n glimlag.

Sy trek haar skouers liggies op. Ook die fyn boog van haar wenkbroue is puntenerig opgetrek.

"Noem dit so as jy wil, señor," antwoord sy ontwykend, ongeërg.

Maar dan verander sy van gedagte, kyk hom die eerste keer deurdringend aan en verklaar nadruklik: "Ek besef natuurlik dat ek nie een van jou volk is en ook nie uit die adel spruit nie, señor marquês. Maar ons gewone Suid-Afrikaners is net so fyngevoelig en eergevoelig soos julle edellui, onthou dit altyd."

"Dit het ek die eerste dag al besef toe ek jou daar langs die fontein ontmoet het . . ."

Naderende voetstappe laat hom oombliklik swyg. "Ons gesels later verder," vervolg hy sag, ongeërg, neem haar arm hoflik en lei haar na die naaste ingang van die castelo.

Met 'n vrolike: "A, hier is jy, Marina!" loop Elena hulle in die groot deur van die sitkamer tegemoet en haak spontaan by haar blonde vriendin in. "Ons wag al so lank dat jy vir ons 'n paar stukkies op die klavier moet speel." Sy kyk haar broer met 'n warm glimlag aan. "Ek sal Renaldo hierdie selfsugtigheid nooit vergewe omdat hy jou so lank vir hom alleen toegeëien het nie."

"Ek is seker die señorita het die maanskyn en my sjarmante geselskap baie meer geniet, my liewe Elena," onderbreek hy haar met 'n tergende glimlaggie wat sy hele gesig wonderlik laat ophelder, maar wat Marina pynlik laat bloos.

"Kom, ek sal vir julle gaan speel," probeer sy ongeërg sê, maar in haar binneste kook dit van ergerlikheid teenoor die verwaande marquês wat blykbaar gewoond daaraan is om sy sê sonder teenkanting te sê.

In 'n gesellige stemming verlaat die twee meisies die sitkamer, terwyl die meeste van die gaste hulle na die musiekkamer volg waar 'n glimmende oop vleuelklavier hulle verwelkom.

Grasieus neem Marina voor die instrument plaas. Sy voel heeltemal op haar gemak, want op die gebied van musiek blink sy uit.

Die eerste stuk wat sy speel, is 'n liedjie vol heimwee, en sy wonder met 'n geamuseerde glimlaggie of hierdie eg Afrikaanse liedjie al ooit voorheen in 'n kasteel, met 'n klomp edellui as gehoor, opgeklink het.

Toe sy eindelik die slotakkoorde druk, is die applous so groot dat sy maar nog 'n paar Afrikaanse liedjies speel.

Wanneer Renaldo langs die klavier kom staan het, weet Marina nie. Maar toe sy die slotakkoorde van die laaste stuk druk, kyk sy op in sy donker, smeulende oë wat haar met 'n peinsende uitdrukking dophou.

Sy voel oombliklik ontsenu en maak sommer dadelik aanstaltes om op te staan.

Net voor sy wegdraai, val haar blik weer terloops op hom. Sy merk dat hy haar met 'n vreemde, betekenisvolle glimlaggie aankyk, komplete asof hy bewus is van alles wat in haar binneste omgaan.

'n Blos van verleentheid sprei oor haar wange en sy voel of sy haarself kan klap daaroor.

Sonder meer draai sy haar rug op hom en gaan eenkant op 'n bankie sit. Almal teken luid protes aan, maar Marina weier beslis om weer te speel. Tot haar grootste verligting kom maak Ricardo hom langs haar tuis. Hy swaai haar hoë lof toe vir haar spel, daarna raak die gesprek lig en algemeen, en enkele minute later het Marina haar ou spontaneïteit herwin.

Om tienuur word hulle weer met drankies bedien, en toe die horlosie later elfuur aankondig, begin almal aanstaltes maak om tot ruste te kom.

6

Die dag het pas gebreek. In die ooste hang 'n digte dynserigheid wat die stad geheimsinnig omhul. Deur die oop venster word die sout geur van seewater op 'n ligte bries na Marina gedra.

Met oë wat dof is van diep bepeinsing, staan sy voor die venster na die horison en tuur. Met sonop moet hulle vertrek, het Renaldo gisteraand gesê. Maar Marina voel so huiwerig. Moet sy aan hierdie reis meedoen? Almal is nou wel baie gaaf en vriendelik teenoor haar, maar Renaldo se gedrag kan sy glad nie verstaan nie. Die man is so buierig. Die een oomblik is hy buitengewoon vriendelik en sjarmant, om net die volgende oomblik weer koel en onverbiddelik te wees.

Hierdie buierigheid van hom laat Marina bitter ontuis en onwelkom voel, want dit lyk vir haar of hy net teenoor haar en Ricardo so koud en onvriendelik is. Nog nooit het sy hom anders as vriendelik en beleef teenoor sy ander gaste sien optree nie. Hulle is nou wel almal familie van hom, maar dit sê nog niks – Ricardo is ook familie van hom.

Nee, sy weet nie so mooi wat haar te doen staan nie. Sy het bitter min lus vir hierdie uitstappie en tog durf sy nie nou kop uittrek nie. Dit sal darem alte ondankbaar lyk nadat sy reeds van gister af hul gasvryheid geniet. Maar dit hinder haar ontsettend, die wete dat sy in werklikheid nie Renaldo se keuse as gas is nie. Want nadat Ricardo eiereg gebruik en haar reeds genooi het, het hy maar bloot uit hoflikheid die uitnodiging herhaal.

Ek moes nooit Ricardo se uitnodiging aanvaar het nie, peins sy met 'n ongelukkige trek in haar pragtige oë. Ek is niks anders as 'n onwelkome gas, 'n ongewenste indringer in hul intieme familiekring nie. Renaldo se gedrag toon dit tog duidelik genoeg!

Marina voel diep ongelukkig. Sy weet by voorbaat dat hierdie uitstappie vir haar geen plesier gaan inhou nie. Sy voel in almal se pad, en dit laat haar nog meer ontuis voel. Dis net Elena, Celesta en Ricardo wat haar welkom laat voel.

Sy dink aan die twee dae aan boord wat voorlê, en haar oë vertroebel meteens weer. Hoe sy uit Renaldo se pad gaan bly gedurende dié twee dae, is haar grootste bekommernis . . . En nou moet sy nog op hom, van alle mense, verlief wees. Die twee dae gaan vir haar beslis soos eindelose jare voel.

Met trae hande begin sy haar later aantrek vir die reis. Sy voel wel min lus daarvoor, maar sy het geen ander keuse as om maar te gaan nie. Selfs haar bekoorlike spieëlbeeld, haar fleurige somerrokkies en vietse, veelkleurige sandale kan haar nie in 'n vrolike stemming plaas nie. Dis of elke beweging, elke gebaar van haar onder dwang geskied.

Sy veins 'n vrolike laggie toe sy die ouer meisie se môregroet beantwoord, maar kan nie die ongelukkige uitdrukking in haar oë wegsteek nie. Elena merk dit dadelik en ofskoon sy nie 'n woord daaroor rep nie, besluit sy nietemin om later met Renaldo daaroor te praat.

"Hoe lyk dit, is jy al gereed?" glimlag Marina vriendelik terug. Haar blik gly oor Elena se pragtige figuur wat deur 'n nousluitende rok beklemtoon word. Dan roep sy sag uit: "Mense, maar jy lyk asemrowend! Jy lyk voorwaar mooi genoeg om al wat man is se hart te breek, weet jy?"

"Ja, spot maar," lag die ouer meisie haar heerlik uit. "Jy probeer my tog maar net troos omdat jy weet nie een van ons kan by jou kers vashou nie. Selfs Maria en Julieta dink jy is 'n meesterstuk so uit die kunstenaar se hand. En dis nog nie al nie. Tot my twee puntenerige ou tantes dink jy sal 'n wonderlike aanwins wees vir die familie. As jy my vra, hou hulle styf duim vas dat Renaldo of Ricardo dit ook besef."

"Nee, wag, jong," keer Marina laggend, dog duidelik verleë. "Sê vir jou tantes hulle moet sulke dagdromery liewer staak. Oor 'n maand moet ek teruggaan na my eie land. Ek kan dus geen huwelik hier in die vreemde sluit nie."

"A, maar die liefde vra nie of dit 'n vreemde land is of nie, my liewe Marina," troef sy die jonger meisie met 'n ondeunde vonkeling in haar donker oë. "As die liefde eers van jou hart besit geneem het, is alle ander dinge van minder belang."

"Jy praat asof jy al self liefgehad het," stuur Marina die gesprek in Elena se rigting, want haar liefde vir Renaldo is die allerlaaste ding op aarde waaroor sy wil gesels.

"O ja, ek het. Maar 'n maand voor ons huwelik is Fernando oorlede." Sy kyk na haar polshorlosie, kom orent en hervat: "Maar kom, ek dink dis al tyd vir ontbyt."

Geselsend verlaat hulle die vertrek en sluit hulle by die ander gaste aan wat ook op pad is na die eetkamer. Almal verkeer in 'n vrolike luim, maar hul ligte geskerts maak nie veel indruk op Marina nie. Sy veins wel 'n vriendelike glimlaggie wanneer dit van haar verwag word, maar diep in haar binneste voel sy bitter ongelukkig.

Elena verlaat haar blonde vriendin se sy egter nie 'n enkele oomblik nie. Sy vermoed dat Marina dalk ongelukkig voel omdat die ander gaste vir haar nog vreemd is, en in daardie geval sal dit onregverdig wees om haar aan die klomp vreemdelinge oor te laat.

Hulle bereik die eetkamer en elkeen neem sy plek aan tafel in.

'n Vrolike atmosfeer heers om die tafel en ligte geskerts is aan die orde van die dag. Selfs Renaldo, geklee in 'n wit pak van foutlose snit, is buitengewoon opgewek en deel heelhartig in die vrolike geskerts. Vir Marina is dit iets vreemds. Nog nooit het sy hom in so 'n vrolike luim gesien nie. Want om selfs 'n grappie te maak, is iets wat sy totaal benede sy waardigheid geskat het.

Onderwyl hulle ontbyt geniet, word hul bagasie in die groot, luukse jag gelaai sodat hulle dadelik na ontbyt kan vertrek. Hierdie reëlings het Renaldo reeds vroeër getref sodat daar geen vertraging of oponthoud sal wees nie.

"Jy is baie stil vanoggend, Marina, pequena," hoor sy Ricardo meteens sag langs haar sê. Sy oë fynkam haar gelaat met 'n warm, vertroulike blik. "Het jy nie goed geslaap nie?" wil hy bekommerd weet.

"O nee, ek het soos 'n klip geslaap," antwoord sy en kyk hom met 'n oortuigende glimlaggie aan. Dan stuur sy die gesprek in 'n ander rigting deur te vervolg: "Terloops, dit lyk of dit 'n ideale dag gaan wees vir die vaart. Die see behoort buitengewoon kalm te wees. Ek merk daar is nie 'n teken van wind nie . . ."

Die maaltyd verloop gesellig en toe almal later klaar is, verlaat hulle die eetkamer, elkeen gereed en in die regte stemming vir die reis wat voorlê. Behalwe natuurlik Marina, wat haar bes doen om opgewek voor te kom.

Tot dusver het Elena en Ricardo haar beurtelings geselskap gehou. Renaldo se môregroet was soos gewoonlik kortaf en formeel. Daarna het hy nie weer haar geselskap opgesoek nie. Vir Marina is hierdie optrede van hom nog 'n bewys dat hy haar bloot hoflikheidshalwe duld, want met al die ander meisies het hy 'n kort geselsie gevoer; selfs met die twee ouer vroue wat 'n paar minute laat opgedaag het vir ontbyt.

Marina doen haar bes om haar nie aan Renaldo se openlike minagting te steur nie, maar sy slaag nie ten volle daarin nie. Dis vir haar, wat so uiters fyngevoelig is, soos 'n klap in die gesig. Daarom is sy nou meer vasberade as ooit om sover moontlik uit sy pad te bly. Sy weet net nie hoe sy dit op die jag gaan bewerkstellig nie.

'n Uur later is almal aan boord. Die kragtige enjins brul en laat die reusevaartuig liggies tril. Met Ricardo dig aan haar sy, staan Marina op die dek en kyk na die boothuisie wat al kleiner en kleiner word, totdat dit later heeltemal uit sig verdwyn.

Enkele minute later vaar hulle die aanrollende golwe tegemoet. Die vaartuig word liggies rondgegooi totdat hulle die diep water bereik. Daarna kan almal met gemak op hul voete bly.

Meteens is daar weer lewe in die gaste. Sommige staan op die dek rond en ginnegaap, ander maak hulle tuis op dekstoele. 'n Draagbare radio word eenkant op 'n tafeltjie geplaas en aangeskakel, en die vrolikheid loop hoog.

Elena, wat as gasvrou optree, beweeg gesellig tussen die gaste rond en maak seker dat almal gemaklik en tevrede is.

Met haar elmboë op die reling geleun, staar Marina droomverlore na die seevoëls en die uitgestrektheid van die ongelyke oseaan. Sy is so meegevoer deur haar eie gedagtes dat sy heeltemal van Ricardo hier langs haar vergeet. Eers toe hy met haar praat, val dit haar by dat sy nie alleen is nie.

"Jy is seker al moeg van die stanery, pequena," hoor sy Ricardo besorg sê, en haastig trek hy vir haar 'n dekstoel nader.

Sy bedank hom en neem plaas. Dan laat sy haar blik belangstellend oor die gaste dwaal. Sy merk dat Renaldo afwesig is en dit laat haar heimlik verlig voel.

'n Oomblik later sluit Elena haar by hulle aan en verwittig Ricardo dat haar broer hom in die sitkamer wil spreek. Hy maak verskoning en stap haastig weg.

Enkele minute gesels die twee meisies nog oor algemene sakies, toe bied Elena aan om Marina die binnekant van die jag te gaan wys, aangesien dit twee dae lank hul tuiste gaan wees.

Soveel luuksheid het die Suid-Afrikaanse meisie nie verwag nie. Trouens, dis die eerste keer in haar lewe dat sy so 'n luukse jag van binne besigtig.

Hulle tree die ruim eetkamer binne en wat Marina betref, kon hulle net sowel die eetkamer van 'n luukse hotel betree het. Daarna word sy na die kajuite geneem, wat vir geen moderne plesierboot terug hoef te staan nie; alles is baie modern en gerieflik – die sitkamer, leeskamer, kroeg en kombuis. Daar is selfs 'n speelkamer vir kleuters.

Marina is diep beïndruk en sy maak geen geheim daarvan nie. Dis vir haar duideliker as ooit dat Renaldo nie die einde van sy skatte ken nie.

"Van die leeskamer sal ek seker nooit gebruik maak nie," merk sy laggend op toe hulle terugstap na die dek.

"Hou jy nie van lees nie?" wil Elena weet onderwyl sy haar vriendin verbaas aankyk. Marina lyk gans te intelligent om nie van lees te hou nie.

"O nee, ek is baie lief vir lees," antwoord sy. "Maar ek vrees jul taal is vir my totaal vreemd, Elena. Ek glo nie ek sal dit ooit bemeester nie, wat nog te sê jul boeke lees –"

"Maar dis nie alles Portugese boeke nie, my vriendin," val sy Marina met 'n goedige laggie in die rede. "Dis 'n versameling van Portugese, Franse, Duitse en Engelse boeke. Almal werke van die hoogste gehalte – hoe noem 'n mens dit nou weer op Engels . . . klassieke werke, nè?"

Marina knik bevestigend, aangenaam verras. Toe hulle uitstap op die dek, merk sy dat die jongklomp besig is om 'n spel te speel wat vir haar totaal vreemd is. Elena vertel haar wat die naam van die spel op Portugees is, maar dit kan sy nog minder verstaan.

Hulle kuier langsaam by die spelers verby en gou word sy en Elena ook in die kring ingetrek. Maar nadat sy aan hulle verduidelik het dat sy absoluut niks van die spel verstaan nie, word sy verskoon. Daarna gaan sluit sy haar aan by die twee ouer vroue wat die verrigtinge met groot belangstelling volg.

Ofskoon hulle nie eintlik Engels kan praat nie, verwelkom hulle haar met 'n vriendelike glimlag en Marina voel darem nie heeltemal uitgesluit nie.

'n Lang ruk volg sy die spel met diep konsentrasie, dan trek sy haar strandhoed laag oor haar gesig om die son af te weer en gee haar volkome aan haar gedagtes oor.

Die ritmiese gewieg van die vaartuig, gepaard met die koesterende strale van die son, stem haar lomerig. Sy is ook net oorgehaal om haar geheel en al oor te gee aan 'n rustige slapie, toe iemand haar hoed versigtig oplig en tersluiks onder die rand inloer.

Stadig maak sy haar oë oop. Die volgende oomblik kyk sy vas in Renaldo se donker oë wat gefassineer in hare staar, en onverhoeds gaan haar hart wild op loop.

Hy verwyder die hoed van haar gesig en plaas dit op haar skoot. Swyend trek hy vir hom 'n stoel langs hare en neem gemaklik plaas.

"Ek hoop nie ek het jou gesteur nie," sê hy gelykmatig. "Ek het gedink jy slaap en wou baie graag sien hoe jy lyk as jy slaap."

"Jy het my nie gesteur nie, señor," antwoord sy beleef sonder om hom aan te kyk. "Maar 'n mens lyk seker maar dieselfde wanneer jy slaap as wanneer jy wakker is!"

"Dis presies die teenoorgestelde, señorita," laat hy met ligte spot hoor. " 'n Mens lyk anders as jy slaap. Slaap laat byvoorbeeld elke spier in die menslike gestel ontspan." 'n Ondeunde vonkeling verskyn meteens in sy altyd skerp oë. "En sommige mense slaap selfs met 'n oop mond –"

"Dan het hulle óf verkoue, óf hulle ly aan 'n toe neus," knip sy sy relaas kort.

Maar die marquês is nie 'n man wat sy standpunt so maklik prysgee nie.

"Snaaks," sê hy," ek ly nie aan 'n toe neus nie en tog slaap ek met 'n oop mond. Hoe verklaar jy dit, señorita?"

Vlugtig kyk Marina hom aan. Sy merk die lagduiweltjies in sy oë en oombliklik weet sy dat hy met haar die draak steek.

"Dis 'n uiters slegte gewoonte, señor," verklaar sy berekenend. "En daar is net een oplossing daarvoor. As jy nie aan vergrote mangels ly nie, moet jy maar saans 'n kussing onder jou ken prop om jou mond gesluit te hou."

Die eerste keer vandat sy Renaldo ken, bars hy hartlik uit van die lag.

"Jy is kostelik, señorita," sê hy toe hy tot bedaring kom. "Maar ek sal gewis jou wenk op die proef stel."

'n Lang ruk praat hulle nie 'n woord nie. Albei rus gemaklik agteroor in die lae dekstoele; Marina met haar oë strak op die spelers gevestig, Renaldo met sy oë peinsend op haar fynbesnede gesiggie gerig.

Hier waar hy haar met soveel noukeurigheid sit en bekyk,

wonder hy heimlik hoe 'n soort man haar aanstaande verloofde is; of hy haar regtig werd is en of hy haar skoonheid altyd sal waardeer.

Dis inderdaad jammer dat hul verhouding al so ver gevorder het, dink hy, en meteens verskyn daar weer 'n harde trek om sy mond. Nee, die man is haar beslis nie werd nie, flits dit deur sy gedagtes. As hy haar byvoorbeeld so liefgehad het soos . . . Ag, nou ja, as hy haar werklik bemin het, sou hy haar nie toegelaat het om alleen te gaan reis nie. Enige onheil kan haar tref, maar daaraan steur hy hom blykbaar nie! Nee, die dokter is haar beslis nie werd nie. As hy nóú nie eens oor haar veiligheid besorg is nie, sal hy dit na hul huwelik ook nie wees nie. Hy is beslis nie die regte man vir haar nie. Sy moet met 'n man trou wat haar opreg bemin, 'n man wat haar veiligheid kan bied en haar selfs met sy lewe sal beskerm! Hy kyk na haar fyn handjies wat soos twee moeë vlinders op haar skoot rus, na haar bors wat liggies op en af beweeg, na haar hare wat soos ougoud in die son blink, en impulsief besluit hy dat die señor dokter haar nie gaan kry nie.

Hy draai sy gesig weg en vestig sy blik op die verre gesigseinder waar 'n mistigheid soos 'n geheimsinnige kleed oor die golwe hang. Voor sy geestesoog sien hy al klaar hoe lustig die klein Renaldo en sy blonde sustertjie op die ruim grasperke van die castelo baljaar. 'n Genotvolle glimlaggie pluk-pluk aan sy mondhoeke.

Marina, wat vlugtig na sy kant kyk, merk die glimlaggie om sy mond. Voordat sy haar kan keer, is die woorde reeds uit: "Jy lyk geamuseer, señor, of koester jy maar net aangename gedagtes?"

Hy betrap haar blik wat koel op hom rus.

"Dit was aangename gedagtes, menina," antwoord hy en sy glimlag verbreed. "Maar nou laat jy my werklik geamuseer voel."

"Ek . . .!" Haar stem sowel as haar oë toon verbasing.

"Ja, jy, pequena." Hy raak meteens weer ernstig. "Jy is altyd so koel teenoor my. Kan jy my een goeie rede gee waarom jy nie van my hou nie?"

'n Kort oomblik dwaal Marina se blik peinsend oor die blou, swellende golwe; dan kyk sy hom met 'n geslote blik aan.

"Ek dink dis raadsaam dat ons liewer niks verder in hierdie verband sê nie, señor –"

"My naam is Renaldo, en jy kan my gerus maar so noem," val hy haar in die rede met 'n waaksame uitdrukking in sy donker oë. "Jy beweer dat jy Ricardo nie liefhet nie, en tog is jy altyd so stralend vriendelik met hom. Dis snaaks . . . Wat presies besit hy wat ek nie besit nie?"

"Jy verbaas my, señor –"

"Ek het gesê my naam is Renaldo," herhaal hy.

"Ek verkies om jou formeel aan te spreek, señor marquês," merk sy ongeërg op. Dan keer haar blik weer na die rustelose golwe en sy vervolg: "Maar om terug te keer tot jou vorige vraag in verband met Ricardo . . . Daar is geen sprake van wat hy besit wat jy nie besit nie. Jy en Ricardo verskil maar net hemelsbreed van mekaar."

"In watter opsig?"

"O, in alle opsigte. Ten eerste jul karaktertrekke, jul geaardhede . . . Ricardo is die onbekommerde en opgewekte tipe. In sy teenwoordigheid kan 'n mens nie lank vreemd voel nie. Sy spontane openhartigheid laat 'n mens sommer gou tuis voel by hom –"

"En ek is natuurlik die koue, streng en ongenaakbare tipe, nè, señorita?" onderbreek hy spottend haar betoog.

"Ek het dit nie gesê nie –"

"Dis waar, jy het nie," val hy haar in die rede. Sy byna swart oë kyk haar deurdringend aan en om sy mooi, sterk mond huiwer 'n vae glimlaggie. "Miskien het jy dit slegs in jou hart bedoel."

Dan kom hy orent, werp haar 'n betekenisvolle blik toe, en die volgende oomblik draai hy om en stap langsaam weg.

Met 'n ligte frons staar Marina hom agterna. Sy weet momenteel nie wat om van sy eienaardige uitlating te dink nie: "Wat besit hy wat ek nie besit nie?"

'n Lang ruk sit sy oor hierdie woorde van hom en peins. Maar hoe nader sy aan die waarheid kom, hoe onwaarskynliker en meer vergesog klink dit vir haar, totdat sy later die hele gedagte verwerp.

Hy is doelbewus daarop uit om 'n gek van my te maak, besluit sy, en hoe gouer ek my liefde vir hom in die kiem smoor, des te beter sal dit vir my eie gemoedsrus wees!

Sy merk hoe hy doelloos by die spelers rondkuier. Toe staan hy nader aan Maria, plaas 'n intieme hand op haar skouer en fluister iets vertrouliks in haar oor. Dit laat die swartkop vlugtig na hom opkyk en stilweg glimlag.

Marina weet nie of sy haar dit verbeel nie, maar die blik wat Maria en Renaldo pas gewissel het, was vir haar vreemd intiem, so asof daar iets meer as bloot 'n neef-niggie-verhouding tussen hulle bestaan.

Noudat sy daaraan dink, tref dit haar dat Renaldo gisteraand baie dikwels in Maria se geselskap verkeer het. Dis natuurlik 'n pynlike gedagte vir haar. Maar as sy eerlik met haarself wil wees, moet sy erken dat Renaldo se optrede teenoor Maria nie dié van 'n neef is nie, maar veel eerder van 'n beminde.

Hy is beslis verlief op sy niggie, dink sy mistroostig, waarom anders soek hy haar geselskap so dikwels op? Net 'n man wat verlief is, tree so op!

Die wete lê loodswaar en bitter seer in haar hart. En hoe sy ook al haar gedagtes in 'n ander rigting probeer dwing, die gedagte aan Maria en Renaldo keer maar voortdurend terug om haar seer gemoed verder te teister.

Nee, besluit sy later, dis onsinnig om so begaan te wees oor die man. Wat het dit tog met my te doen as hy verlief is op Maria? Sy is immers uit sy eie volk en heeltemal geregtig op sy liefde. En buitendien, daar is Frikkie wat op my terugkoms wag. Frikkie wat so uiters beginselvas is, wat nooit eens 'n gedagte sal skenk aan 'n ander meisie as ek nie, wat nog te sê 'n uitlander!

Met 'n lui gebaar kom Marina orent, plaas haar strandhoed op die stoel waarop sy gesit het en stap langsaam na die agterstewe van die jag, waar sy met 'n verveelde uitdrukking oor die reling leun en na die blougroen water tuur.

Sy staan nie lank daar nie, of Ricardo kondig sy teenwoordigheid aan deur sy hande stilletjies oor haar oë te sluit.

"Toemaar, Ricardo," lag sy hom uit, "daar is net een man op die boot wat hom soveel vryheid sal veroorloof."

Sy neem albei sy hande in hare en vou hulle gekruis oor haar bors, presies soos wat sy met 'n ouer broer sou doen, onbewus van die wilde emosies wat hierdie intieme gebaar in die jong man ontketen.

Hy druk haar 'n oomblik saggies teen haar vas daar waar sy met haar rug na hom staan, buig nader en fluister in haar oor: "Ek gaan jou nog eendag soen, pequena. Miskien sal dit jou gevoel vir my aanwakker, jou laat besef dat ek die man is vir jou."

Sy lippe vee liggies oor haar kroontjie, dan fluister hy in haar geurige hare: "Dit sal vir my die gelukkigste dag in my lewe wees, die dag dat jy instem om my vrou te word!"

Weer druk hy sy lippe saggies op haar kroontjie. Maar toe hy sy kop oplig, merk hy Renaldo se vorstelike gestalte wat 'n paar treë van hulle af staan. Hoe lank hy al daar staan, weet Ricardo nie. Maar aan die onvergenoegde trek om sy mond is dit vir die jong man duidelik dat dit al lank moet wees. Hy weet Renaldo verfoei sulke intimiteit in die openbaar, vandaar sy onvergenoegdheid.

Saggies maak hy sy hande los uit Marina s'n en gaan langs haar staan. Die volgende oomblik hoor hy haar met buitengewone erns sê: "Jy sal nog moet leer dat 'n mens nie alles kry wat jy van die lewe verlang nie, Ricardo. En wat die liefde betref . . . Nou ja, moet liewer nie jou hoop daarop vestig nie, en vandag se vurige verwagtinge is môre se vaal as. Soms is dit beter om geen verwagtinge te koester nie. Ek beraam feitlik nooit planne vooruit nie, juis omdat hulle te dikwels verydel word . . ."

"Dit sluit natuurlik nie jou huweliksplanne in nie, señorita," gee Renaldo skielik agter haar antwoord.

Marina draai effens om, kyk die spreker oor haar skouer aan en sê doodluiters: "Ek koester tot dusver geen huweliksplanne nie, señor."

Renaldo kom langs haar staan en onderwyl sy oë peinsend in die verte staar, merk hy sonder veel belangstelling op: "Dis vreemd, señorita. Enige meisie wat op die punt staan om verloof te raak, koester tog immers huweliksplanne!"

"Net verloofde meisies koester huweliksplanne, señor," weerspreek sy hom vinnig. "En ek is nog lank nie verloof nie. Trouens, ek is glad nie so seker of ek wel verloof wil wees nie!"

Die marquês verskuif sy blik na haar en sy wenkbroue vorm 'n onmiskenbare vraagteken. Sy stem is egter kalm soos gewoonlik toe hy verneem: "Het jy die señor dokter dan nie lief genoeg om jou aan hom te verloof nie? Of is dit jou Afrikaanse vriend hier in Lissabon wat die liefde vir jou aanstaande verloofde laat verflou het?"

"O, ek het Frikkie op 'n manier lief," antwoord sy onwillekeurig. "Maar ek verkies om nie gebind te wees nie – altans, nie nou al nie. Ek wil die lewe nog eers terdeë geniet voordat ek mevrou Basson word."

"Jy is dus bang dat die getroude lewe jou plesier sal inkort?" sê-vra hy, en nou is daar duidelik 'n uitdrukking van spot in sy donker blik wat so onverstoord op haar rus.

"Inderdaad, señor. As Frikkie nie so uiters konserwatief was nie, sou ek maklik genoeg met hom getrou het. Maar ek weet mos hy sal my nooit toelaat om alleen 'n dans of 'n onthaal by te woon wanneer hy moet werk nie!"

"Jy wil dus getroud wees, maar terselfdertyd jou vryheid behou. Is dit wat jy bedoel, señorita?" Hy kyk haar aan asof sy 'n verskynsel uit 'n ander sonnestelsel is en hy nog nie presies kan vasstel of sy wel 'n menslike wese is nie.

"Dis presies wat ek bedoel, señor."

Daar plooi 'n geamuseerde laggie om sy mond. "Jou idees van die getroude lewe is net te verregaande vir woorde, señorita. Maar ek voorspel dat die regte man jou sal tem. 'n Paar kinders sal beslis van jou 'n huislike vroutjie maak."

"'n Paar kinders –" hyg sy.

Maar hy val haar dadelik in die rede met: "Ja, elke jaar een, señorita. Dis al oplossing wat daar vir jou is."

Hy kyk haar 'n oomblik deurdringend aan. Toe draai hy om en kuier langsaam terug na waar daar nou dektennis gespeel word. Sy gedagtes is een groot warboel. Nog altyd kon hy die innerlike van elke mens peil en hul karakter tot in die fynste besonderheid deurgrond. Maar hierdie meisie is 'n rare mengsel. Want hoewel sy soms uiters gevoelig en sagsinnig is, is sy ook hard, selfsugtig en eiesinnig – soms wil dit vir hom selfs voorkom asof sy nie 'n greintjie diepte besit nie. En tog kan sy baie logies en diepsinnig redeneer, kompleet asof sy die wêreld se wysheid in pag het.

Sy is waarskynlik net stroomop as sy met my in gesprek verkeer, kom hy later tot 'n min of meer bevredigende gevolgtrekking, want met Ricardo is sy gewoonlik net die teenoorgestelde!

Teen middagete het Renaldo egter nog nie 'n bevredigende opsomming van Marina gemaak nie. Hy besluit dat hy nie rus vir sy siel sal kry nie voordat hy elke aspek van haar samestelling behoorlik deurgrond het.

7

Na die ete die aand verdaag almal na die sitkamer waar die kelner hulle met likeurkoffie bedien, iets waaraan Marina maar nie gewoond kan raak nie. Sy hou van 'n koppie koffie en ook van 'n drankie, maar so 'n gemengde spulletjie darem . . .

Die geselskap gaan oor die volgende dag se dekspele en daar word uitdagings links en regs uitgedeel, totdat Elena later verveeld begin voel en sorg dat die klanke van lewendige musiek opklink.

Die jongklomp se voete jeuk, maar nie een waag dit om 'n paar passies uit te voer voordat Renaldo toestemming daartoe verleen nie – nie omdat hy die gasheer is nie, maar omdat hy die hoof van die hooggeagte De Conna-familie is.

Die eerste vinnige wals klink enduit op sonder dat een dit op die dansbaan waag. Die tweede lied is egter 'n tango, een van daardie soort wat 'n mens onwillekeurig saamsleur met die wonderlike ritme van die musiek. Tot almal se verbasing kom Renaldo orent en stap oor na waar Marina afgetrokke sit en luister na die musiek.

Hy gaan voor haar staan met daardie kenmerkende warm glimlag wat hy gewoonlik vir elke gas gereed het, en versoek sjarmant: "Sal ons die baan open met hierdie dans, señorita?"

Marina kom orent, lê haar hand in syne, en die volgende oomblik is sy net bewus van sy arms wat haar omvou en haar liggies teen hom vasdruk.

'n Gevoel van geluksaligheid spoel soos 'n magtige golf oor haar. Die aanraking van sy breë, gespierde bors, die warm polsing van sy hart en sy asem teen haar voorkop is alles dinge wat vreemde emosies in haar ontlok, haar opnuut laat besef hoe lief sy hierdie man het.

Haar oë moes elke emosie in haar hart verraai het, want sy glimlag sowel as sy stem is warm en vertroulik toe hy na 'n rukkie sê: "Wens jy ook die musiek kan vir ewig aanhou, menina?"

'n Blos van verleentheid sprei onwillekeurig oor haar gesig en sy weet nie wat om te sê nie. Maar sy besef sy sal hom vinnig op 'n dwaalspoor moet lei. Hy het veels te diep in haar gevoelige hart gestaar. Dus sê sy gemaak oortuigend: "Ek hou van dans, señor, daarom kan ek myself so volkome inleef in die ritme van die musiek. En . . . nou ja, jy is 'n kenner van die danskuns, daarom is dit aangenaam om met jou te dans."

"Is dit net omdat ek 'n kenner van die kuns is?" wil hy dadelik weet. Hy kyk haar met 'n betekenisvolle blik aan, wat Marina met 'n skok laat besef dat sy hom hoegenaamd nie met haar swak verduideliking om die bos gelei het nie.

"Dis altyd aangenaam om met iemand te dans wat die kuns verstaan, señor," antwoord sy half ontwykend en doen haar bes om sy ondersoekende blik te ontwyk.

Hierop het hy niks te sê nie, maar toe sy 'n rukkie later opkyk, merk sy dat sy blik steeds intens, nadenkend op haar rus. Dus laat sy haar blik dadelik weer sak.

"Dis gerusstellend om te weet dat jy die kans darem geniet, Marina, pequena . . . Al is dit dan net om die kuns daarvan, en nie soseer omdat ek jou dansmaat is nie. Miskien sou jy dit meer geniet het met Ricardo?"

Hierop antwoord sy nie, uit vrees dat sy haarself dalk net dieper in die verleentheid sal bring. Die man se sintuie is inderdaad soos X-strale wat deur alles dring, en dit stel haar dadelik weer op haar hoede.

Die musiek loop ten einde. Hoflik soos altyd lei hy haar terug na haar sitplek. Hy spreek haar egter nie weer aan nie. Maar sy blik voordat hy terugkeer na sy eie sitplek spreek boekdele.

As Marina nie so uiters fyngevoelig was oor die feit dat sy 'n ongewenste gas is nie, sou sy miskien al sy liefde vir haar in sy donker oë opgemerk het. Want die eerste keer in sy vyf en dertig lewensjare het hierdie edelman sy hart verloor – reeds die eerste dag toe hy Marina by die spuitfontein ontmoet het. So hopeloos verlief is hy dat dit hom grief om te dink dat daar 'n aanstaande verloofde in haar eie land op haar wag, of om haar selfs 'n oomblik met die verliefde Ricardo te deel.

Ofskoon hy dit nie openlik toon nie, is dit vir hom 'n marteling om te aanskou hoe stralend vriendelik sy deurentyd met Ricardo is, terwyl hy met haar koel hoflikheid tevrede moet wees.

Die musiek begin weer speel. Hierdie keer is daar etlike pare op die dansbaan. Ricardo vra Marina vir die dans, maar sy moet erken dat hy nie halfpad so goed geskool is in die danskuns soos Renaldo nie.

Van waar hy eenkant half in die hoek van die vertrek sit, volg Renaldo elke beweging van Marina met smeulende oë. Maar hy vra haar nie weer vir 'n dans nie, uit vrees dat dit sy gevoel vir haar te openlik aan sy gaste sal verraai. En voordat hy haar liefde volkome besit, mag niemand weet van sy gevoel vir haar nie.

Vir Maria is dit bitter teleurstellend toe sy merk dat Renaldo geen plan koester om weer met haar te dans nie. Maar sy onderdruk haar teleurstelling moedig. Nou is sy meer oortuig daarvan as ooit tevore dat hy net daarop uit was om die gek met haar te skeer toe hy verneem het of sy nie ook wens die musiek hou vir ewig aan nie.

Hy is blykbaar van plan om 'n ligte flirtasie met my op tou te sit, besluit sy gekrenk. Ja, dis nooit anders nie. Hy beskou my mos as 'n flerrie en 'n koket en het klaarblyklik besluit dat 'n flirtasie met my aangename tydverdryf kan bied. Sy snork byna van diepe verontwaardiging. Hy moet seker dink ek is blind dat ek nie kan sien hoe verlief hy op Maria is nie! En tog het ek hom lief, peins sy weemoedig.

Sy besef dat die liefde nie iets is wat logies beredeneer kan word nie, want die stem van die hart was nog nooit logies nie. Die liefde is 'n emosie wat nie aanklop nie, en jy kan ook nie na logiese beredenering aan jou hart sê dat hy nie lief mag hê nie. Dis iets wat ongevraag binne-in jou groei, en dan, ewe skielik, is dit in volle wasdom daar.

Sy skud haar kop liggies asof sy alle gedagtes met hierdie gebaar wil uitwis. Toe loop die musiek ook ten einde.

Om elfuur word die dansery eindelik gestaak en word hulle weer met drankies bedien. Daarna begin almal aanstaltes maak om hulle vir die nag te ruste te begeef. Marina en Elena moet 'n kajuit deel, maar vir eersgenoemde, wat gewoond is aan die Goudstad se naglewe, is elfuur gans te vroeg om bed toe te gaan. Sy kan werklik nie begryp hoe hierdie mense dit regkry om elke aand so vroeg te gaan slaap nie, want volgens haar begin die aand in werklikheid eers om elfuur.

In die kajuit hang sy 'n ligte stola om haar skouers. Sy sê vir Elena dat sy 'n rukkie op die dek gaan sit om die maanlig op die golwe te bewonder, en sluit af met: "Ek vrees ek is 'n regte nagwolf en sal nog eers moet leer om elfuur bed toe te gaan." Sy kyk die ouer meisie met 'n vriendelike glimlaggie aan. "Tuis gaan ek nooit voor twaalfuur slaap nie – Saterdagaande gewoonlik twee-uur die volgende môre."

Die verbasing op Elena se gesig laat haar hartlik uitbars van die lag. "Ons Suid-Afrikaners is 'n wakker klomp," vul sy laggend aan en verlaat die kajuit.

Sy stap uit op die dek waar 'n sterbespikkelde naghemel soos 'n diamantbesaaide fluweeldoek oor alles hang en 'n yslike volmaan sy bleek strale koesterend oor die deinende golwe werp.

Langsaam slenter sy na die agterstewe van die jag. Sy verwyder haar stola en plaas dit op 'n stoel. Die aandlug is strelend en koel, en sy adem dit met diep teue in. Vol uiteenlopende gedagtes leun sy met haar arms gemaklik op die blink reling en tuur droomverlore na die uitgestrektheid van die hemelruim wat haar so klein en gering soos 'n nietige sandkorreltjie laat voel.

Toe, meteens, doem die beeld van Renaldo weer voor haar op en 'n ongekende, byna fisieke pyn wel in haar op. Sy besef dat dit verkeerd is, dat sy nie so oor hom moet voel nie. Maar haar hart wil hom nie aan bande laat lê nie, en voordat sy haar gedagtes kan keer, herleef sy elke oomblik in sy arms tydens die dans.

Ek mag hom nie liefhê nie, sug sy. Hy behoort aan Maria. En tog bemin ek hom met my hele hart . . .

"En waarom is jy nog nie in die bed nie, pequena?" hoor sy meteens die diep stem van Renaldo kort agter haar.

Sy draai effens om, kyk hom oor haar skouer aan en doen haar bes om haar stem nie opgewonde te laat klink nie toe sy gemaak ongeërg sê: "Ek is nie gewoond om so vroeg te gaan slaap nie, señor. Maar waarom is jý nog nie in die bed nie?"

Hy kom langs haar staan, kyk haar met 'n warm, intense blik aan en sê dan met 'n skalkse glimlaggie: "Ek het so half en half verwag, en ook gehoop, dat jy eers die maan en die sterre sal kom bewonder voordat jy bed toe gaan . . . Ek weet mos al hoe lief jy is vir die bekoring van die maan!"

"Dit klink interessant," lag sy onverskillig en blik hom sydelings aan. "Maar as ek mag vra, waarom het jy gehoop dat ek die hemelliggame sou kom bewonder?"

"Omdat daar 'n sakie is wat ek met jou wil bespreek. Trouens, dit hinder my al heeldag om jou so afgetrokke te sien." Sy stem verteder meteens. "Wat is dit wat jou so ongelukkig stem, menina? Weet jy dat ek jou nog nie een keer vandag spontaan hoor lag het nie? Selfs daardie groot, pragtige oë van jou was nog die hele dag bewolk."

Hierdie skielike besorgdheid van hom wek 'n eienaardige pyn in haar, maar sy doen haar bes om dit nie te laat blyk nie en kry dit selfs reg om flou te glimlag toe sy sê: "Ek kan werklik nie begryp waarom my afgetrokkenheid jou so moet hinder nie, señor. Ek het regtig nie sulke . . ." Dan swyg sy meteens.

"Jy het regtig nie sulke wat, menina?"

"Nee, sommer niks nie," antwoord sy vinnig. "Ek vrees ek het 'n oomblik vergeet dat jy my gasheer is."

"Maar ek dring daarop aan om te weet wat jy wou sê! Vergeet dus dat ek jou gasheer is en voltooi jou sin, pequena," versoek hy vriendelik.

'n Lang ruk staar sy strak voor haar uit in die niet, met die sagte strale van die maan vol op haar beeldskone gesig. Sy is so diep ingedagte dat sy nie eens merk hoe Renaldo se donker oë elke lyn van haar gesig liefkoos nie.

"Ek wou maar net sê, ek het regtig nie sulke besorgdheid van jou verwag nie, señor . . . Maar natuurlik, ek het vergeet dat hoflikheid by jou tweede natuur is."

"Dus glo jy dat ek bloot hoflikheidshalwe besorg voel oor jou?"

"Ek ken jou al 'n week lank, señor, en teenoor my was jy nog altyd allesbehalwe besorg." Sy draai om, kyk hom reguit aan en vervolg baie ernstig: "En wat meer is, ek weet presies hoe jy oor my voel en wat jy van my dink, dus kan daar hoegenaamd geen sprake van besorgdheid wees nie. Maar as jy my nou sal verskoon . . . Goeienag, señor."

Sy wil vinnig wegstap, maar die volgende oomblik neem hy haar onverhoeds aan albei skouer en dwing haar tot stilstand.

"Nie so haastig nie, pequena," sê hy met daardie glimlaggie wat haar hart gewoonlik soos 'n benoude voëltjie s'n laat klop. Hy laat nie haar skouers los nie, maar vervolg: "Ons het nog lank nie klaar gepraat nie . . . Jy sê jy weet hoe ek oor jou voel. Maar laat ek jou dít vertel: jy weet nie, want dan sal jy soms 'n bietjie vriendeliker wees met my, en nie al jou warm glimlaggies op Ricardo en die ander verspil nie!"

'n Kort oomblik bestudeer hy haar gesig in die flou lig van die maan. Toe vra hy onverwags: "Het daardie Suid-Afrikaanse vriend van jou in Lissabon al ooit vir jou gesê dat jy beeldskoon en begeerlik is, pequena?"

"Señor, asseblief . . ." keer sy.

Maar met een kragtige beweging gryp hy haar vas in sy arms en sê hartstogtelik: "As jy my weer een keer señor noem, gaan ek jou soen dat jy na asem snak; en glo my, dis geen ydele dreigement nie, hoor! My naam is Renaldo . . . Toe, sê nou weer een keer señor," daag hy haar uit.

"Asseblief, laat my gaan," soebat sy en kyk hom radeloos aan. Sy gesig is so naby hare, so intens naby dat sy selfs sy asem teen haar voorkop voel.

"Asseblief wie?"

"Renaldo."

"Pragtig, querida," glimlag hy af in haar verwarde gesiggie. "Nou het ek uiteindelik 'n metode ontdek om jou te tem. Maar sê my eers, het daardie Suid-Afrikaanse vriend van jou in Lissabon regtig nog nooit vir jou gesê dat jy beeldskoon en verruklik begeerlik is nie?"

Sy bloos vuurwarm van verleentheid.

"Nee, señ- . . . e . . . Renaldo . . ."

"Dan is hy 'n treurige mansmens, volkome blind en afgestomp. Maar laat ek jou dit vertel: jy is die mooiste en begeerlikste mensie wat ek al ooit ontmoet het, daarom verbaas dit my glad nie dat daar al so baie mans in jou lewe was nie. Maar jy moet uitskei met sulke flirtasies, menina. Ek gaan dit baie beslis nie duld nie."

"Señor, waar kry jy die reg . . .?"

Voordat sy egter haar sin kan voltooi, word sy styf teen sy bors gedruk en die volgende oomblik sluit sy lippe warm en hartstogtelik oor hare.

Met al haar mag spartel sy om haar uit sy omhelsing te bevry, maar haar poging blyk vrugteloos te wees, want sy arms is soos twee staalbande om haar. Dan gee sy haar volkome oor aan die hartstog van sy lippe.

Warm in sy omhelsing gevou, merk nie een die stil, verdwynende figuur van Ricardo wat eenkant in die skaduwee gestaan het nie. Ofskoon hy niks kon hoor wat tussen Marina en Renaldo gesê is nie, is dit vir hom nietemin baie duidelik dat Renaldo ook verlief is op die meisie wat hy self so intens begeer. Dus weet hy al by voorbaat dat hy van sy liefde vir Marina sal moet afsien, want Renaldo sal niks in sy weg duld wat moontlik sy liefde kan verongeluk nie.

Toe Renaldo eindelik sy donker kop oplig, staar hy lank af in twee viooltjieblou oë wat soos sterre vonkel. Sy asem jaag en dis baie duidelik dat hy emosioneel heeltemal van koers af is. Selfs sy stem bewe effens toe hy sag uitroep: "Querida, jy is my nie ongeneë nie! Jy kan onmoontlik my liefkosing met soveel gevoel en oorgawe beantwoord as jy my nie ook liefhet nie!"

Dis of hierdie gevoelvolle woorde haar meteens tot besinning bring, haar laat besef dat sy hom in 'n oomblik van swakheid tog toegelaat het om 'n gek van haar te maak. Sy voel of sy kan sterf van skaamte en vernedering, en met een pluk bevry sy haar uit sy arms en vlug haastig van hom af weg.

Met 'n vreemde glimlaggie staar hy haar verdwynende figuur agterna, dan mompel hy aan homself: "Dit sal jou absoluut niks baat om te vlug nie, my liefste. Jy kan vir my wegvlug, maar van die liefde nooit . . . Hoe kan jy tog vir jou eie emosies, jou eie hart wegvlug!"

Hy stap langsaam terug na sy kajuit. Hy weet instinktief dat hy Marina nie weer vanaand sal sien nie. Maar hy weet ook dat daar geen twyfel meer bestaan oor haar gevoel vir hom nie.

Met 'n hart oorlopend vol geluk begin hy hom later verklee. En toe hy eindelik in die bed lê, kring sy gedagtes nog steeds om Marina, wonder hy hoe lank dit haar sal neem om hul gebruike aan te leer. Hy is geensins van plan om die huwelik lank uit te stel nie.

Vir Marina was dit 'n groot verligting toe sy met haar terugkoms in die kajuit vind dat Elena reeds slaap. Haar hart het nog steeds wild geklop, en ook haar hande het nog liggies gebewe toe sy haar begin verklee en in die bed kruip. Maar die geseënde slaap wou haar nie kom verlos van al haar pynlike gedagtes nie.

Een oomblik het sy gebid dat die slaap haar tog moet kom verlos, maar die volgende oomblik het sy weer gebid dat die dag van môre nooit moet aanbreek nie. Want hoe sy Renaldo die volgende dag in die gesig gaan kyk, wou sy nie eens aan dink nie. Dit was vir haar die pynlikste gedagte wat sy nog ooit beleef het.

Eers teen vieruur raak sy eindelik aan die slaap. Sy verslaap haar dus hopeloos en skrik eers om tienuur die volgende môre wakker.

Die dekspele is reeds in volle gang toe Marina eindelik haar verskyning op die dek maak. Met groot verligting merk sy dat Renaldo nie teenwoordig is tussen die jongklomp nie. Maar Elena, wat haar fyn gestalte dadelik bespeur, loop haar haastig tegemoet, haak vriendelik by haar in en sê terglustig: "A, dan het jy eindelik besluit om wakker te word, Marina!"

"Ja, en ek dink dis naar van jou dat jy my nie wakker gemaak het toe jy opgestaan het nie!" raas sy goedig met die ouer meisie.

"Ek wou jou nege-uur gaan wakker maak vir ontbyt, maar Renaldo het ons almal die dood voor oë gesweer as een dit sou durf waag om jou in jou slaap te steur," verduidelik sy. "Maar kom, ek het die kok beveel om jou ontbyt solank warm te hou."

Geselsend stap die twee die eetkamer binne, dan nooi Elena haar vriendelik om solank aan te sit onderwyl sy die kelner ontbied.

Hulle gesels onderhoudend terwyl Marina 'n smaaklike ontbyt geniet. Sy is net halfpad met haar ete toe Renaldo sy verskyning in die eetkamer maak en langs haar kom staan. Hy groet haar met 'n warm en vertroulike: "A, bon dia, querida! Veroorloof my om te sê jy lyk so fris soos die môredou en wonderskoon soos altyd!"

"Ja, bon dia, señor," antwoord sy sonder om hom aan te kyk.

Hy plaas sy hand vertroulik op haar skouer asof hy nie in die minste bewus is van Elena se teenwoordigheid nie. Dan sê hy met daardie skewe glimlaggie wat net aan die hoek van sy mond raak: "Onthou jy wat ek gisteraand belowe het as jy my weer aanspreek as señor? Nou ja, ek tel daardie woord. Jy het al klaar een op jou kerfstok om voor te vergoed!"

Hy streel met sy hand liefderik oor haar goue krulle en rammel iets op Portugees af wat Elena verras na hulle laat staar.

Hierdie gebaar van hom, asook Elena se blik, laat Marina pynlik bloos. Sy wens Renaldo wil liewer padgee. Nie een het geweet dat sy gisteraand op die dek in sy geselskap verkeer het nie, en nou het hy dit aan Elena uitgeblaker.

Maar Renaldo toon geen tekens van haas nie. Inteendeel, hy trek vir hom 'n stoel nader en neem sonder meer langs haar plaas.

"Het jy darem goed geslaap, querida?" wil hy belangstellend weet onderwyl sy blik goedkeurend op haar rus.

"Heerlik, dankie," antwoord sy gewoonweg. Maar nog steeds ontwyk sy sy oë.

"Aangename drome gehad?" wil hy weer weet.

Sy skud kop. "Aangename nagmerries, señ- . . . Renaldo."

"Nagmerries!" Hy bars uit van die lag. "Ek sou dink na gisteraand se maanlig en romanse moes jy baie aangename drome gehad het!" terg hy goedig. "Nee, querida, die maanlig is inderdaad nie goed vir jou nie. Ek stel voor dat jy maar liewer saans binnenshuis bly."

Met 'n hoë blos kyk Marina hom aan, maar haar oë spat vuur toe sy met 'n kwaai stem sê: "Ek het nie jou mening gevra nie . . . e . . . Renaldo. En terloops, die maanlig het niks met my nagmerries te doen gehad nie. Ek sal eerder sê dis jou teenwoordigheid wat my nagmerries gee!"

Elena, wat haar vriendin se verleentheid merk, maak haastig verskoning en verdwyn na die dek. Dis vir haar so duidelik soos daglig dat haar broer smoorverlief is op die bekoorlike blondekop wat op so 'n vreemde wyse in hul lewe gekom het, en dat daar gisteraand beslis iets intiems tussen hulle moet plaasgevind het, vandaar sy goedige tergery vanmôre. Sy weet al dat hy net in 'n tergluim verkeer as hy baie gelukkig voel, andersins is hy gewoonlik die koel, praktiese marquês wat sy familie met 'n ysterhand regeer.

Die wete dat haar broer ook eindelik verlief geraak het, laat Elena wonderlik opgewonde voel. Sy hou juis so baie van die altyd opgeruimde en lewenslustige Marina. En dan is daar ook Renaldo, wat lankal getroud moes gewees het. Dit wou al vir haar lyk asof die marquês-titel saam met Renaldo sou uitsterf, weens sy kieskeurigheid wat die skoner geslag betref. Maar nou het sy weer alle hoop dat die eeue oue castelo vir nog 'n geslag aan 'n Renaldo de Conna sal behoort.

Nadat Elena die sitkamer verlaat het, kyk die marquês die Suid-Afrikaanse meisie met 'n vreemde blik aan.

"Jy sê dis ek wat vir jou nagmerries verantwoordelik is, querida, maar ek glo dit nie. Jy het nie gisteraand onverskillig gestaan teenoor my liefkosing nie, daarvan is ek oortuig. Jy het my eerder die indruk gegee dat jy my ook . . ."

411

"Asseblief, Renaldo," betig sy hom met 'n blosende gesiggie. "Ek dink dis beter dat jy liewer niks verder in hierdie verband sê nie."

Hy kyk haar met 'n geamuseerde glimlaggie aan wat die meisie nog pynliker laat bloos. Dan vorm sy wenkbroue daardie kenmerkende vraagteken toe hy sê-vra: "Jy wil dus wegvlug van die liefde, Marina, querida?"

Te midde van haar verleentheid besef Marina dat sy iets sal moet sê wat hom in twyfel sal laat. Hy is gans te seker van haar liefde vir hom. En dis ook haar eie skuld. Sy moes gisteraand meer op haar hoede gewees het en vanmôre ook nie so pynlik gebloos het tydens sy goedige tergery nie. Dis waar, sy het haar gevoel in elke opsig aan hom verraai. En hy was slinks genoeg om die strikke vir haar te stel.

Nieteenstaande die warm gloed van haar wange, meet sy hom met haar oë. Toe draai sy haar gesig weg en verklaar sag maar beslis: "Jy is my gasheer, Renaldo, en ek wil nie graag onbeleef wees nie." Sy kom orent en hy volg haar voorbeeld. "Ek weet natuurlik jy beskou my as 'n goedkoop flerrie en 'n verleidster. Maar ek wil hê jy moet verstaan dat ek nie te vinde is vir die flirtasie wat jy met my beoog nie. En wat meer is, ek het jou nie lief nie . . ."

Voordat sy egter haar sin kan voltooi, staan hy reg voor haar. Hy neem haar ferm aan albei skouers, dan boor sy skerp blik in hare terwyl hy met 'n effens hees stem beveel: "Kyk in my oë en herhaal jou laaste sin, Marina."

"Waarom moet ek, Renaldo? Jy het my tog die eerste keer gehoor?"

"Omdat ek jou nie glo nie. Ek kon my nie so met jou misgis het nie." Sy gesig is effens bleek en sy oë gloei van onderdrukte emosie.

"Ek vrees jy het, my vriend," laat sy ewe manhaftig hoor.

Maar die volgende oomblik vou sy arms haar onverhoeds toe in 'n warm omhelsing. Sy voel hoe sy lippe hare opeis met 'n ongekende drif wat elke stukkie weerstand in haar laat wegkrummel en haar hoog op die wieke van ekstase lig.

Met geamuseerde glimlaggies gaap Elena en Julieta die ver-

412

liefde paartjie aan wat so niksvermoedend in 'n warm omhelsing staan. Maar byna dadelik verdwyn hulle weer stil na die dek. Enkele minute later weet almal aan boord van die edelman se romanse. Nou is dit 'n uitgemaakte saak dat dit nie meer lank sal duur voordat die huweliksklokke ook vir die hoof van die familie lui nie.

Vir Marina en Renaldo het die tyd gaan stilstaan, maar toe hy eindelik sy kop effens oplig, kyk hy diep in haar vonkelende oë en fluister half teen haar lippe: "Sê nog dat jy my nie liefhet nie, querida. Toe, ek daag jou uit om dit weer een keer te sê."

'n Sug ontsnap haar bors en al wat sy kan uitkry: "Jy is absoluut oorweldigend, Renaldo." Dan bloos sy weer vuurwarm van verleentheid omdat sy tog nie daarin kon slaag om haar liefde vir hom weg te steek nie. Maar haar hart klop nietemin warm van louter druk.

'n Sagte laggie ontsnap sy lippe. Hy druk haar weer hartstogtelik teen hom vas en soen haar een keer vlugtig. Daarna hou hy haar 'n entjie van hom af weg, blik haar byna streng aan en verklaar baie ernstig: "Ek wil hê jy moet nou mooi luister na wat ek te sê het, Marina, pequena. Ek weet natuurlik nie waar jy aan sulke sotheid kom dat ek 'n flirtasie met jou beoog nie, maar vir jou inligting: as marquês, en ook as hoof van my familie, mag ek my nooit aan so iets skuldig maak nie. Ek moet juis vir almal as voorbeeld dien. Dus kan jy met veiligheid aanvaar dat ek jou baie, baie liefhet, en dat my liefkosings net so eg is soos my liefde."

Hy kelk haar fyn gesiggie liefderik tussen sy twee sagte hande en hervat met 'n warm stem: "Jou wange brand asof jy 'n hoë koors het. Maar jy kan gerus daarmee uitskei om so dikwels verleë te voel. Ek is vasberade om jou voortaan in alle erns die hof te maak. Sodra jy aan my gewoond is en my liefkosings jou nie meer in 'n verleentheid stel nie, gaan ek ons verlowing amptelik aankondig. Maar moet my nie verkeerd verstaan nie. Ek gaan nie maande lank wag om ons verlowing bekend te maak nie. Die week behoort vir jou lank genoeg te wees om aan my gewoond te raak."

"Maar, Renaldo –" begin sy.

Hy lê haar egter dadelik die swye op met: "Geen maars nie, querida. Kom ons gaan kyk hoe hulle met die dekspele vaar." Hy bied haar sy arm aan, en net 'n breukdeel van 'n sekonde huiwer sy, dan neem sy sy arm. Sy blik rus warm op haar toe hy vervolg: "Ek bespreek jou vir 'n enkelspel-dektennis."

"Jy bespréék my sommer," lag sy saggies en werp hom 'n ondeunde blik toe wat sy hart sommer weer wild op loop laat sit. "Ek kan dalk nie eens dektennis speel nie!"

Hy glimlag af in haar ondeunde oë, druk haar arm liefkosend teen hom vas en verklaar sag: "As jy nie kan nie, leer ek jou. Dis hoe eenvoudig dit is. Maar as jy my weer aankyk soos nou, jou klein heks, gaan ek jou soen totdat jy na asem hyg." Maar dan raak hy meteens weer ernstig: "Ek wonder of jy ooit sal kan besef hoe wyd en grensloos my liefde vir jou is, querida? Jy is die son en lig van my lewe. Sonder jou sal die lewe vir my absoluut koud en kleurloos wees, want niemand kan ooit jou plek in my hart inneem nie ... Maar daar is nog 'n paar dingetjies waaroor ek duidelikheid wil hê. Ons sal egter later daaroor gesels."

Hulle stap uit op die dek, en Marina word van alle kante vriendelik gegroet. Onopsigtelik probeer sy haar arm uit Renaldo s'n trek, maar hy weerhou haar daarvan deur sy hand op hare te lê en met 'n gerusstellende glimlaggie te sê, onderwyl hulle in die rigting van die spelers stap: "Presies waarom wil jy nou ewe skielik my arm los, querida? Jy weet tog al dat ek, met alles wat ek besit, joune is!"

Sy kyk hom met 'n verleë glimlaggie aan.

"Ja, maar wat gaan die gaste daarvan dink as ons so ... intiem hier aangestap kom?"

"Jy bedoel soos twee verliefdes hier aangestap kom," help hy haar laggend reg, maar vervolg dan ernstig: "Hulle kan slegs die waarheid dink. En glo my, dis hoog tyd dat hulle die waarheid weet – dat die mooiste meisie noord van die ewenaar aan my behoort."

Hulle bereik die spelers wat besig is om dektennis te speel. Byna dadelik merk Marina dat Ricardo onder die spelers is. Hy lyk vir haar effens afgetrokke, maar hy groet haar nietemin met 'n breë glimlag. Sy, op haar beurt, beantwoord sy môregroet

414

met net so 'n breë glimlag en waai dan vriendelik vir hom.

Maar hierdie intieme vriendelike gebaar van haar staan die marquês glad nie aan nie. Hy stel dit ook baie duidelik toe hy haar met 'n tikkie strengheid in sy stem toevoeg: "A nee a, menina, ek gaan dit beslis nie duld dat jy so goedsmoeds vir ander mans staan en waai nie. En jy moenie meer so eie en oorvriendelik met Ricardo wees nie . . . Ek het gisteroggend gesien hoe intiem jy sy hande gekruis oor jou bors vashou. So iets moet nooit weer gebeur nie. Onthou asseblief, jou plek is van nou af aan my sy, en geen flankeerdery en kokettery met ander mans nie. Hulle op hul plek, en jy op joune."

'n Verleë trek verskyn op Marina se fynbesnede gesig. Dis duidelik dat sy bitter ongemaklik voel onder Renaldo se streng vermaning.

"Ek het absoluut niks bedoel deur vir hom te waai nie, Renaldo," antwoord sy opvallend afgehaal. "Ek wou hom net 'n bietjie morele ondersteuning bied. Hy het vir my so afgetrokke gelyk, kompleet asof die spel se punte nie in sy guns tel nie."

"Hy het nie morele ondersteuning nodig nie, pequena. Ricardo is 'n goeie speler en jy kan daarvan seker wees dat die punte in sy guns sal tel," antwoord hy nou weer met 'n vriendelike stem.

'n Lang ruk volg hulle die spel met intense belangstelling, toe stel Renaldo voor dat hulle êrens moet gaan sit waar hulle ongestoord kan gesels, want soos hy reeds vroeër gesê het, is daar nog 'n paar dingetjies waaroor hy meer duidelikheid verlang.

8

Renaldo lei haar na die leeskamer. Nadat hulle albei op 'n knus rusbankie plaasgeneem het, trek hy haar liefdevol in die kring van sy arm en lig haar ken met sy wysvinger op sodat hy met gemak in haar oë kan staar.

Op hierdie oomblik kom die besef intens by hom op dat hierdie meisie, ten spyte van haar impulsiewe geaardheid, die afgelope week so deel geword het van sy wil om te bestaan dat hy haar nooit weer uit sy lewe sal kan laat gaan nie. Sy is die enigste vrou wat nog ooit die vlam van liefde by hom kon aanblaas. Sy hou sy hele hart in die palms van daardie twee klein handjies wat nou so rustig in haar skoot lê.

'n Lang ruk staar hy diep in haar sielvolle oë asof hy deur haar diepste wese wil dring en elke gedagtetjie met haar wil deel. Dan hoor sy hom meteens sê: "Weet jy, querida, ek het nog nie een keer uit jou mond verneem dat jy my liefhet nie."

'n Teer uitdrukking sprei oor haar hele gesig, en dit verleen 'n sagte glans aan haar viooltjieblou oë. Maar sy antwoord half ontwykend: "Is dit nodig? Jy was briljant genoeg om dit te raai; wat is daar meer vir my om te sê?"

"Ek wil dit graag uit jou eie mond ook verneem, menina. Presies hoe lief het jy my?"

Sy donker oë wat in hare staar, gloei van onderdrukte emosie, en Marina laat haar blik skaam, verleë sak. Maar eindelik sê sy met 'n klein stemmetjie: "Miskien meer as wat jy mý liefhet, Renaldo."

"Onmoontlik, querida," weerspreek hy haar dadelik. "Daar bestaan nie 'n liefde groter as myne nie. Jy is my alfa en omega. Vir jou veiligheid sal ek my eie lewe gee. Wees dus verseker, as my vroutjie sal geen onheil jou ooit tref nie, want met my eie lewe sal ek jou beskerm." 'n Liefdevolle glimlag speel om sy sterk dog sensitiewe mond. "Maar ek het nog nie uit jou mond verneem dat jy my liefhet nie, pequena. Sê dit, ek wil dit van jou hoor."

Haar oë ontmoet syne in 'n lang, liefdevolle blik. Toe sê sy eindelik: "Ek het jou lief, Renaldo, so oneindig baie . . ."

Met sy lippe smoor hy al die ander woorde wat sy nog wou sê.

Warm in sy omhelsing gevou, voel dit vir Marina of sy nou die hoogtepunt in haar lewe bereik het. Sy weet dat daar vir haar geen groter geluk op aarde bestaan as om so styf teen sy bors te nestel, die klopping van sy hart teen haar eie bors te voel en te weet dat sy Renaldo se liefde volkome besit nie.

Haar beker van geluk is tot oorlopens toe vol, want elke oomblik so intiem in sy arms is soos 'n wonderlike droom waaruit sy nooit wil ontwaak nie. 'n Vae gedagte aan Maria dring tot haar deur, maar sy verwerp dit haastig. Op hierdie oomblik wil sy haarself net koester in die wonder van sy liefde en die geluk wat te groot voel om in haar eie binneste te huisves.

Toe Renaldo eindelik sy lippe van hare lig, hou hy haar nog 'n oomblik styf teen hom vas. Dan laat hy haar gaan, kom orent en ontbied die kelner deur 'n knoppie langs die deur te druk. Daarna neem hy weer langs haar plaas.

"Twee glase sjampanje, asseblief," versoek hy toe die kelner byna onmiddellik sy verskyning in die deur maak.

Byna dadelik draai hy weer na die meisie aan sy sy en vervolg met 'n warm stem: "Dit is voorwaar 'n geleentheid wat sommer 'n groot glas sjampanje regverdig, querida, want geen musiek het nog ooit vir my so mooi geklink soos jou liefdesverklaring nie. En, meisietjie, jy het jou nou onherroeplik aan my verbind. Net die dood kan jou nou van my af wegneem, maar geen Wynand, Ryk, Gustav of Frikkie meer nie." 'n Raaiselagtige glimlaggie plooi om Marina se mond toe sy plaend sê: "En as my ouers dalk nie toestemming tot 'n verlowing wil gee nie?" Sy weet dat haar ouers nooit in haar pad van geluk sal staan nie, maar daaroor swyg sy soos die graf. Hy is altyd so seker van homself dat dit haar nogal plesier verskaf om hom so effens in 'n hoek te dryf en die uitwerking daarvan te aanskou.

"Raai, ek het dit nogal as vanselfsprekend aanvaar dat ons hul toestemming sonder moeite sal verkry. Maar miskien was ek te seker van my saak. Ek het geweet dat hulle uit 'n ander volk is en my nie ken soos my eie volk nie." Hy glimlag verskonend. "In ieder geval, ek sal onverwyld aandag aan daardie saak gee."

Die kelner tree die vertrek beleef binne en plaas die skinkbord op 'n lae tafeltjie. Daarna verlaat hy die vertrek weer stil.

Renaldo bied haar 'n glasie sjampanje aan. Hulle klink glasies en neem byna gelyktydig elk 'n slukkie daarvan.

"Ek het besluit om jou te onthef van die afspraak wat ek vroeër met jou gemaak het vir dektennis," hoor sy hom meteens saaklik sê. "Ek verkies dat jy liewer 'n brief aan jou ouers

417

skryf en hul toestemming tot 'n verlowing vra. Ek sal natuurlik persoonlik 'n uitnodiging aan hulle rig om my aan die castelo te besoek sodat ons sake in verband met die huwelik kan bespreek."

"Ek glo nie my pa sal nou 'n reis hierheen kan onderneem nie, Renaldo. Toe ek daar weg is, het hy 'n paar groot hofsake op hande gehad, en een daarvan sal ongetwyfeld maande sloer weens etlike getuies wat nog opgespoor moet word."

"Maar jou pa het tog seker 'n vennoot wat sy sake in sy afwesigheid kan behartig?" sê-vra hy en kyk haar effens teleurgesteld aan.

"O ja, hy het twee vennote. Maar my pa is die senior vennoot en sal nooit sulke gewigtige sake in jonger hande laat nie. Sy kliënte sal ook nie met sulke reëlings genoeë neem nie, want hulle het dit baie duidelik gestel dat hulle sy persoonlike diens verlang."

"In ieder geval, ons gaan nie nou al moeilikheid agter die bult haal nie. Miskien kan jou pa sy sake tog reël om 'n paar weke hierheen te kom." Hy dink 'n oomblikkie na en vervolg dan: "Wanneer was jou pa laas weg met vakansie, pequena?"

"Twee jaar gelede. Verlede jaar het hy dit net so druk gehad en moes Mammie maar alleen met vakansie gaan."

"Dan het hy beslis 'n vakansie nodig," sê hy met finaliteit, kompleet asof Marina se pa ook een van sy onderdane is oor wie se doen en late hy alle seggenskap besit en wat elke wens van hom tot in die fynste besonderheid moet uitvoer.

Hy merk dat haar glas ook leeg is, en stel voor dat sy nou eers die brief aan haar ouers gaan skryf sodat dit nog vanmiddag gepos kan word sodra hulle Aveiro binnevaar.

Hy kom orent, maak verskoning en verlaat die vertrek, om 'n oomblikkie later weer met sy persoonlike skryfblok, koeverte en vulpen in die hand sy verskyning te maak.

"Jy kan maar hier sit en skryf," stel hy voor en plaas die skryfblok op 'n tafel. "Ek sal solank op die dek vir jou gaan wag."

Maar hiervan wil Marina nie hoor nie. Sy verkies veel eerder om buite in die son te gaan sit en skryf waar sy nie deur vier mure omring is nie. Jare lank was sy ingehok tussen die vier mure van haar pa se kantoor, en noudat sy met vakansie is, wil sy soveel moontlik van die buitelug geniet.

Hy neem weer die skryfblok op, bied haar sy arm aan en geselsend stap hulle uit op die dek waar die son alles en almal met warm arms omhels.

Langsaam kuier hulle by die gaste verby na die agterstewe van die boot – Marina se geliefkoosde sitplekkie – waar hy vir haar 'n stoel nader trek.

Sy bedank hom en neem plaas. Behulpsaam plaas hy die skryfblok en toebehore op haar skoot. Hy streel liefderik met sy hand oor haar sysagte hare, en 'n oomblik liefkoos hulle mekaar met die oë.

"Ek sal probeer om jou nie te steur nie, querida, maar ek belowe niks nie, want noudat ek weet jy behoort uitsluitlik aan my, sal ek jou afwesigheid nie vir lank kan duld nie."

Haar oë glimlag liefdevol in syne.

"Dit sal nie lank neem nie, Renaldo," merk sy laggend op. "Wat jy nie weet nie, is dat ek gekonfyt is in die kuns om briewe te skryf . . . of het jy miskien vergeet dat ek al die jare my pa se persoonlike assistent is?"

"Nee, pequena, ek het dit nie geweet nie," glimlag hy terug. "In elk geval, ek gaan jou nou met rus laat om daardie brief agter die rug te kry . . . Sien jou later."

'n Kort oomblik staar sy Renaldo se fier, witgeklede gestalte agterna. Dan maak sy die skryfblok oop, en dadelik val haar blik op die swierige De Conna-wapen in die linkerhoek van die vel. Haar gedagtes wil-wil net weer koers kry na die eienaar van die skryfblok, maar sy slaan hulle met geweld hok, want die brief moet sonder versuim geskryf word.

Langsaam kuier Renaldo tussen die gaste rond, gesels hier 'n rukkie, maak daar 'n grappie, dan staan hy weer en kyk hoe die dektennis vorder.

Almal wil weet waarom hy en Marina nie ook 'n paar stelle kom speel nie, dus is hy verplig om aan hulle te verduidelik dat sy besig is om 'n brief te skryf, maar dat hulle wel later sal kom speel.

"O, ek kan raai aan wie die brief gerig word," terg Elena laggend. "En ek kan jou ook haarfyn sê wat die doel van die brief is, Renaldo!"

Hy kyk haar met ligte spot aan.

"Nou reken, nè? Ek het nooit geweet jy is so briljant nie, my liewe Elena. Maar as ek mag vra, aan wie reken jy word die brief gerig, en met watter doel?"

Die tergende laggie wyk van haar gesig toe sy behoedsaam vra: "Mag ek maar sê?"

"Seker, as jy weet – wat ek natuurlik sterk betwyfel!"

Sy kyk hom 'n oomblikkie huiwerig aan, maar toe hy haar spottend uitdaag om te sê wat sy dink, verander haar blik en met 'n vermakerige glimlaggie verklaar sy: "Nou goed, ek sal jou sê, ou broer. Marina skryf nou aan haar ouers om hul toestemming te vra sodat julle twee verloof kan raak. Is ek reg of nie?"

Hy kyk haar 'n oomblik deurdringend aan en verneem dan bedaard: "En hoe weet jy dit?"

"O, ek het dit sommer van jou gesig afgelei, my liewe Renaldo. Jou liefde vir daardie meisietjie staan met hoofletters in jou oë geskryf vir elkeen om te sien."

Almal wag gespanne om te hoor wat hul waardige familiehoof nou gaan sê, maar Elena is die een wat weer praat.

"Het ek reg geraai, Renaldo, of was my afleiding verkeerd?"

Hy bly so lank stil dat almal begin twyfel of hy Elena gaan antwoord. Maar die marquês is nie 'n man wat geneig is om ander teleur te stel nie, dus antwoord hy haar met sy gewone skewe glimlaggie wat enigiets kan beteken: soms ligte spot, soms ergerlikheid.

"Jy het volkome reg geraai, my liewe Elena. Sodra Marina se ouers hul goedkeuring verleen aan my as geskikte lewensmaat vir hul enigste kind, sal ons natuurlik onmiddellik verloof raak."

Hierna draai hy om en stap langsaam na waar Marina nog steeds besig is om te skryf. Hy gaan reg voor haar staan en 'n oomblik toring sy breë skouers oor haar toe hy afbuk en 'n ligte soen op haar goue kroontjie druk. "Nog nie klaar nie?" verneem hy teer.

Haar glimlag is stralend.

"Daar is so baie wat ek moet verduidelik, en . . . nou ja, ek moet my twee ouers mos darem vertel dat jy die gaafste, liefste en wonderlikste man in die hele wêreld is –"

"Querida," val hy haar met 'n gelukkige laggie in die rede, "as jy weer vir my so kyk met daardie lieflike, ondeunde oë, gaan jy maak dat ek hier voor al die gaste my waardigheid vergeet. Wees dus gewaarsku . . . Maar terloops, almal hier op die jag weet nou dat ons slegs op toestemming van jou ouers wag om verloof te raak. Elena met haar lawwigheid het my eintlik gedwing om die aankondiging te maak."

'n Peinsende trek verskyn meteens op Marina se fynbesnede gesig. Sy wonder hoe die nuus van hul voorgenome verlowing Maria getref het. Sy stel haar 'n oomblik in laasgenoemde se plek en weet dat dit vir haar 'n onherstelbare slag sal wees as sy Renaldo moet verloor. Dus kan Maria nie te gelukkig voel oor haar verlies nie. Hierdie gedagte hinder haar in 'n mate. Sy voel ook half skuldig oor die hartseer wat sy die stil, afgetrokke meisie moet aandoen. Maar dan wonder sy weer hoe lief Renaldo sy niggie het, en of sy liefde vir Maria nie dalk later met hul huwelik sal inmeng nie.

Maar Renaldo se volgende woorde verdryf terstond alle kwellings in haar gemoed toe hy met 'n besorgde stem verneem: "Wat makeer, querida? Jy lyk eensklaps so bitter ongelukkig. Is dit omdat ek die gaste van ons beplande verlowing vertel het?"

Sy kyk hom aan en die ou stralende glimlaggie speel meteens weer om haar lippe.

"Nee, Renaldo, ek het sommer net spoke gesien," antwoord sy ontwykend.

Hy trek vir hom 'n stoel nader en neem langs haar plaas.

"Ek wil jou nie graag steur nie, menina, want daardie brief moet beslis voor vieruur voltooi wees. Maar ek moet eers weet watter spoke jou so ongelukkig gestem het." Hy kyk haar met 'n teer uitdrukking in sy oë aan. Dan vervolg hy sag: "Ek luister, querida, vertel maar gerus."

"Ag, dit was eintlik niks nie, Renaldo," probeer sy hom gerusstel.

Maar met so 'n antwoord is hy nie tevrede nie.

"Dit kan nie niks wees nie, Marina, querida. 'n Mens se oë raak nie sommer vir niks bewolk nie. Vertel maar gerus," dring hy aan.

'n Lang ruk staar sy swyend voor haar uit, want sy weet nie juis hoe om te begin nie. Maar die drang om sekerheid te hê oor sy gevoel vir Maria, dwing haar om tog te praat.

"Ek het aan Maria gedink, eintlik gewonder hoe sy oor ons voorgenome verlowing voel . . . Julle twee was tog verlief op mekaar!"

Hy kyk haar verras aan, maar dan verskyn daar meteens 'n begrypende blik in sy oë.

"Jy het my bedagsaamheid dus aangesien vir liefde, querida?" sê-vra hy.

Op sy gewone bedaarde manier vertel hy haar van die man met wie Maria wou trou, maar wat hy weens sy twyfelagtige reputasie nie kon goedkeur nie – die samesprekings waarvan Ricardo haar 'n paar dae gelede verwittig het wat Renaldo met die meisie se ouers moes voer. "Ek was net 'n bietjie meer liefdevol en bedagsaam teenoor haar omdat ek weet sy treur nog steeds oor die nikswerd vent. Ek kan my goed voorstel hoe bitter ongelukkig sy moet voel oor haar liefdesteleurstelling, want sy het hom waarskynlik net so lief gehad soos wat ek jou het. Maar ek vrees ek kon nie toelaat dat sy haar jong lewe weggooi op so 'n nikswerd man wat haar net trane en verdriet sou besorg nie."

Marina se gesig helder meteens op. Alle twyfel wat nog by haar bestaan het, verdwyn soos mis voor die son.

Haar jammerte vir die ongelukkige meisie het nou totaal 'n ander vorm aangeneem, noudat sy weet daar was geen liefdesverhouding tussen Maria en Renaldo nie en dat haar verlowing met laasgenoemde niemand leed sal aandoen nie.

Liefdevol omvou die marquês haar hande met syne. Ook sy stem is teer toe hy vra: "Voel jy nou tevrede, querida?"

"Volkome, Renaldo. Nou weet ek ten minste dat ek niemand seermaak deur aan jou verloof te raak nie."

Hy kyk haar met 'n peinsende blik aan. Wat sy gedagtes op hierdie oomblik is, weet net hy.

"Jy maak beslis niemand seer nie, menina. Maar ek vrees ék gaan met hierdie verlowing heelwat jong mans seermaak. Ek voel oortuig daarvan dat die goeie señor dokter Basson bitter teleurgesteld gaan wees . . . En dan is daar nog jou Suid-Afrikaanse vriend in Lissabon wat natuurlik ook nie te gelukkig gaan voel oor jou verlowing nie." Hy swyg 'n oomblikkie en hervat diep peinsend: "Ek wens liewer daar was geen ander mans in jou lewe nie, querida."

"Waarom sê jy dit, Renaldo?" verneem sy met 'n tikkie verbasing in haar stem en kyk hom onbegrypend aan.

"Omdat ek nooit heeltemal seker van jou sal wees voordat jy my eie vroutjie is nie . . . en dan wonder ek nog of ek volkome seker van jou sal kan wees."

"Ek begryp nou regtig nie wat jy bedoel nie," laat sy effens verward hoor en kyk hom ondersoekend aan.

Dit wil haar ál voorkom of daar 'n effens gesteurde trek in sy oë is. Maar 'n sweem van 'n glimlaggie pluk meteens weer aan sy regtermondhoek.

"Ja, miskien sal jy nie begryp nie, menina. Verskoon my dat ek dit sê, maar die Suid-Afrikaners, Amerikaners en Britte heg nie juis veel waarde aan 'n huwelik nie, om van 'n verlowing nie eens te praat nie. Laasgenoemde beskou julle mos bloot as 'n formaliteit. Maar met ons is dit anders. 'n Verlowing is vir ons net so bindend en heilig as die huwelik self. Hier word 'n verlowing nie verbreek nie, en 'n huwelik nog minder."

'n Oomblik kyk sy hom stil aan.

"Ek vrees jou dunk van ons is nie juis vleiend nie. Maar van my kan jy heeltemal seker wees, Renaldo. Ek sal my nie aan jou verloof nie tensy ek volkome seker is van my gevoel vir jou. Maar laat ek jou dít vertel: nie alle Suid-Afrikaners staan so onverskillig teenoor die huwelik soos wat jy dink nie. My ouma en oupa is reeds vyf en sestig jaar getroud, en glo my, hulle is onafskeidbaar. My mammie en pappie is net so onafskeidbaar. In ons hele familie was daar nog nooit 'n egskeiding nie. Maar waaraan ons wel glo, is om nie sommer met die eerste man te trou wat jou die hof maak nie. As ek byvoorbeeld met die eerste man moes trou was my die hof gemaak het, sou ek jou nooit

423

ontmoet het nie. Maar gelukkig is ons gebruike anders as julle s'n en word 'n meisie toegelaat om self haar huweliksmaat te kies sonder inmenging van enigeen –"

"En as sy verkeerd kies, menina?" onderbreek hy haar betoog.

Sy trek haar skouers op en glimlag meewarig. "Dan loop dit natuurlik later op 'n egskeiding uit!"

'n Veelseggende glimlaggie skuif meteens oor sy gesig toe hy bedaard sê: "Ek dink jy moet maar liewer daardie brief voltooi, querida."

'n Kort oomblik ontmoet hul oë – syne geamuseer; hare effens onbegrypend. Maar dan stoot sy die skryfblok reg op haar knieë en weldra is slegs die sagte gekrap van die pen op papier hoorbaar.

Enkele oomblikke volg sy blik elke beweging van die pen. Sy het 'n mooi en netjiese handskrif, maar hy verstaan natuurlik nie die taal wat sy skryf nie.

Onderwyl sy oë die onmeetlike bloutes in staar, wonder hy hoeveel probleme nog gaan opduik voordat sy volkome vertroud is met hul gebruike. Dat 'n huwelik met haar vir hom sommer 'n hoop verantwoordelikheid en probleme gaan oplewer, besef hy maar alte goed. Sy is so impulsief, wispelturig en in baie opsigte naïef. En dan het sy ook nog geheel en al 'n ander uitkyk op die lewe, wat onteenseglik met hul eie gebruike en gewoontes sal bots.

Dis vir hom werklik onbegryplik dat hy, van alle mense, juis op so iemand verlief moes raak, want benewens hul liefde vir mekaar het hulle absoluut niks gemeen nie. Dus weet hy dat die lewe saam met haar vir eers 'n opdraande stryd gaan wees. Maar sy liefde kan hy ook nie prysgee nie. Sy het reeds te diep in sy hart gekruip – so diep dat daar nooit weer plek vir 'n ander liefde sal wees nie. Dus, al skep 'n huwelik met haar ook hoe oneindig baie probleme, begeer hy haar nogtans met elke polsslag, elke asemteug, en hy is vasberade om haar sy eie te maak.

Hy is so diep ingedagte dat hy nie eens merk toe Marina die brief opvou en in die geadresseerde koevert steek nie.

Sy lek die koevert toe, en dan dwaal haar blik na die ernstige, effens bekommerde gesig van die man hier neffens haar.

'n Lang ruk beskou sy hom met 'n liefdevolle blik. Toe lê sy haar hand vertroulik op syne en verneem belangstellend: "Jy lyk so bekommerd, Renaldo. Is dit 'n groot probleem?"

Hy kyk haar vlugtig aan, glimlag stilweg en verklaar bedaard: "Nogal, querida. Die lewe is mos maar vol probleme. As dit nie ander s'n is nie, is dit joune en myne, maar probleme sal daar seker altyd wees."

Haar blik raak meteens ondeund en ook haar stem is opvallend tergend toe sy sê: "Ek het nie geweet dat ek reeds vir jou 'n probleem is nie. Sal ek maar hierdie brief opskeur, dan rus daar mos een probleem minder op jou skouers?"

Die bekende skewe glimlaggie verskyn meteens weer om sy mond, maar dit verjaag nie die erns in sy oë wat so kenmerkend deel van hom is nie.

"Miskien sal dit wys wees," antwoord hy bedaard. "Maar ek verkies dat daardie brief gepos word. Dus kan jy dit maar vir my gee. Ek sal dit vanmiddag persoonlik in die pos gooi wanneer ons in Aveiro aankom."

Hy neem die verseëlde koevert wat op haar skoot lê en steek dit in die binnesak van sy baadjie. Daarna stel hy voor dat hulle hulle gaan verklee vir 'n paar stelle dektennis.

Hy kom orent, strek sy hand na haar uit en help haar orent. Hoflik bied hy haar sy arm aan, en geselsend kuier hulle by die gaste verby, met die treetjies af in die rigting van die kajuite.

9

Die son het pas sy kop agter die lang, ruwe kruin van die Sierra de Estrella-berge weggetrek toe die sestal motors met die adellike besoekers voor die huis stilhou.

Die nagloed van die sonsondergang hang nog gloeiend bokant die bergkruin. Dit vang Marina se blik vas met 'n tikkie heimwee na haar eie dierbare Suid-Afrika wat op die oomblik so oneindig ver is.

Renaldo, wat langs haar agter die stuur van sy duur motor sit, merk die weemoedige trek in haar oë en dit gryp sy hart aan. Asof hy haar wil vertroos, omvou hy albei haar hande met sy een hand, werp haar 'n bemoedigende glimlaggie toe en fluister naby haar oor: "Is dit heimwee, querida, of laat daardie ou berg jou ook voel hoe klein en nietig die mens in sy aangesig is?"

Haar oë is baie sag toe sy haar gesig na hom draai en effens verleë sê: "Ek dink dit was albei, Renaldo."

Sy glimlag verbreed en sy oë liefkoos haar openlik toe hy met 'n vreemde opgeruimdheid verklaar: "Met jou heimwee sal ek inderdaad 'n plan moet maak, pequena, want ek gaan dit beslis nie duld dat jy na enigiets op aarde verlang behalwe na my nie." Sy donker oë streel haar intiem. "Ek gaan jou nog so lief maak vir my dat jy nooit van my sal wil weggaan nie. Maar kom, ek merk dat ons die enigstes is wat nog hier buite in die motor sit."

Hy klim uit en maak die motordeur vir haar oop. Daarna bied hy haar sy arm aan, soos wat dit al sy gewoonte is, en lei haar na die groot ontvangsvertrek waar al die gaste reeds gesellig kuier.

Net soos in die castelo, is al die meubels in die huis op die quinta waardevol en antiek. Maar hieraan is Marina al half en half gewoond. Vandag maak dit nie meer so 'n groot indruk op haar soos die eerste dag toe sy die castelo betree het nie.

Renaldo lei haar na 'n bank waar Elena en Maria sit, dan ontbied hy die kelner en versoek hom om almal met drankies te bedien – alles doodeenvoudig asof hy net 'n dag weg was van die quinta en nie 'n paar maande nie. Maar sy sekretaris het reeds alle voorsorgmaatreëls getref vir sy koms hierheen, daarom loop alles so glad soos op geoliede wiele.

Vir Marina lyk dit of die ruimte van die huis en sy uitgestrekte terrein eensklaps nuwe lewe in die gaste geblaas het, want selfs die altyd teruggetrokke Maria skyn meer opgewek te wees. Gesellige groepies sit en staan die ontvangsvertrek vol, terwyl Renaldo weer die volmaakte gasheer is waarvoor hy alombekend is.

Die byna sewe-uur toe almal begin aanstaltes maak om hulle

426

te gaan verklee vir aandete. Nou eers kan Renaldo weer die meisie van sy hart opeis en haar tot voor haar kamerdeur, wat langs syne geleë is, vergesel – 'n paar oomblikke wat hom groot genot verskaf, hom laat voel dat sy aan hom alleen behoort.

Geklee in 'n roomkleurige aandrok, verlaat Marina haar kamer 'n halfuur later. 'n Paar treë van haar kamerdeur af loop sy Renaldo raak wat ingedagte op haar staan en wag. Sy peinsende blik verander meteens en hy kyk haar met onverbloemde bewondering aan toe hy met 'n warm stem sê: "Jy lyk soos 'n droom, querida. Snaaks, jy is so klein en fyntjies, en tog in alle opsigte so volkome volmaak. Ek wonder of jy besef hoe trots ek op jou is, op die feit dat jy aan my behoort . . ."

"Toe maar, ek weet jy oordryf nou," lag sy hom heerlik uit en haak vertroulik by hom in. "Jy is 'n regte ou vleier, Renaldo."

Lig skertsend stap hulle na die eetkamer waar al die gaste reeds byeen is. Die vroue is almal in donker aandrokke geklee, net Marina het 'n roomwit rok aan; 'n kleur wat haar besonder vlei.

Renaldo lei haar na die tafel en dui haar die plek aan sy regterkant aan. Daarna neem almal plaas en die maaltyd neem 'n aanvang.

Na die ete stap almal na die sitkamer vir koffie en om die feestelikheid van die volgende aand te bespreek. Dis Celesta se verjaardag en daar word eindelik besluit op 'n opelugdinee en 'n dans daarna.

Hierdie besluit gaan bespreek Renaldo 'n rukkie later met sy sekretaris, aangesien laasgenoemde al die reëlings vir die feestelikheid moet tref. Hy verstrek die name van die gaste wat nog genooi moet word, daarna sluit hy hom weer by sy gaste aan.

Terug in die sitkamer merk hy dadelik Marina se afwesigheid en toe sy enkele minute later nog nie haar verskyning gemaak het nie, stap hy na Julieta om te verneem waar sy aanstaande dan is. Maar die volgende oomblik kom Elena die sitkamer binne, wink hom nader en deel hom mee dat Marina 'n geweldige hoofpyn het en ook 'n hoë koors ontwikkel het.

Elena lyk erg ontsteld en dit verontrus die marquês geweldig.

"Sy moet dadelik bed toe gaan," beveel hy bekommerd.

"Ek het haar twee hoofpynpille laat neem en haar toe in die bed gesit," sê Elena. "Maar ek wonder tog of ons nie die dokter moet ontbied nie. Marina maak natuurlik ten strengste beswaar daarteen, maar miskien kan jy haar tot instemming oorhaal . . ."

Elena het nog nie eens haar sin voltooi nie, toe is Renaldo reeds by die deur uit en op pad na Marina se kamer.

Vir almal is dit baie duidelik dat die marquês bitter ontsteld is, en 'n stilte sak meteens oor die vertrek neer. Hulle kyk Elena vraend aan asof hulle 'n verduideliking van haar eis. Sy deel hulle die nuus van Marina se skielike ongesteldheid mee en dis of daar eensklaps 'n onheilspellende demper op hul vrolikheid geplaas is.

Na 'n sagte kloppie aan haar kamerdeur, maak Renaldo die deur oop en tree die vertrek binne. Sy oë is twee donker poele van ontsteltenis en ook sy gesig is stroef van onverbloemde kommer en onrus. Hy gaan voor haar bed staan. Moeisaam maak Marina haar oë oop en kyk hom met 'n flou glimlaggie aan.

"Julle moet vanaand tog maar my ongeselligheid verskoon, Renaldo," maak sy swakkies verskoning. "Dis seker maar net 'n verkoue. Môre sal ek hopelik weer heeltemal gesond wees."

Sonder 'n enkele woord plaas hy sy koel hand op haar koorsige voorkop wat soos vuur brand, en dit is vir hom duidelik dat sy baie sieker is as wat sy wil voorgee. Hy neem voor haar op die bed plaas, vat haar warm handjies in syne en sê met 'n bekommerde uitdrukking in sy donker oë: "Ek vrees dit is nie 'n verkoue wat jy onder lede het nie, querida. Jou koors is gans te hoog. Waar het jy nog seer, behalwe die hoofpyn?"

Sy swyg 'n oomblik en weer eens tref dit haar dat sy niks vir hierdie man kan wegsteek nie. Dis of hy regdeur haar sien en bewus is van alles wat in haar omgaan.

Toe sy te lank neem om sy vraag te beantwoord, vervolg hy sag: "As jy my nie in jou vertroue wil neem nie, querida, laat jy my geen ander keuse as om 'n dokter te ontbied nie. Dis beslis nie 'n verkoue wat jy onder lede het nie."

Haar koorsige oë kyk hom pleitend aan.

"Dis regtig onnodig om 'n dokter te ontbied, Renaldo. Ek voel oortuig dat dit net 'n verkoue is –"

"Waar het jy nog seer, pequena?" val hy haar bedaard in die rede, asof hy haar nie eens gehoor het nie.

"Ag, sommer in al my ledemate," antwoord sy nou duidelik moedeloos. Hy merk dat sy baie na aan trane is.

Teer streel hy met sy hand oor haar blonde hare en prewel 'n paar bemoedigende woorde op Portugees. Dan buk hy af en soen haar liefdevol op haar droë, brandende lippe.

"Ek gaan nou dadelik 'n dokter ontbied." Sy wil hom nog keer, maar hy lê haar onmiddellik die swye op met: "Toe maar, ek weet reeds wat jy wil sê, liefste menina, maar ek vrees hierdie een keer gaan ek jou nie jou sin gee nie en ook nie na jou luister nie. Jy moet darem mooi begryp dat ek 'n hele klompie jare ouer is as jy en dus presies weet wat goed is vir jou." Sy stem raak meteens baie teer. "Vertrou my net, Marina. Sal jy? Ek besef dat ek nog bitter vreemd is vir jou, maar glo my, ek begeer net die allerbeste vir jou."

"Maar dis so onnodig om 'n dokter te laat kom, Renaldo," stribbel sy weer teë.

"Laat hierdie besluit gerus maar aan my oor. Jy is veels te siek om vir jouself te besluit. En buitendien, ek gaan nie toelaat dat jy langer pyn verduur nie. Die dokter moet sonder versuim 'n einde daaraan kom maak." Hy kom orent en streel liefdevol met sy hand oor hare. "Ek gaan nou, maar ek sien jou aanstons weer, pequena."

Voordat Marina iets kan sê, is hy reeds by die deur uit op pad na sy studeerkamer om die geneesheer, 'n baie ou vriend van hom, te ontbied.

Sy voel so ellendig siek, maar dit hinder haar geweldig dat sy Renaldo lastig moet val met haar ongesteldheid. Sy besef dat hy sy hande terdeë vol het as gasheer van so 'n klomp gaste, en boonop is dit nog Celesta se verjaardag. Daardie voorbereiding verg nog meer van sy tyd en aandag – en nou bekommer hy hom nog oor haar ongesteldheid ook.

Marina voel diep ongelukkig omdat sy juis op hierdie tydstip ongesteld moet wees. Maar dan troos sy haar weer met die gedagte dat dit net 'n verkoue is en dat sy môre weer volkome gesond sal wees.

'n Uur later kom Elena, vergesel van Renaldo en 'n jong dokter, haar kamer binne. Renaldo stel die dokter aan haar bekend. Daarna voeg hy hom 'n paar woorde op Portugees toe en verlaat die vertrek weer dadelik.

Die dokter kan nie 'n woord Engels praat nie, maar met Elena se hulp is die ondersoek eindelik afgehandel en kan hy met veiligheid 'n diagnose maak en 'n voorskrif uitskryf. Hy gesels 'n rukkie met die ouer meisie, toe groet hy sy pasiënt en volg Elena na haar broer se studeerkamer om verslag te doen soos wat Renaldo hom vroeër versoek het.

Na 'n sagte kloppie stoot Elena die deur oop en nooi die dokter om binne te gaan. Daarna haas sy haar terug na Marina se kamer, maar laasgenoemde verkeer reeds in 'n diep slaap van die inspuiting wat die dokter haar toegedien het. Stil draai sy om en gaan sluit haar by die ander in die sitkamer aan.

Met sy gewone hoflike buiging versoek Renaldo sy vriend om te sit. Sy stem is byna angstig toe hy vervolg: "So, nou kan jy my gerus vertel wat jou diagnose is, Agostinho." Hy veins 'n glimlaggie. "Of sou jy dink dis aangenaam vir 'n man van my jare om te weet sy verloofde is siek sonder om die vaagste benul te hê van hoe ernstig dit werklik is?"

Met 'n vriendelike glimlaggie om sy mond stel die dokter sy vriend gerus.

"Wel, afgesien daarvan dat die señorita 'n ernstige aanval van griep het, verkeer sy in blakende gesondheid. Haar hart, en longe, alles is so sterk en gesond as kan kom en behoort minstens die volgende tagtig jaar geen moeilikheid op te lewer nie –"

"Jy sê dis 'n ernstige aanval van griep? Presies hoe ernstig is dit, Agostinho?" val Renaldo hom met 'n onrustige blik in die rede.

"Nie so ernstig dat jy jou dood hoef te bekommer nie, my vriend." Hy plaas die voorskrif voor Renaldo op die lessenaar. "Sorg net dat sy hierdie mengsel gereeld neem, dan behoort sy

430

binne enkele dae weer in blakende gesondheid te wees. Ek sal in ieder geval weer môre kom kyk hoe dit gaan. Op die oomblik verkeer sy in geen gevaar nie. Maar ek vrees as sy nou 'n koue opdoen, kan dit ernstige gevolge hê. Hou haar dus 'n paar dae in die bed. Sy sal in elk geval vannag lekker slaap van die inspuiting wat ek haar toegedien het. Maar ingeval sy dalk om middernag wakker word, mag sy in geen omstandighede opstaan uit die bed nie."

"Jy sê nie al hierdie dinge net om my gerus te stel nie?" wil Renaldo weer weet.

"Hoegenaamd nie, my vriend." 'n Sweem van 'n glimlaggie plooi om die dokter se mond. "Die meisietjie lyk nogal of sy 'n wil van haar eie het, weet jy? Maar indien jy daarin kan slaag om haar minstens vier dae in die bed te hou, behoort sy finaal oor die ergste te wees. Sorg net dat sy die volgende week of wat geen koue opdoen nie, en die volgende vier dae natuurlik nie 'n voet uit die bed sit nie."

Hy kyk na sy polshorlosie en kom orent.

"Ek vrees ek sal nou moet gaan, my vriend. Die tyd wag nie op my nie. Maar ek sien jou in elk geval weer môre."

Renaldo vergesel sy vriend tot by sy motor wat voor die deur staan. Hy groet die dokter vriendelik. Toe die voertuig wegtrek, haas hy hom terug na Marina se kamer. Hy moet homself oortuig dat alles met haar wel is en dat sy rustig slaap.

Dis 'n diep bekommerde Renaldo wat enkele oomblikke later voor haar bed staan. Die gedagte dat sy vannag, as almal slaap, dalk kan opstaan uit die bed, laat die onrus in hom meteens hoër oplaai.

As sy nou my vrou was, dink hy, kon ek vannag hier by haar geslaap en self toegesien het dat sy nie 'n voet uit die bed sit nie. Maar wat doen 'n man as hy nog nie met die meisietjie getroud is nie?

Stadig dwaal sy blik deur die vertrek asof hy daar 'n antwoord soek op sy vraag. Meteens val sy blik op die middeldeur wat sy kamer met Marina s'n verbind, en onmiddellik skiet 'n idee hom te binne. Ja, hy sal vannag met daardie deur oop slaap. As sy dan wil opstaan, sal sy tog eers die bedlig moet aanskakel.

En as hy sy bed regoor die oop deur stoot, sal die lig vol op hom val en hom dadelik wakker maak.

Met hierdie besluit geneem, buk hy af en soen die slapende meisie teer op haar koorsige voorkop. Daarna verlaat hy die vertrek om sy sekretaris met die voorskrif na die naaste apteek te stuur.

Enkele minute later gaan sluit hy hom by sy gaste in die sit-kamer aan om hulle in kennis te stel dat die volgende aand se feestelikheid sal voortgaan soos wat dit vroeër beplan is en dat Marina se ongesteldheid nie hul vakansiegees moet demp nie.

Almal spreek hulle spyt uit oor haar ongesteldheid, en ook die hoop dat sy gou sal herstel. Renaldo bedank hulle vir hul simpatie, en met 'n uiterse poging probeer hy die kommer met 'n glimlaggie van sy gesig verdryf, maar dis duidelik dat hy nie daarin slaag nie.

'n Halfuur later onttrek hy hom weer aan die geselskap. Hy neem 'n paar koerante en gaan dan na Marina se kamer, waar hy stelling inneem voor haar bed in 'n sagte leunstoel om 'n wakende ogie oor haar te hou.

'n Lang ruk staar hy af na die sieke se gloeiende gelaat, en dis soos 'n tornado wat hard en genadeloos aan sy hart ruk. Sy lyk vir hom so bitter klein en hulpeloos.

Hy kom orent, stap na die badkamer en maak sy sakdoek met lou water nat. Haastig keer hy terug na die siekekamer. Met die teerheid van 'n moeder vee hy haar brandende gelaat en hande met die nat sakdoek af – en dis hoe Elena, Celesta en Maria hom 'n rukkie later daar aantref.

Al drie se harte gaan uit na hom, want weet hulle dan nie hoe lank die liefde hom bly ontwyk het nie? En noudat dit eindelik die deur van sy hart oopgegooi het, moet hierdie ding met hom gebeur.

"Is daar iets waarmee ek jou kan help, Renaldo?" wil Elena besorg weet.

"Nee, dankie, ek dink ek het reeds alles vir haar gedoen wat moontlik gedoen kan word," antwoord hy afgetrokke en plaas die nat sakdoek op die bedtafeltjie neer. Stil gaan sy blik weer oor die beeldskone gelaat van die meisie op die bed wat

432

die mag besit om sy geluk ongekende hoogtes in te jaag, en hom dan weer, soos nou, in die diepste ongeluk en kommer te dompel.

'n Sug van magteloosheid ontsnap sy bors.

"Dis vreeslik om te staan en toekyk hoe sy deur die koors verteer word en 'n mens staan absoluut magteloos om iets daaraan te doen!"

Elena knik bevestigend. "Ek dink ek moet maar vannag by haar in die kamer kom slaap," stel sy voor. "Dalk kry sy iets nodig. En jy ken Marina, sy sal eerder opstaan en 'n ding self doen as om een van ons te roep om dit vir haar te don."

"Daaraan het ek reeds gedink," stel hy haar gerus. Hy stap na die deur wat die twee kamers verbind, draai die sleutel in die slot en stoot dit wyd oop. "Jy kan een van die huishulpe vra om my bed in daardie ligkol te stoot," versoek hy. "Ek het reeds besluit om die volgende vier nagte self 'n ogie oor haar te hou. Sy is in ieder geval my verantwoordelikheid, dus hoef jy jou nie te veel oor haar te bekommer nie –"

"Jy . . . jy vertrou my dus nie alleen met haar nie?" val sy hom stamelend, met ontnugterende oë in die rede.

"Dis nie dat ek jou nie vertrou nie, my liewe Elena," voeg hy haar effens ongeduldig toe. "Ek weet dat jy besonder lief is vir Marina. Maar ek weet ook dat sy jou vermanings met 'n glimlag in die wind sal slaan en sal opstaan as sy wil, wat sy egter nie met my sal regkry nie."

Hierop antwoord Elena nie, want al is Renaldo haar broer, weet sy uit ondervinding dat 'n mens die marquês nie ondervra of teengaan nie. As hy reeds finaal oor 'n ding besluit het, moet die onderwerp as afgehandel beskou en daar gelaat word.

Nadat die drie meisies later die siekekamer verlaat het, neem Renaldo weer op die stoel plaas, vou die koerant oop en begin sonder veel belangstelling die nuus van die dag lees.

'n Halfuur later maak Elena weer haar verskyning in die kamer, hierdie keer met die medisyne en pille wat die dokter voorgeskryf het, en plaas dit versigtig op die bedkassie.

Met 'n arendsoog lees Renaldo die gebruiksaanwysings op die etikette.

433

"Ek sal sorg dat sy van albei 'n dosis neem sodra sy wakker word," sê hy. "Sorg jy maar intussen vir ons gaste, en laat Joáo, my sekretaris, jou bystaan."

Na hierdie opdrag gaan Elena weer na die sitkamer om haar by die gaste aan te sluit, gerus in die wete dat Marina in veilige hande verkeer.

Toe die sieke om elfuur nog vas slaap, kom Renaldo eindelik orent en gaan sluit hom weer by sy gaste aan vir 'n laaste drankie en om almal 'n aangename nagrus toe te wens. Daarna gaan stort hy gou en verklee hom vir die nag.

Met sy donkerblou sykamerjas oor sy slaapklere aan, gaan hy eers weer na Marina se kamer om hom daarvan te oortuig dat sy nog rustig slaap.

'n Lang ruk staar hy liefdevol af na haar slapende gesiggie. Dan buk hy af en soen haar teer op die een wang. Daarna skakel hy die lig voor haar bed af en stap geluidloos terug na sy eie kamer.

Dis 'n rapsie oor een toe Renaldo gewek word deur 'n sagte gemompel vanuit Marina se kamer. Haastig kom hy orent. Sy ore is gespits en sy blik boor deur die donkerte na haar bed waar die stem vandaan kom. Byna dadelik herken hy die stem as dié van Marina, en die volgende oomblik is hy uit die bed.

Haastig skakel hy die lig voor sy bed aan, trek sy kamerjas aan en binne enkele treë staan hy voor sy geliefde se bed. Met koorsagtige haas skakel hy haar bedlamp aan en buk besorg oor die skraal figuurtjie.

Hy kyk haar aan en kan 'n gesmoorde uitroep van: "Marina . . . dierbare querida!" nie onderdruk nie toe hy die onheilspellende, donkerrooi koorsige vlekke op haar rustelose, bleek gesiggie gewaar.

Haar oë gaan meteens moeisaam oop en die volgende oomblik staan Renaldo op sy knieë voor haar bed met albei brandende handjies teer in syne vasgevang. Sy praat aanhoudend, onsamehangend, en dis vir die edelman baie duidelik dat sy yl.

"Marina! O, querida, jy is siek, baie siek," kreun hy dit byna uit en druk sy koel gesig in haar gloeiende handjies wat so bitter klein lyk teen sy eie.

434

Na enkele oomblikke lig hy weer sy kop op, kyk haar met 'n droewige uitdrukking in sy altyd koel en afgetrokke oë aan, en dis duidelik dat hy van binne totaal verskeur voel.

"Marina, praat tog met my, querida," laat hy met 'n gebroke stem hoor. Maar Marina sluit net haar oë, want in hierdie koorsige, vreemde wêreld waarin sy haar bevind, bestaan daar geen werklike Renaldo nie; net 'n skimbeeld wat ver en onreikbaar is.

Vermoeid kom hy orent en begeef hom sonder versuim na sy studeerkamer om dokter Agostinho dringend te ontbied. Hy voel so diep bekommerd en onrustig dat hy by Elena verbystap sonder om haar eens raak te sien. Eers toe sy saggies aan die mou van sy kamerjas trek, kyk hy op en word hy bewus van haar teenwoordigheid en haar vraende blik.

"Marina is baie, baie siek," verduidelik hy met 'n afwesige blik, sonder om sy gang te vertraag.

Elena, wat hom so goed ken, merk die pyn op sy altyd onverstoorbare gelaat en haar hart gaan uit na hom. Nooit het sy kon droom dat hy so intens lief kan hê nie; hy wat altyd die indruk gewek het dat liefde bloot 'n onsinnige, verbygaande emosie is, iets wat hoegenaamd nie ter harte geneem moet word nie.

Hulle bereik die siekekamer en ook Elena skrik toe sy Marina se koorsige gelaat sien. Soveel agteruitgang het sy nie verwag nie. Dit ontstel haar geweldig om die sieke in so 'n ylende toestand te sien.

Sonder meer neem sy Renaldo se sakdoek wat nog steeds op die bedkassie lê en gaan maak dit met lou water nat. Met sorg spons sy Marina se gloeiende gesig en hande daarmee af, en dis vir haar al of die sieke effens rustiger word.

'n Halfuur later lui die voordeurklokkie skril en dringend. Sonder 'n enkele woord druk sy die nat sakdoek in Renaldo se hand en verlaat die vertrek haastig om dokter Agostinho te gaan ontvang.

Met liefdevolle hande vee Renaldo met die koel sakdoek oor Marina se koorsige gesig, kompleet asof hy haar lyding daarmee wil beëindig. Toe gaan die kamerdeur oop en binne enkele treë staan sy vriend, dokter Agostinho, langs hom.

"En wanneer het dinge so 'n slegte wending geneem?" wil die

dokter weet onderwyl hy die pasiënt bekommerd beskou. Op sy voorkop is 'n ontstelde frons en dit ontgaan nie Renaldo se noulettende oog nie.

"Nee, dit sal ek nie weet nie, my vriend," antwoord die marquês afgetrokke. "Halftwaalf het sy nog rustig geslaap, maar om en by eenuur het ek ontwaak en haar in so 'n ylende toestand gevind." Hy kyk die ander man beskuldigend aan. "Jy het gesê dat sy in geen gevaar verkeer nie –"

"Dis 'n onvoorsiene wending, my vriend," val hy Renaldo bedaard in die rede, stoot die laken effens terug en ontbloot die pasiënt se bors, ongeag die feit dat Renaldo nog steeds langs die bed staan.

Ook Renaldo is so deur die wind van kommer en onrus dat dit hom nie eens opval dat hy nie tydens die ondersoek teenwoordig behoort te wees nie. Eers toe hy opkyk en Elena se blosende gesig en beskuldigende oë op hom gewaar, begryp hy die posisie. Onmiddellik voel hy vererg oor die beskuldiging in sy suster se oë,

"Marina het nie nodig om ooit te weet dat ek teenwoordig was tydens hierdie ondersoek nie," laat hy met 'n onverbiddelike stem hoor. "Sy sal in ieder geval binne enkele maande my vrou wees, dus is daar werklik niks om so vreeslik ontsteld oor te wees nie, my liewe Elena. Gits, 'n mens sou werklik sê sy lê volkome naak hier voor my, die manier waarop jy my aankyk!" Sy oë blits op haar. "Ek dink dit sal beter wees as jy liewer vir ons gaan tee maak."

Toe sy later met die tee die siekekamer binnetree, het Renaldo se gramskap darem al bedaar. Hy verduidelik dat Marina ontsteking in die een long het en dat hy met die dokter gereël het om die volgende môre 'n privaat verpleegster na die quinta te stuur wat die sieke behoorlik kan verpleeg.

Teen die tyd dat die dokter van hulle afskeid neem, het Marina se koors darem al in so 'n mate afgeneem dat sy weer weet wat om haar aangaan.

Met Elena se hulp geniet sy 'n koppie swart tee en moet sy verneem hoe groot sy hulle laat skrik het.

"Regtig, as ek geweet het dat ek griep onder lede het, sou ek

436

julle nooit hierheen vergesel het nie," maak sy swakkies versko-ning. "Dit grief my inderdaad dat ek so 'n las is; en dit terwyl julle almal hierheen gekom het om te ontspan –"

"Onsin. Enigeen wat beweer dat jy 'n las is, querida, kan jy gerus maar na my toe stuur," val Renaldo haar vanaf die oop deur in die rede.

Hy kom voor haar staan, kyk haar teer aan en vervolg sag: "Voel jy nou beter, pequena?"

'n Flou glimlaggie sprei oor haar moeë gelaat.

"Baie beter, dankie, Renaldo. Ek voel net vreeslik skuldig dat ek jou en Elena so tot las is –"

"Nie weer 'n enkele woord daarvan nie, menina," lê hy haar streng die swye op. "Daardie woord, las, wil ek nie weer uit jou mond verneem nie. Jy is vir absoluut geeneen tot las nie. Maar kom, jy moet nou eers jou medisyne en pille neem. Van môre af sal die verpleegster toesien dat jy die medisyne gereeld drink."

Met hierdie woorde neem hy die bottel, skud dit hard en vin-nig en skink 'n eetlepel vol in 'n glas. Hy voeg 'n bietjie water by, neem twee pille uit die houertjie en bied haar dit aan.

Sy neem dit by hom, sluk dit met een teug weg en hou die glas met 'n vies gesig na hom uit.

"Die dokter het natuurlik sy bes gedoen om hierdie mengsel so sleg moontlik te maak," kla sy met 'n suur gesig. "Wat my betref, kan jy dit gerus maar in die wasbak uitgooi, Renaldo. Ek sal gesond word daarsonder."

'n Verligte glimlaggie plooi om die marquês se lippe toe hy die glas by haar neem en dit op die bedkassie plaas.

"Jy tree nou presies soos 'n stout kind op, querida," betig hy haar goedig. "Maar ek vrees jy sal die medisyne maar soos 'n soet kind moet drink, want ek gaan dit beslis nie weggooi nie."

Eers toe sy weer gemaklik teen die kussings rus, val dit haar by dat hy iets van 'n verpleegster gesê het.

"Wat het jy van 'n verpleegster gepraat, Renaldo?" wil sy da-delik weet. Elena en Renaldo merk dat haar kragte baie min is, want haar woorde kom opvallend moeisaam.

Hy neem voor haar op die bed plaas en verwittig haar van die reëlings wat hy getref het vir 'n privaat verpleegster.

"Maar dis absoluut onnodig!" stribbel sy heftig teë. "Hemel, ek lê nog nie op sterwe nie! Ek verseker jou, voordat die verpleegster môre hier opdaag, is ek weer perdfris."

Sy kyk hom met 'n teleurgestelde blik aan, sluit haar oë en raak meteens vreemd stil. Dis vir haar nou baie duidelik dat sy 'n groot oorlas vir hulle moet wees, vandaar die skielike besluit om 'n verpleegster in diens te neem. Terstond besluit sy dat sy die volgende dag gaan opstaan. Ja, al voel sy ook tot sterwens toe siek, gaan sy nie 'n dag langer in die bed vertoef nie.

Renaldo merk die teleurstelling in haar oë en dit laat hom vreemd verward voel. Met die beste wil ter wêreld kan hy nie begryp waarom sy so diep teleurgesteld is in hom, wat tot dusver alles net vir haar eie beswil probeer doen het nie.

In stilte wonder hy waar hy haar gefaal het. Maar hy het geen benul wat dit kan wees nie, dus stoot hy die gedagte maar opsy.

'n Lang ruk sit hy langs haar op die bed, met Elena aan die ander kant. Maar Marina praat nie weer 'n enkele woord nie. Byna twintig minute later maak sy eers weer haar oë oop. Haar blik omvou albei, broer en suster, toe sy hulle met 'n sagte stem versoek: "Julle twee moet asseblief nou gaan slaap. Dis regtig onsinnig om jul nagrus so op te offer deur hier by my te sit. Ek makeer tog niks meer nie. En buitendien, dis môre Celesta se verjaardagparty, en ek sal myself nooit vergewe as julle te moeg en uitgeput is om die feestelikheid te geniet nie."

Renaldo kyk sy suster besorg aan en versoek haar om te gaan slaap. Maar Marina val hom dadelik in die rede met: "Jy ook, Renaldo . . . julle albei. Ek is julle twee natuurlik baie diep dankbaar vir alles wat julle vannag vir my gedoen het, maar ek gaan nie langer toelaat dat julle om my ontwil wakker bly nie. Dus sal julle my 'n groot guns bewys as julle albei nou gaan slaap."

Elena kom orent. Sy buk af en druk 'n ligte soen op Marina se voorkop, wens haar en Renaldo 'n goeie nagrus toe en verlaat die vertrek.

Ook Renaldo kom orent, maar hy maak geen aanstaltes om

te gaan nie; trouens, hy kyk haar aan met 'n vreemd peinsende blik wat dit vir Marina baie duidelik maak dat daar iets op sy gemoed rus.

Maar soos gewoonlik is hy in beheer van sy emosies toe hy met sy gewone belangstelling verneem: "Mag ek weet waarom jy so teleurgesteld in my is, pequena?"

"In jou?" Sy kyk hom met vertwyfeling aan. "Nee, Renaldo, ek is nie in jou teleurgesteld nie, net in myself. Terloops, as ek geweet het dat ek hier ongesteld sou raak, sou ek beslis geweier het om mee te doen aan hierdie uitstappie. Ek besef dat ek julle tot . . . e . . . dat ek jul plesier gisteraand skandelik bederf het en julle deur die nag baie moeite besorg het. Maar as jy en Elena my 'n guns wil bewys, moet julle totaal vergeet dat ek griep het en jul verblyf hier ten volle geniet saam met die ander gaste. Ek sal miskien nie aan al die pret en plesier kan deelneem nie, maar ek sal in ieder geval weer môre op die been wees."

"Wat, môre weer op die been wees?" Hy kyk haar met nou-getrekte oë aan. "Jy weet nie waarvan jy praat nie, querida. Jy sal die volgende vier dae nie 'n voet uit die bed versit nie, en jy kan dit gerus maar so aanvaar."

'n Sweem van 'n glimlaggie raak aan haar droë lippe.

"Moenie verspot wees nie, Renaldo. Daar is geen nodigheid hoegenaamd dat ek langer in die bed moet bly nie. Ek gee ook nie om wat jy of enigeen sê nie, maar môreoggend staan ek op –"

"Maar jy is skoon van jou sinne af, Marina!" onderbreek hy haar onthuts en kyk haar met sy ou strengheid aan. "Jy is 'n baie eiesinnige en koppige meisiekind. Maar jy sal na my luister en in die bed bly totdat dokter Agostinho jou toestemming gee om op te staan. En as dit jou nie geval nie, stuur ek jou dadelik hospitaal toe, waar jy gedwing sal word om in die bed te bly!" dreig hy ernstig.

"Nou goed, as dit werklik nodig is vir my om in die bed te bly, Renaldo, laat my dan liewer hospitaal toe gaan –" begin sy.

Maar hy onderbreek haar weer dadelik met: "Jy is dus nie tevrede met ons versorging en om hier by ons te bly nie?" Hy

439

blik haar met amper gesluierde oë aan waaruit Marina niks wys word nie.

"Dis hoegenaamd nie wat ek bedoel het nie, Renaldo. Trouens, ek voel maar net dat ek julle baie moeite sal bespaar en julle ook meer tyd sal gun vir plesier as ek in die hospitaal is –"

"Nie een enkele woord verder in hierdie verband nie, Marina. Is dit duidelik?" lê hy haar met 'n onvergenoegde stem die swye op. "Ek gaan dit beslis nie langer duld dat jy my wense so doelbewus verontagsaam nie!" Sy donker blik boor in hare en Marina merk die harde trek om sy mond wat afdoende bewys lewer dat hy bitter omgekrap is.

Maar dan hoor sy hom meteens weer sê: "Ek sal jou nie hospitaal toe laat gaan nie, dus kan jy jou maar vereenselwig met die gedagte dat jy in hierdie bed sal bly totdat jy volkome herstel het. Ek sal ook streng bevele aan die verpleegster gee om jou kamer nie 'n oomblik te verlaat nie."

'n Kort oomblik kyk hy haar nog streng en deurdringend aan, dan knik hy sy trotse kop en met 'n kortaf: "Boa noite," draai hy om en stap na sy eie kamer.

10

Met pynbelaaide oë staar Marina die trotse gestalte van Renaldo agterna totdat hy deur die middeldeur verdwyn. Dan wel 'n ongekende hartseer in haar op en haar gemoed skiet vol.

Ek het maar net bedoel om goed te doen, sê sy mistroostig aan haarself, en nou voel hy omgekrap daaroor!

Sy dink aan sy hande, gevoellose woorde, en ineens wel die trane in haar oë op. Maar sy vee dit haastig met die agterkant van haar hand weg.

Op die oomblik weet sy nie wat om van Renaldo se gedrag te dink nie. Sy het hom so lief, so hopeloos lief. Sy wil nie aan sy liefde vir haar twyfel nie, maar sy kortaf, onvriendelike optrede laat haar geen keuse as om in vertwyfeling te verkeer nie.

Dis waar, besluit sy, as hy my werklik liefgehad het, sou hy my ten minste goeienag gesoen het. Frikkie was ook al dikwels kwaad vir my, maar nog nooit het hy my op so 'n kortaf manier goeienag toegewens nie!

Die feit dat Renaldo haar nie eens goeienag gesoen het nie, laat Marina in die diepste vertwyfeling oor sy gevoel vir haar. Dis natuurlik 'n uiters pynlike gedagte, maar sy kan ook nie die feit wegredeneer nie dat sy optrede teenoor haar byna soos dié van 'n vreemdeling was.

'n Vreemdeling! dink sy weer, strek haar hand uit en skakel die lig voor die bed af. Maar is dit dan nie presies wat hy nog vir my is nie? Ek ken hom maar net 'n week! Wat weet ek eintlik van hom, behalwe dat hy die marquês De Conna is? Ricardo het my vertel, maar wat weet ek werklik van die ware Renaldo? En waarom het hy nog nooit getrou nie?

Op al hierdie vrae kan Marina geen antwoord vind nie. Hoe sy ook al tob oor sy skielike koel en onvriendelike gedrag, kan sy maar net een aanneemlike verklaring daarvoor vind: dat hy haar nie werklik liefhet nie.

Die nag en die glorie van die daeraad is reeds besig om mekaar te omhels toe Marina eindelik in 'n diepe slaap wegsink en haar vermoeide gees tot rus kom.

Ook Renaldo het eers in die vroeë ure in 'n vermoeide slaap weggesink. In sy geval was dit egter nie 'n getob van vertwyfeling oor Marina se liefde vir hom nie, maar wel oor haar eiesinnigheid en koppigheid wat hom so dwars in die krop steek; en dan natuurlik ook die feit dat sy wense by haar geen gewig hoegenaamd dra nie.

Hierin, besef hy, gaan hul heel grootste moeilikheid lê, want Marina is beslis nie die soort meisie wat haar eie sienswyse maklik sal wysig nie. En as sy vrou sal sy eenvoudig moet aanvaar dat net sy wense en mening van belang is en dat sy woord wet is.

Haar dreigemente om op te staan het die marquês diep onrustig gestem en hy was op daardie oomblik baie dankbaar dat hy besluit het om 'n verpleegster in diens te neem. Soos hy Marina ken, weet hy dat sy haar dreigement ongetwyfeld sal uitvoer sodra die geleentheid hom voordoen. En met Celesta se verjaardagparty op hande, sal hy beslis nie elke oomblik van die dag 'n ogie oor haar kan hou nie.

Ook die feit dat hy haar so hard en gevoelloos aangespreek het, hinder hom geweldig. Dit was inderdaad die allerbeste ding wat hy graag wou doen. Maar haar koppigheid het hom geen ander keuse gelaat as om streng op te tree nie.

Dis waar, sy sal moet besef dat my wense nie verontagsaam mag word nie, het hy vermoeid besluit voordat die slaap hom van al sy kwellinge verlos het. Sy is immers nou in Portugal, en hier word dinge anders gedoen as in die land waar sy vandaan kom. Maar al hierdie dinge sal sy sonder versuim moet aanleer . . . Ja, hoe gouer sy ons gebruike aanleer, hoe beter sal dit vir ons albei wees!

As Marina gedink het dat sy die volgende dag honderd persent gesond sou wees, het sy haar terdeë misgis. Toe sy laat die og-gend wakker word, was sy sieker as ooit en selfs haar koors was ver bo normaal.

Af en toe was sy bewus van Renaldo en die verpleegster se teenwoordigheid in die kamer, maar meestal was sy ylend of in 'n rustelose slaap. Almal in die huis was bewus van die feit dat haar toestand sorgwekkend is. Renaldo het ook prontweg verseg om haar kamer 'n oomblik te verlaat. Sy gaste het hy ge-heel en al in die sorg van Elena en sy sekretaris gelaat en hy het net vir maaltye afgegaan na die eetkamer. Hieroor het niemand hom kwalik geneem nie, want almal koester groot eerbied en respek vir sy gevoel teenoor die sieke.

Vir die marquês was dit pynigend om te staan en toekyk hoe die koors sy geliefde deur die dag uitput en verswak, terwyl sowel hy as die verpleegster magteloos staan om iets daaraan te doen. Die aand se verrigtinge het hy bitter halfhartig bygewoon, en na 'n uur verskoning gemaak en teruggekeer na Marina se kamer om te wag op die krisis wat die dokter voorspel het.

Dis reeds twaalfuur in die nag. Almal het al na hul onder-skeie kamers gegaan vir die nag, en die hele huis is in stilte gehul. Net drie persone is wakker: Renaldo, die dokter en die verpleegster.

Met die vaardigheid van 'n bekwame geneesheer veg dokter Agostinho daardie nag om Marina se lewe. Die minute tik senutergend stadig verby. Maar toe die wysers van die horlosie later op twee-uur staan, slaak die dokter hoorbaar 'n sug van verligting, want die krisis is verby en Marina, hoewel baie swak en uitgeput, is eindelik oor die ergste.

Eers toe Marina in 'n rustige, normale slaap wegdryf, kom Renaldo met moeë ledemate orent. Hy buk oor en soen haar teer op die voorkop. Daarna sê hy goeienag aan die bekwame, getroue verpleegster en gaan na sy eie kamer. Hy voel tot sterwens toe moeg. En die wete dat Marina nou buite gevaar is, laat hom byna dadelik met 'n geruste gemoed aan die slaap raak.

Die volgende oggend is Renaldo soos gewoonlik vroeg op. Nadat hy hom vergewis het dat alles nog wel is met sy meisietjie, voel hy in so 'n mate gerus dat hy weer sy gewone gang en pligte van die daaglikse lewe aanvaar soos voorheen.

Maar nieteenstaande al sy pligte as gasheer, bring hy baie ure in die siekekamer deur. Soos hy dit self gestel het, is hierdie week die tydperk waarin Marina hom moet leer ken, aangesien hulle nog so vreemd is vir mekaar.

Oor die argument van twee dae gelede rep nie een van hulle weer 'n woord nie. Ofskoon Marina nog diep gekrenk voel oor sy gevoellose gedrag, laat sy dit nie blyk nie. In die dae wat volg, toon Renaldo geen teken dat hy nog vir haar kwaad is nie.

Maar die feit dat hy hom so bloedig vererg het oor so 'n nietigheidjie, stem haar diep onrustig. Hulle is nog nie eens getroud nie, dink sy, en hy vlieg haar nou al so onbeheers in. Wat kan dalk alles gebeur as hulle eers getroud is?

Hoe sy ook al probeer, kan Marina hierdie onrusbarende gedagte maar nie opsy skuif nie. Die eerste keer besef sy dat hulle in twee afsonderlike wêrelde leef, dat daar 'n wye oseaan tussen haar en Renaldo lê wat nog oorbrug moet word voordat hulle mekaar volkome sal kan verstaan. En nou wonder sy of haar liefde alleen genoeg sal wees om daardie oseaan te oorbrug, en of sy haar bevredigend by sy vreemde lewenspatroon sal kan aanpas.

443

Dae lank tob sy in stilte daaroor. Maar in haar swak toestand kan sy ook nie eintlik rasioneel oor enigiets besluit nie, dus verwerp sy eindelik die gedagte.

"Ek verneem van dokter Agostinho dat jy môre mag opstaan, pequena?" merk Renaldo die oggend van die sesde dag op, nadat hy hom soos gewoonlik voor haar bed tuisgemaak het.

Hy kyk haar teer aan en Marina merk die effense donker kringe onder sy oë wat getuig van kommer en slapelose nagte.

"Dit sal voorwaar 'n seën wees," laat sy met 'n flou glimlaggie hoor en kyk hom meewarig aan. "Ek voel reeds of ek nooit in my lewe weer 'n bed wil sien nie. Maar ek behoort natuurlik nie te kla nie, want julle was almal so wonderlik goed vir my. Dit hinder my net vreeslik dat ek so diep in die skuld is by jou, Renaldo. As jy my dus sal toelaat, sal ek graag self die koste van my siekte vir die dokter en verpleegster wil vereffen –"

Die bekende skewe glimlaggie huiwer al weer om sy mond toe hy haar vinnig onderbreek.

"Dis 'n uiters onsinnige onderwerp wat jy nou aanroer, querida, dus sal ons dit nie verder bespreek nie. Wat die mediese uitgawes van jou siekte betref, is dit uitsluitlik my saak en het dit hoegenaamd niks met jou of enigiemand te doen nie. Wees liewer bly dat jy so mooi herstel het en dat jy môre kan opstaan."

Hiermee beskou Renaldo die onderwerp as afgehandel, en uit ondervinding weet Marina al dat sy geen verdere beswaar in hierdie verband durf opper indien sy haar nie weer sy gramskap op die hals wil haal nie. Daarom kyk sy hom net stil aan en waag dit huiwerig: "Ek sou nietemin die koste self wou dra, Renaldo."

"Jy het al die ontberings van jou ongesteldheid moedig verduur, pequena, en dis inderdaad voldoende. Ons sal dus nie verder hieroor gesels nie." Hy swyg 'n oomblikkie en vervolg dan: "Môre gaan ek jou vir 'n ritjie na die quinta se vlasfabriek neem en jou ook die wingerde en suikerplantasies wys. As jy belowe om jou warm aan te trek sodat jy nie weer 'n koue opdoen nie, sal ek jou selfs môreaand na die tuin vergesel sodat jy na die misterieuse lied van die nagtegaal kan luister."

444

"En wat van jou ander gaste? Dink jy nie jy het hulle genoeg verwaarloos tydens my siekte nie?"

Hy glimlag teleurgesteld. Ook sy stem klink ietwat ontevrede toe hy sê: "Wel, ek moet sê jy klink nie juis baie entoesiasties oor die voorgenome uitstappie nie, querida . . . Kan dit wees dat jy nie graag saam met my wil gaan ry nie?"

"O nee, hoegenaamd nie," antwoord sy vinnig. "Ek sal graag jou vlasfabriek, wingerde en suikerplantasies wil besigtig. Maar ek besef natuurlik dat die ander gaste ook 'n aanspraak op jou het en dat ek nie al jou tyd in beslag durf neem nie."

"Dink jy nie my gaste is mý verantwoordelikheid nie, pequena?" sit hy haar netjies op haar plek onderwyl sy blik sowel as sy glimlaggie dit duidelik uitspel: Meisiekind, jy bemoei jou al weer met sake wat jou nie aangaan nie. Maar ek sal jou nog stelselmatig na my hand leer, jou leer om 'n gehoorsame vroutjie te wees. Jou vreemde, uitheemse maniertjies staan my glad nie aan nie, maar daarvan sal ek korte mette maak – gee my maar net tyd!

'n Ligte blos sprei oor Marina se bleek gelaat. Sy ken daardie betekenisvolle blik en glimlaggie van hom al betreklik goed. Dus sê sy effens verleë: "Ek het nie bedoel om my neus in jou sake te steek nie, Renaldo . . ."

"Gaaf, dan laat ons die onderwerp net daar," sê hy op 'n vriendelike toon. "Onthou net altyd dat ek mans genoeg is om vir ons albei te besluit en dat jy jou goue koppie nooit oor my sake moet breek nie. Maar om terug te keer na die uitstappie . . . Ek voel oortuig daarvan dat dit jou die wêreld se goed sal doen, menina. Miskien bring dit die rose terug in daardie bleek wangetjies van jou."

Hierop antwoord sy egter nie, kyk hom net met 'n afwesige blik aan. Toe gaan die kamerdeur meteens oop en die twee ouer vroue tree die vertrek binne om te kom verneem hoe dit vanoggend met die sieke gaan.

Met verligting verwelkom Marina die twee vroue. Nou hoef sy niks verder te sê in verband met die uitstappie wat Renaldo so sorgvuldig vir haar beplan nie.

Dis Renaldo wat hulle inlig dat Marina weer die volgende

445

dag op die been sal wees, aangesien nie een van die twee die Engelse taal juis magtig is nie. Die gesprek word op Portugees gevoer, dus neem Marina nie daaraan deel nie en kan sy haar gedagtes vrylik hul gang laat gaan.

Met gesluierde oë lê sy Renaldo met objektiewe belangstelling en bestudeer, en dit is vir haar duideliker as ooit hoe die lewe saam met hierdie streng, heerssugtige aristokraat gaan wees. Om 'n volmaakte lewensmaat vir hom te wees, sal sy haar eie persoonlikheid moet prysgee. Hy sal alles vir haar wil reël, vir haar wil dink en ook alle besluite vir haar neem. Sy sal soos 'n sielose marionet in sy hande wees wat op sy geringste wens moet reageer, 'n wese sonder 'n eie wil, sonder wense of eie begeertes. Haar hele wese sal in hom moet opgaan, en sy sal van binne leeg wees soos 'n gevoellose outomaat.

Sy het hom lief, diep en intens. Maar die gedagte dat sy haar eie persoonlikheid onvoorwaardelik sal moet prysgee, stem haar diep onrustig. Sy voel oortuig daarvan dat sy nie 'n geskikte lewensmaat vir hom sal wees nie. Die eise wat hy stel, is beslis te hoog vir iemand wat nie aan hul gebruike gewoond is nie.

Hoewel Renaldo in gesprek verkeer met sy twee tantes, ontgaan dit hom nogtans nie dat Marina diep ongelukkig lyk nie. Hierdie wete laat hom heimlik wonder en hy besluit om haar later daaroor te pols. As daar iets is wat haar kwel, wil hy dit dadelik weet sodat dit onmiddellik uit die weg geruim kan word – dis mos waarom hy die marquês De Conna is: om ander se probleme vir hulle op te los.

Toe die twee ouer vroue dus 'n halfuur later Marina se kamer verlaat, val hy ook sommer dadelik met die deur in die huis.

"Ek het gemerk dat iets jou geweldig kwel, Marina, pequena!" Hy neem haar bleek handjies in syne, staar diep in die eindelose blou dieptes van haar oë en verneem sag, vertroulik: "Waarom lyk jy so bitter ongelukkig? Twyfel jy miskien aan jou liefde vir my?"

'n Weemoedige glimlaggie huiwer om haar mond. Sy skeur haar blik weg en vestig dit op haar hande wat hy met soveel teerheid in syne hou.

"Nee, Renaldo, aan my liefde vir jou het ek nog nie een oomblik getwyfel nie," antwoord sy sag. Dan swyg sy meteens asof sy reeds te veel gesê het.

"Nou wat het jou dan so ongelukkig gestem? Ek moet dit weet, querida. Ek wil alles weet wat in jou binneste omgaan, want net dan kan ons mekaar volkome verstaan. Vir my moet jy geen geheime hê nie. Ek verlang dat jy te alle tye openlik met my gesels."

'n Kort oomblik kyk sy hom woordeloos aan. Dit voel vir haar kompleet of sy donker oë tot in die diepste skuilhoekie van haar hart dring en elke gedagte, elke begeerte in haar wil ontbloot. Dit laat haar onmiddellik skuldig en selfbewus voel, en sy laat haar blik voor syne sak.

Maar dan hoor sy hom meteens weer sê: "Waarom vertrou jy my nie, Marina? Ek is tog nie meer 'n volslae vreemdeling vir jou nie! Toe, kom, ek wil weet wat dit is wat jou so ongelukkig stem."

Sy sug hoorbaar, kyk hom aan en haar oë verdonker.

"Dis 'n probleem waarvoor daar geen oplossing is nie, Renaldo," sê sy eindelik. "Dis 'n lewensprobleem, iets wat nie met die alledaagse probleme vergelyk kan word nie . . . Ek vrees die oplossing lê slegs hier binne-in my."

"Jy wil my dus nie sê waaroor dit gaan nie?"

Sy oë fynkam haar vertroebelde gelaat en dis vir hom baie duidelik dat sy met 'n ernstige probleem te kampe het.

"Jy kan absoluut niks daaraan doen nie," hoor hy haar sê. Haar stem klink moedeloos en ontsettend moeg. Maar so maklik het hy nog nooit 'n saak gewonne gegee nie, dus dring hy aan.

"Ek wonder of jy my nie te haastig oordeel nie, querida. Snaaks, maar ek voel tog oortuig daarvan dat ek wel 'n oplossing vir jou probleem sal vind!"

'n Oomblik kyk sy hom huiwerig aan. Dan besluit sy meteens om hierdie onsekerheid wat so plotseling en onverhoeds sy kop uitgesteek het, onomwonde met hom te bespreek. Die saak raak hom tog immers ook.

Sy sluk, kyk hom dan met 'n vreemd ernstige blik aan en sê berekenend: "Het jy al ooit daaraan gedink dat ek miskien glad nie 'n geskikte lewensmaat vir jou sal wees nie, Renaldo?"

'n Glimlaggie van verligting helder meteens sy hele gelaat op.

"Is dít jou probleem, querida?"

Sy knik haar kop bevestigend.

"Dit is, Renaldo. En glo my, hoe meer ek daaroor dink, hoe meer raak ek oortuig daarvan dat ek hopeloos ongeskik is vir jou as lewensmaat." Sy swyg 'n oomblik en vervolg dan: "Wat ons gewoontes, gebruike, karakter en lewenswaardes betref, is ons so uiteenlopend as wat kan kom . . . En ek vrees liefde alleen kan 'n huwelik nie staande hou nie. Dus voorsien ek geen blywende geluk vir ons nie. Ons persoonlikhede verskil te hemelsbreed van mekaar, om van ons onderskeie volksgebruike nie eens te praat nie."

Die glimlaggie verdwyn meteens uit sy oë en sy hele gelaat word uitdrukkingloos.

"Jy sien dus nie kans om jou land, volk en taal prys te gee en die man wat jy liefhet aan te hang nie?"

Haar oë is vertroebel, en op haar bleek gesiggie is 'n trek van vermoeienis duidelik sigbaar.

"Dis 'n saak wat veel dieper gaan as bloot die prysgee van 'n land, volk en taal, Renaldo!"

"En daarmee bedoel jy . . .?" Sy blik rus strak, vraend op haar.

"Dat indien dit maar al is wat ek moet prysgee, daar geen rede hoegenaamd bestaan waarom ons huwelik nie volkome gelukkig sal wees nie . . . Maar ongelukkig is dit nie al nie, Renaldo. Ek het die hele saak haarfyn bereken en tot die slotsom gekom dat ek nie net my land, volk en taal sal moet prysgee nie, maar ook my eie persoonlikheid, wat natuurlik sal beteken dat ek dan bloot 'n leë dop, 'n gevoellose marionet sal wees, met geen wil van my eie nie. Ek sal deurentyd volgens jou wense moet handel, omdat ek nie vir myself sal mag dink en besluit nie . . . Ek het die afgelope twee weke gemerk hoe jy vir almal dink en besluit, asof nie een daartoe in staat is om vir hom- of haarself te besluit nie –"

"Heeltemal korrek. Maar het jy miskien al een keer gevind dat my besluite iemand tot nadeel gestrek het?" onderbreek hy

448

haar met 'n harde trek om sy sensitiewe mond. Sy altyd streng oë is byna gevoelloos, maar sy stem is, soos altyd, sag en beheers.

"Dit het ek nie gesê nie," antwoord sy vinnig. "Maar ek sal dit beslis nie so gelate kan aanvaar soos jou mense nie. Ek is gewoond daaraan om vir myself te dink en te besluit . . ."

"As jy my waaragtig liefhet, Marina, sal jy nie toelaat dat sulke dinge jou van 'n huwelik met my weerhou nie." Sy blik rus koel op haar. "Maar ek dink nogtans jy oordryf in 'n groot mate, want ek verlang hoegenaamd nie dat jy jou eie persoonlikheid moet prysgee en in 'n gevoellose, siellose marionet ontaard nie. Inteendeel, ek bewonder die vuur in jou; dis die allerbeste eienskap wat jy besit!"

Na veel beraadslaging besluit Renaldo eindelik dat, aangesien Marina nie in die Portugese gebruike opgevoed is nie, hy haar meer vryheid sal toelaat as wat die geval is met die gewone Portugese vrou, maar net binne perke wat sy absolute goedkeuring wegdra. As sy vrou sal sy immers 'n voorbeeld vir al die ander vroue van sy geëerde familie moet wees. Haar gedrag sal deurentyd onberispelik moet wees. Sy sal in die volle sin van die woord 'n dame moet wees wat by almal hoë agting en respek afdwing.

Hoewel haar kennis van die Portugese gebruike nog baie swak is, begryp Marina nietemin hoeveel dit van hierdie streng, ortodokse marquês moet geverg het om so 'n toegewing te maak. Dit stem haar gemoedeliker teenoor hom en spontaan gooi sy albei haar arms om sy nek en soen hom vol op sy mond. Hy druk haar op sy beurt sonder seremonie styf teen sy bors en beantwoord haar spontane liefkosing met al die vuur en drif waartoe sy liefde in staat is.

Toe hy haar eindelik vrylaat uit sy arms en sy weer gemaklik terugleun teen die kussings, kyk hy haar met 'n warm blik aan en sê sag, plaend: "Dit lyk vir my al of die ses dae hier by my quinta darem al vrugte begin afwerp! Besef jy dat dit die eerste keer is dat jy my uit vrye wil soen! En besef jy hoe gelukkig jy my daardeur maak, querida?"

Sy glimlag stil.

"As jy gelukkig voel, Renaldo, is ek baie bly, want dis my

grootste vrees dat ek dalk nie in staat sal wees om jou gelukkig te maak nie."

Hy raak meteens weer ernstig.

"Van vandag af moet al daardie kommer en vrees iets van die verlede wees, menina. Ek is nie 'n ondier of 'n tiran wat nie tevrede gestel kan word nie. En nog 'n ding: ek besef maar alte goed dat dit vir jou 'n opdraande stryd gaan wees om jou by ons gebruike aan te pas. Daarom verlang ek dat jy te alle tye met my moet gesels en my van elke besluit van jou verwittig . . . Het ek jou belofte daarvoor?"

Sy knik bevestigend. "As ek dit net altyd kan onthou, Renaldo."

"Jy moet jou bes doen, querida, want dis van die allergrootste belang dat ek deurentyd op die hoogte is van wat jy ook al besluit – maak nie saak hoe gering dit is nie. Want net só sal ons misverstande en argumente kan vermy."

'n Lang ruk gesels hulle nog oor die toekoms – ten minste, Renaldo gesels en Marina luister. Die marquês se stem is sag, gerusstellend, en langsaam verdryf dit alle vrees wat nog êrens in Marina se gemoed geskuil het.

Dis byna drie-uur toe 'n huishulp aan die kamerdeur klop en Renaldo verwittig dat daar 'n oproep van Lissabon af vir hom wag. Hy maak verskoning en verlaat daarna die vertrek.

Die hele middag lê Marina aan hul gesprek en dink. En snaaks, nou voel sy vreemd gerus oor die onbekende toekoms wat op haar wag. Maar of dit werklik so geslaag sal wees as wat Renaldo vroeër voorspel het, moet natuurlik nog gesien word.

11

Dis met 'n gevoel van tuiskoms dat Marina haar tas uitpak in haar hotelkamer en elke ding weer op sy plek bêre. Sy kan byna nie glo dat sy net twaalf dae weg was nie. Daar het so baie gebeur dat sy nie kan dink dat dit alles met háár gebeur het nie.

Sy dink aan die week by die quinta, aan haar ongesteldheid, aan Renaldo se liefde en tere besorgdheid, en 'n warm gevoel stoot in haar op. Nog nooit het sy 'n man so diep bemin soos wat sy Renaldo bemin nie.

Sy streng, deurdringende oë, sy mooi gevormde neus, sy aggressiewe ken, sy wye, sensitiewe mond en sterk karakter; alles wat die man Renaldo uitmaak, is besonders en onweerstaanbaar aantreklik. Hy is werklik 'n persoonlikheid uit eie reg, want nog nooit het sy 'n man soos hy ontmoet nie. Haar hele hart behoort aan hom en ook haar hele toekoms hou hy in die palms van sy bekwame hande.

'n Klop aan die deur laat Marina vinnig opkyk. Met 'n sagte: "Binne!" staak sy die uitpakkery om te sien wie die besoeker is.

Die deur gaan oop en 'n kamermeisie hou 'n koevert na haar uit. By die eerste aanblik merk Marina dat dit 'n telegram is. Sy neem die koevert, bedank die meisie en skeur dit dan haastig oop.

Vlugtig gly haar blik oor die woorde:

Johannesburg

Toestemming tot verlowing in orde stop Verwag ons binne vier weke stop

Baie dankie stop

Pappie en Mammie

Met 'n stralende glimlag prop sy die telegram in haar rok se sak, dan draf sy haastig na die telefoon en skakel die castelo se nommer.

Dis Renaldo se sekretaris wat antwoord en sy verstrek haar naam en verneem of sy Renaldo persoonlik kan spreek.

Oomblikke later hoor sy Renaldo se bekende stem wat met 'n tevrede nuanse sê: "Boa tarde, querida! En waaraan het ek hierdie verrassing te danke, of het jy net verlang om my stem te hoor?"

Sy lag vrolik.

"O, ek wou natuurlik jou stem ook hoor, maar eintlik het ek baie goeie nuus om jou mee te deel!"

451

"Pragtig, menina," hoor sy hom sê. "Ek was juis van plan om jou later te kom haal vir vanaand se dinee."

" 'n Dinee? Maar jy het my vanoggend niks daarvan gesê nie, Renaldo –"

"Querida, moenie vir my sê jy het 'n ander afspraak nie," val hy haar gesteurd in die rede, "want ek gaan dit hoegenaamd nie duld nie. Ek het reeds 'n dinee gereël vir die belangrikste lede van die familie wat jy nog nie ontmoet het nie."

"Jy moet my liewer in die vervolg vroegtydig waarsku, Renaldo, want nou sal ek my afspraak moet kanselleer . . ."

"Met wie het jy 'n afspraak?" wil hy dadelik weet.

"Met señor Erlank. Hy het my gevra om hom na 'n rolprentvertoning te vergesel."

"Maar dis ongehoord! Wie het jou die reg gegee om 'n afspraak met 'n ander man te reël, Marina? Is jy nie my aanstaande verloofde nie, en het ek jou nie baie ernstig gewaarsku om my vooraf oor elke besluit van jou in te lig nie?"

Sy stem klink dadelik woedend. Marina besef dat sy hom 'n antwoord verskuldig is, maar op die oomblik weet sy nie wat om te sê nie. Dat sy volgens hul gebruike terdeë verbrou het, besef sy nou wel deeglik. Maar die toon wat hy teenoor haar aanslaan, maak haar dadelik vies. Daarom sê sy opstandig: "Ons is nog nie verloof nie, Renaldo, dus staan dit my vry om 'n rolprentvertoning saam met 'n vriend by te woon. Buitendien, ek sien niks onbehoorliks in so 'n onskuldige, vriendskaplike uitstappie nie!"

"Jy sal jou afspraak onmiddellik kanselleer. Ek stuur my sekretaris sonder versuim om jou te kom haal," voeg hy haar onthuts toe. "Ons sal hierdie saak later bespreek . . . Adeus, Marina!"

Voordat Marina nog 'n woord kan inkry, het hy die verbinding reeds verbreek. 'n Gevoel van moedeloosheid, gepaard met opstand, sak soos 'n digte wolk oor haar toe, en soos 'n outomaat plaas sy die gehoorbuis terug op die mikkie.

Sy het geen idee waar om Fanus hierdie tyd van die dag op te spoor om haar afspraak met hom te kanselleer nie, dus skryf sy maar 'n nota en stoot dit onderdeur sy kamerdeur. Daarna gaan soek sy haastig 'n geskikte aandrok en toebehore vir die aand se dinee en pak dit in 'n tassie. Met sorg begin sy haar grimering opknap.

Sy weet dat sy teen haar beterwete handel om vanaand se dinee aan die castelo by te woon; dat sy Renaldo nie so dikwels sy sin in alles behoort te gee nie. Maar sy weet ook dat hy getrou is aan sy woord en dat sy sekretaris waarskynlik al op pad is om haar te kom haal.

Sy dink weer aan hul telefoongesprek en voel vreemd senuweeagtig. Renaldo was duidelik woedend oor haar onskuldige afspraak met Fanus. Sy weet ook dat sy nog lank nie die einde van die saak gehoor het nie. Ja-nee, daarvoor ken sy hom en sy temperament nou al te goed.

Maar dan val dit haar by dat hy haar nie eens kans gegee het om hom van haar ouers se telegram te verwittig nie, die eintlike doel waarom sy hom gebel het, en 'n hewige opstand wel opnuut in haar op.

O, wel, nou kan hy maan toe vlieg, besluit sy onthuts, haar senuweeagtigheid totaal vergete. Nou kan hy wag totdat dit my pas om hom daarvan te vertel. En hy moet my nou net vra wat die goeie nuus is wat ek oor die foon gemeld het, dan sal ek hóm ter afwisseling op sy plek sit . . .

'n Klop aan die deur maak 'n einde aan haar kwaai gedagtes. Die volgende oomblik verskyn 'n kamermeisie in die deur en kondig aan dat die marquês se sekretaris vir haar wag.

Sy versoek die kamermeisie om haar tassie na onder te neem.

Sorgvuldig trek sy haar baadjie aan en tel haar handsak van die bed af op. Vir oulaas werp sy nog 'n vlugtige blik in die spieël. Sy voel volkome tevrede met haar voorkoms, want die liggroen tweestuk vlei haar buitengewoon. Daarna gaan sy na die sitkamer waar die effens gesette João reeds op haar wag. Hy groet haar met 'n sjarmante buiging en stel voor dat hulle maar dadelik vertrek.

'n Halfuur later hou hulle voor die hoofingang van die castelo stil. Hoflik hou João die motordeur vir haar oop, neem haar tassie en vergesel haar na die weelderige sitkamer waar Renaldo, Elena, Celesta en Ricardo op haar koms wag. 'n Huishulp staan ook al gereed om haar tassie en handsak te neem.

Sy word baie vriendelik verwelkom, maar die harde trek om Renaldo se mond ontgaan haar nie. Ook sy oë is twee donker poele van onverbiddelikheid toe hy haar na 'n rusbank lei en langs haar plaasneem.

Op diplomatiese wyse vra hy haar uit na haar bewegings van die afgelope ses uur na hul tuiskoms.

Toe sy hom vertel dat sy eers gaan swem het en daarna haar tas uitgepak het, rus sy skerp blik openlik beskuldigend op haar.

"Sulke gemengde baaiery staan my glad nie aan nie, pequena," lug hy koel sy mening. "Maar dit sal my natuurlik niks baat om met jou daaroor te redeneer nie. Jy sal my vermaning tog maar net in die wind slaan en dit weer gaan doen. Dus sal ek dit seker maar moet duld solank ons nog nie verloof is nie. Maar ek verseker jou dat ek dit daarna nie 'n oomblik langer sal duld nie. En terloops, nadat ons tee gedrink het, wil ek jou graag 'n oomblik privaat spreek."

Voordat Marina iets hierop kan sê, word die dienwaentjie met tee die sitkamer ingestoot en die geselskap raak algemeen.

Renaldo is soos gewoonlik hoflik en sjarmant, maar Marina laat haar nie meer daardeur mislei nie. Sy weet hy is kwaad vir haar.

Nadat almal klaar tee gedrink het, kom Renaldo orent en versoek haar saaklik om hom na sy studeerkamer te vergesel.

Dat hy oor die een of ander iets woedend is, was vir sy huismense die hele middag al duidelik. Maar nie een kon raai waaroor dit gaan nie. Nou, egter, toe hy Marina op so 'n saaklike toon gelas om hom na sy studeerkamer te vergesel, begryp hulle dat sy die oorsaak van sy toorn moet wees. Ofskoon nie een 'n woord sê nie, voel almal jammer vir die skraal meisietjie wat blykbaar die een of ander oortreding begaan het en onder die vuur van Renaldo se toorn moet deurloop.

In sy studeerkamer bied hy haar 'n stoel aan. Hy neem op die punt van sy lessenaar 'n sit-staan-posisie in, vou sy hande oor sy bors en blik haar onthuts en uit die hoogte aan. Maar ten spyte van die bitter trek om sy mond, sê hy nietemin bedaard: "Nou wil ek graag weet wat jou besiel het om 'n afspraak met 'n ander man te reël. Of het jy miskien gedink ek sal daarmee genoeë neem?"

'n Kort oomblik tas sy rond na die regte woorde, dan sê sy sag: "Omdat ons nog nie verloof is nie, Renaldo. En buitendien was dit net 'n vriendskaplike afspraak –"

Hy val haar egter bars in die rede. "So, dan verkeer jy onder die indruk dat jy maar kan maak soos jy wil, met mans kan rondflankeer soos jy wil, omdat ons nog nie verloof is nie? As dit is wat jy dink, Marina, kan jy gerus weer dink, want dit sal beslis nie gebeur nie. Ek besef natuurlik dat ons nog nie amptelik verloof is nie, maar besef jy dat jy jou reeds met beloftes onherroeplik aan my verbind het? As jy dit nie wil besef nie, Marina, gaan jy my dwing om jou dit te laat besef, en glo my, dis die allerlaaste ding wat ek graag sal wil doen. Daarom vertrou ek dat jy in die vervolg alle mans op 'n afstand sal hou, anders gaan jy my regtig dwing om my aan iets ongeoorloofs skuldig te maak."

Haar gesiggie moet vir hom uiters pateties voorgekom het, want die volgende oomblik trek hy haar liefderik orent uit die stoel en vou haar hartstogtelik in sy arms toe. Die bitter trek wyk terstond van sy mond toe hy met 'n warm stem pleit: "Querida, moet asseblief nooit weer so onverantwoordelik handel nie. Jy maak my nie alleen seer met sulke optrede nie, maar as die aanstaande marquesa sal alle oë van nou af krities op jou gevestig wees om te sien of jy jou status kan handhaaf. Moet my dus nie teleurstel nie, pequena. Ek het jou so lief en ek wil graag trots wees op jou. Maar hoe kan ek dit wees as jy sulke onmoontlike dinge aanvang?"

"Ek het dit nie as onbehoorlik beskou nie, Renaldo," antwoord sy bedaard. "Vir my was dit bloot 'n onskuldige uitstappie, en ek voel oortuig daarvan dat Fanus dit in dieselfde lig beskou het. Fanus is een van my mense en ons verstaan mekaar."

"Maar dit hoort nie so nie! As jy my liefhet, sal jy in elk geval geen plesier vind in ander mans se geselskap nie . . . Het jy my waaragtig lief, querida?"

Sy oë brand in hare en Marina voel dan hoe alle opstand en

455

weerstand in haar voor die vuur van sy hartstog wegkrummel.

Sy rus liefderik met haar kop teen sy bors en sug sag. "Aan my liefde vir jou moet jy nooit twyfel nie, Renaldo. Ek het jou so lief dat ek my selfs op hierdie oomblik aan jou sal verloof –"

"Sonder jou ouers se toestemming?" onderbreek hy haar met 'n teer glimlaggie.

"Ek het reeds hul toestemming ontvang . . ."

"Jy het?" Sy oë vonkel opgewonde.

"Ja, pas voordat ek jou vanmiddag gebel het." Sy vertel hom van die telegram en die inhoud daarvan.

Met onbeheerste hartstog druk hy haar teen sy bors vas, toe sak sy donker kop af totdat sy lippe warm, besitlik op hare rus.

Toe hy eindelik sy kop oplig, straal sy hele gesig van blye opgewondenheid. Marina kan sien dat hy emosioneel effens ontwrig is, maar hiervan laat sy niks blyk nie.

"Ons sal vanaand nog amptelik verloof raak, querida," merk hy sag op, "want glo my, ek kan die tyd nie meer afwag om jou my eie te maak nie. Ek sal alles reël sodat die huwelik 'n week na jou ouers se aankoms kan plaasvind –"

"Maar, Renaldo, dis maar oor 'n paar weke!" val sy hom ontsteld in die rede. "Ek sal nooit 'n bruidsuitrusting in so 'n kort tydjie . . ."

Hy snoer haar mond met sy lippe.

"My persoonlike kleremaker sal môremiddag iemand na die hotel stuur om jou mate te neem vir jou bruidstabberd," stel hy haar later gerus. "Bekommer jou dus oor niks nie. Jou bruidsuitrusting sal deel van my huweliksgeskenk aan jou wees. Maar kom, my sekretaris sal nou die hele familie moet nooi vir vanaand se dinee sodat ek ons verlowing amptelik kan aankondig. En dan is daar ook nog die kwessie van die ring . . . Maar ek glo stellig dat dit jou sal pas, my ma was ook fyn en petite soos jy. Maar ek sal jou in ieder geval later die ring laat aanpas."

Hy merk die vraende uitdrukking in haar pragtige, groot oë en vervolg: "Dis ons tradisie, querida. Elke Renaldo de Conna moet met daardie ring verloof raak. Dis 'n familie-erfstuk en ek is oortuig daarvan dat jy van die ring sal hou."

Hy neem haar arm en lei haar terug na die sitkamer waar die ander drie nog steeds in gesprek verkeer – ten minste, Elena en Celesta verkeer in 'n gesellige gesprek, want Ricardo lyk op die oog af uiters verveeld.

Eers stel Renaldo hulle in kennis van sy en Marina se verlowing wat vanaand amptelik aangekondig sal word, en van hul huwelik wat tydens die Nesers se besoek aan Portugal sal plaasvind. Daarna ontbied hy sy sekretaris en beveel hom om die res van die familie na die dinee te nooi en om verdere reëlings in dié verband te tref.

Toe ontbied hy die kelner en bestel vir hulle sjampanje. Daarna gaan haal hy die waardevolle ring waarmee die De Connas geslagte lank al verloof raak.

'n Reusepêrel, geset in 'n montering van fyn smaragde, versier die ring. Marina kan nie help om by die aanskoue van dié kosbare erfstuk 'n uitroep van bewondering te uiter nie.

Haar handjie is fyn en klein en hoewel die ring perfek pas, lyk die steen vir haar buitengewoon groot en lomp. Maar vir die vier Portugese lyk dit volmaak. Veral Renaldo lyk hoog in sy skik, want vanaf die oomblik dat sy die ring dra – en dis vanaand – sal sy onvoorwaardelik aan hom behoort.

Die dinee is 'n reuse-geleentheid. Ofskoon almal openlik verbaas is oor Renaldo se skielike verlowing, aanvaar hulle Marina baie vriendelik as een van die familie, want is sy dan nie die uitverkorene van hul geëerde marquês wat nooit 'n fout begaan nie?

Renaldo is soos gewoonlik besonder sjarmant en skenk die hele aand spesiale aandag aan sy beeldskone verloofde. Vir almal is dit baie duidelik dat dit nie net 'n staatsverbond is nie, maar 'n geval van liefde, want elke gebaar van die marquês spreek openlik van sy liefde vir die Suid-Afrikaanse meisie.

Dis byna kwart voor elf en al die gaste het reeds vertrek. Net Marina wag nog dat Renaldo haar moet terugneem na die hotel toe. Toe hy eindelik sy verskyning in die sitkamer maak nadat hy die laaste gaste weggesien het, groet sy die agterblywendes haastig – Celesta en Ricardo elk met 'n stewige handdruk, omdat hulle die volgende dag na hul eie tuiste in Coimbra vertrek.

Toe Renaldo later voor die hotel stilhou, klim hy nie soos gewoonlik dadelik uit om die deur vir Marina oop te maak nie. Inteendeel, hy stoot sy arm agter haar verby en trek haar liefdevol in die kring van sy arm. Die volgende oomblik eis sy lippe hare op in 'n tere soen wat die hartstog weer wild in hom laat oplaai.

Toe hy eindelik sy lippe van hare losskeur, kyk hy met 'n sag-te blik af na die fynbesnede gesiggie wat vir hom al so dierbaar en onmisbaar geword het dat elke afskeid vir hom moeiliker word. Die gedagte dat sy binne vyf weke sy eie vroutjie sal wees en dat daar dan geen afskeid meer sal wees nie, gee hom egter weer moed.

"Het jy darem die aand geniet, querida?" verneem hy.

"Baie. Jou familie was besonder gaaf teenoor my."

"Hulle kan nie anders as om van jou te hou nie, pequena. Jy besit 'n wonderlike gawe om dadelik 'n mens se hart te steel." Hy glimlag af in haar oë. "Jy is onweerstaanbaar, Marina, me-nina. Glo my, jy het vanaand al die jong mans se harte warm laat klop –"

"Jy spot nou met my, Renaldo," onderbreek sy hom laggend, "want ek het niks van die aard opgemerk nie. Hulle was bloot vriendelik omdat ek jou verloofde is."

"Jy is nog baie onskuldig, querida," is al antwoord wat sy kry. Dan soen hy haar weer lank en hartstogtelik.

"Ek vrees ek sal jou nou moet laat gaan, meisietjie," sê hy la-ter. "Ek sal jou natuurlik baie graag die hele nag so in my arms wil hou, maar ek besef dat jy moet gaan rus." Sy stem word meteens warmer. "Die nag sal vir my oneindig lank wees sonder jou, querida. Ek wens dat die vyf weke al verby is sodat ek nie meer saans van jou afskeid hoef te neem nie. Maar ek sal van jou droom – van die dag wanneer jy volkome myne sal wees en ek jou dwarsdeur die nag so in my arms sal kan hou."

Dis al ver oor twaalf toe hy eindelik voor haar kamerdeur van haar afskeid neem en hom terughaas na sy motor wat voor die hotel staan.

Na 'n haastige bad kruip Marina in die bed. Sy voel moeg

maar terselfdertyd intens gelukkig, want die aand was 'n reuse-sukses. Eersdaags sal sy volkome behoort aan die man wat sy liefhet; sal sy die jong marquesa wees.

12

Die volgende oggend, op pad na die eetkamer, loop sy Fanus Erlank in die hysbak raak. Hy trap haar ook sommer daar en dan uit omdat sy hul afspraak van die vorige aand so goedsmoeds gekanselleer het.

"Ek sou dink dat jy die afgelope twaalf dae oorgenoeg gehad het van die Portugese adel en jou weer 'n slag by jou eie nasie behoort te bepaal," voeg hy haar verwytend toe.

Op haar volgende woorde was hy egter nie voorbereid nie, want ewe lag-lag lig sy hom in: "Ek en die marquês het gisteraand verloof geraak." Dan hou sy haar hand met die kosbare ring na hom uit.

'n Kort oomblik kyk hy haar opsommend aan, dan sê hy met nougetrekte oë: "So . . .! Wel, ek sal graag wil weet waarom jy my uitnodiging aanvaar het, wetende dat jy gisteraand verloof sou raak."

"Maar ek het nie gisteroggend geweet dat ons verloof sou raak nie, Fanus," maak sy haastig verskoning. "Renaldo het maar eers gistermiddag daaroor besluit. En glo my, jy ken hom nog nie. As hy eers finaal oor 'n ding besluit het, is dit ja en amen. Hy duld niks in sy weg en geen teenkanting van enigiemand nie."

Die hysbak kom tot stilstand en hulle stap uit.

"Maar as jy my nooi om na ontbyt saam met jou te gaan swem, sal ek sorg dat ek die afspraak nakom," vervolg sy met 'n onweerstaanbare glimlaggie wat hom oombliklik sy teleurstelling laat vergeet.

"Nou toe, laat ek sien of jy darem hierdie afspraak met my kan nakom," laat hy meer opgewek hoor en doen sy bes om nie te laat blyk hoe teleurgesteld hy voel oor haar skielike verlowing nie.

Hulle stap die ruim sitkamer binne en nadat hulle albei 'n ligte ontbyt geniet het, gaan verklee hulle hulle haastig. Enkele minute later slenter hulle skertsend af strand toe, waar dit reeds wemel van baaiers en kinders wat ywerig besig is om sandkastele te bou. Byna 'n volle uur lank baljaar hulle lustig in die golwe rond, daarna jaag hulle resies terug strand toe. Telkens wanneer dit blyk dat Fanus die wedren gaan wen, duik Marina ongesiens onder 'n golf in en gryp hom met mening aan 'n voet om sy gang te vertraag – 'n optrede wat natuurlik 'n hewige gestoei afgee.

"Ek sal jou op die strand terugbetaal," verseker hy haar dan. Maar aan hierdie dreigement steur Marina haar min en byna gelyktydig bereik hulle die strand.

Soos twee uitgelate kinders speel en stoei hulle weer op die strand, totdat albei later moeg en uitgeput is. 'n Oomblikkie rus Marina op die warm sand, maar kom dan weer orent en stap haastig verby Fanus. Hy buk laag en vang albei haar bene in 'n poging om haar te pootjie. Sy gil uitgelate, verloor haar balans en gryp wild in die lug met albei haar hande. Gelukkig vang sy hom om die nek en klou vir al wat sy werd is. Die geweld waarmee sy vooroor tuimel, laat hulle albei met 'n harde slag op die sand beland – hy op die naat van sy rug en sy in volle lengte bo-op hom, tot groot vermaak van die omstanders.

Marina is byna dadelik op en met 'n suur glimlag vryf sy die kneusplek aan haar linkerelmboog. Sy wil Fanus nog iets toeslinger, maar toe sy opkyk, is dit in Renaldo se donker oë wat haar woedend aangluur. Verbaas gaap sy hom aan en wonder heimlik wat sy nou weer gesondig het, want sy gesig is 'n treffende weergawe van 'n onweerswolk.

Hoe en wanneer Renaldo sy verskyning daar op die strand gemaak het, weet sy nie. Maar daardie harde, onverbiddelike lig in sy oë lewer afdoende bewys dat hy al 'n hele rukkie daar moet wees en klaarblyklik die hele petalje tussen haar en Fanus aanskou het.

'n Kort oomblik gluur hy die verbaasde Marina nog met onverbloemde woede aan, dan buk hy woordeloos af, neem haar strandjassie en help haar om dit aan te trek. Met 'n koue stem versoek hy haar om haar sandale aan te trek. Daarna neem hy haar arm en sonder om die omstanders een blik te verwerdig, stuur hy haar in die rigting van die hotel.

Marina, naïef soos wat sy is, kan maar nie begryp waarom Renaldo so bitter omgekrap is nie. As dit is oor die petalje van so ewe, kan hy gerus maar die hoenders in wees. Ek is nog nie met hom getroud nie, dink sy. En die spelery was in ieder geval baie onskuldig. Almal speel, stoei en pootjie mekaar, en niemand vind dit enigsins onbehoorlik nie. Dis blykbaar net die De Connas wat te vroom is om 'n bietjie onskuldige pret te geniet, of dit ten minste in ware perspektief te beskou!

Hulle bereik die hotel, en steeds het Renaldo nie 'n woord geuiter nie. Marina bewaar ook maar die swye. Uit ondervinding weet sy al dat die uitbarsting nog gaan volg. Dis nie verniet dat hy lyk of hy gaan ontplof nie. Sy ken al die tekens, die stilte voor die storm.

Hy vergesel haar tot by haar kamerdeur en hoewel sy blik onverbiddelik op haar rus, is sy stem nietemin bedaard toe hy met 'n harde trek om sy mond verklaar: "Ek sal die bestuurder van die hotel solank gaan spreek onderwyl jy jou verklee. Daarna kan een van die kamermeisies jou persoonlike besittings kom inpak, want jy gaan voortaan by die castelo inwoon."

Sy kyk hom 'n oomblik huiwerend, vraend aan, dan kom haar woorde ewe huiwerend.

"Maar . . . e . . . ons is nog nie getroud nie; hoe kan ek . . .?"

"Ek besef dit volkome. Maar jy sal my gas wees tot dan." Sy oë blits onverbiddelik op haar. "Hierdie gemengde baaiery en ongehoorsaamheid van jou het vandag net te ver gegaan. Maar daar sal voortaan 'n wakende oog oor jou gehou word, want jy stel my geduld tot die uiterste op die proef."

Sonder 'n verdere woord draai hy om en stap vinnig, doelgerig na die bestuurder se kantoor. Marina betree haar kamer met loodswaar treë. Nou eers val dit haar by dat hy haar gister gewaarsku het dat hy hierdie gemengde baaiery net sal duld totdat hulle verloof is, en nie 'n oomblik langer nie. Oombliklik tref dit haar dat haar ure van vryheid getel is.

'n Ergerlike frons ontsier haar voorkop. As ek hom net nie so liefgehad het nie, dink sy onthuts, sou ek hom lankal maan

461

toe gestuur het . . . Maar nou ja, die liefde verdra seker alles, daarom dat ek nog nie sover gekom het nie!

Sy gaan bad gou en trek haar ewe haastig aan. Maar toe sy met haar grimering begin, wonder sy meteens waarom sy nou so haastig is. Hy kan mos wag! Wie is hy immers?

'n Slinkse glimlaggie sprei oor haar gelaat. Ek sal hom van-môre goed laat wag, besluit sy vermakerig en begin tydsaam met haar vingers in die potjies en buisies peuter.

Toe sy eindelik haar grimering voltooi het, begin sy haar naels manikuur en poleer totdat hulle soos spieëls blink. Dan druk sy 'n paar opstandige krulle met haar hande plat, neem haar handsak van die bed af op en verlaat die vertrek.

Sy tref Renaldo in die sitkamer aan waar hy reeds ongeduldig op haar wag. Hy kom haastig orent. Sy gesig is nog steeds stroef, maar sy stem bedaard soos altyd. "Wel, ek moet sê jy het 'n ewigheid geneem om jou aan te trek . . . of miskien wou jy my maar opsetlik laat wag?"

'n Vae glimlaggie pluk aan Marina se mondhoeke.

"Jy het volkome reg geraai. Ek het opsetlik gedraai om jou te laat wag."

Sy swart oë blits weer gevaarlik op haar en sy stem is onheilspellend sag toe hy nadruklik sê: "So! Wel, dit was inderdaad kinderagtig van jou. Maar blykbaar besef jy nie dat ek 'n besige man is en nie 'n oomblik kan verspil nie –"

"O, ek besef dit baie goed," onderbreek sy hom ongeërg. "Maar aangesien jy my alewig na jou pype laat dans, het ek besluit om jou as straf op my te laat wag . . . En ek dink ek moes jou nog langer laat wag het," voeg sy as 'n nagedagte by.

Sy kyk ongeërg op, in sy donker blik wat onverstoord op haar rus. Maar hoe sy ook al probeer, van sy gedagtes kan sy absoluut niks wys word nie. Al kommentaar wat hy op haar eerlike erkenning lewer, is: "Dis baie gaaf dat jy my hieroor ingelig het. In die vervolg sal ek presies weet wat om te doen as jy my weer so onnodig lank laat wag."

"En daarmee bedoel jy . . .?"

'n Veelseggende glimlaggie verskyn om sy mond.

"Probeer gerus maar weer om my so onnodig lank te laat

462

wag, pequena. Die hemel weet, ek het nog nooit 'n vroumens gebad en aangetrek nie, maar ek is seker dat ek dit sal regkry as dit moet –"

"Jy . . . jy sal wat?" onderbreek sy hom stamelend en staar hom geskok aan.

Hy neem haar met 'n veelseggende blik aan die arm en lei haar swyend na sy motor wat voor in die straat staan. Hy hou die deur vir haar oop om in te klim en nadat hy self ook plaasgeneem het, kyk hy haar 'n slag sydelings aan en dan weer voor hom in die straat.

"Dit sal jou absoluut niks baat om my uit te daag nie, Marina, pequena." Hy trek met skreeuende bande weg. "Ek sal jou ook aanraai om dit nooit weer te waag nie. Ek verwag absolute gehoorsaamheid van jou en geen teenkanting van enige aard nie." Dan verskyn daar weer 'n harde trek om sy mond. "Ook sulke uitspattigheid soos wat ek vroeër by die strand moes aanskou, moet nooit weer gebeur nie. Met sulke onbehoorlike gedrag gaan ek hoegenaamd nie langer genoeë neem nie. As die toekomstige marquesa sal jy inderdaad meer besadigdheid en waardigheid aan die dag moet lê, anders vrees ek gaan jy die lewe vir jouself bemoeilik."

"Ek wens jy was nie so preuts nie, Renaldo," merk sy met diepe vertwyfeling in haar stem op, wat die marquês se oor nie ontgaan nie.

Hy werp 'n vlugtige blik in haar rigting, merk die opstandige frons op haar voorkop en oombliklik besef hy dat hy haar te hard aangespreek het. Dit laat hom effens onrustig voel, want Marina is nie 'n Portugese dame wat haar alles sommer sal laat welgeval nie, en wie weet, dalk verbreek sy nog hul verlowing ook.

Nee, besluit hy in sy enigheid, ek sal vir eers maar versigtig met die meisietjie moet werk. Om nou van haar af te sien, sal beslis nie 'n aangename ervaring wees nie. Sy het al gans te diep in my hart gekruip . . . Nee, ek sal beslis nie van haar kan afsien nie. Laat sy maar 'n flerrie en 'n rabbedoe wees, maar ek het haar oneindig lief. Dus is daar net een uitweg. Ek sal haar van al hierdie verspotte giere en grille moet genees . . . Ja, na die

463

huwelik sal ek al die reëls aan haar voorlê en terselfdertyd 'n wakende oog oor haar hou!

Maar hardop sê hy: "Ek is hoegenaamd nie preuts nie, querida. Maar jy behoort nou aan my, en glo my, geen man sal duld dat sy verloofde so . . . so flankeer met ander mans nie –"

"Ek het glad nie met Fanus geflankeer nie," knip sy hom dadelik kort, duidelik onthuts. "Ons het maar net gespeel en ek sien geen kwaad hoegenaamd daarin nie." Sy swyg 'n oomblik en vervolg dan: "Maar dit word vir my al duideliker dat ek en jy nie by mekaar pas nie, Renaldo. Jy probeer om van my 'n waardige dame te maak, maar ek vrees jy gaan dit nie regkry nie. Dit is nie in my aard om een te wees nie. Ek is soos ek is, en daaraan kan nie jy of wie ook al iets verander nie."

"Jy wil en gaan dus nie eens probeer om my tevrede te stel nie?" vra hy so kalm as wat sy drif hom toelaat.

Marina se blik is strak voor haar gerig, dus merk sy nie die bekende harde trek wat al weer om sy mond verskyn het nie.

"Dis nie 'n saak van nie wil of gaan nie, Renaldo," antwoord sy kalm. "Dis veel eerder 'n kwessie van kan nie. 'n Mens kan tog nie iets anders wees as wat jy werklik is nie . . . of sien jy miskien kans om 'n aap te leer skryf?"

"Ek dink jy is nou sommer opsetlik dwars, Marina. Ek het nog nooit verwag dat jy die onmoontlike moet doen nie. Inteendeel, wat ek van jou verwag, is baie eenvoudig en heeltemal moontlik, as jy dit maar net wil besef. Maar blykbaar wil jy dit nie besef nie, of anders verskaf dit jou groot genot om my uit te tart. In elk geval, hier is ons by die castelo, dus sal ons nie nou verder oor hierdie onderwerp gesels nie – miskien later."

Met hierdie woorde hou hy voor die hoofingang stil, maak die motordeur vir haar oop en lei haar na die sitkamer waar Elena reeds op hul koms wag.

Die een na die ander het die dae verbygesnel en later in weke verander, en steeds het Renaldo nie weer die onderwerp ter sprake gebring nie. Soos gewoonlik tree hy sjarmant en bedagsaam teenoor sy verloofde op, maar oor haar onbehoorlike gedrag die dag op die strand het hy nie weer 'n woord gerep nie.

Vandag is dit reeds vier weke dat sy by die castelo inwoon. Al die reëlings en voorbereidings vir die huwelik is reeds getref, en selfs haar bruidsuitrusting is al voltooi. Nou wag hulle net dat die huweliksdag moet aanbreek.

Pas 'n uur gelede het Marina en Renaldo vertrek om haar ouers by die Portela-lughawe te gaan ontmoet. 'n Heerlike gevoel van opgewondenheid heers in haar binneste en sy kan byna nie meer die tyd afwag dat hulle die lughawe moet bereik nie.

Telkens kyk sy op haar horlosie om vas te stel of die vliegtuig nie dalk al geland het nie. Toe hulle eindelik voor die aankomssaal van die lughawe stilhou, wag sy nie soos gewoonlik op Renaldo om die motordeur vir haar oop te maak nie, maar klim sonder meer uit.

Hieraan steur die marquês hom nie, want Marina se hele wese verraai die opgewondenheid wat in haar binneste heers. En wie kan dan nou logies en normaal optree as jy voel of jy uit jou vel kan spring van blydskap?

Hulle het hulle ook net by die wagtendes aangesluit toe die passasiersvliegtuig op die aanloopbaan neerstryk.

Hulle wag nie lank nie of mevrou Neser tree te voorskyn met haar man kort op haar hakke. Met 'n gil van intense blydskap storm Marina op haar ma af en laat Renaldo net daar staan. Op hierdie oomblik is waardigheid en hoflikheid alles na die maan en dink sy net aan die aangename weersiens.

Sy val letterlik in haar ma se arms, dan kom haar pa aan die beurt en die omhelsing is ewe hartlik en spontaan. Eers nadat sy haar asem in 'n mate herwin het, val dit haar by dat Renaldo haar mos vergesel het. Verleë draai sy om en kyk in die rigting waar hy nog laas by haar was. Maar daar is geen teken van hom nie.

"O aarde," roep sy ontsteld uit, "ek sien Renaldo glad nie in die gedrang nie. Ek . . . ek het skoon . . .vir hom weggehardloop . . ."

"As jy miskien na my soek, querida," gee hy plotseling agter haar antwoord, "ek is hier digby jou."

Sy swaai vinnig om en 'n klokhelder laggie borrel oor haar lippe.

"O, maar ek is ongeskik om sommer vir jou weg te hard-loop, Renaldo. En dan wil jy nog van my 'n dame maak! Maar laat my toe om jou aan my ouers voor te stel . . . Die marquês Renaldo de Conna!"

Die edelman groet sy aanstaande skoonouers met waardig-heid, verwelkom hulle vriendelik in Lissabon en verneem of hul reis voorspoedig was. Daarna vertrek hulle na die castelo.

Marina sit agter by haar ma en die hele pad gesels hulle on-afgebroke. Eers wil sy weet hoe dit met al die bekendes tuis gaan, toe vertel sy op haar beurt van al die voorbereidings wat reeds vir die huwelik getref is en van haar deftige bruidsuit-rusting. Daarna wil sy weet wat haar ma van haar aanstaande skoonseun dink. Hulle gesels op Afrikaans, 'n taal waarvan die marquês geen benul het nie.

Dit blyk dat hy 'n aangename indruk op haar ma gemaak het en Marina voel diep tevrede hieroor.

By die castelo aangekom, is dit Renaldo wat sy suster aan die ouerpaar bekendstel. Broer en suster is aangenaam verras om-dat hulle hulle Marina se ouers totaal anders voorgestel het. Na wie Marina met haar impulsiewe voortvarendheid aard, weet g'n mens nie, want haar ma is 'n verfynde dame en haar pa 'n waardige heer wat die respek en agting van almal afdwing.

Ook die ouerpaar voel besonder ingenome met hul aanstaan-de skoonseun en sy suster. Ja-nee, hulle voel volkome gerus oor hul dogter se toekoms saam met die marquês.

Pas na die middagete, in die sitkamer, kondig Renaldo aan dat hy graag Marina se ouers oor 'n privaat aangeleentheid wil spreek, en versoek die twee meisies om hulle 'n paar oomblikke alleen te laat.

Soos twee gehoorsame dogtertjies kom hulle orent, maar Marina voel diep teleurgesteld. Hoewel Renaldo reeds haar ou-ers se toestemming tot 'n huwelik per brief gevra het, weet sy dat hy die hele formaliteit persoonlik wil herhaal, en sy sou bitter graag wou hoor hoe so 'n waardige aristokraat soos hy ouers vra. Maar daardie genot wil hy haar blykbaar nie gun nie, daarom moet ook sy uit die sitkamer padgee.

Sy werp hom in die verbygaan 'n verwytende blik toe, en die volgende oomblik neem hy haar saggies aan die arm en dwing haar tot stilstand. Hy kyk haar met 'n warm blik aan en sê verskonend: "Ek hoop nie jy gee om nie, querida. Ek wil nie graag onbeleef wees nie, maar jy begryp tog dat daar dinge is wat 'n man nie graag in die teenwoordigheid van sy aanstaande bruid bespreek nie. Ons sal nie lank wees nie, uiters 'n kwartier –"

"Toe maar, Renaldo," knip Marina sy relaas met 'n vroom gesig kort. "Ek besef natuurlik dat jy in alle erns wil ouers vra. Maar jy kon my en Elena tog maar die genot gegun het om teenwoordig te wees sodat ons jou later kon uitlag indien jy dalk bloos of hakkel. Bowendien, ons twee kon dalk nog vir jou morele ondersteuning gegee het!"

"Querida . . .!"

Almal bars hartlik uit van die lag en ook om Renaldo se mond plooi 'n fyn glimlaggie. "Kom, nie een enkele woord verder van jou nie, meisiekind. Jy is 'n uiters onhebbelike mensie!" En met dié woorde stoot hy haar in die rigting van die deur.

Met 'n skelm knipoog haak sy by Elena in, dan verdwyn hulle by die deur uit. Oomblikke later slenter hulle geselsend met die paadjie af rivier se kant toe.

"Jong, jy moenie Renaldo se siel so versondig nie," vermaan die ouer meisie laggend. "Een van die dae vererg hy hom en dan is die duiwel behoorlik los."

"Ag, hy het hom al so dikwels vir my vervies," sê Marina met 'n skouerophaling, "dat een keer meer nie eintlik veel saak sal maak nie."

Hierdie ongeërgdheid van Marina laat die Portugese meisie hartlik uitbars van die lag.

"Marina, pequena, ek weet nie hoe Renaldo met jou gaan huishou nie, want aan jou is daar voorwaar geen salf te smeer nie. Ek voorspel dat hy binne 'n jaar grys gaan wees."

Sy kyk Elena met 'n ondeunde glimlaggie aan.

"Mens, jy moenie vir Renaldo sê daar is geen salf aan my te smeer nie. Jy weet dit natuurlik nog nie, maar hy verkeer in die waan dat hy nog 'n waardige dame van my gaan maak!"

Albei bars heerlik uit van die lag. Dan fluister Elena, kom-

467

pleet asof sy bang is dat iemand haar straks kan hoor: "Ek hoop nie hy kry dit reg nie, Marina. Ek hou van jou omdat jy is wie jy is, en ek sal jou nie graag anders wil sien nie."

"Toe maar, ou sussie, hy sal dit nooit regkry nie. Ek het hom dit ook al gesê."

Geselsend neem hulle op die gras aan die waterkant plaas, en toe 'n halfuur verstryk het, stel Elena voor dat hulle teruggaan. Maar daarvan wil Marina nie hoor nie.

"Nee wat, ons bly nog 'n rukkie. Dis heerlik hier onder die bome," stribbel sy teë.

"En as Renaldo ons uittrap omdat ons jou ma so lank alleen laat?"

"Maar hoe kan hy? Hy het ons immers uit die sitkamer ge-jaag! Nee, Elena, laat hom vir sy straf in sy eie vet braai. Ons bly net hier. Laat hy nou my ouers geselskap hou; hy wou ons mos nie die genot gun om te hoor hoe hy ouers vra nie . . ."

Marina het nog nie eens klaar gepraat nie, toe rol Elena op die gras soos sy lag.

"Regtig, ek gaan jou vreeslik mis die twee weke wat julle met wittebrood weg sal wees," merk Elena later op onderwyl sy die lagtrane uit haar oë vee.

"Nee, wag, moet tog nie nou al daarvan praat nie, my liewe Elena," keer Marina haastig. "Ek raak sommer benoud as ek dink ek moet twee volle weke lank alleen saam met Renaldo gaan bly. Ek dink ek gaan dan verleer om te lag, want Renaldo besit mos 'n wonderlike gawe om net my foute raak te sien . . . of anders sukkel hy te erg om 'n dame van my te maak."

"Ja-nee, jy sal beslis in jou spoor moet trap tydens julle wit-tebroodsreis, my ou sussie," beaam Elena.

"H'm, weet ek dit nie!"

'n Lang ruk sit die twee oor die diktator Renaldo en gesels. Dan merk Elena met 'n skok dat hulle al byna 'n uur en 'n half daar by die rivier vertoef het, en haastig kom sy orent. Marina volg haar voorbeeld en sonder versuim begin hulle aanstryk in die rigting van die castelo. Albei besef dat Renaldo hulle gaan uittrap, en nou soek hulle naarstig na 'n oortuigende versko-ning.

468

Toe Marina die bekommerde trek op Elena se gesig merk, gaan haar hart uit na die ouer meisie. Sy besluit ook daar en dan om al die skuld op haar te neem, want in der waarheid is sy die sondaar en nie Elena nie. Dus sê sy gerusstellend: "Moenie so bekommerd lyk nie, ou sussie. Ek het so pas 'n briljante ingewing gekry. Luister nou mooi. Sodra ons tuiskom, glip ek gou in 'n ander rok, dan sê ons ek het in die rivier geval en ons moes dus wag totdat my klere droog was."

'n Glimlag van verligting sprei oor die ouer meisie se gesig.

"Dis nogal nie 'n slegte plan nie. Ek hoop net Renaldo glo die storie," is al wat sy sê. Hulle bereik die sydeur en glip stil na binne.

Soos twee samesweerders sluip hulle na Marina se kamer, en in 'n japtrap is sy in 'n ander rok geklee en gereed om af te gaan na waar Renaldo nog steeds in die sitkamer met sy gaste verkeer.

Met die intrapslag is dit vir albei meisies duidelik dat die heer van die castelo bitter omgekrap is, want sy oë brand op hulle asof hy al hul sondes met een blik wil uitdelg.

"Ek het al begin dink julle kom nooit terug nie," begroet hy hulle koel. Marina besef dat sy daadwerklik sal moet optree as sy die situasie wil red.

Terstond toor sy een van haar innemendste glimlaggies te voorskyn en verklaar gemaak ongeërg: "Wêreld, moenie nog met ons raas nie, Renaldo. Wees liewer bly dat ek nog in die land van die lewendes is." Sy neem langs hom op die leuning van die stoel plaas. Haar hele houding is dié van 'n kind wat verbrou het en toenadering soek. "Weet jy dat ek vanmiddag op 'n nerf na byna verdrink het?"

Hy kyk haar met nougetrekte oë aan en Marina kan sien hoe hy hom moet bedwing om haar nie 'n skerp antwoord te gee nie.

"So! En as ek mag vra, wat het gebeur?" verneem hy uiterlik bedaard.

"Ek het in die rivier geval . . ."

"In die rivier?" Sy gesig verbleek merkbaar. "Maar, my liewe Marina, 'n mens val mos nie sommer so goedsmoeds in 'n rivier nie! En buitendien, daar is mos treetjies om mee af te gaan!"

"Ons was nie daar aan die bote se kant nie, Renaldo. Ons was hier bo, en ek het op 'n tak gesit wat oor die water hang –"

"Toe maar, dis heeltemal onnodig om verder te verduidelik," knip hy haar verduideliking kort. "Jy sal nie Marina wees as jy nie voortdurend in die een of ander eskapade betrokke raak nie. Dit word vir my by die dag duideliker dat ek my hande behoorlik vol gaan hê om jou uit die moeilikheid te hou!"

Dan draai hy na Elena en vervolg streng: "En jy staan maar en toesien dat sy haar aan gevaar blootstel sonder om iets daaraan te doen?"

"Ek het haar gemaan om versigtig te wees," jok Elena bedees. "Maar jy dink tog nie een oomblik dat Marina na my sal luister nie?"

"O, wel, ek het toe nie verdrink nie, dus gaan jy maar steeds lewenslank met my opgeskeep sit, Renaldo," probeer Marina die sakie weglag. Dit raak nou te ernstig na haar sin.

Sy kom orent en gaan neem langs haar ma op die bank plaas, en nie lank nie of die geselskap raak gesellig en algemeen.

Enkele minute later word Elena na die foon ontbied. Toe Marina eindelik met haar ma alleen is, vertel sy die ouer vrou in hul eie taal van die wit leuentjie wat sy pas aan Renaldo opgedis het.

"Jy sal moet probeer om jou te hervorm, my kind," vermaan haar ma haar goedig. "Jou aanstaande bruidegom voel baie bekommerd oor jou impulsiewe voortvarendheid en onverantwoordelikheid –"

"Ag, hy is net preuts, Mammie," onderbreek sy haar ma.

"Nee, my kind, ek glo nie hy is preuts nie. Hy het alles in verband met hul gebruike aan my en jou pa verduidelik. Ek vrees jy sal sy posisie as marquês in aanmerking moet neem en jou daarby moet probeer aanpas, want dis presies soos hy sê: As hy jou vrye teuels gee om te maak soos jy wil, sal sy mense baie gou 'n beskuldigende vinger na hom wys. En dit, besef jy tog, mag nooit gebeur nie . . ."

Onderwyl haar ma aan die woord was, het Marina sonder kommentaar na haar geluister. En toe Renaldo orent kom om vir hulle elkeen 'n drankie te skink, nooi haar pa haar om by hom te kom sit. Sy gesig lyk baie ernstig en Marina weet al by voorbaat dat hy haar die leviete gaan voorlees, maar sy kom nietemin orent en gaan neem langs hom plaas.

Hy neem haar een hand liefdevol in syne, kyk haar ondersoekend aan en begin in hul eie taal praat.

"Ek voel werklik baie tevrede met jou keuse van 'n lewensmaat, my dogter," laat hy bedaard hoor, "maar ek vrees ek kan nie heeltemal dieselfde sê van jou gedrag nie –"

"So? En wat is nogal sodanig verkeerd met my gedrag, Pappie?" onderbreek sy hom met 'n ergerlike frons wat selfs die marquês se oog nie ontgaan nie.

"Die feit dat jy omtrent alles doen wat teen jou verloofde se gebruike en gewoontes indruis," antwoord hy sag. "Dink jy dis regverdig teenoor hom? Nee, my ou dogter, as jy met Renaldo wil trou, sal jy jou inderdaad by hul lewenswyse en gebruike moet aanpas, anders sien ek die gevaar dat jy julle albei bitter ongelukkig gaan maak. Ek wil jou dus aanraai om die saak eers baie ernstig te oorweeg voordat jy jou met hierdie edelman in die huwelik begeef; want indien jy nie kans sien om jou by hul gebruike aan te pas nie, het jy geen reg om jou aan hom te verbind nie. Dit sal bitter onregverdig wees teenoor hom." Hy swyg 'n oomblik en vervolg dan: "Jy is ons enigste kind, Marinatjie, en ons het jou baie lief, maar ons gaan ook nie toesien dat jy 'n eerbare man soos Renaldo se lewe met jou onverantwoordelike gedrag verwoes nie. Jy moet dus besluit wat jy in hierdie verband gaan doen, want so kan dit nie aanhou nie. Die man beklee 'n uiters hoë posisie wat gehandhaaf moet word, en dis jou plig om hom daarin by te staan."

Renaldo se verskyning met die drankies maak 'n einde aan die eensydige gesprek. Aan die onvergenoegde uitdrukking op Marina se gesig is dit vir hom duidelik dat haar pa die saak van haar gedrag aangeroer het, die saak wat hom so na aan die hart lê. Dit laat hom tevrede en gelukkig voel, want met haar ouers se vriendelike samewerking behoort sy tot besinning te kom en te besef dat 'n huwelik met hom hoë vereistes aan haar gaan stel.

13

Marina neem die drankie wat Renaldo na haar uithou met 'n koue, onpersoonlike blik. Sy bedank hom koel en steur haar nie verder aan hom nie.

Sy proe-proe aan die drankie, maar terselfdertyd voel dit vir haar of sy kan ontplof van woede oor sy agterbaksheid om met stories by haar ouers aangesit te kom.

In haar enigheid besluit sy dat sy dinge nie daar gaan laat nie. Sy moet iets doen omtrent hierdie gemeenheid om haar agteraf met haar ouers te bespreek, besluit sy, onbewus van Renaldo se blik wat ondersoekend op haar onthutste gesiggie rus.

Hoewel Renaldo ernstig in gesprek met meneer Neser is, dwaal sy blik telkens na Marina wat stil en geslote op die bank langs haar ma sit. Dis baie opvallend dat sy oor die een of ander iets bitter ongelukkig voel.

Langsaam, fyntjies teug sy aan haar drankie. Almal om haar gesels onderhoudend en skyn besonder gesellig te wees, maar Marina stel nie belang in hul gesprekke nie, want diep binne-in haar voel dit bitter seer van teleurstelling omdat Renaldo haar in so 'n slegte lig by haar ouers gestel het. Wat moet hulle van haar dink? Hulle was al die jare so trots op haar goeie gedrag . . . En dit net omdat sy haar, volgens hierdie land se vroom gebruike, nie behoorlik gedra het nie.

Sy het net haar glasie geledig, toe kom sy orent, maak verskoning en verlaat die vertrek – onbewus daarvan dat drie paar oë elke beweging van haar ondersoekend waarneem. Hoewel sy die vertrek stil verlaat, is die storm in haar bewolkte oë baie opvallend.

Die res van die middag bring Marina in haar kamer deur om dinge eers met haarself uit te veg. Haar liefde vir Renaldo is so diep en intens, maar na die kort gesprekkies met haar ouers vanmiddag, voel sy diep teleurgesteld in hom. So iets het sy allermins van hom verwag. Vir hom, met sy altyd onberispelike gedrag, wat te alle tye 'n voorbeeld vir die samelewing moet wees, kan sy net nie met iets so gemeens vereenselwig nie. Haar ontnugtering is byna net so groot soos die teleurstelling wat in haar woed.

Dis waar, dink sy vol verbittering, hy het nie nodig gehad om my gedrag met my ouers te bespreek nie . . . Ook vir Mammie en Pappie is dit baie maklik om vermanings en bevele uit te deel – dis mos nie hulle wat hierdie land se vreemde gebruike moet aanvaar nie. As Renaldo my werklik so liefhet soos wat hy deurentyd voorgee, sal hy meer verdraagsaamheid en geduld met my beoefen. Hy weet tog dat 'n mens nie so eensklaps jou eie volksgebruike vir ander kan verruil nie!

Tydens aandete maak Marina die eerste keer weer haar verskyning. Sy doen haar gesellig voor in haar ouers se teenwoordigheid, maar die noulettende oë van Renaldo het reeds bespeur dat dit skone aansit is en dat sy glad nie so gelukkig voel as wat sy haar voordoen nie. Toe hy haar dus aan tafel 'n oomblik strakker aanstaar as wat sy gewoonte is, maak sy maar of sy dit nie raaksien nie en probeer voortdurend om sy oë te ontwyk.

Die maaltyd verloop egter vreedsaam, en soos gewoonlik word hulle na ete in die sitkamer met koffie bedien. Ook die geselskap vlot gemaklik, hoewel Marina nie heelhartig daarin deel nie. Maar toe die horlosie later tienuur aankondig, besluit haar ouers dat dit tyd is vir hulle om bed toe te gaan. Hulle het immers 'n lang reis agter die rug.

Soos dit van haar verwag word, vergesel Marina haar ma na die slaapkamer onderwyl Renaldo en sy aanstaande skoonpa nog eers 'n laaste drankie geniet. Sy vertoef egter net 'n oomblikkie, toe wens sy haar ma 'n rustige nag toe en verlaat die kamer.

Toe sy die deur agter haar toetrek, kom Renaldo en meneer Neser net met die trap opgestap. Sy wag die twee mans in, wens hulle albei 'n aangename nagrus toe en gaan dan na haar slaapkamer.

Die hele aand het Marina haar aanstaande bruidegom nie een keer direk aangekyk nie – ook nie toe sy hom goeienag toegewens het nie. Dus is sy onbewus van die kommer in sy ondersoekende blik wat haar stil gesig flussies gefynkam het om 'n verklaring vir haar vreemde gedrag te probeer vind.

473

Dis waar, Renaldo voel diep bekommerd oor Marina se vreemde afsydigheid en teruggetrokkenheid. Die hele dag was sy spontaan en vrolik, tot na daardie gesprek met haar pa vanmiddag. Daarna het sy eensklaps stil en in haarself gekeer geraak, en hom net een maal met 'n smeulende, verwytende blik aangekyk wat afdoende bewys lewer dat daar iets ernstigs skort.

Hy besluit om haar sonder versuim te spreek, maar toe hy enkele minute later aan haar kamerdeur klop, is Marina reeds in die badkamer en onbewus van die sagte klop aan haar kamerdeur.

Nadat hy herhaalde male geklop en geen antwoord ontvang het nie, besluit hy dat hy haar dan maar die volgende oggend sal spreek. Hy voel ongeduldig en omgekrap omdat sy nie op sy klop reageer nie, en besluit om haar die volgende oggend goed die kop te was. Ja, hy gaan dit beslis nie duld dat sy hom so koeltjies ignoreer asof hy 'n vreemdeling is nie. Sy sal moet leer dat sy wense nooit geïgnoreer word nie.

Met wrewel wat by die minuut oplaai, gaan Renaldo na sy kamer waar hy nog lank oor Marina se vreemde gedrag lê en tob voordat die geseënde slaap hom eindelik wegvoer van al sy ongelukkige gedagtes.

Tydens ontbyt die volgende môre gesels almal lustig oor die naderende huwelik. Marina antwoord egter net beleef wanneer sy aangespreek word, andersins stel sy geensins belang in die gesprek nie. As die ander hierdie gedrag van haar vreemd vind, laat hulle maar wyslik niks blyk nie.

Daar was natuurlik allerhande teorieë oor hierdie eienaardige houding van haar. Die arme kind het natuurlik nie verlede nag geslaap nie, of anders voel sy seker senuweeagtig noudat die huwelik om die draai is. Net Renaldo kan hom nie met sulke gedagtes tevrede stel nie. Hy voel oortuig daarvan dat daar 'n dieper rede is vir hierdie nuwe gril van haar. Maar net soos die ander swyg hy ook maar.

Pas na ontbyt, onderwyl Elena die Neser-ouerpaar op 'n wandeling deur die ruim tuine van die castelo vergesel, neem Marina die tydskrif op wat haar ma saamgebring het. Sy wil net op die grasperk gaan sit en lees toe Renaldo haar aan die voet van die wenteltrap voorkeer met die woorde dat hy die vorige aand na haar gesoek het.

Sy kyk hom met 'n afwesige blik aan en verneem met pynlike ongeërgdheid: "So! En as ek mag vra, waarom het jy na my gesoek? Of was jou sondes besig om jou in te jaag?"

"My sondes? Ek begryp hoegenaamd nie wat jy bedoel nie. Sal jy asseblief 'n bietjie duideliker wees met jou aantyging?"

'n Giftige blik is al antwoord wat hy kry. Toe stoot hy die deur van sy studeerkamer oop en nooi haar saaklik om binne te stap. Hy druk die deur op knip en bied haar ewe saaklik 'n stoel langs sy lessenaar aan.

Sy neem plaas, terwyl hy 'n sit-staan-posisie op die punt van die lessenaar inneem. Hy blik haar 'n oomblik swyend aan en herhaal koel: "Sal jy asseblief duideliker wees met jou aantyging van so pas?"

Werktuiglik rol Marina die tydskrif tussen haar hande, asof sy met hierdie beweging haar humeur in bedwang probeer hou. Dan kyk sy na hom op met blou oë wat vernietigend vlam.

"Ek glo regtig nie dis nodig om dit duideliker te stel nie, Renaldo. Jy weet immers wat jy gistermiddag agter my rug aan my ouers gaan opdis het!"

"Bedoel jy nou die feit dat ek hulle ingelig het oor hoe min ag jy slaan op ons gebruike?"

"Was dit nodig?" Sy stik byna in haar drif. "Maar jy wou my natuurlik opsetlik by hulle in 'n slegte lig stel –"

"Wag 'n bietjie, Marina," keer hy met 'n onverbiddelike stem en kom haastig orent. "Jy gaan nou te ver met jou aantygings. Ek laat my nie van sulke agterbaksheid beskuldig nie . . . Ja, nie eens deur jou nie. Dus versoek ek jou beleef om hierdie gruwelike aantyging teen my terug te trek, want daar is niks van waar nie."

Ook Marina kom nou orent.

"Nie waar nie!" hyg sy, bleek van woede. "Luister, Renaldo, ek is glad nie die kind waarvoor jy my aansien nie, onthou dit asseblief. Waar sal my ouers daaraan kom dat ek my so bitter onverantwoordelik gedra het as hulle dit nie by jou gehoor het nie?"

"Marina, ek waarsku jou, ek gaan dit nie langer duld dat jy my so aanspreek nie!" Ook Renaldo is nou bleek van ingehoue woede. "Geen mens het my al ooit op so 'n toon aangespreek nie, en ek gaan dit baie beslis nie van jou duld nie!"

"Nee, natuurlik nie," antwoord sy onheilspellend sag. "Omdat almal 'n heilige vrees vir jou koester en jou slaafs onderdanig is, verwag jy dat ek my ook op my knieë voor jou moet neerwerp!"

"Bly stil, Marina!" Sy stem is soos 'n sweepslag, hard en ongenadig, en die volgende oomblik staan hy dreigend voor haar. "Jy weet nie waarvan jy praat nie! Maar voordat jy my nie beleef vir al hierdie gruwelike, onmoontlike aantygings om verskoning gevra het nie, is ek hoegenaamd nie bereid om verder oor hierdie onderwerp te gesels nie."

Na hierdie woorde draai hy sy rug op haar en gaan doodluiters voor die venster staan.

Met woede wat nog hoog brand, bekyk Marina 'n kort oomblik die trotse gestalte daar voor die venster. Toe draai sy ook om en verlaat die vertrek stil.

Die sagte geklik toe sy die deur op knip trek, laat die edelman vlugtig omkyk. Terstond voel dit vir hom of iemand 'n beker koue water in sy gesig gewerp het toe die werklikheid tot hom deurdring.

Die vermetelheid om so koelbloedig uit die vertrek te stap sonder om eens verskoning te vra vir haar laakbare gedrag, slaan byna die marquês se asem weg. Aan sulke gedrag is hy inderdaad nie gewoond nie – dit is werklik die toppunt van astrantheid.

Hy voel eers lus om haar agterna te sit en haar tot gehoorsaamheid te dwing, maar dan besluit hy daarteen en sak bitter ontsteld op die stoel agter sy lessenaar neer. Sulke hardkoppige opstandigheid het hy allermins van haar verwag, maar dit word vir hom al duideliker dat hy die ware Marina nog glad nie deurgrond het nie.

Marina voel so diep verneder en gebelg dat sy die castelo haastig verlaat en sommer blindelings 'n rigting inslaan sonder om links of regs te kyk. Nog nooit in haar lewe het sy soveel

476

vernedering gesmaak soos wat sy al van Renaldo moes verduur nie. Maar nou het hy dit net te ver gevoer.

Eers toe sy die weemoedige geroep van die bosduiwe hoor, tref dit haar dat sy haar by die rivier bevind.

Diep ingedagte stap sy met die breë, rustig vloeiende stroom op. Die stilte van die natuur werk strelend op haar gemoed in en dis nie lank nie of sy kan weer normaal dink en optree. Sy bereik 'n verskuilde hoekie en strek haar behaaglik uit op 'n kolletjie sagte groen gras en begin langsaam deur die tydskrif blaai.

Sy is nie in die minste haastig nie. Wat haar betref, wil sy Renaldo nooit weer sien nie. Sy voel baie lus om met die eerste vliegtuig terug te gaan Johannesburg toe, want met hom sal sy tog nooit oor die weg kom nie. 'n Huwelik met hom sal 'n klug wees, 'n bespotting van iets wat heilig behoort te wees.

As hy dink ek gaan hom om verskoning vra omdat ek hom die waarheid vertel het, begaan hy 'n baie groot fout, flits dit weer opstandig deur haar gedagtes. Hy het presies gevind waarna hy gesoek het met sy agteraf gekonkel by my ouers! Sy snork byna hardop van verontwaardiging. Hy het natuurlik gedink ek sal ewe gedwee daarmee saamstem! Wel, hy het nou sy fout agtergekom en ek hoop dit sal vir hom 'n les wees.

Met al haar eindelose getob en die strelende voëlgesang hoog in die kruine van die eeue oue bome, raak Marina later vermoeid aan die slaap, onbewus daarvan dat dit al tyd is vir middagete en dat haar afwesigheid 'n hele opskudding in die castelo verwek het.

Die ghong vir middagete het reeds gelui en almal wag net op Marina. Toe sy na enkele minute nog nie haar verskyning in die eetkamer gemaak het nie, versoek Renaldo sy suster om ondersoek te gaan instel na haar afwesigheid. Hy voel hoe sy bloed weer begin kook oor hierdie nuwe gril van haar om almal op haar te laat wag. Sy weet immers hoe gesteld hy is op stiptelikheid, hoflikheid en etiket.

Maar na 'n tydjie keer Elena terug met die ontstellende nuus dat sy Marina nêrens kan opspoor nie.

Almal kyk haar verbaas aan, maar Renaldo se blik is ontsteld.

"Is sy nie dalk in die badkamer nie?" wil hy dadelik weet.

"Ek het reeds in die badkamer gekyk; sy is ook nie daar nie," verseker Elena hom.

Hierdie woorde van sy suster jaag die onrus fel in hom op. Nou voel hy oortuig daarvan dat daar iets verskrikliks met Marina gebeur het. Hy weet hoe 'n rabbedoe en onverantwoordelik sy soms kan wees. Maar met die kalmte so eie aan hom, versoek hy almal om plaas te neem en spreek die gedagte uit dat Marina aanstons sal opdaag, hoewel hy dit self nie werklik glo nie.

Die maaltyd neem 'n aanvang, maar almal peusel net aan die kos. In elkeen se hart heers daar kommer en onrus oor Marina se onverklaarbare verdwyning.

Toe die maaltyd eindelik afgehandel is, versoek Renaldo sy suster om hul gaste na die sitkamer te neem. Hy maak verskoning en verlaat die castelo met 'n naamlose onrus in sy hart. Hy besef dat hy na Marina sal moet gaan soek, maar op die oomblik weet hy nie waar om te begin nie. Hy het geen benul waar sy kan wees nie.

Die gedagte dat die rivier die enigste gevaarplek in die omtrek van die castelo is, laat hom dadelik besluit om maar eers daar ondersoek te gaan instel. Dalk tref hy haar daar aan.

Lank en waardig, dog diep bekommerd, stryk hy aan met die paadjie wat na die rivier lei. Sy treë is lank en veerkragtig, maar hoe vinniger hy die rivier nader, hoe onrustiger word hy. Sê nou net sy het verdrink . . . Maar nee, daaraan wil hy nie eens dink nie. So 'n tragedie kan nie nou gebeur nie, nie noudat hul huwelik om die draai is nie . . . Nee, so vyandiggesind kan die gode hom tog nie wees nie.

Dit sal voorwaar die grootste tragedie in die lewe wees, loop hy by homself en dink. Maar nee, ek wil nie eens aan so iets dink nie, keer hy sy gedagtes haastig. Na gister se episode sal sy darem seker nie weer maklik sulke onverantwoordelikheid aan die dag lê nie!

Hy stap 'n entjie met die rivier langs tot by die boothuise. Toe hy nog geen teken van haar gewaar nie, draai hy terug en begeef hom in die rigting van die uitgestrekte tuine. Hy het 'n vae vermoede dat sy dalk êrens in die tuin gaan lê en lees het en daar aan die slaap geraak het.

Langer as 'n uur fynkam hy elke hoekie in die tuin, maar ook hierdie poging is nutteloos en hy moet maar onverrigter sake terugkeer. Van Marina is daar werklik geen teken nie.

Hy voel radeloos en diep ontsteld. Nou kan hy werklik geen denkbeeld vorm oor wat van haar geword het nie. Sy was so woedend toe sy vroeër my studeerkamer verlaat het, verwyt hy homself. Dit kan wees dat sy in haar woede sommer 'n rigting ingeslaan en dalk verdwaal het!

Hy stap by 'n sydeur in en dan haastig na Marina se kamer om ondersoek te gaan instel of sy nie dalk intussen teruggekeer het nie. Maar nadat hy herhaalde male aan haar kamerdeur geklop het, stoot hy dit oop, net om weer eens te vind dat sy verwagtinge tevergeefs was, want ook in haar kamer is daar geen teken van haar nie.

Met 'n bekommerde gesig sluit hy hom later by sy gaste in die sitkamer aan. Met die eerste oogopslag is dit vir al drie duidelik dat hy Marina nie opgespoor het nie.

"Ek het geen benul waar sy haar bevind nie," lig hy hulle radeloos in en gaan rusteloos voor die kaggel staan. "Ek het haar al so dikwels gewaarsku om nie ver te gaan stap nie, maar Marina steur haar eenvoudig nie aan my waarskuwings en vermanings nie."

Hy verskuif sy blik na Elena en vervolg: "Het jy miskien 'n idee waar sy kan wees?"

"Was jy al hier bo by die rivier waar ons soms middagete geniet?" wil sy bekommerd weet.

"Nee, ek het afgestap tot by die boothuise en daarna die tuin gefynkam."

"Nou wag, ek sal gou gaan kyk of sy nie dalk hier bo by die rivier is nie –"

"Nee, bly jy liewer hier," val hy haar saaklik in die rede. "Aanstons verdwaal jy dalk ook, dan moet ek jóú ook nog opspoor. Ek sal self gaan kyk of sy daar is."

Hy kyk af na sy polshorlosie en merk dat dit al byna drie-uur is. Dan verskuif sy blik weer na sy suster.

"Sorg jy maar dat ons gaste nie verveeld raak nie. Ek is seker hulle sal tee of miskien 'n drankie geniet."

Hy maak verskoning en verlaat die vertrek haastig.

Diep peinsend stap hy langs die rivier op onderwyl sy nou-lettende oë voortdurend op soek bly na die geliefde gestaltetjie van sy beminde. Die gedagte dat sy dalk iets ernstigs oorgekom het, laat die bloed koud deur sy are stroom. Op hierdie oom-blik voel hy bitter spyt dat hy haar vroeër vanoggend so hard aangespreek het.

As sy iets oorgekom het, sal dit my skuld wees, verwyt hy homself. Sy is maar nog 'n blote kind, en ek moes haar nooit in so 'n gemoedstemming uit my studeerkamer laat gaan het nie. Sulke fynbesnaarde mense soos sy kan in hul drif enigiets aanvang . . . Dis waar, ek moes haar humeur eers behoorlik laat afkoel het voordat ek haar laat gaan het.

Toe, meteens, val sy blik op haar daar waar sy steeds salig in droomland verkeer, onbewus van die opskudding wat sy tuis verwek het.

Hy stap haastig nader. Enkele sekondes lank staar hy af na haar beeldskone gesig wat so vreemd stil en rustig in haar slaap vertoon. Sy verligting is so groot dat hy haar ongedeerd aange-tref het, dat hy sonder meer langs haar op die gras neersak en die sweet van sy voorkop afvee.

'n Lang ruk sit hy net in stilte by die slapende Marina. Dan strek hy hom langs haar op sy sy uit met sy ken in sy handpalm gestut. Hy besef wel deeglik dat hy haar nie hier alleen kan laat nie, en aan die ander kant wil hy haar ook nie wakker maak nie. So 'n middagslapie verrig wondere vir 'n opstandige gemoed.

'n Vlietende oomblik dwaal sy blik begerig oor haar aan-loklike figuur waar sy so dig langs hom lê, en hy voel hoe die drang om haar te besit weer wild in hom losruk.

My liefde vir jou is grensloos, Marina, querida, want bloot jou nabyheid is genoeg om wilde emosies in my te ontketen . . . Maar eersdaags sal jy myne wees en sal ek daardie lieflike lig-gaam van jou na willekeur kan liefkoos!

Sy blik dwaal weer na haar gelaat en 'n flou glimlaggie plooi om sy streng mond.

Hoe 'n ma die klein rabbedoe sal uitmaak, moet natuurlik nog gesien word, maar hy verlang nietemin om haar in daardie rol te sien. Hy kan hom moeilik voorstel hoe sy sal lyk as 'n swanger vrou. Maar sy sal beslis vir hom nog net so bekoorlik soos altyd wees. Miskien, as dit moontlik is, nog bekoorliker, want sal sy dan nie hul eersteling onder haar hart dra nie?

Hy voel hoe sy hele wese na haar smag en hy stuur sy gedagtes in 'n ander rigting.

Renaldo is so diep in sy gedagtes versonke dat hy dit nie eens merk toe Marina uit haar rustige slaap ontwaak nie.

'n Lang ruk lê sy hom deur amper geslote oë en aankyk sonder om te verraai dat sy wakker is, dan vra sy skielik: "Wat beoordeel jy my so asof jy my wil koop?"

Sy wenkbroue lig toe hy haar vlugtig aankyk.

"So, dan is jy eindelik wakker, jou klein rondloper!" 'n Glimlaggie pluk-pluk aan sy mondhoeke. "Nou ja, vir jou inligting, ek is geensins van plan om jou te koop nie, want jy behoort reeds aan my. Ek moet nog net besit neem van jou. 'n Oomblik waarna ek natuurlik met my hele hart uitsien . . ."

"Renaldo!" roep sy geskok uit en bloos vuurwarm.

"Waarom so geskok, querida?" verneem hy laggend. "Natuurlik sien ek met my hele hart uit na daardie oomblik wanneer ek jou volkome myne gaan maak. Of sou jy dink die liefde deurstraal net 'n man se hart sonder om ooit sy drange en emosies te raak? Ek het jou al voorheen gesê dat jy nog baie onskuldig is, en ek sê dit weer." Hy kyk haar met 'n warm, betekenisvolle blik aan. "Maar jy sal nie meer lank in sulke onskuld leef nie, pequena, dit belowe ek jou."

"Renaldo, as jy nie dadelik hierdie onbehoorlike praatjies van jou staak nie, praat ek nooit weer met jou nie," dreig sy blosend, verleë.

Maar hy is al reg met 'n antwoord.

"Sou jy dink dis onbehoorlik, querida?"

"Maar natuurlik is dit onbehoorlik!" herhaal sy en werp hom 'n bestraffende blik toe. "Net getroude mense voer sulke gesprekke . . ."

"Nou ja, laat ek jou dit vertel, my liewe Marinatjie: jy is heel-

481

temal verkeerd, want ook verloofdes bespreek hierdie sake, en glo my, daar is absoluut niks om oor skaam te voel nie."

"Ek weier om langer na jou te luister!"

"Goed, ek sal die onderwerp verander," paai hy goedig en raak meteens weer ernstig. "Maar vertel my waarom jy ons soveel onrus en kommer laat verduur het? Besef jy dat ek die hele middag na jou gesoek het? Jy kon ten minste 'n boodskap gelaat het om te sê waarheen jy gaan –"

"Sodat jy my dadelik kan opspoor?" onderbreek sy hom vinnig. "Dis juis die rede waarom ek hierheen gevlug het. Toe ek vanmôre jou studeerkamer verlaat het, het ek reeds besluit dat ek jou nooit weer wil sien nie, want jy en my ouers span mos saam . . ."

"Querida!" Hy kom orent, maar sak dan weer stadig langs haar neer en nou boor sy blik dringend in hare. "Jy kan dit nie werklik bedoel nie, menina. Dit was net jou drif wat jou sulke onheilige gedagtes besorg het . . . Of bedoel jy dit werklik dat jy my nooit weer wil sien nie?"

'n Lang ruk staar sy hom swyend aan, dan dwaal haar blik na die blou, onmeetlike ruimtes en steeds uiter sy nie 'n woord nie. Maar dan voel sy hoe 'n paar sterk arms haar omsluit, en die volgende oomblik word sy hartstogtelik teen Renaldo se bors gedruk.

"Ek sal jou nooit jou vryheid gee nie, querida, al besluit jy ook 'n honderd keer dat jy my nooit weer wil sien nie," beklemtoon hy met oë wat brand in hare. "Jy het jou reeds onherroeplik aan my verbind, meisietjie, en jy moet dit maar liewer so aanvaar . . ."

"En as ek besluit om weg te loop saam met my ouers?" tart sy hom plaend.

"Sonder 'n paspoort?" 'n Skewe glimlaggie vorm stadig om sy mond, maar sy oë lag haar openlik uit.

"Maar . . . ek het mos 'n paspoort!"

"Ek weet jy het, maar dis in my brandkluis weggesluit . . . of het jy miskien al vergeet?"

Sy swyg so lank dat Renaldo al begin wonder of sy weer iets gaan sê. Maar dan kyk sy hom met duidelike verwyt aan en verklaar sag: "Ek is baie vies vir jou, Renaldo, omdat jy my in so 'n ongunstige lig by my ouers gestel het. Hulle verkeer nou klaarblyklik onder die indruk dat ek my hier hopeloos wangedra het . . ."

"Wag 'n bietjie, querida," keer hy goedig. "Jy verkeer inderdaad onder 'n wanindruk, want ek het jou beslis nie in 'n ongunstige lig by jou ouers gestel nie. Ek het hulle net ingelig oor ons sedes, wette en gebruike, en toe sommer terloops die hoop uitgespreek dat jy jou gou daarby sal aanpas, want op die oomblik lyk dit nie juis of jy sulke planne koester nie. Jy vang nog telkens die een of ander ding aan wat onteenseglik indruis teen ons gebruike." Sy oë lag spottend in hare. "Gaan jy my nou nog beskuldig dat ek jou agter jou rug beswadder het?"

Toe sy niks sê nie, sluit sy lippe warm, eisend oor hare en word sy met soveel onbeheerste drif teen sy bors gedruk dat sy behoorlik bang word vir die vuur van sy liefde.

"Ek het toe darem nie jou ouers ingelig oor al die onmoontlike en onbehoorlike streke wat jy al hier aangevang het nie, querida," laat hy tergend hoor toe hy eindelik weer sy kop oplig. "Dus is hulle nog salig onbewus van hoe 'n onmoontlike dogter jy werklik is!"

"Bedoel jy dat jy nie . . .?"

"Natuurlik! Wat anders? Of het jy regtig gedink dat ek my aan sulke laakbaarheid skuldig sal maak deur jou dinge op die lappe te bring?" Hy kyk haar 'n oomblik deurtastend aan. "Ek wens jy wil my meer vertrou, pequena, en ook besef dat ek jou te alle tye probeer beskerm!"

'n Sagte lig verskyn meteens in Marina se oë, dan stryk sy liggies met haar lippe oor syne.

"Ek is vreeslik jammer oor my onregverdige beskuldigings, Renaldo," sê sy boetvaardig en berouvol. "Ek sal probeer om nie weer so dwaas te wees nie. Ek wil jou bitter graag tevrede stel, maar as ek my kom kry, het ek al klaar weer die verkeerde ding gedoen . . ."

Hy druk haar styf teen hom vas en soen haar liefdevol in die nek.

"Doen maar net jou bes, querida," laat hy bemoedigend hoor.

483

" 'n Mens se moeite word darem altyd beloon. Maar kom, dis tyd dat ons teruggaan en jou ouers gerusstel. Aanstons dink hulle ons het albei verdwaal . . . Nie dat ek sal omgee om saam met jou te verdwaal nie!"

Hy kom orent, steek sy hand na haar uit en help haar op. 'n Kort oomblik glimlag sy oë in hare, dan bied hy haar sy arm aan en langsaam, geselsend slenter hulle in die rigting van die castelo.

14

Die huwelik was 'n reuse-geleentheid wat almal se wildste verwagtinge oortref het. Ook hul wittebrood en verblyf van twee weke aan Renaldo se quinta het sonder verdere moeilikheid van Marina se kant verloop. Die marquês was behoorlik in sy skik met die goeie vordering in sy vroutjie se gedrag.

Selfs nou, nadat hulle reeds 'n week terug is in die castelo, laat Marina se gedrag niks te wense oor nie en Renaldo begin al vryer asemhaal. Dis vir hom alte duidelik dat alle oë speurend op haar gerig is vir die geringste misstap.

Maar as Renaldo gedink het dat Marina volkome daarin geslaag het om haar by hul vreemde lewenswyse aan te pas, het hy hom terdeë misgis. So 'n eng, nougesette lewenspatroon strook beslis nie met haar lewenslustige temperament nie.

Tydens hul wittebrood het die tyd haar nie een enkele oomblik verveel nie, want Renaldo het haar nooit langer as 'n paar minute alleen gelaat nie. Soms het hulle lang ente gaan stap. Ander tye het hy haar weer vir lang ritte met die motor geneem en soms het hulle gesellige besoeke by familie en vriende van hom gaan aflê. Elke oomblik was vir haar onvergeetlik, vol en aangenaam, wat sy met albei hande vasgegryp het om later die herinneringe daaraan te herleef.

Maar nou, terug in die castelo waar die lewe weer in sy gewone patroon verval het, in sy gewone prosaïese gang voortsleep en Renaldo weer voortdurend besig is met sowel familieprobleme as sy privaat sake, begin die dae Marina knaend verveel.

Nou gaan dit darem nog aan, want Elena is bedags tuis en

voorwaar opbeurende geselskap. Maar wat sy met haarself gaan aanvang as Elena volgende maand vertrek op haar besoek van drie maande aan haar tante, wil sy nie eens aan dink nie. Dis 'n steurende gedagte, maar nietemin 'n voldonge feit.

As 'n vrou hier net toegelaat was om alleen stad toe te gaan, of om alleen 'n rolprentvertoning by te woon, sou dit gehelp het, dink sy onderwyl sy met Renaldo se spelerige wolfhonde deur die tuin wandel. Maar ook dit is verbode en word inderdaad as 'n onvergeeflike oortreding beskou!

Sy sug. Die toekoms lyk vir haar beslis nie te rooskleurig in hierdie land met sy vreemde gewoontes nie.

'n Lang ruk dwaal sy doelloos, rusteloos in die tuin rond totdat die son later te warm word. Dan draai sy om en slenter traag terug na die castelo wat vir haar al die simbool van 'n tronk geword het – 'n weelderige tronk, maar nietemin 'n gevangenis.

Die dae sleep traag verby en verander later in weke, en nog kan Marina nie hierdie toenemende gevoel van rusteloosheid en gefrustreerdheid afskud nie. En nou, na Elena se vertrek, voel sy hopeloos verlore en eensaam, want Renaldo is bedags omtrent nooit tuis nie, behalwe met etenstye.

Sons neem hy haar wel saam met hom stad toe, maar sake hou hom so voortdurend besig dat dit ook nie te dikwels gebeur nie. Dan moet sy maar self sien hoe sy die lang, eensame ure kan verwyl. Van klavier speel is sy ook al tot sterwens toe sat, maar sy doen dit tog nog soms, want wat anders is daar vir haar om te doen met so 'n menigte huishulpe wat in elke behoefte voorsien?

Vandag is dit presies 'n maand sedert Elena vertrek het, 'n maand van ongekende rusteloosheid en frustrasie wat al 'n hewige verset teen die eentonige gang van haar lewe in die jong vrou ontketen het. Vandag voel dit presies of haar uithouvermoë breekpunt bereik het. Sy voel rebels en opstandig teen alle konvensies wat die lewe vir haar so bitter ongelukkig maak . . . Ja, ook teen haar man wat so onverstoord kom en gaan en dit as vanselfsprekend aanvaar dat sy maar altyd hier moet wees om hom met elke tuiskoms te verwelkom. Maar aan die eentonigheid van haar bestaan dink hy g'n oomblik nie. Sy is mos as 't ware 'n ornament wat 'n geëerde plekkie in sy kasteel vul en dankbaar daaroor behoort te voel.

Die hele castelo is in 'n mis van stilte gehul; 'n stilte wat byna tasbaar is, want ook Joáo, Renaldo se sekretaris, by wie sy soms vir 'n geselsie aanklop, is vanoggend saam met sy werkgewer stad toe om 'n belangrike vergadering by te woon.

Met 'n opstandige blik in haar lewenslustige blou oë tuur Marina deur die sitkamervenster na die donker wolke wat dreigend in die ooste saampak, maar sy neem dit nie eintlik waar nie. Haar gedagtes is net so rusteloos en deurmekaar soos die bewegings van 'n windswael.

Werktuiglik kom haar hand in aanraking met die duur armband wat Renaldo haar gister as geskenk gegee het. Nou dink sy weer daaraan dat hulle gister presies drie maande getroud was. Maar vir haar voel dit meer of hulle al drie jaar getroud is. Ja, soms voel dit vir haar selfs of sy 'n honderd jaar oud is.

Dis waar, dink sy swaarmoedig, as ek nie nou keer nie, gaan ek beslis in 'n onbenydenswaardige groef beland. Die lewe is besig om van my 'n ou vrou te maak . . . En ek dink ook te veel. Dis hoog tyd dat ek uitskei met hierdie baie gedagtes en daadwerklik optree!

Met verset broeiend in haar gemoed, kyk Marina na haar polshorlosie en merk dat dit nou eers tienuur is. 'n Vreemde roekeloosheid neem van haar besit en sy besluit daar en dan dat sy nie weer vandag alleen hier in die castelo gaan bly nie. Sy is net mooi siek van hierdie knaende eensaamheid en van haar eie vervelige geselskap.

As Renaldo dan so min vir my omgee dat dit hom nie eens hinder om my dag en nag alleen hier te laat nie, dink sy opstandig, sal ek voortaan my eie gang gaan en my nie langer aan hul gebruike steur nie. Ek is mos darem nie 'n misdadiger, dat ek maand na maand hier opgesluit moet sit nie! Nee, ek gaan dit beslis nie langer verdra nie. Hy sal moet besef dat ek nog jonk is en ook 'n bietjie plesier in die lewe verlang, en nie soos 'n kluisenaar hier ingehok kan sit nie. Vandag kan hy middagete gerus maar alleen geniet en voel hoe dit voel om alleen te wees in hierdie kolossale kasteel wat so stil is soos 'n grafkelder!

Met 'n peinsende uitdrukking in haar oë tuur sy oor die uitgestrekte tuin.

Ek sal een van die motors neem en stad toe gaan, besluit sy. Miskien sal so 'n ongeoorloofde uitstappie hom uit sy staat van selftevredenheid ruk, hom laat besef hoe skandelik hy my verwaarloos en hoe bitter eensaam ek voel!

Met hierdie besluit geneem, gaan verklee Marina haar haastig in 'n koel, vrolike rokkie. Daarna gaan verwittig sy die huisbestuurder dat sy stad toe gaan en enkele minute later snel sy in een van Renaldo se sportmotors met die gruispad af in die rigting van die groot dubbelhek wat toegang tot die terrein van die castelo verleen.

Haar hart sing saam met die buitebande van die vaartbelynde voertuig. Sy voel sommer weer vry en propvol lewenslus, want 'n paar uur lank sal sy die eensaamheid daar in die castelo ontduik.

Sy besluit dat sy eers 'n paar inkopies sal gaan doen en later sal dink hoe sy die res van die dag sal verwyl. 'n Ligte bries speel vrolik met haar goue krulle en Marina geniet die rit terdeë. Sy voel so vry en kommerloos soos die meeue wat met uitgestrekte vlerke laag oor die golwe swiep, net om die volgende oomblik die blou lug met sierlike bewegings te klief.

Sy sug van loutere genot.

Marina het egter nog nie eens die groot hek bereik nie, toe skakel die huisbestuurder die nommer van Renaldo se kantoor in die stad. Hy ys om te dink wat hierdie optrede van die marquesa tot gevolg gaan hê, want weet hy nie hoe onverbiddelik die marquês teen ongehoorsaamheid is nie?

Hy moet 'n oomblikkie wag, maar eindelik hoor hy sy werkgewer se bekende diep stem. Onomwonde verwittig hy hom dat die marquesa so pas alleen weg is stad toe met die rooi motor.

Renaldo bedank die huisbestuurder beleef. Dan, met saamgeperste lippe, plaas hy die gehoorbuis hardhandig neer.

Vir sy sekretaris, wat hom so baie jare al ken, is dit duidelik dat sy werkgewer oor die een of ander iets bitter woedend is, want ook sy gesig is merkbaar bleek en sy donker oë spat vuur toe hy hande in die broeksakke besluiteloos op en neer begin stap oor die lengte van die kantoorvloer.

Na enkele minute steek hy skielik voor sy sekretaris se lessenaar vas, werp 'n vlugtige blik na die horlosie bokant die deur en kyk dan weer na die man agter die lessenaar.

"Ek vrees jy sal die vergadering maar alleen moet bywoon, Joáo," kondig hy stroef aan. "Iets onvoorsiens het opgeduik wat my aandag dringend vereis."

'n Kort oomblik staar hy die man agter die lessenaar besluiteloos aan. Toe is dit asof hy hom regruk en met 'n kortaf: "Adeus, Joáo," verlaat hy die vertrek.

In 'n buitengewoon opgewekte stemming kuier Marina van die een winkel na die ander. In elkeen koop sy 'n kleinigheid, want in der waarheid is daar niks wat sy juis dringend nodig het nie. Maar vandag koop sy sommer net vir die genot wat dit haar verskaf.

Die uitstalvensters lyk vir haar aantreklik en tydsaam besigtig sy die ware wat daarin uitgestal word.

Intussen ry Renaldo die strate plat op soek na sy rooi motor wat êrens geparkeer moet wees. Hy weet dat hy Marina ongetwyfeld in die omtrek van die motor sal vind.

Dis byna halftwaalf toe Marina se inkopies afgehandel is en sy besluit dat sy 'n koppie tee dubbel en dwars verdien.

Tydsaam rangskik sy die toutjies van haar pakkies netjies om die vingers van haar een hand en stap dan 'n bekende restaurant binne, onbewus van die roomkleurige motor wat haar teen 'n slakkegang volg en van twee donker, onverbiddelike oë wat elke beweging van haar strak dophou.

By die tafeltjie naaste aan die deur neem sy plaas en bestel 'n koppie tee. Sy leun gemaklik agteroor en dink hoe sy die res van die dag sal verwyl.

Die kelner plaas die tee voor haar neer en haas hom dadelik weg om 'n paar ander klante te bedien.

Marina teug nog rustig aan haar tee toe 'n lang skaduwee onverwags oor haar val en hardnekkig verseg om te verskuif. Dit laat haar vlugtig opkyk, in Renaldo se donker blik wat woedend op haar rus.

'n Ligte skok vaar deur haar en die volgende oomblik is sy net bewus van 'n lam gevoel wat stadig in haar voete en hande opkruip. Haastig plaas sy die koppie terug in die piering, voordat dit dalk uit haar willose vingers gly.

Met 'n fyn gebaar wink Renaldo die kelner nader en bestel vir hom ook 'n koppie tee. Hy trek die stoel regoor Marina uit en neem plaas sonder om haar eens te groet.

'n Oomblik lank ontmoet hul oë oor die breedte van die tafeltjie, maar gou-gou laat Marina haar blik sak voor die vuur wat vernietigend uit syne straal.

Vroeër vanoggend was sy vasberade om hierdie rit stad toe te onderneem en die eensaamheid van die castelo te ontvlug, maar sy het darem nie bedoel dat hy haar so op heter daad moes betrap nie. Hierdie onverwagte verskyning van hom het haar beslis onkant betrap. Ook sy onheilspellende swye laat haar baie senuweeagtig voel.

Sy wil iets sê, maar weet ook nie wat nie. Dalk roer sy net die verkeerde snaar aan; hy lyk juis of hy haar met sy oë wil verdelg.

Sy sluk hard en kyk hom bedees aan.

"Jy . . . jy lyk nie te gelukkig nie . . ." stamel sy. Maar die blik wat hy haar toewerp, dwing haar oombliklik tot stilswye.

"Het jy miskien 'n glimlag van my verwag?" kom dit kortaf, bitter.

"Wel, nie juis nie. Maar blykbaar besef jy nie dat die eensaamheid van die castelo –" begin sy verduidelik, maar hy lê haar botweg die swye op.

"Moenie ooit van my verwag om jou hierdie oortreding te vergewe nie. Dit sal net te veel gevra wees," sê hy koud.

"Jy gaan my dus nie 'n kans bied om te verduidelik nie?" Verbystering oor hierdie koelbloedigheid van hom is duidelik op haar gesig te lees.

"Nee," kom dit weer ewe kil en kortaf. "Daar is hoegenaamd niks om te verduidelik nie."

"Maar daar is, Renaldo . . ."

"Bly stil, Marina!" Sy oë vlam op haar en dit laat haar ineenkrimp van pyn en teleurstelling.

Sy het nou wel bedoel om hom met hierdie rit stad toe 'n

bietjie wakker te skud, en hom te laat besef hoe eensaam en vervelig die lewe vir haar geword het, maar sy het baie beslis nie bedoel dat dit 'n verwydering tussen hulle moet veroorsaak nie. Trouens, sy het staatgemaak op die verduideliking wat sy wou bied vir die doelbewuste ongehoorsaamheid. En nou wil hy haar nie eens 'n kans bied om te verduidelik nie.

In stilte ledig sy die inhoud van die koppie, dan dwaal haar blik mistroostig na die verkeer buite in die straat.

Sy is so diep ingedagte dat sy nie eens oplet dat hy gereed is om te gaan nie.

"As jy gereed is, kan ons maar gaan." Sy koue stem ruk haar terug tot die werklikheid.

Sy kom orent en mik om haar pakkies op te neem, maar dan merk sy dat hy dit reeds gedoen het. Sy neem haar handsak wat langs haar op die tafeltjie lê en willoos verlaat sy die restaurant saam met hom.

Toe Marina merk dat hy haar na sy motor lei, sê sy haastig: "Die motor waarmee ek stad toe gekom het, staan 'n entjie hoër op –"

"Ek weet," val hy haar met 'n koue stem in die rede. Hy hou sy hand na haar uit. "Die sleutel, asseblief!"

Sy haal die sleutel uit haar handsak en hou dit na hom toe uit. Toe sy opkyk, is dit asof sy onverbiddelike blik haar ysig wil deurboor. Hy neem die motorsleutels by haar en gebied op 'n ewe ysige toon: "Ek verbied jou om ooit weer een van die motors sonder my toestemming te gebruik. En onthou, dis 'n bevel!"

Hy steek die sleutel in sy sak en maak vir haar die deur oop om in te klim. Daarna stap hy om die voertuig, plaas haar pakkies agter in en skuif sonder meer agter die stuur in.

Sonder 'n verdere woord skakel hy die motor aan en trek weg. Hy staar strak voor hom uit en sy hele houding is trots en ongenaakbaar.

In stilte ry hulle terug huis toe, elkeen besig met sy eie ongelukkige gedagtes. In Marina se oë lê 'n diep, naamlose pyn; in Renaldo s'n slegs ongenaakbaarheid.

Dis doodstil in die motor. Met nikssiende oë tuur Marina voor haar uit, haar hande styf ineengeklem in haar skoot. Sy

490

voel verward, so hopeloos verward, dat sy vrees sy gaan haar selfbeheer verloor.

Sy koue: "Onthou, dis 'n bevel," hang nog uitdagend, aggressief in die lug. 'n Bevel! bly dit voortdurend in haar hamer. Dis 'n kreet, word naderhand 'n refrein totdat dit voel asof die onmeetlike ruimtes dit terugskreeu na haar; asof die windswaels dit van die wind af opraap en terugbring om haar verder te martel.

'n Onnoembare hunkering om haar teen sy bors te werp en hierdie grenslose pyn in haar uit te snik, wel meteens in haar op. Sy kyk na die man wat so styf, koel en afgetrokke agter die stuur sit, en weet intuïtief dat hy nou geen toenadering van haar sal duld nie. Want so sag en liefdevol soos wat hy kan wees, net so hard en ongenaakbaar kan hy ook wees.

As hy my net 'n kans wil gee om te verduidelik, dink sy met 'n verskeurde gemoed, sal hy tog besef dat ek nie teen sy wense gehandel het met die doel om hom uit te tart nie . . . Maar dis blykbaar te veel gevra!

'n Lang ruk staar sy in die niet met die wêreld se weemoed in haar vertroebelde oë. Dan raak sy meteens bewus van 'n eienaardige moegheid wat soos 'n golf oor haar spoel. Dit laat haar amper duiselig voel en sy besluit dat dit wys sal wees om maar vir eers die swye te bewaar. Sodra Renaldo se woede afgekoel het, sal sy haar optrede van vandag met hom bespreek . . . Toe is dit asof daar darem iewers vir haar 'n ligstraaltjie deur die duisternis breek.

Vyftien minute voordat die ghong middagete aankondig, hou Renaldo voor die castelo stil. Oudergewoonte klim hy uit en maak die motordeur vir haar oop. Hulle stap swyend na die hoofingang. Hy stoot die massiewe deur oop en staan hoflik opsy vir haar om binne te gaan. 'n Vlietende oomblik merk hy dat sy onnatuurlik bleek is, maar hy lewer geen kommentaar daaroor nie.

"Ek vrees daar is nie tyd om te verklee nie," merk hy op terwyl hy haar met sy hand liggies onder haar elmboog in die rigting van die eetkamer stuur. "Jy sal dus maar so moet aansit."

"Ek . . . ek sal nie middagete geniet nie, Renaldo," kry sy dit moeisaam uit en voel hoe haar oë brand van ongestorte trane.

"Ek dink ek sal maar liewer 'n bietjie gaan rus."

Hy trek sy skouers ongeërg op sonder om haar aan te kyk.

"Net soos jy verkies!"

Daarna draai hy sy rug op haar en stap na die eetkamer waar João reeds op hulle wag vir ete.

"Die marquesa sal nie middagete geniet nie," kondig hy aan, "dus kan ons maar aansit, João."

Onverstoord soos altyd begin hy sy sekretaris uitvra oor die vergadering, en die maaltyd verloop in 'n gemoedelike stemming, kompleet asof 'n gekweste Marina nie bestaan nie.

In haar kamer het Marina haar sommer met klere en al op die bed neergegooi. Toe breek die wal van haar opgekropte hartseer en sy begin verdrietig snik.

Nog nooit het sy Renaldo so onverbiddelik, so uiters ongenaakbaar gesien nie. Nog altyd het hy 'n verduideliking geëis nadat sy haar aan die een of ander oortreding skuldig gemaak het. Maar vandag is hy vir haar 'n absolute vreemdeling, hard en genadeloos.

Haar snikke bedaar later. Met 'n verskeurde gemoed dink sy aan sy meedoënlose woorde daar in die restaurant: "Moenie van my verwag om jou hierdie oortreding te vergewe nie. Dit sal net te veel gevra wees!" En opnuut begin sy snik.

Vir hierdie gekweste jong vrou lyk dit bepaald asof Renaldo haar nie meer liefhet nie. Want watter man wat sy vrou liefhet, sal so genadeloos teenoor haar optree of haar so voortdurend aan die tergende eensaamheid van haar eie geselskap oorlaat soos wat hy die afgelope maand gedoen het?

Nee, hy het my beslis nie meer lief nie, dink sy verdrietig tussen haar snikke deur. Net sy familie se probleme is vir hom van die allergrootste belang, terwyl dié van sy eie vrou hom absoluut koud laat. My geluk is glad nie ter sake nie. Te oordeel aan die bietjie aandag wat hy deesdae aan my skenk, kan ek net sowel nie bestaan nie!

Van skone uitputting raak sy later aan die slaap. Dis 'n rustelose slaap, en telkens ontsnap 'n verdwaalde snik haar bors.

Dis reeds ver oor vier toe sy wakker word. Maar sy staan nie dadelik op nie. Die storm is uitgewoed en nou is dit stil in haar. Ja, dis asof 'n willose gelatenheid van haar besit geneem het, of haar lewe gedurende die afgelope paar uur leeggeloop het. Dis vir haar baie duidelik dat Renaldo se liefde vir haar afgekoel het.

Hierdie wete lê loodswaar en bitter seer in haar hart, maar sy staal haar daarteen. Wat sal dit vir haar tog baat om langer teen die prikkels van die lewe te skop? As hy haar nie meer liefhet nie, moet sy dit maar so aanvaar en haar daarin berus.

'n Intense moegheid neem weer van haar besit, maar sy besluit om tog op te staan. As sy vanaand weer nie aan tafel verskyn nie, dink Renaldo dalk sy probeer simpatie afdwing.

Sy kom orent en gaan stort. Daarna klee sy haar in 'n smaakvolle groen rok wat die goud in haar hare aksentueer. Maar dit alles maak geen indruk op haar nie, want sy besef dat sy nie heeltemal gesond voel nie. Sy steur haar egter nie veel daaraan nie en skryf dit maar toe aan die stortvloed trane van vroeër vanmiddag, en die feit dat sy nie middagete genuttig het nie.

Hoewel sy effens bleek is, is haar voorkoms soos gewoonlik onberispelik toe sy 'n uur later uitstap om 'n bietjie lug te skep.

Sy stap met die lang gang af en wil net die sitkamer betree, toe sy sagte manstemme daarbinne hoor. Dis reeds te laat om terug te draai, want Joáo se skerp oë het haar deur die oop deur bespeur, dus moet sy teen wil en dank binnegaan.

Tot haar grootste verligting merk sy dat dit net Renaldo en Joáo is wat 'n gesellige drankie geniet en sake van die dag bespreek.

Albei mans kom hoflik orent toe sy die ruim, weelderige vertrek binnetree; 'n duidelike teken dat dit van haar verwag word om plaas te neem sodat ook hulle kan gaan sit.

Sy besluit om eers 'n drankie saam met hulle te drink en daarna 'n kort wandeling te geniet, dus neem sy eenkant op 'n bankie plaas.

Sjarmant soos wat die Portugese mans is, gaan skink Joáo sonder versuim 'n glasie wyn en bied haar dit met sy gewone hoflike buiging aan.

Sy neem die glasie wat hy na haar uithou en bedank hom vriendelik, onbewus van sy ondersoekende blik wat 'n kort oomblik op haar bleek, verwese gesiggie rus.

"Verskoon my dat ek dit sê, señora marquesa," sê hy beleef, "maar u lyk beslis nie wel nie. U is baie bleek?"

"Jy misgis jou maar seker, João," weerspreek sy hom met 'n hartseer glimlaggie. "Ek voel heeltemal wel, dankie."

Ofskoon hy niks verder sê nie, is dit duidelik dat sy hom nie oortuig het nie. Renaldo werp egter slegs 'n vlugtige blik in haar rigting, dan kyk hy weg, kompleet asof João se verklaring hom nie in die minste aangaan nie. Die volgende oomblik verkeer hulle al weer druk in gesprek en is sy en haar bleekheid vergete.

Marina het nog nie eens haar glasie halfpad geledig nie, toe João verskoning maak en die vertrek verlaat – blykbaar onder die indruk dat die marquês graag 'n paar minute alleen met sy vrou wil wees.

In stilte ledig sy haar glasie en plaas dit langs haar op 'n lae tafeltjie. Toe sy opkyk, betrap sy Renaldo se blik wat op haar rus. Maar nou hinder sy koue blik haar nie meer nie, want afgesien van die pyn wat nog soos 'n dooie gewig in haar hart lê, voel sy gestroop van alle emosies. Sy het haar ook al vereenselwig met die gedagte dat sy en haar liefde vir hom niks meer beteken nie. Sy besef natuurlik dat wonde wat so diep geslaan is, nie in 'n dag of twee kan genees nie. Maar sy weet ook dat alle wonde mettertyd genees.

Toe dit later vir haar blyk dat Renaldo niks aan haar te sê het nie, kom sy stil orent. Beleef maak sy verskoning en stap by die sydeur uit. Dis vir haar baie opvallend dat haar teenwoordigheid ongewens is, vandaar sy koue blik flussies op haar.

Langs die castelo neem sy op 'n veelkleurige tuinstoel plaas. Sy het reeds 'n vaste besluit geneem om voortaan maar sover moontlik uit Renaldo se pad te bly. Maar dan fluister 'n stemmetjie aan haar dat sy eers weer 'n poging moet aanwend om hom te nader met 'n verduideliking oor haar optrede van vandag. As hy dan weer haar verduideliking van die hand wys, sal sy ten minste weet dat sy haar bes gedoen het om hom te oortuig dat sy rede vir vandag se optrede gehad het.

Met 'n verwese uitdrukking in haar oë luister Marina na die stemmetjie in haar, maar sy weet nie of sy genoeg moed sal hê om Renaldo weer 'n keer te nader nie. Sy besluit om die saak deeglik te oorweeg en laat daarmee alle gedagtes in verband met hom vaar.

Dis byna tyd vir aandete toe sy eindelik orent kom en na haar kamer gaan om haar te verklee.

Ook aan tafel daardie aand voel Marina uitgesluit en versto-te, want nie een keer het Renaldo eens 'n poging aangewend om haar in die geselskap in te sluit nie. Joáo het nou wel 'n paar keer probeer, maar vir Marina was dit nietemin 'n groot verligting toe sy eindelik verskoning kon maak en na haar kamer gaan.

In haar kamer probeer sy met allerhande sakies om die ure te verwyl, want om nou bed toe te gaan, sal voorwaar 'n marte-ling wees. Ten eerste is sy nie gewoond daaraan om so vroeg te gaan slaap nie en ten tweede sal haar gedagtes haar nie 'n oom-blik met rus laat nie. En om die hele aand te lê en tob oor haar mistroostige toekoms, is net iets waarvoor sy nie kans sien nie. Sy voel tot sterwens toe moeg. Ook hierdie nare hol kol op die krop van haar maag begin nou groter afmetings aanneem.

Sy sug en wens dat Elena al tuis is. Sy mis haar skoonsuster geweldig.

Nadat sy al die nuwe tydskrifte deurgeblaai het om vas te stel of sy almal gelees het, stap sy uit op die halfmaanvormige balkon wat voor haar en Renaldo se kamervensters pryk.

Van vanoggend se dreigende wolke is daar geen teken meer nie. Net 'n sekelmaan seil soos 'n eensame reisiger deur die don-ker hemelruim, met ontelbare sterre wat as wagte dien om hom sy nimmereindigende weg aan te dui. En benede haar lê die uitgestrekte tuine in 'n waas van stilte en duisternis gehul asof dit groot geheime bewaar.

Die volgende oomblik word die lig in Renaldo se kamer aan-geskakel en nou eers merk Marina dat die buitedeur van sy ka-mer oop is. Sy wil haar nog ongemerk na die donkerste hoekie van die balkon onttrek, maar sy trotse gestalte verskyn reeds in die oop deur.

Net 'n vlietende oomblik rus sy blik ondersoekend op haar,

dan kom sy stem onpersoonlik onderwyl hy op die balkon uit-
stap: "Ek het gedink jy slaap al."

Vir Marina klink hierdie woorde meer na 'n bevel. Weer eens
kom dit by haar op dat haar teenwoordigheid ongewens is. Hy
lyk duidelik misnoeg om haar te sien.

"Ek gaan nou slaap . . . Goeienag, Renaldo," antwoord sy
dadelik. Haar stem klink sag dog duidelik moeg en dit ontgaan
die edelman se oor nie.

Hy wil nog iets sê, maar die volgende oomblik is sy reeds in
haar kamer en is net 'n sagte geklik waarneembaar toe sy die
deur agter haar toetrek.

Oombliklik tref dit hom dat Marina hom nog die hele mid-
dag ontwyk het, en die feit dat sy glad nie gesond lyk nie, laat
hom diep bekommerd voel. Maar ook net 'n oomblik lank.
Dan verskyn daar weer 'n harde trek om sy mond en is sy gesig
volkome koud en geslote.

Dis maar net 'n slinkse streek van haar, probeer hy homself
oortuig. Sy doen haar slegs siek voor, hopende natuurlik dat sy
my simpatie daarmee sal afdwing. Haar bleekheid is maar net
te wyte aan die feit dat sy haar vandag in die stad ooreis het en
toe nog boonop geen middagete genuttig het nie. Dis hoege-
naamd niks om verontrus oor te voel nie!

'n Lang ruk staan hy daar op die balkon en peins oor haar
doelbewuste uittarting, en met diepe wrewel in sy hart wonder
hy hoeveel bekendes haar vandag in die stad soos 'n los vrou
sien rondflenter het. Hy besef dat hy vir haar in die bresse sal
moet tree as hierdie jongste eskapade sy familie se ore bereik,
maar die hemel alleen weet watter verduideliking hy hulle gaan
bied. Wat sy vandag aangevang het, kan moeilik weggerede-
neer word . . . En dan nog die vermetelheid wat sy aan die dag
gelê het om haar na 'n openbare restaurant te begeef, iets wat
volgens hul gebruike ongeoorloof, onbehoorlik en absoluut on-
vergeeflik is.

Dis 'n diep bekommerde Renaldo wat enkele minute later sy
kamer binnegaan. En juis hierdie bekommernis laat sy wrewel
weer fel oplaai teenoor sy ongehoorsame vrou, want nou moet
hy die spit afbyt vir haar onbehoorlike gedrag . . . Nee, hierdie

496

eskapade van vandag kan hy haar nooit vergewe nie. Sy het hom inderdaad in 'n onbenydenswaardige posisie geplaas.

15

Vir Marina sleep die dae nou éérs traag en eentonig verby. Waar sy voorheen darem nog Renaldo se geselskap saans en tydens maaltye geniet het, is selfs dit iets van die verlede en moet sy maar self sien hoe sy die lang ure van die dag kan verwyl.

Renaldo toon geen teken van toenadering nie en sy, op haar beurt, bly so ver moontlik uit sy pad.

Vanoggend is dit reeds twee dae na haar ongeoorloofde uitstappie en nog steeds het sy geen poging aangewend om 'n verduideliking vir haar doelbewuste ongehoorsaamheid aan te bied nie. Renaldo lyk ook deurentyd so koud en ongenaakbaar dat sy werklik nog nie die moed bymekaar kon skraap om hom in dié verband te nader nie. En dan was daar natuurlik ook geen geskikte geleentheid vir so 'n netelige geselsie nie, want Renaldo bly voortdurend besig.

Maar vandag is dit Sondag, die enigste dag van die week wat hy homself volkome rus gun. Dus moet dit vandag wees of nooit nie. Miskien is dit ook net waarop hy wag; dat sy hom weer met 'n verduideliking moet nader.

Hier waar sy met 'n verlore uitdrukking in haar groot, pragtige blou oë deur die sydeur van die sitkamer na die glorie van die môrestond staan en staar, besluit sy om Renaldo sonder versuim te gaan spreek . . . Ja, voordat daar dalk weer die een of ander besoeker opdaag.

Met hierdie besluit geneem, draai sy om en stap na binne. Van die eerste huishulp wat sy in die gang teëkom, verneem sy dat die marquês in sy studeerkamer is en sonder versuim loop sy daarheen voordat haar moed haar dalk weer begeef.

Ofskoon sy uiterlik kalm voorkom, voel sy van binne benoud en senuweeagtig as sy aan die gesprek met Renaldo dink. En . . . ja, vanoggend voel sy ook sommer behoorlik olik. Dis of al die

497

moegheid en ellende van die afgelope twee dae plek gemaak het vir 'n tergende naarheid wat haar sonder waarskuwing tydig en ontydig oorval.

Toe sy 'n oomblik later aan die studeerkamerdeur klop, tref dit haar ineens dat haar hande koud en klam is. Maar die bekende diep stem wat saaklik uitroep: "Binne!" laat haar van haar koue, klam hande vergeet. Sy besef dat daar vir haar geen omdraaikans meer is nie.

Huiwerig stoot sy die deur oop en gee een tree vorentoe.

Renaldo sit gemaklik in sy stoel met 'n dik notaboek voor hom op die lessenaar. Sy blik rus deurdringend op haar stil figuurtjie, daar waar sy in die halfoop deur staan met die deurknop nog steeds in haar hand vasgeklem.

"Ek . . . ek hoop ek het jou nie gesteur nie, Renaldo," stamel sy effens, intens bewus van sy deurdringende blik op haar. Maar dan trek sy haar asem diep in, kyk hom reguit aan en vervolg sag: "Mag ek jou 'n oomblikkie spreek, asseblief?"

"Seker. Kom binne," laat hy beheers hoor, sy sterk gelaat volkome geslote.

Hy kom orent en bied haar 'n stoel aan met 'n kortaf: "Sit." Daarna neem hy weer agter die lessenaar plaas, strengel sy vingers inmekaar en laat sy hande stil voor hom op die skryfblad rus. Ook sy blik rus koel, afwagtend op haar om te hoor wat sy te sê het.

"Wel . . .?" hoor sy hom sê toe sy te lank na sy sin huiwer om haar saak te stel.

Haar mond voel droog en sy moet hard sluk om haar senuweeagtigheid te verberg.

"Ons . . . ek . . . wel, ek het gewonder of jy al bereid is om na 'n verduideliking vir my uitstappie van eergister te luister –" begin sy effens huiwerig.

Maar hy gee haar nie kans om meer te sê nie. Sy stem is onverbiddelik toe hy haar met finaliteit in die rede val: "Daar is absoluut niks om te verduidelik nie. Niks wat jy sê of doen, kan die feit wegredeneer dat jy my wense en volksgebruike doelbewus verontagsaam het nie. Dus is daar hoegenaamd niks meer in hierdie verband te sê nie en jy moet dit maar so aanvaar."

Hierdie woorde van hom, so meedoënloos geuiter, stuur 'n pyn, byna fisiek, deur haar, wat haar half ineen laat krimp. Momenteel besef sy duideliker as ooit dat sy Renaldo se liefde finaal verloor het; dat haar toenadering absoluut futiel was en dat daar geen hoop op 'n versoening meer bestaan nie. Sy voel hoe elke druppel bloed haar gesig verlaat, hoe 'n dodelike naarheid in haar keel opstoot. Maar sy staal haar daarteen en probeer moedig om die naarheid weg te sluk.

'n Doodse stilte hang 'n oomblik in die lug. Toe kom sy moeisaam orent.

"Nou ja, as dit jou finale besluit is, sal ek jou nie weer lastig val nie, Renaldo," sê sy asof daar niks ernstigs gebeur het nie; asof haar hart nie op hierdie oomblik van moedeloosheid en teleurstelling in duisende skerwe gebreek is nie.

Met 'n laaste blik in sy rigting draai sy stil om en verlaat die vertrek met loodswaar treë. Dit voel of die noodlot haar 'n meedoënlose uitklophou toegedien het, haar absoluut gestroop het van alle lus om te lewe.

Maar te midde van al haar pyn en teleurstelling dring dit nogtans vaag tot haar deur dat daar êrens tog 'n liggie vir haar moet skyn. Geen nag is volkome duister nie, want iewers brand daar altyd 'n liggie wat 'n verdwaalde die weg aandui.

Saggies trek sy die deur agter haar toe en met traanbenewelde oë beweeg sy langsaam in die rigting van die rivier. Sy het so vas geglo dat Renaldo in 'n beter stemming sou wees en na haar verduideliking sou luister. Nou voel dit of al haar verwagtinge soos 'n kaartehuis ineengestort het. Haar teleurstelling is groot en intens en 'n pynlike knop vorm in haar keel. Maar sy probeer moedig om dit weg te sluk, en met die agterkant van haar hand vee sy die trane uit haar oë.

Wat sal dit my tog baat om trane te stort! dink sy met 'n verskeurde gemoed. Geen trane kan ooit hierdie pyn in my stil nie . . . Dit sal Renaldo ook nie aan my terugbesorg nie!

Sy bereik die oewer van die magtige Tagusrivier wat soos 'n lang luislang see toe kronkel. Die hele natuur om haar is stil en rustig. Maar in haar binneste heers daar soveel verwarrende emosies dat sy nie eens die wonder van die natuur waarneem nie.

Die een oomblik maak haar hart verskoning vir Renaldo se gedrag en hou sy haarself aanspreeklik vir hierdie verwydering wat tussen hulle ingesluip het. Maar die volgende oomblik voel sy weer bitterlik gegrief oor sy harde onredelikheid.

Selfs aan 'n moordenaar word die geleentheid gegun om homself te verdedig, dink sy met pynbelaaide oë. Maar nie aan my nie. Vir my is daar geen genade nie!

Onbewus pluk sy 'n magnoliabloeisel af en frommel dit tussen haar vingers. Sy merk nie eens hoe die gekneusde blaartjies liggies grondwaarts fladder nie, want op hierdie oomblik is dit soos 'n onstuimige oseaan in haar.

'n Duiselige naarheid oorval haar meteens en werktuiglik gryp sy vir ondersteuning na die naaste boomtak binne haar bereik.

'n Lang ruk staan sy half gebukkend. Haar voorkop rus swaar teen die arm wat aan die tak vashou. Dit voel vir haar kompleet of sy gaan flou word. Maar dan bid sy vuriglik dat so iets tog nie met haar moet gebeur nie, want Renaldo mag nie weet hoe ellendig sy voel nie. Sy sal na vandag nie sy simpatie kan verdra nie.

Toe sy later beter voel, maak sy ook sommer dadelik aanstaltes om te gaan. Sy weet dat daar Sondae gewoonlik besoekers by die castelo opdaag, dus sal sy haar maar solank gaan opknap. Want al heers daar ook hoe 'n hewige storm in haar en Renaldo se huwelikslewe, mag niemand dit ooit weet nie. Voor alle besoekers sal sy dus maar moet optree asof daar niks tussen hulle gebeur het nie, asof hulle steeds die liefdevolle jonggetroude paartjie van drie maande gelede is.

Sy sug swaar en begin langsaam in die rigting van die castelo aanstryk. Sy weet dat hierdie dag vir haar 'n eindelose marteling gaan wees . . . en miskien vir Renaldo ook.

Maar nee, dink sy mistroostig, vir hom sal dit waarskynlik geen marteling wees nie. Hy is so onverstoord en deurentyd in beheer van elke situasie. Hierdie onenigheid tussen ons sal hom nooit van stryk bring nie. Dis ek wat sal moet toneelspeel . . . iets wat ek nog nooit in my lewe gedoen het nie!

Sy bereik die castelo en merk die swart motor van Renaldo se tante wat voor die deur staan. Oombliklik weet sy dat hulle die ou dame, haar twee dogters en twee skoonseuns vir gaste het, en haar moed sak in haar skoene.

Sy hou nogal betreklik baie van die twee dogters en hul mans, maar die ou dame is 'n moeilike mens, 'n hooghartige ou vrou wat ewigdurend ander se foute met 'n arendsoog raaksien sonder om ooit daaraan te dink dat elke mens goeie sowel as swak punte besit, en dat almal nie so wonderlik volmaak soos sy en Renaldo kan wees nie.

Nou voel Marina teësinniger as ooit om haar by die gaste te gaan aansluit. Sy weet al by voorbaat dat die ou dame omgekrap gaan wees omdat sy, Marina, nie met hul aankoms tuis was om hulle saam met Renaldo te verwelkom soos dit hoort nie.

Onbewus van Renaldo se noulettende blik waar hy voor die sitkamervenster staan, betree Marina die hoofingang en haas haar na haar slaapkamer. Sy wil net die wenteltrap bestyg toe Renaldo hom onverhoeds by haar aansluit.

"Ek wil jou 'n oomblik spreek," hoor sy hom sag dog dringend sê.

Hulle bereik haar kamer. Hoflik soos altyd stoot hy die deur vir haar oop en volg haar na binne. As hy merk dat sy buitengewoon bleek is, laat hy dit nie blyk nie. Sy gelaat is volkome geslote. Slegs uit sy donker, deurdringende oë straal 'n onverbiddelike lig wat afdoende bewys lewer dat hy bitter omgekrap is.

Hierdie houding van hom aanvaar Marina met 'n stil gelatenheid soos wat sy al so baie dinge moes aanvaar vandat hulle getroud is. Maar sy wonder nietemin waaroor hy haar so dringend wil spreek dat hy selfs sy gaste 'n oomblik aan hulself oorlaat – iets wat by hom as gasheer totaal vreemd is.

Sy neem op die bankie voor die kleedtafel plaas en kyk hom vraend, afwagtend aan.

Hy bly 'n paar treë van haar af staan, steek sy hande in sy baadjiesakke en kyk haar met openlike wrewel aan.

"My tante het jou eergister in die stad gesien," begin hy onthuts. "Dus begryp jy natuurlik dat ek vir haar 'n verduideliking vir jou gedrag moes aanbied." Sy oë vlam op haar. "Ek het vir haar gesê dat ek saam met jou in die stad was en dat sy jou waarskynlik gesien het onderwyl ek met 'n sakevriend in gesprek was en jy ingedagte na die restaurant begin aanstryk het."

Hy swyg 'n oomblik en hervat dan met 'n ysige stem: "Die hemel weet, dis die eerste keer en ek hoop ook die laaste keer dat ek 'n leuen om jou ontwil moet versin, Marina. Onthou dit asseblief in die vervolg. 'n Herhaling hiervan sal ek hoegenaamd nie duld nie!"

Na hierdie woorde draai hy om en begin haastig aanstryk na die deur.

"Sodra jy gereed is, kan jy gerus afkom sitkamer toe," voeg hy haar koel oor sy skouer toe.

Die volgende oomblik trek hy die deur agter hom toe en sit sy soos 'n verslane soldaat alleen daar voor die kleedtafel met net die vrolike voëlgesang wat deur die oop venster na haar gedra word.

Enkele oomblikke sit sy bewegingloos en staar na haar rustelose hande, dan kom sy traag orent en verklee haar in 'n meer modieuse tabberd. Met sorg knap sy haar grimering op, kam haar hare sorgvuldig en gaan daarna sitkamer toe.

Sy word baie vriendelik deur die vyf familielede ontvang. Selfs die ou dame is buitengewoon vriendelik, en in haar hart bedank sy Renaldo dat hy sake vir haar by hierdie preutse, hooghartige ou mens reggeplooi het. Die hemel weet, so siek en uitgeput as wat sy op hierdie oomblik voel, sou sy nie verdere onenigheid kon verduur nie – in hierdie stadium sou dit net die laaste strooi gewees het.

Nadat sy almal met 'n geforseerde glimlaggie gegroet het, gaan neem sy langs die ou dame plaas en bid vurig dat die ou mens tog nie moet agterkom hoe siek en ellendig sy voel nie. Nie een mag dit ooit weet nie. Sy verlang geen simpatie van hulle nie. Op die oomblik wil sy net by haar ma wees, om hierdie gefrustreerde gevoel van verstotenheid en verlatenheid teen haar ma se bors uit te snik en te weet dat sy weer tuis is in haar eie bekende omgewing tussen haar eie mense wat haar verstaan en haar liefhet.

'n Verlange, diep en intens, stoot in haar op, en sy wonder mismoedig of sy ooit weer haar dierbare ouers sal sien. Hulle is so ver en onbereikbaar, en haar lewe hier in die vreemde lyk so hopeloos futiel.

Maar dan hoor sy die ou dame langs haar sê: "Gaan dit nog goed, Marina? Jy lyk vir my 'n bietjie afgerem, weet jy?"

Sy forseer 'n glimlaggie wat net haar lippe raak sonder om haar oë te bereik.

"U misgis u maar seker, want dit gaan betreklik goed met my," probeer sy so ongeërg moontlik sê.

Maar as sy dink sy het die ou dame met hierdie antwoord om die bos gelei, begaan sy 'n groot fout, want sy het nie. Die ou mens se speurende, ondersoekende blik op haar gesig is bewys genoeg dat sy van beter weet as om die jong vroutjie se verklaring te glo.

Die ou tante sê niks verder nie en begin sonder meer oor ander dinge gesels. Heimlik het sy egter reeds besluit om Renaldo later oor sy vrou te spreek, want dit wil haar voorkom asof hy totaal onbewus is van die feit dat Marina nie wel voel nie.

'n Geskikte geleentheid om Renaldo te spreek het eers laat die middag opgeduik. Maar vir die ou dame was die gesprek inderdaad teleurstellend, want ofskoon sy dit nie in soveel woorde gesê het nie, het sy nogtans bedoel om die marquês se oë oop te maak vir die werklikheid – dat sy vrou waarskynlik swanger is. Maar hy het haar – onverstoord soos altyd, met sy gewone skewe glimlaggie – verseker dat Marina klaarblyklik 'n verkoue onder lede het en dat hy sal toesien dat sy vanaand 'n sweetmiddel neem voordat sy bed toe gaan.

Hierna het hy die onderwerp as afgehandel beskou en die gesprek onverwyld in 'n ander rigting gestuur – min wetend dat sy ou tante volkome gelyk het.

Vir Marina was die dag een lang marteling, want telkens moes sy haar staal teen die tergende naarheid wat met rukke gedreig het om haar te oorweldig.

Selfs met middagete kon sy net proe aan die ryk, keurig voorbereide geregte, en het sy toe maar tot die slotsom gekom dat sy koorsig moet wees, vandaar die voortdurende naarheid.

Renaldo se noulettende oë het egter dadelik gemerk dat sy

niks geëet het nie. Maar hoewel hy nie 'n woord daaroor gerep het nie, het hy haar ondersoekend aangekyk asof hy die oorsaak van haar swak eetlus op haar gesig wou soek. Hiervan het Marina niks geweet nie, want dwarsdeur die maaltyd moes sy voortdurend veg teen die mislikheid wat in haar keel bly steek het.

Toe die horlosie later vyfuur aankondig en die gaste begin aanstaltes maak om te vertrek, speel daar die eerste keer die dag 'n spontane glimlaggie van intense verligting om haar mooi, sagte mond.

Saam met Renaldo vergesel sy hulle na waar die swart motor voor die deur staan. Dan begin die groetery, die oomblik waarna sy al die hele dag uitsien.

Toe sy die ou dame haar hand reik, merk sy die onuitgesproke vrae in die skerp, donker blik wat veelseggend op haar rus.

"Kyk mooi na jouself, Marina-kind," hoor sy die ou dame ernstig sê. "En moet jou asseblief nie ooreis nie, want dit kan noodlottige gevolge hê."

Hoewel sy die ou dame met 'n fraai glimlaggie vereer en vriendelik antwoord: "Ek sal u vermaning in gedagte hou," kan sy hoegenaamd nie begryp waarop die ouer vrou sinspeel nie. Want net soos Renaldo verkeer sy onder die indruk dat dit net 'n verkoue is wat sy onder lede het en dat dit binne 'n dag of twee iets van die verlede sal wees.

Sy groet die ander gaste ewe vriendelik en staan dan afgetrokke en kyk hoe hulle vertrek. Met 'n laaste wuif draai sy om en stap haastig in die rigting van die hoofingang, heeltemal onbewus van Renaldo se dinamiese gestalte wat kort op haar hakke volg.

Sy steek haar hand uit na die groot koperknop van die deur, maar dan skiet Renaldo se arm onverhoeds voor haar verby en die volgende oomblik word die deur vir haar oopgestoot.

Swyend stap sy na binne en haas haar dadelik na haar kamer. Sy voel siek en tot die dood toe uitgeput. Rus is al waarna sy nou verlang . . . Rus en die salige vergetelheid wat slaap meebring.

Sy het ook net haar skoene uitgeskop en met 'n sug op die

bed neergeval, toe haar kamerdeur sonder waarskuwing oopgaan en Renaldo die vertrek binnetree.

Hy kom langs haar bed staan. In sy een hand is 'n glasie water en in die ander twee pille wat hy na haar uithou.

"Sluk dit," gebied hy saaklik.

Marina wil hom nog laat verstaan dat dit hoegenaamd nie nodig is dat hy hom oor haar ongesteldheid hoef te bekommer nie, maar hy is reeds besig om die twee pille in haar mond te prop en sy het geen ander keuse as om die glasie water by hom te neem om die pille mee af te sluk nie.

"So," hoor sy hom sê, "dit behoort hierdie verkoue wat jy onder lede het sommer dadelik stop te sit."

Hy stap na die ingeboude kas, haal 'n kombers te voorskyn en gooi haar sorgvuldig daarmee toe.

"Ek sal reël dat aandete vir jou hier in die kamer voorgesit word," sê hy koel. 'n Kort oomblik rus sy blik besorg, bekommerd op haar, maar dan draai hy om en verlaat die vertrek sonder 'n verdere woord.

Met 'n naamlose verlange in haar oë staar Maria sy geliefde gestalte agterna. Dan sluit sy haar oë om die opwellende trane te onderdruk.

'n Maand van stryd en eensaamheid is reeds verstreke en nog bly Marina naar en olik. Nou het sake egter al sulke afmetings aangeneem dat sy meestal te swak voel om dit tot by die rivier te waag. Maar van dit alles is Renaldo salig onbewus, want met die hulp van grimering het sy nog deurentyd daarin geslaag om haar sieklike gelaatskleur vir hom en ander weg te steek.

Maar ofskoon sy nou self oortuig daarvan voel dat dit nie griep of verkoue is wat haar daagliks so teister nie, is sy onbewus daarvan dat sy al byna drie maande lank swanger is. In haar onkunde het sy reeds haar kwaal gediagnoseer as 'n ongestelde maag.

Menige dag het sy dit selfs al oorweeg om 'n geneesheer te gaan raadpleeg, maar nog nooit kon sy haar sover bring om die daad by die besluit te voeg nie – miskien omdat sy weet sy mag nie alleen stad toe gaan nie. En om Renaldo hieroor te nader,

505

sien sy inderdaad nie voor kans nie. Sy verkies veel eerder om te sterf as om 'n guns af te smeek van hom wat haar nog deurentyd so onvergewensgesind behandel.

Ook vir Joáo kan sy nie nader met die versoek om haar stad toe te neem nie, want soos sy hom ken, sal hy haar versoek oombliklik met Renaldo gaan bespreek. Buitendien bly sy deesdae selfs uit Joáo se pad ook. Hy is uiters skerpsinnig en sal sommer dadelik haar olikheid opmerk.

Dis waar, dink sy mistroostig hier waar sy met 'n veraf blik deur haar kamervenster staan en tuur, in hierdie land besit 'n vrou geen vryheid nie. Alles wat sy doen, moet 'n oop boek wees . . . Nee, ek sal maar van my voorgenome besoek aan 'n dokter moet vergeet, want al sal Joáo my ook sonder Renaldo se wete stad toe neem – wat natuurlik baie onwaarskynlik is – sal hy my tog volgens hul gebruike oral moet vergesel . . . Ja, selfs na die dokter se spreekkamer ook. En wat sal dit my dan baat dat ek my olikheid die afgelope maand so pynlik geheim gehou het? Hy sal Renaldo onverwyld daarvan inlig!

'n Oomblik oorweeg sy dit of sy nie maar haar trots in haar sak moet steek en Renaldo van haar ongeskiktheid vertel nie. Maar toe sy aan die ongenaakbaarheid dink, aan daardie koue blik waarmee hy haar tydig en ontydig aankyk, besluit sy om maar liewer te swyg en die ongemak van haar ongesteldheid in stilte te verduur.

Met mistige oë kyk sy Renaldo se trotse gestalte agterna toe hy, waardig soos altyd, by die hoofingang uitstap en beweeg na sy motor wat voor die deur staan. Sy sien hoe hy in die voertuig klim, dit aanskakel en vinnig wegtrek, en dis of haar hart meteens weer leeg en onhoudbaar seer voel. Op hierdie oomblik besef sy meer as ooit dat sy Renaldo altyd sal bemin, want ten spyte van al die onenigheid wat tussen hulle heers, besit hy nog steeds die mag om haar met sy blote teenwoordigheid te ontsenu.

'n Vermoeide sug ontsnap haar bors en dit voel of haar lewe heeltemal leeggeloop het. Sy wil na buite gaan waar die wintersonnetjie alles mildelik omvou, maar sy voel nie in staat om een voet voor die ander te sit nie.

'n Lang ruk staan sy roerloos daar by die venster, dan draai sy eindelik om en dwing haar ledemate om haar na onder te neem.

Dis al tienuur en sy het nog nie ontbyt geëet nie, maar hieroor kwel sy haar nie in die minste nie. Sy kan nie eens meer onthou wanneer sy laas 'n behoorlike maaltyd geniet het nie, want die reuk van kos is genoeg om haar te laat voel of sy kan sterf. Daarom het sy reeds weke gelede al besluit om net een maaltyd per dag te geniet.

Met loodswaar treë stap sy 'n rukkie later in die rigting van die kunstige kliptreetjies wat met die terras af lei, onbewus van Joáo se besorgde blik wat elke beweging van haar deur sy kantoorvenster volg.

Net gister het hy terloops aan Renaldo gemeld dat sy vrou 'n geneesheer behoort te besoek. Maar die marquês het sy skouers onverskillig opgetrek en verklaar dat dit heimwee is en dat sy mettertyd daaroor sal kom.

Hierdie onverskilligheid van Renaldo teenoor sy vrou het Joáo absoluut verbyster – miskien omdat hy totaal onbewus is van die onenigheid wat daar tussen die jonggetroude paar ingesluip het. Maar hoe dit ook al sy, hy was inderdaad geskok deur die marquês se onverskilligheid teenoor sy vrou se gesondheid wat so merkbaar verswak het.

Hier waar hy haar fyn figuurtjie met deernis in sy donker oë staan en dophou, gaan sy hart in stilte uit na haar. Dis vir hom werklik onbegryplik dat die marquês so blind kan wees.

Elke aap kan sien dat die marquesa nie gesond is nie, dink hy simpatiek. Sy word by die dag maerder en haar fraai gesiggie is elke dag 'n bietjie kleiner. En daardie donker kringe om haar oë! Nee, ek kan regtig nie begryp hoe dit moontlik is dat die altyd skerpsinnige marquês so blind vir die waarheid kan wees nie, dink hy. As sy my vrou was, sou ek haar lankal na 'n geneesheer geneem het. Hy sug magteloos. Maar, nou ja, sy is nie my vrou nie, dus het ek geen reg om haar uit eie beweging vir mediese behandeling te neem nie. Maar ek sal nietemin 'n oog oor haar hou!

Hy merk dat sy diep ingedagte met die smal terrastreetjies

afstap, totaal onbewus van wat om haar aangaan . . . Toe, asof dit sommer net op haar neerdaal, gebeur dit.

Renaldo se twee groot wolfhonde kom met 'n ongelooflike vaart voor die castelo verbygesnel en storm opgewonde op haar af, klaarblyklik onder die indruk dat sy hulle vir 'n wandeling gaan neem. Oudergewoonte spring hulle uitgelate teen haar op in 'n poging om hul dank te betuig. Maar vanoggend het hulle haar hopeloos onkant betrap en die volgende oomblik sien João hoe sy haar balans verloor, vooroor tuimel en vier treetjies laer af stil bly lê.

Soos 'n pyl uit 'n boog vlieg hy by die deur uit en snel haar te hulp. Sy gesig is bleek van skrik en hardop verwens hy die twee lewenslustige honde wat ewe bedremmeld langs hul bewustelose nooi staan, asof hulle maar nie kan begryp wat nou met haar gebeur het nie.

Met nog 'n heftige verwensing en 'n onwelvoeglike knoop, verjaag hy die twee diere. Die volgende oomblik kniel hy langs die patetiese bondeltjie en neem met 'n bekommerde uitdrukking in sy oë haar pols tussen sy duim en wysvinger.

Haar pols is baie swak, maar die wete dat sy leef, stel hom tog gerus. Hierna lig hy haar versigtig in sy arms op en dra haar ewe versigtig na binne.

Hy tree die hoofingang binne. In die verbygaan gelas hy die huisbestuurder om solank die marquês se huisdokter te ontbied en ook die marquesa se persoonlike kamermeisie na haar kamer te stuur.

Versigtig lê hy Marina 'n oomblik later op haar bed neer en maak haar sorgvuldig met 'n ligte deken toe. Aan die kamermeisie, wat pas die vertrek binnegekom het, verduidelik hy kortliks hoe die ongeluk plaasgevind het en hy versoek haar om by die marquesa te bly totdat die dokter opdaag. Daarna haas hy hom na die telefoon om die marquês te ontbied.

Onbewus van die feit dat sy werkgewer 'n direksievergadering moes bywoon en daarna die res van die dag uitstedig sal wees, skakel hy die een nommer na die ander in 'n vrugtelose poging om die marquês op te spoor.

Na 'n halfuur se gesukkel staak hy dit eindelik en begeef hom weer na Marina se kamer om te verneem of die dokter al opgedaag het.

Hy het ook net die wenteltrap bereik toe die dokter hom aanmeld by die huisbestuurder wat sy koms in die voorportaal afgewag het. Verligting spoel soos 'n golf oor João toe hy die geneesheer tegemoetloop, want nou weet hy die marquesa is in goeie hande.

Onderwyl hy die man na Marina se kamer vergesel, verduidelik hy hoe die ongeluk plaasgevind het en spreek ook sy spyt uit dat hy die marquês nêrens telefonies kan opspoor nie.

Hulle bereik die siekekamer en hoflik stoot João die deur oop. Nadat hy die dokter verwittig het dat hy in die sitkamer op hom sal wag, draai hy om en stap diep bekommerd met die trap af. Hoe hy ook al probeer, kan hy geen denkbeeld vorm waar die marquês hom bevind nie . . . en dit op so 'n kritieke tydstip wanneer sy teenwoordigheid hier so dringend vereis word.

Dis 'n diep bekommerde dokter wat 'n halfuur later die sitkamer binnetree om João te woord te staan.

"Ek vrees dat die ongeluk noodlottige gevolge gaan hê," antwoord hy op die sekretaris se vraende blik. "Die marquesa sal sonder versuim na die hospitaal moet gaan. Dit skyn of sy haar baba gaan verloor . . ."

"Haar baba! Maar is sy dan . . .?"

"Sy is al byna drie maande swanger, my vriend. Maar ek vrees jy sal my nou moet verskoon sodat ek reëlings vir haar opname in die hospitaal kan tref. Daar is nie 'n oomblik te verspil nie. Haar toestand is sorgwekkend."

Na hierdie jobstyding draai die dokter sonder meer om en begeef hom na die telefoon.

Nadat die geneesheer al die nodige reëlings getref het, probeer João weer eens om Renaldo op te spoor. Maar weer is al sy pogings vrugteloos en kan hy net 'n boodskap vir die marquês by sy hoofkantoor laat, waar hy moontlik gedurende die dag sal aandoen.

Twintig minute later daag die ambulans op en soos 'n eensame verstoteling moet Marina maar alleen hospitaal toe vertrek.

16

Dis al lank na vieruur die middag toe Renaldo sy hoofkantoor binnestap en deur die eerste klerk voorgekeer word met: "Dis voorwaar 'n seën dat u terug is, señor marquês. Joáo probeer al die hele dag om u op te spoor!"

Met 'n vraende blik kyk hy die klerk aan en verneem ongeerg: "So! En waaroor wil hy my nogal so dringend spreek dat dit nie kan wag totdat ek tuis is nie?"

"Dis oor die marquese, señor. Sy het glo baie ernstig verongeluk en is vroeg vanoggend al in die hospitaal opgeneem. Joáo sê haar toestand is sorgwekkend –"

"Maar hoe en waar het sy verongeluk?" val hy die jong man met 'n skerp blik in die rede, kompleet asof hy verantwoordelik is vir die marquesa se ongeluk.

"Joáo het nie gesê nie, señor marquês. Maar u teenwoordigheid word dringend in die hospitaal verlang."

"Bel die ontvangs by die hospitaal en laat hulle weet dat ek op pad is daarheen," beveel hy kortaf, swaai vinnig om en verlaat die gebou haastig.

Dis 'n diep bekommerde Renaldo wat ongeoorloof vinnig in die rigting van die hospitaal voortsnel. Die wete dat Marina dalk in doodsgevaar verkeer, is vir hom uiters skokkend en ongelooflik. Op die oomblik is daar geen wrewel meer in sy hart teenoor sy ongehoorsame vrou nie – slegs kommer en angs. Al was sy ook doelbewus ongehoorsaam, het hy haar nog oneindig lief – so diep en intens dat hy werklik nie kans sien om haar te verloor nie.

Onderwyl die buitebande van sy motor 'n eentonige deuntjie oor die pad sing, maak sy gedagtes hom allerhande verskriklike dinge wys. Met rukke wonder hy selfs of hy haar nog in die lewe gaan aantref. Maar sulke gedagtes stoot hy vinnig opsy.

Sy altyd streng oë staar somber voor hom uit onderwyl sy hande meganies die stuurwiel beheer. Die angs in sy hart is byna onhoudbaar. As hy net weet hoe die ongeluk plaasgevind het en hoe ernstig sy beseer is, sal dit al heelwat help om hom te kalmeer.

Nou kring sy gedagtes weer om die verwydering tussen hulle en dis asof 'n fisieke pyn sy bors deurboor. Hy wou haar behoorlik straf vir haar uittarting, vandaar sy ongenaakbare houding. Maar nou besef hy dat die straf wat hy aan haar uitgemeet het, te kras was ... Ja, noudat die noodlot ingegryp het en hy op die punt staan om haar dalk te verloor, besef hy eers dat hy bitter onregverdig teenoor haar opgetree het en dat hy haar nog net so liefhet soos die dag toe hy haar sy bruid gemaak het.

Dit sal my verdiende loon wees as ek haar moet verloor, verwyt hy homself innerlik. Ek is haar liefde inderdaad nie werd nie ... Ja, ek moes meer geduld met haar beoefen het. Maar wat baat dit tog om berou te hê, noudat dit moontlik te laat is!

Met 'n geskree van remme hou hy oplaas voor die groot, wit hospitaalgebou stil. Enkele minute later sit hy regoor dokter Silva in laasgenoemde se kantoor en moet hy van hom verneem dat sy twee troeteldiere verantwoordelik was vir sy vrou se ongeluk.

"Ek doen natuurlik my uiterste bes vir die marquesa," vervolg die geneesheer, "maar daar bestaan nog geen sekerheid hoegenaamd dat die kindjie behoue gaan bly nie. Die marquesa verkeer in 'n ongewoon verswakte toestand. Haar gesondheid moes beslis –"

"Het ek jou reg gehoor, my goeie vriend? Het jy iets gepraat van 'n kindjie?" onderbreek Renaldo hom opvallend geskok. Sy gelaat is stroef en bleek, maar sy vurige, donker blik boor skerp in dié van die arts.

"Maar u was tog seker bewus van die feit dat die marquesa byna drie maande swanger is, señor marquês. Die agteruitgang van haar gesondheid kon u nie mislei het nie, dit was inderdaad te opvallend!"

Hierop antwoord die marquês agter nie, want hoe moes hy geraai het dat sy vrou swanger is? Sy het dan nooit een keer gekla nie en haar voorkoms was altyd onberispelik.

Dis baie duidelik dat die geneesheer se aankondiging die edelman hopeloos ontwrig het. Dit voel vir hom of die noodlot hom nou die finale uitklophou toegedien het.

Die verwyt dat hy Marina, sy dierbare Marina, so skandelik verwaarloos het gedurende die tyd dat sy hom die nodigste gehad het en dat sy dalk nou hul baba gaan verloor, vreet soos 'n verterende kanker aan hom. Hy verwyt homself dat hy so onverskillig was toe sy tante, en daarna weer Joáo, sy aandag wou vestig op die feit dat sy vrou nie wel is nie. Hierdie ongeluk kon moontlik verhoed gewees het as hy maar net bewus was van sy vrou se toestand. Maar in sy staat van verbittering en wrewel het hy hul vermanings meedoënloos in die wind geslaan en hom nie verder daaraan gesteur nie. En nou pluk hy die wrange vrugte van sy onregverdigheid. Dis hierdie besef wat 'n naamlose veragting vir homself in hom wek.

Hy voel momenteel vasgevang in 'n donker net van selfverwyt en sielswroeging. Sy altyd streng gesig is byna vertrek van ingehoue pyn en emosie. Met nikssiende oë staar hy deur die venster na die sagte glans van die sonlig daar buite, na die kristalhelder lug, die groen hellings wat in blou vertes wegvloei tot daar teen die kom. 'n Diepe, naamlose angs skemer deur sy woorde toe hy eindelik met 'n moeë stem vra: "Verkeer my vrou in lewensgevaar?"

Die dokter se blik rus vol simpatie op die edelman, maar hy antwoord gelykmatig, versigtig om nie te veel te sê nie: "Dis . . . wel . . . moeilik om in hierdie stadium te sê, señor marquês. Die marquesa se gesondheid laat inderdaad veel te wense oor. Om die waarheid te sê, sy besit nie die krag om vir haar bewussyn te veg nie . . . Sy is nog steeds bewusteloos."

Hierdie verklaring laat die angs in Renaldo steeds hoër oplaai. Dit laat hom byna voel soos 'n vasgekeerde dier wat weet dat die dood op hom gaan toesak.

"Ek moet haar sonder versuim sien," sê hy, met soveel finaliteit in sy stem dat dokter Silva hom vinnig, vraend aankyk. "Ek moet sien hoe dit met haar gaan. Kom, my goeie vriend, jy gaan my nou dadelik na my vrou toe neem."

Dokter Silva wil nog 'n woord van waarskuwing uiter, maar Renaldo beweeg in die rigting van die deur en hy het geen ander keuse nie as om die marquês se wens te respekteer en sy voorbeeld te volg.

Hulle stap swyend met die lang gang af, draai 'n slag regs en gaan daarna die privaat kamer binne waar Marina stil op die hoë enkelbed lê. Met 'n paar lang treë staan Renaldo langs sy vrou se bed.

'n Deurdringende geur van ontsmettingsmiddel hang swaar in die lug, maar Renaldo neem dit nie eens waar nie. Sy oë bly angstig, ongelowig vasgenael op sy vrou se wasbleek gesiggie wat so stil en uitdrukkingloos is.

'n Kort oomblik staar hy haar stil aan. Verskriklike sielswroeging brand in sy oë en sy stem is byna gebroke toe hy haar bleek, koue hande in syne neem en half wanhopig sê: "Marina! Dierbare querida, praat tog met my!" Hy streel sag, liefkosend oor haar gesig asof hy die vreemde bleekheid met sy hand wil wegvee; asof hy weer warm, polsende lewe in daardie koue, stil gelaat wil wek. "Maak oop jou oë en kyk na my, pequena. Dis ek, Renaldo, wat met jou praat, vroutjie!"

Ongeag die dokter wat langs hom staan, buk Renaldo af en soen sy vrou hartstogtelik op haar lewelose lippe wat soos die dood self teen sy eie lippe voel. Dis vir hom 'n onnoembare marteling om haar in so 'n toestand te aanskou. Dit voel vir hom of sy eie hart saam met haar op die grens van die onbekende huiwer.

Die sekondes tik verby. Hy lig sy donker, trotse kop op en druk haar koue hande teer teen sy lippe. Sy hart voel in 'n duisend skerwe gebreek en hy kan voel hoe die smart hom oorweldig. Maar die trane wat verligting moet bring, is nie daar nie; slegs 'n eindelose pyn wat sy bors in twee wil skeur en sy keel benoud laat toetrek.

Eerbiedig plaas hy haar hande terug op haar bors en terwyl hy orent kom, is sy oë dof van pyn en wroeging.

Woordeloos draai hy weg van die bed en gaan staan voor die oop venster wat 'n fraai uitsig bied op die weelderige tuine en grasperke van die hospitaal. Maar hiervan neem hy niks waar nie.

Stil in die felheid van sy smart, tuur sy oë nikssiende voor hom uit asof niks op aarde meer enige betekenis vir hom inhou nie; asof hy hom reeds losgemaak het van alle aardse dinge.

Want as Marina, sy dierbare Marina, moet sterf, sal sy eie hart saam met haar sterf.

'n Ligte aanraking op sy skouer laat hom afgetrokke omkyk. Sy somber oë ontmoet dokter Silva se simpatieke blik, maar laasgenoemde se onuitgesproke meelewing maak geen indruk op hom nie. Ook die glasie wat hy na hom uithou, neem hy werktuiglik.

"Drink dit asseblief, señor marquês," hoor hy die geneesheer sag, besorg sê. Hoewel die woorde ewe min indruk op hom maak, voldoen hy aan die versoek – wat maak dit tog aan hom saak of hy dit drink of nie?

Hy drink die inhoud en plaas die glasie voor hom op die vensterbank neer. Toe hoor hy dokter Silva sê: "Ek merk die marquesa is besig om haar bewussyn te herwin. Die stryd sal natuurlik nog lank en swaar wees, maar ons sal almal saam met haar veg . . ."

Meteens is dit of daar weer lewe in die swaar beproefde man kom, want sy dowwe, somber oë toon oombliklik weer belangstelling. En sonder om verder na dokter Silva te luister, haas hy hom na Marina se bed. Die oomblik as hy haar oë oopmaak, wil hy by wees.

Met hande styf ineengeklem, wag hy angstig saam met dokter Silva dat Marina deur die newels moet breek wat haar byna die hele dag al van die werklikheid skei.

Elke oomblik is gespanne en elke oog is angstig, afwagtend op haar gerig vir die geringste teken van lewe. Die minute draal stadig verby, byna soos ure, en in Renaldo laai die spanning op.

'n Horlosie het pas in die verte met 'n dowwe slag halfsewe aangekondig, toe Marina se groot, blou oë moeisaam oopgaan.

Met 'n verwarde, vraende uitdrukking dwaal haar blik deur die vertrek asof sy nie mooi kan begryp waar sy haar bevind nie. Maar dan kom haar blik eindelik op Renaldo tot rus en dis of 'n donker skaduwee oor haar hele gesig trek. Sonder 'n enkele woord sluit sy weer haar oë om sy geliefde beeld nie langer te aanskou nie.

Sy is vaag bewus van twee vingers wat haar pols liggies omsluit, maar sy verwerdig haar nie om te kyk wie die eienaar van daardie vingers is nie. Sy voel so moeg, so hopeloos moeg dat selfs haar gedagtes nie behoorlik wil registreer nie. Dan raak sy bewus van 'n pyn wat knaend aan haar vreet. Maar die dodelike moegheid oorweldig haar en die volgende oomblik sink sy in 'n diep slaap weg.

Met die vrolike voëlgesang wat op 'n ligte bries deur die oop venster na haar aangedra word, ontwaak Marina die môre van die tweede nag na die ongeluk.

'n Lang ruk lê sy stil en luister na die opgewekte liedjies van die bosbewonertjies, onderwyl haar blik sag rus op die breë streep sonlig wat sku deur die venster na binne dring. Sy dink aan die afgelope twee dae; aan die pyn wat haar met rukke wou gek maak; aan dokter Silva se tere besorgdheid en die verpleegster se vriendelike stem wat vir haar gedurende die benoude ure van pyn soos 'n strelende hand was. Maar toe het die pyn stelselmatig begin afneem, en gisteraand was daar absoluut geen pyn meer om haar van haar slaap te beroof nie; net die verrassende bly gevoel nadat dokter Silva haar meegedeel het dat sy swanger is en dat haar baba deur alles behoue gebly het.

Hoe sal sy ooit kan beskryf hoe hierdie aankondiging van dokter Silva haar getref het? Sy kan net nie begryp dat sy so onnosel kon wees om nie self te geweet het dat sy 'n baba verwag nie.

'n Baba . . . 'n Eie kindjie . . . 'n Teer glimlaggie plooi om haar mond. Op hierdie oomblik weet sy dat daar vir haar in die toekoms geen ledige oomblikke meer sal wees nie.

Maar dan dink sy aan Renaldo en die glimlag verdwyn terstond van haar gesig.

Hierdie nuus het hom waarskynlik nie te aangenaam getref nie, dink sy met 'n somber uitdrukking in haar mooi oë. Hy sal my natuurlik onbevoeg en onwaardig beskou om die ma van sy kind te wees . . . Ja, dalk laat hy my nie eens toe om my eie kind op te voed nie!

Die gedagte stem haar dadelik weer mistroostig en sy voel hoe die ou hartseer oor sy onregverdigheid en bitter ongenaakbaarheid weer in haar opstu. Op die oomblik voel sy diep dankbaar dat sy hier in die hospitaal is en nie tuis waar hy haar boonop as 'n las kan beskou nie.

Met troebel oë wonder sy waarom hy die afgelope twee dae so onafgebroke langs haar bed vertoef het. Dis tog nie dat hy nog vir haar omgee nie, want sy weet lankal dat hy geen liefde meer vir haar het nie.

Hy kon homself gerus maar die moeite gespaar het, dink sy. Maar dis ook weer waar, hy is mos die edele marquês wat absoluut onfeilbaar is. Natuurlik moes hy dag en nag hier bly sodat almal onder die indruk kan verkeer dat hy baie bekommerd voel oor sy vrou . . .

Marina is so diep ingedagte dat sy nie eens merk toe die kamerdeur oopgaan nie. Eers toe Renaldo, vergesel van die suster, langs haar bed verskyn, is sy bewus van sy sterk gestalte.

Die suster groet haar hartlik en gaan dan by die voetenent van die bed staan. Renaldo groet haar met 'n vriendelike: "Bon dia, querida." Dan buk hy af en druk sy lippe liefdevol teen hare.

Maar Marina groet hom met 'n afgetrokke stem en selfs haar lippe bly styf en gevoelloos toe syne hulle aanraak.

Hiervan is die marquês terdeë bewus en hoewel hy niks laat blyk nie, kwel haar koue onverskilligheid hom verskriklik. Hy wonder met 'n gevoel wat aan angs grens of hy dalk reeds haar liefde verloor het.

Hy steek sy kommer egter diep weg, blik haar met deernis aan en verneem duidelik besorg: "Gaan dit nog goed, querida?"

"Baie goed, dankie, Renaldo," antwoord sy sag, diep bewus daarvan dat hy bloot belangstelling veins omdat die suster teenwoordig is.

Die suster maak 'n paar vriendelike aanmerkings oor haar pasiënt. Daarna deel sy 'n paar goed bedoelde vermanings uit en verlaat die vertrek. Die volgende oomblik is Marina heeltemal alleen saam met die man wat haar al so baie pyn en hartseer berokken het.

Met afgetrokke oë lê sy deur die venster en tuur, onbewus van Renaldo se blik wat sag op haar rus en elke lyn van haar fyn gelaat liefkoos.

'n Tasbare stilte hang swaar in die lug en albei is intens bewus van mekaar se teenwoordigheid. Toe, meteens, word die stilte verbreek deur Renaldo wat vir hom 'n stoel langs die bed trek en plaasneem. Die volgende oomblik voel Marina hoe hy haar hande saggies met syne omvou.

"Jy is so stil en afgetrokke, pequena," hoor sy hom teer sê. "Is jy seker jy voel heeltemal wel?"

Langsaam skeur sy haar blik weg van die venster, en ofskoon die warm aanraking van sy hande haar hart vinnig en opgewonde laat klop, kyk sy hom met 'n onpersoonlike blik aan toe sy stil antwoord: "Ek besef dat ek jou die afgelope twee dae tot groot las was, Renaldo. Dis werklik nie nodig dat jy jou langer met my siekte bemoei nie. Maar as dit jou tevrede sal stel ... ek voel volkome gesond."

'n Suggestie van 'n glimlag roer om sy mond en sy oë lag haar openlik uit.

"Jy tree nou presies op soos 'n stout kind wat nie haar sin kon kry nie, querida," bestraf hy haar goedig.

"Dis presies hoe jy my nog altyd beskou het, Renaldo," antwoord sy effens weemoedig. "Soos 'n onnosel kind wat niks op aarde reg kan doen nie. Maar waarom jy my nie al teruggestuur het na my ouers nie, kan ek nie begryp nie. In jou oë kan ek tog niks doen wat reg is nie!"

"Jy wil weet waarom ek jou nog nie teruggestuur het na jou ouers nie?" Sy blik sowel as sy stem spreek van diep erns. "Omdat jy my vrou is en omdat ek jou liefhet, querida –"

"Die woord liefde moet jy liewer nie weer noem nie, Renaldo," onderbreek sy hom met oneindige weemoed in haar stem. "Jy mag my miskien maande gelede liefgehad het, maar ek is daarvan oortuig dat dit nie meer die geval is nie." 'n Flou, meewarige glimlaggie speel om haar lippe. "Maar dit maak nie meer saak nie, Renaldo. Soos wat ek baie dinge al moes aanvaar het, het ek my daarin ook berus."

Onderwyl sy gepraat het, het Renaldo se blik ondersoekend op haar gerus. Haar stem, sowel as die gelatenheid waarmee sy elke woord geuiter het, oortuig hom dat sy optrede van die afgelope maand 'n ontsettende diep wond in haar gemoed geslaan het. Hy besef dat sy bitter teleurgesteld is in hom, daarom glo sy ook nie meer aan sy liefde nie.

Hierdie wete laat 'n wrang smaak in sy mond. Hy besef dat hy sonder versuim sal moet red wat nog te redde is voordat dit dalk te laat is, want hy sien eerlikwaar nie kans om haar te verloor nie.

Stil kom hy orent en neem op die kant van die bed plaas. Dan vou hy haar teer in sy arms toe en staar lank af in die eindelose blou dieptes van haar dierbare oë wat nou dof is van pyn.

"Ek besef dat ek jou hierdie afgelope maand bitter seergemaak het, querida," begin hy berouvol. "Maar glo my, dit was nie omdat ek jou nie meer liefhet nie. My liefde vir jou het nog nooit verander nie, pequena. Ek wou jou natuurlik straf oor jou ongehoorsaamheid, maar ek besef nou dat ek te drasties opgetree het en jou baie diep seergemaak het. Dus wil ek jou graag om verskoning vra, vir jou sê dat ek bitter spyt voel oor alles . . . Ja, ook omdat ek jou so skandelik in die steek gelaat het toe jy my die nodigste gehad het."

Hy swyg 'n oomblik en vervolg dan: "Die selfverwyt nadat ek van dokter Silva verneem het dat jy swanger is, was onbeskryflik, querida. Ek bid om dit nooit weer te beleef nie."

Helder trane hang soos doudruppels aan haar lang wimpers. Sy wil iets sê, maar haar gemoed is te vol om te praat. Ook Renaldo merk dit, daarom snoer hy haar bewende mond met sy lippe in 'n teer soen.

"Is my sondes my vergewe, querida?" vra hy berouvol toe hy later sy kop oplig en afkyk in haar oë waarin daar nog 'n vae skaduwee van weemoed skuil.

Sy knik, maar vervolg dan met 'n effense hees stem: "Die hemel moet my tog net bewaar, want dit sal net 'n week of twee wees, dan doen ek maar weer 'n verkeerde ding . . ."

"Toe maar, my liefste vroutjie," troos hy laggend. "Ek het reeds tot die slotsom gekom, en my ook al daarmee versoen, dat jy maar die soort mensie is wat alewig in die moeilikheid sal beland. Want as jy nie self moeilikheid soek nie, soek die moeilikheid jou. Dus sal ek my seker daarin moet berus, want sonder jou het die lewe vir my ook geen betekenis nie." Hy sug

518

gemaak mismoedig. "Ek weet net nie hoe ek julle albei gaan behartig nie!"

'n Stralende glimlaggie helder meteens haar gelaat op en 'n ondeunde lig verskyn in haar oë.

"Wat bedoel jy met . . . julle albei, Renaldo?"

"Maar my liewe mensie, jy en ons seun, natuurlik!" lag hy goedig en kelk haar fyn gesiggie liefderik tussen sy twee sagte hande.

"Toe maar," stel sy hom met 'n plaende laggie gerus, "hy sal 'n voorbeeldige knaap wees soos sy pa . . ."

Met sy warm lippe smoor hy alle verdere woorde wat sy nog wou sê. En in haar hart seën sy Renaldo se twee wolfhonde wat haar weer geluk besorg het.

www.ingramcontent.com/pod-product-compliance
Lightning Source LLC
Chambersburg PA
CBHW072011020726
47501CB00006B/1773

* 9 7 8 0 6 2 4 0 5 4 7 5 7 *